ハヤカワ・ミステリ

P. D. JAMES

神学校の死

DEATH IN HOLY ORDERS

P・D・ジェイムズ
青木久恵訳

TOKYO
HAYAKAWA
BOOKS

A HAYAKAWA
POCKET MYSTERY BOOK

日本語版翻訳権独占
早川書房

© 2002 Hayakawa Publishing, Inc.

DEATH IN HOLY ORDERS
by
P. D. JAMES
Copyright © 2001 by
P. D. JAMES
Translated by
HISAE AOKI
First published 2002 in Japan by
HAYAKAWA PUBLISHING, INC.
This book is published in Japan by
arrangement with
GREENE & HEATON LTD.
through TUTTLE-MORI AGENCY, INC., TOKYO.

四十年来の編集者で友人のローズマリー・ゴードに贈る。

目次

装幀／水戸部　功

著者の言葉

本書は英国国教会神学校を舞台にした殺人ミステリです。しかし神学校を舞台にしたからといって、英国国教会の聖職者を目指す人々の志に水をさしたり、休息と信心の回復を求めて神学校を訪れる人々が期待していた以上の、より永久的な安らぎを得る恐れがあると脅かしたりする気は毛頭ありません。聖アンセルムズ神学校は過去に実在した、あるいは現に存在するいかなる神学校をモデルにしたものでなく、また登場するエキセントリックな司祭や神学生、職員、訪問者たちは、著者と読者の想像の世界にのみ存在する、虚構以外の何ものでもないことをここに明記します。

ここで著者の質問に快く答えてくださった数多くの助力者に謝意を表したいと思います。本書中の神学その他に関する過誤の責任は、ひとえに著者に帰するものです。とりわけて故ランシー大主教、ジェレミー・シーヒー神父、ピーター・グローヴズ神父、法科学研究所のアン・プリストン博士、そしてパソコン技術をはるかに超えたさまざまな面で執筆の支えとなってくれた秘書のジョイス・マクレナン夫人に心より感謝します。

P・D・ジェイムズ

神学校の死

登場人物

マーティン・ピートリー神父……聖アンセルムズ神学校の前校長
セバスティアン・モレル神父……同校長
ジョン・ベタートン神父……同校の教員
ペリグリン・グローヴァー神父……同校の司書教員
ジョージ・グレゴリー……同校の非常勤教師
ロナルド・トリーヴィス
ラファエル・アーバスノット
ヘンリー・ブロクサム
スティーヴン・モービー
ピーター・バックハースト
……同校の学生
マーガレット・マンロー……同校の住み込み看護婦
ルビー・ピルビーム……同校の調理師兼家政婦
レグ……同校の用務員。ルビーの夫
エリック・サーティーズ……同校の用務員助手
アガサ……ジョン神父の姉
カレン……エリックの義妹
ビアトリス・ラムジー……セバスティアン神父の秘書
ジョージ・メトカーフ……医師
ポール・ペロニット……弁護士
マシュー・クランプトン……大執事
エマ・ラヴェンナム……大学講師
クリーヴ・スタナード……社会学者
ロジャー・ヤーウッド……地元警察の警部
アルレッド・トリーヴィス卿……ロナルドの父。多籍国企業の経営者
ロビンズ……部長刑事
ケイト・ミスキン
ピアース・タラント
……警部
アダム・ダルグリッシュ……警視長

第一部　殺人砂

1

　亡骸を発見したいきさつを文章にするというのは、マーティン神父さまのお考えでした。

「友達に手紙で知らせるみたいに、ですか」と私は訊きました。

　マーティン神父さまはこうおっしゃいました。「小説のように書くのですよ。自分の外に立って、起きたことを他人の身に起きたことのように観察し、したこと、感じたことを思い出して書きとめるのです」

　神父さまのおっしゃる意味は理解できましたが、どこから書き始めていいものやら見当がつきません。そこでこう言いました。「何もかもですか、神父さま。それとも海岸を歩いていて、ロナルドを掘り出したことだけですか」

「あなたが書きたいと思うことを何でもいいから、そっくり書いたらどうですか。学校のことやここでの生活について書きたければ書くといいでしょう。書くことで気持の整理がつくんじゃないかな」

「神父さまは、書いて気持に整理がおつきになりましたか」

　どうしてあんなことを言ったのか、自分でも分かりません。頭にひょいと浮かんだ言葉が口から滑り出たのです。まったく愚かしい言葉でしたし、ある意味では差しでがましい無礼なことでしたのに、神父さまは気になさらなかったようです。

　ちょっとしてからおっしゃいました。「いや、私の場合は気持を整理する助けにはなりませんでしたね。でも、まあ、はるか昔に起きたことだから。あなたの場合は違うのではないかと思うのですよ」

　神父さまの頭には戦争のこと、日本軍の捕虜になったことや、捕虜収容所で起きた恐ろしい出来事があったのでしょう。神父さまは戦争の話をなさったことが一度もありません。とはいえ私にそんなお話をなさるわけもないでしょう。でも戦争のことは誰にも、他の神父さまたちにさえお話しになっていないのではないかと思います。

マーティン神父さまとそんなお話をしたのは二日前、夕べの祈りの後に一緒に回廊を歩いている時でした。私はチャーリーが死んでからというもの、ミサには出ませんが、夕べの祈りには行きます。といっても、そうするのが礼儀だからにすぎません。神学校で働いてお給料をいただき、何くれとなく親切にしていただきながら、教会の礼拝にまったく顔を出さないのではまずいと思います。でもきっと気にしすぎなのでしょう。グレゴリー先生も私と同じに神学校のコティジの一軒に住み、非常勤でギリシャ語を教えていらっしゃるけれど、音楽を聞きたい時以外は礼拝に顔を見せたことがありません。私に礼拝に出るように強制する人はいません。なぜ礼拝に出なくなったのか、理由を訊きもしません。でも神父さまたちが気づいておられることは言うまでもありません。あの方たちは何事も見逃しません。

コティジに戻ってから、マーティン神父さまのおっしゃったこと、文章に書いて、はたして気持の整理がつくものか考えました。私にとって書くことは少しも難しいことではありません。学生の頃、作文は得意でした。国語を教えてくれたアリスン先生は、私には作家になる才能があるのではないかとおっしゃいました。でも私にはそうでないことが分かっていました。私には想像力が、小説家に必要な想像力が欠けています。私にはこしらえることができない。自分で見たこと、したこと、知っていることしか書けないのです。それに時には感じたことも——これはちょっと難しいですけれど。いずれにせよ私はずっと、子供の頃から看護婦になりたいと思っていました。六十四歳の今、一線を退いたとはいえ、この聖アンセルムズ神学校で仕事を続けています。看護婦として軽い病気の処置をしながら、シーツ類の管理をしています。楽な仕事ですが、心臓が悪いことを考えれば、働けて幸運というものです。学校はできるだけ楽に仕事ができるように計らってくださいます。重いシーツの山を運ばなくてもいいように、軽量のワゴンを備えてくださいました。こういうことは最初に書くべきでした。それにまだ自分の名前も書いていません。私の名前はマンロー、マーガレット・マンローです。

　どうしてまた書き始めたら気持の整理になるだろうとマーティン神父さまが言われたのか、その理由は分かります。私が以前チャーリーに毎週長い手紙を書いていたのを、あの方はご存じなのです。そのことを知っているのは、ルビー・ピルビームとあの方だけだと思います。私は毎週机に向かって、先週の手紙以降に起きた細々したことを思い浮かべました。何を食べたかとか、人の言った冗談や学生たちのこと、お天気のことなど、ささいなことでしたが、チャーリーにはつまらないことではありませんでした。こんな断崖の端にある、人里離れた寂しい所では大して書くこともないだろうと思うでしょうが、意外にも書く材料に事欠くことはありませんでした。それにチャーリーは手紙をことのほか喜んでくれました。「母さん、手紙を書くのをやめないでね」あの子は休暇で家に帰ってくると、そう言いました。ですから私は書き続けました。

　あの子が殺された後、軍が送り返してきた所持品の中に手紙の束がありました。私が書き送った手紙すべてではありませんでした。一通残らず取っておくことは無理です。でもあの子は特に長いのを手元に残していました。私は手紙の束を岬に持って行って、燃やしました。東部海岸によくある風の強い日で、炎はゴーゴー、シューシュー音を立て、風向きが変わるにつれて向きを変えました。焦げた紙が舞い上がって黒い蛾のように私の顔の周りを飛び、煙の臭いが鼻を刺しました。ほんの小さな焚き火でしたのに、妙なこともあるものです。それはともかく私が言いたいのは、マーティン神父さまが文章に書いてみたらどうだと言われた理由が分かるのです。何かを、何でもいいから文章にすることで、私が元気を取り戻すのではないかと考えられたのです。あの方はいい方です。おそらく高徳な司祭さまでいらっしゃるのでしょう。でもあの方が理解しておられないことが、どれだけあることか。

誰がこの文章を読むのか、はたして読む人がいるのか分からないまま書くというのも奇妙なものです。自分のために書くのか、それとも聖アンセルムズ神学校のことを知らない架空の読者のために書くのかも、はっきりしません。いわゆる舞台設定ということで、学校について何か書くべきなのかもしれませんね。聖アンセルムズ神学校は一八六一年にアグネス・アーバスノット嬢という篤信家によって設立されました。この方は〝カトリック司祭に叙階された学識豊かで信仰心厚い若者が英国国教会内に常にいる〟ようにしたいと考えられました。引用符で囲った部分は創立者自身の言葉です。創立者について記したパンフレットが教会に置いてあり、それを読んでアーバスノット嬢のことを知りました。アーバスノット嬢は所有していた土地と建物、家具調度のほとんどすべて、そして神学校が永久に存続するに充分な——と彼女が考えた——資金を寄付しました。でも充分な資金などというものがあろうはずがなく、今では聖アンセルムズ神学校は主として教会の資金によって運営されています。セバスティアン神父さまとマーティン神父さまは、教会が神学校を閉鎖するつもりなのではないかと心配されています。このことは大っぴらに口にされたことは一度もなく、職員に話されたことはもちろんありませんが、誰もが知っています。聖アンセルムズ神学校のように外との交渉の少ない小さな社会では、ニュースや噂話は口の端にかからなくても、風に乗って広まるようです。

アーバスノット嬢は自邸を神学校にしただけでなく、学生寮として北回廊と南回廊、そして南回廊と教会の間に訪問客用の施設を設けました。その他にも学校から百ヤード離れた岬に、四軒の職員用コティジを半円を描くように配置して建てました。コティジには四福音書の著者にちなんだ名前がつけられています。私の住んでいる南の端が聖マタイ、調理師兼家政婦のルビー・ピルビームと用務員の夫が住んでいるのが聖マルコ、グレゴリー先生は聖ルカ、北端の聖ヨハネにはピルビームさんの助手をしているエリック・サーティーズが住んでいます。エリックは豚を飼っていますが、これは学校に豚肉を供給するためではなく、趣味で飼っているのです。職員は私たち四人で、あとはレイドンとローストフトからパートの掃除婦が来るだけです。でも人数は神学生二十人、居住の司祭さま四人を超えることがないので、何とかやっていけます。私たち職員の後釜を見つけるのは並大抵ではないでしょう。村もなければパブも店もない、この吹きさらしの荒涼とした岬を、たいていの人はあまりに辺ぴだと思うでしょう。私はここが気に入っていますが、それでも恐ろしく、ちょっと不吉な感じがすると思うこともあります。砂地の断崖が毎年少しずつ海に侵食されているので、岬の端に立って海を見ている時など、白く輝く巨大な高潮が海岸に向かって押し寄せてきて、塔や小塔、教会、コティジに襲いかかり、私たち全員をさらって行く光景が思い浮かびます。バラーズ・ミアの古い村は何世紀も前に海の底に沈み、風の強い日など、海底の鐘楼から教会の鐘の鳴る微かな音が聞こえると、土地の人は言います。海に持っていかれなかったものも、一六九五年の大火で焼失しました。古い村は、アーバスノット嬢が修復して神学校の一部とした中世の教会と、現在、神学校本館の前に立つ、エリザベス朝時代の領主館の一部だった赤レンガの崩れかけた柱二本を残して、すべて失われました。

　亡くなった青年ロナルド・トリーヴィスについて、いくらか書いた方がいいのでしょう。この文章はその青年が亡くなったことに関するものなのですから。死因審問が開かれる前に、亡くなった青年をどの程度知っていたのかと、警察に訊かれました。私はここの職員の中ではロナルドのことを知っていた方だと思います。でもよく知っていたとは答えませんでした。ロナルドについて話すことは大してありませんでしたし、学生の噂話をするのは私の役目ではないと思ったからです。彼があまり人気のない学生だということは知っていましたが、そんなことは警察には言いませんでした。問題はロナルドが性格的に神学校に合わなかったこと、そして本人もそれに気づいていたことにあったのです。まず第一に、彼は大きな武器会社の社長アルレッド・トリーヴィス卿の息子で、お金持ちの息子だということを吹聴したがりました。持っている物からして違います。車はポルシェでした。他の学生たちはたとえ車を持っているとしても、もっと安い車に乗っているのに。それに他の学生が遊びではとても行けない、お金のかかる遠い所で過ごした休暇の話をするのです。

　そういうことは他の大学でなら人気者になる要素かもしれませんが、ここでは違います。人は何かしら鼻にかけるものです。これは否定できませんが、ここでお金を鼻にかけてはいけません。家族のこともそうと言えますが、ポップスターの息子より牧師補の息子の方がいいことは確かです。学生たちが何を好むかといえば、頭がよくて格好がいいこと、そして機知に富んでいることです。彼らは笑わせてくれる人が好きなのです。ロナルドは本人が思っているほど頭がよくなくて、人を笑わせることができませんでした。他の学生は彼を鈍いやつと思い、そして本人がそのことに気づくと、ますます頭が働かなくなったことは言うまでもありません。そんなことを警察には言いませんでした。言って何になるでしょう。ロナルドは亡くなってしまったのです。ああ、それからちょっと詮索好きなところがありましたね。今どんなことが起きているのか知りたがり、何かと人に尋ねました。私からは大して聞き出すことはできませんでしたけれども。でも時々夜にこのコティジにやってきては、座り込んで話をしました。私は編物をしながら、聞き役を務めました。学生は招かれないかぎり職員のコティジに出入りしてはならないことになっています。セバスティアン神父さまは、私たち職員のプライバシーを重んじてくださっているのです。でも私はロナルドが来ても、嫌とは思いませんでした。思い返してみると、彼は寂しかったのだと思います。だってそうでなければ、ここに来るはずがありません。それに私はチャーリーを思い出したのです。チャーリーは頭が悪くなかったし、人気がなかったのでも退屈な子でもなかったけれど、でもあの子が寂しくて、静かに座って話したいと思うようなことがあったとしたら、あの子にも私のように喜んで迎えた人がいたにちがいないと思いたいのです。

　警察が来た時に、どうして彼を探しに海岸に行ったのかと訊かれました。でも別にロナルドを探しに行ったわけではありません。私は週二回、昼食後に一人で散歩をするのが習慣で、出かける時にロナルドの姿が見えないことに気づきもしませんでした。たとえ彼を探したとしても、まず海岸に行ったりはしなかったでしょう。人けがない海岸で何かが起きるなんて考えられません。防波堤に上ったり、崖に近づきすぎたりしなければ、ごく安全なところです。それに危険を知らせる注意書きが貼り出されています。学生たちには入学した時に、一人で泳いだり、崩れやすい崖のすぐ近くを歩いたりすると危険だと注意がしてあります。

　アーバスノット嬢の時代には、お邸から海岸に降りることができたのですが、海の侵食で全てが一変してしまいました。今は学校から南に半マイルほど歩かなければなりません。そこは階段をつけられるほど崖が低くしっかりしている唯一の場所で、手すりのついたぐらつくステップが六段設けられています。その先には暗い湖バラーズ・ミアがあり、木立に囲まれ、小石の積もった狭い土手で海と隔てられています。時折湖まで歩いてから引き返すこともありますが、その日は海岸に出る階段を降りて、北に向かって歩き出しました。

　前の晩に雨が降ったため、青空に雲が走る明るく爽やかな日で、ちょうど潮が満ちてくる頃でした。海に少し張り出した個所を巡ると、目の前は小石の盛り上がる細い畝《うね》が伸び、海草をこびりつかせた古い防波堤が崩れて海に落ち込んでいる、荒涼とした浜辺になっています。そして三十ヤードほど先の崖下に、黒い小包のような物が転がっているのが目に入りました。急いでそばに行ってみると、きちんと畳んだ黒い法衣と、やはりきれいに畳んだ茶色のマントが並べて置いてあります。数フィートも離れていない崖の一部分が崩れ落ちて、重い砂と草、石ころが大きな山を作っていました。私は即座に何があったか悟りました。小さく叫び声を上げたと思います。そして砂をかきのけ始めました。下に人が埋まっているにちがいないと思ったのですが、どこに埋まっているのか分かりません。爪の間にざらざらした砂が入り、いっかなはかどらなかったのを憶えています。腹立ちまぎれに足で砂を蹴り始めたのですが、高く舞い上がった砂が顔に当たり、目に入りました。そのとき波打ち際に向かって三十ヤードほど離れたところに、船のマストだったらしい先の尖った棒が転がっているのに気がつきました。私はその棒を取ってきて、砂に突き立てて探りました。三、四分後、棒の先に柔らかなものが当たったので、膝をついて再び手で掘り始めました。やがて棒に当たったものが、薄茶色のコーデュロイ・ズボンをはいた砂まみれのお尻だと分かったのです。

その後はもう掘り続けられませんでした。心臓がどきどきして、身体から力が抜けてしまいました。そこに埋まっている人を辱めたような、砂からのぞく二つの山が何やら滑稽で、いやらしいもののように思えてきました。もうすでに死んでいるにちがいありません。躍起になって掘っても仕方がなかったのです。生命を救うことはできなかったでしょうし、たとえ力が残っていたとしても、一人で少しずつ掘り出し続けることなどとてもできません。助けを呼んで、起きたことを知らせなければいけません。その時にはもう、埋まっているのが誰か分かっていたような気がします。でも神学生の茶色のマントにはすべて名札がついているのをふと思い出し、襟を裏返して名前を見ました。

　小石の積もった土手の間に伸びる固い砂地をたどって、海岸をおぼつかない足で取って返し、何とか階段を上がって崖の上に出たのを覚えています。そこから神学校に向かって崖の道を走り出しました。ほんの半マイルの道のりですが、道ははてしなく続くように思え、懸命に一歩踏み出すごとに学校の建物が遠のくかに見えました。心臓が激しく鼓動を打ち始めて、足はまるで骨が溶けてしまったかのようでした。そのとき車の音がしました。振り向くと、連絡道路から折れて崖縁を巡るでこぼこ道に入り、こっちに向かって走ってくる車が見えました。道の真中に立って両手を振ると、車はスピードを落としました。グレゴリー先生の車ではありませんか。

　どう言って事情を説明したのか憶えがありません。砂だらけの姿でそこに突っ立ち、乱れた髪を風になびかせて、海の方に向かって手をしきりに振ったのではないでしょうか。グレゴリー先生が何も言わずに黙って車のドアを開けてくださったので、私は乗り込みました。学校に戻った方がよかったでしょうに、グレゴリー先生はUターンして、浜辺に下りる階段の前で一緒に車を降りました。先生は私の言うことが信じられなくて、助けを呼ぶ前に自分の目で確かめたかったのだと思います。一緒に歩いた記憶はありません。はっきり憶えているのはロナルドの亡骸のそばに二人で立った時のことだけです。グレゴリー先生は無言のまま砂に膝をつき、手で掘り始めました。革手袋をはめていらしたので、掘りやすかったのです。二人でロナルドの上半身を埋める砂を黙々とかきのけました。

　ロナルドはコーデュロイのズボンの上にグレーのシャツ一枚でした。後頭部が見えてきました。まるで動物を、死んだ犬か猫を掘り返しているようでした。深いところの砂はまだ湿っていて、ロナルドの麦藁色の髪にびっしりこびりついていました。掌で払いのけようとすると、ざらざらとした砂がひんやり冷たく感じられました。

グレゴリー先生に尖った声で「触ってはいけない！」と言われ、私は火傷をしたかのようにあわてて手を引っ込めました。するとグレゴリー先生はひどく静かな口調で言われました。「このまま、発見した時のまま、そっとしておいた方がいいですよ。誰だかはっきりしたんですから」

もう死んでいると分かっていましたが、なぜか仰向けにしなければいけないような気がしてなりませんでした。口移しの人工呼吸をしてあげたらと、馬鹿なことを考えました。無意味と分かっていても、それでも何かしなければいけないと思ったのです。グレゴリー先生が左の手袋を脱いで、指二本をロナルドの首に当てました。「すでに死んでいる。といっても、もう分かっていたことだが。われわれにできることは何もありませんよ」

私たちは少しの間黙ってロナルドの両脇にひざまずいていました。二人で祈っているように見えたにちがいありません。ああいう場合にふさわしいお祈りの言葉を思いついていたら、ロナルドのために祈ったのですけれど。そのとき雲の間から太陽が顔をのぞかせたので、突然まるでカラー写真に写し出されたように現実離れした光景になりました。何もかもがくっきりと明るく照らし出されたのです。ロナルドの髪の毛についた砂粒が、光の粒子のようにきらきら輝きました。

グレゴリー先生が言いました。「助けを呼んで、警察に通報しないといけない。ここで、彼のそばで待っていられますか。長くはかかりませんよ。それとも一緒に行った方がいいのなら、それでもいいが、でも、どちらかが残った方がいいんじゃないかと思うんです」

私は言いました。「いらしてください。車の方が早いです。私は待つのは苦になりません」

湖に向かって歩きにくい小石をせかせかと踏みしめるグレゴリー先生の姿が、海岸の張り出した所に隠れて見えなくなるまで見送りました。一分ほどして神学校の方向に車が走り出す音がしました。砂を滑り降りるようにして亡骸から少し離れた小石の上に座り、踵を砂に押し込んで、楽な姿勢を取りました。積もった小石の下の方は前の晩の雨でまだ湿っていて、木綿のスラックスを通して冷たい湿気がしみ込んできました。膝を両腕で抱えて、海を眺めました。

　そうやってそこに座っていて、久しぶりにマイクのことを思いました。マイクは乗っていたモーターバイクが高速Ａ一号線から飛び出して立木に激突し、この世を去りました。ハネムーンから帰ってきてから二週間足らず、知り合って一年たっていませんでした。彼が死んだと知って感じたのは、悲しみではなくて、ショックと信じられない思いでした。そのときは悲しみだと思っていましたが、今はそうではないと分かっています。私はマイクに恋をしていたけれど、愛してはいなかった。愛は共に暮らし、互いを思いやることから生まれるもので、私たちにはその時間がありませんでした。マイクが死んだ時、頭では自分は未亡人のマーガレット・マンローだと分かっていましたけれど、気持は看護婦の資格を取ったばかりの二十一歳の独身女性マーガレット・パーカーだったのです。妊娠していると知っても、やはり現実のことのように思えませんでした。生まれてきた赤ん坊は、マイクや彼と一緒に過ごした短い時間、そして私自身とも何の関わりもないように思えました。そういうことは後から来ました。そして来るのが遅かった分、一段と強かったのです。チャーリーが死んだ時、私は父と子二人の死を悼みましたけれど、マイクの顔は今もよく思い出せません。

　背後のロナルドの亡骸が気になりましたけれど、そばに座っていなくてよかったと思いました。遺骸に付き添っていて死者の存在に親しみを感じる人がいますが、私はロナルドに対してそんなふうには感じませんでした。感じたのはたとえようのない大きな悲しみでした。気の毒な若者に対してではなく、またチャーリーやマイク、私自身に対してでもありませんでした。周囲の全てのものを包む、頬を撫でる爽やかなそよ風や、青空をゆっくり慎重に渡るこんもりとした雲、そして海そのものを包む普遍の悲しみでした。あの海辺に生きて死んでいった全ての人々、一マイル沖合の波の下の大きな墓地に埋まる骨を思いました。その人たちの人生は、その時は彼らにとって、また彼らを愛する人々にとってかけがえのないものだったのにちがいないのに、死んだ今ではまるでこの世に存在しなかったも同然になっています。百年後にはチャーリーやマイク、私を憶えている人は一人もいないでしょう。私たちの生命は全て砂粒と同じほどの重みしかありません。私の心から悲しみさえ消えて、空っぽになりました。そして海を眺めながら、結局全てはどうでもいいことで、私たちには今という瞬間を耐えるか、あるいは楽しむ以外に何もないのだと思うと、安らぎを覚えました。

一種の恍惚状態で座っていたのでしょう。小石を踏む大きな音がして、三人がすぐ近くに来るまで気がつきませんでした。セバスティアン神父さまとグレゴリー先生が並んで歩いてこられました。セバスティアン神父さまは黒いマントを身体にきっちり巻きつけて、風をよけておられました。二人ともうつむき、まるで行進しているかのように一歩一歩踏みしめて。少し遅れてマーティン神父さまが歩きにくい小石にてこずって、危なげな足取りで従っておられました。他の二人がマーティン神父さまを待ってあげないのは心ないことだと思ったのを記憶しています。

座っているのを見られてきまりが悪くなり、私は立ち上がりました。するとセバスティアン神父さまが「マーガレット、大丈夫ですか」と言われました。

私は「はい、神父さま」と答えて、三人が亡骸のそばに行かれる間、横に立っていました。

セバスティアン神父さまが十字を切ってから、言われました。「これはただごとではありませんよ」

その時でさえ妙な言い方をされるなと思いました。あの時神父さまはロナルド・トリーヴィスのことだけを考えていたのではなく、神学校のことを思っておられたのでしょう。

神父さまがしゃがんで、ロナルドのうなじに手を置くと、グレゴリー先生が鋭い口調でおっしゃいました。

「もちろん死んでいますよ。これ以上遺骸に手を触れないほうがいいでしょう」

マーティン神父さまは少し離れて立っておられました。唇が動いているのが分かりました。祈っていらしたのだと思います。

セバスティアン神父さまが言われました。「グレゴリー先生、マーティン神父と私がここに残りますから、学校に戻って、警察が来るのを待ってもらえますか。マーガレットも一緒に連れて帰ってください。こんなことになってショックを受けたはずです。ピルビームさんのところに連れて行って、事情を説明してもらえませんか。ピルビームさんが熱いお茶を淹《い》れて、マーガレットの面倒をみてくれます。私が全校にこのことを知らせるまでは、二人には黙っているように言ってください。警察がマーガレットに質問があるなら、後からにしてもらいましょう」

妙な話ですが、神父さまがグレゴリー先生に、そこにいる私を無視したような話し方をされたので、少しむっとしたのを憶えています。それにルビー・ピルビームのところに連れて行かれるのは、あまりうれしくありませんでした。私はルビーが好きですし、彼女はどんな時でも余計な干渉をせずに親切にしてくれる人ですが、あの時は家に帰りたいとしか思いませんでした。

セバスティアン神父さまは私のそばに来て、肩に手を置かれました。「マーガレット、大変勇気がありましたね。ありがとう。グレゴリー先生と一緒に行ってください。後から私が話を聞かせてもらいに行きます。マーティン神父と私がロナルドのそばに座っていますよ」

神父さまが若者の名前を呼ばれたのは、それが初めてでした。

車に乗ると、グレゴリー先生は数分間黙って運転しておられましたが、やがてこう言われました。「奇妙な死に方だ。検死官は――いや、要するに警察ということですが、どう見なしますかね」

「事故にきまっています」と私は言いました。

「奇妙な事故じゃありませんか」私が答えないでいると、先生はこう言われました。「あなたは初めて死体を見たわけじゃありませんよね。人が死ぬのには慣れるものですよ」

「先生、私は看護婦です」

　私ははるか昔に初めて見た遺骸、十八歳の看護実習生として初めて埋葬の準備を施した遺骸を思い出しました。あの頃は看護婦の仕事も今と違いました。埋葬の準備は私たち看護婦が施し、衝立を巡らして無言でうやうやしく行なったものです。私が初めて配属になった病棟の婦長は準備を始める前にやってきて、お祈りをするのが習慣でした。婦長はそれが私たち看護婦が患者さんにしてあげられる最後のお祈りなのだと言いました。でもそんな話をグレゴリー先生にする気はありませんでした。

　先生は言いました。「誰の死体であろうと、死体を見ると、われわれは人間として生きて、動物として死ぬということを再確認して気が休まるものです。私はほっとしますね。永遠の生命以上に恐ろしいものは考えられませんよ」

　私はやはり返事をしませんでした。グレゴリー先生が嫌いなのではありません。先生とは顔を合わせる機会もほとんどありませんから。ルビー・ピルビームは週一回先生のコティジに掃除に行き、洗濯もします。二人の個人的な話し合いで決められたことです。でも私は先生と世間話をしたことは一度もないし、その時そんなことをする気分にはとてもなれませんでした。

　車は対の塔の間を通って西に曲がり、中庭に入りました。シートベルトをはずした先生は私のベルトもはずしてくださってから、言いました。「ピルビームさんのところまで一緒に行きましょう。ピルビームさんはいないかもしれない。その場合は私のコティジにいらっしゃるといい。今われわれ二人に必要なのは気付け薬の飲み物ですよ」

　でもルビーは部屋にいて、私はこれでよかったのだと喜びました。グレゴリー先生は事の次第をごく大ざっぱに説明してから、こう言いました。「セバスティアン神父とマーティン神父がいま遺骸のそばにいます。警察はすぐにも来ますよ。セバスティアン神父が戻られるまで、このことは誰にも言わないように。戻られた時点で全校に話すことになっていますからね」

　先生が出て行かれた後、ルビーはセバスティアン神父さまのおっしゃっていた通り、お茶を淹れてくれました。濃くて熱い、とても心の和むお茶でした。ルビーはあれこれ気を遣ってくれましたが、その言葉や仕草は憶えていません。私は話すことも大してありませんでしたし、彼女も私が話すとは思っていませんでした。まるで病人扱いで、私がショックのせいで寒いといけないからと、電気ストーブを強に入れ、〝ゆっくり、たっぷり休める〟ようにと、カーテンまで閉めてくれました。

　警察が来たのは一時間ほどたってからだったと思います。ウェールズ語訛りで話す、わりと若い巡査部長さんでした。親切な、辛抱強い人でしたし、私も質問にかなり冷静に答えました。それほど話すこともありませんでしたけれど。ロナルドをどの程度よく知っていたのか、彼を最後に見たのはいつのことか、最近気を滅入らせていなかったかと訊かれました。前の晩にグレゴリー先生のコティジの方に歩いて行くロナルドを見かけたのが、最後でした。きっとギリシャ語の授業だったのでしょう。新学期が始まったばかりですから、彼を見かけたのはその時だけです。巡査部長さんは——名前はジョーンズとか、エヴァンズとか、ウェールズの名前だったと思います——ロナルドは気を滅入らせていなかったかと質問をしながら、すまないと謝っていました。いずれにしろ特に問題はないようだと言い、ルビーにも同じ質問をしてから、帰って行きました。

五時の夕べの祈りの前にセバスティアン神父さまが学生、職員を集めて、ロナルドのことをお伝えになりました。その頃にはほとんどの神学生が何か惨事が起きたと感づいていました。警察の車も遺体安置所のワゴン車も、こっそり来はしません。私は図書室に行かなかったので、セバスティアン神父さまが何と言われたかは聞きませんでした。その頃には一人になりたいと、それしか考えませんでした。でもその夜遅く、上級生のラファエル・アーバスノットが全神学生からのお見舞いだと言って、青いセントポーリアの小さな鉢植えを持ってきました。誰かがペイクフィールドかローストフトに車を走らせて買ってきたのにちがいありません。ラファエルは鉢を渡してくれる時に、腰をかがめて、私の頬にキスをしました。彼は「マーガレット、残念なことになりました」と言いました。こういう場合によく使われる言葉ですけど、ラファエルの言葉はありきたりには聞こえませんでした。まるで謝っているようでした。

二晩して悪夢が始まりました。私はそれまでに、初めて人が死ぬのを経験した見習い看護婦の時でさえ、悪夢に悩まされたことは一度もありませんでした。恐ろしい夢です。今も疲れ切ってベッドに入らざるをえなくなるのを恐れながら、毎晩遅くまでテレビの前に座っています。夢はいつも同じです。ベッドのそばにロナルド・トリーヴィスが立っているのです。裸の身体に湿った砂が張りつき、金髪にも顔にもこびりついて、砂がついていないのは目だけ。その目が、どうして手を尽くして生命を救おうとしなかったのかととがめるように、私を見つめるのです。どうにもできなかったことは分かっています。私が見つけるはるか前にすでに事切れていたのですから。それなのにロナルドは毎晩現れて、あの丸っこい、不細工な顔から湿った砂をぼとぼと落としながら、なじるような目でじっと見つめて、非難するのです。

今こうして書いたからには、きっと彼も私をそっとしておいてくれるでしょう。自分を空想癖のある人間とは思いませんが、ロナルドの死には何やら奇妙なところが、頭の隅に引っかかるものがありながら、それが何だか思い出せなくて苛々させられるようなところがあります。ロナルド・トリーヴィスの死は終わりではなくて、初めのような気がしてなりません。

2

ダルグリッシュに電話が入ったのは、彼がコミュニティ関係部との会議から戻って来る直前の午前十時四十分だった。会議はその種の会議の例に洩れず予定より長引いたため、下院の内務大臣室で総監と落ち合うまでに五十分しかない。コーヒーを一杯飲んで、かけなくてはならない電話を二つばかりかける時間しかないな、とダルグリッシュは思った。ところが自分の机にたどり着くか着かないうちに、秘書がドアから首を突き出して、言った。

「お出かけ前にハークニス副総監がお目にかかりたいとのことです。アルレッド・トリーヴィス卿がお見えのようです」

今度はいったい何だろう。アルレッド卿に何か要求があることは言うまでもない。ロンドン警視庁の幹部警官に面会に来る人は、何かしら要求があるにきまっている。そしてアルレッド卿は自分の要求を必ず通す。大小にかかわらず複雑な権力システムをコントロールする術《すべ》を本能的に察知せずに、飛ぶ鳥を落とす勢いの多国籍企業を経営できるはずがない。ダルグリッシュはアルレッド卿の評判を聞いていた。二十一世紀に生きていれば、いやでも耳に入ってくることだった。有能な部下を率いる公平かつ寛大な経営者、自らの信託基金を使って慈善活動を活発に行なう博愛家、二十世紀ヨーロッパ美術の収集家。いずれもひが目で見れば、無能力者を容赦なく切り捨てる血も涙もない男、流行の主義主張を支持して格好の宣伝材料にする男、長期資本利益に目端のきく投資家ということになろう。無礼な男という評判さえ、いかようにも解釈できた。アルレッド卿の無礼は相手かまわずだし、強者は弱者に煩わされるものだから、正直な平等主義者という結構な評判が奉られたにすぎなかった。

　エレベーターで八階に上がるダルグリッシュは楽しいだろうと期待はしなかったものの、興味津々ではあった。少なくとも面会は比較的短くてすむだろう。十五分過ぎには警視庁を出て、内務省まで半マイルの道を歩かなければならない。どちらが重要かということになれば、アルレッド・トリーヴィス卿と言えど内相の後塵を拝す。

　ダルグリッシュが入って行くと、机のそばに立っていた副総監ハークニスとアルレッド卿が振り向いた。マスコミによく登場する人物に往々にしてあることだが、トリーヴィスの第一印象は人をまごつかせるものがあった。テレビで見るほどスマートではないし、線の太い整った顔つきもしていない。顔の輪郭もそれほどきっぱりと明快ではなかった。だが内に潜む力、そしてそれを他人の目を意識しながら楽しんでいる印象は、テレビ以上に強く感じられた。裕福な農家の親父のような服装は彼の弱点だった。ただしごくフォーマルな席では、仕立てのいいツイード・スーツを着る。確かに幅のある肩や両頬と大きな鼻の赤らみといい、どんな理容師の手にも余るくしゃくしゃに乱れた髪といい、容姿も田舎者の趣があった。髪の毛はほとんど黒に近い、ごく濃い色だった。額の真中から銀色の縞が走っている。相手がお洒落だったら、ダルグリッシュもわざと染めたのではないかと勘ぐっただろう。

部屋に入ったダルグリッシュに、トリーヴィスは太い眉毛の下から明らかに値踏みするような視線を真っ直ぐ向けてきた。

ハークニスが言った。「すでに顔見知りと思うが」

二人は握手した。アルレッド卿の手は冷たくがっしりしていたが、この仕草が単なる儀礼であることを強調するように、すぐに引っ込めた。卿は言った。「お会いしたことがありますよ。八〇年代後半に、内務省の会議でじゃありませんでしたかな。旧市内の政策に関する会議だった。どうしてこの私があんなことに首を突っ込むことになったのか」

「旧市内主導で企画された計画に、あなたの会社が多額の寄付をなさった。寄付が有効に使われるか、確かめにいらしたんじゃありませんか」

「多分そうでしょう。その可能性はあまりなかった。若者は朝起きて出かける甲斐のある、給料のいい仕事を求めているんであって、存在しない仕事のために訓練を受けたがっているわけではない」

ダルグリッシュはその時のことを思い浮かべた。例によって綿密に計画された広報上の儀式だった。出席した官僚も大臣たちもほとんど成果を期待していなかったし、事実ろくな成果は上がらなかった。要点をついた質問を数々発し、答に懐疑的な感想を述べたトリーヴィスは、大臣のまとめが始まる前に席を立った。いったいどんな理由で出席者として、計画の一端を担う者として選ばれたのか。おそらくその部分も広報上の儀式だったのだろう。

ハークニスが窓の前に並べられた黒い回転椅子の方に曖昧に手を上げて、コーヒーを勧める言葉を何やらつぶやいた。

トリーヴィスがそっけなく言った。「いや、結構です。コーヒーは遠慮します」朝の十時四十五分に飲むにふさわしくない、異様な飲み物を勧められたかのような答え方だった。

三人は利害のある問題数点について話をつけるために集

まったマフィアの親分さながらに、用心深げな表情でもったいぶって椅子に座った。トリーヴィスが腕時計に目をやった。この話し合いに割かれる時間に制限があるにちがいない。彼は何の前触れもなく、用件についても一言の予告もなく勝手にやってきた。その点は当然彼の強みになっている。幹部警官が当然時間を割いてくれると自信満々でやってきて、確かにその通りになった。

その彼が言った。「私の長男ロナルドが十日前にサフォーク州の崖で死にました。ちなみにロナルドは養子です。正確に言えば崖の砂が崩れ落ちる〝サンド・フォール〟によるものです。ローストフトの南一帯の崖は十七世紀以来海に侵食されている。窒息死でした。ロナルドはバラーズ・ミアにある聖アンセルムズ神学校の学生だった。英国国教会の司祭を養成する高教会派の施設です。香と鐘ですよ」トリーヴィスはダルグリッシュを見て、続けた。「あなたはその種のことに詳しいんでしょうね。お父上が司祭だったんじゃありませんか」

アルレッド卿がどうしてそんなことを知っているのかと、ダルグリッシュは不思議に思った。きっとどこかで耳にした聞きかじりの知識を、この話し合いに出かける前に部下に確かめさせたのだろう。アルレッド卿は相手に関して可能な限り情報を持つことをよしとする男だった。その情報が相手にとって不名誉なことなら一層いいが、自分が相手の個人情報を握っているのを向こうが気づいていないというのも一つの力であり、満足感を得られ、将来役に立つこともある。

ダルグリッシュは答えた。「ええ、ノーフォークで教会主管者をしていました」

ハークニスが尋ねた。「ご子息は聖職者の養成教育を受けておられたんですか」

「息子の受けた聖アンセルムズ神学校の教育では、聖職以外の仕事につく資格は得られなかったでしょうな」

ダルグリッシュが言った。「新聞に死亡事件の記事が出ていましたが、死因審問について読んだ憶えがありませんね」

「そうでしょう。きわめて隠密裏に進められましたから。

事故死でした。死因不明の評決が出て当然だったんですよ。神学校の校長と教員のほとんど全員が黒衣を着た監視員のように並んで座っていなければ、検死官もまともな評決を出す勇気が出たんでしょうが」

「アルレッド卿、あなたは出席されたのですか」

「いや。代理を出席させて、私自身は中国に行っていました。北京で込み入った契約の交渉があったんです。火葬の時には戻ってきました。遺骸をロンドンに運んで、荼毘《だび》に付しました。聖アンセルムズ神学校では追悼礼拝がありました。死者のためのミサと言うらしいですが。しかし家内も私も出席しなかった。ああいうのは、どうも居心地が悪いのですよ。死因審問が終わってすぐに、うちの運転手ともう一人をやって、ロナルドのポルシェを引き取りました。学校は息子の衣類と財布、時計を返してくれた。ノリスが――うちの運転手です――衣類の包みを持ち帰りました。大した量ではありませんでしたよ。学生は必要最低限の衣類しか持たないように言われているんです。スーツ一着にジーンズ二枚、シャツにセーター、靴、それに学生が着ることになっている黒い法衣程度です。本ももちろん何冊かあったんですが、図書室に寄贈すると言いました。一人の人間の生活があっという間に片付けられてしまった。何とも奇妙でした。そして二日前にこれが来ました」

　アルレッド卿は急ぐ様子もなく悠然と財布を取り出すと、折り畳んである紙を開いて、ダルグリッシュに渡した。ダルグリッシュはさっと目を通して、ハークニスに手渡した。副警視総監は声を出して読んだ。

「〝なぜあなたはご子息の死に疑問を持たないのですか。あれを事故と信じる者はいません。あそこの司祭たちは自分の名声を守るためなら、どんなことでも隠蔽します。あの神学校では白日の下にさらすべきことが多々起きている。あなたは彼らのしたことを見過ごすおつもりですか〟」

　トリーヴィスは言った。「それは殺人の告発と言っても遠からずだと思いますね」

　ハークニスは手紙をダルグリッシュに返して、言った。

「しかし証拠もなければ、動機や怪しい人物の名前も挙げていないのですから、単なるいたずら、神学校を困らせようとする人間の仕業ということも考えられる」

ダルグリッシュが手紙をトリーヴィスに返そうとすると、トリーヴィスは苛立たしげに手を振った。

トリーヴィスは言った。「もちろんそれも数ある可能性の一つにはちがいない。あんたがたはその線を除外しないでしょう。私個人としては、もう少し深刻に受け止めているのですよ。パソコンで書かれたものだから、推理小説によく出てくる〝e〟の文字からタイプライターを突き止めるなんてことはできない。指紋を調べる必要はありませんよ。私がすでにすませた。もちろん秘密裏に、です。何も出ませんでした。といっても、出るとは思っていなかった。これを書いた人物は教養があると言えますね。きちんとした文章を書いている。ろくに文章も書けない輩《やから》がはびこる昨今ですから、若者ではなくて中年と考えられるんじゃないでしょうか」

ダルグリッシュが言った。「それに、あなたを行動に駆り立てるような書き方をしている」

「どうしてそうと」

「ここにこうして来られたじゃありませんか」

ハークニスが訊いた。「ご子息は養子だとおっしゃいましたね。どういう経歴の方だったんですか」

「経歴などありません。生まれた時、母親は十四歳で、父親は一歳年上。母親がウェストウェイのガード下のコンクリート柱に寄りかかった時に、その腹に宿った。健康な白人の新生児——養子市場では引く手あまたの商品だった。ぶちまけた話、あの子を手に入れられて、私たちは幸運でしたよ。どうしてそんなことを訊かれるのですか」

「手紙を殺人の告発だとおっしゃった。ご子息の死から利益を得る人間がいるとしたら、誰かと思ったのですよ」

「人が死ねば、誰かが得をする。今度の場合、利益を受けるのはただ一人、次男のマーカスです。三十歳に達した時に受け取る信託資金は増えることになるし、最終的な相続財産もロナルドが生存していた場合よりさらにずっと多くなる。次男は問題の時には学校にいたので、あの子は除外できますね」

「ロナルド君はあなたに落ち込むとか、楽しくないといったことを話したり、手紙に書いて寄越したりしませんでしたか」

「私にはそんなことは。しかしあの子は私にそういうことを絶対に打ち明けなかったんじゃないかな。ですが、誤解されておられるのではないですか。私は質問を受けたり、あんたがたの捜査の片棒をかついだりするために、ここに来たのではない。わずかとはいえ、知っていることは話しました。これからはそっちでやってもらいたい」

ハークニスはダルグリッシュをちらりと見てから、言った。「言うまでもないですが、これはサフォーク警察の担当です。有能な警察ですよ」

「そりゃあ、もちろんそうでしょう。警察管区監査官の監査を受けて、有能と認定されたのでしょう。だが、最初に捜査をしたところですからな。私としてはあんたがたにやってほしいのですよ。限定して言えば、ダルグリッシュ警視長にお願いしたい」

副総監はダルグリッシュを見てから、異議を唱えようとしたが、考え直したようだった。

ダルグリッシュは言った。「私は来週休暇を取る予定になっていまして、一週間ほどサフォークに行くつもりです。聖アンセルムズ神学校は知っています。地元警察や神学校で話を聞いて、さらに突っ込んで捜査すべき状況かどうか調べることは可能です。ただしすでに死因審問の評決が出ているうえ、遺体は荼毘に付されたことですし、今後新しい事実が出てくる可能性はきわめて低いでしょうね」

黙っていたハークニスが口を開いた。「変則的だな」

トリーヴィスが立ち上がった。「変則的かもしれないが、私には実に当を得ているように思えますね。目立たないようにお願いしたい。地元警察に直接当たらないのはそのためです。息子が死んだと分かった時、地元の新聞が騒ぎ立てた。タブロイド新聞に大見出しで、不審死ではないかなどとでかでかと書かれるのは困るのですよ」

ハークニスが言った。「しかしそう思っておられるのでしょう?」

「不審死にきまっている。ロナルドは事故か、自殺か、あるいは殺されて死んだ。一番目は考えられない。二番目は説明がつかない。となると三番目しかない。結論を出されたら、連絡していただけるのでしょうな」

ハークニスが椅子から腰を浮かしながら、尋ねた。「アルレッド卿、ご子息の職業の選択について満足しておられましたか」彼はちょっと間を置いてから続けた。「職業と言うか、天職と言うか」

質問と婉曲な表現の煮え切らない妥協のような口調には、自分の質問は快く取られないだろうと予期する気持が表れていた。確かにその通りだった。アルレッド卿の声は静かだったが、警告の響きは紛れもなかった。「それは一体どういう意味で言っておられるのですか」

ハークニスは、口を切ったからには脅しをかけられる気はなかった。「ご子息には何か心にかかること、これといった悩みでもあったのではないかと思ったのですよ」

アルレッド卿はわざとらしく腕時計に目をやって、言った。「自殺だと言われるんですね。私の考えははっきりと申し上げたと思うが。その線は問題外です。問題外。どうしてあの子が自殺をしますか。ほしいものは何もかも手に入れていたんですよ」

ダルグリッシュが穏やかな口調で言った。「ですが、それがあなたの希望と違っていたら?」

「もちろん私の希望とは違った。あれは未来のない職業です。英国国教会は現在の凋落傾向が続けば、二十年で消滅する。あるいは奇矯な一宗派として残り、古い迷信と歴史的な教会の維持に専心するか。政府が古い教会を国家の文化財として没収しなければ、ですがね。人間は霊性という幻想を信じたいんでしょう。おおかたの人が神を信じていることは確かだし、死イコール消滅という考え方は快いものではない。だが人間はもう天国を信じなくなったし、地獄を恐れない。いまさら教会に行くようにはなりませんよ。ロナルドには教養も知性もチャンスもあった。馬鹿ではなかった。実りある人生を送れたはずです。あの子は私がどう思っているか知っていたし、この問題はわれわれの間では避けて通ることになっていました。息子は私を怒らせるために、わざわざ一トンの砂の下に頭を突っ込んだりはしませんよ」

立ち上がったトリーヴィスは、ハークニスとダルグリッシュに軽く頷きかけた。面会は終わったのだ。ダルグリッシュがトリーヴィスと一緒にエレベーターで下に降りると、目の前に運転手付きのベンツが滑るように止まった。思った通りの完璧なタイミングだった。

ダルグリッシュは踵《きびす》を返したが、有無を言わさぬ口調で呼び戻された。

アルレッド卿は窓から首を突き出して、言った。「あんたはもうすでに考えただろうが、ロナルドは他の場所で殺されて、遺骸が海岸に動かされたということもありうるんじゃないですか」

「アルレッド卿、サフォーク警察もその点は考えたと思いますよ」

「私はあんたほど確信がないね。とにかく一つの考え方だ。念頭においておいた方がいい」

アルレッド卿は、運転席で彫像のようにじっと座る無表情な運転手に車を出せと命じる気配を見せなかった。それどころかふと思いついたように、こう言った。「一つ気になっていることがあるんですよ。実は教会で思いついたことなんだが。私も時にはシティ恒例の礼拝に顔を出すことがある。暇な時間ができたら、調べてみようと思っていたんです。使徒信経のことなんだが」

ダルグリッシュは驚きを隠すのがうまかった。彼は真面目くさった顔で尋ねた。「どの使徒信経ですか」

「使徒信経は一つじゃないのかな」

「三つあります」

「何だって！　じゃあ、そのどれでもいい。どうせどれも大して違いはないんだろう。あれの発端は何だったのかな。つまりだ、誰があれを書いたのか」

ダルグリッシュは、アルレッド卿は息子とその疑問について話し合ったことがあるのだろうかと好奇心が湧き、訊いてみたかったが、抑えた。「私なんかより神学者にお訊きになったほうがいいと思いますね」

「あんたは司祭の息子でしょう。あんたなら知っているだろうと思ったんだが。あちこち訊いて回る時間は、私にはない」

ダルグリッシュの意識はノーフォーク司祭館の父の書斎に飛んだ。今ではめったに口にすることもないものの、子供の頃に習い覚えたか、あるいは父の蔵書を拾い読みしたかして、頭にしっかり植え付けられた歴史的事実が念頭に蘇った。「ニケア使徒信経は四世紀にニケア会議で規定されました」なぜか年号がひょいと頭に浮かんだ。「確か三二五年だったと思います。ローマ帝国コンスタンティヌス大帝がキリスト教会の教義をまとめ、父なる神と子なるキリストを異質としたアリウス派異端問題を処理するために召集した会議です」

「どうして教会はあれを現代風に書き直さないんだろうな。医学や科学、宇宙の仕組みについて知りたい時に、四世紀に決められたことを頼りにはしないでしょう。私だって会社の経営に四世紀のことを持ち込んだりはしない。神を理解するときに限って、どうして三二五年になるのか」

「二十一世紀の使徒信経をお望みですか」ダルグリッシュは、アルレッド卿が自身で書くつもりなのか訊きたかった。だが、こう言うにとどめた。「今の分裂したキリスト教会では、会議を召集しても意見が一致しないでしょう。英国国教会では、ニケア会議の司教たちは神の啓示を受けたという見方を採っていますね」

「人間の会議だったんでしょう、権力を握った人間の？　彼らは会議に個人的な思惑や偏見、ライバル意識を持ち込んだ。基本的には誰の意見が通って、誰が譲るかという力関係だった。あんたもけっこう委員会に出ているんだから、そこら辺は承知しているでしょう。これまでに神の啓示を受けた委員会なんかあったかな」

「確かに内務省の専門委員会ではありませんでしたね」ダルグリッシュは続けて言った。「大主教か、あるいは法王にでも手紙を書くおつもりですか」

疑わしげな鋭い視線を投げたアルレッド卿は、たとえからかわれているのだとしても、無視するか、あるいは乗ることにしたようだ。「そんな時間はありませんよ。いずれにしろ私にとっては勝手の分からない分野だ。それにしても興味深い。教会だって、私と同じようなことは考えたとは思いませんか。聖アンセルムズ神学校で何か分かったら、知らせてください。私は十日ほど海外に出かけるが、急ぐ必要はありません。息子が殺されたのなら、すべきことは承知している。自殺だったのなら、それはあの子の問題だ。しかしその場合でも、はっきりそうと知りたいのですよ」

彼は頷くと、唐突に首を引っ込めた。そして運転手に言った。「よし、ノリス、社に戻ってくれ」

車は滑らかに走り去った。ダルグリッシュは走り去る車を少しの間見つめていた。アルレッド卿にとって、見ることは手に入れることだ。そう断じたのは、自信過剰な評価だったし、無礼ですらあったのではないか。彼は純真、緻密、傲慢、そして広範囲な好奇心の交じり合った、もっと複雑な人物だった。彼の好奇心はちぐはぐな対象に向けられるとはいえ、個人的興味という重みがある。だがダルグリッシュはまだ釈然としなかった。ロナルド・トリーヴィスの死因の評決は意外とはいえ、少なくとも温情ある判断だった。さらに調べようと言い張るのは、親としての関心以外に何か隠された理由があるのだろうか。

ダルグリッシュは八階に戻った。ハークニスは窓から外を眺めていた。彼は振り返らずに言った。「途方もない男だ。他に何か言っていたか」

「ニケア使徒信経を書き直したいそうです」

「考えることが馬鹿げている」

「しかし彼の他の行動に比べたら、人類にとって実害が少ないんじゃないですか」

「私が言っているのは、息子の死に関する捜査を再開して、幹部警官の時間を浪費させようという今日の提案だよ。だが、あの男のことだ、引っ込みはすまい。君がサフォーク警察と話をつけるかい、それとも私がしようか」

「なるべく大袈裟にしないほうがいいでしょう。去年ピーター・ジャクソンがあそこの副本部長になりました。私が彼に話を通しますよ。それに私は聖アンセルムズ神学校のことを多少知っています。子供の頃に夏休みを三回あそこで過ごしたことがある。昔の教師が今もいるとは思えないですが、私が行けば、いくらかは自然な訪問と受け取ってくれるでしょう」

「そうだろうか。俗世間とかけ離れた生活をしているかもしれないが、それほどの世間知らずとも思えないな。首都警察の警視長が事故死した学生に関心を示しているんだよ？ とはいえ、他にこれといった案があるわけでもない。トリーヴィスは引き下がらないだろうし、よその管轄地域で捜査を始めようというのに、部長刑事を二人差し向けるわけにもいかない。だがもし不審な点があれば、トリーヴィスの好むと好まざるとにかかわらず、サフォーク警察に引き継いでもらうしかない。あの男もサフォーク警察に殺人事件の捜査を隠密裏にやらせようなんて考えは、捨てることだ。こと殺人に関しては、いったん明るみに出たら、どんな人間であろうと立場は同じだ。トリーヴィスといえど、自分の都合でどうこうできることじゃない。それにしても妙だな。つまりさ、なぜわざわざ持ち出すのか。マスコミに騒がれたくないなら、なぜ蒸し返したりするのか。それにあの手紙を真に受ける理由が分からない。あの男のことだ、頭のおかしな輩からの手紙には慣れているはずだ。他の手紙と一緒にくずかごに放り込みそうなものじゃないか」

ダルグリッシュは黙っていた。差出人の動機が何であれ、文面は精神錯乱者の書いたものには思えなかった。ハークニスはさらに窓に近寄り、見慣れた塔と尖塔のパノラマが突如目新しく興味深いものに変わったかのように、肩を丸めてしげしげと眺め渡した。

外を向いたままハークニスは言った。「彼は息子にまったく同情を示さなかったじゃないか。容易じゃなかっただろうね。息子が、だよ。トリーヴィス夫婦は子供ができないと思って、養子を取った。すると奥さんが妊娠して、実子が生まれた。社会福祉課が選んでくれた子じゃなくて、血肉を分けた本当の子供だ。そういうケースは珍しくない。私も同じような例を知っている。養子の子供は常にそこにいる権利がないのに、偽って家族に加わっているように感じるんだ」

ほとばしり出るような激しい口調だった。一瞬沈黙が流れ、やがてダルグリッシュが言った。「それが理由かもしれません。あるいは後ろめたさが。生前、息子を愛せなかったし、亡くなった今も悲しめない。しかし息子に正義を与えることはできる」

ハークニスは振り返って、ぶっきらぼうに言った。「死んだ人間に正義が何の役に立つ。生きている者に対する正義に専念した方がいい。だが多分君の言う通りだろう。とにかくできるだけやってみてくれ。総監には私から話しておく」

彼とダルグリッシュはファースト・ネームで呼び合うようになって八年になるが、まるで部長刑事を退出させる口調だった。

3

内相との面会に必要なファイルは、付属書類を添えて机の上に用意されていた。秘書はいつもながら抜かりなかった。書類をブリーフケースに入れて、エレベーターで降りるダルグリッシュは、その日予定されている仕事から心を解き放って、風の吹きすさぶバラーズ・ミアの海岸にさまよわせた。

では、ついにあそこに戻るのか。なぜ今まで行かなかったのだろうと、ダルグリッシュは不思議な気持がした。叔母がイースト・アングリア海岸の、最初はコテイジに、後に改造された風車小屋に引っ越して住んでいたから、訪ねた折に聖アンセルムズ神学校に足をのばそうと思えば、簡単にできた。わざわざ失望しに行くこともないと、本能的に避けたのか。人は以前好んだ場所を再訪すると、それまで重ねた月日の重みが加わった批判的な目でとかく判断しがちだ。それに戻ると言っても、見知った人はもういない。ダルグリッシュが最後に行った時にマーティン神父がいたが、あの神父もとっくに引退したにちがいない。もう八十歳になっているはずだ。聖アンセルムズ神学校を訪れても、思い出を分かち合う相手はいない。おまけに神学校のスタッフに精神的苦痛と困惑を与えたにちがいない事件、彼らにすれば忘れたい事件を、ろくに正当な理由もないのに蒸し返そうとする警官として、こちらから押しかける形で行くことになる。とはいえ、これからあそこに戻るのだ。ダルグリッシュには、突然その予定が楽しいものに思えてきた。

彼の意識には今歩いている、警視庁のあるブロードウェイと議事堂広場を結ぶ半マイルの典型的な官庁街はなく、もっと静かで穏やかな風景があった。雨跡が点々と穿《うが》たれた浜辺に砂を降らせる、崩れやすい砂地の崖、何世紀も潮に洗われて崩れかけながらも、なお海の攻勢に耐えるオーク材の防波堤、かつては海岸線から一マイルの内陸を走っていたのに、今は崖縁ぎりぎりをかすめる砂利道。そして崩れかけたチューダー王朝時代の塔一対にはさまれた前庭と、鉄帯のついたオークの扉のある聖アンセルムズ神学校。石とレンガでできたヴィクトリア朝時代の広壮な神学校本館の裏には、西の中庭を囲んで瀟洒な回廊が巡らされ、北側の回廊は神学校の礼拝堂である中世の教会に真接つながっている。学生たちが校内では法衣を着用し、あの地方の海岸につきものの風をよけるためにフードつきの茶色のマントをまとっていたのを、ダルグリッシュは記憶していた。目蓋の裏に、夕べの祈りのために白い法衣に着替えて教会内陣の席に入って行く学生たちの姿が浮かび、薫《た》き込められた香の匂いが鼻に蘇った。低教会派の父の目には、ローソクが多すぎると映ったにちがいない祭壇、そしてその上にはフランドル絵画の巨匠ロジェ・ファン・デル・ウェイデンの筆になる『聖家族』の絵が掛けられていた。あの絵は今もあるだろうか。それにもう一つの、さらに一段と人目を避けて奥深くにしまわれ、謎の多かったアンセルムのパピルスは、やはり神学校内に隠されているのだろうか。

ダルグリッシュが神学校に行ったのは、夏休み三回だけだった。ダルグリッシュの父は、ストレスが多く環境の変化が必要な都会の司祭と、小教区を交換した。両親が夏休みに入ったダルグリッシュを工業都市に閉じ込めるのを嫌ったため、小教区を交換した司祭がダルグリッシュは司祭館にそのまま残るようにと言ってくれた。だが交換司祭であるカスバート・シンプソン夫婦には八歳を頭に、七歳の双子を含む四人の子供がいると分かり、彼はとてもその気になれなかった。十四歳の頃にはもう、長期の休みには一人静かに過ごせる環境をほしがるようになっていた。そこで司祭館に残って双子の面倒をみるぐらいの寛大な心を見せたらいいのにと、母が思っているのが気にはなったが、聖アンセルムズ神学校の校長の誘いを受けることにしたのだった。

神学校には数人の留学生が残っているだけで、閑散としていた。留学生と司祭たちはダルグリッシュが夏休みを楽しめるように心を砕き、クリケット用に特別に刈った教会裏の芝生に三柱門を立てて、彼のために疲れも見せずに延々と球を投げ続けた。食事はダルグリッシュの学校のものより、それどころか司祭館の食事よりもはるかにおいしかったし、客用施設の部屋も海は見えなかったものの、気に入っていたのを憶えている。だが何よりも楽しかったのは、南はバラーズ・ミアまで、北はローストフトまで一人でぶらつく散策であり、図書室を自由に使えること、しんとしていながら決して重苦しくない静寂、そして毎日毎日が完璧に自分のものになることだった。

そして二度目に行った八月三日に、サディーが現れた。

マーティン神父が言った。「アダム、ミルスンさんの孫娘がお祖母さんのコティジに泊まりに来ることになっている。多分君と同じ年頃だと思うよ。いい話し相手になるんじゃないかな」調理師のミルスンさんはあの時すでに六十代だったから、とっくに引退しているだろう。

サディーは大して話し相手にならなかった。とうもろこし色の絹のような髪を細面の顔の両脇に垂らした、十五歳のやせた少女だった。初めて会った時、緑色がかったグレーの小さな目で、まるでねめつけるようにまじまじとダルグリッシュを見た。だがダルグリッシュと一緒に歩いているだけで、充分楽しいようだった。めったに口を利かず、時たま石を拾って海に投げたり、子犬がボールを追いかけるように急に意を決したように早足で歩き出し、振り向いてダルグリッシュが追いつくのを待ったりしていた。

　嵐の翌日のことを憶えている。空は晴れていたが、風は相変わらず強く、高波が暗い夜間と同じような激しさで打ち寄せていた。二人は防波堤の陰に並んで座り、レモネードの壜を変わりばんこに傾けて飲んだ。ダルグリッシュはサディーのために詩を作った。今思い出すと、心から贈ったというよりも、ちょうどそのとき夢中になっていたエリオットを真似しようという気持の方が強かったような気がする。サディーは小さな目が見えなくなるほど眉根を寄せて読んだ。

「あなたが作ったの？」

「うん。君のために作ったんだ。詩だよ」

「あら、これは詩じゃないわよ。韻を踏んでないもの。クラスの男の子――ビリー・プライスって言うんだけど、その子も詩を書くの。その子の詩は必ず韻を踏んでる」

　ダルグリッシュは憤然として言った。「これは違う種類の詩なんだ」

「そんなことないわ。もし詩なら、行の終わりの言葉が韻を踏んでなくちゃいけないのよ。ビリー・プライスがそう言ったわ」

　後になって、ダルグリッシュはビリー・プライスの言うことには一理あると思うようになった。立ち上がった彼は紙を小さく千切って濡れた砂の上に落とし、次の大波が呑み込んで持ち去るのを見つめた。男女の愛をかき立てると言われる詩の力なんて、所詮こんなものなんだ、とダルグリッシュは思った。だがサディーの女心はその本来の目的を達するために、より単純で、より原始的な策略を思いついた。「あなた、防波堤の端から飛びこむ勇気なんてないわよね」と言ったのだ。

　ビリー・プライスは各行の終わりで韻を踏んだ詩を作るばかりか、防波堤の端から海に飛びこむ勇気もあるにちがいないと、ダルグリッシュは思った。黙って立ち上がった彼は、シャツを脱ぎ捨てた。カーキ色の短パン一つで防波堤に上がり、一呼吸おいてから海草を踏んで突端まで行き、そして荒海に頭から飛び込んだ。思ったより浅くて、浮かび上がる前に掌が小石をこすった。八月とはいえ北海の水は冷たかったが、冷水のショックはごく一時的なものだった。その後が恐ろしかった。制御しがたい力に捕らえられ、強い力で肩をつかまれて、沖に、海底に引っ張られる。必死で泳ぎ出したのだが、岸が突然巨大な波の壁でかき消された。波が頭上に襲いかかってきて、ダルグリッシュは沖に引き戻されるのを感じ、そして次の瞬間上空に、日差しの中に投げ上げられていた。防波堤に向かって泳いだものの、防波堤は一刻一刻離れて行く。

　防波堤の端に立って髪を風になびかせ、両腕を振っているサディーが見えた。何か叫んでいるが、ダルグリッシュには自分の耳ががんがん鳴る音しか聞こえない。彼は力をため、寄せてくる波を待って前進し、そして沖に引っ張られて、せっかく稼いだ数フィートを失ってはならないと懸命に逆らった。パニックに陥ってはいけない、力を節約して押し寄せる波を捕まえるんだと、自分に言い聞かせた。ようやく一フィート、また一フィートと前進して、喘ぎながら防波堤の端をつかんだ。何分もそのまま動けなかったが、サディーが手を伸ばして、引き上げてくれた。

　二人は小石が畝を作る浜に並んで座った。サディーは何も言わずにワンピースを脱ぐと、それでダルグリッシュの背中を拭き始めた。拭き終わると、やはり黙ったままシャツを手渡した。今思い返してみると、彼女の裸、つんと突き出した小さな乳房とピンク色の柔らかな乳首が呼び覚ましたのは、欲望ではなくて、愛しさと憐れみが交じった感情だった。

　やがてサディーが言った。「湖に行きたくない？　私、秘密の場所を知っているの」

　湖は今もあそこにあるだろう。波の打ち寄せる海とは砂利の土手で隔てられて、測り知れない深さを思わせる、油を流したように静かな水面。激しい嵐の時以外は移動する境界線を越えて、よどんだ湖水と海水が出会うことはなかった。潮の満ち干の端で化石化した黒い木の幹が、はるか昔に消滅した文明のトーテム・ポールのように突っ立っていた。湖は海鳥の繁殖地として有名で、木立や藪の中に木造の観測小屋が隠されていた。だがこんな暗く、気味の悪い湖までやってくるのは、よほどの鳥好きに限られていた。

　サディーの秘密の場所は、海と湖の間の砂州に埋もれた難破船の船体だった。腐りかけながらも船室に下りる数段の階段がまだ残っていて、二人はその日の午後とその後の日々をそこで過ごした。明かりは厚板の隙間から差す光だけだった。二人は自分たちの身体に描かれた光の縞を見て笑い、動く縞を指でなぞった。ダルグリッシュが本を読み、詩を書き、船室の湾曲した壁に黙然と寄りかかっている間に、サディーは二人の小世界に、風変わりながらも家庭的な雰囲気を持ち込んだ。彼女のお祖母さんが持たせてくれた弁当が平たい石の上に並べられ、ダルグリッシュにもったいぶって手渡されて、彼女の許可が出て、口に運ばれた。湖水が満たされたジャムの壜には葦と草、崖の割れ目から摘んできた、ゴムのような葉のついた植物が活けられた。二人はネックレスになる穴の開いた石を探して浜辺を歩き回り、サディーはそれに紐を通して、船室の壁に掛けた。

　その夏以降の長い間、潮の香に交じったタールと腐りかけたオーク材の温かな臭いは、ダルグリッシュにとって官能的な刺激を持っていた。サディーは今どこにいるのだろう。おそらく結婚して、金髪の子供たちの母親になっているのだろう。その子たちの父親が溺死、ないしは感電死、あるいはサディーの初期の選択過程で落とされていなければ。あの難破船の残骸が今も残っているとは思えなかった。この何十年間、海は打ち寄せ続けて、獲物を手にしたにちがいない。船板の最後の一枚が寄せてきた波に呑まれるはるか前に、ネックレスの紐はすり切れ、丹念に集めた石は船室の床の砂に落ちて、小石の山を作ったのだろう。

4

十月十二日木曜日、マーガレット・マンローは日記に最後の記入をしていた。

この日記をつけ始めてからこれまで書いたことを読み返すと、どうして書き続けたのかと思うほど退屈です。ロナルド・トリーヴィスが亡くなってから後に書いたことといえば、毎日の日課とお天気のことばかり。死因審問と死者のためのミサが終わると、まるであの悲劇は正式に片がつき、ロナルドは最初からここにいなかったかのように思えることがありました。ロナルドのことを口にする学生は一人もいません。少なくとも私に話す学生はいないし、司祭さまたちも誰もお話しになりません。死者のためのミサの時でさえ、ロナルドの亡骸は聖アンセルムズ神学校に戻ってきませんでした。アルレッド卿がロンドンで荼毘に付すのを望まれたため、死因審問が終わるとロンドンの葬儀社が引き取って行きました。ロナルドの衣類はジョン神父さまが荷造りしました。アルレッド卿が差し向けた二人の男の人が包みを受け取り、ロナルドのポルシェを運転して帰りました。あの悪夢も薄れてきて、もうあの目の見えない、砂まみれの恐ろしい姿が私の方に手探りで忍び寄ってくるのを想像して、汗びっしょりになって目を覚ますこともなくなりました。

でもマーティン神父さまのおっしゃった通りでした。起きたことをすっかり文章に書くと、気持の整理がつきます。これからも書き続けるつもりです。一日が終わって夕食の片づけをすました後、このノートを前にテーブルに座る瞬間を待ち遠しく思うようになりました。私は他に何の才能もないけれど、言葉を使い、過去を思い返し、自分の身に起きた出来事の外に立って、その意味をはっきりさせるのは楽しいことです。

でも今日これから書くことは退屈なことでも、ただの日課でもありません。昨日はいつもと違いました。重大なことが起きて、日記を完璧なものにするにはそのことを書かねばなりません。でもはたして文字に表していいものか。何と言っても私自身の秘密ではないし、この日記は私以外の人間の目に触れないとはいえ、なぜか紙に書くのは賢明でないような気がしてなりません。秘密は口にされず書かれなければ、心の中に安全にとどまっていますが、いったん文字にされると、秘密は解き放たれ、花粉のように空中に広がって他の人の心の中に入る力を与えられるような気がします。想像を逞しくしているように聞こえるかもしれませんが、何がしかの真実が含まれているにちがいありません。でなければ、こんなに書くべきでないと強く思うはずがないでしょう。でももっとも重要なことを書かずにいては、日記を書き続ける意味がありません。それにたとえこのノートを鍵のかかっていない引き出しに入れておいても、読まれる危険はありません。このコティジに来る人はあまりいないし、来ても、私のものを引っかきまわす人はいません。とはいえプライバシーにはもっと気をつけた方がいいのでしょう。そのことは明日また考えることにして、思いきって書けるだけ書いてみることにしましょう。

もしエリック・サーティーズが自分の畑で取れたリークを四本持ってきてくれなければ、そんなことはまったく思い出さなかったのですから、こんなに奇妙なことはありません。エリックは私が夕食にチーズソースをかけたリークを食べるのが好きなのを知っていて、菜園でできた野菜をよくくれます。私だけではありません。他のコティジにも、神学校にもあげています。彼が来る前に、ロナルドの亡骸を見つけた時のことを書いた文章を読み返していたので、リークの包みを開く時に、浜辺の光景が心の中にまざまざとあったのです。全てがまるで写真を見るようにありありと蘇ってきました。仕草一つ一つ、話された言葉の一言一言。名前以外は何もかも——はたしてあの時名前を知っていたのかどうか。十二年前のことですが、昨日のことのように思い出しました。

　夕食をとってから、秘密をベッドに持って入りました。そして今朝になって、もっとも関わりのある人に話さなければいけないという結論に達しました。それがすんだら、その後は沈黙を守り続けるのです。でもその前に自分の記憶が正しいか確かめなければなりません。そこで今日の午後ローストフトに買い物に出かけたついでに電話をしました。そして二時間前に、私の知っている事実を話しました。私には関わりのないことですし、これ以上何もする必要はありません。結局は単純で簡単なことでした。心配することなど何もなかったのです。話してよかったと思います。あのことを知っていながら何も言わず、自分の記憶は間違っていたのだろうかと思いつつ、ここで暮らし続けるのは、具合の悪いものだったにちがいありません。もう気にする必要はなくなりました。それにしても、エリックがあのリークを持ってきてくれなければ、ばらばらだったことが一つにまとまることも、思い出すこともなかったのですから、本当に不思議なものです。

　今日は大変な一日で、とても疲れました。きっと疲れすぎて寝つけないでしょう。ＢＢＣニューズナイトの冒頭の部分だけ見て、ベッドに入ることにします。


テーブルからノートを取って、机の引出しに入れたマンローは、眼鏡をテレビ用の見やすいものに取り換え、スイッチを入れた。そして高い袖つきの安楽椅子に腰を落ち着けると、肘掛けにリモコンを置いた。彼女は少し耳が遠くなっていた。ふと気づくと、音がびっくりするほど大きくなっている。音量を落とすと、番組最初の音楽は終わっていた。椅子に座ったまま眠り込んだのかもしれない。だが、立ち上がってベッドに行くのは、とても大儀に思えた。

　うとうとまどろみかけた時、冷たい隙間風を感じた。部屋に人が入ってきたと、音でなく直感で分かった。ドアの掛け金が落ちる音がした。椅子の横から首を伸ばしたマンローの目に、入ってきた人物が映った。「おや、あなたでしたか。明かりがまだついているので、びっくりなさったんでしょう。もう寝ようと思っていたところです」

人影は安楽椅子の後ろにやってきた。マンローはのけぞって見上げ、返事を待った。すると手が下りてきた。黄色のゴム手袋をはめた、強い手だった。その手がマンローの口に押し当てられ、鼻を塞いで、頭を椅子の背に押し付けた。

マンローはこれが死ぬということなのかと思ったが、恐怖は感じなかった。ただひどく驚き、疲れ、そしてあきらめた。逆らっても無駄だっただろうが、彼女は逆らいたくなかった。ただ楽に早く、苦しまないで行きたいだけだった。心臓が最後の鼓動を打って動かなくなるまでの間に、彼女がこの世で最後に感じたのは、顔に押しつけられた手袋の滑らかな冷たさとゴムの臭いだった。

5

十月十七日火曜日、十時五分前ちょうどにマーティン神父は自室にしている本館南側にある小塔の小部屋を出て、らせん階段を下り、校長室に向かった。この十五年間、火曜日午前十時は週一回居住司祭全員が集まる時間として常に空けてあった。校長であるセバスティアン神父が報告を行ない、問題点や財政困難が討議され、次の日曜日の詠唱聖餐式とその週の礼拝の詳細が最終的に決定される。今後の説教者招待についても決定され、維持管理に関する小さな問題も処理される。

この会議が終わると、最上級生が呼ばれて、セバスティアン神父と二人で話し合いに入る。最上級生の役割は小規模な学生会の意向、不満、計画を学校側に伝え、翌週の礼拝に関する詳細など教師側が神学生全体に知らせたい指示や情報を受けることにあった。学生が参加できるのはここまでだった。聖アンセルムズ神学校は今も〝学生の身分〟という言葉を昔ながらに解釈し、教師と教えを受ける者の境界線を双方が理解し、守っていた。だが管理体制には意外なほどゆとりがあり、特に土曜日の休暇は金曜日五時の夕べの祈りが終わってから出かけ、日曜日十時の聖餐式には戻るという条件で、学生の自由に任されていた。

　ポーチのある東に面した校長室からは、チューダー王朝時代の一対の塔にはさまれて海が一望のもとに眺められた。仕事部屋としては広すぎたが、前任者のマーティン神父同様、セバスティアン神父もそこを仕切って本来の均整を損なうようなことはしなかった。パートタイムの秘書ビアトリス・ラムジーは隣室を使っている。彼女は水曜日から金曜日の三日間だけ勤務して、ほとんどの秘書が五日かける仕事を三日でこなす。マーティン神父はこの恐ろしいばかりに厳正で信心深い中年女性がそばにいると、ついおならをしてしまわないかといつも気になった。ミス・ラムジーはセバスティアン神父に心酔しきっていたが、オールドミスの司祭に対する思い入れに時折見られる、感傷や気恥ずかしい感情表現などは一切なかった。彼女の敬意は神父個人でなく、神学校校長という身分に向けられ、校長を満足すべき状態に保つことを、自らの務めの一部と考えているようだった。

　校長室はその広さもさることながら、アーバスノット嬢から神学校への遺贈品である貴重な品々が置かれていた。聖アンセルムズ神学校の神学の真髄であるカンタベリー大主教聖アンセルムの言葉〈知らんがために信ず〉が彫られた石の暖炉の上には、果樹園で戯れる、現実にはありえないほど美しい四人の巻き毛の女性を描いた、後期ラファエル前派の画家バーン-ジョーンズの大作が掛かっている。以前は食堂を飾っていたのだが、セバスティアン神父は何の説明もなく校長室に移した。それは校長の絵に対する愛着、あるいは画家に対する賞賛の表れというより、神学校にある貴重品をできる限り自分の部屋の飾りとし、自分の目の届く所に置こうとする欲望のなせるわざではないのか。マーティン神父はそう疑っていたものの、努めてそう思わないようにしていた。

　今週の火曜日に会議に集まったのは、セバスティアン神父、マーティン神父、ペリグリン・グローヴァー神父の三人だけだった。ジョン・ベタートン神父はヘイルズワースの歯医者に急に行かなければならなくなり、欠席する旨の詫びの言葉を寄越していた。司書のペリグリン神父は数分後にやってきた。四十二歳のペリグリン神父は神学校に居住する司祭の中で一番年が若かったが、マーティン神父には一番年長に思えることがしばしばあった。柔らかそうな丸ぽちゃ顔は、丸い大きな角縁眼鏡のせいでいよいよフクロウに似て見えるし、濃い色の髪がおかっぱに切ってあるので、てっぺんを丸く剃っただけで中世の修道士そっくりになったにちがいない。顔つきの穏やかさとは裏腹に、彼は大変な体力の持主だった。泳ぐ時に裸になったペリグリン神父の引き締まった筋肉質の身体を見ると、マーティン神父はいつも驚かされる。マーティン神父自身はもう特別暑い日にしか泳がなかった。おぼつかない足で不安そうに浅瀬でぱちゃぱちゃとやるだけで、ペリグリン神父がまるでイルカのように身体をしならせて波に飛びこむのを、驚嘆の目で眺める。ペリグリン神父は火曜日の会議ではあまり発言せず、口を開いても意見を述べるより事実を指摘する方が多かったが、その言葉には必ず誰もが耳を傾けた。彼は学問的に優れていた。ケンブリッジ大学で自然科学を専攻して首席を取り、ついで神学を専攻して次席で卒業、そして英国国教会の司祭の道を選んだ。聖アンセルムズ神学校では教会史を担当し、時に科学的思想と発見に紛らわしく関連付けて教えていた。プライバシーを重んじるペリグリン神父は本館一階裏側にある、図書室の隣の小部屋で暮らしていた。窓のないスパルタ流の質素な空間が、彼が密かに憧れる修道士の独居房を思わせるからだろうか、そこから動こうとしなかった。洗濯室の隣にあるため、学生が夜十時以降に多少時代遅れの騒々しい洗濯機を使うことが、神父の唯一の悩みだった。

　マーティン神父が窓の前に椅子三脚を半円形に置き、立った三人はいつものように祈るためにうな垂れた。セバスティアン神父が祈った。「神よ、変わることのない御恵みによって私たちに先立ち、絶えることのない御助けによって私たちを伴い、何事をするにも初めから終わりまで常に主に頼り、御名の栄光を現し、ついには永遠の命に至ることができますように。主イエス・キリストによってお願いいたします、アーメン」

三人は椅子に座って、膝に手を置き、セバスティアン神父が報告を始めた。

「今日はまず最初に、少々厄介なことを報告しなければなりません。ロンドン警視庁から電話がありました。アルレッド・トリーヴィス卿がロナルドの死因審問の評決に不満を持ち、警視庁に捜査を依頼したようです。金曜日の昼食後にアダム・ダルグリッシュ警視長が来ます。私としては当然ながら、求められた協力にはすべて応じると答えました」

この知らせは沈黙で受け止められた。マーティン神父は胃を冷たい手でぎゅっと握られたような気がした。そこで彼は言った。「しかし亡骸は荼毘に付されましたよ。死因審問があり、評決が出された。たとえアルレッド卿に異議があるとしても、いまさら警察に何が見つけられると言うのか。それにどうしてロンドン警視庁が？　それも警視長が乗り込んでくるとは。何とも奇妙な人の使い方に思えますね」

セバスティアン神父は薄い唇に皮肉っぽい微笑を浮かべた。「アルレッド卿は警視庁のトップに訴えたのでしょう。あの人たちはいつもそうする。それにサフォーク警察は死因審問が行なわれる前の捜査をした警察だから、そこに捜査を再開しろとは言わないでしょう。ダルグリッシュ警視長については、短期休暇でこっちに来ることになっていたし、この聖アンセルムズ神学校を知っているからということのようです。ロンドン警視庁はわれわれになるべく不便をかけずに、自分たちの面倒にもならない形で、アルレッド卿をなだめようとしたんじゃないですか。マーティン神父、警視長はあなたのことを言っていましたよ」

マーティン神父の気持は漠とした不安とうれしさの間で揺れた。「ダルグリッシュが夏休みを三回ここで過ごした時に、私もここにいました。父親がノーフォークの教会主管者だった。どこの小教区だったかは忘れてしまったが。アダムは頭が良くて感受性豊かな、気持のいい少年でした。もちろん今どうなのかは知りません。でもまた会えるなんて、楽しみですね」

ペリグリン神父が言った。「感受性豊かな気持のいい少年は、往々にして無神経で感じの悪い男になるものですよ。しかし彼の来訪に関してわれわれに選択の余地はないのですから、一人でも楽しみにしている人がいてよかったですよ。アルレッド卿が捜査再開に何を期待しているのか、測りかねますね。警視長が不正行為《ファウル・プレー》の可能性ありという結論に達したら、当然地元警察がその後の捜査を引き継ぐんでしょう。それにしてもファウル・プレーというのは妙な表現ですね。〝ファウル〟という言葉は古英語から来ているが、しかしどうしてスポーツに関した隠喩なのか。〝ファウル・アクト〟とか〝ファウル・ディード〟と言いそうなものじゃないですか」

他の司祭はペリグリン神父が語義論に異常な関心を持っているのをよく知っていたから、返事をするほどのこともないと分かっていた。その言葉が口にされるのを聞いて、マーティン神父はショックを受けた。あの悲劇の後、聖アンセルムズ神学校では口にされない言葉だった。セバスティアン神父は冷静に受けとめた。

「不正行為がどうのこうのと言うのは馬鹿げています。もしあれが事故ではなかったのなら、その証拠が死因審問の場に出されたはずでしょう」

だが第三の可能性があることは言うまでもない。三人の頭にあるのも、それだった。事故死の評決が出て、聖アンセルムズ神学校としては安堵の胸をさすったものの、あの事件は神学校にとって災いの種となった。死んだのはロナルド一人ではない。マーティン神父は、あの自殺を思わせる事件がマーガレット・マンローの心臓発作の原因だったのではないかと思っていた。彼女の死は予想されなかったわけではない。マーガレットはいつ発作を起こして死んでもおかしくない危険な状態だと、メトカーフ医師が警告していた。それに安楽な死だった。椅子に静かに座っているのを、翌朝早くにルビー・ピルビームが発見したのだ。そしてあれからまだ五日しかたっていないのに、早くも彼女が聖アンセルムズ神学校にいたとはとても思えなかった。マーティン神父がマーガレットの書類を調べて初めて、彼女に妹がいることが分かった。その妹が葬式の手配をし、家具と所持品を取りにやってきた。そして葬式には神学校の誰も出席させなかった。ロナルドの死がどれだけマーガレットに重大な影響を与えたか理解しているのは、マーティン神父一人だった。神父は彼女の死を悼んでいるのは自分だけのような気がした。

セバスティアン神父が言った。「この週末は客用施設がすべて塞がります。ダルグリッシュ警視長の他にも、エマ・ラヴェンナムが形而上派詩人に関する三日間の講義のためにケンブリッジから来ます。それからローストフトからロジャー・ヤーウッド警部が来ます。警部は奥さんと別れてからこっち、ひどいストレスに悩まされている。一週間滞在したいとのことです。もちろんロナルド・トリーヴィスの捜査とは何の関わりもありません。週末にクリーヴ・スタナードが初期トラクト運動家の家庭生活に関する研究調査の続きをするために、再度来ることになっています。客用施設がすべて塞がるので、スタナードにはピーター・バックハーストの部屋を使ってもらいましょう。メトカーフ先生はピーターに引き続き病室にいるようにおっしゃっています。ピーターもあそこの方が暖かくて、快適でしょう」

ペリグリン神父が言った。「スタナードがまた来るとは遺憾ですね。もうあの顔は拝みたくないと思っていたのに。実に不愉快な若者だし、研究調査などという触れ込みも怪しいものです。ゴーラム事件がJ・B・モーズリーのトラクト運動の信念を修正する上でどんな影響があったか、意見を訊いたのですよ。私が何を言っているのか、まるで分かっていないのは明々白々でした。彼がいると図書室の雰囲気がぶち壊しです――神学生たちもそう思っていますしね」

セバスティアン神父が言った。「スタナードのお祖父さんは聖アンセルムズ神学校の弁護士で、後援者だった。その一族の来訪を歓迎しないのはまずいと思いますね。とはいえ週末好きなときに来て、ただで泊まる権利があるとは言えない。神学校の活動が優先します。この次また来たいと言ってきたら、やんわり断ることにしましょう」

マーティン神父が言った。「それで五番目の客というのは？」

セバスティアン神父は口調を抑えようとしたが、抑えきれたとは言えなかった。「クランプトン大執事から電話があって、土曜日にこちらに着いて、日曜日の朝食後まで滞在されるとのことでした」

マーティン神父が声を上げた。「でも、二週間前に見えたばかりじゃありませんか！　まさか定期的に来られるつもりなんじゃないでしょうね」

「どうもそのようです。ロナルド・トリーヴィスのことで、聖アンセルムズ神学校の将来に関する疑問がそっくり蒸し返されることになったのです。ご存じのように私としては議論を避けて静かに仕事を続け、私の持てる教会内での影響力を駆使して閉校を阻止したいと考えています」

マーティン神父は言った。「教会は神学教育を三カ所のセンターに集中させる方針でいるという以外に、閉校を示唆するような徴候は何もありませんよ。この方針が厳正に実行されれば、聖アンセルムズ神学校は閉校になるでしょうが、たとえそうなっても、それはわれわれが行なっている教育、あるいはここの神学生の質のせいではありません」

セバスティアン神父は明白なことを繰り返しただけのこの発言を無視した。「改めて言うまでもありませんが、大執事の来訪には別の問題もある。前回クランプトン大執事が見えた時には、ジョン神父は短期の休暇を取りました。今回もまたというわけにはいかないでしょう。だがジョン神父にとって大執事の存在は苦痛にちがいないですし、われわれには困惑の種でしかない」

まったくその通りだと、マーティン神父は思った。ジョン・ベタートン神父は数年服役した後に聖アンセルムズ神学校に来た。司祭を務めていた教会の少年侍者二人に対して性的暴行を加えたとして有罪の宣告を受けたのだ。本人は容疑を認めたが、実際は重大な性的虐待というより抱き締めたり、愛撫したりという、不適切な行為の段階だったし、クランプトン大執事がさらに証拠を集めなければ、実刑にならずにすむ可能性は充分にあった。大執事は青年に成長した少年聖歌隊のメンバーに面接調査を行なった。そして新証拠が出ると、警察が動き出した。激しい怒りと苦痛を引き起こした事件だったから、同じ屋根の下にいる大執事とジョン神父を想像しただけで、マーティン神父は怖気をふるった。こそこそと人目を避けるようにして務めを果たし、聖餐式を受けても自ら行なうことはなく、聖アンセルムズ神学校を仕事場というより避難所と見なしているジョン神父を見るたびに、マーティン神父の心は憐憫で引き裂かれる。大執事にしてみれば自らの義務と考えることをしたまでだし、この場合の義務が適切を欠いていたと言うのは、おそらくフェアではないだろう。それにしても同僚の司祭を——個人的に反感を抱いているわけではなく、ほとんど顔を合わせたこともない相手なのに——情け容赦なく訴追するというのは不可解に思えた。

マーティン神父は言った。「クランプトン大執事はジョン神父を訴追した時に、完全に——何というか、正気だったんでしょうか。あの件に関しては理性を欠いておられたようなところがありますね」

セバスティアン神父が語気鋭く言った。「完全に正気だったかとは、どういうことでしょうか。精神的に病んでおられたわけではありませんよ。そのようなことはまったく耳にしませんでしたが……」

「夫人が自殺されてすぐのことだった。クランプトン大執事にとってはつらい時だったでしょう」

「愛する者に先立たれれば、つらいにきまっています。個人的な悲しみがジョン神父の件に関する判断に影響を与えたとは、とても思えませんね。私だって、ヴェロニカに死なれた後は、つらい思いをしました」

マーティン神父はつい抑えかねて、ちらりと微笑を洩らした。セバスティアン神父夫人レディ・ヴェロニカ・モレルは狩猟中に落馬して亡くなった。頻繁に里帰りしていた実家で、彼女にとってあきらめきれない、あきらめる気もなかったスポーツに興じている最中のことだった。セバスティアン神父としては妻を失わなくてはならない運命だったとしたら、ああいう形を望んでいたのではないか。〃妻は狩猟中に首の骨を折って死にました〃と言った方が、〃妻は肺炎で死にました〃と言うより、何となく聞こえがいい。セバスティアン神父は再婚する気がないようだった。たとえ亡妻が彼女の愛した動物に少なからず似ていた上に五歳年上とはいえ、伯爵令嬢だったために、それほど高貴でない女性との縁組に魅力を感じないのか、あるいは沽券《こけん》に関わると思うのかもしれない。マーティン神父は我ながらあさましいことを考えたと思い、あわてて心の中で悔い改めた。

　とはいえマーティン神父はレディ・ヴェロニカが好きだった。最後に礼拝に来た時に回廊をすたすたと歩いて夫に大声で呼びかけた、手足のひょろ長い姿を思い出す。〃セブ、あなたのお説教、長すぎますよ。半分も理解できなかったわ。若い衆だって、きっと分からなかったでしょうよ〃レディ・ヴェロニカは学生たちをいつも若い衆と呼んだ。夫は競馬用の厩舎を経営しているとでも思っていたのではないだろうか。

　校長は夫人が神学校にいると、いつもリラックスして楽しげだった。マーティン神父の想像力は、セバスティアン神父とレディ・ヴェロニカが同衾しているさまを頑として受けつけないのだが、一緒のところを見ると、二人が互いに非常に好き合っていたことは確かだった。夫婦というものがいかに多様で、いかに奇妙なものかを示すさらなる例だと神父は思ったが、生涯独身を通した彼は、常に傍から興味深げに見守るだけだった。おそらく非常に好き合っているということは愛より大切なことであり、長持ちするのだろう。

　セバスティアン神父が言った。「ラファエルが来たら、もちろん大執事の来訪を伝えます。ラファエルはジョン神父に非常に同情していて、あのことになると、理性を失いかねません。もし彼が正面きって喧嘩を売るような真似をしたら、面倒なことになります。神学校にとってマイナスにしかならない。ラファエルには大執事は当校の理事であり客であること、したがって司祭に示すべき敬意をもって接しなければいけないことをはっきり分からせなければなりませんね」

ペリグリン神父が言った。「ヤーウッド警部というのは、大執事夫人が自殺した時に担当だった警官じゃありませんか」

同僚司祭二人は驚いてペリグリン神父を見た。ペリグリン神父が仕入れてくる類の情報ではなかったからだ。彼の潜在意識はさまざまな事実やニュースの断片の収納庫で、中にあるものを好きな時に取り出せるように思えることがある。

セバスティアン神父が言った。「本当ですか。当時クランプトン夫妻は北ロンドンに住んでいた。サフォークに移ってきたのは、夫人の死後でしたね。事件は首都警察が扱ったはずです」

ペリグリン神父はすまして言った。「その種の新聞記事は目にとまるものですよ。死因審問の記事を憶えています。証言をしたのがロジャー・ヤーウッドという警官だったことは調べれば分かるのではありませんか。当時首都警察の部長刑事だったんです」

セバスティアン神父は眉根を寄せた。「それはまずい。二人が出会えば——どうしたって出会うことになるでしょうが、大執事につらい時のことを思い出させてしまう。しかしいかんともしがたいですね。ヤーウッドには休息と回復の時間が必要だし、部屋を使わせると約束がしてある。三年前に車をバックさせたペリグリン神父が駐車中のトラックにぶつかった時に、警部に昇進する前で、まだ交通担当だったヤーウッドが当校のためによくしてくれました。ご存じのように毎週のように日曜日のミサに顔を見せるし、ここに来ると気が休まるようです。もしヤーウッドがここにいることで、大執事に不幸なことを思い出させるとしたら、ジョン神父と同様自分で何とかしていただくしかないでしょう。部屋割りは、エマは教会の隣のアンブローズ、ダルグリッシュ警視長はジェローム、大執事はオーガスティン、ロジャー・ヤーウッドはグレゴリーとしました」

何とも具合の悪い週末になりそうだと、マーティン神父は思った。ジョン神父にとって大執事に会うのはひどくつらいことだろうし、クランプトンにしてもジョン神父と顔を合わせたいとは思わないだろう。とはいえジョン神父が聖アンセルムズ神学校にいることは知っているのだから、予期していないわけではない。そしてもしペリグリン神父の言うことが正しいなら——いつも決まって正しかった——大執事とヤーウッド警部が顔を合わせれば、双方にとって気まずいことになる。ラファエルは最上級神学生だから、ラファエルの行動を制限したり、あるいは大執事から遠ざけることはむずかしい。それにスタナードの問題もある。聖アンセルムズ神学校に来る動機があやふやなのはさておき、スタナードは扱いやすい客だったためしがない。中でも特に面倒なのが、アダム・ダルグリッシュの存在だった。自分たちとしてはもうすんだことと思っていた不幸な事件を、経験を積んだ疑い深い目で検分して、執念深く思い出させようとするのだから。

　物思いに沈んでいたマーティン神父は、セバスティアン神父の声でわれに返った。

「ではこのへんでコーヒーにしましょうか」

6

　部屋に入ったラファエル・アーバスノットは、彼らしい優雅で自信たっぷりな物腰で立ったまま待った。他の神学生の法衣と違って、くるみボタンの並んだ黒い法衣は新調したてのように見え、品よく身体に合っていた。ラファエルの青白い顔、金髪と対照的な暗色の簡素な装いは、逆に聖職者らしさと同時に劇的な効果をかもし出していた。セバスティアン神父は彼と二人だけでいると、いつも何となく落ち着かない気分にさせられる。セバスティアン神父自身、端正な容貌の持主だったし、他の男性の整った容貌や女性の美貌を常に高く、おそらく高すぎるぐらいに評価していた。唯一妻に関してのみ、それが問題にならないようだった。だが男性の美貌には戸惑いを感じ、多少不快に思うことさえある。若い男性、特にイギリス人青年が放蕩なギリシャ神のように見えてよかろうはずがない。ラファエルに両性具有傾向があるというのではなかったが、セバスティアン神父には彼の美貌は女性よりも男性により訴えるものがあるような気がしてならなかった。もっとも神父自身の心を動かす力はなかったが。

それに数ある気がかりの中でも、もっとも頭から離れない心配がまた蘇ってきた。そのためにラファエルを見ると、どうしても過去の不安が蒸し返されることになる。ラファエルが聖職者の道に進むのは、はたして適切なことなのか。すでに家族の一員とも言える彼を、神学校が改めて神学生として受け入れたのは正しかったのか。二十五年前にアーバスノット家の最後の人だった母が、生後二週間の私生児ラファエルを聖アンセルムズ神学校に捨てて以来、神学校が彼にとって唯一の家庭だった。他の道、たとえばオックスフォードのカデスドン神学校か聖スティーヴンズ・ハウス神学校に出願するように薦めた方が賢明、あるいは将来に配慮した判断だったのではないか。ラファエル本人は聖アンセルムズ神学校で教育を受けることを強く望んだ。ここでなければ、どこにも行かないと言わんばかりの脅迫じみた言い方をしてはいなかったか。アーバスノット家の最後の人を教会に取られたくないばかりに、気がかりなことに安易に答を出してしまったのではないだろうか。と言っても、もはや遅い。事あるごとにラファエルに関する出口のない悩みが、もっと差し迫った日々の問題に割り込んでくるのが苛立たしかった。セバスティアン神父はそんなことをきっぱりと念頭から払い、神学校の問題に注意を向けた。

「ラファエル、まず細かいことを二、三。本館の前にどうしても駐車したい学生は、もっと整然と止めるように。君も知っての通り、私は車とバイクは本館の裏に置いた方がいいと思っています。前庭に駐車しなければならないのなら、せめてきちんとしてもらいたいですね。このことは特にペリグリン神父が気にしておられる。それから学生たちは終禱後、洗濯機が使用禁止だということを忘れないように。音がうるさいとペリグリン神父が言っておられます。それにマンローさんが亡くなったので、当分の間シーツ類は二週間ごとに交換することにしました。シーツはリネン室にあるので、学生は必要な分を取って、自分でベッドを整えるように。マンローさんの後任の募集広告を出していますが、多少時間がかかるでしょう」

「分かりました、神父。そのように伝えます」

「他に重要なことが、二つあります。今週の金曜日にロンドン警視庁のダルグリッシュ警視長が見えることになっています。アルレッド・トリーヴィス卿がロナルドの死因審問の評決に不満だったらしく、警視長に捜査を頼んだのです。いつまで滞在されるかは分かりません。この週末だけかもしれない。われわれとしては、警視長に全面的に協力することは言うまでもありません。つまり警視長の質問にはすべて正直に答え、あえて意見をさしはさまないように」

「しかし、神父、ロナルドはもう火葬にされたんですよ。いまさらダルグリッシュ警視長は何を証明できると思っているんでしょうか。死因審問の結論をくつがえせるはずがないのに」

「そう、できないでしょうね。むしろアルレッド卿に、子息の死に関して徹底的な捜査がなされたことを納得させようというのじゃないかな」

「しかし、神父、そんなのは馬鹿げていますよ。サフォーク警察の捜査は徹底的でしたよ。警視庁は今になって他に何を見つけられると思っているんでしょう」

「まあ、ほとんど無理でしょうね。とにかくダルグリッシュ警視長が来られて、ジェロームを使われる。エマ・ラヴェンナム以外にも三人客が見えます。健康回復のための休暇を過ごしに来られるヤーウッド警部は、静かに休養を取らなければならないので、食事も何回かは部屋でとられることになるでしょう。スタナードさんが図書室で研究調査を続けるために再び来られる。それからクランプトン大執事が短い間だが、見えることになっています。土曜日に着かれて、日曜日の朝食後に発たれる予定です。土曜日夜の終禱で法話をいただくようお願いしました。参加者が少ないでしょうが、いたしかたありません」

「神父、もしそのことが前から分かっていたら、僕は学校に残らないようにしていたんですが」

「分かっています。君は最上級生なのだから、少なくとも終禱の後までここにいて、訪問客であり年長者で聖職者である人に対して、当然取るべき丁重な態度で接してもらいたいですね」

「最初の二つは問題ありません。三番目ですよ、我慢ならないのは。あんなことをしておいて、われわれに、ジョン神父に、どんな顔が見せられると言うんでしょう」

「われわれと同様、あの方も当時正しいと思ったことをしたと信じて、その満足感に慰めを見出しておられるのではないかな」

ラファエルの顔が紅潮した。彼は声を上げた。「どうして正しいなんて思えますか。聖職者が他の聖職者を刑務所に追い込んだんですよ。そんなことは誰がしたって恥ずべきことですよ。あの人の場合は汚らわしいことです。それもジョン神父を——誰よりも優しくて親切な人を」

「ラファエル、ジョン神父が裁判で罪を認めたことを忘れていますね」

「二人の少年に対する軽罪は認めました。強姦を働いたのでも、誘惑したのでも、身体に危害を加えたのでもありません。ええ、確かに罪を認めましたよ。でもクランプトンがわざわざ過去をほじくり返して、あの三人の若者を見つけだし、進んで証言するように説得しなければ、刑務所に入れられることはなかったのです。だいたい彼に何の関わりがあったと言うんですか」

「あの方は自分に関わりがあると思われた。ジョン神父があのさらに重大な容疑も認めた点を忘れてはいけません」

「確かに認めましたよ。自分を罪深い人間と思ったから、罪を認めたのです。あの方はただ生きているだけで罪深いと感じる人なんです。でも罪を認めた主な理由は、若者たちに証言席で偽証させないためでした。あの方が耐えられなかったのは、それです。若者たちに及ぼす害、法廷で嘘をつくことによって若者たちが自らを傷つけることです。ジョン神父は彼らにそうさせまいとして、刑務所に入ったのです」

セバスティアン神父はきつい口調で言った。「ジョン神父はそんなことを君に言ったのですか。あの件を神父と実際に話し合ったのですか」

「そうとは言えません。直接には。でもそれが本当のところですよ。僕には分かります」

セバスティアン神父は苛立った。さもありなんか。ラファエルが自分で考え出したことなのだ。だがそういう人間心理を見抜く直観力は、聖職者にとっては望ましいことだった。学生にそれを見出すと、落ち着かない気分になる。

「ラファエル、そのことでジョン神父と話す権利は君にはありませんよ。ジョン神父は刑期を終え、ここにはわれわれと一緒に暮らし、仕事をするためにおられるのです。そのことはもう過ぎ去ったことです。ジョン神父が大執事と顔を合わさなければならないのは残念なことですが、君が干渉しようとすれば、神父にとっても、他の誰にとっても何らいい結果をもたらさない。誰しも内に暗いものを秘めているものです。ジョン神父の問題は神父と神の間のこと、あるいは神父と告解聴聞司祭との間のことです。君が干渉すれば、それは精神の傲慢でしかない」

ラファエルはろくに聞いていなかったようだ。「それにクランプトンがここに来る理由は明らかじゃありませんか。あっちこっちほじくり返して、学校に不利な証拠をまた探すんですよ。ここを閉校にしたいんです。理事に任命されるや、はっきりそう言っていたじゃありませんか」

「そうだとしたら、失敬な扱いを受ければ、求めている証拠をさらに手に入れることになる。私は持てる影響力を駆使し、静かに自分の任務をこなすことによって聖アンセルムズ神学校を存続させてきました。手強い敵の反感をかき立てるようなことはしませんでしたね。今は学校にとって厳しい時期であり、ロナルド・トリーヴィスのことはマイナスでした」彼は一呼吸置いてから、それまで口にしなかった質問をした。「君たちも彼の死について話し合ったでしょう。学生たちはどういう見方をしていたのだろう」

うれしくない質問のようだった。ラファエルが口を開くまでに、ちょっと間があった。「ロナルドは自殺したというのが一般的な見方だったと思います、神父」

「だが、どうして。そう考える理由が何かあったんでしょうか」

今度の沈黙はさらに長かった。やがてラファエルは答えた。「いいえ、神父、別に理由はなかったと思います」

セバスティアン神父は机の前に行って、卓上の紙を見つめた。彼はきびきびとした口調に変えて言った。「この週末、学校はかなり人が少なくなるようですね。神学生は四人しか残らない。学期の早いうちに、どうしてこんなに多人数が休みを取ることになったのか。その理由をもう一度聞かせてくれませんか」

「三人はすでに小教区実習を開始しています。ルパートは聖マーガレッツ教会から説教を頼まれました。他の二人がそれを聞きに行くことになっています。リチャードはお母さんの五十歳の誕生日と銀婚式の両方のお祝いがあって、特別休暇を取っています。それからトビー・ウィリアムズが初めて小教区司祭に任命されるので、その応援に行く者が大勢います。というわけで残るのはヘンリー、スティーヴン、ピーター、それに僕です。僕は終禱の後に出かけようかと思っています。トビーの就任式には出られませんが、彼が司祭する初めての小教区ミサには出席したいので」

セバスティアン神父は紙から目を上げなかった。「なるほど、そういうことですか。君は大執事のお説教を聞いてから出かけるように。だが、日曜日のミサの後にグレゴリー先生のギリシャ語の授業を受けることになっていたのではないですか。その点を先生と話し合っておいたほうがいいでしょう」

「はい、神父、しました。月曜日に替えていただきました」

「そうですか、それでは今週はこれだけです、ラファエル。君の論文を返しますから、持っていきなさい。机の上に置いてあります。イヴリン・ウォーは旅行記の中で、神学とは曖昧模糊としてとらえがたいものを、意味のはっきりした正確なものにする単純化の科学だと書いています。君の論文はどちらでもない。それから〝張り合う〟という言葉を誤用していますよ。〝真似する〟と同義語ではありません」

「もちろん違います。すみません、神父。僕はあなたの真似はできますが、あなたと張り合うなんて、考えられません」

セバスティアン神父は顔をそむけて、笑いを隠した。

「どっちもしない方がいいでしょうね」

ラファエルが出て行ってドアが閉まった後も、セバスティアン神父の顔には微笑が残っていた。が、校長はラファエルから失礼な振る舞いはしないという約束を取りつけなかったことを思い出した。いったん約束すれば、守るだろう。だが約束はされなかった。面倒な週末になりそうだ。

7

ダルグリッシュは日の出前にテムズ川を望むクィーンズハイズのフラットを出発した。現在は金融会社の近代的オフィスに改造されているこの建物は、以前は倉庫だった。ダルグリッシュが住んでいる最上階の、木を多用した、家具の少ない広々とした部屋には、今でも香辛料の匂いがまるで思い出のように頼りなげに漂っている。建物が開発を目的に売却された時、購入先の会社からダルグリッシュの長期賃借権を買い取りたいという話があったが、彼はそれをきっぱり断った。そして最後に提示された馬鹿馬鹿しいほど高額の申し出を断ると、開発業者は負けを認めて、最上階に開発の手は伸びなかった。今では建物横の目立たない所にダルグリッシュ専用ドアが会社もちでつけられ、最上階に上がる専用エレベーターも家賃値上げ（ただしリース期間は延長された）と引き換えに設置された。結局建物はその会社には必要以上に大きかったのではないだろうか。それに最上階に幹部警官が住んでいると、警備員に気のせいとはいえ、安心感を与えるのかもしれない。ダルグリッシュは彼にとって大切なもの、プライバシーと静けさを失わずにすんだ。夜間、階下は無人になるし、日中もほとんど音がしない。そして潮の満ち干にのって繰り広げられる、テムズ川の変転極まりない生活が眼下に広々と眺められる。

　ダルグリッシュはホワイトチャペル・ロードからA十二号線に乗るために、シティを東へ進路を取った。まだ午前七時だが、車の往来はあるし、地下鉄の駅から通勤者が小さな群を作って出てくる。ロンドンは眠ることを知らない。数時間後には騒音に変わるだろうが、今は日々の生活がようやく動き始めたばかりで、静かで渋滞もなく、比較的すんなり運転できる早朝の街路を、ダルグリッシュは楽しみながらドライブした。イースタン街の長い手を振りきってA十二号線にのる頃には、夜空の一画に走ったピンク色が広がって、清々しい白に変わっていた。野原や生垣もグレーに明るんで、日本の水彩画のように繊細な透明感に満ちていた木立や灌木が次第にくっきり形を取り、秋の豊かな色合いを見せ始めた。ダルグリッシュは木々を見るには格好の季節だと思った。今より勝る季節は春しかない。まだ落葉の季節ではなかったから、枝は色あせたグリーン、黄色、赤の靄《もや》の間に黒く見えるだけだった。

　ダルグリッシュはハンドルを握りながら今回の旅行の目的を考え、見知らぬ青年の死亡事件に首を突っ込むことになった理由を分析した。異例なことに違いなかった。すでに捜査は終了して、検死官による死因審問で結論が出され、遺体を骨粉に変える火葬という最終的な形で結末を迎えたように、公式にも終止符が打たれた事件だ。ダルグリッシュは捜査をしてみようと言ったが、衝動的に言いだしたのではない。仕事の上で衝動に駆られることはめったにない。アルレッド卿を引き取らせたいがためばかりでもなかった。確かに卿は、まわりにいるよりもいない方が好ましい人物ではあったが。愛情を抱いていたようには見えない養子の死にこだわる卿の気持を、ダルグリッシュは改めて考えてみた。だが愛していなかったとみなすのは僭越というものだろう。アルレッド卿は感情を露わにすることをよしとしない男だ。表面には出したくなくても、内心はるかに強い感情を息子に対して抱いていたということは考えられる。それともたとえどんなに不都合かつ不快で、突き止めがたいことであろうと、真実を知らなければならないと頑なに思い込んでいるのだろうか。もしそうだとしたら、それはダルグリッシュが共感を覚える理由だった。

ドライブは快調に進み、三時間足らずでローストフトに着いた。ダルグリッシュはローストフトの街中を何年も走ったことがないが、最後に見た時には貧困と退廃の気配が重苦しく漂っていた。景気のいい時には夏季休暇の中産階級を客にしていた海岸沿いのホテルは、ビンゴ・ゲームの広告を出していた。店じまいして板を釘づけした店もあちこちに見られ、通行人は浮かない顔で重い足を引きずっていた。ところが、今また景気が戻ってきたようだ。屋根が張り替えられ、ペンキを塗り直している家が目につく。将来に自信を感じている街に入った印象だった。ダルグリッシュは胸を高鳴らせて、見覚えのある埠頭に通じる橋を渡った。少年の頃、波止場で釣れたばかりのニシンを買うために、自転車を走らせた道だ。きらきら光る魚がバケツからリュックに移されるときの臭い、そして神父たちの夕食か朝食の材料になるプレゼントを背負って、聖アンセルムズ神学校に帰るときの肩で躍る荷の重みが思い出された。彼は潮とタールの懐かしい臭いをかぎ、今も波止場で魚を買うことはできるのだろうかと思いながら、港の船を眺めて楽しい思い出に浸った。たとえ買うことができても、あの少年の日と同じ興奮と達成感に包まれて聖アンセルムズ神学校にプレゼントを持ち帰ることは二度と再びないだろう。

子供の頃によく見た警察の建物と言えば、外に取りつけられた青い門灯がなければ警察が使っていると分からない、普通の連棟式家屋かテラスハウスだったから、ここの警察署も大差ないだろうと思っていた。ところが実際は前面に暗い窓が並び、屋根には無線のアンテナがいかめしく立って、入口に国旗がひるがえる現代的な低い建物だった。

来訪は予め告げてあった。受付の若い女性がダルグリッシュの到着でようやく自分の一日が完璧なものになったと言わんばかりに、魅力的なサフォーク訛りで迎えた。

「ジョーンズ部長刑事がお待ちしております。電話をかけますので、すぐここにまいります」

アーフォン・ジョーンズ部長刑事は黒い目とやせた顔立ちをしていた。風と太陽にさらされてわずかに褐色がかった青白い肌と対照的に、頭髪は黒に近かった。挨拶の言葉を口にするや、出身が知れた。

「ダルグリッシュさんですね。お待ちしていました。こちらにどうぞ。ウィリアムズ署長が署長室を使うようにと。署長がお目にかかれなくてもうしわけないと申しておりました。現在ロンドンでＡＣＰＯの会議に出席しているんです。ですがそのことはいずれ話があると思います。ここにサインをお願いできますか」

部長刑事の後ろから横の曇りガラスのドアを入ったダルグリッシュは、狭い廊下を歩きながら声をかけた。「故郷から随分離れたものですね、部長刑事」

「そうなんですよ。正確に言えば、四百マイルです。ローストフトの女と結婚して、しかも一人っ子だったもんですから。妻のジェニーの母親の具合がよくないので、実家に近い所に住んだ方がいいんですよ。うまい具合に配転のチャンスがあったので、ガウアーから移ってきました。私は海の近くであれば、充分なんです」

「海と言っても、全然違うでしょう」

「海岸もまるで違いますが、どっちも危険という点は同じですね。といっても死亡者はそうはいません。あの青年の事故まで三年半は死亡者ゼロでした。警告の掲示がしてありますし、地元の住人は崖が危険なことを承知しています。少なくとも今ははっきり分かったでしょう。それにあの海岸は寂しいところです。子供連れで家族が行くところじゃありませんよ。こちらです。署長は机の上を片付けて行ったようですね。特に見るべき重要な証拠があるというわけでもないのです。コーヒーはいかがですか。ここにあるんですよ。スイッチを入れればいいんです」

取っ手をきちんと揃えて並べたカップ二個とコーヒー・

ポット、〈コーヒー〉とラベルの貼られた缶、ミルク入れ、電気ポットののった盆が用意されていた。ジョーンズ部長刑事はちょっと念の入りすぎた淹れ方ながら、手早くコーヒーを淹れ、味も申し分なかった。二人は窓の前に置かれた、いかにも役所風の低い椅子に腰を落ち着けた。

ダルグリッシュは言った。「君が通報を受けて海岸に行ったんですね。いったいどんな状況だったんだろう」

「現場に最初に行ったのは私ではありません。行ったのはブライアン・マイルズ、地元警察の巡査です。神学校のセバスティアン神父から電話があって、巡査が急行した。現場に到着するまでに、それほどは、三十分以上はかかっていません。到着すると、遺体のそばにはセバスティアン神父とマーティン神父の二人がいるだけでした。青年はすでに完全に事切れていた。誰が見ても明らかでした。しかしブライアンは優秀なやつでしてね。状況が気に入らなかったんですね。不審死を疑ったというんじゃありませんよ。しかし奇妙であることは否定できません。私がブライアンの指導警官なもので、それで私に連絡してきたというわけです。三時ちょっと前に電話がかかってきた時に、私はちょうど署にいて、警察医のマリンソン先生もたまたまいた。それで、一緒に現場に行きました」

「救急車も？」

「いえ、そのときはまだ。ロンドンでは検死官が専用の救急車を持っているんでしょうが、ここでは死体を搬送する時には地元業者を使うしかありません。そのときは出払っていて、動かせたのはおよそ一時間後でした。遺体安置所に搬送して、検死官事務所の係官と話すと、検死官は鑑識に調査を依頼するだろうとのことでした。メリッシュ検死官は非常に慎重な方なんです。そういうわけで不審死の扱いをすることになったのです」

「現場で実際に見たことを話してもらえませんか」

「明らかに死亡していましたよ、ダルグリッシュさん。マリンソン先生がその場で確認しました。でも死んでいることは、医者にわざわざ言ってもらうまでもありませんでしたね。死後五、六時間だろうということでした。もちろんわれわれが着いた時には、まだかなり埋まった状態でした。

グレゴリー先生とマンローさんが身体のほとんどと頭のてっぺんは掘り出していましたが、顔と手はまだ砂の中でした。セバスティアン神父とマーティン神父がそのまま現場に残っていました。二人にあそこにいてもらっても仕方がなかったのですが、セバスティアン神父が遺体を掘り出すまで、どうしてもいたいと言われるんですよ。お祈りをしたかったんでしょう。そこで若者を掘り出して仰向けにし、担架にのせました。マリンソン先生がさらに詳しく検分しました。と言っても大して調べることもなかったんですが。砂まみれで事切れていた、それだけです。大体そんなところですね」

「目につくような傷は？」

「見た限りはありませんでしたね。もちろんああいう事故の現場に呼ばれれば、多少は疑問に思うものですよね。当然です。でもマリンソン先生は後頭部の骨折とか、その種の暴力の痕跡は何一つ認めませんでした。もちろん後でスカーギル先生が解剖で何か見つけるということもあったわけですけど、その時は分かりませんでしたね。スカーギル先生はこの地区の法医学者です。マリンソン先生は死亡時刻の推定以上のことはできない、解剖を待つしかないと言われました。しかし先生も私も疑わしいと考えたわけではありませんよ。その時はごく単純で、はっきりしているように見えました。若者は崖が棚のように張り出した部分に近いところを掘ったために、出っ張りが落ちてきたんです。そのように見えましたし、死因審問でもそういう結論になりました」

「では、妙だとか、不審とは思わなかったのですね」

「そうですね、不審というか、妙な感じはしましたね。おかしな格好をしていたんです。頭を下にして、兎か犬が崖を掘っているみたいな」

「それで遺体の近くで発見されたものはありませんでしたか」

「本人の衣類がありましたね。茶色のマントとボタンのついた黒くて長い上着のような――法衣と言うんでしょうか。きちんと置いてありましたね」

「凶器になりうるような物は？」

「実は材木が一本。遺体を掘り出したときに、一緒に掘り出したんです。右手のすぐ近くに埋まっていました。重要かもしれないので、一応署に持ち帰った方がいいと考えたんですが、大して問題にされませんでした。しかしご覧になりたければ、ここにありますよ。死因審問の後、どうして捨てなかったのかな。指紋も血液も、何も採取されませんでした」

ジョーンズ部長刑事は部屋の隅の戸棚に行って、ビニールに包まれた物件を取り出した。長さ二フィート半の白っぽい材木だった、近寄ってよく見ると、青いペンキのようなものが微かに見て取れた。

ジョーンズ部長刑事が言った。「これは水に浸かっていたものには見えません。砂に転がっているのを見つけて、何となく拾ったんでしょう。海岸で物を拾うのは、何と言うか、本能のようなものです。セバスティアン神父の話では、神学校は海岸の階段の上にあった脱衣所を解体したんですが、その跡にあったものではないかということです。セバスティアン神父は青と白に塗った古い小屋は目ざわりで、何も塗ってない木の小屋の方がいいと思ったらしくて、建て直したんですよ。海で事故が起きた場合に備えて、膨張式救命ボートの格納にも使っています。いずれにしろ古い小屋は壊れかけていた。しかしきれいに取り払われたわけではなくて、まだ腐りかけた板なんかが積み上げてあったんです。今はもうすっかり片付けられたでしょうが」

「足跡は？」

「ええ、探すとしたら、まずそれですよね。本人の足跡は落ちた砂に埋まっていましたが、浜辺に近いところに歩いた足跡を見つけました。確かに本人のものに間違いありません。靴がありましたからね。しかしほとんど小石の上を歩いたらしくて、したがって他の人間が歩いた可能性もあります。現場の砂はすっかり踏み荒らされていました。マンローさんとグレゴリー先生、それに神父二人は足の置き場など気にしませんから、当然ですけど」

「君は死因審問の評決を意外だと思いましたか」

「まあ、意外だったと言わなくちゃならないでしょうね。死因不明の方が理にかなっていたんじゃないかなと。メリッシュ検死官が陪審員と協議しました。あの方はちょっと込み入った事件や世間の関心を集めた事件の時には協議をしたがるんです。陪審員は八人全員が同じ意見でした。死因不明の評決が歓迎されないことは否定できませんし、聖アンセルムズ神学校はこの辺りでは大変尊敬されていますからね。確かに人里離れたところにありますが、若い学生が地元の教会で説教をするし、コミュニティにいろいろ尽くしています。何も陪審員が間違ったと言っているのではありませんよ。とにかくそれが陪審員の意見でした」

「そういうことならアルレッド卿も捜査が不完全だったと苦情は言えないでしょう。ここの警察は可能なかぎりのことをしたと思いますね」

「私もそう思います。検死官も同じことをおっしゃっていました」

それ以上訊くこともなさそうだった。ダルグリッシュはジョーンズ部長刑事に協力とコーヒーの礼を言って、署を出た。青いペンキの痕のある材木は包装されて、ラベルが貼ってあった。ダルグリッシュはそれをもらってきた。役立つと思ったからではない。当然持っていくと思われているような気がしたためだった。

駐車場の向こう端で男がローバーにダンボール箱を積み込んでいた。まわりを見回した男はジャガーに乗り込むダルグリッシュに気づき、少しの間じっと見つめていたが、突如意を決したように近づいてきた。ダルグリッシュは睡眠不足か苦痛で憔悴して、年齢以上にふけた男の顔を見つめた。すぐにそれと分かるほど、あまりにもよく見かける顔つきだった。

「アダム・ダルグリッシュ警視長でいらっしゃいますね。テッド・ウィリアムズ署長があなたが見えると言っておられた。私はロジャー・ヤーウッドと言います。目下病気休暇中で、ここには荷物を取りに来たんです。聖アンセルムズ神学校でお目にかかることになると申し上げようと思って。あの神学校は時々私を泊めてくれるのですよ。あそこならホテルより安いし、近くの精神病院よりまともな話し相手がいますからね。ああ、それから食事がいい」

言葉はまるで練習しておいたかのように淀みなく出てき

て、黒い目に挑戦するような、と同時に恥じているような表情が浮かんだ。ダルグリッシュとしてはうれしくない話だった。訪問者は自分一人と勝手に決め込んでいたのだ。

　この反応を感じ取ったのか、ヤーウッドはこう言った。

「ご心配なく。終禱の後あなたの部屋に一杯飲みに寄ったりしませんから。私は警察の噂話から逃げ出したいのです。きっとあなたもご同様でしょう」

　ヤーウッドはダルグリッシュに握手する時間を与えただけで、そそくさと会釈して背を向け、足早に自分の車に戻って行った。

8

　ダルグリッシュは、神学校には昼食後に着くと言ってあった。ローストフトを出る前にデリカテッセンで温かいロールパンとバター、きめの粗いパテ、ワインのハーフ・ボトルを買い込んだ。彼は田舎をドライブするときには必ず、グラスと魔法瓶に入れたコーヒーを用意する。

　町を離れると、脇道から、ジャガーがようやく通れる幅の草深いでこぼこ道に入った。開け放った門があって、その向こうに秋の野原が広々と見渡せた。彼はそこに車を止めて、弁当を開くことにした。だがその前に携帯電話のスイッチを切った。車を降りたダルグリッシュは、門柱に寄りかかって目を閉じ、静寂に耳を澄ませた。これこそ仕事に追われる日々に彼が願ってやまない瞬間――自分の居場所、あるいは連絡の方法を世界中の誰も知らない瞬間だった。甘く匂う大気に乗って、鳥のさえずりや丈の高い草をなぶる風の音、頭上の枝のきしみなど、田園の微かな音が渾然一体となって聞こえてきた。昼食を終えたダルグリッシュは小道を半マイルほど勢いよく歩いてから車に戻った。そしてA十二号線に再び乗って、バラーズ・ミアに向かった。

　思ったより少し早目に曲がり角に来た。同じトネリコの巨木が立っていたが、今は蔦におおわれ、すでに枯れかかっているように見える。左手には手入れの行き届いた庭を前にした、こぎれいなコテイジが二軒建っている。細い道は少しくぼんでいるし、土手の上のからみあった生垣が岬の眺望を遮っている。そのため聖アンセルムズ神学校は生垣のまばらな個所で、レンガの高い煙突と南側の塔がはるか彼方に見え隠れする程度しか眺められなかった。だがやがて崖の縁に達して北に曲がり、砂地の海岸道路に入ると、遠くに見えてきた。レンガと石積みの異様かつ宏壮な建造物は、青さを増す空を背景に厚紙の切り絵のようにいやに明るく、現実味を欠いて見え、ダルグリッシュが近づいているのでなく、向こうから近づいてくるように思えた。それに思春期のイメージ、忘れかけていた楽しさ、悩み、不安と輝く希望の間を揺れ動く気分も、今なお変わらずに持ち続けていた。建物自体は変わっていないようだ。前庭の入口には崩れかけたチューダー王朝時代のレンガ造りの塔一対が、割れ目に雑草を生やして相変わらず歩哨のように立っている。塔の間を抜けたダルグリッシュは、複雑にからみ合う権威に包まれて建つ神学校本館を再び目にした。

　ダルグリッシュの少年時代にはヴィクトリア朝時代の建物を軽蔑するのがはやっていた。そのため彼も流行に乗り遅れずに、多少後ろめたく思いつつ神学校の本館を馬鹿にして見ていた。設計者は依頼人の意向に影響されすぎたのだろう。当時流行した高い煙突や出窓、中央の丸屋根、南側の塔、それに城造りの前面や大きな石造りのポーチなどすべて盛り込んだ。だが今見ると、少年時代に思ったほど、とてつもなく不調和には感じられない。設計者は少なくとも中世的なロマンティシズムとゴシック復興主義、ヴィクトリア王朝時代のこれみよがしな家庭重視を劇的にミックスさせて、バランスと快いとも言える調和をかもし出していた。

神学校ではダルグリッシュの到着を待っていた。彼が車のドアを閉める前に正面玄関の扉が開いて、黒い法衣をまとった老体が足を引きずりながら三段の石のステップを慎重に降りてきた。

ダルグリッシュはすぐにそれがマーティン・ピートリー神父と分かった。そうと分かると同時に、前校長が今なお学校に居住しているのかと驚いた。マーティン神父は少なくとも八十歳にはなっているはずだ。だが目の前にいるのは紛れもなく少年時代に敬愛した人だった。歳月は消え去ると同時に、逆にその容赦ない侵食の跡を露わにした。やせ細った首の上にのる顔は、骨が一層浮き上がって見え、額を横切る、以前は濃い茶色だった長い前髪も今は銀白色となって、赤ん坊の毛のように細かった。下唇のふっくらした、よく動く唇も昔ほど締まりがない。二人は握手をした。ダルグリッシュには薄いスエードの手袋に包まれた、ばらばらの骨を握っているように感じられた。だがマーティン神父の握手は、今も力強かった。グレーの目も小さくなったとはいえ、相変わらず光を放っている。戦争の名残である足を引きずる歩き方は一段と目立ったが、まだ杖なしで歩けるようだった。そして常に優しげな顔には、今も霊的権威の徳が紛れもなく備わっている。マーティン神父の目を見たダルグリッシュは、歓迎してくれるのは単に古い友人としてばかりではないらしいと気づいた。自分を見つめるマーティン神父の視線に不安と安堵の色があった。彼はこの長い年月ここを訪れなかったことに、改めて驚き、多少の後ろめたさを感じた。ひょんなことから、しかもほとんど衝動的に戻ってきたわけだが、ここにきて初めて聖アンセルムズ神学校で自分を待ちうけるものは何だろうと訝《いぶか》った。

マーティン神父はダルグリッシュを中に招じ入れながら、言った。「すまないが、車を本館の裏の芝生に動かしてもらわなければならないよ。ペリグリン神父が車を前庭に止めるのを嫌がるのでね。でもすぐでなくてもいい。君のコティジは昔通りジェロームだからね」

扉を入ると、碁盤縞の大理石を敷いた広いホールだった。オークの大階段の上に回廊に面して部屋が並んでいる。香や家具磨き、古書、料理の匂いと一緒に思い出がどっと蘇ってきた。入口の左に小部屋が作られた以外は昔とまったく変わっていないようだ。開いたままの小部屋のドアから祭壇が見えた。おそらく祈禱室だろう。大階段の昇り口に立つ、幼子キリストを腕に抱く聖母像には今も赤いランプが下から光を投げかけて、台座の上に昔と変わらず花を活けた花瓶が置いてある。ダルグリッシュは足を止めて像を見た。マーティン神父はそばにじっと立って待った。作者は思い出せないが、聖母像はヴィクトリア&アルバート美術館の像の上質のコピーだった。聖母像にありがちな、やがて来る悲劇を思わせる憂いに満ちた信心深い表情はまったく見られなかった。母子共に笑い、幼子は丸ぽちゃな腕を伸ばして、少女のような聖母も息子をうれしげに見ている。

階段を上がりながら、マーティン神父が言った。「私を見て驚いただろうね。もちろん表向きはもう引退しているんだよ。だが神学校は司牧神学の講師としてまだ使ってくれている。この十五年はセバスティアン・モレル神父が校長の任にある。君としてはまず懐かしい場所に行きたいだろうが、セバスティアン神父が待っておられる。君の車が着いた音が聞こえたはずだ。あの方はいつもそうだからね。校長室は君がここに最後に来た時と同じ部屋だよ」

机の向こうから出てきて二人を迎えた男は、穏やかな顔つきのマーティン神父とはまったく対照的だった。身長は六フィートを超え、ダルグリッシュが考えていたよりも若かった。わずかに白いものが混じる薄茶色の頭髪は、秀でた額からオール・バックに撫でつけられていた。非妥協的な口とわずかに鷲鼻気味の鼻、それに長い顎が、謹厳とはいえ、平凡にすぎる端正な顔に力強さを与えている。特に目立つのが、澄んだダーク・ブルーの目だった。ダルグリッシュは自分に向けられた射るような視線とは妙にそぐわない色だと思った。行動する男、学者より、どちらかと言えば軍人の顔だった。仕立てのいい黒ギャバジンの法衣は、内に潜む力を発散させる男にふさわしくない衣装に思えた。

部屋の調度もちぐはぐだった。コンピューターとプリンターを置いた机はきわめて現代的なのに対して、その上の壁には中世のものとも思われる木彫りの十字架が掛けられていた。その向かいの壁には雑誌《ヴァニティ・フェア》に掲載された、ヴィクトリア朝時代の高位聖職者を描いた漫画のコレクション——胸を飾る十字架とローン地の袖の上で自信たっぷりな表情の髭面、髭のない顔、やせた顔、赤ら顔、青白い顔、そこそこ信心深げな顔が並んでいる。座右銘を彫刻した石造りの暖炉の両側には、所有者の思い出の中で特別な位置を与えられているらしい人や景色の額入りの版画が掛かっていた。だが暖炉の上に飾られているのは、まったく趣を異にした絵だった。陸にも海にも存在しない光として名高いバーン゠ジョーンズ独特の光を放つ、ロマンチックで華麗な夢が描かれた油絵だった。ピンクと茶色の花模様のモスリンのロング・ドレスを着て、花冠をかぶった四人の娘がりんごの木の下に集っていた。座って本を開いている一人は右手に子猫を抱き、もう一人は琴を傍らにおいて、物思いに沈んだ表情で遠くを見つめている。他の二人は立っていた。一人は腕を伸ばして熟れたりんごを摘み、もう一人はりんごを受け止めようと、華奢な長い指でエプロンを広げている。右側の壁際にもバーン゠ジョーンズの作品があるのに、ダルグリッシュは気づいた。キャスターつきの真っ直ぐで高い脚のついた、サイドボードだった。引き出しが二つ付き、二枚の扉板には鳥に餌を与える女性と、仔羊と子供の絵が描かれている。ダルグリッシュは油絵にもサイドボードにも見覚えがあったが、この前ここに来たときには、確か食堂にあった。華麗なロマンティシズムは、いかにも聖職者の部屋らしく禁欲的な他の部分から浮き上がって見えた。

校長の顔は歓迎の笑みで緩んだものの、単に筋肉が引きつっただけとも思えるほど、ほんの一瞬だった。

「アダム・ダルグリッシュさんですね。よくおいでくださいました。ここへいらっしゃるのは久しぶりと、マーティン神父から聞きました。せっかくのチャンスがもっと楽しい用件でしたら、よかったのですが」

「私も同感です、神父。長くご迷惑をかけないようにしたいと思います」

セバスティアン神父は暖炉の両側に置かれた安楽椅子を勧め、マーティン神父はテーブルの椅子を一脚引き寄せて、それに座った。

腰を落ち着けたところで、セバスティアン神父が言った。

「正直申しまして、副総監から電話をいただいたときには驚きました。首都警察の警視長が一地方警察の捜査について調査に来られる。事件はと言えば、親しい者には悲劇であっても、大事件とはとても言えませんし、死因審問も開かれ、すでに公式には終止符の打たれた出来事です。人材の使い方がいささか贅沢すぎると言えないでしょうか」神父は一呼吸置いてから、付け加えた。「あるいは逸脱とでも言いますか」

「逸脱とは言えません。通常の方法ではないかもしれませんが。しかし私はもともとサフォークに来る予定でしたし、この方が時間の節約になり、神学校にも都合がいいのではないかと考えたのです」

「少なくとも、あなたに再びおいでいただけたという利点はありましたね。もちろんご質問にはお答えします。アルレッド・トリーヴィス卿は私どもに直接言ってはくださらなかった。卿は死因審問に出席なさらなかった。海外におられたとか。しかし事務弁護士を代理に送って、見守らせた。私の記憶する限り、いかなる不満も表明されませんでしたよ。私どもはアルレッド卿とお会いしたことはあまり多くないのですが、扱いやすい方には思えませんでした。息子さんの職業選択を——アルレッド卿はもちろん天職とは見ておられなかったでしょうから——快く思わないなどとは一度もおっしゃらなかった。あの件を蒸し返される動機が理解しがたいですね。あの件に関しては、可能性は三つしか考えられません。人の手にかかったということはありえません。ロナルドはここで敵など一人もいませんでしたし、彼が亡くなって利益を得た人間も一人もいません。では自殺でしょうか。悲しいこととはいえ、一つの可能性であることは否定できません。しかしロナルドの最近の態度や行動に自殺するほど不幸だったと思わせる徴候はありませんでした。残るは事故です。アルレッド卿はあの評決を得て、安堵なさっただろうと思っていたのですが」

「副総監から聞かれたと思いますが、匿名の手紙の件があります。アルレッド卿がその手紙を受け取っておられなければ、私もここに来ることはなかったのですが」

　ダルグリッシュは紙入れから手紙を出して、渡した。セバスティアン神父はちょっと見て、言った。「パソコンで書いたもののようですね。この神学校にもパソコンがあります。この部屋にも一台」

「これを出した人物について心当たりはありませんか」

セバスティアン神父はろくに目もくれずに、問題にならないと突き放すような手つきで手紙を返した。「ありませんね。われわれにも敵はいます。敵と言っては言葉が強すぎるかもしれませんね。この神学校が存在しない方がいいと考える人たちがいると言った方がより正確でしょう。ですが、その人たちがわれわれと対立する理由は、思想的、神学的、あるいは財政的なことであって、教会の資産に関する問題なのです。こんな露骨な中傷をする人間がいるなどとは信じられません。アルレッド卿が本気になさったとは意外ですね。権力を握る立場の方ですから、匿名の手紙に慣れておられないはずがない。神学校としてはもちろんできる限りの協力をします。まず何よりもロナルドが亡くなった場所をご覧になりたいでしょう。私は失礼させていただいて、ご案内はマーティン神父にお願いしましょう。今日の午後は客が来ることになっていまして、それに他にも急ぎの用があるのです。夕べの祈りにおいでいただけるのでしたら、五時からです。そのあと夕食前にここに飲み物を用意します。ご記憶でしょうが、金曜日の夕食にはワインを出しません。しかし客が見えた時には、食前にシェリー酒を飲んでいただいてもいいのではないかと。この週末は他に客が四人見えます。神学校の理事であるクランプトン大執事、ケンブリッジ大学のドクター・エマ・ラヴェンナム。この方には毎学期、英国国教会の文学的伝統について講義に来ていただいています。それからここの図書室を研究に利用されるドクター・クリーヴ・スタナードと現在病気休暇を取っておられる地元警察のロジャー・ヤーウッド警部。いずれもロナルドの事故があったときには、ここにはいらっしゃらなかった。当時誰が神学校内に居住していたのか興味がおありでしたら、マーティン神父がリストをお渡しできると思いますよ。夕食にはおいでになりますか」

「今夜は失礼させていただきます、神父。終禱には戻ってくるつもりでいます」

「それでは教会でお目にかかりましょう。部屋で気持ちよくお過ごしいただけるといいですが」

セバスティアン神父は立ち上がった。面会は終わったということらしい。

9

マーティン神父が言った。「部屋に行きがてら、教会に寄ってみたいんじゃないかな」

神父はダルグリッシュが当然同意すると、それればかりかひどく行きたがっていると思っているようだった。確かにダルグリッシュは寄ってみたかった。小さな教会には再び目にするのが楽しみなものがあった。

「ファン・デル・ウェイデンの『聖家族』は今も祭壇の上に掛けてあるのですか」

「ああ、もちろん。あれと『最後の審判』はここの二大呼び物だからね。だが呼び物という言葉は、あまり適切ではないかもしれないな。外来者の訪問を積極的に奨励しているという意味ではないよ。外来者は数多くないし、必ず予約をしてくる。ここでは宝物の宣伝はしない」

「神父、ファン・デル・ウェイデンには保険がかけてあるのですか」

「いや、かけたことは一度もない。保険料を払う余裕がないし、セバスティアン神父の言うように、あれはかけがえのないものだ。お金で代わりが買えるといった類のものではない。でも注意はしているのだよ。人里離れているのが助けになっているし、今は新式の防犯警報システムも取り入れている。北回廊から聖域に入るドアの内側に制御盤があって、南の正面扉にも警報がついている。防犯システムが設置されたのは、君がここに来てからずっと後のことだよ。主教が絵を教会内に置きたかったら、防犯に関して助言を受けるべきだと強くおっしゃってね。確かにその通りなのは言うまでもない」

「子供の頃に来た時には、教会はいつも開いていたように記憶していますが」

「そう、その通りだよ。だが、あれは専門家が絵は本物と折り紙をつける前のことだ。教会に、特に神学校の教会に鍵をかけるというのは、私にとってはつらいことだ。それで私が校長の時に小さな祈禱室を設けたのだよ。正面のドアを入ってきた時に、ドアの左の祈禱室に気づいたと思う。祈禱室自体は別の建物の一部だから、聖域ではない。だが祭壇は聖域なので、礼拝のあと教会に鍵がかけられても、学生が一人で祈り、瞑想する場所になるわけだよ」

　二人は建物の裏手にある更衣室を通り抜けた。この部屋から北回廊に出られる。更衣室は上にコート掛けのフックがついた長いベンチの列で二分されていた。フックの下に靴とブーツを置く場所がそれぞれ設けられている。ほとんどのフックには何も掛けられていなかったが、五、六カ所にフードつきの茶色のマントが下がっていた。学生が校内で着る黒い法衣と同様、マント着用も恐るべき創立者アグネス・アーバスノットによって定められたにちがいない。もしそうだとしたら、この吹きさらしの海岸の厳しい東風が彼女の念頭にあったのだろう。更衣室の右側にある洗濯室のドアが半開きになっていて、大型洗濯機四台と乾燥機一台が見えた。

　ダルグリッシュとマーティン神父は薄暗い本館から回廊

に出た。微かだが、本館の隅々まで染み渡った英国国教会高教会派の教育の場特有の臭いに替わって、そこは爽やかな外気と日の光が溢れる静かな中庭だった。ダルグリッシュは子供の時と同じように、現代に戻ってきたような気がした。赤レンガで飾り立てたヴィクトリア朝様式の本館に対して、ここは石を使った簡素な造りだった。細い柱の並ぶ回廊が石畳の中庭の三方を巡っている。回廊の床にはヨーク石が敷かれ、奥は同じ造りのオークのドアが並ぶ、二階建ての学生寮になっている。本館の西側に面して建つ四室の客用施設は、教会の壁とは鉄門で隔てられ、門の向こうに白っぽい低木の生えた原っぱと遠くに広がるテンサイ畑の濃い緑が垣間見えた。中庭の中央に立つトチノキの大木は、すでに秋の装いだった。樹皮にかさぶたのようなひびの入った、こぶだらけの幹の根元から小枝が伸びて、青青とした柔らかな若葉がまるで春の芽吹きかと思わせる。その上の大枝は黄色と茶色に染まっていた。敷石の上では磨き上げたマホガニーのようなトチの実に交じって、かさかさに乾いた枯葉が丸まって落ち、ミイラの指を思わせた。

　この遠い思い出の景色の中に、ダルグリッシュにとって目新しいものもあった。柱の下に置かれた、優美な形をした簡素なテラコッタの植木鉢もその一つだった。夏には目にも鮮やかだったのだろうが、今はねじまがったゼラニウムの茎は筋張って太く、残った数輪の花も過去の華やかさを思い出すよすがにしてはあまりに寂しかった。本館の西壁を伝って元気よく這い登るフクシャも、ダルグリッシュが来なくなってから植えられたものだ。まだおびただしく花をつけているものの、葉はすでに色あせ、落ちた花弁は飛び散った血のように落ち葉を染めていた。

　マーティン神父が言った。「聖具室のドアから入ろうかね」

　神父は法衣のポケットから大きなキーホルダーを出した。「キーを捜すのに少しばかり時間がかかってね。もう憶えていい頃とは思うのだが、キーの数が多すぎるんだよ。それに防犯システムにはどうしても馴染めそうにない。一分間以内に四桁の数字を打つようになっているんだが、ピーッという音が小さくて、今の私には聞き取りにくい。セバスティアン神父はうるさい音が嫌いなんだよ、特に教会の中では。警報が鳴り出すと、本館の方でものすごい音がする」

「神父、私がしましょうか」

「いや、アダム、大丈夫だ。自分でできるよ。番号は簡単に思い出せるんだ。ミス・アーバスノットが神学校を創立した年と同じ一八六一だからね」

ダルグリッシュには、侵入しようとする者が簡単に思いつく番号に思えた。

聖具室はダルグリッシュの記憶にあるより大きくて、聖具室、更衣室、事務所を兼ねているようだった。教会に通じるドアの左側にコート掛けのフックが並び、別の壁には聖具を納める、天井まで届く戸棚が造り付けになっていた。背もたれの真っ直ぐな木の椅子二脚と水切り台のついた小さな流しがあり、流しの横の戸棚の上には電気ポットとコーヒー・ポットがのっている。白ペンキの大缶二個と黒ペンキの小缶一個、それにジャムの壜に立てたブラシがきちんと壁際に寄せて置いてあった。ドアの左側に窓が二つ付いているが、その片方の下に引き出しつきの大机が置かれて、上に銀の十字架がのっていた。その上が壁金庫になっている。ダルグリッシュの視線がそれに向けられたのを見て、マーティン神父が言った。「十七世紀の聖杯と聖体皿をしまうために、セバスティアン神父が取りつけたんだよ。どちらもミス・アーバスノットが神学校に遺贈したもので、大変貴重な品だ。以前は貴重品ということで銀行に保管されていたのだが、セバスティアン神父は使うべきだと考えた。私もその方がいいと思う」

大机の横に額に入ったセピア色の写真が並んで掛かっていた。ほとんどが古いもので、中には明らかに神学校創立当初の頃に遡るものもあるようだ。古い写真に興味を覚えたダルグリッシュは近寄って見た。一枚はアーバスノット嬢のものと思われた。法衣とビレッタ帽姿の、自分より長身の司祭二人にはさまれている。わずかの間だが、しげしげと見つめたダルグリッシュの目にも、誰がもっとも強い性格の持主かは明らかだった。アーバスノット嬢は聖職者の謹厳な黒い装いに圧倒されるどころか、スカートのひだの上で指を軽く組み合わせて、いかにもリラックスして立っていた。衣装はシンプルだが、高価なものだった。袖の上部が大きくふくらんだ、ハイネックのシルク・ブラウスの光沢と贅沢なスカートは写真でも分かった。アクセサリーは衿もとのカメオと十字架のペンダントだけだった。きつく引っつめた色の薄い金髪に、ハート型の顔、頭髪より色の濃い真っ直ぐな眉毛の下からじっと見つめる、間隔の開いた目。この生真面目で、ちょっとたじたじとさせられる顔が笑ったら、どんなになるのだろうか。ダルグリッシュは、自分の美しさに何の喜びも見出さず、力を手にする満足を他のところに求めた美しい女性の写真だと思った。

香の匂いとローソクの煙とともに教会の記憶が蘇ってきた。北側の通路を歩きながら、マーティン神父が言った。

「『最後の審判』をまた見たいだろうね」

近くの柱に『最後の審判』を照らすためのスポットライトが設置されていた。マーティン神父が腕を上げると同時に、暗く沈んで判然としなかった画面が息を吹き返した。直径およそ十二フィートの半円形の板に描かれた、最後の審判の生々しい描写だった。最上部に栄光に包まれてキリストが座り、傷ついた手を下のドラマに向かって差し出している。絵の中心は大天使ミカエルだった。大天使ミカエルは右手に重い剣を、左手に善人と悪人の魂を計る天秤を持っていた。ミカエルの左側では恐怖の象徴、尻尾にウロコを生やした悪魔が獲物を待ち構え、淫らな顎をゆるませてニタリと笑みを洩らしている。白い手を合わせて祈るのは高徳の人々。黒い腹をふくらませ、口を大きく開けてうごめく両性具有者の群れは、地獄行きになった者たちだった。その傍らで三叉と鎖を持った悪魔の子分どもが、剣のような歯の並ぶ魚の口に獲物を放り込むのに忙しい。向かって左側には天国が城郭風のホテルさながらに描かれて、ドアマン役の天使が裸の魂を迎え入れている。長マントと三段の宝冠姿の聖ペトロは、祝福を受けた者たちの中の要人を迎えていた。いずれの要人も裸だが、身分を表す装いは着けたままだった。枢機卿は緋色の帽子、主教は主教冠、王と王妃は王冠。この中世の天国観には、平等の精神はほとんどないらしい。ダルグリッシュの目には、祝福を受けた者はそろって敬虔で退屈そうな表情をしているのに対して、魚の口に足から落ちて行く地獄行きの者たちの方がはるかに生き生きとして、悔悟するどころか反抗的に見えた。一段と大きく描かれた一人などは運命に逆らって、大天使ミカエルに向かって指を鼻に当て侮蔑のジェスチャーらしきものをしている。『最後の審判』は元来もっと人目につく場所に展示して中世の信者に地獄の恐ろしさを教え、道徳と社会的順応に導くのが目的だった。今はこれを研究対象とする学者や、地獄の恐怖は無力と化し、来世でなく現世で天国を探し求める見学者に鑑賞されている。

二人で並んで眺めながら、マーティン神父が言った。

「これが優れた『最後の審判』であることは言うまでもない。わが国にあるものの中でも指折りだろうね。でも私としては別の場所に掛けたいところだな。これはおそらく一四八〇年頃に描かれたものだろう。君はウェンヘイストンの『最後の審判』を見たことがあるだろうか。これはそれにそっくりで、ブライズバーグの同じ修道僧が描いたにちがいない。向こうのが何年か戸外に置かれて、その後修復されたのに対して、これははるかに元の状態に近い。われわれは運がよかったんだよ。これは一九三〇年代にウィセットの近くの二階建ての納屋から発見されたものなんだ。納屋の部屋の仕切りに使われていたから、一八〇〇年代から乾燥した状態にあったんだろうね」

マーティン神父は照明を消して、うれしそうに話を続けた。「ここには単独で立つ円形塔のごく初期のやつがあったんだよ。ブラムフィールドに同じようなのがあるのを知っているんじゃないかな。だがずっと昔になくなってしまった。これは七秘蹟の聖水盤だったんだが、見ても分かるように彫刻がほとんど残っていない。言い伝えでは一七〇〇年代後半に大嵐の海から引き上げられたということだ。元々ここにあったのか、それとも水没した教会のものだったのか、そこのところはもちろんわれわれには分からない。ここには何世紀もの歴史が納められている。見てごらん、十七世紀の信者用の仕切り席がまだ四席あるんだよ」

その仕切り席を見た時に、その古さにもかかわらずダルグリッシュの頭に浮かんだのは、ヴィクトリア朝時代の人たちだった。木の仕切りで囲まれて、他の信者の視線から遮られ、説教壇からもほとんど見えない専用席に座ったのは地主一家だったにちがいない。ダルグリッシュは仕切り席にこもる一家を想像した。クッションやひざ掛けを持参し、サンドイッチや飲み物、はては何時間もの節制、説教の退屈を紛らせるために、こっそり本を持ち込んだのではないだろうか。トイレの近い地主はどうしたのだろうと、子供の頃に、想像を逞しくしたことがあった。地主にしろ、他の信者にしろ、聖餐式を行なう日曜日の二礼拝や長い説教、あるいは嘆願が詠唱されたときには、いったい最後までどうして我慢できたのだろう。木の座席の下におまるを隠しておくのが、当たり前だったのかもしれない。

今二人は祭壇に向かって進んでいた。説教壇下の柱の前に行ったマーティン神父が、スイッチに手を置いた。とたんに教会の暗がりが闇に深まり、絵がドラマチックな唐突さで生命と色彩を取り戻して輝いた。五百年以上の間無言の礼拝を続けてきた聖母と聖ヨセフが、描かれた板から一瞬浮かび上がって、静かな空気の中で幻のように揺れ動いて見えた。聖母の背後は金と茶色の凝った錦織だったから、その豪華さが彼女の純真さ、痛々しさを強調していた。聖母は低いスツールに座って、膝の白布の上に裸の幼子キリストを抱いていた。完璧な楕円形をした青白い顔、薄い鼻の下の唇は柔らかく、弓なりの細い眉と重い目蓋の下の目は、あきらめと驚異の表情を浮かべて、子供に向けられている。縮れたとび色の髪が高く滑らかな額から、青いマントと華奢な手、触れ合わんばかりにして祈りの形を作る指に落ちかかっていた。幼子は十字架刑を暗示するように両手を上げて、母を見上げている。赤いコートをまとって、いやに年老いた聖ヨセフが、うたた寝をする番人といった姿で杖にすがって絵の右に座っていた。

ダルグリッシュとマーティン神父は少しの間無言で立っていた。マーティン神父は照明のスイッチを切るまで口を開かなかった。絵の魔法が続いている間は世間話が禁じられているのだろうかと、ダルグリッシュは訝った。

「これは間違いなくロジェ・ファン・デル・ウェイデンの作で、一四四〇年から一四四五年の間に描かれたものだろうということで、専門家の意見が一致しているんだ。他の二枚のパネルにはおそらく天使と、寄贈者と家族の肖像が描かれていたのだろう」

「どういう経緯でここに」

「ミス・アーバスノットが神学校創立の翌年に寄贈してくださった。ミス・アーバスノットは祭壇の飾りという心づもりだったし、われわれも他の場所に掛けることは考えたこともない。専門家の鑑定を依頼したのは、私の前任者のニコラス・ウォーバーグ神父なんだよ。神父は絵画に、特にオランダ・ルネッサンスに関心があったから、絵が本物なのかを当然知りたくなった。ミス・アーバスノットが寄贈品につけた文書には、ロジェ・ファン・デル・ウェイデン作と思われる聖母マリアと聖ヨセフを描いた三枚続きの祭壇画の一部とだけ書いてあった。そのままにしておいた方がよかったんじゃないかと思わずにはいられない。防犯に気を遣わずに、絵を楽しむことができただろうからね」

「ミス・アーバスノットはどうやって手に入れたのでしょう」

「それは、買ったんだよ。地主が家屋敷の維持のために貴重な美術品の一部を売却した。そんな風なことだったんだろう。ミス・アーバスノットが大枚の金を払ったとは思えない。作者に関してあいまいだったし、たとえ本物と分かっていたとしても、一八六〇年代にはこの画家は今ほど高く評価されていなかったからね。われわれにとって大きな責任であることは言うまでもない。大執事はよそに移すべきだと強硬に主張されている」

「どこに移すのですか」

「保安設備のしっかりした大聖堂だろうね。あるいは美術館か博物館とも考えられる。セバスティアン神父に売ったらどうだとまで言われたらしい」

「売ったお金を貧困者のために使うのですか」

「それはまあ、教会のものになるわけさ。大執事がよそに移せと言われるのは、この絵をもっと多くの人に楽しんでもらうべきだということもある。さまざまな特権をほしいままにしている、人里離れた小さな神学校に、こんな絵まで持たせておくことはないと言いたいんだよ」

マーティン神父の声には苦々しげな響きがあった。ダルグリッシュは何も言わなかった。マーティン神父はよけいなことを言ったと思ったのか、ちょっと口をつぐんでから、また続けた。

「確かにもっともな言い分だ。われわれも考えてみるべきなんだろうが、この祭壇画のない教会なんて想像がつかなくてね。ミス・アーバスノットはこの教会の祭壇に掛けるものとして寄贈してくださったのだから、われわれとしては別の場所に移すという意見には強く反対すべきだと思うのだよ。『最後の審判』となら別れても痛くも痒くもないが、この絵はそうはいかない」

　だが、絵に背を向けながら、ダルグリッシュの頭はもっと世俗的な問題にとらわれていた。神学校の将来が不確かなことは、神学校のもろさに関するアルレッド卿の言葉を持ち出すまでもなかった。教会の一般的な考え方と相反した気風を堅持し、世間と隔絶されたこんな場所でたった二十人の学生を教育している神学校に、どんな長期的な展望があるだろうか。そしてもしその将来が不安定なら、ロナルド・トリーヴィスの謎の死が天秤を傾かせる一要素にならないとも言い切れない。神学校が閉鎖された場合、アーバスノット嬢から遺贈されたファン・デル・ウェイデンの絵やその他の高価な品々、そして神学校の建物そのものはどうなるのだろうか。あの写真の様子から推して、アーバスノット嬢がたとえ不本意であろうと閉校の可能性を考えて、その用意をしなかったとは信じがたい。常に肝心の問いに戻る。利益を得るのは誰か。マーティン神父に尋ねたかったが、ぶしつけな質問だし、場所柄を考えたら、不適当でもある。だがいずれ訊かなければならない質問だった。

10

アーバスノット嬢は訪問客の宿泊施設四室に、西方教会の四博士グレゴリー、オーガスティン、ジェローム、アンブローズにちなんで名前をつけた。この神学的な思いつきと、職員用コテイジをマタイ、マルコ、ルカ、ヨハネと命名したところでインスピレーションが尽きたらしく、南北回廊の学生寮には想像力は乏しいものの、ずっと便利な番号が使われている。

マーティン神父が言った。「君は子供の頃にここに来た時に、いつもジェロームを使っていた。今も憶えているんじゃないかい。今はあそこだけがダブルになっているから、ベッドは快適なはずだよ。教会から二つ目の部屋だ。申し訳ないが、キーはない。客用施設に鍵をつけたことがないんだ。ここは何から何まで安全だからね。大切な書類があるようなら、金庫にしまってもらうといい。ここで気持ちよく過ごしてもらえるといいね、アダム。見てのとおり、君が最後に来てから後に改装したんだよ」

その通りだった。以前の居間は居心地はいいものの、小教区のガラクタ市でも売れなかったような半端な家具の置場となって、やたら物が多かった。今は学生の勉強部屋のように簡素で機能的だった。灌木の向こうに西側の景色が眺められる窓の前に、机代わりになる引き出し付きのテーブルがあった。ガス・ストーブの両側に安楽椅子が二脚。それに低いテーブルと本棚。暖炉の右側に戸棚があり、上に電気ポット、ティーポット、カップと受け皿二組をのせた盆が置いてあった。

マーティン神父が言った。「その戸棚の中に小型冷蔵庫がついていて、ピルビームさんの奥さんが毎日ミルクを一パイント入れてくれる。二階に上がると分かるが、寝室にシャワーを設けたんだよ。前に来た時には回廊を通って、本館の浴室を使わなくてはならなかったのを憶えているだろう」

ダルグリッシュはよく憶えていた。清々しい朝、肩にタオルを引っ掛けたガウン姿で浴室か、あるいは半マイル歩いて海岸の更衣室に行き、朝食前に一泳ぎするのは、ここに滞在している間の楽しみの一つだった。現代的な狭いシャワー室はそれに比ぶべくもなかった。

マーティン神父は言った。「かまわなかったら、君が荷物を解く間、待たせてもらうよ。君に見せたいものが二つあるんだ」

寝室には階下と同じように簡素な家具が入っていた。木のダブル・ベッドにナイト・テーブル、スタンド、造り付けの戸棚、本棚と安楽椅子一脚。ダルグリッシュは旅行バッグを開けて、必要と思って入れておいたスーツを掛けた。手早く洗面をすませて階下に降りると、マーティン神父は窓辺に立って、岬を眺めていた。部屋に入って来たダルグリッシュを見て、マーティン神父はマントのポケットから畳んだ紙を取り出した。

「君が十四歳の時にここに置いていったものなんだ。私が見たことを君が快く思うかどうか分からなかったから、送らなかった。でもそのまま保管しておいたんだよ。今なら君も返してもらいたいと思うんじゃないだろうか。四行の韻文なんだが、これは詩だと思うね」

そんなはずはないと、ダルグリッシュは思った。彼はうめきたいのをこらえて、差し出された紙片を受け取った。幼い頃のどんな無分別、恥、思いあがりが過去から蘇って、自分を困惑させるのか。見慣れていながら、初めて見るように思え、丁寧に書かれているのに、今の彼の目にはおずおずとして不細工に見える筆跡が、写真より一段と個人的なために彼を遠い過去に強力に引き戻した。この四半分に切られた紙の上で動いた少年の手が、今それを持っている手と同じとは信じがたかった。

ダルグリッシュは黙って書かれた文字を読んだ。

遺族

あなたは「今日もいいお天気ですね」と、すれ違う
時に言った。
何も映らない目で通りを歩きながら、くぐもった声

で
あなたはこうは言わなかった。「あなたの上着で私
を包んでください
外は日が照っても、私の中は凍りつくみぞれなので
す」

とたんに別の思い出が蘇った。子供の頃によく目にした光景だ。父が埋葬の礼拝をしていた。人工芝の鮮やかな緑の傍らに濃い色の土が盛り上げられて、花輪が三つ四つ。父の法衣が風でふくらみ、花が匂った。一人っ子の葬式が行なわれたあとその四行を書いたのを、ダルグリッシュは思い出した。最後の行の形容詞が気になったが、他に適当な言葉を思いつかなかったことも思い出された。

マーティン神父が言った。「十四歳にしては並外れた出来だと思ったね。君が返してほしくないのなら、私がこのまま持っていたいが」

ダルグリッシュは頷いて、紙片を黙って返した。マーティン神父はそれを子供のようにうれしそうにポケットに戻した。

ダルグリッシュは言った。「他にも見せてくださるものがあるんでしょう？」

「うん、そうなんだよ。腰をかけようじゃないか」

マーティン神父は再びマントの深いポケットに手を滑り込ませた。取り出したのは、丸めて輪ゴムでとめた子供の練習帳のようなものだった。膝の上でノートを撫でて伸ばした神父は、守るようにその上で両手を重ねて、言った。

「海岸に行く前に、君にこれを読んでもらいたいのだよ。読めば分かる。これを書いた女性は最後の部分を書いたその夜に、心臓発作で亡くなった。ロナルドのことと特に関連はないのかもしれない。セバスティアン神父に見せると、神父はそう考えられたね。これは無視してもかまわないという意見だった。特別な意味はないのかもしれないが、私は気になってね。それで邪魔の入らないここで君に見せるのがいいんじゃないかと考えたわけなんだ。君に読んでほしいのは、最初と最後の部分だ」

マーティン神父はノートを渡すと、ダルグリッシュが読

み終わるまで黙って待っていた。ダルグリッシュは言った。

「神父、これをどうやって手に入れられたのですか」

「捜して見つけたんだよ。十月十三日金曜日の六時十五分に、マーガレット・マンローさんが自分のコティジで亡くなっているのを、ピルビームさんの奥さんが見つけた。奥さんは神学校にでかける途中で、聖マタイのコティジに朝早くから明かりがついているのを見て、おやと思ったんだね。マンローさんの医者であり、神学校のわれわれも診てくれているメトカーフ先生が遺骸を見て、そのあとコティジから運び出された。ところがそのあとになって、マーガレットにロナルドを発見したときのことを文章に書いてみたらどうだと勧めたことを思い出してね。実際に書いたのか気になった。それでコティジにある木の小机の引き出しの、筆記用紙の束の下から見つけたというわけだよ。特に隠そうとしていた様子はなかったね」

「あなたのご存じの範囲で、この日記の存在を知っている人間は他にいないのですね」

「セバスティアン神父を除いては誰も。マーガレットは職員の中で一番親しいピルビームさんの奥さんにも教えていなかったと思うな。コティジが家捜しされた様子はまったくなかった。私が呼ばれて行ったとき、遺体は実に安らかに見えた。膝に編物を置いて、座ったままだったよ」

「それで、彼女が何のことを言っているのか、心当たりはありませんか」

「まったくない。ロナルドが亡くなった日に見聞きしたことが、マーガレットの記憶を呼び覚ましたんだろうな。それと、エリック・サーティーズからリークをもらったことが。エリックはここの用務員で、レグ・ピルビームの助手をしている。いや、そのことは日記を読んで、知っていたね。私には何のことだか、さっぱり分からない」

「マンローさんが亡くなったのは意外でしたか」

「いや、そうとは言えないんだ。この何年間というもの、心臓がかなり悪かった。メトカーフ先生と彼女を診察したイプスウィッチの専門医は、心臓移植を受けたらどうかと勧めていた。だがマーガレットは手術は一切いやだと言っていた。貴重な臓器は若い人や子供を育てている親たちに使うべきだと言って。マーガレットは息子を亡くしてからというもの、生きようが死のうが大して気にしなかったのだと思う。病的ではなかったが、死に逆らってまで生に執着しなかったということだね」

「かまわなければ、この日記を預からせてください。セバスティアン神父のおっしゃる通り、まったく関係がないのかもしれませんが、ロナルド・トリーヴィスの死の状況を考えると、興味深い文章です」

　ダルグリッシュは練習帳をブリーフケースに入れて、ダイアル錠をかけた。二人はさらに三十秒ほど黙って座っていた。ダルグリッシュには二人の間の空気が言葉にならない恐怖、焦点の定まらない疑惑、漠然とした不安で重くなったような気がした。ロナルド・トリーヴィスが謎の死を遂げ、その一週間後にその遺体を発見した女性も亡くなった。彼女は遺体発見の直後にある秘密を発見し、彼女自身はその秘密を重大なことと見なした。単なる偶然にすぎないのかもしれない。これまでのところ犯罪行為の証拠は見当たらないし、犯罪行為という言葉すら聞きたくないと思っているらしいマーティン神父の気持に、ダルグリッシュも同感だった。

　ダルグリッシュは言った。「神父は死因審問の評決を意外と思われましたか」

「ちょっと驚いたね。死因不明と出ると思っていたから。だがロナルドに自殺を図ることができた、それもあんな途方もない方法を用いたなんて、われわれには考えることさえ到底できない」

「彼はどんな青年だったんでしょうか。ここではうまくいっていたのですか」

「はたしてうまくいっていたのか。といっても、他の神学校の方がここより向いていたとは思えないね。頭がよく勤勉だったが、妙に魅力に欠ける若者だった。若者にしてはいやに批判的でね。かなりの自己満足とある種の自信欠如を合わせ持っていたとでも言おうか。ロナルドには親しい友達がいなかった――親しい友人を持つことが奨励されているわけではないがね。それで寂しかったんじゃないかと思う。だがここでの勉学や生活に絶望しているとか、自死という痛ましい罪を犯しそうだと思わせる節はまったくなかった。もし自殺だったのなら、もちろんその責めの幾分かは、われわれにある。彼が苦しんでいたことに気づかなければいけなかったのだから。しかしその気配はまったくなかったのだよ」

「神父は彼が聖職を選んだことに賛成でしたか」

　マーティン神父はすぐに答えなかった。「セバスティアン神父は賛成した。だがそれはロナルドの学業成績に影響されてのことだったのではないかと思う。ロナルドは自分が思っているほど賢くなかったが、賢いことは賢かった。私自身は疑問に思っていたね。私にはロナルドは父親に感心してもらおうと躍起になっていたように見えた。父の世界でのし上がることは無理だったが、それと比較にならない職業につくことができた。司祭職、特にカトリックの司祭職には常に権力の誘惑がある。いったん叙階されれば、信者に罪の許しを与えることができるからね。それは少なくとも彼の父にはできないことだった。このことは他の誰にも話したことがないし、私が間違っているのかもしれない。ロナルドの入学願書を検討したときに、私は自分がまずい立場にあるのを感じた。校長にとってどんな場合であろうと、前任者がまだ学校にいるというのはやりにくいものだ。だからその件については、セバスティアン神父の意見に反対するのはよくないと思ったんだよ」

　だがマーティン神父が「ではそろそろロナルドの亡くなった場所を見に行こうかね」と言ったとき、ダルグリッシュはどういうわけか釈然としない気持が深まるのを覚えた。

11

　聖ヨハネのコテイジの裏口を出たエリック・サーティーズは、きれいに並んで植えられた秋野菜の間を抜けて、豚との親交を深めに行った。盛大に鳴きながら一丸となって寄ってきたリリー、マリゴールド、デージー、マートルの四頭が、近づく彼の臭いを嗅ごうとピンク色の鼻面を上げた。どんな気分であろうと、手造りの豚小屋と柵で囲った飼育場に来れば、エリックの気持は満たされる。だが今日は手を伸ばしてマートルの背中を掻いてやっても、肩に背負う荷のようにずっしり重い不安は晴れなかった。

　異母妹のカレンがお茶の時間までに来ることになっていた。カレンはいつもなら毎月第三週末にロンドンから車を飛ばしてやってくる。その週末二日はどんな天気であれ、エリックの記憶の中では日がさんさんと輝き、次の第三週末までの何週間かを暖め、明るくしてくれる。この四年間でカレンは彼の生活をすっかり変えた。今のエリックには彼女なしの生活は想像できなかった。カレンは先週の日曜日に帰ったばかりだったから、いつもならこの週末に彼女が来るのは思いがけないボーナスのはずだった。だが今週来るのは、先週彼が断ったことをまた頼みに来るためと分かっていた。彼としては、また断る気力を何とか見つけなければならなかった。

　エリックは豚小屋の柵に寄りかかって、この四年間の自分とカレンのことを考えた。出会った頃の二人の関係は、あまり雲行きがよくなかった。出会った時、彼は二十六歳だった。三歳年下のカレンが十歳になるまで、エリックも母も彼女の存在を知らなかった。大手の出版複合企業の営業担当だった父は、十年間二つの家庭をうまく並存させていたが、経済的時間的にきつくなり、綱渡り的行動の難しさも加わって、ついに重荷になった。そして愛人との生活の方を選んで、家を出て行った。エリックも母も父が出て行って、特に悲しいとは思わなかった。恨みつらみばかりで楽しいことは何もなかった母にとって、晩年十年間はようやく憤りをぶちまける満足感と激しい闘いを続ける口実を得ることができた。母はロンドンの家の所有権と一人っ子の養育権をめぐって闘い、家は手に入れることができなかったものの、息子の養育権については何ら問題がなかった。収入の配分について激しい応酬が長々と続いた。エリックは二度と父の顔を見なかった。

四階建てのロンドンの家は、地下鉄オーヴァル駅近くのテラスハウスの一部だった。アルツハイマー病を長く病んだ母が死んだ後、エリックは父の弁護士から父が死ぬまでただで住んでもよいと知らされて、そのまま一人で住み続けた。四年後、父は出張中に激しい心臓発作に襲われて、あっという間に息を引き取った。家はエリックと異母妹の二人に残されていた。

エリックがカレンに初めて会ったのは父の葬式だった。北ロンドンの火葬場で聖職者抜きで行なわれ、参列したのはエリックとカレン、会社の代表二人だけだったから、式などと儀式ばった呼び方は到底できないものだった。手続きはほんの数分ですんだ。

火葬場を出たところで、異母妹は前置きなしにこう言った。「パパはああいうのが希望だったのよ。宗教は好きじゃなかったもの。花なんてほしがらなかったし、葬式に参列者は必要ないって言ってたわ。家のことを話し合わなくちゃならないけど、今はだめなの。オフィスで急ぎの用があるのよ。抜け出してくるのも大変だったわ」

カレンは車に一緒に乗って行かないかとは言わず、エリックは一人で空っぽの家に帰った。だが翌日電話がかかってきた。彼はドアを開けたときのことを鮮やかに覚えている。カレンは葬式の時と同じに、ぴったりした黒革のズボンに赤いぶかぶかのセーターを着て、踵の高いブーツをはいていた。髪の毛はポマードで固めたようにつんつん逆立ち、鼻の左側にピアスが光っていた。よく見かける奇異な外見だったが、エリックにはそんなのが好ましく思えて、自分でも驚いた。二人は無言でめったに使わない表側の部屋に入った。カレンはエリックの母が残したものに品定めするような、そして問題外と言いたげな視線を投げた。エリックは重苦しい家具をわざわざ取り換えようとしなかったし、模様を外に向けて掛けたカーテンは埃だらけ、マントルピースの上には母がスペイン旅行から持ち帰った土産物のけばけばしい置物がごちゃごちゃ並んでいた。

カレンが言った。「この家をどうするか決めないといけないわね。今売って、お金を山分けしてもいいし、貸してもいいんじゃないかしら。さもなかったら、少しお金をかけて手を入れ、ワンルームのフラット三室に改造してもいいと思うんだけど。安くはないでしょうけど、パパの保険金が入るので、私の方が家賃の取り分が多ければ、そのお金を使ってもいいわよ。ところであなたはどう思っていたの。ここに住み続ける気でいたの」

「僕は本当を言うと、ロンドンには住みたくないんだ。家を売れば、どこかで小さなコティジを買えるんじゃないかと思っていた。市場向けの菜園のようなことをしてみようかなと」

「そんな馬鹿なこと、考えてるの。手に入るお金よりよっぽど資金がいるし、あなたの考えているような規模では、いずれにしろ儲けにならないわよ。でも出て行きたいのなら、売りたいということね」

エリックは思った。彼女は自分がどうしたいかはっきり分かっている。こっちが何と言おうと、結局は彼女の言う通りになるんだろう。だがエリックは大して気にならなかった。彼は自分でも驚きながら、部屋から部屋を見て歩くカレンの後について行った。

エリックは言った。「君が売りたくないなら、それでもいいよ」

「売りたくないんじゃなくて、それが私たち両方にとって一番賢いやり方だからよ。住宅市場は今好況だし、もっとよくなりそうだわ。もちろん改造したら、家族用の住宅としての価値は下がるでしょうね。でも私たちにとって定収入になるじゃないの」

そして言うまでもなくその通りになった。エリックは自分が最初のうちカレンに馬鹿にされていたのを知っていた。しかし一緒に働いているうちに、彼女の態度ははっきり変化した。器用なエリックがペンキ塗りや壁紙貼り、棚や戸棚の取り付けをしたためにどれだけ倹約になったか知ると、カレンは驚き、喜んだ。エリックにとって自分の家といってもこれまでは名ばかりだったから、手を入れようとしなかった。だが今彼は自分が意外にもいい腕をしているのを発見した。大きな仕事はプロの配管業者、電気工、建築業者を雇ってやらせたものの、かなりの部分をエリックがこなした。二人は否応なくパートナーになっていた。土曜日になると中古家具や安いシーツ類、食器を探して歩き、買ってきたものを子供のように得々と見せ合って楽しんだ。エリックはカレンに溶接用ランプの安全な使い方を教え、彼女がそこまでする必要はないと言ったにもかかわらず、ペンキを塗る前の木部の下処理をきちんとやると言い張った。そしてキッチン・ユニットのサイズを丹念に計って、ぴったりと納めたひたむきな仕事ぶりには、彼女も驚嘆した。働いている間、カレンは自分の生活について喋った。フリーのジャーナリストとして名前を知られ始めたこと、署名記事をものしたときの喜び、彼女の仕事場である文学界の意地悪さ、噂話、ささいなスキャンダル。エリックにとって恐ろしいほど異質な世界だった。そんなところと関わらずにすんでよかったと思った。彼はコテイジと菜園、そして人には言えない情熱——豚の飼育を夢見ていた。

　エリックは二人が愛人関係になった日のことをよく憶えている。忘れるはずがなかった。彼は南窓の木製ブラインドの修理をすませて、カレンと一緒に乳剤を塗っていた。やることがぞんざいなカレンは、途中で暑くて汗をかいたし、ペンキだらけになったからシャワーを浴びると言い出した。新しく設けた浴室の具合を見るチャンスだった。そこでエリックもペンキ塗りの手を休め、あぐらをかいて、まだ塗っていない壁に寄りかかった。半開きのブラインドから差し込む光がペンキの飛び散る床に描く格子模様を眺めながら、快い満足感が泉のようにふつふつと湧き上がるのを覚えた。

　そのときカレンが入ってきた。ウェストにタオルを巻きつけただけの裸だった。腕に大きなバスマットを掛けて持っていた。彼女はそのバスマットを敷いて、その上にしゃがみ、笑いながら腕を差し出した。エリックは催眠術にかけられたように彼女の前に膝をついて囁いた。「でもそんなことはできないよ、できない。僕たちは兄妹だよ」

「兄妹と言ったって、半分だけじゃないの。素晴らしいわよ。身内の秘密にしておけばいいことよ」

エリックはつぶやいた。「ブラインドを。明るすぎるよ」

カレンは飛び起きて、ブラインドを閉めた。部屋はほとんど真っ暗になった。カレンはエリックのそばに戻ってくると、彼の頭を自分の乳房に押し付けた。

エリックにとって初めての経験だった。それが彼の生活を一変させた。カレンが自分を愛していないことは分かっていたし、彼もまだカレンを愛してはいなかった。その時とその後の信じがたいセックスの間、エリックは目をつぶって、自分一人のロマンチックで優しくて、暴力的で恥知らずな夢想に浸った。次々と頭に飛び込んでくる空想は現実となった。そしてある日、ベッドで快適にセックスをした時に初めて目を開けてカレンの目を見、これが愛なのだと悟った。

エリックのために聖アンセルムズ神学校の仕事を見つけたのはカレンだった。イプスウィッチで仕事があったカレンは、《イースト・アングリカン・デイリー・ニューズ》を買った。その夜ロンドンに戻った彼女はその新聞を持って、エリックが改装のあいだ地下室で寝ている家にやって来た。

「これ、あなた向きなんじゃないかしら。ローストフトのすぐ南にある神学校の用務員の仕事よ。あなたにぴったりの寂しいところのはずだわ。コティジを提供してくれるってことだし、菜園もついているみたい。鶏を飼いたいんだったら、頼めばきっと飼わせてくれるわよ」

「鶏は飼いたくない。豚がいいんだ」

「そう、じゃあ、豚ね。そんなに臭くなければだけど。給料は大したことないけど、ここの家賃が週二百五十ポンド入るはずよ。それなら、いくらかは貯金できるでしょ。どう思う?」

エリックは頬っぺたをつねってみたくなるほどいい話だと思った。

カレンが言った。「夫婦を求めているのかもしれないけど、そうは書いてないわ。でもぐずぐずしない方がいいでしょう。あなたがよければ、明日の朝車で連れて行ってあげるわよ。電話番号がのっているから、電話をしてアポイントメントを取ったら？」

翌日、カレンはエリックをサフォークまで送って行き、一時間後にここにまた戻ってきて待っていると言って、彼を神学校の前で降ろした。エリックはセバスティアン・モレル神父とマーティン・ピートリー神父の面接を受けた。司祭の推薦状を求められたらどうしよう、あるいは定期的に教会に行っているか訊かれたらどうしようと心配したが、宗教の話は一切出なかった。

カレンはこう言っていた。「そりゃあ、市役所から推薦状をもらうこともできるでしょうけど、でも用務員として役に立つことを証明したほうがいいわよ。向こうが探しているのは事務員じゃないんだから。私、ポラロイド・カメラを持ってきてるから、あなたが作ったここの戸棚や棚、造り付けの家具の写真を撮るわ。その写真を見せるのよ。自分を売り込まなくちゃだめよ、いいこと」

だが売り込む必要はなかった。エリックは質問に誠実に答え、真剣な態度でポラロイド写真を取り出したので、いかに採用してほしいかを示すことになった。神父たちはエリックをコテイジに案内した。コテイジは彼が考えていたより、あるいは必要と思っていた以上に大きかったが、神学校の裏から八十ヤードほど離れているし、灌木の向こうに眺望が開け、手入れのされていない小さな庭がついていた。エリックは働き始めて一カ月以上たつまで豚のことを持ち出さなかったが、話してみると、誰も反対しなかった。マーティン神父はエリックがシェパード犬を飼いたいと言い出したように、ちょっと心配そうに言った。「エリック、外に出たりはしないだろうね」

「いいえ、神父さま。小屋と囲いを作るつもりです。もちろん材木を買う前に設計図をお見せします」

「臭いはどうなんでしょうね」とセバスティアン神父が訊いた。「豚は臭わないと聞いたが、私はいつもくさいと思う。私が他の人より臭いに敏感なせいかもしれないが」

「いえ、神父さま、臭いません。豚はとても清潔な動物です」

というわけでエリックはコティジと菜園、豚を手に入れ、三週間毎にカレンが来てくれる。これ以上満ち足りた生活は考えられなかった。

聖アンセルムズ神学校で彼はこれまで求め続けてきた安らぎを見つけた。騒ぎや口論、相性の悪い人々からのプレッシャーから逃れることが、どうして自分にとってそれほど必要なのか、自分でも分からなかった。父に手荒なことをされたわけではない。父は大抵の場合家にいさえもしなかった。いた時でも、両親の夫婦仲の悪さは大声を上げたり、怒りを爆発させたりするのでなく、愚痴や恨みつらみを並べる類のものだった。内気は子供の頃からの性格のようだった。特別刺激や活気のある職場でもない市役所に勤めていた時でさえ、時折起きる仲たがいや反目から一歩離れていた。同僚の中にはそういうことを必要と思い、わざと挑発する者もいるようだった。カレンと出会い、愛するようになるまで、他の人間と一緒にいるよりも一人でいる方がよかった。

今、この平安と、神学校という安らぎの場、菜園、豚、そして楽しみ、かつ働きを認めてもらえる仕事、定期的に訪ねてくるカレンを得て、エリックは心の隅々まで、気質のあらゆる点にしっくり馴染む生活を見つけた。だが大執事クランプトンが理事に任命されて、すべてが変わった。カレンの要求を恐れる気持は、大執事の出現とともに始まった重くのしかかる不安に、さらに一つ悩みを加えたにすぎなかった。

大執事が初めて神学校にやってきた時、エリックはセバスティアン神父からこう言われた。「エリック、クランプトン大執事が日曜日か月曜日に君に会いに行かれるかもしれません。大執事は主教からここの理事に任命されたので、何かお訊きになりたいことがあるのだと思う」

最後の部分を言うセバスティアン神父の口調には、エリックを警戒させるものがあった。

「神父さま、ここでの僕の仕事についてでしょうか」

「君の採用条件とか、その時に思いつかれたことでしょう。

コティジを見たいとおっしゃるかもしれない」

大執事はコティジを見たいと言った。彼は月曜日の朝九時すぎにやってきた。カレンが珍しく日曜日の夜も泊まり、七時半にあわてて帰って行ったあとだった。ロンドンで十時に約束があったから、もうすでに遅刻すれすれだった。A十二号線は月曜日の朝は流れが悪く、ロンドンに近づくと特に渋滞する。あわただしく帰って行ったカレンは――彼女はいつもあわただしかった――コティジ脇の洗濯ロープにブラジャーとパンティーを干したまま忘れて行った。通路を入ってきた大執事の目に最初に入ったのが、それだった。

大執事は名乗りもせずに言った。「君のところに客があったとは知らなかった」

エリックはロープから目障りなものをむしり取り、ポケットにねじ込んだ。そうしながら、こそこそと気まずそうなその行為はまずかったと気づいた。

「神父《ファーザー》さま、週末に妹が来ていたのです」

「私は君の父親ではない。私はその呼び方は使いません。大執事と呼んでもらいたい」

「はい、大執事さま」

大執事は六フィートを超す長身で、角張った顔に顎鬚を生やし、形のいい濃い眉毛の下の明るい目が射るように鋭かった。

二人は黙って豚小屋に向かって通路を歩いた。少なくとも菜園については文句を言われないはずだと、エリックは思った。

豚はいつもよりはるかに騒々しい、甲高い鳴き声で二人を迎えた。大執事が言った。「君が豚を飼っているとは知らなかった。神学校に豚肉を供給しているのですか」

「はい、時々。でも神学校ではあまり豚肉を食べません。肉はローストフトの肉屋から買っています。僕はただ豚を飼っているだけです。セバスティアン神父さまに飼ってもかまわないかお訊きしましたら、許可を下さいました」

「豚の飼育にどのぐらい時間を取られますか」

「大しては、神……大執事さま、大しては」

「えらく騒々しいようだが、少なくとも臭いはしないな」

エリックは答えなかった。大執事は家の方に戻り、エリックは後に従った。居間に入ったエリックは、正方形のテーブルの周りに置かれた、座面にイグサを使った、背もたれの真っ直ぐな椅子を黙って勧めた。大執事は気づかないようだった。暖炉を背にして、部屋に置かれた肱掛椅子二脚——一脚はロッキング・チェア、もう一脚はパッチワークのクッションを置いたウィンザー・チェア——壁一面を占める低い本棚、カレンが持ってきて、〈ブルー・タック〉で壁に貼りつけたポスターを見回していた。

大執事は言った。「このポスターを貼るのに使っているものだが、これは壁を傷めはしないでしょうね」

「傷めません。特別なもので、チューインガムみたいなものです」

すると大執事は椅子の一脚をさっと引いて腰を掛け、エリックに座るように手招きした。それからの質問は厳しい口調ではなかったものの、エリックは何やら知れない罪を糾弾されて、訊問を受ける容疑者のように感じさせられた。

「ここで働き出して何年になりますか。四年ですか」

「はい、そうです、大執事さま」

「それで君はどういう仕事をしているんだろうね、はっきり言って」

エリックの仕事の内容は最初からはっきりしていなかった。「僕は何でも屋の用務員です。電気製品でない限り、壊れたものは何でも直しますし、屋外の掃除もします。回廊の床を洗って、中庭を掃き、窓拭きをします。建物の中の掃除はピルビームさんの担当で、レイドンから手伝いの女性が来ます」

「それほど大変な仕事とは言えませんね。庭はよく手入れされているが、君はガーデニングが好きなんですか」

「はい、大好きです」

「だが神学校に野菜を供給するほどの広さとは言えない」

「神学校が使う野菜全部というわけにはいきませんが、僕一人には多すぎるので、あまったのは厨房に持って行って、ピルビームさんの奥さんに使ってもらっています。それから他のコティジに住んでいる職員にあげることもあります」

「代金をもらうのですか」

「いいえ、大執事さま、もらいません。誰からも」

「で、そういう大して骨の折れない仕事に対して、給料はいくらもらっていますか」

「一日五時間の最低賃金をいただいています」

　エリックは自分も神学校も時間のことはあまり気にしていないことを言わなかった。仕事は五時間かからないこともあれば、五時間以上になることもあった。

「それにこのコテイジにただで住んでいる。光熱費、それに地方税は当然自分で払っているんでしょうね」

「地方税は払っています」

「それで日曜日は？」

「日曜日はお休みをもらっています」

「私は教会のことを考えていたんですがね。君はここの教会に行っているのですか」

　エリックは時々教会に行くが、ただし夕べの祈りの時だけだった。一番後ろの席に座って、音楽やセバスティアン神父とマーティン神父の祈禱用にコントロールされた声、耳慣れない美しい言葉に耳を傾ける。だが大執事が言っているのは、そういうことではないだろう。

「僕は日曜日に教会に行きません」

「だが採用されたときに、セバスティアン神父からそういうことについて訊かれなかったのですか」

「いえ、大執事さま。セバスティアン神父さまは仕事ができるかどうかお訊きになりました」

「セバスティアン神父はキリスト教徒かどうか訊かなかったのですか」

　その質問には少なくとも答えることができた。「大執事さま、僕はキリスト教徒です。赤ん坊のときに洗礼を受けました。どこかにカードがあるはずです」エリックは幼い子供たちを祝福するキリストの感傷的な絵のついた洗礼証明カードが突如現れないものか期待するように、周囲をぼんやり見回した。

　沈黙が流れた。エリックは答が充分でなかったのだと気づいた。コーヒーを出すべきか迷ったが、九時半ではいくらなんでも早すぎる。沈黙が続いたが、やがて大執事は立ち上がった。

「君がここで非常に快適に暮らしていること、セバスティアン神父が君に満足していることは分かりました。だがいかに快適であろうと、何事も永久には続かない。聖アンセルムズ神学校は百四十年存在してきたが、その間に教会は、それどころか、世界は大きく変化した。もし君に合う別の勤め口を耳にしたら、転職を真剣に考えるよう勧めますね」

「聖アンセルムズ神学校が閉鎖されるかもしれないとおっしゃるのですか」

大執事は思わぬよけいなことを口にしてしまったようだ。

「そうは言っていません。そんなことは君が気にしなくてもよろしい。私はここの仕事が一生続くなどと考えない方が、君自身のためだと言っているまでです」

そう言って大執事は帰って行った。エリックは戸口に立って、神学校に向かって岬を横切って行く大執事を見送った。彼は激しい感情の嵐に襲われた。胃がむかつき、口の中が胆汁のように苦かった。強烈な感情を極力避けてきた彼の人生で、それほどまでに圧倒的な肉体的反応を経験したのは、これで二度目だった。最初はカレンを愛していると気づいたときだ。だが今度のは違った。同じように強烈だが、はるかに不穏だった。エリックは生まれて初めて抱いたその感情が、他の人間に対する憎悪だと思い至った。

12

マーティン神父が自室に黒いマントを取りに行っている間、ダルグリッシュは本館ホールで待った。神父が降りてくると、彼は言った。「行けるところまで車で行きましょうか」ダルグリッシュ自身は歩きたいところだったが、連れにとって海岸を歩くのはしんどいだろうし、肉体的な疲労だけではすまないにちがいない。

マーティン神父は見るからにほっとした表情で同意した。海岸沿いの道路が西に曲がってローストフト街道と出会う地点まで、どちらも口を開かなかった。ジャガーを道端に静かに寄せたダルグリッシュは手を伸ばして、シートベルトをはずすマーティン神父に手を貸した。そして神父のためにドアを開け、二人で海岸に向かって歩き出した。

海岸沿いの道路は途切れ、そこは踏まれて平らになった草と砂地の細道だった。腰の高さまで伸びたシダと深い藪にはさまれて、ところどころで藪がアーチのように通路に張り出している。二人は潮騒がリズミカルなうなりに遠のく、その薄暗いトンネルを抜けて行った。シダはすでに乾いて金色に色づき始め、柔らかな芝地を踏みしめるたびに、郷愁を誘う秋の匂いが鼻を刺した。薄暗がりから出た二人の眼前に湖が広がった。その黒々と沈んだ水面は、明るく飛沫を上げる海とは五十ヤードばかりの砂利で隔てられているだけだった。湖を守る先史時代の記念碑のように立つ黒い木の株の数が減ったように、ダルグリッシュには思えた。難破船の残骸を探したが、滑らかな砂の広がりにあるのは、サメのひれの形をした黒い板切れ一枚だった。

そこから海岸に出るのは簡単で、片側に手すりのついた、砂に半分埋もれた六段のステップはほとんど必要なかった。階段の降り口の狭い窪地に、木地のままの、普通の海浜小屋より大きい長方形の小屋が建っていた。傍らに防水シートを掛けた材木の山があった。ダルグリッシュがシートの端を持ち上げてみると、片面に青いペンキが塗られた板や割れた材木がきちんと積み重ねられていた。

マーティン神父が言った。「古い更衣室の廃材だよ。サウスウォルド海岸のペンキ塗りの海の家のようだったんだが、セバスティアン神父がそんなのがここに一軒ぽつんと建っているのはおかしいと言われてね。崩れかかって目障りになってきたから、折を見て壊したんだ。セバスティアン神父は何も塗ってない木の小屋の方が見ためがいいという意見だった。この海岸は人けがないので、泳ぎに来ても小屋はそれほど必要ないんだが、着替える場所がないとまずいだろう。変人ぞろいという評判をあおるようなことはしたくないからね。それに小屋には小さな救命ボートがしまってあるんだよ。この海岸で泳ぐと危険な場合がある」

ダルグリッシュは例の棒きれを持ってこなかったが、その必要もなかった。あれが小屋の廃材なのは確かだった。人はよく海岸で目についた木片を拾うが、ロナルド・トリーヴィスも海に放り投げるつもりで何気なく手にしたのだろうか。彼はここで拾ったのか、それとももっと先の砂利浜で見つけたのだろうか。頭上に張り出した砂を突ついて落とすために手にしたのか。それとも材木の切れ端を手にしたのは、第二の人物か。だがロナルド・トリーヴィスは若く、健康で力も強かったはずだ。そんな彼を身体に何の跡も残さずに砂に埋め、窒息させるなどということが可能だったろうか。

潮は引いていた。二人は防波堤を二つ越えて、波打ち際の湿った滑らかな砂地まで歩いて行った。防波堤はどちらも新しいものらしく、ダルグリッシュの記憶にある防波堤は、二つの防波堤の間で砂に深く埋まった支柱と腐りかけた板になっていた。

マントの裾を持ち上げて防波堤の緑色のぬるぬるした端を越えながら、マーティン神父が言った。「この新しいのはヨーロッパ共同体が作ったものなんだ。海の防衛線の一部ということでね。おかげで海岸の景色が変わったところもある。君が憶えているより砂の部分が多くなったんじゃないかな」

二百ヤードほど歩いたところで、マーティン神父が静かな声で「ここだよ」と言い、崖に向かって歩き出した。流木らしい木片を二本縛りつけた十字架が、砂に突き立ててあるのが見えた。

マーティン神父が言った。「あの十字架はロナルドを見つけた翌日に立てたものだ。今のところ無事に立っている。通行人は抜こうなんて思わないのだろう。長くはあそこにないだろうね。冬の嵐が来れば、水はここまでやってくる」

十字架の上の、濃い赤褐色をした砂地の崖は、ところどころシャベルで掻き取ったようにえぐれていた。崖縁の草が大気の緩やかな流れにつれて震えている。左右に数カ所、崖面が落ちて、張り出した棚の下に深いひびや割れ目ができている所があった。あの棚の下に頭を置いて横たわり、棒を突き上げて半トンの重い砂を落とすことは充分可能だっただろう。しかしそれには途方もない意思、あるいは絶望が必要だ。数ある死に方の中でも、かなりひどい方法だ。もしロナルド・トリーヴィスが自殺したかったのなら、寒さと疲労で力尽きるまで沖に向かって泳いだ方が、はるかに楽な選択だったはずだ。これまでダルグリッシュとマーティン神父の間で〝自殺〟という言葉は口にされなかったが、ダルグリッシュは言わなければならない時が来たと感じた。

「神父、事故死よりも自殺の可能性が高いように見えますね。ですが死にたいと思ったのなら、どうして沖に向かって泳ぎ出さなかったのか」

「ロナルドはそんなことは絶対にしなかったね。海を怖がっていた。泳げなかったんだよ。他の学生が泳ぎに来ても、ロナルドは絶対に海に入らなかった。彼が海岸を歩いているのを見たことがない。他の神学校に行かないで、この聖アンセルムズ神学校を選んだのが意外だったのは、そのこともあったんだよ」神父はちょっと言葉を切ってから、また言った。「君が事故でなくて自殺と考えるのではないかと恐れていた。もし自殺だとしたら、われわれ全員にとって大変なショックだ。ロナルドがそこまで不幸だったのに、われわれはそのことに気づかずに、彼に自ら生命を絶たせたとしたら、われわれは許しがたいほど何の力にもならなかったことになる。ロナルドが彼にとって重大な罪である行為をするためにここに来たとは、とても信じられないよ」

「マントと法衣を脱いで、きれいに畳んでいましたね。崖を登るつもりだったなら、そんなことをするでしょうか」

「したかもしれないよ。どっちを着ていても登りにくかっただろう。あのマントと法衣には特別胸を打つものがあった。袖を内側に丁寧に畳み込んで、それはきちんと置いてあった。まるで旅行の荷造りをしていたように。とはいえロナルドはとても几帳面な若者だった」

ダルグリッシュは思った。しかし、どうして崖を登ったりするか。何か探していたとしたら、いったい何を探していたのか。薄い石の層を中にはさんだ、形の定まらないもろい砂の堆積は、ものを隠すのに適当な場所とは思えない。琥珀とか、海底に沈んだ墓から打ち上げられた人骨など面白いものが時たま見つかることは、ダルグリッシュも知っていた。だがもしトリーヴィスがそういうものを見つけたのなら、そのものはどこに行ったのか。遺体のそばには木片が一本あったきりで、他に取りたてて問題にするようなものは何もなかった。

二人は黙って海岸を歩いて戻った。ダルグリッシュはマーティン神父のおぼつかない足取りに合わせて、歩を緩めた。老神父は風に向かって頭を下げ、黒マントを身体にぴったり巻きつけていた。ダルグリッシュは死神と歩いているような気がした。

車に戻ったところで、ダルグリッシュは言った。「マンローさんの遺体を発見した職員の方から話をうかがいたいのですが——ピルビームさんの奥さんでしたっけ？　それから医師に会えると好都合ですが、適当な口実がありませんね。ありもしない疑惑をかき立てるようなことはしたくありません。それでなくとも、今度のことはショックでしょうから」

「メトカーフ先生なら今日の午後、神学校に寄ってくれることになっている。腺熱にかかった学生ピーター・バックハーストが回復期にあるのでね。先学期の終わりに罹ったんだが、両親が海外任務なので、休暇中もちゃんと看護を受けられるようにここに置いておいた。ジョージ・メトカーフはここに来ると、いつも二匹の犬に三十分ばかり運動をさせてから次の往診先に行く。だからつかまえることができるんじゃないかな」

二人はついていた。塔の間を抜けて中庭に入ると、本館の前にレンジローバーが止めてあった。ダルグリッシュとマーティン神父が車から降りると同時に、診察鞄を下げたメトカーフ医師が、建物の中の誰かに手を振りながらステップを降りてきた。引退の年齢に近い、よく日焼けした長身の男だった。レンジローバーに近づいてドアを開けた医者を犬の激しい鳴き声が迎え、二頭のダルメシアン犬が飛び出して飼い主に飛びついた。大声で叱りつけた医者は大きなボウル二個とプラスチックの壜を取りだし、壜の蓋を開けてボウルに水を注いだ。たちまちぴちゃぴちゃと盛大な音がして、白い逞しい尻尾が勢いよく振られた。

ダルグリッシュとマーティン神父が近づいていくと、医者が声をかけてきた。「神父、こんにちは。ピーターは順調に回復していますよ。心配ありません。もうそろそろ少しずつ外に出たほうがいいでしょう。神学は控えめに、新鮮な空気をたっぷりといったところですな。私はアジャックスとジャスパーを湖まで連れて行ってきますよ。あなたはお元気なんでしょうね」

「ええ、ジョージ、大変元気ですよ。こちらはロンドンからいらしたアダム・ダルグリッシュさん。ここに一両日滞在されます」

ダルグリッシュの方を向いた医者は握手をしながら、医学的に合格点に達したと言わんばかりに頷いた。

ダルグリッシュは言った。「ここにいる間にマンローさんに会いたいと思っていたのですが、来るのが遅すぎました。あの方がそんなに具合が悪かったとは知りませんでした。マーティン神父からうかがうと、今度のことは意外ではなかったとか」

上着を脱いだ医者は車からだぶだぶのセーターを出して、靴をウォーキング用ブーツに履き替えた。「死には未だに驚かされますよ。一週間もたたないだろうと思っていた患者が、一年たってもまだまわりに面倒をかけているかと思うと、少なくともあと半年は大丈夫と安心していた患者が、その夜のうちに亡くなっていたりする。だから私は患者にあとどのくらいもつか決して言わないのですよ。しかしマンローさんの場合は本人も自分の心臓が悪いのを知っていた。彼女は看護婦でしたからね。あの人の場合は驚きませんでした。いつ亡くなってもおかしくない状態でしたから。その点は本人も私も分かっていました」

「では神学校としては、すませたばかりの検死を繰り返し経験せずにすんだのですね」

「そう、いかにもその通り！　まったく必要ありませんでした。私は彼女を定期的に診ていた。実は亡くなった前日にも寄ったのですよ。お会いになれなくて残念でしたね。昔からのお友達ですか。彼女はあなたが来られるのを知っていたんだろうか」

「いいえ」とダルグリッシュは答えた。「知りませんでした」

「それは残念だった。あなたのお出でを楽しみにしていたら、まだ頑張れたかもしれない。心臓の悪い患者というのは何とも不思議なのですよ。考えてみれば、どの患者もそうだが」

軽く会釈をした医者は、傍らで飛び跳ねる犬を連れて、歩き去った。

マーティン神父が言った。「君がよければ、ピルビームさんの奥さんが今コテイジにいるか見に行ったらどうだろう。私は戸口まで一緒に行って君を紹介したあと、失礼させてもらうよ」

13

聖マルコのコテイジに行くと、ポーチのドアが大きく開け放たれ、赤いタイル敷きの床に光がこぼれて、両側の低い棚に並べられた素焼きの鉢の植物を照らしていた。マーティン神父がノッカーに手を上げようとすると、内側のドアが開いて、笑顔のピルビーム夫人が二人を迎え入れた。ダルグリッシュを簡単に紹介したマーティン神父は、祝福を与えるべきか迷っているように戸口でちょっとためらってから出て行った。

家具の多い狭い居間に入ったダルグリッシュは、子供の頃に戻ったような、ほっとするような懐かしい感覚を覚えた。母の小教区訪問について行った少年の彼は、ちょうどこんな部屋で足をぶらぶらさせて座り、母のためらいがちな低い声を聞きながら、出されたフルーツケーキを、そしてクリスマスにはミンス・パイを食べた。室内の何から何まで見覚えがあった。装飾フードのついた鉄製の小型暖炉、赤いシェニール織りのクロスを掛けて、真中に大きな葉蘭を植えた緑色の鉢を置いた、中央の正方形のテーブル、暖炉の両側に置かれた安楽椅子二脚。椅子の一脚はロッキング・チェアだった。マントルピースの上を飾るのは、出目の犬をかたどったスタフォード産の焼き物二個と〝サウスエンド土産〟と書かれた、ごてごてした花瓶、それにさまざまな銀の写真立てだった。壁にヴィクトリア朝時代の版画『船乗りの帰還』と『おじいちゃまのお気に入り』がくるみ材の額縁に納まって掛かっていた。教会に向かって親と野原を歩く『おじいちゃまのお気に入り』の子供の群れは、信じられないほどこざっぱりしていた。南窓は大きく開け放たれて、岬が眺められた。狭い窓枠にサボテンとセントポーリアの小鉢がびっしり並んでいる。片隅にどっかりと納まった大型テレビとビデオ・デッキが唯一調和を乱していた。

ピルビーム夫人は背が低く、肉付きのいいがっしりした身体つきをしていた。屈託なさそうな顔は日焼けして、金髪に丁寧に櫛を入れてウェーブさせている。スカートの上に花模様のエプロンをかけていたが、今それを取って、ドアの裏のフックに掛けた。ダルグリッシュにロッキング・チェアを勧めて、二人は向かい合って座った。ダルグリッシュはロッキング・チェアの背もたれに寄りかかって、揺らしたくなるのをこらえた。

ダルグリッシュが絵を眺めているのを見て、ピルビーム夫人は言った。「あれはおばあちゃんが残してくれたものなんです。私はあの絵を見て育ちました。レグはちょっと感傷的すぎると言いますけど、私は好きですね。最近はああいう絵を描く人はいませんね」

「そう、いませんね」

ダルグリッシュの目を見つめる目は優しかったが、同時に頭がよさそうな目だった。アルレッド・トリーヴィス卿は表立った捜査は困ると厳しく言ったが、隠密捜査という意味ではなかった。ピルビーム夫人にもセバスティアン神父と同じ程度に打ち明けていいはずだし、少なくとも必要なことは言ってもいいだろう。

「お話をうかがいたいというのは、ロナルド・トリーヴィスが亡くなった件なんです。死因審問が開かれた時に海外にいた父親のアルレッド卿から、出された評決を正しいと考えていいものか、事の真相を調べてほしいと依頼されました」

「あなたが話を聞きにいらっしゃることは、セバスティアン神父さまからうかがいました。アルレッド卿もちょっとおかしなことを考えられるものですね。このままそっとしておいたほうがいいでしょうに、ねえ」

ダルグリッシュは夫人の顔を見た。「ピルビームさん、あなたはあの評決は正しかったと思いますか」

「そうですねえ、私は遺体を見つけなかったし、死因審問にも行きませんでした。私は直接関わりがあったわけじゃありません。でもちょっとおかしな感じがしましたね。あの崖が危険なことは誰でも知ってることです。なのに、あの若者は亡くなってしまった。お父さんはいまさら蒸し返して、どうしようというんでしょうね」

「マンローさんからお話をうかがうことはもうできないわけですが、遺体を発見したときのことについて、あなたが何か聞いておられるのではないかと思ったのですが。マーティン神父はあなたたちお二人は仲がよかったとおっしゃっていました」

「彼女は気の毒なことをしました。そう、仲がよかったですね。ただしマーガレットは家に気軽にひょいと寄ってくれたりする人じゃありませんでしたけど。息子さんのチャーリーが亡くなったときでも、親友同士というふうには感じられませんでしたね。チャーリーは陸軍大尉で、マーガレットはそりゃあ自慢にしていました。チャーリーは子供の時から軍人以外になりたいと思わなかったってことでした。ＩＲＡに捕まったんです。秘密の任務についてたらしくて、その任務について訊き出すために拷問されたんです。亡くなったという知らせが入ったとき、私、彼女のコティジに一週間でしたけど、泊まり込みました。セバスティアン神父さまからそうするように言われたんですが、言われなくてもそうしてましたよ。マーガレットも断りませんでした。彼女は私が泊まってることにも気づいてなかったんじゃないかしら。でも食事を出しても、一口二口食べるだけ。彼女の方から突然もう帰ってほしいと言われたときには、ほっとしました。〝ルビー、ごめんなさい。せっかく泊まってくださっているのに、何のお相手もできなくて。本当に親切にしていただいたわ。でももう帰ってください〟ってね。だから、帰りました。

　その後何カ月もまるで地獄の責め苦を受けながら、声を出せない人を見ているようでした。目ばかりが大きくなって、他のところはしぼんでいくみたいでした。とても、その、乗り越えられないんじゃないかと思いました。子供に先立たれたんじゃあ、ねえ、そうじゃありませんか。でもまた生きることに関心を持ち出したんです。ところが聖金曜日の協定とかで、ＩＲＡの人殺しどもが釈放されたものだから、彼女は我慢ならなかったんです。それに寂しかったんじゃないかと思います。マーガレットは子供たちを愛してたんですよ――子供たちが病気になった時に看病してやって。彼女にとって学生はいつも子供たちでした。でも学生たちはチャーリーが亡くなってからは、彼女をちょっと敬遠するようになりましてね。若い人たちは不幸な人を見るのを好みません。無理もないですよね」

「聖職者になったら、見なければならないし、力にならなければならないでしょう」

「そりゃあ、いずれ、ちゃんと覚えるでしょう。皆、いい若者たちですから」

「ピルビームさん、あなたはロナルド・トリーヴィスが好きでしたか」

夫人はちょっと間を置いてから答えた。「あの若者のことが好きかどうかは、私の考えることじゃありませんでした。まあ、誰の考えることでもなかったわけですけど。狭い世界ではえこひいきをすると、ろくなことがありません。セバスティアン神父さまがいつもおっしゃってることです。でもロナルドは人気がなかったし、本人もここにしっくり馴染めてなかったんじゃないでしょうか。ちょっと独りよがりで、人のことをとやかく言うところがありましたね。そういうのって、だいたい自信のなさからくるんじゃありませんか。それにお父さんがお金持ちだということを、事あるごとに持ち出してました」

「マンローさんと特に親しかったかどうか、ご存じですか」

「マーガレットと？　そうねえ、そう言えるでしょうね。ロナルドが彼女の家によく寄っていたことは知っています。学生は招かれない限り、職員のコテイジに出入りしてはならないことになってるんですけど、ロナルドはマーガレットのところにちょくちょく顔を見せてたようです。といってもマーガレットがそのことをこぼしてたわけじゃありませんよ。二人でいったい何を話してたんだか。きっとどっちも人恋しかったんでしょうね」

「マンローさんは遺体を発見したときのことを、あなたに話しましたか」

「あんまりは。私も訊きたくなかったし。もちろん死因審問で何もかもすっかりはっきりして、私も新聞で読みました。もっとも死因審問には行きませんでしたけどもね。ここではあの話で持ちきりでした。ただしセバスティアン神父さまのいらっしゃらないところでですけど。あの方は噂話がお嫌いなんです。でもあれやこれやで私も事情は全部耳にしたと思いますよ。大して込み入った話でもないし」

「マンローさんは遺体発見のことを文章にしたと、あなたに話しませんでしたか」

「いいえ、聞きませんでしたね。でも文章にしたというのは、意外じゃないですね。彼女は書くのが得意だったから。チャーリーが生きてた頃には、毎週手紙を書いてましたよ。会いに行くと、テーブルに向かって何ページも書いてました。でもロナルドのことを書いたとは一言も言いませんでしたね。でも彼女がそんなことを書きたいなんて思うかしら」

「マンローさんが心臓発作を起こしたとき、あなたが遺体を見つけたんでしたね。その時のことを話してもらえませんか」

「ええ、六時すぎに神学校に出かけたときに、彼女のコテイジに明かりが見えたんです。二日ほど彼女を見てなかったと言うか、口をきいていなかったので、ちょっと気がとがめてたんです。ほったらかしにしてたみたいで。それであとで家にきて、レグと三人で夕飯を食べて、一緒にテレビでも見る気がないかなって思って。で、コテイジに寄ったんです。そしたら、彼女、椅子に座ったまま亡くなってました」

「ドアに鍵が掛かっていましたか。それともあなたがキーを持っていたんでしょうか」

「ああ、ドアには鍵が掛かってませんでしたよ。ここではドアに鍵をかけることって、まずないんです。ノックをしても応えがないので、入りました。私たち、いつもそうしてたんです。それで見つけたんです。すっかり冷たくなってました。膝に編物をのせて椅子に座って、板のようにかちかちになってました。右手に次の目に刺し込んだ針を握ったままでした。セバスティアン神父さまに電話をしたら、神父さまがメトカーフ先生を呼んでくださいました。先生は前の日に彼女を診にいらしたばかりだったんです。心臓の具合がひどく悪かったので、死亡診断書は何の問題もありませんでした。彼女にとっては本当にいい亡くなり方でしたよ。皆が皆、ああ運よくいけばいいですけどね」

「それで紙とか、手紙はなかったのですね」

「見た限りではありませんでしたよ。もちろん辺りを引っかきまわしたわけじゃありません。私がそんなことをする理由がありませんでしょう？」

「それは、もちろん、そうです。テーブルの上に原稿なり、手紙、文書の類がなかったかと思ったまでで」

「いいえ、テーブルの上には何もありませんでした。でも一つ奇妙なことがあるんです。彼女、編物をしてたとは思えないんです」

「どうしてそうと」

「実はマーガレットは、マーティン神父さまの冬のセーターを編んでたんですよ。神父さまがイプスウィッチのお店で見たセーターの話をなさったので、マーガレットはそれを編んで神父さまへのクリスマス・プレゼントにすることにしたんです。でもとても複雑なデザインでしてね。縄編みの間に模様が入っていて、マーガレットはそれがどんなに難しいか話してくれました。必ず図案を前に置いて編んでましたね。編んでいるところを何度も目にしましたけど、しょっちゅう図案を見てましたもの。それから眼鏡が違いました。テレビを見るときにかける眼鏡をかけてました。手元の仕事をするときは、いつも必ず金縁の眼鏡だったのに」

「図案はテーブルの上になかったのですね」

「ええ、膝に針と毛糸をのせてただけでした。それから針の持ち方が変でしたね。マーガレットは私と編み方が違って、大陸式なんだと言ってました。とっても奇妙な編み方でしてね。左の針を全然動かさずに、もう片方で巻きつけるようにするんです。あんな持ち方では編めないのに、編物を膝にのせてるなんて妙だなと、そのとき思ったんです」

「でもそのことは誰にも言わなかったんですね」

「言っても仕方がないでしょう。ささいなことです。そういう妙なことってあるものですよ。きっと気分が悪くなって、針と毛糸を手に取っただけで、図案のことは忘れて椅子に座ったんでしょう。でもマーガレットがいなくなって寂しくなりました。あそこのコテイジが空っぽのままなのが不思議な感じでね。彼女が一晩のうちに消えてしまったような気がしました。マーガレットは家族のことには一度も触れなかったけど、サービトンに妹さんがいることが分かったんです。その妹さんが亡骸を荼毘《だび》に付すためにロンドンに運ぶ手配をして、夫婦でコテイジの整理に来ました。人が死ぬと、日頃疎遠な家族も顔を見せるものですね。マーガレット自身は死者のためのミサは望まなかったかもしれないけど、セバスティアン神父さまは教会でそれは素晴らしい礼拝をなさいましたよ。私たち全員が何かしら役割を振り当てられました。私はセバスティアン神父さまから聖パウロの一節を読んだらどうかって言われたんですけど、私はなぜか聖パウロという人が腹に据えかねてましてね。悶着ばかり起こす人に思えるんです。人さまのことにちょっかいを出さずに、一応仲良くやっているキリスト教徒の小さなグループがいたんでしょ。完全な人間なんていやしません。それなのに聖パウロが突然現れ、威張り散らして非難し始めた。おまけに例のひどい手紙を送りつけたじゃありませんか。私なら、あんな手紙は受け取りたくありませんね。だからセバスティアン神父さまにそう言ったんです」

「神父は何と言われましたか」

「聖パウロは世界でも指折りの天才宗教家で、もし彼がいなかったら、われわれは今キリスト教徒ではなかっただろうって。私、言ったんです。〝それじゃあ、神父さま、キリスト教徒でなかったら、私たち、他の何かになってたんでしょうね〟って。そして何になってたとお思いになるか、うかがったんです。でもご存じないようでしたね。考えてみようとおっしゃったけど、それっきり何もおっしゃらないんです。私はケンブリッジ神学教授団の講義でも扱わないような質問をするっておっしゃってました」

　茶菓のもてなしを断ってコテイジを出たダルグリッシュは、ピルビーム夫人の質問はあれだけにとどまらなかったのだろうと思った。

14

エマ・ラヴェンナム博士はケンブリッジの学寮を予定より遅く出た。学寮の食堂で昼食をとったジャイルズは、エマの出発前に決めておかなければならないことがあると言って、彼女が荷造りするそばで喋り続けた。エマには彼がわざと出発を遅らせてうれしがっていたような気がする。エマが聖アンセルムズ神学校で三日間の講義をするために毎学期留守をするのを、ジャイルズは最初から快く思わなかった。表立っては決して反対しない。反対すれば、許しがたい私生活干渉と取られると思うからだろう。だが、自分が参加しない活動、しかも無神論者を名乗る者として歯牙にもかけない施設での活動に対する反感を、さりげなく露わにした。だがその彼も、ケンブリッジでのエマの仕事に悪影響があるとは言えないはずだ。

出発が遅れたために金曜日夜の最悪の交通渋滞を避けることができなかった。走っては止まり、止まっては走りを繰り返しているうちに、何だかだと言って出発を遅らせたジャイルズに対する腹立たしさと、それを上手にさばけなかった自分への苛立たしさが募った。前学期の終わりに彼が独占欲を見せて、時間と愛情を要求しだしたのに、エマは気づいた。北部の大学の教授になれる見込みが出てきた今、彼の気持は結婚に傾いている。結婚すれば、エマも一緒に北部に連れて行けると踏んでいるのかもしれない。彼が自分の妻にふさわしい女性の条件について明確なイメージを持っているのを、エマは知っていた。残念ながらエマはそのすべてを満たしているようだった。彼女は少なくともこれから数日間は、そのことや大学でのあらゆる問題を忘れようと心に決めていた。

神学校での講義は三年前からだった。セバスティアン神父は彼がいつも使う方法でエマを探し出したらしい。ケンブリッジにあるつてに、探りを入れたのだ。神学校が必要とする人材は《英国国教会の詩的伝統》というテーマで毎学期初めにセミナーを三回開ける、名のある、あるいは売り出し中の学者だった。できれば年若い方が好ましく、若い神学生と馴染めて、聖アンセルムズ神学校の精神に合致する人物。その精神がいかなるものかについては、セバスティアン神父は説明の必要を認めなかったらしい。神父が後にエマに語ったところによると、この講座は神学校の創立者アーバスノット嬢の要望から生まれたものだった。オックスフォードの高教会派の友人に強く影響されたアーバスノット嬢は、叙階されたばかりの英国国教会の司祭は、教会の文学的遺産について多少知識がなければいけないと信じた。大学講師になって間もない二十八歳のエマは、セバスティアン神父から非公式な相談なるものに招かれて、年に九日間学園の一員になる可能性について話し合った。講師就任を打診されたエマは、英国国教会の詩人の作品に限定せず、時代も問わないことを唯一の条件にして受諾した。ジェラード・マンリー・ホプキンズの詩も加え、T・S・エリオットなど現代の詩人まで時代を広げたいと、エマはセバスティアン神父に希望を述べた。神父はエマがふさわしい人物と知って満足したらしく、細かいことは彼女に任せるとのことだった。セミナーの三日目に講義に顔を見せはするが——無言の神父の存在は威圧的ではあった——それ以上コースに関心を示すことはなかった。

　聖アンセルムズ神学校で過ごす週末とその後の三日間は、エマにとって待ち遠しい、そして決して裏切られることのない大切な時間になっていた。ケンブリッジの生活にはストレスと不安がつきまとう。エマは大学講師の椅子を早くに手に入れた。早過ぎたのかもしれない。人に教えることは大好きだが、研究や管理責任、何か問題があるとまずエマに相談しにくる学生たちの世話をうまくバランスさせるのは容易ではなかった。家族の中で初めて大学進学した者が多く、学生たちは期待と不安を抱えて入学してくる。Aレベルでいい成績だった者も読書リストが長すぎると恐れをなすし、あるいはホームシックにかかっても恥ずかしくてそうと言えず、重圧の多い新生活に立ち向かえないのではないかと不安がる学生もいる。

　そんなプレッシャーにジャイルズの要求とエマ自身の複

雑な感情の動きが重なる。喧騒と無縁な聖アンセルムズ神学校の美しく秩序のとれた平安の中に身を置き、知的な若者たちと愛する詩について語り合うのは、まさに解放そのものだった。聖アンセルムズ神学校の学生は毎週論文提出に追われるわけでなく、卒業優等試験の暗雲も将来に控えていない。認めてもらえる意見を述べてエマを喜ばせたいと、半ば無意識の願望を抱いている。エマは神学生たちが好きだった。時折示される恋愛感情には水を差していたものの、学生からも好感を持たれていると思っていた。彼らは校内に女性がいることを喜び、エマの来校を楽しみにして、エマを自分たちの味方と見なしている。歓迎してくれるのは学生ばかりではなかった。エマはいつも友達として受け入れられた。セバスティアン神父の歓迎の仕方は静かで多少堅苦しかったが、今回もまた適材を選んだ満足感は隠しようもなかった。他の神父たちはエマが戻ったうれしさを、はっきり態度に表した。

聖アンセルムズ神学校へ行くのは心楽しかったが、義務感から父の家に定期的に顔を出すときは、いつも気が重かった。エマの父はオックスフォード大学の職を退いた後に、マラルボン駅近くのマンション・フラットに引っ越した。外壁の赤レンガが生肉の色を連想させ、重厚な家具と濃い色の壁紙、窓にかかるレースのカーテンが、内なる不変の憂鬱といった雰囲気をかもし出していたが、父は気づいていないようだった。晩婚だった父ヘンリー・ラヴェンナムは、次女が誕生してまもなく妻を乳癌で亡くした。エマはまだ三歳だった。その後の父は妻に抱いていた愛情と母のない子への憐れみのすべてを、生まれたばかりの赤ん坊に注いだようにエマには思えた。エマは妹より愛されていないといつも感じていた。妹に怒りや嫉妬を感じたことはないが、勉強といい成績を取ることで愛情不足を補った。彼女には十代から〝優秀〟と〝美人〟の二文字がつきまとった。どちらも重荷だった。最初の方は、当然いい成績を取るものと期待される。いい成績を取ることはエマにはたやすかったから、どうしてそれが賞賛の対象になるのか分からなかった。二つ目の方は当惑の種であり、時には苦痛に近かった。十代半ばになって人目を惹くようになったエマは鏡に見入っては、この法外に過大評価されるものの正体を突きとめ、評価しようとした。麗しさや愛らしさは祝福だが、美貌は危険で扱いにくい贈り物なのではないかと気づいたのは、その頃だった。

妹のマリアンが十一歳になるまで、姉妹の面倒は父の妹が見た。分別があり、控え目で良心的な叔母は母性本能にまったく欠けていたが、自分の義務は心得ていた。感傷を抜きにした、安定感のある態度で二人を世話したものの、マリアンがもう手がかからない年になったと思うと、趣味の犬とブリッジ、海外旅行の世界に入って行った。姉妹は叔母が離れて行ったことを悲しいと思わなかった。

だがまもなくマリアンは十三歳の誕生日に酔っ払い運転の車にはねられて死に、エマと父の二人が残された。父に会いに戻るエマに対して、父はいつも節度のある応対をし、痛々しいほど礼儀正しかった。父との間に意思の疎通がなく、愛情を態度に表すこともないのは——元々他人も同然だったのだから、他人行儀とは言えない——愛する家族と死別して七十歳を超えた父にとって、以前には愛してもらおうともしなかったエマに愛情を求めるのは気恥ずかしいことだし、品位に関わると思えるからだろうか。

ようやくドライブも終わりに近づいた。海に通じる細道は夏の週末以外にはめったに使われず、今日の夕方走っているのはエマ一人だった。目の前に伸びる陰になった白い道は、薄れゆく光の中でちょっと不吉な雰囲気をかもし出している。聖アンセルムズ神学校に行くときはいつも、空間ばかりでなく時間的にも他の世界から隔てられた、崩れゆく荒ぶる謎の海岸に向かって走っているような気がした。

暮れなずむ空に黒々とそびえる、聖アンセルムズ神学校の高い煙突と塔を望む道を、道なりに北へカーブして行くと、五十ヤードほど前をとぼとぼと歩いている背の低い人影があった。エマはそれがジョン・ベタートン神父だと気づいた。

横に車を並べて、ウィンドーを降ろして声をかけた。

「神父さま、お乗りになりませんか」

神父は一瞬誰か分からないかのように、目をぱちぱちさせた。そしてすぐにいつもの子供のような、人なつっこい優しい笑顔になった。「エマ。ありがとう、ありがとう。乗せてもらえるとは、ありがたいですね。湖のまわりを歩いていたら、思ったより遠くまで行ってしまって」

神父は厚いツイードのコートを着て、首に双眼鏡をかけていた。乗り込んだ神父と一緒に、ツイードにしみ込んだ湿った潮の臭いが入ってきた。

「神父さま、バードウォッチングはいかがでしたか」

「いつもの冬の留鳥だけでした」

和やかな沈黙が流れた。エマはジョン神父と一緒にいると気づまりに感じる時期が、短い間だが、あった。三年前に初めて聖アンセルムズ神学校に来て、ラファエルから神父が服役したことを聞かされた時だ。

ラファエルはこう言った。「ここでなければ、ケンブリッジで耳にされるでしょうから、僕としては自分の口からあなたのお耳に入れたいと思います。ジョン神父は聖歌隊の少年を虐待した罪を認めました。虐待という言葉が使われましたが、実際に虐待と言えるほどのことがあったのか、僕は疑わしいと思います。神父は三年間服役しました」

エマは言った。「法律のことはあまり詳しくないけれど、厳しい判決のような気がするわね」

「少年二人の件だけではなかったんです。近くの小教区のマシュー・クランプトンという神父が、さらに証拠を暴き立てて、青年三人を見つけ出したんです。三人はさらに悪質な犯罪があったとして、ジョン神父を告発しました。少年の頃に受けた虐待が原因で就職ができず非行に走り、反社会的で不幸になったと言うのです。そんなことは嘘っぱちなのに、でもジョン神父は有罪を認めた。神父には神父なりの理由があったんです」

エマはジョン神父の無実を信じるラファエルに必ずしも同調しなかったが、神父には深く同情した。神父は身体を急に動かしただけで砕け散りそうな、もろいものを内部に抱えているかのように、傷つきやすい性格の芯の部分を危なっかしげに守りつつ、自分一人の世界に半ば引っ込んでしまったような印象を与えた。どんな時も礼儀正しい態度を崩さず、心優しい神父の人知れぬ苦悩を目にするのは、たまにその目をのぞき込んだときだけだった。そんな時は痛々しさに目をそらさないではいられない。あるいは神父は罪の重荷も抱えているのかもしれない。エマは心の一部でラファエルは何も言わないでいてくれればよかったのにと思う。神父の刑務所での生活がどんなものだったか、エマには想像できない。そんな地獄を自分から背負い込む人間がいるだろうか。聖アンセルムズ神学校での生活も楽なはずがなかった。ジョン神父は四階にある専用アパートに、婉曲に言っても風変わりとしか言えない未婚の姉と一緒に住んでいた。姉弟一緒のところを何度も見たわけではないが、神父が姉に献身的に尽くしているのが、エマの目にもはっきり分かった。だが神父には愛情すら慰めにならず、さらなる重荷になっているのかもしれない。

エマは神父にロナルド・トリーヴィスのことを何か言うべきか迷った。全国紙で短い記事を読んだし、なぜかエマに聖アンセルムズ神学校のことを知らせなければならないと思い込んでいるラファエルが、電話で知らせてきた。エマはあれこれ考えた末、慎重に言葉を選んで、セバスティアン神父宛に短い悔やみの手紙を書いた。校長からはさらに短い、美しい手書きの返信が来た。今ジョン神父に対してロナルドのことを持ち出すのは、ごく自然なことなのだろうが、何かがそうさせなかった。その話題は歓迎されないばかりか、苦痛を与えかねないような気がした。

聖アンセルムズ神学校がはっきり見えてきた。薄れて行く光の中で、高い組み合わせ煙突や小塔、小丸屋根がみるみる黒ずんでいくように思える。正面に建つエリザベス朝時代の崩れた門楼の二本の柱が、隠微な無言のメッセージを発していた。二本の門柱は露骨な男根崇拝のシンボルであり、じわじわと押し寄せる敵と対峙する不屈の番人であり、館の避けられない最期を執拗に思い出させるよすがでもあった。こんなふうに漠然とした不安、悲哀が湧き上がってくるのは、隣にジョン神父が座っているせいだろうか、それとも重い砂の下で息絶えたロナルド・トリーヴィスのことを考えたせいか。これまでは聖アンセルムズ神学校に来れば心が浮き立ったのに、今のエマの気持は恐怖に近かった。

車を正面玄関に寄せるとドアが開き、ホールの明かりを背にラファエルのシルエットが浮かび上がった。エマの到着を待って、外を見ていたのだろう。黒い法衣を着て、まるで石の彫像のようにじっと動かずに二人を見下ろしている。エマはラファエルを初めて見た時のことを思い出した。彼女は一瞬自分の目が信じられなくて目を見張り、そして驚きを隠しきれずに声を上げて笑った。一緒にいたもう一人の学生スティーヴン・モービーも、一緒になって笑った。

「こいつ、信じられないでしょう？　レイドンのパブに入ったら、女性が近寄ってきて、こう言いましたよ。〝あなた、どこから来たの？　ギリシャ神話のオリュンポスの山？〟僕はテーブルに飛び乗って、胸をはだけ、〝こいつばっかりじゃなくて、この僕も見てくれ！〟って叫びたくなりましたよ。見てくれっこありませんよね」

　その口調には羨望のかけらもなかった。おそらく男性の美貌は思われているほどの賜物でないと分かっていたのではないか。事実エマはラファエルを見ると、美しい子が洗礼式に悪い妖精に呪いをかけられる迷信を思い出さずにはいられない。それに彼を見れば喜ばしくはあっても、性的な反応をまったく感じないのを面白いと思った。おそらくラファエルの美しさは女性より男性に訴えるのだろう。だがいずれの性に訴える魅力を持っているとしても、本人はそのことを意識していないようだった。その悠然とした自信たっぷりな態度から推して、自分が美しいこと、そして美貌ゆえに人とは違うことが分かっているのは確かだった。彼は自らの並はずれた容貌を誇り、自分を高く評価しているものの、それが他人に及ぼす効果についてはほとんど関心がないようだった。

　そのラファエルの顔が笑顔に変わり、エマの方に手を差し出してステップを降りてきた。迷信めいた不安な気持でいたエマには、その仕草が歓迎でなく警告に見えた。ジョン神父は軽く会釈をし、最後にもう一度にっこり笑顔を見せて足早に離れて行った。

　ラファエルはエマのノート・パソコンとスーツケースを受け取った。「お帰りなさい。楽しい週末は保証できませんけど、興味深い週末にはなるんじゃないかな。警官が二人、校内に泊まっています。一人は何とロンドン警視庁から。ダルグリッシュ警視長がロナルド・トリーヴィスのことを調べに来たんです。それから他にももう一人。僕に言わせれば、さらに歓迎すべからざる人物です。僕はその人物をできるかぎり避けるつもりです。あなたもそうするようにお勧めしますね。マシュー・クランプトン大執事ですよ」

15

もう一軒訪ねるところがあった。ダルグリッシュは自室にちょっと戻ってから、アンブローズと教会の燧石壁の間に設けられた鉄門を抜けて、聖ヨハネのコティジまでの小道を八十ヤードほど歩いた。もう午後も遅く、西空にピンク色の華やかな縞が走って、一日も終わりに近づいていた。小道の脇に生える背の高い細い草が勢いを増す風に震え、突風が吹くとなぎ倒されて、まっ平らになった。背後で聖アンセルムズ神学校の西窓が照明の模様を描き、三軒のコティジも包囲された要塞の前哨地のように明々と輝いて、空き家になった聖マタイのコティジの黒いシルエットを浮き立たせていた。

光が薄れるに従い、海鳴りが強まった。低いリズミカルな唸りが、抑えた轟きに変わっている。少年時代にここを訪れた時にも、夜と闇こそが海本来の姿であるかのように、夕方の最後の光とともに海が力を得て、うねり始めるように感じられたのが思い出された。ジェロームの窓辺に座ったダルグリッシュは、暗くなってゆく灌木の向こうを眺めながら、海岸の崩れかけた砂の城がついに壊されて、子供たちの叫び声や笑い声が静まり、デッキチェアも畳まれて持ち去られた海、難破船の船倉ではるか昔に溺れ死んだ船乗りの骨が揺れ転がる、本来の姿を取り戻した海を想像したものだ。

聖ヨハネのコテイジのドアは開け放たれて、こぎれいなくぐり門に通じる小道に明かりがこぼれていた。右手に豚小屋の板壁がはっきり見え、くぐもった鳴き声と足音が聞こえる。動物臭がしたが、強くはなかったし、不快な臭いでもなかった。豚小屋の向こうに菜園がかろうじて見える。何の野菜だか分からないが、きれいに並んで植えられ、高く伸びた茎から季節最後のインゲンがぶら下がっていた。菜園の端で小さな温室が微かに光を反射していた。

ダルグリッシュの足音を聞きつけて、エリック・サーティーズが戸口に出て来た。ちょっとためらっているようだったが、黙って脇に動くと、ぎごちなく中に招じ入れる仕草をした。セバスティアン神父から職員にどの程度の説明がされたのか分からなかったが、ダルグリッシュは自分の来訪が伝えられていることは知っていた。来るものと思われていたと感じたものの、歓迎されているとは思わなかった。

「サーティーズさんですね。首都警察のダルグリッシュ警視長です。セバスティアン神父から私がロナルド・トリーヴィスさんが亡くなった件で話をうかがいに来たことはお聞きと思います。ロナルドのお父さんは死因審問のときに国内にいなかったため、当然のことながら息子さんの亡くなった状況をできるかぎり知りたいと思っておられるわけです。もしかまわなければ、数分お話をしたいのですが」

サーティーズは頷いた。「いいですよ。こっちに入りませんか」

ダルグリッシュはサーティーズの後ろから廊下の右側の部屋に入った。そこはピルビーム夫人のコテイジの家庭的な快適さとは正反対だった。中央に飾り気のない木のテーブルと背もたれの真っ直ぐな椅子四脚はあるものの、部屋はまるで作業室のような設《しつら》えになっていた。ドアの向かいの壁に道具掛けが造り付けになっていて、汚れ一つない鋤や熊手、鍬などの農具と大ばさみ、鋸が掛けられていた。その下に並ぶ木製の小物入れには道具箱や小さな道具類が納まっている。窓の前には上に蛍光灯のついた作業台があった。台所のドアが開いていて、そこから不快な臭いが強烈に漂ってきた。サーティーズは豚にやる残飯を煮ているところだった。

サーティーズはテーブルの前の椅子を引いた。椅子は石の床をこすってきしんだ。「ここでちょっと待っていてもらえませんか、洗ってきますから。豚の世話をしていたんです」

開けたままのドアから、流しで頭と顔に水をかけ、ごしごし洗う姿が見えた。上辺の汚ればかりでなく、それ以上の何かを洗い流しているような洗い方だった。首にタオルを掛けたまま戻ってきたサーティーズは、尋問を前にして身構える被告のような緊張した面持ちで、ダルグリッシュの向かいにしゃっちょこばって座った。いきなり彼はいやに大きな声で言った。「お茶をどうですか」

ダルグリッシュは、お茶を淹れれば気分がほぐれるのではないかと考えて言った。「ご面倒でなければ」

「面倒じゃありません。ティーバッグだから。ミルクと砂糖を入れますか」

「ミルクだけ」

数分もするとサーティーズは戻ってきて、テーブルにずっしりとしたマグカップを二個置いた。お茶は濃く、ひどく熱かった。どちらも口をつけなかった。ダルグリッシュにとって、これほどやましそうな様子の相手から話を聞くのもめったにないことだった。だがいったい何がやましいのか。この臆病そうな少年——どう見ても少年にしか見えなかった——が生き物を殺すなど、想像するのも馬鹿げている。飼っている豚でさえ、認可を受け、厳しく管理された衛生的な処理場で喉を切られるにちがいない。サーティーズが肉体的な力を欠いているのではない。チェックの半袖シャツから見える腕の筋肉は綱のように盛り上がっている。手も節くれだち、身体の他の部分に比べて、まるで接《つぎ》木《き》したように異様に大きかった。線の細い顔は日焼けし、粗い木綿のシャツのボタンをはずした襟元から、子供の肌のように柔らかな白い肌がのぞいていた。

ダルグリッシュはマグカップを取り上げながら言った。

「以前から豚を飼っていたんですか。それともここで働き出してからですか。たしか四年前からでしたね」

「ここに来てからすぐです。昔から豚が好きなんです。ここに就職したとき、セバスティアン神父さまがあんまりうるさくなくて、臭わなければ、五、六頭飼ってもいいと言ってくださったんです。豚はとても清潔な動物なんです。くさいというのは、あれは間違いです」

「豚小屋は自分で建てたのですか。木を使っているので驚きましたよ。豚はほとんど何でも壊してしまうと思っていたので」

「ええ、その通りです。木は外側だけなんです。セバスティアン神父さまがそうしろとおっしゃったので。神父さまはコンクリートが大嫌いなんです。内側はコンクリートブロックです」

サーティーズはダルグリッシュがお茶を飲み始めるのを待って、自分もマグカップを取った。ダルグリッシュはそのお茶が実においしかったのでびっくりした。「私は豚のことはあまりよく知らないけれど、頭がよくて、人なつっこいと聞きました」

サーティーズは目に見えてリラックスした。「ええ、その通りです。特別頭のいい動物ですね。僕は昔から好きなんです」

「聖アンセルムズ神学校にとって幸運なことだな。薬品臭くないベーコン、食欲をそぐ、変にくさい汁を出したりしないベーコンが手に入るんですから。それに食べ頃の豚肉も」

「別に神学校のために飼っているわけでもないんです。豚を飼っているのは——何て言うか、仲間がほしいからです。もちろんいずれは殺さなくてはなりません。それが今問題なんですよ。処理場に関するEUの規制があれこれあって、必ず獣医の立会いが必要なので、数頭だけだと受けつけてもらえないんです。それに輸送の問題もあります。でもブライバーグ郊外の農家のハリソンさんがその点は力になってくれます。あそこの豚と一緒に処理場に送ります。それにハリソンさんはいつも自家用に豚肉を蓄えているので、僕も神父さまたちに時々肉を差し上げられるんですよ。神父さまたちは豚肉はあまり食べないけど、ベーコンはお好きです。セバスティアン神父さまは代金を払うとしつこくおっしゃるけれど、僕はただで差し上げるのが当然だと思っています」

　動物を心底可愛がって、動物の幸福に心を砕き、献身的にその必要を満たしてやると同時に、あっさりあきらめて殺してしまう人間の適応性に、ダルグリッシュは改めて驚かされた。彼はこのコティジに来た用件を切り出した。

「あなたはロナルド・トリーヴィスを知っていましたか――つまり個人的に」

「特には。神学生の一人だということは知ってましたし、見かけることはありました。でもちゃんと話したことはありません。仲間をあんまり作らないみたいでしたね。見かけるときは、大体いつも一人だったから」

「彼が亡くなった日のことを話してもらえませんか。あなたはここにいましたか」

「はい、妹と家にいました。週末だったので、妹が来ていたんです。あの週の土曜日にロナルドの姿は見かけませんでした。ピルビームさんがロナルドは来ていないかと訊きに来て、初めて彼がいなくなったことを知りました。来ていないと答えました。五時ごろ回廊と中庭の落ち葉を掃いて敷き石を洗いに行くまで、妹も僕も何も耳にしませんでした。いつもは礼拝が終わった後に回廊の掃除をするんですけど、ミサの後にセバスティアン神父さまから、夕べの祈りの前に洗うように言われたんです。掃除をしているときに、ピルビームさんからロナルド・トリーヴィスが遺体になって発見されたと聞きました。その後、夕べの祈りの前にセバスティアン神父さまが図書室に全員を集めて、何があったか説明してくださいました」

「ここの人たちには大変なショックだったでしょうね」

サーティーズは組み合わせてテーブルに置いていた手に視線を落とした。突然悪いことをした子供のように、その手をテーブルの下に隠して、前にかがみ込んだ。彼は低い声で言った。「ええ、ショックでした。そりゃあ、そうでしょう?」

「聖アンセルムズ神学校で菜園を持っているのはあなた一人のようですね。自家用ですか、それとも神学校のために?」

「野菜はほとんど自家用と、それに必要な人がいれば、あげます。神学校で使うには、特に神学生が全員寮にいる時なんかは、僕の育てる野菜では足りません。菜園を広げることもできるのですが、世話に時間がかかりすぎます。土は海に近いことを考えると、かなりいいですね。妹はここに来た時には、必ず野菜をロンドンに持って帰ります。それからベタートンさんにも上げます。ベタートンさんはジョン神父さまと自分の食事を作っているので。ピルビームさんの奥さんもご主人と自分の食事を作っていますから」

「マンローさんは日記を残していました。それによると、あなたは彼女が亡くなる前日、十月十一日にリークを持って行ってあげたそうですね。そのことを憶えていますか」

ちょっと沈黙があってから、サーティーズは答えた。

「ええ、そうだと思います。多分持って行ったんでしょう。思い出せません」

ダルグリッシュは穏やかに言った。「そんなに前のことでもないでしょう。一週間余りしかたっていない。本当に思い出せませんか」

「そう言えば、思い出しました。夕方リークを持って行ったんです。マンローさんはチーズソースをかけたリークを夕飯に食べるのが好きだとよく言っていたので、聖マタイのコティジに持って行きました」

「それで、どうしました」

サーティーズはいかにも戸惑ったように目を上げた。

「どうも。どうもしません。マンローさんはありがとうと言って、リークを中に持って入りました」

「あなたはコティジの中に入らなかったのですか」

「ええ。マンローさんは中に入れと言わなかったし、僕も入る気はありませんでした。カレンがここにいたので、家に帰りたかったんです。妹はあの週は木曜日の朝までここにいました。マンローさんの所には、もしかしたらと思って行ったんです。マンローさんはピルビームさんのコテイジかもしれない。もし留守なら、リークを戸口に置いてくるつもりでした」

「だがマンローさんは家にいた。マンローさんが何も言わず、何もなかったというのは確かですね。マンローさんにリークを手渡しただけだった」

サーティーズは頷いた。「リークを上げただけで帰ってきました」

そのときダルグリッシュの耳に、車が近づく音が聞こえた。サーティーズの耳も同時に音を聞きつけたのだろう。見るからにほっとした表情で椅子を後ろに引いて、言った。

「カレンの車でしょう。妹です。週末泊まるために来たんです」

車が止まった。サーティーズはあわてて出て行った。おそらく警官が来ていることを妹に知らせるためだろう。サーティーズが妹と二人きりで話したがっているのを察したダルグリッシュは、そっと後から立ちあがって、開けたままの戸口に立った。

車から降りた女は、兄に寄り添うようにして立ち、ダルグリッシュを見ていた。女は何も言わずに背を向けると、車から大きなザックとポリ袋をいくつも引っ張り出し、ドアを閉めた。荷物を抱えた兄妹は通路をやってきた。

サーティーズが言った。「カレン、こちらがロンドン警視庁のダルグリッシュ警視長さんだよ。ロナルドのことで質問があるとおっしゃって」

無帽の女の濃い色の髪は短く刈られ、釘のように突っ立っていた。線が細く華奢な顔の白さが、両耳の重い金の輪のせいでいよいよ白く際立って見え、細くアーチを描く眉の下の目は細く、黒い虹彩がきらきら光っていた。すぼめた唇には赤く光る口紅が濃く塗られていたから、顔は黒と赤、白で入念にデザインされた模様のようだった。ダルグリッシュに向けた視線には、最初はありがたくない不意の客に対する反感がにじみ出ていた。視線がからみ合ううちに、品定めするような表情になり、やがて警戒する目つきになった。

三人は一緒に作業室に入った。カレン・サーティーズはザックをテーブルにどさりと置いた。ダルグリッシュの方に軽く会釈しながら、彼女は兄に言った。「マークス&スペンサーで買ってきた半調整食品を、すぐフリーザーに入れたほうがいいわね。車にワインが一ケースあるんだけど」

サーティーズは二人の顔を見比べてから、出て行った。女は黙ってザックから衣類や缶詰を引っ張り出し始めた。

ダルグリッシュは言った。「今、お邪魔のようですが、折角のチャンスですから、質問に二、三答えていただけると、時間の節約になるんですが」

「じゃあ、質問して。ところで私はカレン・サーティーズよ。エリックの腹違いの妹。あなた、来るのがちょっと遅かったんじゃないの？　ロナルド・トリーヴィスのことを今さら質問したって、しょうがないでしょ。死因審問があって、事故死ってことだったのよ。それに遺体を掘り出そうとしたって、もうその遺体もないんだから。お父さんがロンドンで火葬にしたのよ。あなた、そういうことを誰かから聞かなかった？　それにしても首都警察に何の関係があるのかしらね。だって、サフォーク警察の担当でしょ？」

「原則としてはそうですが、アルレッド卿は当然ながら、息子の亡くなり方に興味を持たれた。私がこっちに来る予定になっていたので、一応当たってみてほしいと言われたのです」

「息子がどんな死に方をしたのか本当に知りたかったのなら、死因審問に来ていたでしょうよ。良心が痛むものだから、息子を気遣う父親だってところを見せたいんじゃないのかしらね。それにしても何を気にしているのかしら。ロナルドが殺されたと言っているんじゃないでしょうね」

そのまがまがしい言葉がいとも気軽に口にされるのは、聞いていて奇妙なものだった。「いや、そういうことではないのです」

「とにかく私は力になれないわね。ロナルドには一、二度道で会って、〝おはよう〟とか〝いい天気ですね〟とか、ありきたりで無意味な挨拶を交わしただけなんだから」

「彼とは友達ではなかったんですね」

「学生の誰とも友達じゃないわよ。それからあなたの意味する友達とやらが、私の思った通りの意味なら、私はロンドンからここには気分転換と兄に会うために来ているんであって、神学生と寝るために来ているんじゃありませんからね！　まあ、神学生を見る限り、彼らにとってそれも悪くないかもしれないんでしょうけど」

「ロナルド・トリーヴィスが死んだ週末に、ここにいましたか」

「ええ、いたわよ。金曜日の夜に今日と同じ頃着いたわ」

「その週末、彼を見ましたか」

「いいえ、兄も私も見なかったわ。彼の姿が見えないって知ったのは、ピルビームがここにいるかって訊きに来たときのことよ。いないって答えたわ。それだけよ。ねえ、他に訊きたいことがあるんなら、明日にしてもらえない？　一休みして荷物を解いて、お茶の一杯も飲みたいのよ、分かる？　ロンドンから出るのは地獄の責め苦なんだから。だからかまわなかったら、今のところは勘弁して。といって他に話すことがあるわけじゃないけど。私にとってロナルドは学生の一人にすぎなかったんですから」

「しかしあの事件について、お兄さんにしろ、あなたにしろ、何かしら考えるところがあったでしょう。二人で話したんじゃありませんか」

　食料品の始末を終えたサーティーズが台所から入ってきた。カレンは兄を見てから、言った。「もちろん話したわよ。神学校の誰もが話したでしょうよ。私がどう思ったか言いましょうか。あれは多分自殺でしょうね。理由は分からないし、私には関係のないことだわ。今も言ったように、私はロナルドをほとんど知らなかったけど、事故にしては奇妙な気がするのよね。あの崖が危険なことは彼も知っていたはずでしょ。だって、誰もが知っていることだもの。警告の看板がいくつも立っているのよ。大体彼は海岸で何をしていたのかしら」

「それも疑問の一つですね」

二人に礼を言って帰りかけたダルグリッシュの頭に、一つの考えがひらめいた。彼はサーティーズに言った。「マンローさんのところに持って行ったリークですが、何に包んだか憶えていますか。袋に入れたのか、それとも包まずにそのまま持って行ったのか」

サーティーズは怪訝そうな顔をした。「思い出せません。新聞で包んだんじゃないかな。野菜はいつもそうするんです。大きいものは」

「包んだ新聞を思い出せませんか。簡単に思い出せることじゃないのは分かっています」サーティーズが答えないので、ダルグリッシュは言い継いだ。「大判の新聞でしたか、それともタブロイド版でしたか。新聞は何を取っていますか」

結局答えたのはカレンだった。「あれは《ソール・ベイ・ウィークリー・ガゼット》だったわ。私はジャーナリストだから、新聞のことはよく気がつくの」

「あなたも台所にいたのですか」

「いたんじゃないのかしらね。とにかくエリックがリークを包むのを見たのよ。彼はマンローさんのところに持って行くと言ったわ」

「新聞の日付を憶えていませんか」

「いえ、憶えていないわ。今言ったように、私は新聞にすぐ目が行くので、新聞だったことは憶えている。エリックが真中のページを開いたら、地元農家の葬式の写真が載っていたわね。農家の主人が可愛がっていた牝牛を自分の葬式に出席させたがっていたので、角と首に黒いリボンを結んだ牛を墓に連れて行ったとか。まさか教会の中までは連れて入らなかったでしょうけど。編集者の喜びそうな写真というだけのことだったわ」

ダルグリッシュはサーティーズの方を見た。「《ソール・ベイ・ガゼット》は何曜日に発行されますか」

「毎週木曜日です。僕はいつも週末になって読みます」

「それではあなたの使った新聞は前の週の新聞だったんでしょうね」彼はカレンの方に向き直って、言った。「ありがとう。大変役に立ちました」カレンの目に再び品定めするような表情がちらりと見えた。

二人は戸口までダルグリッシュを送ってきた。ダルグリッシュが門のところで振り返ると、二人は並んで立ち、ダルグリッシュが立ち去るのを確認するかのようにじっと見つめていた。やがて同時に背を向けて中に入り、ドアを閉めた。

16

サウスウォルドの〈クラウン亭〉で一人で夕食をとったダルグリッシュは、終禱の開始時刻までに聖アンセルムズ神学校に戻るつもりでいた。ところが急いで食べるにはもったいないほどおいしい料理だったため、思ったより時間がかかり、神学校に戻ってジャガーを止めたときには、礼拝はすでに始まっていた。そこで教会の扉が開いて中庭が明るくなるまで部屋で待つことにした。教会の南扉が開いて、参拝者の小さなグループが出てきた。ダルグリッシュが聖具室の戸口に行くと、最後に出てきたセバスティアン神父が背を向けて、ドアに鍵をかけた。

ダルグリッシュは声をかけた。「神父、今お話できますか。それとも明日まで待ったほうがよろしいでしょうか」

終禱のあとは沈黙を守るのが聖アンセルムズ神学校の慣

行であることを、ダルグリッシュは知っていた。だが、校長は答えた。「長くかかりますか」

「いいえ」

「では、ご希望とあらば、今お話ししましょう。校長室に行きましょうか」

　部屋に入ると、校長は机の後ろの席に座り、ダルグリッシュに向かいの椅子を勧めた。暖炉の前の低い椅子でくつろいで話す気はないようだ。校長は自分から会話を始める様子はなく、ロナルド・トリーヴィスの死に関して何か結論に達したかとも尋ねようとしなかった。セバスティアン神父は黙って待っていた。よそよそしい感じはなかったものの、努めて我慢しているという印象は拭えなかった。

　ダルグリッシュは言った。「マーティン神父からマンローさんの日記を見せていただいたのですが、ロナルド・トリーヴィスは思った以上にマンローさんと一緒にいたようです。そして彼の遺体を発見したのは、言うまでもなくマンローさんでした。ということは、日記に書かれたロナルド・トリーヴィスに関する記述はどんなことであれ、重要な意味を持ってきます。特に日記の最後の部分、マンローさんが亡くなった日に書いた部分ですね。神父はあの部分を、すなわちマンローさんが秘密を発見して、そのことで悩んでいたという証拠を重要とは思われなかったようですね」

「証拠？　法廷用語を持ち出しますか、警視長。重要と考えましたよ。マンローさんにとって重要なことのようでしたからね。私は私的な日記を読むことに懸念を感じたが、マーティン神父はマンローさんに日記をつけるように勧めていたので、何が書いてあるか興味を持ったらしい。ごく自然な好奇心かもしれないが、私としては日記は読まずに処分すべきだったという気がしてなりませんね。しかし書いてあることは明快でしたよ。マーガレット・マンローは分別のある賢明な女性でした。あることに気づいて、それが気にかかったので、関係者に打ち明け、納得した。彼女がどんな説明を受けたにしろ、それで彼女の気はすんだ。そのことをほじくりかえしても、何ら益はないし、害は大きい。まさか神学校の全員を集めて、マンローさんと秘密を共有していた者はいないか尋ねるべきだったと言われるのではないでしょうね。マンローさんがあのように書いたのは、受けた説明のおかげでそれ以上の行動は何ら必要なかったという意味だったと解釈したいですね」

「神父、ロナルド・トリーヴィスはいつも一人だったようですね。あなたは彼が好きでしたか」

　危険なほど挑発的な質問だったが、セバスティアン神父は平然と受けとめた。じっと見つめるダルグリッシュには、端正な顔が微かに強張ったように見えたが、気のせいだったのかもしれない。

　校長の返答は非難を意味していたのかもしれないが、口調に怒りは感じられなかった。「校長と学生との関係を好き嫌いの問題では考えませんし、そういう考え方は適当ではないでしょう。小さな共同体ではえこひいき、あるいはえこひいきと取られる行動はとりわけて危険です。ロナルド・トリーヴィスは妙に魅力を欠いた青年でしたが、魅力がキリスト教の徳に数えられたことは一度もありません」

「しかし彼がここで幸せだったかどうかについては、気にされたのではありませんか」

「個人の幸福の増進は聖アンセルムズ神学校の役目ではありません。彼が不幸せな状態にあると考えていたら、気にしていたでしょうね。学生の福利に関する責任は非常に重要と考えています。ロナルドは助力を求めなかったし、助力が必要と思われる様子もまったく見られなかった。といってもそれで私自身の責めが免れられるわけではありませんよ。ロナルドにとって信仰は重要なことで、聖職に専念することを心に深く誓っていました。自殺が重大な罪であることに何ら疑いを持っていなかったはずです。あの行動は衝動的なものではありません。湖まで海岸沿いに半マイル歩いたんですから。もし自殺だったのなら、深く絶望していたとしか考えられませんね。私は学生のそういう状態を把握していなければいけない立場にあったのに、気づかなかった」

「健康な若者の自殺はいつも謎です。彼らが生命を絶つ理由は誰にも分かりません。多分本人も説明できなかったんじゃないでしょうか」

校長は言った。「あなたに罪の許しを求めたのではありませんよ、警視長。事実を述べたまでです」

ちょっと沈黙が流れた。ダルグリッシュの次の質問も同じようにあけすけだったが、訊かざるをえなかった。彼は質問が単刀直入すぎて、気遣いに欠けるのではないかと考えたが、セバスティアン神父は率直さを歓迎して、婉曲な物言いを嫌うにちがいないと判断した。二人には口にされる以上に分かり合えるものがあった。

ダルグリッシュは言った。「神学校が閉鎖された場合、利益を受けるのは誰でしょうか」

「私も利益を受ける一人ですよ。しかしその種の質問は、当校の弁護士に答えてもらったほうが確かでしょう。スタナード・フォックス・アンド・ペロニット法律事務所が創立以来の弁護士で、ポール・ペロニットは現在当校の理事です。事務所はノリッジにあります。関心がおありなら、当神学校の歴史を話してくれると思いますよ。彼は土曜日の午前中に仕事をすることがあります。面会の予約を取りましょうか。時間があるかどうか、電話で訊いてみましょう」

「そうしていただけると助かります、神父」

校長は机上の電話に手を伸ばした。番号を確かめる必要はないようだった。ボタンを押してからちょっと待ち、言った。「ポールですか。セバスティアン・モレルですよ。校長室からかけているんですが、今ここにダルグリッシュ警視長がおられる。昨日、警視長が来られることをお話ししたでしょう。当校に関していろいろご質問があるようなので、あなたの方で答えていただけると助かるのですがね……ええ、訊かれたことは何でも。隠す必要のあることなどありません……ありがとう、ポール。では替わります」

神父は何も言わずに受話器をダルグリッシュに渡した。低い声が言った。「ポール・ペロニットです。明日の朝事務所におります。十時に人と会う約束がありますが、早くに、そうですね、九時においでいただけたら、お会いする時間が充分取れるでしょう。私は八時半にはここに来ております。住所はセバスティアン神父からお聞き下さい。九時にお目にかかります。ではそういうことで」

ダルグリッシュが椅子に戻ると、校長が言った。「今夜、他にまだご質問がありますか」

「神父、もしマンローさんの職員記録がまだあるようでしたら、見せていただけると助かります」

「彼女がまだここで働いているのなら、当然機密に属するものですが、亡くなった今はもう問題ないでしょう。ラムゼーさんが隣の部屋のキャビネットに保管しているはずです。持ってきましょう」

セバスティアン神父は出て行き、ダルグリッシュの耳にスチール・キャビネットの引き出しのきしむ音が聞こえてきた。一分もたたないうちに校長は戻ってきて、固いファイル・フォルダーを差し出した。神父はマンロー夫人のファイルが、ロナルド・トリーヴィスの悲劇にどんな関係があるのか尋ねなかった。ダルグリッシュにはその理由が分かるような気がした。セバスティアン神父には百戦錬磨の戦術家のような一面があり、返答が得られない、あるいは気に染まない答しか返ってこないと判断したときは、質問を控える。協力を約束し、その約束を果たしはするが、ダルグリッシュの差し出がましく、ありがたくない要求を一つ一つ貯め込んでいく。そしてチャンスが来るや、いかに多大な要求がされ、その要求がいかに正当性を欠いているか、いかにつまらない結果しか出ていないか指摘するのだ。敵を正当な防御のできない場所におびき出すことに関しては、彼以上の練達の士はいないだろう。

神父が言った。「警視長、そのファイルの持ち出しをご希望ですか」

「今晩だけ。明日お返しします」

「では他に何もなければ、今晩はこれで」

セバスティアン神父は立ち上がって、ダルグリッシュのためにドアを開けた。丁重な送り方だったのかもしれない。ダルグリッシュには神父が、ようやく腰を上げた扱いにくい父兄を確実に送り出そうとする小中学校の校長のように思えた。

南回廊のドアが開いている。ピルビームは夜の戸締りをまだしていないようだ。回廊の壁に薄暗い照明が並んでいるだけだったから、中庭は真っ暗だった。学生の部屋も南回廊の二室に微かに光が見えるきりだった。ダルグリッシュが自室ジェロームの方に向かうと、アンブローズのドアの前に立つ人影が二つ見えた。一人はお茶のときに紹介されたし、壁の明かりの下で輝く金髪は紛れもなかった。もう一人は女性だった。ダルグリッシュの足音を聞きつけて、女性が振り向いた。ジェロームのドアの前まで来ていたダルグリッシュの目とその女性の目が合い、互いに驚いたように少しの間見つめ合った。ほの暗い照明が生真面目で、はっとするほど美しい顔を照らし出した。ダルグリッシュはもうめったに感じることのなくなった感覚——驚きと確信で全身が揺さぶられるのを覚えた。

　ラファエルが言った。「お二人は初対面でしょう。エマ、こちらはダルグリッシュ警視長とおっしゃって、われわれにロナルドがどういう死に方をしたか教えに、わざわざスコットランド・ヤードからいらしたんです。警視長、年三回われわれ学生の無知を啓発しにケンブリッジから来てくださる、ドクター・エマ・ラヴェンナムをご紹介します。殊勝なエマと僕は終禱に出てから、まったく別々にですけど、星を見に散歩に出たんです。崖のはずれで会いました。もてなし上手の主人役よろしく、今お部屋までお送りしてきたところです。では、おやすみなさい、エマ」

　ラファエルの口調も態度も所有者然としたところがあった。ダルグリッシュはエマ・ラヴェンナムが微かに身を引くのを感じた。ラヴェンナムが言った。「戻ってくる道は自分でもちゃんと分かったんですけど、でも、ありがとう、ラファエル」

　一瞬、ラファエルが彼女の手を取るかに見えたが、エマは二人を一緒に包み込むように「おやすみなさい」と一言きっぱり言って、そそくさと部屋に入った。

　ラファエルが言った。「星は期待はずれでした。おやすみなさい、警視長。お入り用なものはすべて揃っているでしょうね」背を向けたラファエルは石畳の中庭を勢いよく横切って、北回廊の自室に戻って行った。

　ダルグリッシュは苛立たしい気分になったが、なぜそう感じるのか自分でも分からなかった。ラファエル・アーバスノットは本人のためにならないほど美男子で、軽薄な若者だ。おそらく聖アンセルムズ神学校を創立したアーバスノットの子孫なのだろう。もしそうなら、神学校が閉鎖された場合、どれだけ相続することになるのか。

彼は意を決したように机について、マンロー夫人のファイルを開き、一ページずつ目を通していった。マンロー夫人は一九九四年五月一日に、ノリッジ郊外のホスピス〈アシュコム・ハウス〉から聖アンセルムズ神学校に移ってきた。聖アンセルムズ神学校は《チャーチ・タイムズ》と地元の新聞の両方に、住み込みでリネン類と室内管理の手伝いをしてくれる女性を求める広告を出した。心臓病の診断を受けたばかりのマンロー夫人は申し込みの手紙に、看護婦の仕事がきつくなってきたので、住み込みで軽い仕事のできる職場を探していると書いていた。ホスピスの看護婦長の推薦状はべた褒めではないにしろ、いいものだった。マンロー夫人は一九八八年六月一日にホスピスの看護婦になり、良心的で、献身的な仕事ぶりながら、人間関係の面で多少控え目すぎたようだ。死を目前にした病人の看護は、彼女にとって肉体的にも精神的にも負担が大きくなりすぎた。だがホスピスは、健康な若者を集めた大学で軽い看護の仕事に当たるのなら充分務まるだろうから、リネン類の管理だけでなく看護の方も喜んでするだろうと考えたようだ。マンロー夫人は神学校に来ると、めったに出歩かなかったらしい。セバスティアン神父に休暇願いを出すことはごくまれで、軍人である一人息子が戻ってくる休日は、コティジで過ごすのを好んだと思われる。息子以外に興味の対象があまりない、良心的で勤勉な、人付き合いの少ない女性というのが、ファイルから受けた大まかな印象だった。息子は彼女が聖アンセルムズ神学校に来てから一年半後に亡くなったというメモが、ファイルにあった。

ダルグリッシュはファイルを机の引き出しにしまって、シャワーを浴び、ベッドに入った。明かりを消して、気持ちを静めて眠ろうとしたが、一日頭を占めていたことが、消え去ろうとしない。彼は再びマーティン神父と一緒に海岸に立っていた。まるで旅行に出かけるようにきちんと畳んだ茶色のマントと法衣を、目蓋の裏に思い描いた。おそらく若者自身も旅立つというふうに思っていたのではないか。彼がマントと法衣を脱いだのは本当に、石の層が交じり、草の生えた土の塊で何とか持ちこたえている数ヤードの不安定な砂の壁を登るためだったのだろうか。一体何のためにそんなことをしたのか。いったい何を取ろうとしたのか、何を見つけようとしたのか。この海岸一帯は、沖合い一マイルのかなたに水没している墓地からはるか昔に流れ出した人骨が、砂の下や崖の面からときおり発見される場所だ。だが現場にそれらしいものは何も見られなかった。たとえトリーヴィスが砂から頭蓋骨の滑らかな丸みや長骨の先端を見つけたとしても、どうしてそれを取るために法衣とマントを脱ぐ必要があったのか。あのきちんと畳まれた衣類には、もっと重要な意味があるようにダルグリッシュには思えた。あれは人生を、聖職を、あるいは信仰すらも捨てるという意図的な、儀式めいた行為だったのではないか。

　悲劇的な若者の死を考えて憐憫と好奇心、憶測に揺れるダルグリッシュは、思いをマーガレット・マンローの日記に振り向けた。最後の記述を何度も読み返したので、そらんじることができた。彼女は曖昧な表現でしか日記に書けないほどきわめて重大な秘密を知った。そしてその秘密にもっとも関係のある人物と話し、事情が判明してから数時間後に死亡した。心臓の状態を考えれば、いつ死んでもおかしくなかった。知った秘密の意味をはっきりさせなければならないと思う精神的負担が、死を早めたのかもしれない。だがある人物にとって都合のいい死だった可能性もある。その場合は実に簡単な殺人だっただろう。コテイジに一人住まいの心臓の悪い老女。彼女を定期的に診ていた地元の医師は、何のためらいもなく死亡診断書を書くにちがいない。それにマンロー夫人がテレビ用の眼鏡をかけていたのなら、膝の上に編物を置いていたのはどうしてか。そして死んだときにテレビを見ていたとしたら、テレビを消したのは誰か。もちろんこういうつじつまの合わないことも、説明がつくのかもしれない。一日も終わり、彼女は疲れていた。たとえさらに証拠が明らかになっても――他に証拠があるとも思えないが――今となっては謎の解明はほぼ不可能に思えた。ロナルド・トリーヴィスと同じく、マンロー夫人も火葬にされた。聖アンセルムズ神学校はいやにてきぱきと死者の処理をするとは思ったが、それは不当な見方だった。アルレッド卿もマンロー夫人の妹も、聖アンセルムズ神学校に葬式を執り行なわせなかったのだから。

　トリーヴィスの遺体を自分の目で見ていないのが、ダルグリッシュには残念でならなかった。二番煎じの証拠ではどんな場合も不満が残るし、現場の写真も撮ってない。だが状況ははっきりしていた。それが示唆するのは自殺だった。だが、どうして自殺をしたのか。トリーヴィスは自殺を罪と、地獄行きの罪と考えていたはずだ。そんな彼をあれほど無残な最期に駆りたてるほどの強力な感情とは、いったい何だろう。

17

　歴史のある町を旅行していると、町の中心街で瀟洒で目を引く建物と言えば必ず弁護士の事務所なのに、すぐ気づくはずだ。スタナード・フォックス・アンド・ペロニット法律事務所も例外ではなかった。事務所のある、大聖堂から歩いて行ける距離にある建物は、舗装道路との間に石畳みの狭い歩道をはさんだ、典雅なジョージ王朝時代の建築だった。ライオンの頭をかたどったノッカーとつややかな玄関ドア、光るペンキ、町の汚れをよせつけず朝の薄日を照り返す窓、清潔そのもののレースのカーテンと、すべてが事務所の格式の高さ、繁盛、客筋のよさを物語っていた。かつては均整の取れた大きな表の部屋の一部だったらしい受付で、清々しい顔をした若い女性が雑誌から目を上げて、ダルグリッシュを快いノーフォーク訛りで迎えた。

「ダルグリッシュ警視長さまでいらっしゃいますか。ペロニット弁護士がお待ちしております。真っ直ぐ上にお上がり下さいますようにとのことです。二階の表側の部屋です。秘書は土曜日には出勤しませんので、ペロニットさんと私の二人だけです。でもよろしければ、私がコーヒーをお持ちしますが」

　ダルグリッシュは笑顔で礼を言ってコーヒーを断り、事務所の歴代メンバーの写真が飾られた階段を昇った。オフィスのドアの前で待ち、部屋の中に入っていく男は、電話の声から受けた印象よりふけていて、明らかに五十代後半だった。六フィートを超す長身に長い顎、角縁眼鏡をかけたグレーの穏やかな目、秀でた額にふわりとかかる藁色の髪の毛。弁護士というよりコメディアンの顔だった。見るからに古いが、仕立てが極めていいピンストライプのダークスーツを堅苦しく着てはいるものの、ブルーの太縞のシャツとピンクの地にブルーの水玉が飛ぶ蝶ネクタイが、正統そのものの装いをぶち壊しにしていた。自分に性格の不適合、あるいは矯正に苦労している風変わりな一面があるのを意識しているような服装だった。

　通されたのは、ほぼ予想通りの部屋だった。ジョージ王朝時代の机には、書類もファイル用の整理箱も置かれていない。優美な大理石の暖炉の上に創立者の一人にちがいない油彩の肖像画が掛かり、水彩の風景画も入念に配列されている。コットマンの作品でもおかしくないほど見事な水彩画だ。多分コットマンなのだろう。

「コーヒーをお飲みにならない？　大変賢明ですね。時間が早過ぎます。私は十一時頃に外に飲みに行きますよ。セント・ピーター・マンクロフトまでぶらぶら歩いてね。オフィスから出るいいチャンスなんです。この椅子は低すぎませんか。大丈夫ですか。そっちの椅子の方がよろしければ、どうぞお座りください。セバスティアン神父は聖アンセルムズ神学校に関するあなたの質問に何なりと答えるようにとおっしゃった。そういうことでしたね。これが警察の公式捜査というのでしたら、協力の意思ばかりでなく、当然義務も生じるわけですが」

　グレーの目の穏やかさは当てにならなかった。鋭く見抜く目なのかもしれない。ダルグリッシュは言った。「公式捜査とは言えません。私は曖昧な立場にありましてね。セバスティアン神父からお聞き及びと思いますが、アルレッド卿が子息の死因審問の評決に不満を持たれた。さらに突っ込んだ捜査をするだけのものがあるか、首都警察に予備調査を依頼してこられたのです。私はこの郡に来ることになっていましたし、聖アンセルムズ神学校を多少知っている。それで私がその任に当たるのが都合がいいし、経済的ではないかと考えた次第です。もし刑事事件を示すものが見つかれば、当然公式捜査となって、サフォーク警察管区に引き継がれます」

「評決に不満なんですか、卿は。私なら、あの評決にほっとしたと思いますけどね」

「事故死の証拠は説得力が乏しいということでした」

「それはそうかもしれませんが、他の可能性を示す証拠はまったくなかった。死因不明の評決の方がより適切だったかもしれませんね」

「神学校にとって難しい時期に起きたようですが、この種のことが世間で取り沙汰されるのはありがたくないでしょうね」

「そういうことですね。ですが、悲劇は細心の注意を払って処理された。セバスティアン神父はこういうことに関しては非常にうまいのですよ。それに聖アンセルムズ神学校はこれ以上にもっと悪い評判を立てたことがある。一九二三年には同性愛スキャンダルがありました。司祭で教会史の講師が——カスバート神父というんですが——神学生の一人に熱を上げ、校長に現行犯で見つかった。二人はカスバート神父の二人乗り自転車に乗って、フィリックスストウ埠頭に逃げたんですよ。きっと逃げる前に法衣をヴィクトリア朝時代のニッカー・ボッカーに着替えたんじゃないでしょうか。なかなか愛嬌のある光景だと、私はいつも思うんですよ。それから一九三二年には、さらに深刻なスキャンダルが起きた。当時の校長がカトリックに改宗して、教師の半数と神学生の三分の一を連れて行ってしまったんです。アグネス・アーバスノットが墓の中で、めまいを起こしてひっくり返ったにちがいありませんよ。しかし今度のことが折悪しく起きたということは確かですね。そういうことです」

「あなたは死因審問に出られましたか」

「ええ、神学校の代理人として出ました。この法律事務所は神学校の創立以来の代理人です。アーバスノット嬢は――アーバスノット一族全体に言えることですが、ロンドン嫌いでした。アーバスノット嬢の父が後にサフォークに移ってきて、一八四二年に家を建てたときに、この法律事務所に法律に関する一切を取り扱うように依頼してきた。ここは郡が別になりますが、サフォークにこだわらずに、イースト・アングリアの法律事務所と考えたのだと思いますね。アーバスノット嬢も父の死後、そのままこの事務所を使った。弁護士の古株の一人がいつも必ず神学校の理事になっています。アーバスノット嬢はそのことを遺言書に明記して、理事は英国国教会の教会員でなければならないとしています。現在は私が務めていますが、もし将来この法律事務所の弁護士がすべてカトリックかプロテスタント、あるいは無宗教になったら、どういうことになるのか。誰か一人に改宗するよう説得するしかないでしょうね。しかし今までのところは、いつも条件にかなった弁護士がいました」

「こちらは古い法律事務所なんでしょうね」

「一七九二年創立です。現在はスタナード一族の子孫はいません。現在の当主は新設大学の教授になっています。ですがフォックス一族からは若いのが入ることになっているんですよ――雌キツネですけどね。プリシラ・フォックスといって、去年弁護士資格を取ったばかりです。将来が楽しみですよ。私は物事が継続するのが好きですね」

「マーティン神父からうかがった話では、トリーヴィス青年が亡くなったことで、聖アンセルムズ神学校の閉鎖が早まるかもしれないということでした。理事としてあなたもそうお考えですか」

「残念ながらそういうことになりますね。早まるんであって、原因になるわけではありませんよ。ご存じと思いますが、教会は神学教育をいくつかのセンターに集中統合する方針を取っている。ですが聖アンセルムズ神学校は昔から一種の例外的な存在でした。こうなると閉鎖は早まるでしょうが、いかんせん閉鎖は避けられないことです。教会の方針とか資力の問題だけではないのです。精神が時代遅れなんですよ。聖アンセルムズ神学校はこれまでも常に批判の対象でした――エリート主義だ、お高くとまっている、あまりにへんぴなところにある、はては学生の食事がよすぎるとまで。確かにワインは素晴らしいものを出しますよね。私は年に四回あそこに行くんですが、肉抜きの四旬節と金曜日は避けるようにしています。しかしワインはほとんどが遺贈されたものなんですよ。五年前にキャノン・コスグローブ老人が、貯蔵していたワインを神学校に残した。なかなか舌の肥えた老人ですよ。閉鎖まで飲み続けるだけの量はあるんじゃないかな」

「それで閉鎖という事態になった場合、建物やその中にあるものはどうなるんでしょう」

「セバスティアン神父からお聞きになりませんでしたか」

「自分も受益者の一人だとはおっしゃっていましたが、細かいことはあなたからうかがうようにということでした」

「なるほどね、そういうことですか」

ペロニットは机から立ち上がって、暖炉の左側の戸棚を開けた。そこから白ペンキでアーバスノットと書かれた大きな箱を重そうに持ってきた。

「神学校の歴史に興味がおありなら、当然おありと思いますが、最初からお話しするのが順当でしょうね。すべてこの中にあります。一族の歴史がこのブリキの大箱にそっくり入っているんです。アグネス・アーバスノットの父で、一八五九年に死んだクロード・アーバスノットから始めましょうか。この人はイプスウィッチ郊外の工場でボタンとバックルを作る製造業者だった――女性が昔はいていたハイ・ブーツにつけるボタンとか、式服用のボタン、バックルの類ですね。事業は大成功で、大金持ちになった。一八二〇年生まれのアグネスは長女でした。彼女の後、一八二三年にエドウィンが生まれ、さらに二年後にクララが生まれた。クララのことは問題にする必要はありません。一八四九年に未婚のままイタリアで結核のために死亡しましたから。ローマのプロテスタント墓地に埋葬されました。ご承知のようにキーツと同じですよ。あの頃はそうだったんですね。回復を期待して太陽を求めて旅行する。病人は船旅に耐え切れずに死んでしまうんです。彼女が国内のトーキー辺りに行って静養しなかったのは残念でしたね。いずれにしろ、クララはここで退場します。

神学校の建物を建てたのは、言うまでもなく父のクロードです。一財産築いたので、それらしい何かを作りたかったんでしょう。ま、そういうことですね。父は建物をアグネスに残した。金はアグネスと息子のエドウィンが折半しました。不動産の相続については多少争いがあったようです。しかしアグネスは建物を好み、実際に住んでいたが、エドウィンはそうではなかったので、アグネスの所有になった。厳格なプロテスタントだった父が、もし娘が建物をどう使うか知っていたら、また違ったふうになっていたかもしれませんね。ですが、墓の中から不動産の行方を追うことはできない。父は娘に不動産を遺贈し、不動産は娘のものになったということです。アグネスがオックスフォードに住む学友の家に行き、オックスフォード運動の影響を受けて聖アンセルムズ神学校の創立を思い立ったのは、父の死の翌年でした。本館はすでにあったわけですが、回廊を二つ建て増した上に、教会を修復して学校の一部とし、職員用のコテイジを四軒建てた」

「エドウィンはどうなったのですか」

「彼は探検家になりました。一族の男性はクロードを除いていずれも旅行好きだったんです。エドウィンは中東の有名な遺跡発掘に参加した。イギリスに戻ることはめったになくて、一八九〇年にカイロで死亡しました」

「神学校に聖アンセルムのパピルスを贈ったのは、彼ですか」

角縁眼鏡の奥の目に警戒の色が現れた。ペロニットは少しの間黙り込んでから、また口を開いた。「ではあれをご存じでしたか。セバスティアン神父はそんなことは何もおっしゃらなかった」

「ほとんど知りません。父が秘密を知っていたのです。父と一緒に聖アンセルムズ神学校に滞在している時に、それとなく言葉を小耳にはさんだ。十四歳の少年というのは、大人が考えるよりもずっと鋭い耳を持っているし、好奇心も強いものです。父は少し話してくれて、人に絶対に言ってはいけないと口止めしました。私も人に話す気はありませんでした」

「セバスティアン神父はあなたの質問には何でもお答えするようにとおっしゃったが、パピルスについては大してお話しできることもないのです。あれは一八八七年に弟のエドウィンからアーバスノット嬢に贈られたものですが、エドウィンにはあれを自分で贋作するなり、人に作らせることができた。いたずら好きで、そういうことをしそうな男だったのです。熱烈な無神論者だったそうですよ。無神論者にはたして熱烈という言葉が当てはまるものか分かりませんが、とにかくアンチ宗教だったのです」

「そのパピルスはいったいどういうものなのですか」

「ポンティアス・ピラトから護衛官に宛てた、ある死体の搬送に関する書簡ということなんですね。アーバスノットは贋作と考え、書簡を見た校長のほとんどが彼女の意見に賛成した。私自身は見たことがありませんが、私の父は見ましたし、スタナード老人も見たはずです。父は贋作にちがいないと思っていました。偽物だとしても、非常に巧妙に作られたものだと言っていましたね」

「アグネス・アーバスノットが処分しなかったというのも妙ですね」

「いや、妙なことはないでしょう。妙とは言えないんじゃないでしょうか。この書類の中に、それに関するメモがあります。かまわなければ要旨をざっとお話ししましょう。アーバスノット嬢はパピルスを処分すれば、弟はそのことを公表するだろうし、処分したこと自体がパピルスを本物と証明することになると考えたのです。処分されれば、贋作と証明できなくなりますからね。アーバスノット嬢は代々の校長がパピルスの保管に当たり、保管している校長が死亡した時にのみ、次の校長が受け継ぐようにと、細かく指示を残しています」

「すると現在はマーティン神父が持っているわけですね」

「その通りです。マーティン神父がどこかに保管していますね。その場所はセバスティアン神父もご存知ないんじゃないでしょうか。その書簡についてもっとお知りになりたければ、マーティン神父にお訊きください。そのことがトリーヴィス青年の件と、どうつながってくるのか分かりかねますがね」

「今のところは私にも分かりません。エドウィン・アーバスノットが死んだ後、一族はどうなったのですか」

「エドウィンには息子がいました。一八八〇年に生まれて、一九一六年にフランスのソンムで戦死したヒューです。私の祖父もあの戦いで死にました。あの激戦の戦死者は、いまだにわれわれの夢の中で行軍を続けているような気がしますねえ。ヒューには息子が二人いました。上が一九〇三年に生まれて、未婚のまま一九七九年にアレキサンドリアで死亡したエドウィン、下は一九〇五年生まれのクロードです。そのクロードが現在神学校に在学しているラファエル・アーバスノットの祖父に当たります。いや、そのことはもうご存知でしたね。ラファエル・アーバスノットが、現在生存しているアーバスノット家唯一の人間になるわけです」

「しかし彼は相続しないのですか」

「ええ、残念ながら彼は非嫡出子なんですよ。アーバスノット嬢の遺言は詳細かつ具体的でしてね。彼女自身は神学校が閉鎖になることなど想像もしていなかったんでしょうが、一族の法律事務を扱った当法律事務所の当時の先輩が、そういう不測の事態も考慮に入れておくべきだとアドバイスした。そういうことなんですな。遺言ではアーバスノット嬢が寄贈し、閉鎖時に存在する神学校の不動産および物品、教会は、イギリス法に照らして嫡出子で、かつ英国国教会のメンバーであることを条件に、彼女の父の直系子孫に均等に分け与えられるとなっています」

「イギリス法に照らして嫡出子という表現は非常に珍しい表現ですね」

「いや、それほどでもありませんよ。アーバスノット嬢は属していた階級、時代の典型と言える人だった。ヴィクトリア朝時代の人は財産に関して、内縁の婚姻によって外国で出生した出自の怪しい外国人から相続権を主張されることを常に警戒していた。その種の有名な事件がいくつか記録されています。適法な相続人がいない場合は、閉鎖時に神学校に居住する聖職者に、これまた均等に分け与えられる」

「ということはセバスティアン神父、マーティン神父、ペリグリン神父、ジョン神父ですね。ラファエルにはちょっと厳しい内容じゃありませんか。非嫡出子という点は疑問はないのでしょうね」

「最初のご指摘には私も賛成です。もちろんセバスティアン神父も公正を欠くことに気づいておられた。閉校が真剣に問題にされ出したのは二年前なんですが、神父は当時私にそのことを話された。当然なのかもしれませんが、遺言のその条項について納得できないとおっしゃって、閉校になった場合にはラファエルにも相続させるように、相続人の間で何らかの取り決めをすべきではないかと。通常遺産相続は相続人の同意によって変更可能です。しかしこの場合は複雑でしてね。私は神父に財産の処分に関しては、おいそれと簡単に答は出せないと申し上げましたよ。例えばです。教会に納められているきわめて貴重な絵画です。アーバスノット嬢はあれを祭壇の上に飾るものと限定して教会に寄贈した。教会が今まで通り神聖な場として使われ続ける場合は絵を別の場所に移すべきか、それとも教会の責任者が取得するように何らかの措置を講ずるべきなのか。最近任命された理事クランプトン大執事は今すぐにももっと安全な場所に移すか、さもなければ教区全体の利益になるように売却すべきだとしきりに主張しています。貴重な品はすべて他の場所に移したいらしい。私はそういう時期尚早な行動はいかがなものかと申し上げたのだが、あの方は自分の思い通りにするんじゃないでしょうか。かなり影響力を持った方だし、それに神学校が閉鎖になった場合に、個人でなく教会が利益を受けるようにしようとしているわけですから。

　それに建物も問題ですよ。正直言って何に使うか見当もつきません。二十年後にはたしてまだ立っているかどうか。海がどんどん迫ってきていますからね。侵食は当然ながら建物の資産価値に大きく響いてきます。絵画を除いたとしても、建物内にある物、特に銀器、書籍、家具といった物のほうが高い値がつくんじゃないでしょうか」

「それに聖アンセルムのパピルスがある」

　パピルスを持ち出すのは歓迎されないようだと、ダルグリッシュは再び感じた。

　ペロニットは言った。「あれも相続人の手に渡るのでしょう。あれは特に問題になりかねませんね。しかし神学校が閉鎖されて、校長がいなくなれば、パピルスも財産の一部になります」

「しかも真贋にかかわらず貴重な品と言えるんじゃありませんか」

「金、あるいは権力に関心のある人にとっては、かなりの価値があるでしょうね」

　アルレッド・トリーヴィスのような人たちか、とダルグリッシュは考えた。しかしアルレッド卿がたとえ聖アンセルムのパピルスが存在する証拠をつかんでいたとしても、それを手に入れるために養子を神学校に入学するように仕向けたとは想像しがたい。

「ラファエルが非嫡出子だということは確かなのですね」

「ああ、その点でしたら、警視長、はっきりしています。母親は妊娠中に自分が未婚で、結婚する意志がないことを隠しませんでしたからね。子供の父親に対する軽蔑や憎しみを口にしても、名前は言わずじまいでした。生まれた子を籠に入れて、神学校に文字通り捨てたんですよ。〝あなたがたはキリスト教的博愛を尊しとしているということですね。それではこの父なし子でそれを実践したらどうですか。お金がほしければ、私の父にそうおっしゃい〟というメモをつけて。このアーバスノットの書類の中に、そのメモも入っています。母親がそんなことをするなんて、ちょっと想像できませんよね」

　まったくだと、ダルグリッシュは思った。子供を捨てる女性はいるし、時には殺しもする。だがこの、金がないわけでなく、友達がなくて孤独というわけでもない女性による子捨てには、計算された非人間性が感じられる。

「このクララ・アーバスノットはそのあとすぐに外国に行き、その後の十年ほどは中近東やインドを広範囲に旅行したようです。大体いつも女性医師の友達が一緒で、その友達が自殺した直後にイギリスに帰国した。クララは一九八八年四月三十日にノリッジ郊外のホスピス〈アシュコム・ハウス〉で癌のため死亡しました」

「子供に一度も会わずにですか」

「子供の顔を一度も見ず、関心も示しませんでしたね。痛ましいほど若死だったことは確かです。長生きしていれば、また違っていたのかもしれません。五十歳過ぎて結婚したクララの父は孫が生まれた時には年老いていて、引き取ることができなかったし、望まなかった。だが大した額ではないにしても、信託資金を設定した。祖父の死後は神学校の校長が法律上の後見人になった。神学校がラファエルの事実上の家となったわけです。司祭たちの少年の育て方は総じてきわめてよかったと言えるでしょうね。他の少年と交わった方がいいと考えて、私立小学校に入学させたが、あれは賢明だったと思います。そして次は当然パブリック・スクールです。信託資金はパブリック・スクールの授業料を払う程度の余裕はあったんです。ですが休暇の間はほとんど神学校で過ごしました」


机の電話が鳴った。ポール・ペロニットは言った。「次の面会客が来たと受付のサリーが言ってきました。他にまだ何かお訊きになりたいことがおありですか、警視長」

「ありません。ありがとうございました。うかがったことがどう関連してくるのか分かりませんが、いろいろ教えていただいて助かりました。随分時間を割いていただいて感謝します」

「話が気の毒な青年のことからかなり離れてしまったような気がしますが、捜査の結果はもちろん教えていただけるのでしょうね。理事として関心があります。では、そういうことで」

ダルグリッシュは結果を連絡すると約束した。彼は日の射す街路を、セント・ピーター・マンクロフト教会の高々とそびえる壮麗な伽藍に向かって歩いた。今度の旅行はそもそも休暇のはずだった。一時間ぐらい自分のために使っても罰は当たらないだろう。

今しがた聞いたことを考えてみた。マーガレット・マンローが看護婦をしていたホスピスで、クララ・アーバスノットが死んだというのも奇妙な偶然の一致だ。とはいえ、それほど奇妙ではないのかもしれない。アーバスノットは生まれた土地で死ぬことを望んだのかもしれないし、聖アンセルムズ神学校は地元で募集広告を出し、マンローは転職先を探していた。だが二人の女性が出会ったはずはない。日付を確認しなければならないが、ダルグリッシュははっきり記憶していた。アーバスノット嬢はマーガレット・マンローがホスピスに就職する一カ月前にこの世を去っている。

しかし、他の情報は話を一段とややこしくするばかりだった。ロナルド・トリーヴィスの死の真相が何であれ、そのことが聖アンセルムズ神学校の閉校を早めることになった。そして閉校になれば、教師のうち四人が大金持ちになる。

ダルグリッシュは今日一日自分がいなければ、聖アンセルムズ神学校の面々は喜ぶだろうと思ったのだが、マーティン神父には夕食に戻ると言ってあった。二時間ほど町を心ゆくまで探索した後、料理も店内の飾りつけも気取らないレストランを見つけて、簡単な昼食をとった。神学校に戻る前にしなければならないことがまだある。彼はレストランの電話帳を繰って、《ソール・ベイ・ウィークリー・ガゼット》の版元の住所を調べた。さまざまな地方新聞や雑誌を発行している新聞社の社屋は、市外の街道の交差点に近い、車庫のような低いレンガ建築だった。新聞のバックナンバーは難なく手に入れることができた。カレン・サーティーズの記憶は正しかった。マンロー夫人が亡くなる前の週の新聞には、リボンをつけた牝牛が飼い主の墓のそばに立つ写真が載っていた。

建物の前庭に止めておいた車に戻ったダルグリッシュは、新聞に隅から隅まで目を通した。地元の人々の生活や、小さな田舎町の出来事に的を絞った、典型的な地方週刊新聞だった。いつも似たり寄ったりの全国紙の記事に比べると、ほっとするような新鮮さを感じさせる。トランプの集まり、バザー、ダーツ競技会、葬式、地元グループや団体の会合などの報告が各村から寄せられていた。一ページに頬を寄せ合ってカメラに向かって微笑む花嫁花婿の写真が並び、邸宅や田舎風のコティジ、広いベランダのついたバンガローなど、写真つきの不動産広告ページが数ページ続いていた。四ページは個人通信欄とその他の広告にあてられている。汚濁にまみれた外の広い世界を思わせる記事は二つだけだった。密入国者数人が納屋に隠れていたところを発見された。地元の船で上陸したものと見られていた。警察は発見されたコカインに関連して二人の容疑者を逮捕した。地元にディーラーがいるのではないかということだった。

　第六感は当たらなかったなと、ダルグリッシュは新聞を畳みながら思った。ガゼットの中の何がマーガレット・マンローの記憶を刺激したにしろ、秘密は夫人とともに葬られた。

18

　レイドンの大執事マシュー・クランプトンは、イプスウィッチの南隣クレシングフィールドにある司祭館から、最短ルートを取って聖アンセルムズ神学校に車を走らせた。Ａ十二号線に向かって走る彼は、後に残してきた小教区と妻、机のいずれもが申し分のない状態にあると分かっていたから、気分は上々だった。彼は若い頃から口にことさら出さなくても、家に二度と戻って来られないかもしれないという前提で家を後にした。深刻に頭を悩ませるほどの危惧ではないが、眠る蛇のように心の穴でとぐろを巻く他の意識下の不安と同様に、けっして彼の心から去ることがなかった。自分は毎日人生の最期を予期しながら一生を送るのだろうかと時々思う。常日頃からそれに関連した細々とした手順を踏むが、だからといって死ぬことばかり考えているわけではないし、また信仰にも関係がなかった。それよりも毎朝母に清潔な下着を着るようにうるさく言われた名残だろうと、彼自身は思っていた。母は、今日車に轢かれるかもしれない、そうしたら看護婦や医者、葬儀屋の目に、母親に気遣ってもらえなかった哀れな子として映るだろうと言うのだった。子供の頃、自らの最期を想像することがあった。自分は霊安室の台に横たわり、母は少なくとも息子は清潔なパンツをはいて死んだと思い、喜び慰められる。

　クランプトンは最初の結婚生活を、机を整頓するように手際よく始末した。無言の幻が階段の隅や書斎の窓の向こうに現れたり、忘れかけていた笑い声が聞こえて、どきっとすることはあっても、ありがたいことに小教区の仕事や毎週繰り返される教会の勤め、再婚に紛れて、特別どうということはなかった。最初の妻のことは暗い心の地下牢に追いやってカンヌキをかけたが、その前にまるで裁判官のように判決を下した。読書障害と難聴の娘を持つ小教区の女性信徒が、市当局は娘のことを〝きちんと報告書にまとめた〟と話しているのを聞き、その障害のある子供に何が必要か評価が下され、適切な方法について話がまとまったということなのだろうと解釈した。そこでまったく違った文脈の文章で、同じような権威をもって自分の結婚生活を報告書にまとめた。口にされず、紙にも書かれたことのない文章だったが、彼はまるで行きずりの知り合いのことを話すように淡々と暗唱することができた。その中では自分はいつも三人称だった。脳裏に綴られた結婚の始末書は、必ずイタリック体で目蓋の裏に現れた。

　クランプトン大執事は旧市内小教区の教会主管者代理になってまもなく最初の妻と結婚した。妻となったほぼ二十歳年下のバーバラ・ハンプトンは、美人で意地っ張りで、神経症を病んでいた。だが彼女の家族は病んでいる事実を一言も言わなかった。結婚生活は初めのうちは幸せに包まれていた。彼は自分にはもったいない妻を得て、果報者と思っていた。妻の感傷的なところは優しさの表れと考えたし、人見知りしない性格で、美しく寛大な妻は、小教区内での人気は高かった。問題に気づかず、あるいは気づいても誰も口にしないまま何カ月もが過ぎていった。そしてある日、妻の留守中に小教区委員と信徒が司祭館を訪れて、打ち明けた。クランプトンは妻が感情を爆発させて金切り声を上げたり、侮辱的な言動を見せるのは自分に対してだけと思っていたのだが、家の中に留まらず小教区にまで広がっていた。当の妻は病んでいるのはクランプトンの方だと言って、治療を受けることを拒否した。そして酒を飲む時間と量がさらに増した。

結婚四年目のある日の午後、クランプトンは病気の信徒を見舞いに行くことになっていた。妻は疲れたと言って寝室に引っ込んでいたので、彼は様子を見に行った。ドアを開けた彼は、妻は静かに眠っていると思い、眠りを妨げたくなかったので、そのまま家を出た。夕方家に帰ると、妻は死んでいた。アスピリンの過剰服用だった。死因審問は自殺の評決を出した。クランプトンは年の離れた、聖職者の妻にふさわしくない女性と結婚した自分を責めた。のちにふさわしい女性を得て再婚したものの、前妻を悼む気持は常に変わらなかった。

以上が彼が心の中で読み上げる物語だった。しかし今は暗唱する回数がずっと減っている。再婚は妻の死の一年半後だった。独身の司祭、特に悲劇の末にやもめになった司祭は、小教区の仲人役にとって格好の標的だった。二番目の妻は自分のために選ばれたような女性に思えたから、彼は仲人の取り持ちに嬉々として応じた。

今日クランプトンにはしなければならないことがあった。彼はそれが自分の務めと信じていたし、同時に楽しんでもいた。聖アンセルムズ神学校閉鎖に同意するようにセバスティアン・モレルを説得し、閉校を必然的かつ速やかに進めるための根拠をさらに探すのだ。辺ぴな場所にあるばかりか維持に金がかかり、厳選された学生はたったの二十人、特権に恵まれすぎたエリート主義の聖アンセルムズ神学校は、英国国教会の悪弊の象徴とクランプトンは考え、信じていた。学校への反感はその校長にも及んだ。それが英国国教会信者としての立場や神学の違いから遠く離れた、ごく個人的な反感であることをクランプトンは認めていたし、そんなことまで認める自分の正直さ加減を内心得意に思っていた。それが階級の違いからくる反感でもあることを、彼は否定しなかった。クランプトンは自分は聖職者の身分と今の地位を、戦って手に入れたと考えていた。しかし実際には戦う必要はほとんどなかった。大学では潤沢な奨学金のおかげで何の苦労もなかったし、母は常に一人っ子の彼に甘かった。とはいえモレルの父と祖父は主教だったし、十八世紀の先祖は主教であり貴族でもあった。モレル一族は常に大邸宅に住んでいた。そしてセバスティアン神父が一族や彼個人の影響力の触手を官公庁や大学、教会など権力の源に伸ばし、自分の縄張りを守って一寸たりとも譲らないことを大執事はよく知っていた。

　それに恐るべき馬面の夫人のこともある。モレルがどうしてあの女と結婚したのか、神にしか分からないことだった。大執事が理事に任命されるはるか前に神学校を初めて訪れた時、レディ・ヴェロニカは神学校に住んでいて、夕食のテーブルで大執事の隣に座った。双方にとって楽しい時間ではなかった。しかしその彼女も今はもうこの世にない。少なくとも何世紀もかけて傲慢で無神経な口調を磨き上げた、上流社会特有の無礼で耳障りな声を聞かなくてもすむ。彼女にしろ、その夫にしろ、貧困と持たざる者の屈辱をどれだけ知っているというのか。荒廃した市内過密地区の小教区で、暴力や手に負えない問題と向き合って暮らしたことがあったか。モレルの小教区司祭としての経験は、地方の瀟洒な町で務めた二年間だけではないか。彼ほどの学識豊かで高く評価された男が、辺ぴな場所にある小さな神学校の校長で満足しているというのも、大執事には謎だったし、そう思うのは自分ばかりではないだろうと考えていた。

　とはいえ、それももちろん説明はつく。アーバスノット嬢の遺言の例の条項だ。彼女に法律に関する助言をした弁護士は、どうしてあんな条項を加えることを許したのか。確かに聖アンセルムズ神学校に寄贈した絵画や銀器が百五十年後にどれだけの価値になるか、アーバスノット嬢は知る由もなかった。近年聖アンセルムズ神学校は教会の資金で運営されている。神学校が必要なくなった場合には、資産は教会なり教会の慈善事業が受け継ぐのが筋ではないか。アーバスノット嬢が、閉校時にたまたま校内に居住する四人の司祭、それも一人は八十歳の老人、もう一人は児童虐待で服役した男を大金持ちにしようとしたというのは、理解しがたいことだった。クランプトンは神学校が正式に閉校になる前に貴重な品をすべて別の場所に移すべく、全力を傾けるつもりだった。セバスティアン・モレルはそれに反対すれば、利己的、貪欲と真っ向から非難される。聖アンセルムズ神学校を閉鎖させまいとして運動しているのは、私益欲しさを隠す戦術かもしれない。

戦線ははっきり引かれた。決戦になるだろうと思いつつ神学校に向かう大執事は自信満々だった。

19

セバスティアン神父はこの週末に大執事と一戦交えなければならないと思っていたが、教会で対決するつもりはなかった。一歩も引かずに自らの立場を守り通す心構えはできていたし、すぐにも意見を戦わせたいとすら思っていたが、祭壇の前でそうする気はなかった。だが大執事がファン・デル・ウェイデンを今すぐ見たいと言い出したとき、同道しない理由はないし、ただキーを渡すだけでは失礼に思えた。教会の中に長くはいないだろうと考えて、セバスティアン神父は気を取り直した。大執事が教会で文句を言えることがあるとすれば、立ち込める香の匂いぐらいだろう。冷静さを失わず、会話はできるかぎり当たり障りのないことに限定しようと心に決めた。聖職者同士なら教会内では当然穏やかに言葉を交わせるはずだ。

二人は無言で北回廊から聖具室のドアに向かった。セバスティアン神父が絵を照らす照明のスイッチを入れるまでどちらも口を開かず、静かに並んで絵を見つめた。

セバスティアン神父は、照明がついていきなり絵姿が眼前に現れたときの、感動を言い表す適当な言葉を思いついたことがなかった。今も改めて探そうとしなかった。たっぷり三十秒間見つめてから、大執事が口を開いた。不自然に大きな声が静まり返った空気を揺るがした。

「言うまでもないですが、これはここにあるべきものではない。これを動かすことを真剣に考えたことがおありですか」

「動かすとおっしゃいますが、大執事、どこにでしょうか。この絵はミス・アーバスノットが、ここの教会の祭壇を飾るものとして神学校に寄贈したものですよ」

「ここはこのように貴重な物を置くには、安全な場所と言えないでしょう。どれほどの価値があるんでしょうね。五百万ですか。八百万？　それとも一千万するんでしょうか」

「見当もつきません。安全かどうかについては、この祭壇の壁飾りは百年以上もこの場所にかかっていたのですよ。動かすとおっしゃって、どこか特定のところを考えておられるのですか」

「より安全で、他の人々にも楽しんでもらえる場所でしょうね。主教とも話し合ったのですが、公衆の目に触れる美術館に売却するのが、もっとも賢明な道と言えるのではないでしょうか。売却したお金を、教会あるいは慈善団体が有効に利用できる。同じことがここにある聖杯の、特に価値のある二つにも言えますね。あのように貴重な品を、二十人の神学生の私的な満足のためにここに置いておくというのはいかがかと思われます」

セバスティアン神父は聖書にある裏切り者ユダの言葉〝なぜこの香油を三百デナリオンで売って、貧しい人々に施さなかったのか〟を引用したかったが、ぐっとこらえた。だが声に怒りがにじみ出るのを抑えられなかった。

「この祭壇の飾りは当神学校の財産です。私が校長の任にある間は売却しないのはもちろんのこと、他の場所に移すこともありえません。銀器は教会内の金庫に保管して、本来の目的に使用します」

「貴重な品があるために教会に鍵をかけ、神学生が教会を使えなくてもですか」

「教会を使うことに問題はありません。学生はキーを借りれば、教会に入れます」

「祈りたいという気持は、時を選ばず湧き起こるものです。キーを借りることなど考えていられないのではありませんか」

「そういうときのために祈禱室が設けられています」

　大執事が踵を返したので、セバスティアン神父は照明を消しに行った。大執事が言った。「いずれにしろ神学校が閉校になれば、絵はどこか他の場所に移すしかないでしょう。教区ではここをどうするつもりなのか。つまり教会そのものをね。たとえグループ聖職奉仕の一環にするにしても、小教区の礼拝堂にするにはあまりに辺ぴな場所にある。周辺に信徒は一人もいないではありませんか。本館を買う人が専用礼拝堂をほしがるとも思えないが、まさかということもある。大体ここを買いたがる人がいるのかどうか。辺ぴで不便、海岸に直接出られる道もない。ホテルや保養所に向いているとも思えませんしね。それに海岸の侵食があるので、二十年後にはたしてまだここに建っているかどうかも怪しい」

　セバスティアン神父は冷静に話せると分かるまで待ってから、口を開いた。「大執事、聖アンセルムズ神学校の閉校がすでに決まったような話し方をなさいますね。そういうことに関しては校長である私に、当然話があるものと思っていましたが。口頭にしろ、文書にしろ、そのような話は一切ありません」

「もちろんいずれ話があるでしょう。必要にして煩雑な手続きが取られることになります。しかし閉校が避けられないことは、あなたも充分分かっておられるはずですよ。英国国教会は神学校を統合、合理化する方針です。とうの昔に手をつけていなければならない改革ですよ。聖アンセルムズ神学校は小規模すぎるし、あまりに辺ぴな場所にある。費用がかかるし、エリート主義すぎますよ」

「エリート主義ですか、大執事」

「私は意識してその表現を使ったのですよ。最近、ここで公立学校出身の神学生を受け入れたのは、いつのことですか」

「公立出身なら、スティーヴン・モービーがいます。おそらく一番頭のいい神学生でしょう」

「初めての公立出身ではないのですかな。それもオックスフォード大学出身の上に首席という条件だったんでしょう。それから女性の神学生をいつ受け入れるのですか。女性といえば、教員に女性司祭を加えるのは、いつになるんでしょうね」

「女性からの応募があったことはありません」

「確かに。女性もどうせ採用されないと分かっているからですよ」

「最近の状況をご覧になれば、そんなことはないとお分かりになるはずですよ、大執事。われわれに偏見はありません。教会は、いや、教会会議はその点に関してはっきり結論を出しました。しかし当校は女性神学生を受け入れるには小さすぎる。もっと大規模な神学校ですら、なかなか容易でないのが現実です。大変な思いをするのは神学生の方です。私は、一部のメンバーが他のメンバーから聖餐を受けるのを拒否するようなキリスト教施設の長を務める気はありませんね」

「この神学校の問題はエリート主義だけにとどまりません。教会は二十一世紀の要求に応えるべく変化していかないかぎり、消滅の運命が待ち構えています。ここに住む若者たちの生活は、彼らがいずれ奉仕する人々の生活からあまりにかけ離れ、あきれるほど特権的ではありませんか。ギリシャ語とヘブライ語の勉強にはそれなりの意義がある。私もそれを否定する気はありませんが、同時により新しい分野の勉学にも目を向ける必要があるのではありませんか。ここでは社会学、人種間関係、異宗教間の協力に関して、どんな教育がなされているのでしょうね」

セバスティアン神父は努めて声を平静に保った。「ここの教育はわが国のトップクラスです。当校の人間が現実の世界からかけ離れている、あるいは現実の世界の必要を満たす教育を受けていないという見方は馬鹿げています。聖アンセルムズ神学校を卒業した司祭は、国内外のもっとも恵まれない困難な地域で奉仕活動をしてきました。イースト・エンドで信者と暮らし続けたために、腸チフスで亡くなられたドノヴァン神父がいますよ。あるいはアフリカで殉教されたブレース神父。他にもいます。この百年間で特に傑出した主教二人も当校の出身者です」

「二人ともその時代の主教であって、現代の主教ではないでしょう。あなたが話しておられるのは過去のことではありませんか。私が問題にしているのは、現在の要求、なかんずく若者たちの要求です。人々を信仰に導き入れようとしても、古臭い会話や古色蒼然たる典礼でもって、あるいは教会が尊大、退屈、中産階級的、はては人種差別的と見なされていたのでは、到底不可能です。聖アンセルムズ神学校は新しい時代とのつながりを欠いているのです」

「あなたは何をお望みなのか。神秘のかけらもない、英国国教会の美点である学識、忍耐、尊厳を取り去った教会ですか。全能の神の、言葉では言い表せない神秘、愛を前にして謙虚にへりくだることのない教会ですか。代わり映えのしない賛美歌と品格を失った典礼、小教区のお祭りと見紛うばかりの聖餐式からなる礼拝ですか。〝かっこいい大英帝国〟の教会ですか。この聖アンセルムズ神学校ではそういう礼拝はしません。残念ながら、あなたと私の聖職に対する考え方には、紛れもなく相違があるようですね。これは個人的な意味で言ったのではありませんよ」

「おや、そうですか。私は個人的な意味でおっしゃったのだと思いますね。モレル、率直に言わせてもらいますよ」

「すでに率直におっしゃっているではありませんか。それに、この場所でこういう話はまずいのではないですか」

「聖アンセルムズ神学校は閉校になります。この神学校が過去に立派な貢献をしたことは疑いのないことですが、現在とのつながりをなくしている。ここは優れた教育を施すとはいえ、チチェスター、ソールズベリー、リンカーンといった神学校と比べて特にいいと言えますか。今挙げた神学校はいずれも閉校に追い込まれました」

「当校は閉校にはなりません。私の息のある間は閉校にはなりません。私だって影響力がないわけではない」

「ええ、それは分かっていますよ。私の言いたいのはそれです――影響力。しかるべき人を知己に持ち、しかるべきグループの中で動き回って、しかるべき耳に耳打ちする。そういうイギリスはこの神学校同様、過去のものです。レディ・ヴェロニカの世界は死んだのですよ」

セバスティアン神父はここに来て身体を震わせて、かろうじて抑えていた怒りを爆発させた。初めは声も出ないほどだったが、やがてとても自分の口から出たとは思えない声で、憎しみに歪んだ言葉がほとばしった。「何ですと、よくも！ よくも妻の名前を持ち出してくれましたね！」

二人はボクシング選手のように睨み合った。先に口を開いたのは大執事の方だった。「これは失礼しました。節度と思いやりを欠いた言葉でしたし、場所柄をわきまえませんでした。では、行きましょうか」

大執事は手を差し出すようなそぶりを見せたが、思いとどまったようだった。二人は無言で聖具室に向かって北側の壁沿いに進んだ。セバスティアン神父が唐突に足を止めた。「教会の中に誰かいますね。私たちだけではありません」

二人は数秒たたずんで、耳をすました。大執事が言った。

「何も聞こえませんね。ここにはわれわれ以外に人はいません。ここに来た時にドアに鍵がかかっていたし、警報装置もオンになっていた。われわれの他には誰もいませんよ」

「確かに。他に人がいるはずありませんね。ただそんな感じがしただけでしょう」

セバスティアン神父は警報装置を入れ、聖具室の外のドアに鍵をかけると、大執事と一緒に北回廊に入った。謝罪の言葉は口にされたものの、双方の言った言葉は忘れ去られる類のものではないと、セバスティアン神父には分かっていた。彼は自制心を失った自分に嫌悪を覚えた。主人役なのだから、彼の方が責任はより大きい。それに大執事は他の人たちが考えていること、他の人たちが言っていることをはっきり口に出したにすぎない。セバスティアン神父は深い憂鬱に襲われ、同時に不安よりも強く、馴染みの薄い心の動きに気づいた。恐怖の感情だった。

20

聖アンセルムズ神学校の土曜日午後のお茶は、肩の張らない行事だった。ピルビーム夫人が予め希望した者のために、本館奥の学生用ラウンジにお茶を用意する。希望者はいつもさして多くなく、そう遠くないところでサッカーの試合がある時は、特に人数がぐっと減る。

時刻は午後三時。エマとラファエル・アーバスノット、ヘンリー・ブロクサム、スティーヴン・モービーはピルビーム夫人の部屋でくつろいでいた。夫人の部屋は主厨房と南回廊に出る廊下の間にあり、この廊下から急な階段を降りると、ワイン貯蔵室がある。オーヴンが四台ついたアーガ社製コンロとぴかぴかのステンレス調理台、最新の調理器具を備えた厨房には、学生は立ち入り禁止だった。ピルビーム夫人は、その隣の一口ガスコンロと正方形の木のテーブルが置いてある狭い部屋でスコーンとケーキを作り、お茶の用意をすることが多い。整然と片付けられ、手術室のように清潔な厨房とは対照的に多少古ぼけているものの、家庭的で居心地がいい部屋だった。鉄製の装飾フードのついた建築当時の暖炉も残っている。今は人工の塊が赤く輝き、燃料はガスだったが、部屋の中心になって心を暖めてくれる。

　この部屋はまさにピルビーム夫人の領域だった。マントルピースの上に夫人の私的な宝物が並んでいる。学生たちが休暇の土産に持ち帰ったものが、ほとんどだった。飾りのついたティーポットやさまざまなマグカップ、水差しの類、それに夫人が好きな陶製の犬。派手な衣装をまとって、マントルピースの縁から細い足を垂らしている小さな人形まである。

　ピルビーム夫人には息子が三人いるが、今はそれぞれ親元から遠く離れている。この週一回のお茶の時間を、男ばかりの無味乾燥な毎日を送る神学生が息抜きとして歓迎しているなら、夫人の方も若者たちとの交流を楽しんでいるように、エマには思えた。エマ自身、ピルビーム夫人の母親のようでいて感傷的にならない優しさに、心の安らぎを覚えた。自分がこのリラックスした集まりに参加することを、セバスティアン神父が認めているかどうかは分からなかった。セバスティアン神父が知っていることは確かだった。神学校内で起きたことで、セバスティアン神父に気づかれずにすむことは、そうはない。

　今日の午後は学生は三人しか集まらなかった。腺熱にかかって、まだ回復期のピーター・バックハーストは自室で休んでいる。

　エマは暖炉の右側に置かれた籐椅子の上でクッションに囲まれて丸くなり、向かいの椅子ではラファエルが長い脚を投げ出していた。テーブルの片端でヘンリーが《タイムズ》の土曜版を広げている一方で、もう片端ではスティーヴンがピルビーム夫人から料理の講習を受けていた。スティーヴンの故郷である北部では、完璧に手入れされたテラスハウスで暮らす母が、息子が家事の手伝いをさせられるなどとは夢にも思っていないはずだ。彼女の母も、その母もそうだった。ところがスティーヴンはオックスフォード大学時代に、若く頭脳明晰な遺伝学者と婚約した。彼女は平等主義者で、簡単に相手の言いなりになるような女性ではなかった。それで今日の午後はピルビーム夫人に励まされ、仲間から時折やじを飛ばされながらパイ皮作りに挑戦し、今、粉にラードとバターを練り込んでいるところだった。

　ピルビーム夫人が注意した。「そうじゃないんですよ、スティーヴンさま。指を柔らかく使うんです。両手を上げて、ラードとバターを少しずつ落とすんです。そうすれば空気がたくさん入るじゃありませんか」

「でもいかにも間抜けって感じがするなあ」

ヘンリーが言った。「そう、いかにも間抜けに見えるよ。君たちも将来頭脳明晰な子を二人作る予定でいるんだろうが、アリスンが今のおまえを見たら、おまえにその能力があるかどうか心底疑うだろうね」

「いやあ、そんなことはないさ」スティーヴンは幸せそうに思い出し笑いをした。

「それ、やっぱり色が変だよ。スーパーに行けばいいじゃないか。申し分のない冷凍のパイ皮を売っているぜ」

「ヘンリーさま、手作りのパイ皮に勝るものはありませんよ。スティーヴンさまの気をそぐものではありません。さて、もうよさそうですね。冷たい水を加えることにしましょう。いえいえ、水差しからじゃなくて、スプーンで一杯ずつ入れるんですよ」

　スティーヴンが言った。「オックスフォードで下宿をしているときに、鶏のシチューのおいしい作り方を知っていましたよ。スーパーで鶏肉の切ったのを買ってきて、缶詰のマッシュルーム・スープと一緒に煮るんです。トマト・スープでもいいし、どんなスープでもオーケー。絶対に失敗しません。これでいいんですか、ピルビームさん」

　ピルビーム夫人はボウルの中をのぞき込んだ。パイ生地はようやくつやつやかな塊にまとまった。「来週はキャセロール料理をしましょうかね。いい感じにできたじゃないですか。それではラップで包んで、冷蔵庫で寝かせましょう」

「どうしてこいつを寝かせるんですか。へとへとに疲れたのは僕の方ですよ！　こいつはいつもこういう色なんですか。なんだか薄汚いなあ」

ラファエルが身体を起こして言った。「刑事《でか》はどこだろう」

新聞に目を落としたまま、ヘンリーが答えた。「夕食まで帰ってこないみたいだぜ。朝食後すぐ出かけるのを見たよ。はっきり言って出かけるのを見て、ほっとしたね。うろうろされてありがたい存在じゃないよ、あれは」

スティーヴンが言った。「何を見つけようというんだろうなあ。死因審問を再開できるわけでもないのに。それともできるのかな。火葬がすんだあと再度死因審問が開かれるものかなあ」

ヘンリーが目を上げて、「難しいんじゃないかな。ダルグリッシュに訊くといいよ。専門家なんだから」と言うと、また《タイムズ》に目を戻した。

スティーヴンが流しに行って、手についた粉を洗い流した。「ロナルドにちょっとやましいものを感じるなあ。僕たち、あいつのことをあんまりかまってやらなかったじゃないか」

「かまう？　かまってやらなくちゃいけなかったのか。聖アンセルムズ神学校は小学校じゃないんだぜ」ラファエルは鼻にかかった教師風の甲高い声音で続けた。「〝アーバスノット君、今度入学した一年生のトリーヴィス君だよ。君と同じ寮になるから、気をつけてやってくれないか。いろいろ教えてやってくれたまえ〟なんてさ。ロナルドのやつ、小学校に戻ったような気分でいたのかもしれないな。何でもかでもやたら名札をつけていたじゃないか。着る物から始まって、いちいちたべたと。われわれが盗むとでも思ったんだろうか」

ヘンリーが言った。「人に突然死なれると、ショックや悲しみ、怒り、やましさを感じるのは当然のことだよ。われわれはもうショックの段階を過ぎたし、大して悲しいとは思わなかった。怒りを感じる理由もなかった。残るはやましさだな。次回の告解は、どれもこれも似たり寄ったりで退屈なものになるだろうな。ビーティング神父はロナルド・トリーヴィスの名前を繰り返し聞かされて、うんざりするんじゃないのか」

エマが興味を覚えて、訊いた。「あなたたちの告解は、聖アンセルムズ神学校の司祭が聞くんじゃないの？」

ヘンリーが笑って答えた。「いえ、まさか、僕たちは馴れ合っているけど、そこまで近親相姦的じゃありませんよ。一学期に二度フラムリンガムから司祭が来てくれます」彼は新聞を読み終えて、丁寧にたたんだ。

「ロナルドと言えば、死ぬ前日の金曜日の夕方に見かけたんだよ。このこと、話したかな」

ラファエルが言った。「いや、聞いてない。どこで見たんだい」

「豚小屋から出てくるところだった」

「あんなところで何をしていたんだ」

「僕が知るわけないだろう。豚の背中でも掻いてやっていたんじゃないのか。実はひどくしょんぼりして、一瞬泣いているんじゃないかと思った。向こうからは僕は見えなかったと思う。僕の前を通りすぎて、岬の方にふらふらと歩いて行ったよ」

「そのことを警察に言ったのか」

「いや、誰にも一言も言わなかった。警察が僕に質問した、それもひどくあけすけな言い方で訊いたことと言えば、ロナルドに自殺するような理由があったと思うかってことだけだった。いくらしょんぼりしていたからって、前の晩に豚小屋から出てきたことが、一トンもの砂の下に頭を突っ込む理由になるわけないじゃないか。それに自分の見たことに絶対の自信があったわけじゃない。ロナルドは僕に触れそうなほど近くを通りすぎて行ったけど、暗かったからな。僕の思いすごしかもしれない。エリックは何も言わなかったにちがいない。言ったのなら、死因審問でそのことが取り上げられたはずだ。いずれにしろ、同じ夜のその後でロナルドにギリシャ語を教えたグレゴリーが、授業の間変わりなかったと言っている」

スティーヴンが言った。「しかし妙な話だな」

「あの時はそれほど思わなかったんだが、思い出してみると、妙なんだな。そのことが頭から離れない。それにあいつ、ここにまとわりついているじゃないか。生きていた時よりも今の方が現に存在しているようで、ずっと生々しく感じられることがあるよ」

沈黙が流れた。エマは黙っていた。ヘンリーを見たエマは、彼の性格を知る手がかりがほしいと思った。よくそう思う。ヘンリーが入学してすぐの頃に、ラファエルと交わした会話が思い出された。

「ヘンリーって、不思議じゃありませんか」

「あなたたちは皆不思議よ」

「そりゃあ、よかった。透明だから何もかも見透せると言われたんじゃたまりません。それにあなただって不思議ですよ。それにしてもヘンリーは——あいつはここで何をしているんだろう」

「あなたと同じなんじゃないの」

「僕なら、年五十万ポンドの収入があって、お利口にしていればクリスマスに百万ポンドのご褒美がもらえるっていうのに、それを捨てて、運がよくても年収一万七千ポンドの仕事につきたいとは思わないなあ。もう、ろくな司祭館にも住めないんですよ。まともな司祭館は、ヴィクトリア朝建築好みのヤッピー家族が買ってしまいましたからね。僕たちが住めるのは、せいぜい中古のフィエスタが入る程度の駐車スペースがついた、粗末な二軒長屋ですよ。ルカ福音書に、あまりに多くの財産を持っていることを嘆いて立ち去る金持ちの若者の話が出てくるでしょう。僕には彼の気持が分かりますよ。幸い僕は貧乏で私生児です。神は抵抗する力を与えなかった誘惑には出くわさないように、計らってくださっているとは思いませんか」

「二十世紀の歴史を見れば、その仮説は成り立たないんじゃないかしら」

「今の話をセバスティアン神父にして、説教のテーマにしてみたいと言ってみようかな。いや、やっぱり、やめておくか」

ラファエルの声がエマを現実に引き戻した。「ロナルドはあなたのクラスで、浮き上がっている感じなきにしもあらずだったんじゃありませんか。気の利いた質問をしようと周到に予習をしてきて、せっせとノートを取っていたでしょう。きっと将来使えそうな一節を書き取っていたんですよ。凡庸な説教を印象的にしようとしたら、何と言ったって詩を加えるのが一番ですからね。信者がその詩が引用と気づかなければ、なおさらです」

　エマは言った。「彼はどうして出席するのかなって思ったことが、時々あったわね。私のセミナーは自由選択でしょう?」

　ラファエルは揶揄するような、それでいておかしくて仕方のないような、ざらついた笑い声を上げた。それがエマの神経に障った。「ええ、そりゃあ、確かにそうですよ。ただ、ここで言う〝自由選択〟という意味は、他の所と必ずしも同じじゃないんです。より歓迎されるとでも言いますか」

「まあ。私は皆が詩が好きだから出席しているとばかり思っていたのに」

　スティーヴンが言った。「僕たちは詩が好きですよ。問題は僕たちがたった二十人ということですね。つまり常に監視下にあるわけです。司祭たちとしてはその気がなくても、そうなってしまう。人数の問題なんですよ。だから教会は六十人前後を神学校の適正規模としているんです。確かにその通りですよ。大執事はここは小さすぎると言っているけど、その点はもっともだな」

　ラファエルが不機嫌な声で言った。「え、大執事かい。あの男のことを持ち出すことはないだろう」

「分かったよ。でもさ、あの人って、ごた混ぜでわけの分からない人じゃないか。英国国教会は改めて言うまでもなく四つの異なった教会に分かれていて、一つじゃない。しかし彼はそのどれに属するんだろう。高教会派ではないし、聖書福音主義でもない。でも女性司祭は認めている。われわれは新世紀に奉仕すべく変わらなければいけないと言っているけど、進歩的な神学を代表しているとはとても言えない。離婚と中絶に関しては、頑として意見を変えないじゃないか」

　ヘンリーが言った。「あの人はヴィクトリア朝時代に先祖返りしているんだよ。あの人がここに来るといつも、自分がトロロップの小説の登場人物になったような気がしてくる。ただし役回りは逆だけどね。セバスティアン神父がグラントリー大執事で、クランプトンがスロープさ」

スティーヴンが言った。「いや、スロープとは違うな。スロープは偽善者だ。大執事は少なくとも真剣だよ」

ラファエルが言った。「ああ、確かに真剣だな。ヒトラーも真剣だったし、ジンギスカンだって真剣だった。暴君は皆真剣さ」

スティーヴンは穏やかに反論した。「あの人は自分の小教区では暴君ではないぜ。暴君どころか、僕は立派な小教区司祭だと思う。僕は今年の復活祭に彼の小教区に出向して、一週間いた。あの人は信者に好かれている。説教さえ好評だった。小教区委員の一人がこう言っていたよ。〝あの方はご自分が何を信じているかはっきり分かっていらして、それを私たちにストレートに話してくださいます。この小教区で悲しんでいたり困っている人で、あの方に感謝しない人はいません〟って。われわれは彼の最悪の面を見ているんだよ。ここにいる時は、まるで別人だ」

ラファエルが言った。「あの男は同僚司祭を追い詰めて刑務所に送り込んだ。そんなのがキリスト教的愛と言えるか。セバスティアン神父を毛嫌いしているし、同胞愛なんて、そんなものさ。それにここが象徴しているものすべてを憎んでいる。聖アンセルムズ神学校を閉鎖しようとしているじゃないか」

ヘンリーが言った。「そしてセバスティアン神父は閉鎖させまいと頑張っている。どっちが勝つかは分かりきっているよ」

「どうかな。ロナルドのことはマイナスだったからな」

「学生が一人死んだからと言って、神学校を閉鎖するような教会じゃないだろう。いずれにしろ大執事は日曜日の朝食後に発《た》つことになっている。小教区に戻らなくちゃならないんだろう。あと食事二回やり過ごせばいい。ラファエル、行儀よくしていた方がいいぞ」

「セバスティアン神父から釘を刺されたよ。見事こらえてみせるさ」

「だめだったら、大執事が朝発つ前に謝ることになるな」

「まさか」とラファエルは言った。「朝になっても、誰も大執事に謝ることにはならないと思うな」

十分後、神学生はお茶を飲みに学生用ラウンジに移った。ピルビーム夫人が言った。「お疲れのようですね、先生。よろしかったら、私と一緒にここでお茶をいかがですか。先生が寛いでらっしゃると、いつもよりゆっくりお茶をいただけます」

「ありがとう、ピルビームさん。そうさせていただきます」

ピルビーム夫人はエマの傍らに低いテーブルを引き寄せ、大きなティーカップと、バターを塗ってジャムを添えたスコーンを置いた。ピルビーム夫人が籐椅子をきしらせて座る音を耳にしながら、スコーンとバターの温かな匂いに包まれたエマは、暖炉の青い火を見つめて、同性と一緒に和やかに過ごすのはいいものだと思った。

学生たちの交わすロナルド・トリーヴィスの話を聞かなければよかったと悔やまれた。今も謎に包まれたままの事件が、神学校にあれほど影を落としているとは、エマは思ってもみなかった。それに亡くなったのはトリーヴィスだけではない。マンロー夫人は穏やかに息を引き取り、おそらく本人も喜んで死を迎えたのだろうが、死が奪い去ったものがいやでも目につく狭い社会では、喪失感を一段と募らせることになった。ヘンリーの言う通りだ。人が死ねば、残された者は必ずやましく感じる。エマもロナルドにもっと気を配るべきだった、もっと親切に、もっと忍耐強く接すればよかったと悔やまれた。サーティーズのコティジからよろよろと出てくるロナルドを想像すると、その姿が容易に振るい落とせない心の棘《とげ》になった。

そのうえに大執事のことがある。大執事に対するラファエルの反感は普通ではない。ただ嫌いというばかりでなく、口調に憎しみが感じられた。聖アンセルムズ神学校で出会うとは思ってもみなかった感情だ。エマはこの神学校を訪れることが、自分にとってどんなに大きな意味を持つようになっていたか、今思い知らされた。馴染んだ祈禱書の言葉が脳裏をよぎった。この世で与えられない平安。だがその平安も、空気を求めて大きく開けた若者の口を砂が塞ぎ、息の根を断つイメージでかき乱され、聖アンセルムズ神学校はこの世の一部になってしまった。学生は神学生で、教師は聖職者だが、人間であることに変わりない。神学校は海と人けのない岬にはさまれ、象徴的すぎるほどに孤立した場所に立っているとはいえ、その壁の中で営まれる生活は厳しく管理されて、張り詰め、閉塞感がみなぎっている。そんな温室のような環境ではどんな感情であれ、大きく育つのではないだろうか。

そして世間と隔てられたこの世界で、母を知らずに育てられたラファエルはどうだろう。知っている外の世界といえば、同じように厳しく管理された男ばかりの小学校とパブリック・スクールだけだ。彼は本当に神に召されて聖職を選んだのか。それとも唯一知っている方法で、これまでの借りを返しているのか。エマは自分が初めて司祭たちに対して批判的になっているのに気づいた。司祭たちはラファエルに他の大学で教育を受けさせるべきだと、当然気づいていなければいけなかった。これまではセバスティアン神父とマーティン神父を、宗教組織を啓示された真実の集積所というよりも道徳追及のための構造と見なしている自分のような人間の目には、理解しがたいほど知恵と美徳を備えた人たちだと思っていた。だが今は何かというと、聖職者も所詮は人の子という不穏な思いが頭に浮かぶ。

風が出てきた。大きな海鳴りに紛れがちだが、ゴーッと不規則に低く唸る音が聞こえる。

ピルビーム夫人が言った。「風が強くなるそうですけど、夜の間荒れ狂うほどにはならないでしょう。それでも、かなり強くなると思いますよ」

二人は黙ってお茶を飲んだ。ピルビーム夫人が言った。

「皆、気立てのいい若者なんですよ、どの子も」

「ええ」とエマは答えた。「本当に」答えながら、励ましているのは自分の方のような気がした。

21

　セバスティアン神父は午後のお茶を楽しい時間とは思わなかった。ケーキを口にしたことはないし、スコーンやサンドイッチは夕食を台無しにするだけだ。客の滞在中は、四時にちょっと顔を出したほうがいいと考えていたが、レモン入りのアール・グレイを二杯飲み、その日到着した客に歓迎の挨拶を述べるとすぐに引き取るのが常だった。この土曜日は挨拶をマーティン神父に任せたものの、四時十分になって顔を見せるのが礼儀だろうと考え直した。だが階段を半分降りたところで、駆け上がらんばかりにして大執事が昇ってきた。

「モレル、話したいことがあります。校長室で」

　今度は何だろう。セバスティアン神父は大執事の後ろから階段を昇りながら、うんざりした。階段を一段おきに昇ったクランプトンは校長室の前まで来ると、かまわず飛び込みそうになった。部屋に静かに入ったセバスティアン神父は、暖炉の前の椅子を勧めたが、無視された。二人はひどく接近して向き合ったために、クランプトンのすえたような口臭が臭った。セバスティアン神父は怒りで燃えあがる二つの目を正面から見ざるをえないはめになり、と同時に大執事の顔の細部が一つ一つ、いやでも目に入った。左の鼻の穴から黒い毛が二本のぞき、両の頬骨の高い部分が怒りで紅潮している上に、口の端にはバターを塗ったスコーンのかけららしいパン屑がついている。大執事が自制心を取り戻す間、神父は立ったまま見つめていた。

　喋りだしたクランプトンはずっと落ち着いていたが、口調は紛れもなく威嚇的だった。「あの警官はなぜここにいるんですか。誰が呼んだのです」

「ダルグリッシュ警視長ですか。ご説明したはずですが……」

「ダルグリッシュではありませんよ。ヤーウッド、ロジャー・ヤーウッドです」

セバスティアン神父は落ち着き払って答えた。「ヤーウッドさんはあなたと同じように当神学校のお客です。あの方はサフォーク警察管区の警部で、一週間の休暇を取っておられるのです」

「あの男をここに招いたのは、あなたの考えですか」

「ヤーウッドさんは時折ここに来られ、私たちも歓迎しています。目下病気休暇中なのですよ。一週間滞在できないだろうかと手紙で問い合わせて来られました。私たちにとって好ましい方ですから、喜んで滞在してもらっています」

「ヤーウッドは家内が死んだ時に捜査に当たった警官ですよ。そのことを知らなかったと言われるんじゃないでしょうね」

「私が知るわけがないではありませんか、大執事。ここの人間は誰にしろ、知るはずありません。ヤーウッドさんはその種のことを話題になさいません。ここには仕事から離れるためにいらしているのですから。ここで警部に再会されて、おつらいお気持は、よく分かります。こういう事態になったことは残念です。ヤーウッドさんをご覧になれば、不幸な思い出が蘇るでしょう。ですが、まったくの偶然でして、それ以上のなにものでもありません。この種の偶然は日々起こるものです。ヤーウッド警部は五年前に首都警察からサフォークに移ってこられたと聞いています。奥さまがお亡くなりになられてすぐのことでしょう」

　セバスティアン神父は〝自殺〟という言葉を避けたが、その言葉が口にされないまま、二人の間に宙ぶらりんになっているのが彼には分かった。大執事の前妻の悲劇は、聖職者の間で当然のことながらよく知られていた。

　大執事は言った。「ヤーウッドには帰ってもらうしかありませんね。あの男と同じテーブルで夕食をとる気はありません」

　セバスティアン神父は心を乱されるほど強くはないものの、嘘偽りのない同情と、より個人的な感情の間で揺れ動いた。「ヤーウッドさんに引き取っていただくつもりはありません。今申しましたように、あの方はお客です。あの方があなたにどんなことを思い出させるにしろ、二人とも大人なのですから、角を突き合わせることなく同じテーブルを囲むことは当然できるはずですよ」

「角を突き合わせる、ですと？」

「その通りです。大執事、どうしてそんなに怒りを露わにされるのですか。ヤーウッドさんは職務を遂行されただけでしょう。あなたに対して個人的なものはなかったのですよ」

「あの男は最初に司祭館に現れた時から、個人的に含むものを持っていた。私を人殺しと言わんばかりに責めたてた。私が悲嘆に暮れて傷つきやすくなっている時に、毎日のようにやってきては質問攻めにし、結婚生活に関する細々したことをあれこれと、あの男には何の関係もない個人的なことまでしつこく訊いた。まったく何の関係もないことをですよ！　死因審問の評決が出たあと、首都警察に苦情を言いました。警察苦情処理局に訴えようかとも思ったのですが、まともに取り上げてもらえないような気がしたし、その頃にはなるべく忘れるように努めていた。しかし首都警察は調査をして、ヤーウッドが過度に熱心だったことを認めましたよ」

「過度に熱心だった？」セバスティアン神父は大執事がよく口にする決まり文句を持ち出した。「ヤーウッドさんはご自分の務めを果たされているおつもりだったのではありませんか」

「務め？　務めとは何の関係もなかった！　あの男は事件をでっち上げて、名前を売ろうとしたんです。彼にしてみれば、願ってもないチャンスだったんでしょう。地元の教会主管者代理に妻殺しの嫌疑がかかったんですからな。その種のことを言われると、教区で、あるいは小教区でどんな悪影響があるか、お分かりでしょう。あの男は私をいたぶり、それを楽しんだのです」

　セバスティアン神父はそんな非難の言葉と、自分の知っているヤーウッドを重ね合わせることができなかった。また相反する感情が湧きあがった。大執事に対する同情がある一方で、ヤーウッドに話すべきか決めかねた。心身ともにまだ本当でないと思われる男に余計な心配をさせたくないし、これ以上大執事と事を構えずに週末をやり過ごさなければならない。こういったもろもろの悩みが、夕食の席の割り振りという、何ら関係がないとはいえ、まず解決しなければならない問題に割り込んできたのだ。二人の警官を隣り合わせにすることはできない。二人とも仕事の話をせざるをえない状況は避けたいだろうし、セバスティアン神父自身、自分の夕食の席で仕事の話をしてほしくない（セバスティアン神父は聖アンセルムズ神学校の食堂を〝自分の〟食堂、ないしは〝自分の〟夕食の席としか考えられなかった）。ラファエル、あるいはジョン神父に大執事の隣、または向かいの席を割り振ることはできない。クリーヴ・スタナードはどう頑張っても退屈な話しかできない男だったから、クランプトン、あるいはダルグリッシュの相手をさせるわけにはいかなかった。セバスティアン神父は妻が今も生きていて、校内に住んでいてくれたらと思わずにいられなかった。ヴェロニカが生きていたら、こんなことは起こらなかっただろう。妻がこうも不都合な去り方をしたことに、彼は一瞬憤りを覚えた。

　そのときドアがノックされた。セバスティアン神父にしてみれば、どんな邪魔であろうとありがたい。「どうぞ」と彼が言うと、ラファエルが入ってきた。大執事はラファエルをちらりと見てから、セバスティアン神父に向かって言った。「それでは、モレル、よろしく頼みますよ」そして部屋から出ていった。

　邪魔が入って喜んだものの歓迎する気分ではなかったから、セバスティアン神父はぶっきらぼうに「何ですか、ラファエル」と言った。

「ヤーウッド警部のことなんですが、できたら僕たちと一緒に夕食をとりたくないとおっしゃっています。自分の部屋で食べられるだろうかとのことです」

「具合が悪いのだろうか」

「特に具合がよさそうにも見えませんが、警部は気分が悪いとは言われませんでした。お茶のときに大執事がおられるのを見て、できることなら、もう会いたくないと思われたんじゃないでしょうか。何も口にされずに出ていかれたので、大丈夫なのかなと思って、部屋までついていきました」

「警部はなぜ気分を害したか、君に話しましたか」

「はい、神父。話してくださいました」

「警部には君をはじめとしてここの人間にそんな話をする権利はありません。職業人とは思えない行為だし、賢明ではない。それに君も警部を制止すべきでしたね」

「大して話してくださったわけではありませんが、神父、興味深い話でした」

「何を話されたにしろ、口に出してはならないことだった。君はピルビームさんの奥さんに、警部の夕食を作ってもらえないか訊きなさい。スープとサラダとか、そんなものを」

「警部もそんなので充分だと思います。一人にしておいてほしいとおっしゃっていました」

　セバスティアン神父はヤーウッドと話そうかと考えたが、やめておいた。おそらく本人の希望通り一人にしておくのが一番だろう。大執事は明日十時半の日曜聖餐式で説教するので自分の小教区に戻らなくてはならない。そのため早目に朝食をとったあと発つ予定になっている。聖餐式に重要人物が出席するようなことをちらりと口にしていた。うまくいけば、大執事と警部は二度と顔を合わすことにはならないだろう。

　校長は疲れた足取りで階段を下り、アール・グレイのお茶を二杯飲みに学生用ラウンジに向かった。

22

南に面した食堂は、大きさも様式もほとんど図書室に準じていた。同じ筒型丸天井に、細長い窓も同数ついている。ただし図書室には図案模様のステンドグラスが入っているのに対して、食堂はブドウと蔦模様の淡いグリーンのガラスだった。窓の間の壁にラファエル前派の大きな絵が三点掛けられ、華やかさを添えている。いずれも創立者からの寄贈品だった。一点はダンテ・ガブリエル・ロセッティの、燃えるような赤毛の女性が窓辺に座り、信仰の書と思われる本を読んでいる作品だった。エドワード・バーン‐ジョーンズの筆になる二点目は、三人の黒髪の娘がオレンジの木の下で金茶色の絹のドレスを翻して踊る、明らかに世俗的な絵。そして三点目のもっとも大きな絵は、荒打ち漆喰の礼拝堂の前で大昔のブリトン人に司祭が洗礼を施すさまを描いた、ウィリアム・ホルマン・ハントの作品だった。どの絵もエマが好むタイプのものではなかったが、聖アンセルムズ神学校の財産の中で大きな位置を占めていることは確かだった。部屋自体は明らかに家族用の食堂として設計されているが、エマの目には実用性や団欒よりも見せびらかすことに重点がおかれているように見えた。たとえヴィクトリア朝時代の伝統的な大家族であろうと、家長の権威を見せつけるこの部屋では孤立感を覚えて、くつろげなかったにちがいない。聖アンセルムズ神学校は食堂を校内施設に転用する際に、ほとんど変更を加えなかったようだ。部屋の真中に彫刻の入った楕円形のオーク・テーブルが置かれているが、中央部分に六フィートの無地の木を補って長くしてあった。装飾のついた主人用の肱掛椅子を始めとして、椅子は建築当時のものらしい。通例厨房との間に見られるハッチの代わりに、白布を掛けた長いサイドボードから配膳される。

給仕をするピルビーム夫人を神学生二人が手伝った。学生たちはこの役目を当番制で務めていた。ピルビーム夫婦も同時に食事をとるが、場所は夫人の部屋のテーブルだった。エマはここに来た当初、この奇妙なやり方がどのように機能するのか不思議だった。食堂で各コースをいつ食べ終わるか、ピルビーム夫人は本能的に分かるらしく、タイミングよく姿を現す。ベルは一切使われなかった。テーブルでは最初のコースとメインコースがすむまでは会話はなく、ドアの左に置かれた高い机についた神学生の一人が本を朗読する。これも学生たちは順番に当番を決めていた。

　本の内容の選択は神学生に任されていて、必ずしも聖書や宗教書に限らなかった。エマはこれまでにヘンリー・ブロクサムがT・S・エリオットの詩「荒地」を朗読し、スティーヴン・モービーがP・G・ウォードハウスの短篇「マリナー」を生き生きと読み、ピーター・バックハーストがグロースミス兄弟の小説『無名人の日記』を披露するのを聞いた。エマにとってこの方法のいいところは、朗読そのものや学生一人一人の意外な選択の面白さばかりでなく、右左と儀式のように首を振って世間話をせずに、ピルビーム夫人の素晴らしい料理を満喫できることだった。

　セバスティアン神父を主人役とした聖アンセルムズ神学校の夕食は、家庭の夕食会のような形式を取っていた。だが朗読と最初の二コースが終わると、それまでの沈黙のおかげで会話が進み、朗読を終えた学生がホットプレートで温められていた料理を平らげる間、楽しく続けられるのが常だった。そして食事が終わり、学生用のラウンジか、あるいは南側のドアから庭に出て、コーヒーになる。終禱の時間まで語らいが続くことが多かった。終禱の後は神学生はそれぞれの部屋に引き取り、沈黙を守るのが習慣になっている。

　学生は空席を次々に埋めて行くのが伝統だが、客と教員の席はセバスティアン神父が自ら割り振る。彼は自分の左隣にクランプトン大執事を座らせた。その隣がエマ、エマの左にはマーティン神父が座った。セバスティアン神父の右隣にダルグリッシュ、その隣がペリグリン神父、そしてその右にクリーヴ・スタナード。ジョージ・グレゴリーはたまにしか神学校で食事をとらないが、今夜は顔を見せて、スタナードとスティーヴン・モービーにはさまれて座っている。エマはヤーウッド警部も現れるものと思っていたが、姿を見せず、誰も警部がいないことを話題にしなかった。ジョン神父もいない。寮にいる四人の学生のうち三人が席を決めて、他の会食者と一緒に椅子の後ろに立ち、食前の祈りを待った。その時ラファエルが法衣のボタンを留めながら、ようやく入ってきた。遅刻を詫びる言葉をつぶやいた彼は、持っていた本を開いて読書台の前に行った。セバスティアン神父がラテン語で食前の祈りを唱えたあと、会食者は椅子をきしらせて席に着き、最初のコースにかかった。

　大執事の隣に座ったエマは彼の身体がいやに近くにあるのを意識し、向こうも同じように感じているのだろうと思った。大執事が抑えながらも男性であることを強烈に正面に出して女性に反応するタイプだと、エマは本能的に感じ取った。クランプトンは背丈はセバスティアン神父と同じだったが、ずっとがっしりして、肩幅が広く猪首で、その上に線の太い端正な顔がのっていた。頭髪はほぼ黒いものの、顎鬚に白いものがちらほら見られる。深くくぼんだ目の上の眉は、まるで抜いて整えたように完璧な形をしていた。それはにこりともしない、黒っぽく男性的な顔の中で、妙に女性的で異質だった。食堂に入ったとき、二人はセバスティアン神父に引き合わされた。大執事は温かみの伝わらない強さでエマの手を握り、まるで彼女が夕食が終わるまでに解き明かさなければならない謎であるかのように、戸惑った驚きの表情でエマの視線をとらえた。

　最初のコース、オリーヴ油で焼いたナスとピーマンはすでに食卓に出ていた。フォークの触れ合うひそやかな音がして、食事が始まった。その合図を待っていたかのように、ラファエルが朗読を開始した。教会で読誦《どくじゅ》を告げる時のように彼は言った。「アンソニー・トロロップの小説『バーチェスター・タワーズ』の第一章を読みます」

　ヴィクトリア朝時代の小説が好きなエマがよく知っている作品だったが、ラファエルがなぜそれを選んだのか、理由が分からなかった。神学生たちは小説を朗読することもあるとはいえ、それ自体完結している文章を読む方が多かった。ラファエルは朗読がうまかった。エマは細心の注意を払って食べているように、ゆっくり時間をかけて食事をとりながら、小説の舞台設定やストーリーに思いを巡らした。聖アンセルムズ神学校は、トロロップを朗読するにはうってつけの場所だった。ここの洞窟のようなアーチ型天井の下なら、バーチェスターの主教邸の寝室でグラントリー大執事が父の臨終を看取りながら、時間の問題とされている政府瓦解まで父が持ちこたえたら、自分が父の主教職を継ぐ望みはなくなってしまうと考えるさまは容易に想像できる。高慢で野心満々の息子が、父の死を望むおのれの罪の許しを乞うてひざまずき、祈る、力強い一節だった。

　夕方から風がいよいよ強くなっていた。激しい突風が、まるで号砲のような音を立てて建物に襲いかかる。風が怒濤のように吹きすさぶたびに、ラファエルは騒々しいクラスが静かになるのを待つ教師のように朗読を中断した。風の合間、彼の声は異様にはっきりと不吉に響いた。

　エマは隣の黒い姿から動きがまったく失せたのに気づいた。大執事の手に視線を走らせると、ナイフとフォークをぎゅっと握り締めている。ピーター・バックハーストが静かにワインを注いで回っていたが、グラスを手でおおった大執事は指の関節が白くなるほど力を入れている。エマはグラスが掌の中で砕けるのではないかと思った。見つめていると、指に生える毛が逆立った手が、異様に大きく醜怪に見えてきた。向かいに座るダルグリッシュが一瞬目を上げて、大執事に推し量るような視線を投げたのにも気づいた。隣席からこれほど強く発せられる緊張を、ダルグリッシュ警視長一人が気づいただけで、他の人はまったく感じていないのが、エマには信じられなかった。グレゴリーは静かに食べているが、いかにも満足そうだ。彼はラファエルが朗読を始めるまでほとんど目を上げなかった。朗読が始まると、時々ラファエルの方を冷やかすような面白そうな目つきで見ていた。

　ラファエルの朗読が続く中、ピルビーム夫人とピーター・バックハーストが無言で皿を下げ、夫人がメインコースの茹でたジャガイモとにんじん、豆のキャセロールを運んできた。ここで大執事は立ち直ろうと努めていたが、料理にはほとんど手をつけなかった。最初の二コースが終わり、次は果物とチーズ、ビスケットだった。本を閉じたラファエルは、ホットプレートに料理を取りに行き、テーブルの端の席についた。そのときエマはセバスティアン神父を見た。神父の顔は強張り、テーブルの端のラファエルをにらみつけている。ラファエルの方は意識してセバスティアン神父と視線を合わせまいとしているように思えた。

誰も沈黙を破ろうとしない。やがて大執事がエマの方を向き、神学校と彼女との関係について堅苦しい会話を始めた。エマが講師に任命されたのはいつのことか。何を教えているのか。学生は全体として講義を理解していると思うか。神学講義に関連した英語の宗教詩を教えることを、エマ自身は個人的にどう思うか。エマは大執事が自分の気分をほぐしてくれようとしていること、少なくとも会話を進めようと努力していることは分かったものの、質問はまるで取調べのように聞こえたし、静かな中で彼の質問と自分の答が不自然に大きく響いて、落ちつかなかった。エマの視線は、校長の右側に座るアダム・ダルグリッシュの方に向きがちだったが、黒髪の頭は金髪の校長の方に傾いていた。二人は話すことがいろいろあるようだった。もちろん夕食の席なのだから、ロナルドが死んだことではないだろう。ダルグリッシュの視線が、ときおり自分の方にじっと向けられるのをエマは感じた。ちょっと目が合うことがあったが、エマはあわててそらせた。そしてそんな一瞬のきまりの悪い無作法にわれながら腹が立ち、意を決したように大執事の好奇心に耐えるべく彼の方に向き直った。

やがてラウンジに移ってコーヒーになったが、場所を変えても会話は弾まなかった。ありきたりの言葉を取りとめなく交わすだけになり、終禱が始まるはるか前に散会となった。エマは中でも早目に引き取った方だった。風が強かったが、寝る前に新鮮な空気を吸い、身体を動かしたかった。今夜の終禱はさぼることにした。神学校から出たいと強く感じたのは、ここに来るようになってから初めてのことだった。だが南回廊に通じるドアを出ると、風がまるで殴りつけるように吹きつけてきた。すぐにまっすぐに立っていることも難しくなるだろう。急に敵意を見せてきた岬に、一人で散歩に出かける夜ではなさそうだ。エマはアダム・ダルグリッシュはどうしているだろうと思った。きっと彼は終禱に出るのが礼儀と思っているだろう。自分は仕事をして——しなければならないことはいつもあった——早目にベッドに入ろう。エマはアンブローズの部屋に向かって、薄暗い照明のついた南回廊を一人歩いて行った。

23

九時二十九分だった。ラファエルが最後に聖具室に入ると、セバスティアン神父が礼拝用の祭服に着替えるためにマントを脱いでいるところだった。ラファエルが教会に入るドアに手をかけた時、セバスティアン神父が言った。

「君は大執事を怒らせるために、わざとトロロップのあの章を選んだのですか」

「神父、あれは僕の好きな章です。高慢で野心に溢れる男が臨終の父親の枕もとにひざまずき、主教がタイミングよく死んでくれることを心ひそかに望む。トロロップの文章の中でも際立って印象的な章の一つです。全員が楽しめると思いました」

「トロロップの文学批評について訊いているのではありません。私の質問に答えていない。君はあれを大執事の気分を害すために選んだのですか」

　ラファエルは静かに答えた。「はい、神父、そのとおりです」

「夕食の前にヤーウッド警部から話を聞いたからですね」

「警部はふさぎ込んでいました。大執事はロジャーの部屋に押し入らんばかりにして、面と向かって警部を難詰したんです。ロジャーはつい口を滑らせて僕に話してしまい、後から内密のことだから忘れてくれと言っていました」

「すると君の忘れるということは、校内で客をかんかんに怒らせるばかりか、ヤーウッド警部が君に話した事実をばらしてしまう文章を選ぶことだったんですね」

「神父、ロジャーの話が本当でなければ、あの一節が大執事の怒りを買うはずがありませんよ」

「なるほど。君はハムレットを気取ったわけですか。君は悪ふざけをし、大執事がここの客でいる間は行動態度に気をつけるようにと言った私の言葉に従わなかった。考えなければなりませんね、君も私も。私は良心に照らして君の叙階を推薦できるものか考えなければならないし、君は自分が本当に聖職者に向いているか考えなくてはいけない」

　セバスティアン神父が頭の中であろうと、とても認める気になれなかった疑念を口にしたのは、これが初めてだった。反応を待つ神父はラファエルの目をのぞきこんだ。

　ラファエルは静かに言った。「でも、神父、あなたにしろ、僕にしろ、他に選択の余地がありますか」

　セバスティアン神父が驚いたのは、その答ではなく、口調だった。神父はラファエルの目に浮かんだ表情を、その口調にも聞き取った。それは神父の権威に対する反抗でも挑戦でもなく、また日頃の皮肉っぽい超然とした響きでさえなかった。もっと気になる、痛々しい口調だった。微かに悲しげで、あきらめの感じられる調子は、同時に助けを求める叫びでもあった。何も言わずに着替えをすませたセバスティアン神父は、ラファエルが聖具室のドアを開けるのを待って、彼の後ろからローソクのともる教会の薄暗がりの中に入って行った。

24

終禱に参加した会衆はダルグリッシュ一人だった。彼は右の通路側半ばあたりの席に座り、袖の広い白い法衣を着たヘンリー・ブロクサムが、祭壇のローソク二本と聖歌隊席に沿って並ぶガラスの笠をかぶったローソクの列に火を灯すのを見守った。ヘンリーはダルグリッシュが教会にやってくる前に、南の大扉の掛け金を抜いておいた。静かに座るダルグリッシュは、背後で扉がギーッときしんで開くものと思っていた。ところがエマも職員も客も姿を見せなかった。教会の中は薄暗く、激しい嵐は別世界の出来事のように遠くに押しやられた、凝縮された静寂の中に、ダルグリッシュは一人で座っていた。やがてヘンリーが祭壇の照明のスイッチを入れて、ファン・デル・ウェイデンが静かな空気を光で染めた。ヘンリーは祭壇の前で片膝を折ってから、聖具室に戻って行った。二分後、四人の居住司祭が入ってきて、その後に神学生と大執事が続いた。白い法衣姿がしずしずと進んで、悠然と席に着いた。そして最初の祈りを唱えるセバスティアン神父の声が静けさを破った。

「全能の主が静かな夜とまったき終わりを与えてくださいますように、アーメン」

典礼歌が歌われ、礼拝は修練と慣れから生まれた完璧さでとどこおりなく進められた。ダルグリッシュは立つべき時に立ち、ひざまずくべき時にひざまずいて、唱和に加わった。のぞき見をするように何もせずにただ座っていたくはなかった。ロナルド・トリーヴィスのことは念頭から追い払った。ここには警官として来たのではない。心の黙諾以外に何も持ち込んではならないはずだった。

最後の特禱が終わったが、祈りの前に大執事が内陣の聖職者席から出てきて、法話を行なった。大執事は説教壇や読書台まで出てこないで、祭壇の手すりの前に立った。ダルグリッシュはその方がおそらくいいのだろうと思った。説教壇や読書台を使えば、たった一人の会衆に向かって、それも法話などもっともしたくない相手に向かって説教することになる。法話は短く、六分もかからなかった。だが、歓迎されざる言葉は静かに口にした方が強く聞こえるのを意識しているかのように、大執事は抑えた口調で話し、力のこもった説教になった。髭を蓄えた黒髪の彼が、まるで旧約聖書の預言者さながらの姿で立つ一方で、白い法衣の聴衆は大執事の方に目を向けることなく、石像のように凝然と座っていた。

法話は現代社会におけるキリスト教信徒のあり方というテーマで、聖アンセルムズ神学校が百年余りの間拠り所としてきたものほとんどすべて、そしてセバスティアン神父が尊ぶあらゆるものに対する攻撃だった。言わんとすることは明白だった。教会は信仰の原点に帰らなければ、暴力的で不安に満ち、信じることがますます少なくなっている世紀の求めに奉仕することはできない。信仰の現実を明らかにするどころか曖昧にするばかりの、古色蒼然とした美美しい言葉に没頭することが、現代の信仰のあり方ではない。知性と知的業績に過度に重きを置こうとするばかりに、神学は懐疑主義を正当化するための哲学的考察に堕している。儀式や祭服、作法の重視、音楽へのこだわりも同様に誘惑である。音楽の素晴らしさを競うあまり、教会の礼拝は往々にして音楽会の様相を呈する。教会は、快適に暮らす中産階級の美や秩序、郷愁、精神性の幻想に対する憧れを満足させるために存在する社会組織ではない。福音書の真実に戻ることによってのみ、教会は現代社会の要求に対処することができる。

法話を終えた大執事が聖職者席に戻り、神学生と司祭たちがひざまずくと、セバスティアン神父が最後の祈りを唱えた。短い行列が教会から出て行ったあと、ヘンリーがローソクと祭壇の照明を消しに戻ってきた。そして南の扉に来ると、ダルグリッシュに丁寧におやすみなさいと挨拶してから、彼が出たあとの扉に鍵を掛けた。そのおやすみなさいの一言以外、どちらも口を利かなかった。

鉄製の錠のこすれる音を耳にしたダルグリッシュは、ついに完全に理解し切れなかったもの、あるいは受け入れられなかったものから永久に締め出され、今掛け金まで下ろされたような気がした。激しい突風を避けて回廊を抜けた彼は、教会の扉から数ヤード先のジェロームの部屋に寝に戻った。

第二部　大執事の死

1

大執事は終禱が終わるとぐずぐずしなかった。セバスティアン神父と一緒に聖具室で着替えると、おやすみなさいとそっけなく声をかけて、風に吹きさらされた回廊に出た。

中庭は猛る風と音の渦だった。雨はすでに上がっていたが、いよいよ吹き募る南東の烈風がトチノキのまわりで渦を巻き、高い梢の葉を震わせて、むせんでいた。大きくたわんだ大枝が葬送ダンスのように、重々しげに頭を上下させる一方で、細い小枝は折れて、敷石の上に燃え残りの薪のように散乱している。南回廊はまだきれいだったが、中庭で踊り狂う落ち葉がすでに聖具室のドアと北回廊の壁に張りつくように堆積して、じっとり濡れていた。

大執事は本館の入口で黒靴の底と先に張りついた落ち葉をこすり落としてから、更衣室を抜けて、廊下に出た。嵐が吹き荒れているというのに、本館の中は異様に静かだった。四人の司祭はまだ教会か聖具室に残って、彼の法話に腹を立てて口々に言い合っているのだろうか。神学生たちは自室に戻ったのにちがいない。しんと静まり、心なしかぴりぴりと緊張感を漂わせた空気は、異常で不吉に近いものが感じられた。

まだ十時半にもなっていない。何となく落ち着かなくて、早く寝る気になれない。急に外で身体を動かしたくなったが、暗い上に風が吹き荒れていては無理だろうし、危険でさえある。クランプトンは聖アンセルムズ神学校では終禱のあと沈黙を守るのが習わしなのを知っていた。そんな慣例にさして共感は覚えないものの、無視しているのを人に見られたいとは思わなかった。学生用ラウンジにテレビがあることは知っている。だが土曜日の番組は面白いためしがなかった。静けさを破るのも気が進まない。とはいえラウンジで何か本を見つけられるかもしれないし、遅いテレビ・ニュースを見るぶんにはかまわないだろう。

しかしドアを開けると、ラウンジにはすでに人がいた。昼食の席でクリーヴ・スタナードと紹介された、三十前後の青年が映画を見ていた。入ってきた大執事を見た青年の顔には、邪魔をされて気分を害したような表情があった。大執事はためらいがちにぶらぶらしてから、短くおやすみを言い、地下貯蔵室に降りる階段のそばのドアから出た。そして風に逆らって中庭を横切り、オーガスティンの部屋に戻った。

十時四十分になると、彼はパジャマとガウンに着替えていた。マルコによる福音書の一章を読み、いつものお祈りもすませたが、今夜はどちらも習慣となった信仰の日課をこなしたにすぎなかった。聖書の言葉はそらんじているし、ゆっくり一語一語に注意を凝らせば、それまで隠されていた意味が引き出されるかのように、静かに時間をかけて唱えた。そしてガウンを脱ぎ、窓が嵐に耐えられるか確かめてから、ベッドに入った。

記憶は身体を動かして遠ざけるのが一番だ。しわ一つないシーツの間で身体を固くして横たわり、風の吠える音を聞いていると、容易に寝つけないことは分かっていた。ショッキングなことが続いた一日だったから、頭がひどく冴えていた。風に逆らってでも、散歩をしたほうがよかったのかもしれない。法話のことを思い返したが、後悔よりも満足感のほうが強かった。入念に準備をし、情熱と権威を込めて静かに説いた。あれは言わなければならないことだったから、はっきり言った。あの法話がたとえセバスティアン神父の反感に油を注ぎ、苦痛や嫌悪が敵意に変わったとしても、それはそれで仕方のないことだった。わざわざ不評を買おうとしているのではないと、彼は独りごちた。尊重すべき人たちの支持を得ることは、彼には重要なことだった。野望のあるクランプトンにとって、たとえ以前に比して影響力が衰えているとはいえ、教会で重要な位置を占める一派を敵に回せば、主教冠を勝ち取れない。だがモレルには本人が考えているほどの影響力はもはやない。この戦いは自分の方に勝ち目があると、クランプトンは自信を持っていた。しかし英国国教会が次の千年も生き続けようとするなら、避けて通れない信念の戦いがある。聖アンセルムズ神学校の閉鎖は、その戦いの中のこぜりあいにすぎない。とはいえ勝てば満足感を得られるこぜりあいでもあった。

それなら聖アンセルムズ神学校のことで、どうしてこうも落ち着かない気分にさせられるのか。他の所よりも濃密な精神生活が営まれているにちがいない、この吹きさらしの寂しい海岸で、自らの過去の一切が審判されているように感じるのはどういうことか。聖アンセルムズ神学校に長い献身と祈りの歴史があるわけではない。教会は確かに中世のものだ。あの教会の静寂に包まれた空気には、クランプトン自身には聞こえたためしがないとはいえ、何世紀も歌い継がれた典礼歌がこだましているのだろう。彼にとって教会は礼拝用の建物という実用的なものであって、祈りの場ではない。聖アンセルムズ神学校は金がうなるほどあるわりには思慮を欠き、レースの縁取りをした祭服や司祭のビレッタ帽、独身司祭が好みのヴィクトリア朝時代のオールドミスが創立したものだ。おそらく半分頭がおかしかったのにちがいない。その女性の無益有害な力が、二十一世紀の神学校を今なお支配しているというのは馬鹿げたことだった。

クランプトンは足をしきりに動かして、窮屈なシーツを緩めた。彼は急に妻のミュリエルが恋しくなった。彼女のおおらかで心地よい身体と差し出される腕を求め、セックスにつかの間我を忘れたかった。だが妻の方に手を伸ばすさまを想像しただけで、妻とベッドに横になっているときによくあるように、別の身体の記憶が二人の間に割り込んでくる。子供のように華奢な腕と、乳首がつんと上を向いた胸、そして彼の身体をまさぐる唇。「こういうの、好き？　これも？　こんなのも？」

彼女との恋愛は最初から間違っていた。軽率であり、不幸な結末になることは目に見えていたのだから、今思うと、どうしてあの時あそこまで自分を偽れたかと不思議でならない。まるで三文恋愛小説に出てくるような恋愛だった。そもそもの馴れ初めも地中海の客船という、まったく安手の恋愛小説さながらの設定だった。イタリアとアジアの考古学史跡を巡る客船に講師として招かれていた聖職者仲間が土壇場で病気になり、クランプトンに代役を持ちかけてきた。他にもっと講師に適した候補がいたら、彼は採用にならなかったのだろうが、結果は意外なほどうまくいった。運よく専門知識のある船客はいなかった。真面目に予習し、優れた虎の巻を携えたおかげで、常に他の船客より物知りでいられた。

バーバラは母と義理の父と一緒に教養を高めるために乗船していた。船客の中で最年少の彼女に惹かれたのは、クランプトン一人ではなかった。彼の目にバーバラは十九歳の娘というより子供に、それも時代を間違えて生まれた子供のように映った。大きな青い目のすぐ上で切り揃えたおかっぱ頭に、ハート型の顔、ふっくらとしたおちょぼ口、好んで着ていた木綿のミニ・ドレスで強調されたボーイッシュな身体つきは、一九二〇年代の雰囲気だった。一九三〇年代を経験し、あの一昔前の熱狂の時代を記憶している年配の船客は、懐かしげにため息をついて、バーバラはクローデット・コルベールの若い頃を思わせるとつぶやいた。クランプトンにはそんなイメージは見当違いだった。バーバラには映画スターのような洗練された雰囲気はなく、ただ子供っぽい無邪気さと明るさ、傷つきやすさがあるだけだった。そんな彼女を可愛がり、守りたい欲求を、クランプトンは性的欲望と解釈した。彼はバーバラが自分を恋人として選び、まるでわがもののようにひたむきに愛情を傾けてきたとき、自分の幸運が信じられなかった。三カ月たたないうちに二人は結婚した。クランプトンは三十九歳、バーバラは二十歳になったばかりだった。

バーバラは小さい頃から異文化の共存と自由主義的正統派の宗教を標榜する学校で教育を受けたにもかかわらず、教会のことを何も知らなかった。だが新しい知識や教えには貪欲だった。彼女にとって教師と生徒の関係はきわめて官能的なものだとクランプトンが気づいたのは、後になってからだった。支配されるのを好むのは、肉体ばかりに限らなかった。とはいえ彼女は結婚をはじめとして、どんなことに夢中になろうと長続きしなかった。当時クランプトンが司祭を務めていた教会はヴィクトリア朝時代の大きな司祭館を売却して、敷地内に建築としては何の取柄もないが、維持費のかからない二階建ての現代家屋を建てた。それはバーバラの期待していた家ではなかった。

　クランプトンは贅沢で意地っ張りで気まぐれなバーバラが、出世をめざす英国国教会司祭にふさわしい妻とは正反対の女性だと、早くに気づいた。夜の生活にまで不安がつきまとった。バーバラは彼が特に疲れているときや、ごくまれに泊まり客のあるときにことさら要求した。彼が薄い壁を気にする一方で、バーバラは甘い言葉を囁き、それがいつ嘲りや要求の言葉を叫ぶ大声に変わるかしれなかった。翌朝朝食のテーブルにガウン姿で現れると、はしゃいで両腕を上げて、薄絹の袖をまくれ上がらせ、眠そうな目に勝ち誇った表情を浮かべた。

　バーバラはなぜ彼と結婚したのだろう。頼りになる人がほしかったのか。憎んでいる母と義理の父から逃げ出したかったのか。可愛がられ、甘やかされ、世話をしてほしかったのか。安心したかったのか、愛されたかったのか。クランプトンは妻の変わりやすい気分、怒りを爆発させて金切り声を上げる激しさを恐れるようになった。何とか信徒に知られまいと努めたが、まもなく噂は彼の耳に入ってきた。医者をしている教区委員がやってきたときのことを思い出すと、顔から火が噴き、憤りを感じないではいられない。「司祭、奥さまは私の患者ではありませんし、差し出口はしたくないのですが、具合がよろしくないようにお見受けします。専門家の治療を受けられてはいかがでしょうか」だが彼が本人に精神科医か、あるいは少なくともかかり付けの医者に見てもらうように言うと、自分を追い出そうとしているのだろう、離婚したいのにちがいないと泣き声で難詰された。

　数分間勢いの落ちていた風が再び吹き募って、激しく吠えていた。いつもなら安全なベッドの中で猛り狂う風の音に耳を傾けて楽しむのだが、今夜はこの機能一点張りの狭い部屋が安全を確保された場所というより、牢獄に思えてくる。バーバラに死なれて以来、クランプトンは彼女と結婚したこと、彼女を愛せず、理解してやれなかったことを悔い、許しを乞うて祈ってきた。妻の死を願ったことを許してもらおうとしたことは一度もない。今こうして狭いベッドに横になった彼はつらい過去と向き合おうとしていた。自らの結婚を閉じ込めた暗い地下牢のカンヌキを開けるのは、意思の力ではなかった。脳裏に蘇る光景は彼が見たくて見ているものではない。何かが――ヤーウッドとのショッキングな再会、この聖アンセルムズ神学校という場所が――そうせざるを得ないように仕向けていた。

彼は夢とも悪夢ともつかない世界で、現代的で個性のない、無味乾燥な取調室にいる自分を思い描いていた。そのうちその部屋が以前住んでいた司祭館の居間であることに気づいた。彼はダルグリッシュとヤーウッドにはさまれてソファに座っていた。まだ手錠はかけられていないが、すでに審判は下され有罪なのは分かっている。彼らは必要な証拠をすべて手に入れていた。告発状は隠し撮りされたぼやけ気味のフィルムであり、証拠は彼の目の前で映写されていた。ときどきダルグリッシュが「そこで止めて」と言い、ヤーウッドが手を伸ばす。映像は停止し、二人は非難のこもった沈黙の中でそれを見つめた。愛情を欠いたという大罪だけでなく、ささいな罪、思いやりのなさがことごとく彼の目の前に示された。そしてついに今、最後の部分、暗い秘密の核心部が映し出された。

彼は今はもう二人の告発者にはさまれてソファに押しつけられてはいなかった。スクリーンの中に入り、動き一つ一つ、口にした一語一語を再現し、あらゆる感情をまるで初めてのように追体験していた。十月半ばの雲の垂れ込めた午後遅くだった。この二日間、鉛色の空から霧のように細かい雨が絶え間なく降り続いていた。クランプトンは長患いで外出できない信者たちを二時間見舞って帰ってきたところだった。病人一人一人の求めは分かっていたから、彼はいつものように良心的に応えた。目の悪いオリヴァー夫人は聖書の一節を読んでもらい、一緒に祈るのが希望だった。サム・ポシンジャー老人は見舞うたびにアラメインの戦闘を再現してみせた。歩行器なしに歩けないポーリー夫人は、しきりに小教区の最新の噂話を聞きたがる。カール・ロマスは聖ボトルフス教会に足を踏み入れたことは一度もなかったが、それでも神学と英国国教会の欠陥について議論するのを楽しみにしていた。クランプトンの手を借りて、痛む足を一歩一歩踏みしめて台所に入ったポーリー夫人は、司祭のためにわざわざ作ったジンジャーブレッドを缶から出して、お茶を淹れてくれた。彼が四年前に初めて見舞った時、うっかりおいしいと褒めたために、今さらジンジャーブレッドは嫌いなどとは言えず、毎週食べさせられる羽目になっていた。だが、熱くて濃いお茶はありがたかったし、家に帰って淹れる手間が省ける。

　彼はヴォクソール・キャヴァリエを道路脇に止めたまま玄関に向かって歩いた。コンクリート通路で二分された、雨をたっぷり含んだ芝生に枯れたバラの花弁が散り、伸びっ放しの芝の中に溶けて消えようとしていた。家はしんと静まりかえっている。クランプトンはいつものように不安に駆られながらドアを入った。朝食の時バーバラは不機嫌で、苛立っていた。苛立っているのと着替えていないのは、いつもよくない徴候だった。カートン入りスープとサラダの昼食になってもガウンのままのバーバラは、皿を押しのけて、疲れていてとても食事をする気になれない、午後はベッドに入って眠るようにすると言った。

　バーバラは苛立たしげにこう言った。「あなたは退屈な老いぼれ信者のところに行くといいわ。あなたが気にかけているのは、あの人たちのことだけなんだから。帰ってきたとき、私のところに来ることはないわよ。あんな人たちのことなんか聞きたくもない。もう何も聞きたくないの」

　クランプトンは答えなかったが、絹のガウンのベルトを引きずり、絶望に打ちひしがれたようにうな垂れて階段をゆっくり上がってゆく妻を見つめていると、怒りとやりきれなさがこみ上げてきた。

　不安に駆られながら家に戻ってきた彼は今、玄関に入りドアを閉めた。妻はまだベッドの中だろうか。それとも彼が出かけるのを待って着替え、いつもの破壊的屈辱的反乱を起こしに小教区に出かけたのか。確かめなければならない。クランプトンはそっと階段を昇った。眠っているのなら、起こしたくなかった。

　寝室のドアは閉まっていた。クランプトンは静かにノブを回した。部屋の中は薄暗かった。一つある幅の広い窓にカーテンが半分引かれ、野原のように荒れた長方形の芝生と三角形の花壇、そしてその向こうにそっくり同じ形をしたこぎれいな家が並んでいるのが眺められた。彼はベッドに近づいた。目が薄暗がりに慣れると、妻の姿がはっきり見えた。バーバラは軽く丸めた右手を頬に当てて右を下にして横になり、左腕は夜具の上に投げ出していた。かがみ込むと、低い苦しげな息遣いが聞こえ、吐息にワインの臭いと、吐物にちがいない甘ったるい不快な臭いがした。ナイトテーブルの上にカベルネ・ソーヴィニヨンが一壜と、その横に見覚えのある大きな空壜、少し離れたところに蓋が転がっていた。可溶性アスピリン錠が入っていた壜だった。

　クランプトンは彼女は酔って眠っているのだ、そっとしておいた方がいいと自分に言い聞かせた。ほとんど反射的にワインの壜を手に取り、どのくらい飲んだか見ようとした。が、警告の声のような強い何かに動かされて、思わずまた壜を下に置いた。枕の下からハンカチがのぞいている。それを取って壜をきれいに拭き、ハンカチをベッドに落とした。自分のしていることが無意味かつ自分の意思とは無関係に思えた。彼は部屋を出て、ドアを閉め、階段を下りた。クランプトンはまた自分に言い聞かせた。彼女は眠っているのだ。酔っている。邪魔されたくないだろう。彼は三十分後、書斎に行って六時から始まる小教区教会理事会のための書類を静かにかき集めて、家を出た。

　理事会のことは何一つ記憶にないが、小教区委員の一人メルヴィン・ホプキンズと一緒に帰ってきたのを覚えている。メルヴィンには教会の社会責任に関する委員会の最新報告書を見せると約束してあったので、一緒に司祭館まで来たらどうかと誘ったのだ。ここでまた心の映像は再びはっきりと連続しだす。メルヴィンにバーバラが挨拶に出てこないことを謝り、具合が悪いようだったからと言って、寝室に上がってゆく。再びドアをそっと開けて、薄暗がりの中の動かない姿とワインの壜、横に転がる薬壜を見る。彼はベッドのそばに行った。低い耳障りな息遣いはもう聞こえなかった。頬に手を伸ばすと冷たく、死人に触れていると分かった。そのときふと思い出した。どこで聞いた言葉か、あるいは読んだのか忘れたが、その意味するところは恐ろしかった。死体を発見する時は、いかなる場合であろうと誰か他の人と一緒にいるのが賢明である。

　教会で執り行なわれた葬送の式、あるいは火葬の様子を再現することはできない。どちらも記憶になかった。その代わりに暗がりから彼に向かってクローズアップされるさまざまな顔があった――同情の表情、気遣う顔、見るからに心配そうな顔。いずれもゆがんで、グロテスクだった。そして今あの忌まわしい顔が現れた。クランプトンは再びソファに座っていたが、今度はヤーウッド部長刑事と、聖歌隊の少年と大して違わない年若い制服巡査が一緒だった。巡査は事情聴取の間、一言も喋らずに座っていた。

「五時過ぎに信者の見舞いから帰宅されたとき、何をなさったか正確におっしゃっていただけますか」

「もうお話ししたでしょう、刑事さん。妻がまだ寝ているか見に、寝室に上がりました」

「ドアを開けたとき、ナイトテーブルのスタンドはついていましたか」

「いいえ、ついていませんでした。カーテンは隙間があまりないほど閉めてあったので、部屋は薄暗かった」

「奥さまのそばに行かれましたか」

「お話ししたでしょう。ちょっとのぞくと、妻がまだベッドの中なので、眠っているのだろうと思ったのです」

「それで、奥さまがベッドに行かれたのは――何時でしたか」

「昼です。十二時半頃ではなかったかな。お腹はすいていない、一眠りすると言っていました」

「五時間もたっているのに、まだ眠っているのをおかしいとは思いませんでしたか」

「いや、思いませんでしたね。妻は疲れたと言っていた。妻はよく午後に眠りましたから」

「具合が悪いのではないかとは思いませんでしたか。ベッドのそばに行って、大丈夫か確かめようとは思いませんでしたか。すぐにも医者が必要なのではないかと思いませんでしたか」

「もう言ったでしょう――いやというほど言いましたよ―

―私は妻が眠っているものと思ったのです」

「ナイトテーブルにのっていた二つの壜、ワインと可溶性アスピリンの壜を見ましたか」

「ワインの壜は見ました。妻は飲んでいたのだろうと思いました」

「奥さまはワインを持って寝室に上がられたんですか」

「いや、そうではありません。私が出かけたあと、下に取りに降りたのでしょう」

「そして寝室に持って上がった？」

「そうでしょうね。家には他に誰もいなかった。自分でベッドに持って行ったにちがいない。でなければ、あれがナイトテーブルの上にあるわけがないでしょう」

「そう、そこんところが問題でしょうね。いいですか、ワインの壜には指紋がまったくついていなかったんですよ。そのことをどう説明できますか」

「そんなことが私に分かるはずがありませんよ。妻が拭いたのかもしれません。枕の下からハンカチがのぞいていた」

「それには気がつかれたんですね。ひっくり返った壜には気がつかなかったのに」

「そのときは気がつきませんでした。あとから、死んでいるのを見つけた時に気がつきました」

　そんな調子で質問は続いた。ヤーウッドは繰り返しやってきた。若い制服警官を同行していることもあったが、一人のこともあった。クランプトンは呼び鈴が鳴るたびにどきりとするようになり、グレーのコートを着た姿が通路をつかつかと歩いてくるのが見えるのではないかと、ろくに窓から外を見ることもできなくなった。質問はいつも同じで、彼の答えは自分の耳にも説得力を欠いて聞こえるようになった。死因審問が終わり、予想通りに自殺の評決が出たあとも、執拗な追及は続いた。バーバラは何週間も前に荼毘《だび》に付され、教会墓地の片隅に埋められたわずかな骨粉以外にはもう何も残っていないのに、それでもヤーウッドは質問を止めなかった。

　あれほど見栄えのしない復讐の神もいないのではないか。ヤーウッドは断られるのに慣れ、まるで口臭のように敗北の臭いを漂わせながら、けっしてあきらめようとしないセールスマンのようだった。彼は貧弱な体格の男だった。身長は警官の資格条件にかつかつ達するぐらいしかなかった。顔色は青白く、骨の浮いた額が高く、黒い陰気な目をしていた。質問する間、クランプトンを真っ直ぐ見ることはめったになく、内なる支配者と語らうかのように、視線は二人の間の中ほどにじっと向けられていた。口調はきまって一本調子。質問と質問の間の沈黙に込められた威嚇は、質問する相手に向けられているだけとは思えなかった。彼は来訪を予め知らせることがまずなかったが、それでもクランプトンが在宅かどうか分かるらしく、家の中に無言で招じ入れられるまで、ドアの前でじっとおとなしく待っていた。そして必ず前置きなしに執拗に質問だけ向けてきた。

「幸せな結婚だったと思われますか」

　あまりにぶしつけな質問に、クランプトンは言葉を失った。やがて自分の声とは思えないきつい調子で、こう答えていた。「どんなに神聖な関係であろうと、警察にかかったら、分類の対象にされるのでしょうね。結婚に関するアンケートを取れば、時間の節約になるのではありませんか。当てはまる項目に印をつけてください。非常に幸せ、幸せ、まあまあ幸せ、少し不幸せ、不幸せ、非常に不幸せ、相手を殺しかねない」

　沈黙が流れ、やがてヤーウッドが言った。「それで、司祭はどの項目に印をつけられますか」

　結局クランプトンは警察本部長に正式に苦情を申し入れ、ヤーウッドは来なくなった。調査の結果、ヤーウッド部長刑事は単独で事情聴取に赴き、権限にない捜査を行なうなど、職務権限を逸脱していたということだった。ヤーウッドはクランプトンの記憶に、責めたてる黒い告発者として残った。時間が過ぎようと、新しい小教区への赴任、大執事就任、再婚とさまざまなことが起きようと、ヤーウッドを思い出すたびに燃え上がる怒りを和らげはしなかった。

　そして今日その男が再び現れた。クランプトンは互いに何を言ったのか正確に思い出せなかった。憤りと憎しみが激しい罵倒の言葉となってほとばしり出たことしか分からなかった。

彼はバーバラが死んでからずっと、最初は毎日のように、そのうち時折になったとはいえ、彼女に対する忍耐のなさ、不寛容、愛情の欠如、不理解、あるいは許そうとしなかったことなど、もろもろの罪の許しを求めて祈ってきた。だが、妻の死を願った罪は心に根付かせなかった。より小さな怠慢の罪については、すでに許しを得ている。死因審問の直前にバーバラのかかりつけの医師から言われた言葉が、それだった。

「一つ、気になることがあるのですが。もし帰宅したときにバーバラは眠っているのではなくて、昏睡状態に陥っていると気がついて、救急車を呼んでいたら、あるいは助かったのでしょうか」

彼は罪の許しとなる返答を得た。「飲んだ薬とワインの量から考えて、ありえなかったでしょうね」

小さな嘘ばかりか、大きな嘘とまで向き合わせるこの場所とは、一体何なのだろう。彼はバーバラに死の危険があることを知っていた。彼は妻の死を望んだ。神の目から見れば、錠剤を溶かしたワインのグラスを彼女の唇に押しつけて、喉にむりやり流し込んだのと同じように、明らかに殺人の罪を犯した。自らの大罪を認めずにいて、どうして他の人たちに対して聖職者としての務めを果たし、罪の許しを説き続けられよう。魂にこんな暗黒を抱えたまま、どうして今夜あの会衆の前に立つことができたのか。

クランプトンは手を伸ばしてナイトテーブルのスタンドをひねった。部屋はぱっと明るくなった。柔らかな光の下で夜の日課として聖書の一節を読んだ時よりはるかに明るい。ベッドから降りて、ひざまずき、両手の中に頭を埋めた。言葉を探す必要はなかった。言葉は自然に浮かび、それとともに許しと平安の約束ももたらされた。「主よ、罪深い私に憐れみをお与えください」

まだひざまずいているときに、ナイトテーブルの上の携帯電話が場違いな陽気な音色で静寂を破った。思ってもみない不協和音に、クランプトンは五秒間、それが何の音か分からなかった。やがてぎこちなく立ちあがり、電話を取るために手を伸ばした。

2

四時半を少し回った頃、マーティン神父は自分の上げた恐怖の叫びで目を覚ました。飛び起きた彼はベッドの上で人形のように身体を強張らせて座り、目をかっと見開いて暗闇を睨みつけた。額から流れる玉の汗が目にしみる。汗を払った神父は、皮膚がすでに死後硬直に入ったかのように突っ張って、ひどく冷たいのに気づいた。悪夢の恐怖が少しずつ引くにつれ、周囲の部屋が形を取り戻してきた。暗闇から灰色の形が現れ、椅子、タンス、ベッドのフットボード、額縁の輪郭といった見慣れたものに変わったが、そんな形も実際に目に映ったというよりは頭の中で想像したものだった。四つある丸窓のカーテンは閉められている。だがどんなに闇夜であろうと水平線上でたゆたう細い光が、東の方角から微かに射しているのが見えた。マーティン神父は嵐が気になった。風は夜の間吹き荒れて、彼がベッドに横になった時には塔のまわりで幽鬼のように吠え狂っていた。だが今はひっそりおさまり、それがありがたいというよりも何か不穏なものを感じさせる。神父は身体を固くして座ったまま、静寂に耳を澄ませた。階段を昇ってくる足音も、呼ぶ声もしない。

マーティン神父は二年前に悪夢が始まった時、南の塔から眺める海と海岸の広々した景色が気に入っているし、静かで人に煩わされないのがいいと言って、この円形の小部屋を自室として求めた。階段を昇るのが面倒になってはいるが、少なくとも安眠妨害な悲鳴を聞かれずにすむ。ところがセバスティアン神父はなぜか本当の理由、あるいはその一部分を察していた。マーティン神父はある日曜日のミサのあとに交わされた会話を思い出した。

セバスティアン神父が尋ねた。「神父、よく眠れますか」

「ええ、まあまあ」

「悪い夢に悩まされるようでしたら、解決の方法があると思いますよ。普通の意味でのカウンセリングではなくて、同じ体験をした人たちと過去について話し合うと、いい結果が得られると言います」

その時のセバスティアン神父の言葉にマーティン神父は驚いた。セバスティアン神父は精神科医に対する不信を隠そうとしなかった。その分野の医学的あるいは哲学的な根拠を説明できるなら、あるいは精神と脳の違いを明確に定義できるなら、信じもしようが、と言うのだ。それにしてもセバスティアン神父が聖アンセルムズ神学校の屋根の下で起きていることをいかによく知っているか、いつもながら驚かされる。その会話はマーティン神父にとって歓迎すべきものではなかったので、その件はそれまでとなった。老年になると若い脳が抑えることのできた恐怖に苦しめられることがあり、そんな悩みを抱える日本軍捕虜収容所の生き残りが自分一人でないことは、マーティン神父も分かっていた。同じ悩みを持つ者と自分の体験を話し合うことで、悩みから解放されたという話は読んだことがあるが、自分もそういう集まりに参加したいとは思わなかった。これは自分で解決しなければならない問題だった。

風が強くなってきた。リズミカルなむせびが吠えんばかりの唸りになり、やがてけたたましい悲鳴へと激しさを増して、自然の力というよりも悪意の表れに思えてくる。ベッドから下ろした足を寝室用スリッパに突っ込んだマーティン神父は、ぎごちない足取りで東側の窓を開けに行った。冷たい突風は癒しの効果を持っていた。神父の口と鼻孔からジャングルの悪臭を洗い流し、狂おしい騒音はあまりに人間的なうめきや悲鳴をかき消して、彼の脳裏から最悪のイメージを拭い去った。

悪夢はいつも同じだった。ルパートは前の晩に捕虜収容所に引きずり戻され、今捕虜たちは彼の斬首刑を見るために整列させられていた。すでにさんざん傷めつけられた若者は示された位置に歩いていくのが精一杯で、安堵するようにひざをついた。だが最後の力を振り絞り、刀が振り下ろされる前に頭を上げた。首は二秒間その位置にとどまってから、ゆっくりと落ち、真っ赤な噴水が生命を最後に謳歌するようにほとばしり出た。マーティン神父が毎晩見なければならない光景がそれだった。

　目が覚めている間は、いつも同じ疑問に責め悩まされる。ルパートは自殺行為と分かっていたはずなのに、どうして脱走しようとしたのか。どうして脱走の目的を打ち明けてくれなかったのか。それよりも何よりも、どうして自分は刀が振り下ろされる前に進み出て抗議し、かなわないながらも看守から刀を奪い取ろうと試み、友と一緒に死ななかったのか。ルパートに抱いていた愛、報いられはしたものの成就することのなかった愛は、神父の生涯でたった一つの愛だった。他のはどれも博愛や慈しみでしかなかった。つかの間喜びを感じたり、たまに霊的な幸福感を得られることはあっても、彼は常にこの裏切りの暗闇を抱えていた。自分には生きている権利はない。だが必ず平安を見出せる場所が一カ所ある。彼はそこに行くことにした。

　ナイトテーブルから鍵束を取りだしたマーティン神父は、ドアの横のコート掛けに行って、冬の間マントの下に着る、肘に皮パッチのついた古いカーディガンを取った。カーディガンの上にマントをはおり、そっとドアを開けて、階段を降りた。

　懐中電灯は必要なかった。各踊り場に電球一個の薄暗い照明が低い位置についているし、常に危険が伴う一階に降りるらせん階段は、壁照明で明るく照らされている。嵐は小止みになっていた。建物の中はまったく音がしなかった。低くうなる風の音に強調された屋内の静けさは、単に人間の出す音がしないだけでなく、もっと不吉なものを感じさせた。閉じられたドアの中で人が眠っているとはとても思えない。この静まりかえった空気がせわしげな足音や野太い男の声を響かせていたとは、あるいは重いオークの正面ドアが何世代もの間、閉じられたまま、錠がおろされたままでないとは信じがたかった。

　ホールでは聖母像の足元の赤い電球が聖母の微笑む顔に光を投げ、幼子キリストの差し出す丸々とした手をほんのりピンク色に染めていた。木が生ける肉体となって蘇っていた。マーティン神父はスリッパをはいた足で静かにホールを横切り、更衣室に入った。茶色のマントが並んでいるのが、この建物に人がいる初めての証拠だった。はるか昔に死に絶えた人々の哀れな遺物のように垂れ下がっている。神父の耳に風の音がはっきりと聞こえてきた。北回廊に出るドアの鍵を開けると、風は急に勢いを取り戻して吠えた。

驚いたことに裏口のドアの上につけられた照明が消えているし、回廊に並ぶワット数の低い電球も消えている。だが手を伸ばしてスイッチを押すと、電灯はつき、石の床に木の葉が厚く散り敷いているのが見えた。ドアを閉めると、また突風が巨木を揺らし、吹き溜まりの落ち葉が神父の足のまわりを転がりながら、木の根元に吹き寄せられて行った。木の葉は茶色の鳥の群さながらに神父の周囲を飛びまわり、頬をやさしく突ついてマントに羽のように止まった。

マーティン神父は落ち葉を踏んで聖具室のドアに行った。一番端の照明を頼りにキー二つを探し出し、中に入るまでに多少時間がかかった。ドア横の電灯のスイッチを入れ、暗証番号を叩いて、警報装置の低く執拗な音を止めた。身廊外陣の天井に二列並ぶ照明のスイッチは右手にある。神父はスイッチを押そうと手を伸ばした。が、『最後の審判』を照らすスポットライトがついていて、教会の西端がスポットライトの反射光で輝いているのを見てちょっとびっくりした。さして不安は感じなかった。身廊外陣の照明はつけずに北壁に沿って、石に影を投げかけながら進んだ。

そして『最後の審判』の前まで来た。マーティン神父は足元に広がる恐ろしい光景を見て、その場に立ちすくんだ。血は消えなかった。ここにも、避難所を求めてやってきたここにも、あった。悪夢と同じ鮮血だが、勢いよく噴き上げてはいず、石の床に大きなしみと小川を作って広がっていた。小川ももう動かず、見ている間にも震えて、粘りけが出ているようだった。悪夢は終わっていない。マーティン神父は恐怖に捕らえられたままだったが、今度のこれは覚めようがない。さもなければ自分が狂ったのか。神父は目を閉じて祈った。「神よ、助けたまえ」そして自分を取り戻した神父は目を開けて、もう一度視線を向けた。

彼の感覚はあまりの恐ろしさに、その光景全体を把握できなかったが、それでも次第にゆっくりと、一つ一つ取り込んでいった。砕かれた頭と少し離れたところに転がる大執事の眼鏡。眼鏡は壊れていない。侮り、冒瀆するがごとくに遺体の両側に置かれた真鍮の燭台二本。指を広げて石をつかもうとしているように見えるが、生前よりも白く、繊細に見える大執事の手。血でごわごわになった、紫色のキルティング・ガウン。最後にマーティン神父は目を上げて、『最後の審判』の絵を見た。手前で踊る悪魔が眼鏡と口髭、短い顎鬚をつけ、右腕を伸ばして、淫らな挑戦のポーズを取っていた。絵の下に黒ペンキの小缶が置かれ、蓋の上にブラシがきちんとのせられている。

　マーティン神父はよろよろと前に出て、大執事の頭の横に膝をついた。祈ろうとしたが、言葉が出てこなかった。急に彼はどうしても他の人間の姿を見たくなった。人間の足が立てる音、人間が出す騒音を聞き、他の人間と一緒にいる慰めがほしくなった。自分が何をしようとしているかはっきり分からないまま、よろめく足で教会の西側に行った神父は、鐘の綱を思いきり引っ張った。鐘はいつものように美しい音色で鳴ったが、マーティン神父の耳にはまがまがしいほど大きく響いた。

　神父はそれから南扉に行って、震える手で重い鉄のカンヌキを懸命に引き抜いた。風が吹き込むと同時に千切れた木の葉が何枚か舞い込んだ。神父は扉を開けたままにして、さっきよりも力強いしっかりした足取りで遺体のそばに戻った。言わなければならない言葉がある。それを口にする力が出てきた。

　神父がまだマントの端を血溜まりに浸してひざまずいているとき、足音がして、女性の声が聞こえた。エマがそばに膝をついて、神父の肩に腕を回した。柔らかな髪が神父の頬を撫で、エマの肌のほんのり甘い香水の香りが金くさい血の臭いを追い払った。彼女が震えているのが分かったが、声は落ちついていた。「行きましょう、神父さま。さあ、行きましょう。もう、大丈夫ですから」

　だが、大丈夫ではない。もう二度と大丈夫にはならない。

　マーティン神父はエマの顔を見上げようとしたが、頭を上げられなかった。唇だけが動いた。彼は低くつぶやいた。「ああ、神よ、私たちは一体何ということをしたのでしょうか、何ということを」そのときエマの腕が、怯えたように神父の肩をきつく抱き締めた。背後で南の大扉がきしんで大きく開かれた。

3

ダルグリッシュは慣れないベッドでも寝つけないことはまずない。長年の刑事生活のおかげで、どんなに寝心地の悪いソファにも身体が慣れている。眠りに落ちるのに短時間の読書が必要だったから、スタンドか懐中電灯さえあれば、疲れた手足同様、頭も簡単にその日と別れを告げる。今夜は違った。部屋は睡眠にはうってつけだった。ベッドは適当に固くて快適だし、ナイトテーブルのスタンドは読書にちょうどいい高さだった。寝具も申し分ない。アイルランドの詩人セイマス・ヒーニーの訳した八世紀の叙事詩『ベーオウルフ』を手に取り、まるで毎夜の決まった儀式を進めるように忍耐強く最初の五ページを読んだ。待ちかねて読み始めたとはとても言えない読み方だったが、だがまもなく詩に心を奪われ、十一時まで読み続け、ようやくスタンドを消して、静かに眠る態勢を取った。

だが、今夜は寝つけなかった。心が意識の重荷からするりと解放されて、恐れることなく短時間の日毎の死に落ちて行く、あのありがたい瞬間はやってこなかった。激しい風のせいで目が冴えたのかもしれない。いつもならベッドに横になって、嵐の音を聞きながら寝入るのが好きだった。ところが今日の嵐は違う。風が途切れることがあった。もう止んだかと思わせる短い静けさのあと、風は再び低くむせび始め、狂った悪鬼の合唱のように次第に吠え募る。最高潮に達すると、トチの巨木の揺れるうなりが聞こえてきて、突如大枝が折れ、傷だらけの幹が最初は渋々と、やがて恐ろしい勢いで傾いで、寝室の窓から高い枝が飛び込んでくる光景が目蓋に浮かぶ。そして吹き荒れる風には常に伴奏が——轟く海鳴りがあった。そんな風と水の攻勢に耐えられる生き物がいるとは思えなかった。

小止みになったときにダルグリッシュはスタンドをつけて、腕時計を見た。驚いたことに五時三十五分だった。ということは六時間以上眠った——少なくともまどろんだことになる。嵐もついに力を使い果たしたかと思い始めたとき、またうなり出して、再び怒号のように吠えた。やがて少しおさまると、ダルグリッシュの耳が意外な音を聞きつけた。子供の頃から聞き慣れた音だったから、聞こえた瞬間に分かった。教会の鐘の音だ。美しい鐘の音がはっきりと一回だけ聞こえた。記憶から拭い去られようとしている夢の残片ではなかったかと訝ったのは、ほんの一秒間のことだった。すぐに現実がしっかり根付いた。眠気はすっかり飛んでいた。聞こえたのが鐘の音なのは確かだ。じっと耳を澄ませたが、もう鐘は鳴らなかった。

行動は早かった。長年の習慣から、寝る前に必ず緊急時に必要な品を手近に置く。ガウンを着て、スリッパでなく靴にした。そしてナイトテーブルから武器になるほど重い懐中電灯を取った。

部屋の電灯をつけずに、懐中電灯の光を頼りにそっとドアから出たダルグリッシュは、急に吹きつけてきた突風の中に足を踏み出した。頭の周りを木の葉が半狂乱の鳥のように舞い踊った。南北回廊沿いに並ぶ弱い照明は、細い柱の輪郭を浮き上がらせる程度の明るさしかなく、敷石に薄気味悪い光を投げている。本館は真っ暗だった。明かりが見えるのは隣のアンブローズの部屋だけだ。エマがそこで寝ていることは知っている。彼女に声をかけずにアンブローズの前を走り抜けるダルグリッシュの脳裏に不安がよぎった。細い光が微かに見え、教会の南の大扉が開いているのが分かった。押すと、オークの扉は蝶番をきしませ、そして彼の背後で閉まった。

ほんの三、四秒だが、ダルグリッシュは眼前の光景に目を奪われ、立ちすくんだ。彼と『最後の審判』の間に遮るものは何もなかった。二本の石柱にはさまれた絵は明々と照らし出されて、色あせた色彩が描きたてのようなみずみずしさで輝いて見えた。黒い落書きのショックは、足元のさらに非道な有様を前にして影が薄くなった。大執事がまるで過激な礼拝の仕方をしているかのように、うつぶせに大の字になって倒れていた。重い真鍮の燭台が頭の両脇に麗々しく置かれている。流れて溜まった血は人間の血とは思えないほど華やかに赤かった。そこにいる人間二人も、この世のものとは思えなかった。床に黒マントの裾を広げた白髪の司祭が遺体を抱くようにしてひざまずき、その傍らに司祭の肩に腕を回して若い女性がうずくまっている。一瞬混乱したダルグリッシュはもう少しで『最後の審判』から飛び出た黒い悪魔が、彼女の頭の周りで踊っているような錯覚に陥るところだった。

ドアの開く音に気づいたエマが頭を上げ、すぐに立ち上がって、ダルグリッシュの方に走ってきた。

「ああ、あなたが来てくださって、よかった」

エマはダルグリッシュにしがみついた。ダルグリッシュはその身体に腕を回し、震えているのを感じたが、彼女の仕草が安堵からくる反射的な衝動であることは分かっていた。

エマはすぐに手を放して、言った。「マーティン神父さまです。動こうとなさらないのです」

クランプトンの遺体の上に伸ばされたマーティン神父の左手は、掌が血溜まりの血で染まっていた。ダルグリッシュは懐中電灯を下に置き、司祭の肩に手を置いて、そっと言った。「アダムです、神父。さあ、もう行ってください。私が来ましたから、もう大丈夫です」

だが、もちろん大丈夫ではない。気休めの言葉を口にしながら、その虚しさが気になった。

マーティン神父は動かなかった。ダルグリッシュの手の下の肩は、死後硬直で固まったかのように強張っていた。ダルグリッシュはもう一度、前より強い調子で言った。「神父、行ってください。もうここにいてはいけません。ここにいても、もうどうしようもありません」

言葉がようやく耳に届いたのか、マーティン神父は今度は助けられながら立ち上がった。そして血だらけの手を子供がびっくりしているような表情で見てから、マントの脇で拭いた。これで血液検査が面倒なことになるなと、ダルグリッシュは思った。神父に同情はしても、より緊急の問題が頭をもたげる。現場を可能なかぎり荒らさずに保存することが肝心であり、殺人の手段を秘密にしなければならない。南の扉にいつものようにカンヌキが掛けられていたとしたら、犯人は北回廊を抜けて、聖具室から入ったにちがいない。ダルグリッシュは右側から支えるエマと一緒に、マーティン神父をドアに一番近い椅子に静かに導いた。

二人を座らせて、ダルグリッシュはエマに言った。「ここで数分待っていてください。すぐ戻ってきます。南の扉にカンヌキを掛け、聖具室から出て、ドアに鍵をかけて行きますから。誰も中に入れないでください」

彼はマーティン神父の方を向いて、言った。「神父、聞こえましたか」

マーティン神父は初めて目を上げて、ダルグリッシュと視線を合わせた。神父の目には、ダルグリッシュが見るに忍びないほどの苦痛と恐怖の色があった。

「ああ、ああ。私は大丈夫だ。すまない、アダム。愚かしい真似をしてしまった。もう大丈夫だよ」

とても大丈夫には見えなかったが、少なくとも言われたことは理解できるようだ。

「今申し上げておかなければならないことが一つあります。無神経に聞こえたら、許してください。こんなときにお願いすることではないのでしょうが、重要なことなのです。

今朝見たことを誰にも言わないで下さい。誰にも。お二人とも、いいですね」

二人は低い声で同意の言葉をつぶやいたが、マーティン神父はその後さらにはっきりと「分かったよ」と言った。

ダルグリッシュが行こうとすると、エマが言った。「犯人はここにいないでしょうね。教会の中のどこかに隠れてはいないでしょうね」

「いないでしょうが、今調べてきましょう」

ダルグリッシュはこれ以上照明をつける気はなかった。教会の鐘を聞きつけたのは彼とエマだけらしい。他の人たちが現場に殺到することだけは避けなければならない。まず南の扉に行って、鉄の太いカンヌキを差した。それから懐中電灯を手に自分とエマの納得がいくように、素早く、だが入念に教会内を調べて回った。長年の経験で、殺害されてから時間がたっていることは、見てすぐに分かった。仕切り席二席の扉を開けて、シートに懐中電灯の光を這わせ、かがんで椅子の下も調べた。そこで発見があった。二番目の仕切り席を誰かが使ったらしい。埃をかぶったシートの一部がきれいになっていた。膝をついて下の深いくぼみに光を向けると、そこに人が隠れていたことは明らかだった。

素早く隅々まで調べ終えたダルグリッシュは、座って待つ二人のところに戻った。「大丈夫です。ここには私たち以外に誰もいません。神父、聖具室のドアには鍵がかかっていますか」

「ああ。そう、かかっている。入った時に、かけたから」

「キーを貸してもらえますか」

マーティン神父はマントのポケットをまさぐって、鍵束を渡した。震える手で目的のキーを探し出すのに、少し時間がかかった。

ダルグリッシュはもう一度言った。「すぐ戻ってきます。ドアには鍵をかけて行きますから。私が戻ってくるまで大丈夫ですね」

エマが答えた。「マーティン神父さまはここに長くいらっしゃらない方がいいと思います」

「そのご心配はいりませんよ」

ほんの数分でロジャー・ヤーウッドを呼んで来られるはずだと、ダルグリッシュは考えた。どっちの警察が担当することになろうと、今の場合は手が必要だ。それに儀礼的な問題もある。ヤーウッドはサフォーク警察の警察官だ。サフォーク州警察本部長が担当者を決定するまで、一応ヤーウッドが指揮をとるのが筋だろう。ガウンのポケットに手を入れたダルグリッシュは、ハンカチが入っていたのでほっとし、聖具室のドアに指紋がつかないようにハンカチを使った。警報装置を入れ直し、ドアを出て鍵をかけた彼は、今は一インチの深さに散り敷いた北回廊の柔らかな枯葉を蹴散らして、客用アパートに急いで戻った。ロジャー・ヤーウッドはグレゴリーの部屋に入っているはずだ。

部屋に明かりはついていなかった。ダルグリッシュは懐中電灯の光を頼りに居間を突っ切り、階段の上に声をかけた。返事はない。寝室に上がってみると、ドアが開いている。ヤーウッドはベッドに入ったらしいが、今は毛布とシーツがめくり返されていた。ダルグリッシュはシャワー室のドアを開けてみたが、そこも空《から》だった。照明をつけて、すばやく洋服ダンスを調べた。オーバーがないし、はきものもベッドの横にスリッパしかおいてない。ヤーウッドは嵐を突いて出ていったと見える。

ダルグリッシュ一人で探してもどうにもならない。ヤーウッドが岬のどこにいるか知れたものではない。ダルグリッシュはヤーウッドを探さずに直ちに教会に戻った。エマとマーティン神父はそのままの場所に座っていた。

彼はそっと声をかけた。「神父、ラヴェンナム先生と一緒に先生の部屋に行かれたらどうですか。先生がお茶を淹れてくださるでしょう。セバスティアン神父が全校に話をされることになるでしょうが、神父、あなたは先生の部屋でしばらく静かに休んで、待っていらっしゃるといい」

マーティン神父が目を上げた。子供が当惑しているような悲しげな表情があった。「でもセバスティアン神父が私を呼ぶだろう」

エマが答えた。「ええ、それはそうでしょうけど、ダルグリッシュ警視長がセバスティアン神父さまに知らせてくださるまで、お待ちになった方がよろしいんじゃありませんか。私の部屋においでになるのが一番いいでしょう。お茶を淹れる道具は全部揃っています。私は一杯いただきたいですわ」

　マーティン神父は頷いて、立ち上がった。ダルグリッシュは言った。「いらっしゃる前に、神父、金庫が荒らされていないか一緒に調べてもらえませんか」

　三人は聖具室に行き、ダルグリッシュが組み合わせ番号を尋ねた。そしてダイアル錠のハンドルに付着している可能性のある指紋を保存するために、指にハンカチをかぶせて注意深く回し、扉を開けた。中には分厚い書類の上に柔らかな皮の大袋が納められていた。ダルグリッシュはそれを机に持って行き、紐を解いて開けた。創立者から聖アンセルムズ神学校への寄贈品、宗教改革前の、宝石を散りばめた華麗な聖杯二個と聖体用の皿が一枚、白絹に包まれて出てきた。

　マーティン神父が静かな声で言った。「何もなくなっていないね」ダルグリッシュは袋を金庫に戻して、ダイアルを回した。ということは犯行の目的は物盗りではない。だが、最初から物盗りとは思っていなかった。

　ダルグリッシュはエマとマーティン神父が南の扉から出て行くのを待って、大扉のカンヌキを差し、聖具室から枯葉に埋まった北回廊に出た。嵐は勢いを失い始め、周囲は折枝や散った枯葉で惨憺たるありさまだが、激しい風は強めの突風に治まっていた。彼は北回廊側のドアから本館に入り、階段を昇って校長の居室に行った。

　ノックをすると、セバスティアン神父はすぐに出てきた。ウールのチェックのガウンを着ていたが、乱れた髪が校長を妙に若く見せた。二人の男は見つめ合った。ダルグリッシュは口を開く前から自分が何を言おうとしているか、校長が知っているような気がした。ありのままの、そっけない言い方になったが、こういう知らせをそれとなく、やんわりと伝える方法はない。

「クランプトン大執事が殺されました。今朝の五時半過ぎに教会の中でマーティン神父が遺体を発見しました」

　校長はポケットに手を入れて腕時計を出した。「今、六時になったところですね。私のところに今まで知らせがなかったのはどういうわけでしょう」

「マーティン神父が教会の鐘を鳴らして急を知らせ、私がそれを聞いたのです。ラヴェンナム先生も聞いて、私より早く現場に駆けつけました。私には現場でしておかなければならないことがありました。これからサフォーク州警察に電話をしなければなりません」

「しかしこれは本来ならヤーウッド警部が担当すべきことではありませんか」

「そうなんですが、ヤーウッドの姿が見えません。校長室を使わせていただけますか、神父」

「もちろん使ってください。私も着替えて、校長室に行きます。このことを知っている者が他にいますか」

「いいえ、今のところは」

「では私が皆に伝えなければなりませんね」

セバスティアン神父はドアを閉め、ダルグリッシュは校長室に降りた。

4

サフォーク州警察の電話番号を書いたメモは、部屋においてある財布の中だった。だが二秒ほど考えて、思い出すことができた。身分を明らかにすると、警察本部長の電話番号を教えてもらえた。それからは事は早く、簡単だった。決断と行動を求められて眠りを破られるのに慣れている男たちが相手だ。ダルグリッシュは全容を手短に報告した。言葉を二度繰り返す必要はなかった。

五秒ほど沈黙があって、本部長は言った。「ヤーウッドの姿が見えないというのはやっかいですね。アルレッド・トリーヴィスもやっかいだが、問題が別だし、重要性は低い。それにしても、この件をこっちがやるというのは、無理があるんじゃないでしょうか。時間を無駄にするわけにはいかない。最初の三日間が肝心なのはいつものことですからね。私から総監に話しましょう。ですが、捜索隊が必要でしょうね」

「まだその必要はないでしょう。ヤーウッドは近くを散歩しているだけなのかもしれません。今頃もう帰っているかもしれない。帰っていなければ、ここの学生に探させますよ。何か分かり次第報告します。見つからない場合には、そちらでお願いします」

「分かりました。首都警察の方でいずれ確認するでしょうが、あなたとしてはこの事件はあなたが担当するものとして行動した方がいいでしょう。詳細については私が首都警察と協議しますが、あなたは自分の捜査チームが必要でしょうね」

「そうですね、その方が事も簡単に進みます」

それから本部長はまたちょっと口をつぐんでから、言った。「聖アンセルムズ神学校のことは多少知っています。いい人たちですよ。セバスティアン神父に私がお悔やみを言っていたと伝えてください。こんなことになって、一通りの痛手ではすまないでしょう」

五分後にサフォーク州警察本部長と話をつけたロンドン警視庁から電話が入った。事件はダルグリッシュの担当となった。ケイト・ミスキン警部とピアース・タラント警部、ロビンズ部長刑事が車でこちらに向かい、カメラマンと鑑識係官三人からなるサポート・チームもそれに続く。ダルグリッシュがすでに現場にいるため、ヘリコプターを飛ばす必要はないということだった。サポート・チームは電車でイプスウィッチまで来て、そこから神学校までの交通手段はサフォーク州警察が面倒を見てくれることになった。ダルグリッシュがいつも頼んでいる法医学者キナストン博士はすでに事件現場に出動していて、今日いっぱいかかりそうだと言う。内務省の地元局の法医は休暇でニューヨークに出かけていたが、代理のマーク・エイリング博士が待機している。彼を使うのが順当に思えた。緊急に鑑識検査の必要があるものは、ハンティンドンかランベスのどちらかの研究所の、すいている方に送られることになる。

セバスティアン神父はダルグリッシュが電話をかけている間、気を利かせて外の部屋で待っていた。電話がようやく終わったらしいのを聞きつけて、神父は部屋に入ってきて、言った。「これから教会に行きたいのですが。あなたにはあなたの義務がおありでしょうが、警視長、私には私の義務があります」

「ロジャー・ヤーウッドの捜索の方が急を要します。そういう仕事をさせて一番頼りになる神学生は誰でしょう」

「スティーヴン・モービーですね。モービーとピルビームにランドローバーで探しに行かせるといいでしょう」

セバスティアン神父は机の電話を取りに行った。相手はすぐに出た。「おはよう、ピルビーム。もう着替えていますか。結構。すまないが、モービー君を起こして、二人ですぐに校長室まで来てもらえませんか」

長く待つまでもなく、ダルグリッシュの耳に階段を急いで昇ってくる足音が聞こえた。ドアの前で足音が止まり、二人の男が入ってきた。

ダルグリッシュがピルビームを見るのは初めてだった。六フィートを超える長身にがっしりした体格、猪首、薄くなり始めた藁色の頭の下に、田舎者らしい日焼けしたごつい顔がある。ダルグリッシュは何となく見覚えのある顔だと思い、そして思い当たった。名前は思い出せないが、映画の脇役俳優にそっくりなのだ。口は重いが頼りになり、そして最後に必ずヒーローの栄光の陰で文句も言わずに死んでいく下士官役として、戦争映画によく出てくる俳優だ。

ピルビームは悠然と立って待っている。横の、けっして弱々しくないスティーヴン・モービーが少年に見えた。セバスティアン神父はピルビームに向かって喋った。

「ヤーウッドさんの姿が見えない。またあてもなく歩き回っているのかもしれない」

「歩き回るにはまずい夜でしたね、神父さま」

「そうなんだ。すぐに帰ってくるかもしれないが、このまま待っているのはよくないと思う。モービー君と一緒にランドローバーで探してもらいたい。君の携帯電話は使えますね」

「はい、神父さま」

「何か分かり次第、電話してもらいたい。岬か湖の近くにいないようなら、それ以上遠くを探して時間を無駄にすることはありません。そうなったら、警察に任せるのがいい。それから、ピルビーム……」

「はい、神父さま」

「モービー君と一緒に戻ってきた時、ヤーウッドが見つかったかどうかにかかわらず、他の人には何も言わずに、すぐ私のところに報告に来てもらいたい。君もそうですよ、スティーヴン、分かりましたね」

「分かりました、神父」

スティーヴン・モービーが言った。「何かあったんですね。ヤーウッドさんが外に出たこと以外に」

「君たちが帰ってきた時に説明します。明るくなるまでは大したこともできないでしょうが、探し始めてもらいたい。懐中電灯と毛布、熱いコーヒーを持って行くように。それからピルビーム、七時半から図書室で全校に話したいことがあります。奥さんに参加するように言ってくれませんか」

「分かりました、神父さま」

二人は出て行った。セバスティアン神父が言った。「二人とも頼りになる男たちです。ヤーウッドが岬にいれば、見つけるでしょう。説明は帰って来てからの方がいいと判断しました」

「賢明な判断だったと思います」

セバスティアン神父の生来の権力主義的傾向は、不慣れな状況にも素早く適応できるとみえる。ダルグリッシュにとって容疑者が捜査で積極的な役割を果たすのは珍しい経験だが、できれば避けたいと思った。慎重な対応が必要な状況だった。

校長が言った。「確かにおっしゃる通りでした。ヤーウッドを見つける方が先でした。ですが、もう私が行くべきところ、大執事のそばに行ってもかまわないのではありませんか」

「神父、その前にいくつかお訊きしたいことがあります。教会の入口のキーはいくつあって、誰が持っているのでしょうか」

「今どうしてもその質問をしなければならないのですか」

「ええ。おっしゃるように神父には神父の責任がおありでしょうが、私には私の責任があります」

「あなたの責任の方が優先されなければならないのですか」

「はい、今のところは」

セバスティアン神父は声に苛立ちが出ないように抑えた。

「聖具室にはチャブ安全錠とエール錠の二つの錠がついていて、キーは七組あります。南の扉はカンヌキだけです。校内に居住している司祭四人がそれぞれ一組ずつ持ち、あとの三組は隣のラムゼーさんの部屋にある鍵戸棚に入っています。貴重な祭壇の飾りや銀器のことがあるので、教会に鍵をかけざるをえないのですが、神学生が教会に入りたい場合には、サインをして借りることができます。掃除は職員でなく、学生が担当しています」

「では職員と訪問客は？」

「礼拝の間以外は、キーを持っている者の同伴がなければ、教会には入れません。ここでは朝の祈り、聖餐式、夕べの祈り、終禱と一日四回礼拝がありますから、教会に入る機会を奪われているとは言えないと思いますね。規制は好みませんが、祭壇の上にファン・デル・ウェイデンを掛けているがために払わなければならない代償です。問題は、若者はいつもきちんと警報装置を入れ直すとはかぎらないということですね。西の中庭から岬に出る鉄門のキーは全職員が持っていますし、訪問客にも全員渡されます」

「それからここで警報装置の暗証番号を知っているのは誰でしょうか」

「全員が知っていると思います。宝物を侵入者から守るためであって、仲間を近づけさせないためではありませんから」

「神学生はどのキーを持っているんでしょう」

「キーは各人二個持っています。通常の出入口として使っている鉄門のキーと、それぞれの部屋によって北回廊か南回廊のキーを。教会のキーを持っている者はいません」

「では、ロナルド・トリーヴィスのキーは死後返却されたのですね」

「その通り。今はラムゼーさんの部屋の引き出しに入っていますが、彼ももちろん教会のキーは持っていませんでした。ではもう大執事のところに行きたいのですが」

「そうですね。教会に行く途中でスペアキー三個が戸棚に入っているか調べさせてください」

セバスティアン神父は返事をしなかった。外の部屋を通りぬける際、神父は暖炉の左の細長い戸棚に行った。戸棚には鍵がかかっていなかった。中にはフックが二列並び、名札のついたキーが掛かっていた。上の列のフック三つに教会と記されていたが、一つには何も掛かっていなかった。

ダルグリッシュが訊いた。「神父、教会のキーを最後に見たのがいつか、ご記憶ですか」

セバスティアン神父はちょっと考えてから答えた。「昨日の午前中、昼食の前だったと思います。サーティーズが聖具室で使うペンキが届いたので、ピルビームがキーを一組取りに来ました。ピルビームがサインした時に私もここにいましたし、五分足らずの内に戻しに来たときにも、まだここにいました」

神父はラムゼー嬢の机の、右の引き出しを開けて、ノートを一冊出した。「これを見れば、それがキーを持ち出した最後と分かります。ご覧の通り、五分ほどしか持ち出していません。しかしキーを最後に見たのは、ヘンリー・ブロクサムのはずですね。ヘンリーは昨夜の終禱の準備を担当しましたから。彼がキーを取りに来たとき、私はここにいましたし、返却に来た時も奥の部屋にいました。キーが一組なくなっていれば、彼がそう言ったはずです」

「ヘンリーがキーを戻したのをご自分でご覧になりましたか、神父」

「いいえ、奥の部屋にいましたから。でも間のドアは開いていて、ヘンリーはおやすみなさいと声をかけてきました。ノートには何も書いてありませんが、礼拝の前にキーを持ち出す神学生はサインの必要がないのです。では、警視長、もう教会に行ってもよろしいですね」

本館の中はまだ静まり返っていた。二人は無言でホールの碁盤縞の床を踏んだ。セバスティアン神父は更衣室を通って出るドアの方に行こうとしたが、ダルグリッシュが言った。「北回廊はなるべく避けたいのですが」

聖具室のドアの前までどちらも口を開かなかった。セバスティアン神父が自分のキーを出そうとしたが、ダルグリッシュが「神父、私が開けます」と言った。

　ダルグリッシュはドアを開け、入った後また鍵をかけた。そして神父と一緒に教会に入った。『最後の審判』の上の照明をつけたままにしておいたので、その下の惨状ははっきりと見えた。進むセバスティアン神父の足取りに、よどみはなかった。何も言わずにまず絵のいたずら書きを見てから、宿敵の遺体に視線を落とした。そして十字を切り、無言で祈りを唱えた。見守るダルグリッシュは、セバスティアン神父はどんな言葉を選んで神と語っているのだろうかと考えた。大執事の魂のために祈っているはずがなかった。徹底したプロテスタント派のクランプトンにとっては、それは呪詛も同然になるだろう。

　今自分が祈ったとしたら、どんな言葉が適切と思うだろうかとも考えた。「無実の人たちになるべく苦痛を与えずに、この事件が解決できるように力をお貸しください。そして私のチームをお守りください」とでも言うだろうか。ダルグリッシュが祈りは聞き届けられると信じて一心不乱に祈ったのは、妻の生命が消えようとしている時が最後だった。あの祈りは神の耳に届かず、あるいは届いたとしても応えてはもらえなかった。ダルグリッシュは死と、死という終末、そして避けられない死の運命を思った。彼の職業の魅力の一つは、死は解決可能な謎であり、解決とともに生命への執念やあらゆる疑念、あらゆる恐れが、まるで衣類のようにたたんで仕舞えると錯覚できることにあるのではないか。

　やがてセバスティアン神父が声に出して祈る声が聞こえてきた。ダルグリッシュの無言の存在を意識し、たとえ密かな贖罪の儀式の聞き手にすぎなくても、仲間に加えなければいけないと考えたのだろうか。神父の美しい声で唱えられる聞き慣れた言葉は祈りではなくて、確言であり、気味が悪いほどダルグリッシュの思いそのままだったから、まるで初めて耳にするような、そして畏れのあまり身震いする思いで聞いた。

「そして主よ、あなたが初めに大地を据えられました。そして空はあなたの手になる業です。それらは滅びるでしょうが、あなたは残ります。それらはいずれも衣類のごとくに古びてゆきます。あなたはそれらを衣服のように畳まれるでしょう。そしてそれらは替えられます。しかしあなたは常に変わりません。あなたの歳月は虚しくなることはありません」

5

慣れた手早さで髭を剃り、シャワーを浴びたダルグリッシュは着替えをすませて、七時二十五分すぎには校長室に再び姿を現した。セバスティアン神父は腕時計を見た。

「図書室に行く時間ですね。最初に私が少し話してから、あなたにバトンタッチします。それでよろしいですか」

「結構です」

ダルグリッシュが図書室に入るのは、今回神学校に来て初めてだった。セバスティアン神父が書棚の上の天井に沿って湾曲して並ぶ照明のスイッチを入れたとたん、記憶が奔流のように蘇った。西日が革の背表紙を燃え上がらせ、滑らかな木部に紅に色づいた光を投げかけた夏の長い夜、書棚の一番上の胸像に見えない目で見守られて読書をしたこと、光が薄らぐとともに海鳴りが強くなったこと。だが、今は高い筒型丸天井は薄暗く、尖ったアーチ型の窓のステンドグラスは鉛の桟の模様が入る暗闇だった。

北の壁に沿って窓と窓の間に、仕切り替わりの書棚が壁と直角に置かれて、それぞれに二人用の読書机と椅子が備えつけられていた。セバスティアン神父は一番近い仕切りに行って、椅子二脚を部屋の真中に移動させた。「椅子が四脚必要になります。女性に三脚と、ピーター・バックハーストに一脚。ピーターはまだ長いこと立っていられるほど体力を回復していません。まあ、長くなることはないでしょうが。ジョン神父のお姉さんの椅子を用意することはないでしょう。かなりのお年で、二人で住んでいる部屋から出られることはめったにありません」

ダルグリッシュは無言であとの椅子二脚を運ぶ手伝いをした。セバスティアン神父は椅子を並べてから、きちんと並んでいるか見るように後ろに下がった。

静かな足音がホールを渡ってきて、黒い法衣姿の神学生がまるで申し合わせたように一緒に入ってくると、椅子の後ろに立った。青白い顔を強張らせて、直立不動の姿勢でセバスティアン神父にじっと視線を向けている。彼らとともにぴりぴりと緊張した空気が部屋に持ち込まれた。

神学生が入ってきてから一分もたたないうちに、ピルビーム夫人とエマが入ってきた。セバスティアン神父が椅子に座るように手招きすると、二人の女性は無言で座り、わずかに肩を触れ合うだけでも慰められるかのように相手の方に心持ち身体を傾けた。ピルビーム夫人は重要な集まりであることを意識して仕事着の白い上っ張りを脱いでいたため、グリーンのスカートと襟元に大きなブローチをつけた水色のブラウスが場違いに華やいで見えた。エマは顔は青白いものの、殺人の混乱に秩序と正常を取り戻させようとするかのように、服装には気を遣っていた。茶色のローヒールはぴかぴかに磨かれ、ベージュ色のコーデュロイ・ズボンとアイロンかけたてのクリーム色のブラウスに、革のベストを着ていた。

セバスティアン神父がバックハーストに言った。「ピーター、座ったらどうですか」

「立っていた方がいいのですが、神父」

「座ってもらいたいですね」

ピーター・バックハーストはそれ以上逆らわずに、エマの隣に座った。

次に入ってきたのは司祭三人だった。ジョン神父とペリグリン神父はそれぞれ神学生の両側に立った。マーティン神父は無言の招きを聞きつけたかのように、セバスティアン神父の隣に来て立った。

ジョン神父が言った。「姉はまだ寝ていて、起こしたくないのです。もし姉にご用があるようでしたら、後ほどということにしていただけますか」

ダルグリッシュは「もちろんそれで結構です」と低くつぶやいた。エマがマーティン神父の方に心配そうな優しげな表情を向けて、腰を浮かしかけた。ダルグリッシュは思った。聡明で美しいだけでなく、心の優しい女性だ。彼の心はぐらりと揺れた。馴染みがないと同時にありがたくない感覚だった。とんでもない、その種の余計な面倒はごめんだと彼は思った。今は困るし、ずっと困る。

さらに待った。数秒が数分になり、ようやくまた足音が聞こえてきた。ドアが開いて、ジョージ・グレゴリーが、そしてそのすぐ後ろからクリーヴ・スタナードが入ってきた。スタナードは寝坊をしたのか、それともわざわざ着替えることはないと考えたのか。パジャマの上にズボンをはき、ツイードの上着を着ていた。襟から縞模様の木綿地がはっきり見え、ズボンの裾からもひだ飾りのようにのぞいている。グレゴリーは対照的にシャツもネクタイもしわ一つなく、寸分のすきもない服装だった。

グレゴリーが言った。「お待たせしたのでしたら、申し訳ありませんでした。シャワーを浴びずに着替えをするのが嫌いでして」

彼はエマの後ろに立って、手を椅子の背に置いた。が、すぐにこの場にふさわしくないと思ったのだろう、手をそっと滑らせるようにして下ろした。警戒するような目をセバスティアン神父にじっと向けているものの、ダルグリッシュには何事かと面白がる表情が見え隠れしているように思えた。スタナードは心底怯え、それを無関心げなそぶりで隠そうとしていたが、見ていてこっちがきまり悪くなるほどわざとらしかった。

彼は言った。「こういう芝居がかったことをするには、ちょっと時間が早すぎるんじゃないですか。何かあったようですね。いったい何があったんですか」

誰も答えなかった。またドアが開いて、残りの二人が入ってきた。エリック・サーティーズは仕事着のままだった。彼は戸口でためらい、ダルグリッシュがいるのを見て驚いたかのように、彼の方に訝しげな視線を投げた。グリーンのズボンに赤いロング・セーターを着て、オウムのように派手なカレン・サーティーズは、真っ赤な口紅をつけるだけの時間はあったようだ。化粧をしていない目はとろんとして、いかにも眠そうだった。一瞬迷ってから、空いている椅子に座ると、兄はその後ろに立った。これで呼ばれた者は全員揃った。熱心なカメラマンのために並んだ、てんでんばらばらな結婚式の招待客のようだと、ダルグリッシュは思った。

セバスティアン神父が言った。「では一緒に祈りましょう」

意外な言葉だった。反射的にうな垂れて手を合わせたのは、司祭と神学生だけだった。女性たちはどうすればいいか迷っているようだったが、マーティン神父の方をちらりと見てから立ち上がった。エマとピルビーム夫人はうな垂れ、カレン・サーティーズはこの気まずい状態の責任はダルグリッシュ個人にあると言わんばかりに、喧嘩腰で信仰を拒否するように彼を睨みつけた。グレゴリーは笑みを浮かべて真っ直ぐ前を見つめ、スタナードは眉間にしわを寄せて、足を動かしている。セバスティアン神父は朝の特禱を唱えた。そしてちょっと間を置いてから十時間ほど前に終禱で唱えた祈りを繰り返した。

「主よ、この所に臨み、敵の誘惑を退けてください。どうか天使を住まわせて、私たちを安らかにお守りくださいますように。主イエス・キリストによってお願いいたします」

女性の間から控え目な声で、神学生からは自信に溢れた声で「アーメン」の合唱が続き、一同はわずかに身じろぎした。息をふっと吐き出すよりもさらに小さな動きだった。

ダルグリッシュは思った。もう全員が知っている。当然だろう。だが中の一人は最初から知っていた。女性たちがまた着席した。ダルグリッシュは校長に集まる視線の張り詰めた激しさに気づいた。話し始めたセバスティアン神父の口調は落ち着き払って、ほとんど無表情に近かった。

「昨夜私たちの学校は大きな不幸に見舞われました。クランプトン大執事が教会でむごたらしく殺害されました。今朝の五時半にマーティン神父が遺骸を発見しました。他の件で当校に見えているダルグリッシュ警視長はお客さまであることに変わりありませんが、今は殺人事件を担当する警察官でもあります。ダルグリッシュ警視長の質問に包み隠しなく正直に答え、警察を妨害するような、あるいは警察の存在を迷惑視するような言動を取ることなく、できうるかぎりの協力をするのが私たちの義務であり、希望でもあります。今週末校外に出た学生には電話をして、今朝戻る予定の学生には一週間遅らせるように指示しました。今ここにいる私たちは警察に全面的に協力しながら、校内の生活と活動を続けなければなりません。ダルグリッシュさんには聖マタイのコテイジを自由に使っていただき、警察はそこを拠点にして捜査を行ないます。ダルグリッシュさんのお求めにしたがって、教会と北回廊、および北回廊への入口を閉鎖しました。ミサは通常の時間に祈禱室で行なわれます。教会の閉鎖が解かれ、神聖な目的に使用可能になるまで、礼拝はすべて祈禱室で行なわれます。大執事が殺害されたことは、今は警察の捜査の対象となっています。憶測や噂話は慎むように。言うまでもなく殺人事件を秘密にしておくことは不可能です。このことが教会に、そして世間に知れるのは避けがたいことです。校外にこのことを電話その他の方法で知らせることのないように。少なくとも一日は静かでいたいものです。何か気になること、困ったことがあれば、マーティン神父と私がいます」セバスティアン神父はちょっと間を置き、そして付け加えた。「いつものように。ではダルグリッシュさんに替わっていただきます」

一同はほとんど音を立てずに聞き入っていた。〝殺害された〟という言葉が響き渡ったときだけ息が短く呑みこまれ、ピルビーム夫人だったと思われるが、微かな悲鳴をあわてて抑えたような音がした。顔面蒼白のラファエルが身体を固く強張らせているのを見て、ダルグリッシュは倒れるのではないかと心配になった。エリック・サーティーズは妹に怯えたような視線を投げてから、あわててそらし、セバスティアン神父をじっと見つめた。グレゴリーは何か一心に考えているように、眉間にしわを寄せている。冷え切った静かな空気に恐怖が漲《みなぎ》った。サーティーズが妹の方を見ただけで、他に互いに視線を合わせる者はいない。互いの目の中にあるものを見るのが怖いのではないかと、ダルグリッシュは思った。

ダルグリッシュはセバスティアン神父が、ヤーウッドとピルビーム、スティーヴン・モービーがいないことに触れなかったことを面白いと思い、神父の思慮深さがありがたかった。話は短く切り上げることにした。彼は殺人事件の捜査に当たる時に、それに伴う不都合について謝らない。殺人事件に巻き込まれた者がこうむる不都合は、殺人事件が起こす害悪の最小のものだった。

ダルグリッシュは言った。「この事件は首都警察が担当することになりました。警官と支援係官から成る少数のチームが午前中に到着します。今セバスティアン神父が言われたように、教会、および北回廊、本館から北回廊に入るドアを閉鎖しました。今日のうちに私か部下の一人が、皆さん方全員から話をうかがうことになります。ですが今この場で一つはっきりさせられたら、時間の節約になると思います。昨夜終禱のあとご自分の部屋から出られた方はいませんか。教会の近く、あるいは中に入られた方はいませんか。昨夜今回の犯罪に関係がありそうな何かを見たり、物音を聞かれた方はいないでしょうか」

ちょっと沈黙があり、やがてヘンリーが言った。「十時半をちょっと回った頃、新鮮な空気を吸って身体を動かしたくなったので、外に出ました。両方の回廊を五回急ぎ足で歩いてから、部屋に戻りました。部屋は南回廊の二号です。特に変わったものも見ませんでしたし、物音も聞きませんでした。その頃には風が強くなってきて、北回廊に木の葉が雨のように吹き込んでいました。憶えているのはそれぐらいです」

ダルグリッシュは尋ねた。「君は終禱の前に教会でローソクを灯して、南の扉を開けた神学生ですね。校長室の外の部屋から教会のキーを持ち出しましたか」

「はい。礼拝の始まるちょっと前に持ち出して、終了後に返却しました。僕がキーを取りに行った時、キーは三組あり、戻した時も三組揃っていました」

「もう一度お尋ねします。終禱のあとご自分の部屋から出られた方はいませんか」

少し待ったが、反応はなかった。ダルグリッシュは先を続けた。「皆さんが昨日身に着けておられた衣服と靴を見せていただきます。それからのちほど聖アンセルムズ神学校の全員の方から、指紋を採取させていただきます。これは無関係な指紋を消去するために行なうものです。今のところはそれだけですね」

また沈黙が流れたが、やがてグレゴリーが口を開いた。

「ダルグリッシュさんに質問があります。サフォーク警察の警官をはじめとして三人の姿が見当たらない。その事実に何か意味があるのでしょうか。捜査の方向性としてですが」

「いえ、今のところ何も」

グレゴリーが沈黙を破ったのを見て、スタナードが不服そうに喋り出した。「警視長がこの事件を、どうして警察の言うところの内部の犯行にちがいないと考えておられるのか、お聞きしたいですね。われわれの着ていたものを調べ、指紋を取っている間に、犯人は逃げてしまうかもしれない。何と言っても、ここはとても安全な場所とは言いがたいですからね。私は今夜ドアに鍵をつけずに寝るつもりはありません」

セバスティアン神父が言った。「ご心配はもっともです。あなたの部屋と客用施設にも鍵をつけ、キーをお渡しするように取り計らいます」

「で、私の質問に対する答えは？　われわれの中の一人がしたことと、どうして決めてかかるのですか」

その問題が口にされたのは、それが初めてだった。ダルグリッシュには、視線を動かせば非難しているように見えかねないと、誰もが頑なにまっすぐ前を見つめているように思えた。「いいえ、いかなることも決めてかかってはいません」

セバスティアン神父が言った。「北回廊が閉鎖されたため、北回廊に部屋のある神学生は一時部屋を出なければなりません。休暇中の学生が多いので、部屋を動かなければならないのは今のところ、ラファエル、君一人ですね。今持っているキーを返してもらえれば、南回廊の三号室と南廊下のドアのキーを代わりに渡します」

「中の物はどうなるんでしょうか、神父、本や衣類は。持ち出すことはできないのですか」

「しばらくは持ち出さずに我慢してもらうしかないですね。必要なものは他の学生から借りられるでしょう。警察が立ち入り禁止とした場所には決して入らないようにすることが何よりも肝心です」

それ以上何も言わずにポケットから鍵束を出したラファエルは、キーを二個はずして前に進み出ると、セバスティアン神父に渡した。

ダルグリッシュが言った「校内に居住しておられる司祭は、全員教会のキーを持っていらっしゃるということですが、今ここで確かに持っておられるか確かめていただけますか」

ジョン・ベタートン神父が初めて口を開いた。「今ここに持っていないのですが。いつもベッドの横のテーブルに置いています」

ダルグリッシュは教会でマーティン神父から受け取った鍵束をまだ持っていた。彼は他の司祭二人のところへ行って、キーホルダーのキーの中に教会のキーがあるか確かめた。

ダルグリッシュがセバスティアン神父の方を向くと、神父は言った。「今のところ申し上げなければならないことは、それぐらいでしょう。今日の予定として決められていることは、できるかぎり予定通りに進めます。朝の祈りはありませんが、ミサは正午から祈禱室で行ないます。ではこれまでということで」

セバスティアン神父はドアの方を向いて、ゆっくり部屋から出て行った。足を動かす音がした。集まった人々は互いに顔を見合わせてから、一人一人ドアに向かった。

　ダルグリッシュは集まりの間、携帯電話の電源を切っていたが、今それが鳴り出した。スティーヴン・モービーからだった。

「ダルグリッシュ警視長ですか。ヤーウッド警部を見つけました。連絡道路を半ば行ったところの溝に落ちていました。もっと前に連絡しようとしたのですが、電話が通じませんでした。警部は水に少し浸かって、意識を失っていました。足の骨が折れているようです。傷がひどくなるといけないので動かしたくなかったのですが、そのまま溝の中に置いておくわけにはいかないと思いました。それでできるかぎりそっと引き上げて、救急車を呼びました。今救急車に収容されているところです。イプスウィッチ病院に連れて行ってくれることになっています」

　ダルグリッシュは尋ねた。「正しい処置でしたね。具合はどの程度ですか」

「救急隊員は大丈夫だと言っていますが、まだ意識を取り戻していません。僕が一緒に救急車に乗ります。帰ったら、もっとお話しします。ピルビームさんが後ろから車でついてきてくれるので、一緒に車で帰ります」

「分かりました。なるべく早く帰ってきてください。お二人にはこちらで用がありますから」

　彼は連絡をセバスティアン神父に伝えた。校長は言った。

「そういうことではないかと心配していたのです。それがあの方の病気のパターンなのです。一種の閉所恐怖症のようでして、それが起きると、外に出て歩き回らないではいられない。奥さんが子供さんを連れて出て行ってからは、よく何日も姿をくらますことがあるのです。時々倒れるまで歩き続けて、警察が発見して、連れ帰ることもありました。手遅れにならずに見つかったようで、ほっとしました。さて、では校長室に行って、聖マタイのコティジでどんなものが必要か話し合うことにしましょう」

「神父、それは後ほど。その前にベタートン神父姉弟に会ってこなければなりません」

「ジョン神父は自分のフラットに帰っていると思いますよ。

場所は北側の四階です。神父もあなたがいらっしゃるものと思って、待っておられるでしょう」

　明敏なセバスティアン神父は、ヤーウッドが殺人事件に関わっている可能性を口に出して憶測するようなことはしなかった。だがキリスト教的博愛の手が差し伸べられるのはそこまでだろう。心の片隅で、それこそ考えるかぎり最良の結末と希望を抱いたにちがいない。一時にしろ自らの行動に責任のとれない人間の犯行。そしてもしヤーウッドが生命を落とすようなことがあったら、彼は自らの容疑を晴らすことができない。ヤーウッドが死ねば、ある人間には非常に好都合なわけだ。

　ダルグリッシュはベタートンのフラットに出かける前に、自分の部屋に寄って、州警察本部長に電話をかけた。

6

　ベタートンのフラットには狭いドアの横に呼び鈴がついていたが、ダルグリッシュが押そうとすると、ジョン神父が出てきて、中に招き入れた。

「ちょっとお待ちいただけますか。姉を呼んできます。台所にいると思います。このフラットには、狭いですけど台所がついています。姉は神学校で一緒に食事をとるより、ここで別のほうがいいと言うのです。すぐですから」

　ダルグリッシュが通された部屋は、海に向かって葱花《そうか》迫《せり》持《もち》型の窓が四つ開いた、天井は低いが広い部屋だった。室内は昔の生活の残骸らしきものが、所狭しと並んでいた。背に鋲が並ぶ低い椅子、暖炉に向いて置かれ、背にインド木綿のひざ掛けが掛けられたクッションの沈んだソファ。年代も様式もまちまちな六脚の椅子とともに中央に据えられた、無垢のマホガニーの丸テーブル、窓の間に置かれた一本脚の机に椅子。さまざまな形の小卓には二人の長い人生がもたらした種々雑多な物がのっていた。銀の額縁に納められた写真や、陶器の人形、木と銀でできた箱。ボウルに入れられたポプリの干からびた埃臭い香りは、とっくの昔にうっとうしい空気の中に飛んでいた。

　ドアの左の壁は全面が本棚になっていた。ジョン神父の少年時代、学生時代、そして司祭になってからの蔵書が納められていたが、一九三〇年代と一九四〇年代の『今年の演劇』という黒表紙の本も並んでいる。その隣はペーパーバックの推理小説だった。ジョン神父はドロシイ・L・セイヤーズ、マージェリー・アリンガム、ナイオ・マーシュといった黄金時代の女流作家のファンらしい。ドアの右にクラブが半ダースほど入ったゴルフ・バッグが立てかけてあった。スポーツ好きを示すようなものが他にまったくない部屋で見かけるには、場違いな品物だった。

　掛けてある絵も同様に、種々雑多だった。画題はひどく感傷的だが、技巧が優れているヴィクトリア朝時代の油絵に花の版画、刺繍が二点、ヴィクトリア朝時代のものらしい、素人の作品にしてはうますぎるが、プロのレベルには達していない水彩画。だが薄暗い部屋のわりにはいかにも住んでいる感じがして、個性的かつ居心地よさそうだったから、陰気な印象はなかった。暖炉の両側に置かれた背の高い肱掛椅子の傍らには、角度の変えられるスタンドの載ったテーブルが置かれている。ここで姉弟は向かい合って座り、くつろいで読書を楽しむのだろう。

　部屋に入ってきたベタートン嬢を見て、ダルグリッシュは遺伝子の奇妙な組み合わせが生んだ、思いがけないちぐはぐな結果に驚かされた。一目見ただけでは、二人のベタートンに血縁関係があるとは信じられない。背が低く引き締まった身体つきのジョン神父は優しげな顔をして、たえず不安そうに戸惑いの表情を浮かべている。姉の方は弟より少なくとも六インチは背が高く、骨張った身体つきだったし、疑り深そうな鋭い目をしていた。耳たぶの長い耳と重そうに垂れた目蓋、小さなおちょぼ口だけが、血のつながりを思わせた。姉は弟よりかなり年上のようだ。ぞんざいになで上げられた鉄灰色の髪の毛は、頭のてっぺんで櫛で止めてある。かさかさに乾いた毛先がふわふわと飛び出して、まるで飾りのように見えた。床に届くほど長い、薄手のツイード・スカートをはき、弟のシャツのようにも見える縞のシャツと袖に虫に食われた穴がはっきり見えるベージュ色の長いカーディガンを着ていた。

　ジョン神父が言った。「アガサ、こちらはロンドン警視庁からいらしたダルグリッシュ警視長だよ」

「警官？」

　ダルグリッシュは手を差し出して、言った。「その通りです、ベタートンさん。警官です」

　ちょっと間を置いてからダルグリッシュの手に押し付けられた手は冷たく、骨の一本一本が分かるほどやせていた。

　その種の声を持たない者にはとても自然な声とは信じられない、笛を吹くような上流階級特有の声で、ベタートン嬢は言った。「来るところをお間違いになったようね。ここでは犬は飼っていません」

「アガサ、ダルグリッシュさんは犬とは関係がないんだよ」

「犬舎の長だって言ったじゃないの」

「いや、警視長と言ったんだよ。犬舎の長じゃなくて」

「そう、でもここには船もありませんよ」とベタートン嬢はダルグリッシュの方を向いた。「いとこのレイモンドは、この前の戦争では軍艦の副艦長でした。王立海軍志願予備隊で、正規の海軍じゃありませんでしたけどね。確か波型海軍と言われていたと思います。袖章の金色の線が波打っていたのでね。いずれにしろ、いとこは戦死しましたからね、同じことです。お気づきになったかもしれないけど、ドアの横に立て掛けてあるゴルフ・クラブはそのいとこのものです。九番アイアンに感傷を抱くこともできませんけど、あのクラブを処分する気になれません。ダルグリッシュさん、どうして制服を着ないのですか。私は制服姿の男性を見るのが好きですね。法衣はちがいますが」

「ベタートンさん、私は警察で警視長を務める者です。首都警察特有の階級でして、海軍とは関係がありません」

　ジョン神父が充分対話したと感じたらしく、優しいが、きっぱりした口調で口をはさんだ。「アガサ、大変恐ろしいことが起きたんだよ。よく聞いて、動揺しないでもらいたいんだ。クランプトン大執事が殺されているのが見つかった。それでダルグリッシュ警視長は姉さんから、われわれ全員からだけど、話を聞かなければならない。われわれとしては犯人を見つけるために、ダルグリッシュさんに全面的に協力しなければならないわけだよ」

　動揺するなという言葉は必要なかった。知らせを聞くべタートン嬢は驚きも恐ろしがる表情も見せなかった。

　彼女はダルグリッシュを見て、言った。「では、やはり鼻の利く犬が必要だったんじゃありませんか。一匹連れてこなかったのは残念でしたね。どこで殺されたんですか。大執事のことだけど」

「教会の中です」

「セバスティアン神父が喜ばないでしょう。神父に話した方がいいんじゃありませんか」

　弟が答えた。「アガサ、セバスティアン神父はもう知っているよ。他の人たちも皆知っている」

「そうね、セバスティアン神父はこの学校で起きたことは何も見逃しはしませんからね。あの人はきわめて不愉快な人でした。もちろん大執事のことを言っているのですよ、警視長さん。どうして私がそう考えるか、理由をお話ししてもいいんですけど、これは家族の秘密に属することでしてね。お分かりいただけますね。あなたは知的で、分別をわきまえた警官のようでいらっしゃる。海軍出の人は皆そうです。死んだ方がいいという人がいます。どうして大執事もそういう人か、理由はお話ししませんけど、あの人がいない方がこの世の中が住みよくなることは確かです。でも死体を何とかしなくてはいけないでしょう。教会の中に放って置くわけにはいきません。セバスティアン神父がいやがります。礼拝はどうなるのですか。死体が邪魔になるんじゃありませんか。もちろん私は礼拝には出ませんよ。私は信心深くありませんからね。でも弟は出ますし、弟だって、大執事の死体をまたぐのはいやでしょう。彼に対してどんな個人的感情を持っていようと、気分のいいものではありません」

ダルグリッシュは言った「遺体は移されますが、教会は少なくとも三、四日閉鎖されます。お訊きしたいことがあります。あなたか弟さんは昨日、終禱の後でこの部屋を出られましたか」

「私たちがどうしてここから出たいなんて思いますか、警視長さん」

「それをおうかがいしているのです。昨夜の十時以降あなたがたのどちらかがここから出ませんでしたか」

彼は姉から弟に視線を動かした。ジョン神父が答えた。

「二人ともいつも十一時にベッドに入ります。私は終禱のあと、それからその後もフラットから出ませんでしたし、アガサも出ませんでした。姉が外に出るわけがありません」

「相手が部屋を出る音を聞きませんでしたか」

答えたのはベタートン嬢だった。「聞くはずがありません。私たちはベッドに横になって、向こうは何をしているのだろうなんて考えたりしません。弟は夜中に学校の中を歩き回りたければ、当然そうする自由はあるわけですが、弟がそんなことをする理由がありません。警視長さん、あなたは私たちのどちらかが大執事を殺したのではないかと思っていらっしゃるのでしょう。私は馬鹿ではありませんよ。こういう質問が何を意味しているか分かっています。いいでしょう、私は殺しませんでしたし、弟がしたとも思えません。弟は行動的な人間ではありません」

ジョン神父が見るからに困った顔をして、語気を強めた。

「アガサ、もちろん私は殺したりしないよ。どうしてそんなことを考えるんだい」

「私は考えませんよ。警視長さんがそう考えたんです」姉はダルグリッシュを見た。「大執事は私たちを追い出すつもりでした。私にそう言いました。このフラットから追い出すって」

ジョン神父が言った。「大執事にそんなことができるはずがないじゃないか、アガサ。姉さんは彼の言葉を誤解したんだよ」

ダルグリッシュが尋ねた。「ベタートンさん、それはいつのことですか」

「この前大執事がここに来たときですよ。月曜日の朝でした。分けてもらえる野菜はないかと思って、サーティーズの豚小屋に行ったのです。野菜が切れたときに本当に助かります。豚小屋を出たところで大執事に会いました。あの人もただで野菜がほしかったのか、それとも豚を見たかったのかもしれませんね。大執事とすぐ分かりました。もちろんあの人に会うなんて思ってもいませんでした。ですから挨拶の仕方が少しばかりきつかったかもしれませんね。私は偽善者ではありません。人のことを好きなふりをするのをよしとしません。宗教は信じませんから、キリスト教的博愛を行なう義務もありません。それに大執事が神学校に来ているなんて、誰も私に教えてくれませんでしたよ。どうして私にそういうことを知らせてくれないのか。ラフアエル・アーバスノットが言ってくれなければ、大執事が今ここにいることだって知らなかったでしょうね」

ベタートン嬢はダルグリッシュの方を向いて言った。

「ラファエル・アーバスノットにはもうお会いになったでしょう。とても気持のいい、頭脳明晰な子ですよ。時々ここで夕食を一緒にとり、戯曲を読むんです。司祭たちにからめ取られなければ、あの子は俳優になれたんでしょうけどね。どんな役柄だってできるし、どんな声も真似られるんです。まさに名人技ですね」

　ジョン神父がいった。「姉は演劇ファンなのです。一学期に一回ラファエルと一緒にロンドンに行って、午前中買い物をし、昼食をとってから、マチネーを見ます」

ベタートン嬢が言った。「あの子にとっては、ここから出るいいチャンスなのです。でも私も耳がだんだん悪くなってきましてねえ。最近の俳優ときたら、声をしっかり出す訓練ができていないんですよ。ぶつぶつ、ぼそぼそ。演劇学校では台詞をぶつぶつ、ぼそぼそと言うためのクラスがあって、丸くなって座って、お互いにぶつぶつ、ぼそぼそと練習しているんでしょうか。一階正面の前の方の席に座っていても、時には何を言っているんだかさっぱり分からないこともあります。もちろんラファエルに文句を言ったりはしませんよ。あの子の気持を傷つけたくはありませんからね」

ダルグリッシュはやんわりと訊いた。「それで、このアパートから立ちのかせると大執事から脅かされたと思われたときのことですが、大執事はどのように言ったのですか」

「平気で教会に寄食して、見返りにろくに何もしない人がいるとか、そういうことでした」

ジョン神父が遮って言った。「あの人がそんなことを言うはずがないよ、アガサ。記憶違いじゃないのかい」

「そういう言葉使いじゃなかったかもしれないわよ、ジョン。でも彼の言わんとしたことはそれよ。それから私にここで一生暮らせると思わない方がいいとも。私はあの人の言ったことをちゃんと理解しましたよ。私たちをここから追い出すと脅かしたんです」

困り果てたジョン神父は言った。「でも、アガサ、大執事にはそんなことはできなかったんだよ。あの人にそんな力はなかった」

「私がラファエルにその話をすると、あの子もそう言ったわ。この前あの子がここに夕食に来た時に、そのことを話し合ったのですよ。大執事は弟を刑務所にぶち込むことができたんだから、何だってできるでしょうよって、私はラファエルに言ったんです。そうしたらラファエルは〝いいえ、できやしません。僕がそうはさせません〟って言いましたね」

話が思わぬ方向に進み、匙を投げたジョン神父は、窓のそばに行った。「海岸の道をバイクが走ってきます。おかしいですね。今朝は人が来ることにはなっていないのに。もしかして、警視長さん、あなたのお客さまではありませんか」

ダルグリッシュは司祭のそばに行った。「ベタートンさん、これで失礼します。ご協力ありがとうございました。またお訊きしたいことがあるかもしれませんが、そのときにはご都合のいい時間を予めお尋ねします。では、神父、あなたのキーを見せていただけますか」

ジョン神父は部屋を出て行き、すぐにキーホルダーを持って戻ってきた。ダルグリッシュはマーティン神父のキーホルダーについている教会のキー二個と照らし合わせた。

「神父、このキーホルダーを昨夜どこに置きましたか」

「いつものようにナイトテーブルの上です。夜の間はいつもそこに置きます」

ジョン神父と姉と別れて辞去するダルグリッシュは、ゴルフクラブに視線を走らせた。クラブヘッドはむきだしで、金属部分がぴかぴか光っている。脳裏に浮かぶイメージはいやに鮮明で、説得力があった。目のいい人間でなければ無理だろうし、大執事がいたずら書きされた『最後の審判』に注意を向けて、殴るチャンスが来るまで、クラブをどこかに隠しておかなければならない。だが、それほど難しくないだろう。柱の後ろに立て掛けておけばいい。それにあのくらい長い凶器を使えば、返り血を浴びる怖れはかなり減る。ダルグリッシュの目蓋の裏に突如、クラブを手に物陰でじっと待ち伏せる金髪青年の姿がくっきり浮かんだ。大執事はラファエルに呼び出されても、ベッドから出て、教会に行きはしなかっただろうが、ベタートン嬢の証言によれば、ラファエルは誰の声であろうと真似ることができる。

7

マーク・エイリング博士の到着は思ったより早かったばかりか、意表を突いた。ダルグリッシュがベタートンのフラットを出て階段を下りて行くと、前庭にエンジンの轟く音が入ってくるのが聞こえた。ピルビームがいつもと同じように正面の大扉の鍵を開けておいたので、ダルグリッシュはまだほの暗い、爽やかな外気の中に出た。一晩中荒れに荒れた後だったから、精魂尽き果てたような静けさが漂っていた。海鳴りさえもひっそりしている。強力なエンジン音が中庭を一周し、正面玄関の前で止まった。ヘルメットを脱いだ男は荷物入れからアタッシェケースを取り出し、ヘルメットを左脇に抱えると、毎日のようにバイクで小包を配達しているかのような無頓着な足取りでステップを駆け上ってきた。

男は言った。「マーク・エイリングですが、遺体は教会の中ですか」

「アダム・ダルグリッシュです。ええ、こちらです。本館を通り抜けて、南側のドアからいったん外に出ます。本館から北回廊に出るドアは通行禁止にしてあるので」

ホールは無人だった。ダルグリッシュには碁盤縞模様の床を踏むエイリング博士の足音が、異様に大きく響き渡るように思えた。法医学者がこそこそする必要はないが、場所柄をわきまえた到着の仕方とは言えない。セバスティアン神父を探して、紹介すべきだったのだろうかとも考えたが、そこまですることはないだろう。社交的な訪問ではないし、遺体をなるべく早く法医に見せた方がいい。だが司祭たちは当然法医の到着に気づいているにちがいない。ダルグリッシュは地下室に下りる階段の前を通って南回廊のドアに出る廊下を歩きながら、その必要はないと思いながらも礼儀に反しているような、後ろめたい落ち着かない気分にさせられた。今度の場合のように社会的宗教的にデリケートな問題を考慮しなければならない事件というのは、敵意ばかりで協力をろくに得られない事件より複雑だと思った。

二人は半分がた葉を失ったトチの巨木の下を無言で通って中庭を横切り、聖具室のドアの前に行った。

ダルグリッシュがドアの鍵を開けている時に、エイリングが言った。「ウェアはどこで替えればいいんでしょうか」

「この中で。ここは事務室兼聖具室になっています」

〝ウェア〟を替えるというのは、革のスーツを脱いで七分丈の茶色の上っ張りを着、ブーツを柔らかな上靴に履き替えて、その上から白い木綿のソックスを履くことらしい。

聖具室に入ったダルグリッシュはドアに鍵をかけながら、言った。「犯人はこのドアから入ったと思われます。鑑識班がロンドンから到着するまで、教会は立ち入り禁止にしてあります」

エイリングは革の上下を机の前の回転椅子にきちんと掛け、ブーツもきれいに並べておいた。「どうして首都警察なんですか。サフォークの事件でしょう」

「現在サフォーク警察の警部が神学校に滞在していて、それが事を複雑にしているんですよ。私は別の用件でここに来ていたため、差し当たり私が指揮を執るのが当を得ているのではないかと」

　エイリングはそう説明されて納得したようだった。

　二人は教会に入って行った。身廊外陣の照明は薄暗かったが、典礼をそらんじている信者にはおそらく充分なのだろう。『最後の審判』の下まで進んだ。ダルグリッシュは手を照明のスイッチにかけた。香の立ち込める暗がりは教会の壁を超えて無限の暗闇につながっているかに思えた。その暗がりに取り巻かれたスポットライトの光は、ダルグリッシュの記憶にあるよりはるかに明るく、驚くほどのまぶしさで輝いた。犯罪現場が恐怖の寸劇〝グラン・ギニョール座〟の舞台に変わってしまったのは、おそらく他の人間が加わったためだろう。細心の注意を払って取った俳優のポーズは、熟練の演技力でぴくりとも動かず、頭のそばには燭台が二本、インスピレーションを受けて配したかのように置かれている。そしてダルグリッシュ自身は、登場の合図を待って柱の陰から静かに見守っている。

　思いがけないまぶしい光に一瞬身体を強張らせて動きを止めたエイリングは、光景の劇的効果のほどを推し量っているかのようだった。足音もなく静かに遺体のまわりを動き始めた時には、遺体のポーズがリアルであると同時に芸術的なのに得々としながら、カメラ・アングルを考える監督に見えてきた。ダルグリッシュの目には、クランプトンの右足から脱げ落ちた黒革のスリッパのつま先がこすれて毛羽立っていることや、素足がいやに大きくて異様に見え、親指が長く醜いことなど、細部が一段とはっきり見えた。顔が半分隠れて見えないため、永久に動きを止めたその片足が、裸にされた遺体以上に見る人に強く働きかけ、憐憫と怒りを湧きあがらせる。

　ダルグリッシュがクランプトンに会ったのはごく短時間だったし、相手が特に相性がいいとも思えない、意外な客に対して軽い反感を抱いているのを感じ取った。だが今感じるのは、これまでに殺人現場で感じたことがない強い怒りだった。どこで聞いたか思い出せないが、〝こんなことを誰がした〟という言葉を、思わず繰り返していた。彼はこの疑問に対する答を見つける。そして答を見つけるだけでなく、今回は証拠も見つける。犯人の名前も、犯行の動機も手段も分かりながら、逮捕するだけの証拠が得られなかったばかりに、迷宮入りになるようなことはさせない。過去のあの苦い失敗は、今もダルグリッシュの心に重くのしかかっていた。だがその重苦しさも、この事件でようやく晴れるだろう。

　エイリングはまだ遺体のまわりを慎重な足取りで行きつ戻りつしている。興味深いと同時に異常な現象を目の前にし、じろじろ見たら、どう反応するだろうかと訝るように、じっと見つめたまま視線をそらさなかった。やがて頭のそばにしゃがんで、傷の臭いをそっとかぎ、質問した。「誰ですか、被害者は」

「これは失礼。聞いておられないとは気がつきませんでした。クランプトン大執事です。最近この神学校の理事に任命されて、土曜日の朝にここに来ました」

「恨みを買ったようですね。侵入者にばったり出くわしただけで、個人的な恨みでない場合もありますが。ここには盗むような物があるんですか」

「祭壇の飾りは貴重なものですが、そう簡単には動かせない。動かそうとした形跡もありません。聖具室の金庫に高価な銀器がありますが、金庫もいじられた様子はない」

「燭台がここに置いたままになっている。真鍮製だが——盗む価値はまずないでしょう。凶器ないし死因については、大して問題はありませんね。頭骨の右側、耳の上を端の鋭い鈍器で殴打されたものです。第一打で死に至ったかは分かりませんが、倒れたことは確かでしょう。倒れたところを犯人は再び殴った。逆上した結果とでも言いましょうか」

　法医は立ちあがると、血のついていない燭台を手袋の手で持ち上げた。「重いですね。かなり力がいります。女性ないしは年寄りでも、両手を使えばできたかもしれない。しかし目がよくなくては無理だし、被害者は知らない人間、あるいは信用しない人物に、おあつらえ向きに背中を向けて突っ立っていてはくれなかったでしょう。どうやって教会に入ったのですか——クランプトンは」

ダルグリッシュはこの法医が自分の職責の範囲にあまりこだわらないらしいのに気づいた。

「私の知るかぎり、被害者はキーを持っていませんでした。すでにここにいた人物に入れてもらったか、あるいはドアが開いていたんでしょう。『最後の審判』にいたずら書きがしてある。おびき寄せられた可能性もありますね」

「となると、内部の犯行ですね。容疑者の数がぐっと絞られるじゃありませんか。発見されたのはいつですか」

「五時半です。私は四分ほど後にここに来ました。血液の状態と、顔面横から死後硬直が始まっていたのから判断して、死後五時間程度と見たんですが」

「体温を測ってみますが、今おっしゃった以上に正確な時間を出すのは無理じゃないかな。前後一時間の幅を見て、午前零時頃死亡というところでしょうか」

ダルグリッシュは質問した。「血液はどうなんでしょうね。もっと大量に噴き出すものではありませんか」

「第一打では噴き出しはしません。頭部のこの位置の傷がどういうものか、ご存知でしょう。頭蓋腔に内出血する。しかし犯人は一打でやめなかったわけですね。第二打以降で血は噴き出します。どっと流れ出るというより、飛び散るといった感じだったかもしれませんね。第二打以降に被害者とどの程度離れていたかによります。犯人が右利きなら、右腕に血を浴びたでしょう、それにおそらく胸にも」

法医はさらに言葉を継いだ。「もちろん犯人もそれは分かっていたでしょう。シャツを着て、袖をまくって来たのかもしれない。Tシャツ姿で来たとか、もちろん裸で来るに超したことはないわけですが。こういうことは皆知っていますからね」

どれもダルグリッシュが考えていたことばかりだった。

「裸で来ては、被害者が驚いたんじゃありませんか」

エイリングははさまれた言葉を無視した。「しかし素早くやらなければならなかった。被害者が背を向けているのは、一、二秒のことでしょう。袖をまくりあげて、用意しておいた燭台を取り出す時間は大してない」

「どこに置いておいたと思いますか」

「仕切りのついた信者席ですか。ちょっと遠すぎるかな。柱の陰に立て掛けておけばいいんじゃないですか。もちろん一本隠しておけばいいんです。もう一本は犯行後に祭壇から取ってきて、劇的情景を完成させればいいことですから。しかし、なぜわざわざそんなことをしたんでしょうね。私には敬虔な気持から出た行為には見えないですね」

　法医はダルグリッシュが返事をしないのを見て、言った。

「体温を測って、死亡時刻の推定に役に立つか見てみますか。でもあなたの最初の推定値より狭められるとは思えない。解剖すれば、もっといろいろ分かるでしょうが」

　ダルグリッシュは遺体のプライバシーが初めて破られるのを見たくなかったから、真中の通路をゆっくり行きつ戻りつした。やがて振り向くと、エイリングは体温を測り終えて、立ちあがっていた。

　二人は一緒に聖具室に戻った。検死用の上っ張りを脱いで、革の上下を着込む法医に、ダルグリッシュは言った。

「コーヒーをどうですか。そのぐらいは出してくれると思いますよ」

「いや、結構です。そうしている時間はないし、それにこの人たちは私の顔を見たくないでしょう。明日午前中に解剖できるでしょうから、電話を入れます。といっても意外なことは何も出てこないでしょうが、検死官は法医学的手続きがきちんと取られることをお望みだ。とにかく几帳面な人ですからね。もちろんあなたもそうでしょう。ハンティンドンがいっぱいなら、首都警察の研究所を使えると思いますよ。遺体はカメラマンと鑑識班の仕事が終わるまで動かせないでしょうから、動かせるようになったら、電話をください。この人たちは遺体が運び出されれば、ほっとするんじゃないですか」

　マーク・エイリングの支度が終わり、ダルグリッシュは聖具室のドアに鍵をかけて、警報装置をリセットした。彼は自分でもなぜだかよく分からないが、連れを再び本館の中に入れたくなかった。

「岬に出る門から出られますよ。その方が人に会わずにすむでしょう」

　二人は踏み倒された草の通路を通って、庭を迂回した。

ダルグリッシュの目に、住人のいるコティジ三軒の明かりが灌木の藪の向こうに見えた。包囲された要塞の、ぽつねんと取り残された前哨部隊のようだった。聖マタイのコティジにも明かりがついているが、きっとピルビーム夫人が雑巾と掃除機を使って、警察が使えるように準備しているのだろう。マーガレット・マンローと、そのあまりにタイミングのいい孤独死について考えたダルグリッシュは、三人の死は関係があると、いわれがないと思いながらも、強い確信を抱いた。自殺のように見える死と自然死と断定された死、そして残忍な殺人の三つをつなぐ糸がある。糸は細く、からみついているだろうが、それをたどれば、謎の核心に行きつけるにちがいない。

　ダルグリッシュは前庭の正面で、エイリングがバイクにまたがって走り去るまで見送った。本館の方に向き直ろうとした時、車の側灯が目に入った。ちょうど連絡道路から海岸の道に入り、こっちに向かってスピードを上げている。数秒するうちに、それがピアース・タラントのアルファ・ロメオと分かった。チームの第一陣としてメンバー二人が到着したのだ。

8

ピアース・タラント警部に連絡が入ったのは、六時十五分だった。十分後には出かけられる態勢になっていた。途中でケイト・ミスキンを拾うように指示されたが、それが遅れにつながるとは思わなかった。ケイトのフラットはワッピングのすぐ先の、テムズ川沿いにあり、彼が予定しているルート上にある。ロビンズ部長刑事はエセックスのはずれに住んでいるので、自分の車で現場に向かうことになっている。うまくいけば彼を追い越せるのではないかと、ピアースは考えた。彼はフラットから日曜日早朝の人けのない通りに出た。ロンドン市警察から無料で借りている駐車場からアルファ・ロメオを出して、トランクに殺人事件専用のバッグを放り込むと、二日前にダルグリッシュがたどったのと同じ東へのルートを走り出した。

テムズ川を見下ろすフラットに住むケイトは、フラットのあるブロックの入口でピアースを待っていた。ピアースはケイトのフラットに招かれたことがないし、ケイトの方もシティにある彼のフラットの中を見たことがない。シティがピアースにとって尽きせぬ魅力を持っているように、ケイトもテムズ川に、その無限に変化する光と陰、黒々と満ちてくる潮と商業地区の賑わいに愛着を感じていた。ピアースのフラットは、セント・ポール大寺院の近くの裏通りにあるデリカテッセンの二階の三室だった。この私的空間には首都警察の仲間も、自らの性生活も侵入させない。フラットの中によけいなものは一切なかったが、あるものはすべて経済力が許す限り慎重に選んだ高級品ばかりだった。教会と狭い横丁、石畳みの道とめったに人の来ない裁判所のあるシティは、彼にとって道楽であり、仕事から離れた息抜きの場だった。彼もケイトと同じようにテムズ川に魅せられてはいるが、あくまでもシティの暮らしと歴史の一部としてだった。ピアースは仕事には毎日自転車を使い、車はロンドンから出るときしか乗らない。だが、運転するかぎりは気に入った車でなければならなかった。

言葉少なに挨拶を交わしてから、助手席でシートベルトを締めたケイトは、走り出してから数マイルは無言だった。だがピアースは彼女の興奮を感じ取った。ケイトの方も彼の興奮に気づいているにちがいない。ピアースはケイトが好きだし、尊敬もしていたが、仕事の上では時折怒りや苛立ち、ライバル意識を軽くぶつけ合う関係だった。しかし殺人事件の捜査を開始する時に感じるアドレナリンの亢進は、二人に共通するものだった。この腹の底から突き上げるようなぞくぞくする感覚は、あるいは血に飢えている証拠かと思うことがある。闘牛や狩猟など血を見るスポーツと共通するものがあるにちがいない。

ドックランズを抜けたところで、ケイトが口を開いた。

「それじゃあ、状況を説明してもらえない？　あなたはオックスフォード大学で神学を勉強したんでしょう。現場の神学校について何か知っているんじゃないの」

ピアースがオックスフォード大学で神学を専攻したことは、ケイトが彼について知るわずかな事実の一つだったし、彼女の興味をかき立ててやまないことでもあった。ケイトは神学を勉強すると、犯罪の動機や千変万化な人間心理を考える際に役立つ特別な洞察力なり、深遠な知識を得られると考えているのではないかと、ピアースは思うことがある。彼女は時々こんなふうに訊く。「神学は何の役に立つのかしら。教えてよ。あなたは三年を神学のために使ったんでしょ。つまり、神学から何か得られる、役立つもの、大切なものが得られると考えたわけでしょ」神学を選んだのは、神学より好きな歴史を選ぶよりも、オックスフォードに入学できる可能性が高かったからだと言っても、信じてもらえるとは思えなかった。彼は神学から得たものについても話さなかった。それは押し寄せる不信心の波に抵抗するために人間が築き上げた、複雑な知的要塞が持つ魅力だった。ピアース自身の無宗教は少しも揺るがなかったが、その三年間を後悔したことはない。

ピアースは答えた。「聖アンセルムズ神学校のことは一応知っているけど、それほどでもないな。大学卒業後にあそこに入った友達がいたが、その後音信不通になってしまった。神学校の写真を見たことがある。東海岸のえらく寂しい場所に建つ、ヴィクトリア朝時代の広壮な館だよ。まつわる伝説がさまざまある。ほとんどの伝説がそうだけど、おそらく部分的には真実なんじゃないかな。高教会派で——見た目が派手なローマカトリック教会風なところをちょっと付け加えた、祈禱書を使うカトリックとでも言うのかな——神学を重視して、この五十年間に英国国教会で起きたことのほとんどすべてに反対の立場を取ってきた。それから大学を最優等の成績で卒業しないと、入れてもらえない。でも食事はとてもいいって聞いたな」

「私たちには食べるチャンスはないわね。それじゃあ、エリート主義の神学校というわけね」

「そう言えるだろうね。でもマンチェスター・ユナイテッドだって、そうだぜ」

「あなたはそこに入ろうとは思わなかったの？」

「いや、僕は司祭になるために神学を専攻したわけじゃないから。それにいずれにしろ入れてもらえなかったね。そんなに成績がよくなかった。校長は学生の選別にうるさいんだよ。リチャード・フッカー研究の権威なんだ。分かってる、訊かなくてもいいよ。リチャード・フッカーというのは、十六世紀の神学者さ。フッカーについて決定的な論文を書いた学者なら、能なしでないことは保証する。われわれは神学博士セバスティアン・モレル神父にてこずるかもしれないな」

「それじゃあ、被害者は？　ＡＤは被害者について何か言った？」

「被害者はクランプトン大執事といって、教会の中で死んでいるのが発見されたとだけ」

「その大執事って、何なの」

「教会のお目付け役みたいなものだな。教会の資産に目を光らせ、小教区の司祭の就任を担当する。大執事はいくつもの小教区を受け持って、一年に一回見回るんだ。警察監察官の宗教版とでも言おうか」

「すると、この事件は容疑者全員が一つ屋根の下に集まっている自給自足型の事件で、私たちは総監に個人的な苦情の電話がかかったり、カンタベリー大主教から文句が出な

いように、慎重の上にも慎重に捜査しなければならないと
いうことね。それにしてもどうして私たちが」

「ＡＤは大して話してくれなかった。いつもの通りさ。とにかく来いということだったんだ。サフォーク警察の警部が昨夜神学校に客として泊まっていたらしい。州警察本部長も自分たちが担当するのはまずいという意見だったらしいな」

　ケイトはそれ以上質問しなかったが、ピアースは自分が先に連絡を受けたことを、彼女がおもしろくないと思っているような気がしてならなかった。ケイトの方が警官として先輩であることは確かだった。もっとも彼女がそのことを持ち出したことは一度もないが。ピアースは自分の車の方が早いし、運転するのは彼なのだから、ＡＤは先に電話をくれて時間を節約したのだと言おうかと考えたが、やめておいた。

　ピアースの思った通り、コルチェスターのバイパスでロビンズに追いついた。ケイトがハンドルを握っていたら、一緒に到着できるようにスピードを落としただろう。だがロビンズに手を振ったピアースは、アクセルを踏み込んだ。

　ケイトは頭をシートに預けて、うとうとしているように見えた。線のくっきりした、その整った顔を横目で見たピアースは、彼女との関係を考えた。マクファースン報告が出てからこの二年間に、二人の関係は変わった。彼はケイトの生活についてほとんど知らないが、私生児で、旧市内過密地域の高層住宅の最上階で祖母の手で育てられたという程度は知っている。黒人は彼女の隣人であり、級友だった。ケイトは自分がその一員である警察が人種差別を制度化していると知って、激しく憤った。そしてそのことが彼女の仕事に対する態度に変化をもたらしたことに、ピアースは今思い当たった。政治に関して彼女ほどナイーヴでなく、ずっとシニカルな見方をするピアースは、議論を始めると熱くなるケイトを静めようとした。

　ケイトはこう詰め寄った。「あなたが黒人だとして、この報告を知ったら、首都警察に入る気になったと思う？」

「いや。でも白人であろうと、入らなかっただろうね。しかしもう入っているんだし、マクファースンがああ言った

からといって、僕が職を失う理由もないじゃないか」

ピアースは自分の目標をはっきり定めていた。反テロ部門の幹部の地位だ。現在チャンスがあるのはその分野だった。今のところは尊敬する厳しい上司が率いる特別班、興奮と変化に富み退屈せずにすむその環境に満足していた。

ケイトが言った。「それじゃあ、それが目的だったのかしら。黒人に入るのをあきらめさせ、人種差別に反対する、まともな警官を追い出すのが」

「おいおい、ケイト、いい加減にしてくれよ。だんだんうんざりって感じになってきたぜ」

「あの報告書では、被害者が人種差別を受けたと感じたら、その行為は人種差別的だとされている。私はあの報告書から人種差別を受けたと感じたわ。白人警官の私に対する差別を。私はその苦情をどこに持っていけばいいのかしらね」

「人種間関係の担当者に言ってもいいが、期待はできないだろうな。ＡＤに話してみたらどうだい」

ケイトがＡＤに話したのかどうか、ピアースは知らないが、彼女はまだ警察にいる。同僚が以前のケイトと違うことは確かだった。相変わらず良心的で、よく働き、目の前の任務に打ち込むことは今も変わりない。彼女がチームの期待に背くことはないだろう。しかし何かが——警察活動は公共サービスであるばかりか、個人的な使命であり、勤勉と献身以上のものを注ぎ込む価値があるという信念が失われた。ピアースはそれまでケイトのそういう個人的な入れ込みをロマンチックすぎる、ナイーヴすぎると思ったが、今は失われたことが残念でならなかった。マクファースン報告がケイトの裁判所に対する過度な敬意を、永久に損なったことだけは確かだった。


八時半にはレンサム村を通過した。村はまだ早朝の静けさに包まれていたし、生垣や樹木が、ロンドンではほとんど影響のなかった夜の嵐に傷めつけられていたから、いっそうひっそりして見える。起き直ったケイトが地図を調べて、バラーズ・ミアの曲がり角に目を光らせた。ピアースはスピードを落とした。

ピアースが言った。「ＡＤが見落としやすいと言っていた。右側に大きなトネリコの枯木があって、その反対側に石造りのコティジが二軒あると言っていたから、気をつけてみてくれないか」

蔦にびっしりおおわれたトネリコは見落としようがなかったが、曲がって細い道に入ると、一目で状況は知れた。トネリコの大枝が落ちて、道沿いの叢《くさむら》に横たわっていた。明るくなりだした光の中で骨のように白々と滑らかな大枝から、節くれだった指のような枯枝が突き出している。幹の方は枝が折れたところが大きな傷跡になっていた。道は今は通れるようになっているものの、蔦のつるや小枝、緑や黄色の葉が散らばり、落ちた枝の残骸におおわれていた。

二軒のコティジには両方とも明かりがついていた。ピアースは車を道路脇に止めて、クラクションを鳴らした。数秒のうちに庭の通路にずんぐりとした中年女性が姿を現した。髪の毛をくしゃくしゃに縮れさせ、日焼けした快活そうな顔をした女だった。セーターを重ね着した上に、派手な花模様の上っ張りを着ていた。ケイトが窓を開けた。

ピアースが助手席に乗り出して、言った。「おはようございます。大変だったみたいですね」

「十時ちょうどに落ちたんですよ。ご覧のように嵐だったもんでね。昨夜は本当に大荒れでした。落ちる音が聞こえて、よかったですよ——あの大きな音では、聞き逃すはずもありませんけどね。事故でも起きたら大変と、亭主が両側に赤い警告のライトを出しときました。そして朝になって、うちのブライアンと隣のダニエルズさんとで、トラクターで枝を動かしたんです。この道は神学校の司祭さまや学生さんに会いに来る人たち以外には、大して人通りはないんですけどね。それでも市がどけてくれるのを待ってないほうがいいと思って」

ケイトが訊いた。「道を通れるようにしたのは何時でしたか、えーと、お名前は？」

「フィンチです。六時半でしたね。まだ暗かったけど、ブライアンが仕事に出かける前にやってしまいたいと言って」

「おかげで助かりました。ご親切にありがとうございました。では、昨夜の十時から今朝の六時半まで、どちらの方向からも車で通ることはできなかったのですね」

「その通りですよ。通ったのは、バイクに乗った男の人だけでしたね。神学校に行ったんでしょう。この道の先には神学校しかありませんから。その人はまだ戻ってきませんねえ」

「他に車で通った人はいないのですね」

「私の見たかぎりではね。台所が道に面しているので、誰かが通れば、目に止まるんです」

　二人は再度礼を言って、女と別れ、車を出した。ケイトが後ろを振り返ると、数秒間二人を見送っていたフィンチ夫人が門の掛け金を差して、庭の道を戻っていくのが見えた。

　ピアースが言った。「バイクが一台行って、まだ戻ってこない。法医学者かもしれないな。法医なら、車で来そうなものだけど。それじゃあ、ＡＤにちょっとした情報を持っていけるじゃないか。この道が唯一のアクセスだとしたら……」

　ケイトは地図を見た。「そう、この道しかないわね、少なくとも車の場合は。となると、犯人が外部の者の場合には、午後十時より前にここを通ったはずだし、今も外には出られないでいるということね。少なくともこの道を通っては。内部の犯行なの？」

「ＡＤの話の感じではそうだったね」

　岬へのアクセスの問題は非常に重要だったから、ＡＤがフィンチ夫人のところに人をやって質問させなかったとは驚きだと、ケイトは言いそうになった。だが思い出した。自分とピアースが着くまで、聖アンセルムズ神学校に彼の手足となる人間はいない。

　狭い道には人けがまったくなかった。道はまわりの野原より低く、道沿いが藪だったから、北海の灰色の大海原が目に飛び込んできた時には、ケイトの胸にはっとするような驚きと共にうれしさがこみ上げた。北の空を背景にどっしりとしたヴィクトリア朝時代の館が見えてきた。

　館に近づき、ケイトは言った。「まあ、なんてばかでかいの！　あんな建物を海から数ヤードのところに建てようなんて、誰が考えたのかしら」

「誰も考えはしなかったさ。建てた時には、海から数ヤードじゃなかったんだから」

「どう見たって、褒められた代物じゃないわね」

「うーん、どうだろう。ある種の自信のようなものが感じられるけどね」

バイクが近づいて来て、爆音と共に走り去った。ケイトが言った。「きっと法医学者だったんでしょう」

崩れかけた赤レンガの柱の間を通ったピアースは、待っているダルグリッシュに向かって、スピードを落として近づいた。

9

聖マタイのコテイジは広範囲の捜査を行なう施設としては充分、ないしは適切とは言いがたかったが、ダルグリッシュは目下の任務には間に合うと判断した。数マイル以内に適当な警察施設はないし、岬にトレーラーハウスを持ち込むのは、馬鹿げていると同時に金のかかる方法だった。しかし神学校にいると、どこで食事をとるかなどさまざまな問題が出てくる。殺人事件から肉親の死まで、いかなる緊急、いかなる悲嘆の最中でも、人は食べ、寝る場所を見つけなければならない。ダルグリッシュの父が死んだ時、母は泊まりがけでくる弔問客全員をノーフォークの司祭館にどう泊めればいいのか、それぞれの客の食事の制限や好み、小教区の信者にどんな食事を出すべきかなど、あれこれ心配していた。それが一時とはいえ、悲しみを紛らわす助けになったのが思い出された。すでにロビンズ部長刑事がセバスティアン神父からもらったホテルのリストを使って電話をかけ、自分とピアース、ケイト、三人の鑑識担当官の部屋を予約して、当面の問題の解決に当たっていた。

ダルグリッシュは今のまま神学校の客用施設に泊まる。

ダルグリッシュにとって今回のコテイジほど変わった捜査室は初めてだった。マンロー夫人の妹が姉がここに住んでいたことを示すものをすっかり持ち去ったため、個性を剝ぎ取られたコテイジは空気まで味けなくなっていた。一階の小さな二部屋には客用施設で使わなくなったらしい家具が入り、ごく月並みに並べてあるものの、わびしい一時しのぎの方便といった雰囲気でしかなかった。ドアの左にある居間には、色あせたパッチワークのクッションをのせた曲げ木の肱掛椅子と、足置きのついた羽根板製の椅子が、小さなヴィクトリア朝時代の暖炉の両脇に置かれていた。部屋の中央には正方形のオーク・テーブルと椅子四脚があり、揃いの椅子二脚は壁際にあった。暖炉の左に小さな本棚があるが、革表紙の聖書と『鏡の国のアリス』しか入っていない。ドアの右側の部屋は壁際に小ぶりのテーブルと椅子のセットが置かれ、丸く膨らんだ足のついたマホガニーの椅子二脚、使い古されたソファと揃いの肱掛椅子一脚が入っていて、わずかながらも居心地よさそうに見える。二階の二部屋には何も入っていなかった。ダルグリッシュは居間をオフィス兼取調室、反対側の部屋を控え室として使い、電話回線が入り、コンセントの多い寝室の一つをサフォーク警察提供のコンピューターを置く部屋にすることにした。

食事の問題は解決した。ダルグリッシュは神学校の食事に参加するのはためらわれた。自分が食卓に連なれば、さすがのセバスティアン神父もその談話の才能を発揮できなくなるだろう。校長はどうぞと言ってはいたが、ダルグリッシュが応じるとは思っていないにちがいない。だが神学校は午後一時に捜査チーム全員に、スープとサンドイッチ、あるいはパンとチーズ、サラダの簡単な昼食を出してくれることになった。代金の問題は目下のところ双方とも触れないでいる。しかし異様な状況であるとも言えた。犯人が捜査官に寝る場所と食事を無料で提供したはじめての殺人事件になるかもしれない。

誰もがすぐにも捜査にかかりたいと思ったが、まずその前に遺体を見なければならない。教会に行ったダルグリッシュとケイト、ピアース、ロビンズは上履きを履き、北壁沿いに『最後の審判』の下に進んだ。ダルグリッシュにはどの部下もおどけたり、露骨な冗談で恐怖を紛らわしたりしないことは分かっていた。その種の行動をとる者は、彼の下で長く働いてはいられない。ダルグリッシュが照明のスイッチを入れ、四人は少しの間無言で遺体を見つめた。追う相手はまだ地平線の彼方にぼんやり姿を現すまでに至っていないし、足跡も見つかっていないが、目の前にあるこの非道そのものが犯行の結果であり、当然捜査員全員が見るべきものだった。

口を開いたのはケイトだけだった。「燭台ですけど、あれはいつもどこにあるのですか」

「祭壇においてある」

「無傷の『最後の審判』を最後に見たのはいつでしょう」

「昨夜九時半の終禱の時だな」

四人は教会に鍵をかけ、警報装置を入れ直して、捜査室に戻った。そして捜査の予備段階として、状況の説明と捜査前の討論にかかった。性急は禁物であることをダルグリッシュは心得ていた。今彼が情報を充分に伝えなかったり、情報が誤解されて伝われば、後々の遅れや誤解、ミスにつながる。彼はロナルド・トリーヴィスの死亡に関する調査とマーガレット・マンローの日記の内容も含めて、聖アンセルムズ神学校に到着して以来自分の見たこと、したことを逐一詳細かつ簡潔に説明し始めた。テーブルを前にした三人はほとんど口を開かず、時折メモを取った。

ケイトは背筋を伸ばして座り、時折当惑するほど強い視線でダルグリッシュを見上げる以外は、じっと手帳をみつめていた。服装はいつも捜査現場で着るものだった。楽なウォーキング・シューズと細身のスラックスの上に、仕立てのいいジャケットを着ている。ジャケットの下は、今のように寒い時季はカシミアのタートル・ネックのセーター、夏には絹のシャツを着る。薄茶色の髪の毛は後ろにまとめて、太く短いお下げに編んであった。見たところノー・メーキャップの、きりっとしていると言うより女らしさの感じられる美しい顔には、誠実で良心的で、信頼できる性格と、自分に満足しきれないでいるらしい彼女そのものがよく表われていた。

いつもじっとしていないピアースは長く座っていられない。楽な姿勢を取ろうと何回か座り直したあと、今は足を椅子の足に巻きつけて、片腕を背もたれに投げかけていた。だがちょっと寸詰まりで、表情豊かな顔は興味津々というように輝いている。重い目蓋の下の眠たそうなチョコレート色の目には、いつものようにからかうような、面白がっている表情があった。ケイトほど注意を集中しているように見えないが、それでもどんなことも聞き逃さない。グリーンの麻のシャツにベージュ色の麻のズボンという、くだけた格好だった。ケイトの正統派の服装と同様に慎重に選ばれた、しわは寄っていても金のかかったカジュアルな服装だった。

まるでお抱え運転手のようにきちんとした格好のロビンズは、テーブルの端に悠然と座り、時々立ちあがってはコーヒーを淹れ直し、四人のマグカップに注いだ。

ダルグリッシュが説明を終えると、ケイトが言った。

「この事件の犯人を何と呼ぶことにしますか」

班は世間のつける仇名を嫌って、捜査の開始時に必ず犯人に名前をつけることにしていた。

ピアースが言った。「カインはどうでしょう。独創的とは言えませんが、聖書に由来するし、短い」

ダルグリッシュが応じた。「カインにしよう。さて、仕事にかかるか。昨夜神学校にいた外来者、コテイジの職員を含む全員から指紋を採取してほしい。大執事の指紋は鑑識班の到着を待ってからでいい。事情聴取を始めるまでに、被害者以外の指紋採取を最優先させること。そのあと全員の昨日の着衣を調べる。司祭も含めて。私は神学生のマントを調べた。番号通りにきちんと掛かっていたし、汚れは見られなかった。しかし再度チェックしてほしい」

ピアースが言った。「マントなり、法衣を着ていたということはありえないでしょう。着るわけがないですよ。クランプトンがおびきだされたとしたら、彼は呼び出した者はパジャマかガウン姿だと思うでしょう。そしてクランプトンが『最後の審判』の方を向いた瞬間をとらえて、素早く殴らなければならなかった。パジャマの袖をまくるぐらいの時間はあったでしょう。動きの妨げになる重いサージのマントは着なかったでしょうね。ガウンの下は裸、あるいは半裸で、ガウンを脱ぎ捨てたという可能性も当然考えられます。その場合でも時間的な余裕はなかったはずです」

ダルグリッシュが言った。「法医も裸だったのだろうと、特に独創的でもない意見を述べていた」

ピアースは先を続けた「それほど荒唐無稽でもありませんよ。カインはクランプトンに姿を見せる必要はなかったんですから。南扉のカンヌキを抜いて、扉を開けておけばよかった。そして『最後の審判』を照らす照明をつけて、柱の陰に隠れる。クランプトンは誰も自分を待っていないので驚いたかもしれませんが、照明に惹きつけられて、『最後の審判』の方へ行く。電話の主が絵にどんないたずらがされたか告げていたからです」

ケイトが言った。「その場合にはクランプトンは教会に行く前に、セバスティアン神父に電話をするはずじゃないかしら」

「自分の目で確かめるまではしないだろう。不必要に騒ぎ立てて、笑い者になりたくはないからね。でも電話の主はそんな時間に教会に入ったことを、どう説明したんだろう。光がちらりと見えたとでも言ったのかな。風で目が覚めて、外を見たら、人影が見えたので、怪しいと思ったとか？　でもそんな問題は持ちあがらなかったのかもしれないな。クランプトンはとにかく教会に行こうと、まず思っただろうから」

ケイトが言った「それからもしカインがマントを着ていたとしたら、マントを本館の更衣室に戻して、キーはそのまま持っているなんてことをするかしら。キーの紛失は重要な証拠です。犯人はキーをそのまま持っているような危険は冒せないはずです。キーを捨てるのは簡単でしょう。岬のどこかに捨てればいいことですから。でもどうして戻さなかったんでしょう。本館に忍び込んで、盗む度胸があったのなら、また戻って、キーを返す度胸はあったでしょうに」

　ピアースが言った「手なり、衣服に血を浴びていたら、無理だよ」

「でもそんなことはないでしょう。それはもう検討ずみじゃないの。それに急ぐ必要はなかったのよ。自分の部屋に戻って洗う時間はあったでしょう。教会が七時半の朝の祈りのために開けられるまで遺体は発見されないと思っていたんでしょうから。でも、こうは言えないでしょうか」

「何だね」とダルグリッシュは訊いた。

「キーが戻されなかったということは、犯人は本館に寝泊まりしていない人間ということを示してはいませんか。司祭たちは昼夜いつであろうと、本館にいて当然です。キーを返すのに何の危険も伴いません」

　ダルグリッシュは言った。「ケイト、司祭たちはキーを持ち出す必要がないということを忘れているよ。司祭四人はすでにキーを持っている。私がチェックしたが、今もそれぞれの鍵束に入っていた」

　ピアースが言った「しかし中の一人が、職員なり、神学生、外来者に疑いをかけるために、キーを盗んだ可能性もあります」

「確かに一つの可能性だな。同じように『最後の審判』のいたずら書きは殺人事件と無関係ということも、一つの可能性として考えられる。残酷な殺し方と相容れない、子供のいたずらのようだからね。だがこの事件でもっとも異常な点は、どうしてああいう状況で殺さなければならなかったのかということだ。クランプトンを殺したければ、何も教会におびき出すことはない。客用施設は、どれにも鍵がついていない。神学校にいる者ならクランプトンの部屋に入って、寝ているクランプトンを殺すことができた。外部の者だって、校内の様子を知っていれば、それほど難しくなかっただろう。装飾のついた鉄門は、難なく越えられる」

　ケイトが言った。「でも紛失したキーは別にしても、外部者の犯行でないことは明らかですよ。十時以降、折れて落ちた枝が道を塞いで車は通れなかったんですから。カインは歩いて来て、あの木をまたいで通ったか、あるいは海岸沿いを徒歩で来たとも考えられます。昨夜の風では楽ではなかったでしょうが」

ダルグリッシュは言った。「犯人はキーの置いてある場所と警報装置の暗証番号を知っていた。内部の犯行のように見えるが、他の可能性にも目を配ろう。今も言ったように、これがこれほど派手で異様な殺し方でなければ、聖アンセルムズ神学校の関係者に嫌疑をかけることは難しかっただろう。外から何者かが忍び込んだ可能性を拭い去ることができなかったにちがいない。ドアに鍵がかかっていないことを知って忍び込んだ泥棒が、クランプトンが思わぬ時に目を覚ましたのでパニックに陥り、殺したという可能性もあるわけだ。ありえないように思えるが、無視するわけにいかなかっただろう。この犯人はクランプトンを殺したかったばかりか、聖アンセルムズ神学校内の犯罪としたかった。その理由が分かれば、解決までそう遠くないだろうね」

少し離れて座ったロビンズ部長刑事は、黙ってメモを取っていた。彼にはいろいろ才能があり、目立たずに仕事を進める能力と速記もその中に入る。しかし彼の記憶力は正確で間違いがなかったから、メモを取るまでもなかった。地位は一番下だが、チームの一員だったから、ケイトは当然ダルグリッシュが彼を討論に引き込むものと思った。思った通りダルグリッシュが言った。「部長刑事、何か意見は？」

「特にありません。内部の犯行と見て間違いないようですし、犯人はわれわれにそう思わせたいようですね。しかし祭壇の燭台は犯行に使われたのかどうか疑問があるのではないかと思います。確かに血がついていますが、クランプトンが死亡した後、祭壇から持って来て、使ったということもありえます。検死解剖では第一打が燭台によるものかどうかは分かりません――少なくとも断定はできないでしょう。クランプトンの血液と脳が付着しているかどうかが分かるだけです」

ピアースが言った。「で、君はどう考えるんだい。これが計画的犯行か逆上した結果の凶行かは、謎の肝心要じゃないかい」

「計画的犯行ではないと仮定しましょう。『最後の審判』のいたずら書きを見せるということで、クランプトンが教会におびき出されたことはまず間違いないと考えていいわけですね。教会でおびきだした人物が待っていた。そして激しい言葉のやり取りがあった。自制心を失ったカインは殴りかかり、クランプトンは倒れる。死んだクランプトンのそばに立ったカインは、神学校の誰かの仕業に見せかけることを考える。燭台を二本取ってきて、片方でクランプトンをもう一度殴り、頭の両横に一本ずつを置く」

ケイトが言った「充分考えられるけど、その場合カインは凶器を用意していなくちゃならないわね。頭骨が割れるほど重い物を」

ロビンズは続けた。「金槌とか、畑仕事に使うような重い道具かもしれません。昨夜教会に明かりがついているのを見た犯人は手近にある物を護身用に持って、調べに出かけた。そして教会でクランプトンに会い、二人は激しい喧嘩をする。犯人は殴りかかる」

ケイトが異議を唱えた。「でも夜中に武器を持って一人で教会に行くかしら。本館の誰かに電話をするんじゃない？」

「自分で調べたかったのかもしれませんし、一人じゃなかったのかもしれない」

妹と一緒だったのか、とケイトは考えた。面白い推理だ。

ダルグリッシュは少しの間無言だったが、やがて言った。「われわれ四人でしなければならないことが山とある。始めることにしよう」

彼は考えていることを言おうか迷って、ちょっと言葉を切った。目の前にある事件が殺人であることは明らかだった。無関係かもしれないことで殺人事件の捜査を混乱させたくない。とはいえ、彼が抱いている疑惑を念頭におかずに捜査を進めることはできない。

「今回の事件はその前に起きた二つの死亡事件、トリーヴィスとマンロー夫人の死亡事件と関連して考えなければいけないと思う。三つにつながりがあるような予感がする—

—今の段階では予感以外のなにものでもないんだが。つながりは弱いかもしれないが、しかし何かあると思う」

ダルグリッシュの言葉に三人は数秒黙り込んだ。ダルグリッシュは三人が驚いているのが分かった。やがてピアースが言った。「トリーヴィスは自殺ということで、一応納得しておられるのかと思っていました。トリーヴィスが殺されたとしたら、聖アンセルムズ神学校に二人も人殺しがいるわけで、偶然の一致にしてはできすぎているような気がしますね。トリーヴィスの事件は自殺ないしは事故なんじゃありませんか。警視長のおっしゃっていた状況を考えてみてください。遺体は海岸に出られる唯一の道から二百ヤード離れた場所で発見された。あの海岸まで大の男を抱えて運ぶのは難しいですし、トリーヴィスが犯人にやすやすと連れられて行ったとは思えない。健康で力もある若者だったんですから。まず薬かアルコールで眠らせるか、殴って気絶させなければ、半トンの砂を頭からかぶせることはできやしません。そのどれも、起きた形跡がない。検死解剖は完璧だったとおっしゃいましたよね」

ケイトがピアースに向かって言った。「そうね、自殺だったと考えましょう。でも自殺には理由があるはずよ。何が彼を自殺に追い込んだのか。あるいは誰が。何か動機があるはずよ」

「だがクランプトン殺しの動機じゃないことは確かだな。トリーヴィスが死んだ時、クランプトンは聖アンセルムズ神学校にいなかったんだから。クランプトンがトリーヴィスに会ったことがあると考える根拠はどこにもない」

ケイトはひるまず続けた。「マンロー夫人は過去に起きた何かを思い出して、それが気になって仕方がなかった。彼女は関係者と話をして、そのすぐ後に亡くなった。妙に都合のいい死に方に思えるんですけど」

「一体誰にとって都合がいいんだい。彼女は心臓が悪かったんだよ。いつ死んでもおかしくない状態だった」

ケイトは繰り返した。「夫人は日記に書いた。思い出したことがある。ある事実を知っているって。そして彼女は心臓の悪い年取った女性で、誰よりも殺しやすい人だった。特に犯人を怖がる理由がない場合には」

ピアースは反対だった。「そう、確かに彼女は何か知っていた。といって、それが重要なこととは限らない。セバスティアン神父を始めとして神父たちは認めないものの、他の人間は本気でとやかく言わない、ささいな罪かもしれない。今や彼女は火葬にされて、コティジもきれいに片付けられ、証拠は完全に消え去った。何を思い出したにしろ、十二年も前のことだ。そんなことのために人を殺したりする人間がいるだろうか」

「彼女がトリーヴィスの遺体の発見者だということを忘れないで」

「それがどう関係してくるんだい。日記にはっきり書いてある。遺体を見た時にそのことを思い出したんじゃない。サーティーズが菜園でできたリークを持ってきた時に思い出したんだ。現在と過去が結びついたのは、そのときだった」

「リーク——漏洩《リーク》。しゃれじゃないかしら」

「ケイト、いい加減にしてくれよ。それじゃあ、まるっきりアガサ・クリスティーじゃないか！」ピアースはダルグリッシュを見た。「われわれはクランプトンとマンロー夫人の二件の殺人を扱っているとおっしゃるのですか」

「いや、そうではない。殺人事件の捜査を、単なる予感でひっかきまわすつもりはない。つながりがあるかもしれないから、その点を念頭においたほうがいいということだ。しなければならないことが多いので、すぐにもかかろう。まず指紋採取、それから司祭と神学生の事情聴取だ。これはケイトとピアースにやってもらおう。司祭も神学生も私の顔を見るのは、もううんざりだろうから。サーティーズも同様だろうから、あの兄妹からも話を聞いてくれ。違った顔が事情聴取をすると、いい結果が出るものだ。ヤーウッド警部から事情を聞けるようになるまでは、大した進展は望めないだろう。病院の話では、うまくいって火曜日ということだった」

　ピアースが言った。「彼が重要な手がかりを持っている可能性のある場合、あるいは容疑者の一人なら、それとなく見張りをつけたほうがいいんじゃありませんか」

「目立たないように警備がつけてある。サフォーク警察がそっちはやってくれている。ヤーウッドは事件当夜、部屋から出た。犯人を見た可能性もある。だから保護をつけた」

岬をがたがたと車が走ってくる音がした。ロビンズが窓に見に行った。「クラークさん率いる鑑識班が到着しました」

ピアースが時計を見た。「悪くはないが、ロンドンから車で来た方がよかっただろうな。イプスウィッチから出るのに時間がかかるんだから。列車の遅れがなくて運がよかった」

ダルグリッシュはロビンズに言った。「荷物をここに持ってくるように言ってくれないか。もう片方の寝室を使えばいい。それから仕事にかかる前にきっとコーヒーを一杯飲みたいだろう」

「分かりました」

ダルグリッシュは鑑識班に教会内の現場から離れたところで捜査用の仕事着に着替えさせることにした。鑑識チームのリーダーで、ノビーと呼ばれているブライアン・クラークとは、一緒に仕事をするのは初めてだった。冷静で、感情を表に出さず、ユーモアのセンスがまったくない男だったから、楽しい同僚とは言えないかもしれない。しかし仕事は完璧で信頼できるという評判だったし、重い口を開いた時には、つまらないことは決して言わなかった。何かあれば、必ず見つけ出すだろう。クラークは過度な意気込みを信用せず、決定的な手がかりになりそうなものが見つかっても、「分かった、そう興奮するな、ただの掌紋じゃないか。聖杯を見つけたわけじゃない」と言うだけだった。また仕事の分担を固く守る男でもあった。彼の務めは発見し、収集し、証拠の保全をすることで、刑事の領域に首を突っ込むことではない。チームワークを重視し、アイデアに耳を傾けるダルグリッシュには、寡黙とも言えるこの控え目な態度はマイナスだった。

ダルグリッシュがベロウンとハリー・マックの殺人事件を捜査した時の鑑識官チャーリー・フェリスを懐かしく思い出すのは、今回ばかりではなかった。あの事件も現場は教会だった。砂色の髪の毛の、グレイハウンドのようにしなやかで小柄な身体、鋭い目鼻立ちのフェリスが、スタートのピストルを今か今かと待つランナーのようにそっと歩き回っていた姿が思い出される。自分で工夫した、奇矯な仕事着も忘れられない。ごく短い白い短パンに、半袖のトレーナー・シャツ、ぴっちりとしたビニール・キャップ。まるで下着を脱ぎ忘れた水泳選手のようだった。だがそのフェリスも引退して、サマーセットでパブを経営している。その細い身体に似つかわしくない声量豊かなバスは、村の教会の聖歌隊に力強さを与えていた。

法医学者も違えば、鑑識チームも違う。彼らだって少しすればまた違った顔ぶれになるだろう。ダルグリッシュはケイト・ミスキンがまだチームの一員なのを幸運なことと思った。しかし今はケイトの士気と将来について頭を悩ませる時ではない。だんだんと変化を好ましく思わなくなったのは、おそらく年のせいだろう。

だがカメラマンはまだ見慣れた顔だった。カメラマンのバーニー・パーカーはすでに引退の年齢を過ぎていたが、パートタイムで今も仕事を続けていた。針金のようにやせた、小柄で快活で、話好きなこの男は、ダルグリッシュが初めて会った時から少しも変わらないように見え、いつも熱意のこもった目をしていた。彼は結婚式の写真撮影もパートタイムの仕事にしていた。花嫁を美しく見せるための焦点をぼかした撮影は、警察の仕事の非妥協的な厳しさと打って変わって、息抜きになるのだろう。確かに彼には、カメラを向けなければいけない死体が他にもないか確認するようにきょろきょろとまわりを見回す、いかにも結婚式専門のカメラマンらしい念の入ったところがあり、苛々させられることがある。ダルグリッシュは今にも彼が家族一同の写真を撮るから集まれと、全員に号令をかけるのではないかと思う。だが仕事は確かな、優れたカメラマンだった。

ダルグリッシュは鑑識チームと一緒に聖具室を抜けて、教会に入り、殺人現場を避けるようにして進んだ。チームは南扉のそばの信者席で無言で着替えをしたが、口を開かないのは、教会という場所柄とは関係がないにちがいない。フードのついた白いつなぎに着替えて宇宙飛行士そっくりになったチームは、ダルグリッシュに従って聖具室に取って返すノビー・クラークを見守っている。顔をギャザーの入ったフードで丸く取り巻かれて、上の歯が少し出っ歯気味のクラークは、一対の耳をつければ、不機嫌な大兎のようだった。

ダルグリッシュは言った。「犯人は北回廊から聖具室のドアを通って入ったと見て、まず間違いないと思う。従って回廊の床に足跡が残っていないか調べなければならない。もっともあれだけ落ち葉が散り敷いていては、使えるような足跡が採取できるとも思えないが。ドアにはノブがないが、ここの人間の指紋なら誰のがドアについていてもおかしくない」

教会に入りながら、彼は続けた。「犯人が手袋をはめなかったとしたら、正気の沙汰とは思えないが、『最後の審判』とまわりの壁に指紋が残っている可能性はある。右側の燭台に血液と頭髪が付着しているが、これからもはたして指紋が採取できるかどうか。面白いのはここだよ」と、ダルグリッシュは中央の通路を進んで、二つ目の仕切り席に行った。「このシートの下に人が隠れていた形跡がある。かなり積もっている埃に跡が残っている。木部から指紋が取れるかどうか分からないが、可能性はあるね」

クラークが言った。「そうですね。チームの昼食はどうなりますか。近くにパブはなさそうですし、仕事を中断したくありません。なるべく自然光のあるうちに仕事をしたいので」

「神学校がサンドイッチを出してくれる。寝るところはロビンズが面倒を見てくれるはずだ。明日には何か進展が見られるな」

「二日以上かかると思いますね。北回廊のあの落ち葉。あれを全部ふるいにかけて、調べなければなりません」

そんな辛気臭い作業をしていい結果が出るとも思えなかったが、クラークの細部までなおざりにしない態度に水を差す気はなかった。ダルグリッシュはチームの他の二人に声をかけて、現場を離れた。

10

一人一人から事情を聴取する前に、聖アンセルムズ神学校にいる全員の指紋を採取しなければならない。それはピアースとケイトの仕事だった。両人とも、ダルグリッシュが女性の指紋採取は女性が担当した方がいいという考え方なのを心得ていた。採取にかかる前に、ピアースが言った。

「これをするのは久しぶりだな。いつものように女性は君に頼むよ。僕にはよけいな気遣いのように思えるけど、一種のレイプと見なされているみたいだからね」

　ケイトは採取の準備を進めていた。「一種のレイプと見なせるんじゃないかしら。私だって無実であろうとなかろうと、警官にいきなり指をつかまれたくはないもの」

「つかむってほどのことはしないがなあ。早くも控え室が満員になっているよ。司祭たちは来ていないけど。誰から始めよう」

「アーバスノットがいいんじゃないの」

　それから一時間、容疑者たちはさまざまな段階の従順さを見せ、ケイトは各人各様の反応に興味を覚えた。同僚の司祭たちと一緒に姿を現したセバスティアン神父はむっつりとした表情ながら協力的だったものの、ピアースに指を石鹸で洗われて、スタンプ台にぎゅっと押しつけられ回されると、不快そうに顔をしかめずにいられなかった。「それぐらいのことなら、自分でできますよ」

　ピアースは頓着しなかった。「申し訳ないですね。くっきり鮮明に採取しないといけないのです。経験がないと、なかなかかね」

　ジョン神父は終始無言だったが、顔面蒼白で震えているのに、ケイトは気づいた。採取する短い間、彼は目を閉じていた。いかにも興味津々といった様子のマーティン神父は、渦巻きとループが作る、自らの独自性を表す複雑な模様を子供が驚嘆するようにまじまじと見た。ペリグリン神父は早く戻りたくて仕方のない神学校の方をじっと見つめたまま、何が進行中かほとんど意識にないようだった。インクで汚れた指を見て初めて、汚れは洗えばすぐ落ちるんでしょうねと文句を言い、神学生は指をきれいに洗ってから図書室に来てもらわなければ困ると言い出した。掲示板に注意書きを貼ると言う。

神学生、ないし職員は問題なくすんだが、スタナードは指紋採取は市民の自由をはなはだしく侵害するものだという考え方だった。「あなたたちに、こんなことをする権限があるんですか」と彼は言った。

ピアースは落ちついて答えた。「ええ、警察および刑事証拠法の条項に基づいて、あなたの同意があれば。その法律のことはご存じだと思います」

「私が同意しなかったら、あなたたちは裁判所の命令か何かを持ち出すにちがいない。もし運よく逮捕までこぎつけて、私の無実が明らかになった場合、この指紋は廃棄されるんでしょうね。どうすれば廃棄されたと、はっきり分かりますか」

「その旨を申請すれば、廃棄に立ち会う権利が認められています」

「じゃあ、そうすることにしよう」と、彼は指をスタンプ台に押しつけられながら、言った。「必ずそうしますよ」

全員の採取が終わり、最後だったエマ・ラヴェンナムが部屋を出て行った。ケイトが自分の耳にも不自然に聞こえる、いかにもわざとらしい何気ない口調で言った。「ＡＤは彼女のことをどう思っているかしらね」

「彼は異性愛の男性であり、詩人だ。異性愛の男性詩人が美人に会った時に思うように思っているだろうね。そういえば、僕が思っていることも同じだな。一番近くにあるベッドに連れて行きたい」

「まあ、そんなに露骨に言うことないでしょ。男性って、女性をベッドと無関係に考えることはできないの？」

「ケイト、なんて清く正しいんだろうね、君は。ＡＤがどうするかじゃなくて、どう思うかって訊いただろう。彼はあらゆる本能をきっちりコントロールしている。それが彼の問題点だけどね。彼女はここでは異端じゃないか。セバスティアン神父はなぜ彼女を講師にしたんだと思う。神学生に短期間なりとも誘惑に抵抗する練習をさせようというのかな。それなら美形の少年の方が向いているような気がするが。もっともこれまで会った四人は、げんなりするほど同性愛とは無関係に見えるけどね」

「じゃあ、分かるわけね」

「君だって分かるだろ。美形といえば、アドニス・ラファエルをどう思う」

「名前がぴったりすぎるほどぴったりじゃないの。もしアルバートという名前だったら、同じように見えたかどうか。美しすぎるし、本人もそれを充分知っている」

「くらくらっとくるかい」

「いいえ、彼にも、それからあなたにも。訊き込みに回る時間よ。誰から始めましょうか。セバスティアン神父からにする？」

「トップからかい」

「いいじゃないの。そのあとアーバスノットから事情聴取する時に同席するように、ＡＤから言われているの」

「校長の事情聴取のリード役は？」

「私。少なくとも最初はね」

「女性相手の方が口が緩むと思うかい。そうかもしれないけど、まあ、無理だろうな。ああいう司祭は告解に慣れている。秘密を守る術《すべ》を心得ているんだよ、自分の秘密も含めて」

11

セバスティアン神父は言った。「クランプトン夫人がお帰りになる前に、夫人にお会いになりたいでしょうね。夫人のご都合のいい時に、その旨をお知らせしましょう。もし夫人が教会に行きたいと言われたら、かまわないでしょうね」

ダルグリッシュはかまわないと短く答えた。クランプトン夫人が夫の死んだ場所を見たいと言い出した時に、付き添うのは当然自分だとセバスティアン神父は思っているだろうかと考えた。ダルグリッシュにはダルグリッシュの考えがあったが、今はそのことを話し合う時ではないと判断した。クランプトン夫人は教会に行きたいと言わないかもしれない。いずれにせよ、夫人と会わなければならない。

夫人に面会できるという知らせは、スティーヴン・モービーが捜査室にもたらした。セバスティアン神父はこのところ何かにつけてスティーヴン・モービーをメッセンジャーとして使っていた。ダルグリッシュは神父がひどく電話を嫌っているのに気がついていた。

ダルグリッシュが校長室に入っていくと、椅子から立ちあがったクランプトン夫人は手を差し出し、彼の顔をじっと見つめながら近づいてきた。夫人はダルグリッシュが考えていたよりも若かった。大きく張り出した胸の下のウェストがすっきり締まり、化粧気のない率直で快活な顔をしていた。帽子を被っていない茶色のショート・ヘアは艶よく梳《くしけず》られ、高級美容室でカットしたように見える。ばかげた想像とはいえ、美容院から真っ直ぐ来たのかと思うほどだった。ブルーとベージュ色のツイード・スーツの襟に、大きなカメオのブローチをつけていた。見るからに現代的なカメオで、カントリー風のツイードと合わなかった。夫からのプレゼントのブローチを、忠誠ないしは果敢な抵抗の印としてつけてきたのだろうか。椅子の背に短い旅行用コートがかかっていた。態度は冷静そのもので、ダルグリッシュの手を握った手は冷たかったが、しっかりしていた。セバスティアン神父が言葉少なに堅苦しく二人を引き合わせた。ダルグリッシュはいつもの通り同情と悔やみの言葉を述べた。彼は殺人事件の被害者の家族に思い出せないほど何回も悔やみの言葉を述べてきたが、いつも空々しく響くような気がする。

セバスティアン神父が言った。「クランプトンさんは教会をご覧になりたいそうで、あなたにご一緒してほしいとのことです。私にご用の時はここにおりますから」

ダルグリッシュは夫人を伴って、南回廊を抜けて石畳の中庭を横切り、教会に向かった。大執事の遺体はすでに移されていたが、鑑識班はまだ建物の捜査に忙しく、一人は北回廊の落ち葉を一枚一枚丹念に調べながら、集めている。聖具室のドアまで、落ち葉のない通路ができていた。

教会の中は冷え切っていて、ダルグリッシュは連れが身震いしているのに気づいた。「コートを取ってきましょうか」

「いいえ、警視長さん、結構です。大丈夫です」

ダルグリッシュは先に立って『最後の審判』の前に行った。そこが現場だと改めて言う必要はなかった。床の石は彼女の夫の血でまだ汚れていた。夫人は少しぎごちない動きながらも、てらいなくひざまずいた。ダルグリッシュは夫人から離れて、中央通路を歩いた。数分後、夫人がそばにきた。「少し座りませんか。私に質問がおありでしょう」

「校長室か、聖マタイのコテイジにある捜査室の方が楽でしたら、ここでなくても」

「ここの方が落ち着きます」

鑑識班の二人が気を利かせて、聖具室に姿を消した。夫人とダルグリッシュは少しの間黙って座っていた。やがて夫人が言った。「警視長さん、主人はどのように亡くなったのでしょうか。セバスティアン神父はおっしゃりたくないようでしたので」

「クランプトンさん、セバスティアン神父は何も聞かされていないのです」

もちろん神父が知らないということではない。ダルグリッシュは夫人はそのことに思い当たっただろうかと考えた。

「捜査のために、しばらくの間詳細を伏せておく必要がありますから」

「分かります。他言はいたしません」

ダルグリッシュは柔らかな口調で言った。「大執事は頭を殴打されて亡くなられました。ごく瞬間的なものだったと思われます。苦しまれなかったでしょう。ショックや恐怖を感じる時間もなかったのではないでしょうか」

「お気遣いくださって、ありがとうございます」

再び二人は黙った。不思議と和やかな沈黙で、ダルグリッシュはそれを急いで破ろうとは思わなかった。悲しみにストイックに耐えている最中でも、夫人は一緒にいて心の休まる女性だった。大執事が惹かれたのは、夫人のこの資質だったのだろうか。沈黙の時間が長くなった。ダルグリッシュが夫人の顔をちらりと見ると、頬に涙が光っていた。夫人は手を上げて涙を払ったが、話し出した口調は落ち着いていた。

「警視長さん、主人は聖アンセルムズ神学校では歓迎されない人間でしたが、でもここの人に主人を殺すことができたとは思えません。キリスト教会の一員がこんな非道なことができるとは、私にはとても信じられません」

「これはどうしてもうかがわなければならないことなのですが、ご主人に敵はいませんでしたか。ご主人に危害を加えたいと思っていた人間は」

「いいえ。主人は小教区ではとても尊敬を受けておりました。愛されていたと言っても過言ではないでしょう。主人はそういう言葉は使わなかったでしょうが。主人は思いやりのある、良心的な優れた小教区司祭でした。決して骨惜しみをいたしませんでした。私どもが結婚した時、主人はやもめだったことをお聞きになりましたかしら。前の奥さんは自殺しました。とても美しい人でしたけど、心を病んでいて、主人はそれは深く愛していたのです。自殺という悲劇は主人には大変なショックでしたが、何とか乗り越えました。どうすれば幸せになれるか、だんだんに分かってきていたようでした。私どもは幸せに暮らしておりました。主人の望みの何もかもがこんな結果になるなんて、むごすぎます」

「ご主人は聖アンセルムズ神学校では歓迎されないとおっしゃいましたね。神学上の相違のせいでしょうか、それとも何か他に理由があったのでしょうか。ご主人はここに来られることについて、奥さまに何か話されましたか」

「主人は私に何でも話してくれました。聖職者として守秘義務のある話以外はどんなことでも。主人は聖アンセルムズ神学校はすでに用をなさなくなっていると感じておりました。そう思っていたのは主人一人ではありません。セバスティアン神父さまだって、この神学校が例外的な存在で、閉鎖もやむなしと分かっておられると思います。もちろん聖職者としての立場の違いもありましたから、なかなか面倒なことでした。それからジョン・ベタートン神父さまのことはもうご存じでしょう」

ダルグリッシュは慎重に言った。「何か問題があるような印象を受けましたが、詳しいことは知りません」

「もう古い話ですけど、とても不幸な事件でした。何年も前になりますが、ベタートン神父さまはご自分の教会の聖歌隊の少年に対する性犯罪で有罪となり、実刑判決を受けたのです。主人は証拠の一部を明らかにして、裁判で証言いたしました。その時はまだ私どもは結婚しておりませんでした。前の奥さんが亡くなってすぐのことでしたので。ですが主人にとって大変つらいことだったのは知っております。自分の義務と思うことをしたのに、非常に苦しむ結果になったのです」

ジョン神父はもっと苦しんだだろうと、ダルグリッシュは心の中で思った。

「ご主人はここに来られる前に、何かおっしゃいませんでしたか。ここで誰かと会われる予定になっているとか、あるいは今回の聖アンセルムズ神学校訪問は特に難しくなりそうだとか」

「いいえ、何も。神学校の方と会う以外に、人と会う予定はなかったことは確かです。この週末を楽しみにしてはおりませんでしたが、恐れてもおりませんでした」

「ご主人はこちらに到着されてから、奥さまに連絡をされましたか」

「いいえ、電話はかけてきませんでしたし、かけてくるとも思っておりませんでした。小教区に関する電話以外でかかってきたのは、教区からの電話だけですね。主人の携帯電話の番号の控えをなくしたらしくて、記録に記したいから教えてほしいと」

「それは何時のことですか」

「かなり遅くでした。教区の事務所がもう閉まっていたはずでしたから、びっくりいたしました。土曜日の九時半すぎでした」

「電話の主と話されたのですか。男性でしたか、女性でしたか」

「男性の声のように聞こえました。その時は男性と思ったのですけど、絶対とは言いきれません。番号を教えただけで、ろくに話しませんでしたから。向こうはありがとうと言って、切りました」

それはそうだろう、とダルグリッシュは思った。不必要なことは喋りたくなかっただろう。ほしいのは、その方法でしか聞き出しようのない電話番号だ。そしてその番号を使って、その夜教会から電話で大執事を呼び出し、殺すつもりだった。これこそ、事件の中核にある問題点の一つ――クランプトンが携帯電話にかかった電話で教会におびきだされたのなら、電話の主はどのようにして番号を知り得たのか――に対する答ではないか。九時半の電話を突き止めるのは難しくはない。結果は聖アンセルムズ神学校のある人物にとって、致命的なものとなるかもしれない。とはいえ、それでも謎は残る。犯人は馬鹿ではない。この犯人をカインと呼ぶのがいっそうふさわしく思えてきたこの事件は周到に計画されたものだ。カインはダルグリッシュがクランプトン夫人から話を聞くことを予想しなかったのか。夫人に電話をかけたことが明るみに出るというのはありうる――いや、ありうるどころか、確かなことではなかったか。ダルグリッシュは他の可能性に思い当たった。それこそ、明るみに出ることこそ、カインが意図したことではなかったか。

12

　指紋採取を終えて自室から必要な書類を取ってきたエマが、図書室に行こうと歩き出した時、南回廊でせかせかした足音がして、ラファエルが追いついてきた。

「お願いがあるんですけど、今いいですか」

　エマは〝それほど長くかからないなら〟と言いそうになったが、ラファエルの顔を見て、出かかった言葉を引っ込めた。慰めを求めているのかどうかは分からなかったが、明らかに慰めが必要な顔つきだった。「いいわよ。でも、あなた、ペリグリン神父の個別指導があるんじゃなかったの」

「あれは先に延ばしてもらいました。警察から呼び出しがありました。これから絞られに行くところです。それであなたに話がしたかった。昨日の夜、僕たちは一緒にいたとダルグリッシュに言ってもらえませんか。肝心の時間の十一時以降に。それまでのアリバイは何とかあるんです」

「一緒って、どこで」

「あなたの部屋か、僕の部屋で。昨日の夜、僕たちは一緒に寝たと言ってもらいたいんです」

　エマは足を止めて、ラファエルの方に向き直った。「まさか、私がそんなことを言うわけがないでしょ！　ラファエル、とんでもないことを言い出すわね。あなた、いつもはそんな露骨なことを言わないのに」

「でも、それほどとんでもないことでもないんじゃありませんか――違いますか」

　エマは足早に歩き出したが、ラファエルは、ついてきた。

「いいこと、私はあなたを愛していないし、恋してもいません」

　ラファエルが遮った。「きっちり区別しましたね。でも可能性なきにしもあらずと思っていませんか。まったく問題外なんて思わないでしょう」

　エマは彼の方を向いた。「ラファエル、もし昨日の夜あなたと実際に寝たのなら、そうと認めることを恥ずかしいとは思わないでしょう。でも私はあなたと寝なかったし、寝るつもりもなかったし、今後も寝ることはありませんから嘘はつきません。道徳的な問題は別にしても、嘘をつくのは愚かで危険なことよ。そんな嘘で、アダム・ダルグリッシュをちょっとの間でも欺けると思っているの？　私は嘘が下手だけど、たとえうまかったとしても、彼にはちゃんと分かるわよ。それがあの方の仕事なんですから。警視長に大執事を殺したのはあなただって思わせたいの？」

「もうきっとそう思っていますよ。僕にはろくなアリバイがないんです。嵐の間、ピーターの相手をしてやってたんだけど、あいつ、十二時前に寝ちゃって、僕は部屋を抜け出そうと思えば、抜け出せたんです。ダルグリッシュは抜け出したと思うにきまっています」

「ダルグリッシュがあなたを疑っているとは思えないけど、もしそうだとしても、アリバイをこしらえようとすれば、さらに疑いを招くだけだわ。ラファエル、あなたらしくないことを考えるわね。馬鹿げていて、哀れで、私たち両方を侮辱するものだわ。どうしてそんなことを」

「あなたがそういうことを、原則としてどう考えているか知りたかったんじゃないのかな」

「男性とは原則で寝るんじゃないわ。生身の身体で寝るのよ」

「それにもちろんセバスティアン神父がいい顔をしないでしょうね」

何気ない皮肉めいた口調だったが、エマは苦々しい響きを聞き逃さなかった。

「そりゃあ、そうでしょう。あなたはここの神学生で、私は外来者なのよ。あなたと寝たいとは思わないけど、たとえそう思っても、礼儀に反するわ」

エマのその言葉にラファエルは笑ったが、笑い声はざらついていた。「礼儀ですか！　そうね、当然考えなくちゃいけませんよね。そんな理由でふられたのは初めてだなあ。性道徳のエチケットですか。倫理の時間にゼミナールを開くといいだろうな」

エマはもう一度訊いた。「でも、どうしてなの、ラファエル。私がどう答えるか分かっていたでしょ」

「あなたを僕が好きになるように仕向けられたら――あるいはちょっとでも愛してもらえたら、こんな混沌から抜け出せるんじゃないかと考えただけのことです。何もかもうまくいくだろうって」

エマはずっと優しい口調で言った。「でもそうはいかないんじゃないの？ 人生が混沌だとしても、混沌を解決するために愛を求めてもだめなんじゃないの？」

「でも、皆そうしていますよ」

二人は本館の南のドアの前で黙って向き合っていた。エマが中に入ろうとした。ラファエルがいきなり彼女の動きを制止して、手を取り、かがんで頬にキスをした。「すみません、エマ。到底無理だって分かっていたんです。ただの夢だったんです。許してください」

彼はくるりと踵を返した。エマは回廊を歩いて行く姿を見つめて、鉄門の向こうに消えるまで待った。本館に入ったが、心は沈み、混乱していた。もっと理解を示し、同情してもよかったのではないか。彼は何か打ち明けたかったのだろうか。それなら打ち明けるように仕向けるべきではなかったか。だがたとえ事がうまくいかないとしても――彼の場合うまくいっていないように思えた――人に解決を求めて、何になろう。だがある意味では自分もジャイルズに同じことを求めていたのではなかったか。しつこい求愛や嫉妬、ライバル意識にうんざりし、地位も力も、知性もあるジャイルズなら、決まった相手のように見えるのではないか、そうすれば周囲はそっとしておいてくれ、自分にとって大切な仕事に没頭できるのではないかと。それが誤りだったことに、今気づいた。誤っていただけではない。よくないことだった。ケンブリッジに戻ったら、彼に正直に言わなければいけない。ジャイルズは拒否されることに慣れていないから、気持ちよく別れることはできないだろう。だが今のエマにはそれ以上は考えられなかった。将来に待ち受けるその心の傷は、今巻き込まれている聖アンセルムズ神学校の悲劇に比べれば、物の数ではなかった。

13

十二時少し前に、セバスティアン神父は図書室で論文の採点をしているマーティン神父に電話をして、話したいことがあると伝えた。彼は日頃からマーティン神父には自分で電話をかけるようにしていた。校長に就任した最初の日から、神学生や職員を使って前任者を呼び出さないように気を遣った。それまでとまったく違った新管理体制の特徴が、気配りを欠いた権力の行使であってはならない。前校長が校内に住み続けて、非常勤講師を務めると考えただけで、普通なら気が気でないだろう。校長の椅子を退いた前任者は威厳を失わず毅然として去るのはもちろんのこと、なるべく神学校から遠くに離れるのが当を得たこととされている。だが、もともとは急に辞めた司牧神学講師の穴埋めという急場しのぎのはずだったマーティン神父の校内居住は、双方の同意のもとに続けられ、どちらにとっても満足すべき結果になっていた。セバスティアン神父は教会で前任者の席に着く時や、食卓で上席に着く時、あるいは初めて校長室に入って模様替えをした時や、周倒に計画した改革を導入した時にも、気後れや気まずさを感じている様子はまったくなかった。マーティン神父の方も気分を害しているふうはなく、ちょっと面白がっているような態度で理解を示した。セバスティアン神父はどんな前任者であろうと、自らの権威や改革の脅威になりうると考えたことさえなかった。彼はマーティン神父に内密の話を打ち明けたり、相談したことはない。管理上の細かいことを知りたければ、ファイルを調べるか、秘書から聞いた。自信家の彼はカンタベリー大主教であろうと、平然と自分の下級スタッフに加えることができただろう。

彼とマーティン神父との関係は信頼と尊敬の関係であり、マーティン神父にとっては情愛に基づく関係だった。校長在任期間中、自分が実際にその任にあることがいつも信じられなかったマーティン神父は、後任のセバスティアン神父を好感をもって、またほっと安堵する思いで歓迎した。ときおり温かいつながりがほしいと思う時があっても、セバスティアン神父との関係を心に浮かべることはない。だが今、呼び出しに応じていつもの暖炉横の椅子に座り、珍しく落ち着きのないセバスティアン神父を見ていると、励まし、ないしは助言、あるいは共通の不安に対する同情を求められているように感じて、落ち着かなかった。神父は静かに座って目を閉じ、短い祈りの言葉をつぶやいた。

　ゆっくり歩きまわっていたセバスティアン神父が足を止めて、言った。「十分前にクランプトン夫人が帰られました。つらい面談でした。どちらにとっても」

「そうでしたでしょうね」

マーティン神父は校長の声に、大執事は考えもなく神学校の屋根の下で殺されて、これまでの誤りにさらに上塗りしたと言わんばかりの、恨みがましい響きを聞き取ったような気がした。そう思うと、さらに一段と不謹慎で、関係のない連想が頭に浮かんだ。ダンカン王の遺骸を見にインヴァネス城に来た未亡人に、マクベス夫人は何と言ったか。

　〝奥さま、まことに無念なことでございます。主人共々、衷心よりお悔やみを申し上げます。それまではこの上なく上首尾でございましたのに。私どもはお越しいただいた陛下にお気持ちよくお過ごしいただけますよう、心を砕いておりました〟マーティン神父は自分がそんな不埒な連想をしたことに驚きあきれ、動揺した。心の惑いがひどくなっているのにちがいないと思った。

　セバスティアン神父が言った。「夫人はどうしても教会に行って、大執事の亡くなった場所を見たいと言われましてね。賢明なことには思えなかったのですが、ダルグリッシュは折れました。夫人は私でなく、ダルグリッシュに是非ともついてきてほしいと言われるのです。適切とは言えませんが、反対しない方がいいと考えました。教会に行けば、当然『最後の審判』が目に入ります。ダルグリッシュは夫人がいたずら書きのことを口外しないと信用できるのなら、どうしてここの職員を信用しないのか」

　クランプトン夫人は容疑者ではないが、職員は容疑者だからとは、マーティン神父は言いたくなかった。

セバスティアン神父は急に自分の落ち着きのなさに気づいたように、同僚の向かいに来て座った。「夫人が一人で車を運転して帰られるのはよくないと思い、スティーヴン・モービーにお供させましょうかと訊いてみました。不都合はよく分かっていました。スティーヴン・モービーは電車で帰ってきて、ローストフトからタクシーを使わなければならない。でも夫人は一人の方がいいとのことでした。昼食までいらしたらどうかと言ってはみたのですよ。ここか、私のフラットの方で静かに食事をしてもらえばいいと思って。食堂はふさわしくないでしょうからね」

マーティン神父は無言で賛成した。クランプトン夫人が容疑者と一緒に食卓を囲み、夫殺しの犯人かもしれない人間から丁重にジャガイモの皿を回してもらっては、何とも具合の悪い食事だっただろう。

校長は続けた。「残念ながら夫人の意にかなった応対ができなかったようです。こういう時には使い古した文句を使うものですが、そういう言葉はとうに意味をなさなくなって、信仰や元来の意味とは無関係な、何の変哲もない音をぶつぶつとつぶやいているにすぎなくなってしまう」

「神父がどんな言葉を使われたにしろ、それ以上のことは誰にもできなかったでしょう。言葉ではどうにもならない時というものがあります」

セバスティアン神父がキリスト教的堅忍の精神や希望を説いても、クランプトン夫人は喜ばなかっただろうし、必要も感じなかったにちがいない。

セバスティアン神父は椅子の上で落ち着かなげに身体を動かしてから、意を決したようにその動きを止めた。「大執事と昨日の午後、教会で口論したことについては、夫人には一言も言いませんでした。話せば、夫人をますます苦しめるばかりで、何の役にも立ちません。あのことは深く悔いています。大執事があれほどの怒りを心に抱いて亡くなられたかと思うと、気持が滅入ります。寛容の精神があったとはとても言えません――どちらにも」

マーティン神父は穏やかに言った。「神父、大執事が亡くなられた時に、どんな霊的状態でいらしたかは、私たちには分からないことですよ」

相手はさらに言った。「ダルグリッシュが司祭の事情聴取に部下を使ったのは、ちょっと無神経ではないかと思いましたね。われわれには彼自身が一人で当たるべきだったと思います。もちろん協力しました。他の人たちも当然そうしたでしょう。警察は神学校関係者以外にももっと目を向けるべきではないかと思いますねえ。といっても、ヤーウッド警部が関係あるとはとても思えませんが。それにしても警部が早く話せるようになると、いいですね。私としては一日でも早く教会を再び使えるようにしたい。教会が使えなければ、神学校の心臓が鼓動を止めたも同然です」

「『最後の審判』のいたずら書きをきれいにするまでは教会を使うのは無理でしょうし、いたずら書きを消すわけにいかないかもしれませんね。今のところあれは証拠として必要かもしれませんから」

「そんな馬鹿な。写真を撮ったんでしょうから、それで充分なはずですよ。しかしいたずら書きをきれいにするとなると、大変ですね。専門家に依頼しなければならない。『最後の審判』は国の財産です。ピルビームにテレピン油で洗わせるというわけにもいかない。それに教会を再開する前に、再聖別式を行なわなければなりません。図書室で教会法令集を調べたのですが、驚くほどわずかしか手引きがないのですよ。ミサ典礼F十五は教会の冒瀆に関して述べてはいても、再聖別については何の指示もしていません。もちろんローマ・カトリックの典礼を見るという手もあるのでしょうが、複雑すぎて、いかがかとも思えるんですね。十字架を持った先導役の後に主教冠と主教杖で威儀を正した主教が従い、その後に合同ミサを執り行なう司祭たち、執事、その他の聖職者がそれぞれ典礼用の祭服をまとって行列を作る。そして信者の先に立って教会に入るのです」

「主教がその役目をしてくださるとはとても思えませんね。もう連絡はなさったのでしょう、神父」

「もちろんです。水曜日の夕方に見えることになりました。それより早く来ては主教ご本人にもわれわれにも、そして警察にも不都合ではないかと、気遣っておられました。主教は言うまでもなくすでに理事たちと協議しておられるので、ここに見えた時に正式にどんな話があるかは察しがつきます。聖アンセルムズ神学校はこの学期末で閉校になるでしょう。主教は神学生を他の神学校に編入させる手続きを取るようにとのことでした。カデスドン神学校かセント・スティーヴンズ・ハウス神学校で受け入れてもらえるのではないかということです。ただし、そう、すんなりとはいかないでしょうが。私も両神学校の校長とすでに話をしました」

　マーティン神父は憤然として抗議の声を上げたが、老いた声は屈辱的に震えるばかりだった。「しかし、それはあんまりではありませんか。二カ月足らずしかありません。ピルビームやサーティーズ、パートタイムの職員たちはどうなるのですか。皆、コティジから追い出されるのでしょうか」

「もちろんそんなことはありませんよ、神父」セバスティアン神父の声に微かな苛立ちが感じられた。「聖アンセルムズ神学校は神学校としては今学期末に閉校になりますが、住み込みの職員は建物がどのようにされるか決まるまで、これまで通り働いてもらいます。パートタイムの職員も同様です。ポール・ペロニットと電話で話したのですが、木曜日に他の理事と一緒に来てくれることになりました。今、神学校ないし教会から貴重な品を持ち出してはならないと厳しく言っていましたね。ミス・アーバスノットの遺言は、彼女の意図に関するかぎり非常に明確なのですが、法的な立場となると容易ではないようです」

　マーティン神父は校長就任時に、アーバスノット嬢の遺言の条項を告げられた。われわれ司祭四人は金持ちになる、と神父は思ったが、口には出さなかった。どれほど金持ちになるのだろうか。そう思ったマーティン神父は恐ろしくなった。手が震えている。紫色の縄のような静脈と、老齢の印というより何かの病気のように見える茶色のしみを見下ろす神父は、残り少ない力がすっと引いていくような心地だった。

　セバスティアン神父の青白くストイックな顔を見たマーティン神父は、突然鋭い洞察力で、悲嘆と不安が生み出す惨禍に見事に影響されずに、早くも将来を推し量っている心を見通した。今度の場合は執行猶予はない。セバスティアン神父が築き、目論んだことすべてが恐怖とスキャンダルにまみれて潰《つい》え去る。彼は生き延びるだろうが、今初めて、生き残るための励ましがほしいのではないか。

　二人は向かい合って座ったまま黙っていた。マーティン神父は何か適当な言葉はないものかと必死で探したが、浮かばなかった。十五年の間、彼は助言や励まし、同情、助けを求められることが一度もなかった。今こそそういうものが必要とされているのに、自分がまったく無力なのに気づいた。この無力感は今現在に留まらず、聖職者としての自分の全人生に及ぶような気がした。自分は小教区の信者や神学生、あるいは聖アンセルムズ神学校に何を与えただろうか。親切、情愛、寛容、理解は示した。だがそういうものは善意の人々なら誰でも与えられるものではないか。マーティン神父は最後に奉仕した小教区を離れる時に、ある女性が話している言葉をたまたま耳にした。〝マーティン神父さまは、誰にも決して悪く言われない司祭さまですね〞今の彼には、それが逃れようのない糾弾の言葉に思えた。

　少しして彼は立ち上がり、セバスティアン神父もそれに倣った。マーティン神父は言った。「神父、ローマ・カトリックの典礼がわれわれにも適用できないものか、調べてみましょうか」

「ありがとう、そうしてもらえたら、助かります」セバスティアン神父はそう答えて、机の向こうの椅子に戻り、マーティン神父は部屋を出て、静かにドアを閉めた。

14

正式な事情聴取を受けた最初の神学生は、ラファエル・アーバスノットだった。ダルグリッシュはケイトに同席を命じた。呼ばれたアーバスノットはすぐには姿を現さず、ロビンズに取調室に通された時には、すでに十分がたっていた。

ダルグリッシュはラファエルがショックから立ち直っていないのを見て、驚いた。衝撃を受け、沈み切った様子は図書室に集まった時と少しも変わらない。まだわずかな時間しかたっていないが、その間にもきっと自分の置かれた厳しい状況をしっかり自覚したのだろう。ダルグリッシュが座るように言っても断ったラファエルは、老人のようなぎごちない動きで椅子の後ろに立ち、両手で椅子の背を握り締めた。指の関節が顔面と同じに、蒼白だった。ケイトは今ラファエルの皮膚か髪の毛に手を伸ばしたら、固い石に触わるのではないかと馬鹿げたことを考えた。古代ギリシャ彫刻のような金髪の頭と真っ黒な法衣のコントラストが、聖職者らしいと同時に、作りものめいたわざとらしさを感じさせた。

ダルグリッシュが言った。「昨日、食堂に座った人間で、君が大執事を嫌っていたことに気づかない者は一人もいなかった。なぜですか」

アーバスノットは最初にそんな質問をされると思っていなかった。個人的な履歴など当たり障りのない予備的な質問から始まって、次第に難問に進むという慣れた口頭試験を想定して心構えをしていたにちがいない。彼はダルグリッシュの顔をじっと見つめたまま、何も言わなかった。

その強張った唇から答が出てくるなど不可能に思えたが、喋り出した声は落ち着いていた。「答えたくないのですが。ただ嫌いというだけでは充分ではありませんか」ラファエルはちょっと言葉を切ってから、また続けた。「ただ嫌いなだけでなくて、もっと強い感情でした。僕はあの人を憎んでいました。憎しみが執念のようになっていたんです。今そのことに気がつきました。他の人なり他のもの、たとえば場所とか組織に対する、自分でも持って行き場のない憎しみを、方向転換させていたのかもしれません」

彼は悲しげな微笑を作って、続けた。「セバスティアン神父が今ここにいらしたら、僕は素人心理学に取りつかれているとおっしゃるでしょうね」

ケイトが驚くほど優しい口調で言った。「ジョン神父の前歴のことは知っています」

ダルグリッシュにはラファエルの手の緊張がわずかに緩んだように思えたが、気のせいだろうか。「当然ですね。僕が馬鹿でした。あなたたちは僕たち全員のことを調べたんですよね。ジョン神父が気の毒です。天国の記録天使だって警察のコンピューターには歯が立たないでしょう。ではクランプトンが検察側の主要証人の一人だったことはご存じですね。ジョン神父を刑務所に送ったのは、陪審員ではなくて、クランプトンだったんです」

ケイトが言った「陪審員は誰も刑務所に送ることはできませんよ。それをするのは判事です」彼女はラファエルが気を失うのではないかと恐れるような口調で続けた。「アーバスノットさん、椅子にかけたらどうですか」

ラファエルはちょっとためらってから椅子に座り、リラックスしようと努めた。「人から憎まれている人は、殺されるべきではありませんよ。不当なほど有利な立場に立てるじゃありませんか。僕は殺さなかったのに、まるで殺したかのように後ろめたい気持にさせられる」

ダルグリッシュが言った。「昨日の夕食の時に読んだトロロップの一節だが、あれは君が選んだのですか」

「はい、何を読むかはいつも各自が決めます」

「時代も大きく違えば、大執事もまったく違う。臨終の父の傍らにひざまずいて、その死を願ったことに対して許しを乞う野心家。大執事は個人的なことに受け取ったように、私には思えたが」

「それが目的でした」ラファエルはまた黙り込んだが、やがて言った。「どうして彼はジョン神父をあんなにしつこく追い詰めたのかと、ずっと不思議に思っていました。彼自身が同性愛者で、それが明らかになるのを恐れていたというわけではないのですから。でも身代わりを使って自らの罪を浄化しようとしていたのだと分かりました」

「罪って、何の罪ですか」

「それはヤーウッド警部に訊いてもらったほうがいいと思います」

ダルグリッシュは、それに関して今は追わないことにした。ヤーウッドに訊きたいのは、そのことだけではなかった。警部が話のできる状態になるまで、薄暗がりで手探りするしかない。彼はラファエルに終禱後の行動について尋ねた。

「まず自分の部屋に戻りました。終禱の後は静かにしていることになっているんですけど、この規則は必ずしも守られているわけではありません。静かにしているというのは、口をきいてはいけないという意味ではありません。僕たちはトラピスト派の修道士とは違います。でもいつも自分の部屋に戻りますね。十時半まで本を読み、論文を書きました。風がものすごくて——そう、ここにいらしたんだから、ご存じでしたね。それでピーターが大丈夫か見に行くことにしました。ピーター・バックハーストのことです。腺熱がかなりよくなってはいるんですが、元気とは言えない状態なので。あいつが嵐が大嫌いなのは分かっているんです。稲妻とか雷、大雨じゃなくて、風がビュービュー唸るのが嫌なんですよ。あいつが七つの時に、お母さんが風のひどい夜に隣の部屋で亡くなったのです。それ以来、風がだめなんです」

「本館にはどういうふうに行きましたか」

「いつもの通りです。僕の部屋は北回廊の三号室です。更衣室を抜けて、ホールを横切り、階段を上がって三階に行きました。三階の奥に病室があって、ピーターはこの三、四週間そこで寝ています。あいつが一人でいるのが嫌なのは分かっていたので、一晩中一緒にいてやると言いました。病室にはもう一台ベッドがあるので、そのベッドで寝ました。セバスティアン神父から終禱の後に外出する許可をもらっていたのですが——コルチェスター郊外にある教会で友達がはじめてミサを執り行なうので、それに出ると約束してあったのです。でもピーターを一人にしておきたくなかったので、朝早くに出かけることにしました。ミサは十時半ですから、間に合います」

　ダルグリッシュは訊いた。「アーバスノット君、今朝図書室に集まった時に、どうしてそのことを言わなかったのですか。終禱の後、部屋を出た人がいるかと訊いたでしょう」

「あなたなら、言いましたか。ピーターが風を怖がると神学校中に言いふらしたら、ピーターにとって屈辱じゃありませんか」

「二人で夜をどう過ごしたんですか」

「喋って、それから本を読んでやりました。何を読んだか興味がおありなら、サキの短篇です」

「十時半頃に本館に入ってから、ピーター・バックハースト以外に誰か見ましたか」

「マーティン神父だけです。十一時頃のぞきにいらしたんです。でも長くはいませんでした。神父もピーターのことが心配だったんです」

　ケイトが訊いた。「マーティン神父もバックハーストさんが風を怖がることを知っていたということですか」

「マーティン神父はそういうことをちゃんと知っている方なんですよ。神学校で知っているのは、われわれ二人だけだと思います」

「夜の間に自分の部屋に戻りましたか」

「いいえ。シャワーを浴びたければ、病室にシャワー室があるので。僕はパジャマは必要ありません」

「アーバスノット君、友達に会いに本館に入った時に、北回廊から入るドアに確かに鍵をかけたと断言できますか」

「確かにかけました。ピルビームさんが十一時頃に正面玄関に鍵をかける時に、あのドアもいつもチェックします。ちゃんと鍵がかかっていたと、彼が確認してくれるはずです」

「朝まで病室を離れなかったんですね」

「ええ。一晩中病室にいました。ピーターも僕も午前十二時頃スタンドを消して、寝ました。あいつはどうだったか知りませんが、僕はぐっすり眠りました。六時半前に目が覚めると、ピーターはまだ眠っていました。自分の部屋に戻る時に、校長室から出てきたセバスティアン神父と会いました。神父は僕を見ても驚いたようでもなく、どうして外出しなかったのかとも訊きませんでした。今思うに、神父は他のことで頭がいっぱいだったんですね。全員に、神学生、職員、お客の全員に電話をして、七時半に図書室に集まるように伝えろとだけ言われました。僕は〝神父、朝の祈りはどうするのですか〟と訊きました。そうしたら〝朝の祈りは中止します〟と答えられたんです」

「神父は集合の理由を言いましたか」

「いいえ、まったく。僕も七時半に皆と図書室に行くまで、何があったのか知りませんでした」

「他に私たちに言うこと、大執事が殺されたことと関係がありそうなことで言うべきことはありませんか」

長い沈黙が来たが、その間アーバスノットは膝の上で組み合わせた手をじっと見つめていた。やがて意を決したように目を上げて、ダルグリッシュをまじまじと見た。「あなたはいろいろ質問なさいましたね。質問することがあなたの仕事だということは分かっています。今度は僕が一つ質問してもいいですか」

「もちろんいいが、答えると約束はできませんよ」

「質問というのは、こうです。あなたは——つまり警察は昨日の夜校内で寝た人間が大執事を殺したと信じているようですね。そう信じる理由が何かあるのにちがいありません。だって、外部の人間が盗みを目的に教会に押し入り、クランプトンと鉢合わせしたと考える方が、ずっと可能性が高いように思えるじゃありませんか。ここは防犯体制が整っているとはとても言えませんよ。庭に入るのは造作もないことでしょう。本館に忍び込んで教会の鍵を盗むことだって、それほど難しくはないんじゃありませんか。前にここに宿泊したことのある人間なら、キーのある場所は知っているでしょう。ですから、あなたがわれわれに——つまり司祭と神学生に的を絞っているのはどうしてだろうと不思議になったのです」

「犯人については、何も除外してはいませんよ。それ以上は言えませんね」

アーバスノットはさらに言った。「あのう、僕、考えたんですが——まあ、誰もが当然考えたことでしょうけど。もし神学校にいる人間がクランプトンを殺したとしたら、それは僕にちがいない。他の誰も殺そうと思わなかっただろうし、できなかったでしょう。僕ほど彼を憎んでいた者はいないし、たとえ憎んでいたとしても、人殺しはできません。僕が自分で知らないうちにやってしまったなんてことがあるだろうかと考えているんです。きっと夜中に起き出して自分の部屋に戻った時に、大執事が教会に入るのを見たんでしょう。彼の後を追って教会に行き、激しく言い争って殺したということもありうるんじゃありませんか」

ダルグリッシュの声は落ち着いて、淡々としていた。

「どうしてそう考えるんですか」

「少なくとも可能性があるからです。もし今度のことが、あなたたちが言うところの内部の犯行なら、他に誰が考えられますか。それにそれを裏付ける証拠が一つあります。今朝、全員に図書室に集まるように電話をしてから部屋に戻った時に、夜の間に部屋に誰か入ったなと思いました。ドアの中に折れた小枝が落ちていたんです。誰かが動かしていないかぎり、まだあると思いますよ。北回廊は今立ち入り禁止になっているので、僕は戻って確かめることができませんでした。あれは証拠と言えるんじゃないかと思いますけど、一体何の証拠か」

「終禱の後、部屋を出てピーター・バックハーストの様子を見に行った時に、小枝が部屋の中になかったのは確かですか」

「確かです。あれば、気がついていました。見落とすはずがありません。僕がピーターのところに行った後に、誰かがあの部屋に入ったのです。夜中に僕が戻ったに違いありません。あんな時間、それも嵐の最中に、僕以外にそんなことができるはずがない」

「これまでに一時的な記憶喪失になったことがありますか」

「いいえ、一度も」

「大執事を殺した憶えがないというのは事実ですね」

「はい、誓って」

「この事件の犯人は、昨夜自分が何をしたか、はっきり分かっていると思いますね」

「今朝目を覚ました時に僕の手は血まみれに――比喩でなく、現実に血まみれになっていたはずだとおっしゃるのですか」

「言葉以上のことは何も意味していませんよ。今のところはこれぐらいですね。後で何か思い出したら、すぐ知らせてください」

　事情聴取をあっさりと切り上げられ、ラファエルには思いがけなかったらしい。彼はダルグリッシュをじっと見つめたまま「ありがとうございました」と低くつぶやいてから、部屋を出て行った。

　外のドアが閉まるのを待って、ダルグリッシュが言った。

「さて、どっちだろう。名優か、それとも不安に怯える無実の若者か」

「私はなかなかの役者だと思います。ああいう容貌ではそうならざるをえないのでしょう。だからと言って彼が犯人と言えないことは分かっています。それにしても、あれはうまい手じゃありませんか。殺人を告白するように見せかけて、私たちがどの程度知っているか探り出そうとしました。それにバックハーストと一晩一緒に過ごしたと言っても、アリバイにはなりません。バックハーストが寝ている間に簡単に抜け出せるし、教会のキーを持ち出して、大執事に電話をかけることもできました。ベタートンさんが彼は声色が得意だと言っています。司祭の一人を装って電話をかけることもできたでしょうし、たとえ本館にいるのを見られても、誰も不思議に思わないでしょう。たとえピーター・バックハーストが目を覚まして、アーバスノットがいないことに気づいても、友達がいなかったことをバックハーストがばらす公算は少ない。隣のベッドは空《から》じゃなかったと自分に思いこませる方が事はずっと簡単なんですから」

「次に話を聞くのはバックハーストだな。君とピアースに頼もう。だがアーバスノットがキーを持ち出したのなら、どうして本館に戻った時に返さなかったのか。クランプトンを殺した犯人は校内に戻らなかった可能性が強い。もちろんそうわれわれに思わせようと意図したのかもしれないが。ラファエルが大執事殺しの犯人なら――ヤーウッドから話を聞くまでは、引き続き第一容疑者であることに変わりない――キーは捨ててしまうのが一番賢明なやり方だろう。彼がヤーウッドも容疑者の一人だということを口にしなかったのに気づいたかい。ラファエルは馬鹿ではない。ヤーウッドの失踪の意味に気づかないはずがない。警察官には人を殺せないなどと思うほど世間知らずとは考えられないね」

「それから彼の部屋にあったという小枝のことがありますね」

「まだあると言っているからには、まだあるだろう。問題はいつ、どのようにしてそこに入ったかだ。鑑識班に捜索の範囲をアーバスノットの部屋まで広げてもらわなくてはならないな。何とも奇妙な話だが、もしアーバスノットの話が本当なら、その場合には小枝は重要になる。だがこの犯行は入念に計画されたものだ。アーバスノットが大執事を殺すつもりだったのなら、ピーター・バックハーストの部屋に行って、事を面倒にするだろうか。もしバックハーストが本当に嵐をひどく怖がったら、彼を放ったままで部屋を出て行きにくくなる。それに真夜中になってもバックハーストが必ず眠るとはかぎらない」

「でもアリバイ工作をしようとしたら、ピーター・バックハーストは唯一の可能性だったのかもしれません。嵐を怖がる病人相手なら、時間をごまかすのは簡単でしょう。たとえばアーバスノットが午前十二時に凶行を計画していたら、バックハーストと一緒に眠ることにした時に、バックハーストにもう十二時を回っていると言えばいいことですから」

「といっても、法医がクランプトンの死亡時刻を正確に推定できた場合にしか役に立たない。アーバスノットにはアリバイはないが、その点は神学校の全員が同様だ」

「ヤーウッドを含めてですね」

「彼がすべての鍵を握っているのかもしれないな。捜査は続けなければならないが、ヤーウッドが回復して事情聴取を受けられるまで、肝心な証拠なしで進めることになる」

「彼を容疑者とは思われないのですか」

「今のところは容疑者の中に加えておかなければならないが、可能性は低い。ああいう精神が不安定な状態にある男が、こんなに複雑な犯罪を計画実行できたとは思えない。聖アンセルムズ神学校で思いがけなくクランプトンに会って、殺したくなるほど怒りを募らせたとしても、ベッドで寝ているところを襲えば、できたはずだ」

「でもそれはすべての容疑者に言えることですよ」

「その通りだな。第一の疑問に戻る。どうして犯人はこういうふうに計画したのか」

　ノビー・クラークとカメラマンが戸口に姿を現した。クラークは教会に入ってきたかのように、もったいぶった恭しげな顔つきをしている。いい知らせがある証拠だ。テーブルに近づいてきた彼は、右手の人差し指から小指までの指紋が映るポラロイド写真を並べた。そしてその横にやはり右手の掌紋の写真を置いた。親指の横と四本の指の指紋がくっきりと映っている。さらにその横に彼は照合用の指紋を置いた。

「ドクター・スタナードです。これ以上鮮明な指紋は望めませんよ。掌紋は『最後の審判』の右側の石壁に、もう片方は二番目の仕切り席のシートについていたものです。掌紋を採取してもいいですが、その必要はまずないでしょう。確認のために本部に送るまでもありません。こんなにはっきりしたのはめったにありません。ドクター・スタナードのものに違いありません」

15

ピアースが言った。「スタナードがカインなら、われわれの捜査所要時間の最短記録を更新することになりますね。またロンドンに戻るわけですか。残念だなあ。クラウン亭の夕食と、それに朝食前に海岸を散歩しようと楽しみにしていたのに」

ダルグリッシュは東の窓の前に立って、岬と海を眺めていた。彼は振り返って言った。「私なら、まだあきらめないね」

二人は窓の下の机を部屋の真中に動かして、その後ろに背もたれの真っ直ぐな椅子を二脚置いた。スタナードは机の前に移された低い肱掛椅子に座る。身体は一番楽だが、心理的には不利な席だった。

二人は黙って待った。ダルグリッシュは話そうとする気配を見せなかった。彼の下で働き出して長いピアースはいつ口を閉じればいいか心得ている。ロビンズはスタナードを見つけるのに手間取ったようだ。五分近くたって、ようやく玄関ドアの開く音がした。

ロビンズが言った。「ドクター・スタナードをお連れしました」そして手帳を手に隅に静かに座った。

せかせかした足取りで入ってきたスタナードは、ダルグリッシュの「おはようございます」の挨拶にぶっきらぼうに返事をして、どこに座ればいいか迷っているようにまわりを見回した。

ピアースが言った。「ドクター・スタナード、こちらの椅子にどうぞ」

スタナードは物がろくにない部屋を嘆くかのように、わざとらしくしげしげと見まわしてから椅子に腰をかけ、後ろに寄りかかったが、くつろいだ格好はふさわしくないと思ったのか、椅子の端に座り直すと、両足をぴったりつけて、手を上着のポケットに突っ込んだ。ダルグリッシュにじっと向けられた視線には、反抗的な色合いより不思議そうな表情があった。だがピアースにはスタナードの怒りが感じられた。それに怒りよりさらに強い感情。ピアースはそれを恐怖と見た。

殺人事件の捜査に巻き込まれて、最高の自分を見せられる人などいない。無実の鎧で身を固めた、理性的で公共心旺盛な証人であろうと、警察の執拗な詮索にあえば怒りだすこともあろうし、良心に一点の曇りもないなどということはありえない。何の関係もない、大昔のつまらない過ちも、心の表面にあくのように浮かび上がってくる。それにしても、ピアースはスタナードをひどく好感の持てない男だと思った。垂れた口髭に対する偏見のせいばかりではない。自分はこの男が嫌い、それだけのことだとピアースは思った。やたら高く薄い鼻と目が奥まってついた顔には、不満のしわが深く刻まれていた。自分が得て当然と思っていたものを、まともに手にしたことのない男の顔だ。何が思い通りにいかなかったのだろうか、とピアースは考えた。最優等の卒業証書をもらえると思っていたのに、二級の上だったのか。オックスフォード大学かケンブリッジ大学でなく、技術学校から格上げされた新設大学の講師の口しかなかったのか。力も金もセックスも期待通り手に入らなかったということか。あるいはセックスはそれほどでもなかったかもしれない。女性はなぜかこういうチェ・ゲバラ風の素人革命家タイプに惹かれる。オックスフォードでロージーを取られた相手も、こういう苦虫を嚙みつぶしたようなディレッタント・タイプだったじゃないか。きっと自分の偏見の原因はそこにあるんだろうと、ピアースは思った。そんな思いを顔に出すほど新米ではないが、それでもピアースは偏見の原因を認めたことに、ゆがんだ満足感を覚えた。

ダルグリッシュのチームに入って経験を積んでいる彼は、この聴取がどう進められるか心得ていた。質問は主にピアースがする。ＡＤは質問したい時に口をはさむ。そう思って聴取を受けにくる証人はいない。ダルグリッシュ本人は自分の黒髪黒目の、じっと見守る無言の存在が、どんなに威嚇的か知っているのだろうか。

ピアースは自己紹介してから、落ち着いた口調でいつもの予備的な質問に入った。氏名、住所、生年月日、職業、配偶者の有無。スタナードの答は短かった。最後に彼は言った。「私が結婚してるかどうかが、今度のことにどう関係するのか分かりかねますね。パートナーはいますよ。女性です」

ピアースは反応を示さずに質問を続けた。「それでここにはいつ着かれましたか」

「長めの週末を過ごしに金曜日の夜に来ました。今夜の夕食前までということになっています。予定通りに発《た》ってかまわないものと思っていますが」

「ここには定期的に来られるんですか」

「わりとね。この一年半は週末に時々」

「もう少し具体的にお願いできますか」

「五、六回来ましたか」

「この前来られたのはいつですか」

「一カ月前ですね。正確な日にちは忘れました。その時は金曜日の夜に来て、日曜日までいました。今週と比べると、実に平穏でした」

ダルグリッシュが初めて口をはさんだ。「ここには何のために来られるのですか」

スタナードは口を開いたが、ためらった。ピアースは彼が〝来ちゃいけませんか〟と答えるのではないかと思った。出てきたのは予め用意されていたかのような、周到な答だった。

「私は初期トラクト運動家、つまり初期のオックスフォード運動支持者の家庭生活に関する本を書くために、その子供時代から青年期、そして結婚生活や家庭生活について研究を進めているところなんです。人生の早い時期に経験される宗教的、あるいは性的発達を探るのが目的です。ここはカトリック色の強い高教会派の神学校ですから、図書室がことのほか役に立つのです。私にはここの施設を利用できる理由がある。祖父のサミュエル・スタナードはノリッジにあるスタナード・フォックス・アンド・ペロニット法律事務所のパートナーでした。あの事務所は聖アンセルムズ神学校の法律事務を創立以来扱っていますし、その前にはアーバスノット一族の弁護士でした。私は研究を進めると同時に、快適な週末を過ごしにここに来ているんですよ」

「研究はどの程度進んでいるのですか」

「まだ初めの段階です。あまり余暇がないので。世間の人は学者はのんきだと思っているようですが、実は酷使されているのですよ」

「でもこれまでに研究した成果の書類をお持ちでしょう？」

「いや、書類は大学においてあります」

「それだけ何度も来られたのなら、もうここの図書室の蔵書は網羅したんじゃありませんか。他の図書館を当たったらいかがですか。ボドレイン図書館なんかはどうですか」

　スタナードは苦々しげに答えた。「ボドレイン以外にも図書館はあります」

「そうですね。オックスフォードにはピュージー・ハウス図書館がある。あそこにはトラクト運動に関する素晴らしい蔵書があるはずですよ。あそこの司書なら、力を貸してくれるに違いありません」ピアースはダルグリッシュの方を向いて言った。「それからもちろんロンドンにだってありますよね。ブルームズベリのドクター・ウィリアムズ図書館はまだあるんですか」

　ダルグリッシュに答える気があったとしても、その暇を与えずにスタナードが遮った。「私が研究にどこの図書館を使おうと、あなたの知ったことではないでしょう。首都警察がたまには教養のある警官を雇っていることを見せようとしているのかもしれないが、無駄ですよ。私は感心したりしない」

　ピアースは言った。「お役に立とうとしただけですけどね。では、あなたは図書室で研究を進めると同時に、週末にリフレッシュしようと、この一年半の間に五、六回ここに来られた。これまでここに来られた時に、クランプトン大執事は来ていましたか」

「いいえ。あの人には今週初めて会いました。あの人が来たのは昨日ですよ。正確にいつだかは知りませんが、私があの人を初めて見たのはお茶の時です。お茶は学生用のラウンジで出され、私が四時に行った時には、部屋はほぼ満員といった感じでした。誰かが――ラファエル・アーバスノットだったと思います――初対面の人に紹介してくれました。しかし私はお喋りをする気分ではなかったので、お茶とサンドイッチ二つを持って、図書室に行きました。あの辛気くさいペリグリン神父があの時ばかりは本から顔を上げて、図書室では飲食は禁止だと言うじゃありませんか。それで自分の部屋に戻りました。大執事に次に会ったのは、夕食の時です。夕食後は他の人たちが終禱に行くまで図書室で研究を続けました。私は無神論者ですから、終禱には参加しませんでした」

「事件のことを知ったのはいつですか」

「七時前にラファエル・アーバスノットから校内集会が開かれるから、七時半に図書室に集まるように電話があった時です。まるで学校に戻ったように、集まれと言われるのは面白くありませんでしたが、何事か見に行った方がいいだろうと考えました。殺人に関しては、あなたたちの方がよくご存知ですよ」

「ここで礼拝に出たことはありますか」

「いいえ、ありません。ここには図書室利用と静かな週末のために来ているので、礼拝に出るためではない。司祭たちは気にする様子がないんですから、あなたたちがとやかく言うことはないでしょう」

「そうはいきませんよ、スタナードさん。教会には一度も入ったことがないと言われるのですか」

「いや、そうは言ってませんよ。言ってもいないことを言ったように言わないでもらいたいですね。好奇心から中をのぞいたことはあったと思いますよ。『最後の審判』をはじめとして、内部を見たことは確かにあります。あの絵には興味がありましたね。私が言ったのは、礼拝に出たことがないという意味です」

　ダルグリッシュが目の前においてある書類から目を上げずに訊いた。「スタナードさん、教会に最後に入られたのはいつですか」

「憶えていませんね。憶えているわけないですよ。いずれにしろこの週末ではありません」

「この週末、クランプトン大執事を最後に見たのはいつですか」

「礼拝の後です。十時十五分頃に何人かが礼拝から戻ってくる音がしました。私は学生用のラウンジでビデオを見ていました。テレビ番組は見るべきものがなかったんですけれど、あそこには小さなビデオ・ライブラリーがあるんです。《フォー・ウェディング》を見ました。前にも一度見たんですが、再度見る価値があるんじゃないかと思いましてね。クランプトンはラウンジにちょっと顔を見せましたが、私が歓迎しないそぶりを見せたので出ていきました」

　ピアースが言った。「それでは、あなたは生きている大執事を最後に見た人、あるいは最後に見た人たちの一人ということになりますね」

「だと、疑わしいと思っているんでしょう。私は生きている彼を最後に見た人間ではありませんよ。最後に見たのは犯人です。私はあの人を殺してはいない。まったく、一体何回そう言えばいいんですか。私はあの人を知らなかった。私は彼と喧嘩をしなかったし、昨日の夜は教会の近くには行きませんでした。十一時半にはベッドに入ったんですから。ビデオが終わった後、南回廊に出るドアから出て、自分の部屋に戻りました。その頃には風が最高潮に達していて、海風に当たる夜じゃありませんでしたからね。自分の部屋に真っ直ぐ帰りました。部屋は南回廊の一号室です」

「教会に明かりはついていましたか」

「気がつきませんでしたね。そう言えば、神学生の部屋にも客用施設にも明かりは一つも見えませんでしたよ。両方の回廊の薄暗い照明がついているきりでした」

「われわれにとって、大執事が殺される前の何時間かにどんなことがあったか、できるかぎり正確な状況をつかむ必要があることは理解していただけるはずです。何か関係ありそうなことを耳にされたり、気づかれたことはありませんか」

　スタナードは陰気な笑い声を上げた。「まあね、いろいろあったんじゃないかと想像はしますがね。でも私には人の心は読めません。大執事は必ずしも歓迎されていないという印象は受けましたが、私の聞いたかぎりでは彼を殺すと脅した人はいませんでしたね」

「お茶の時間に紹介された後、大執事と口を利かれましたか」

「夕食のテーブルでバターを回してほしいと頼んだ時だけですね。彼はバターを回してくれましたよ。私は世間話は苦手でね。もっぱら料理とワインに集中していました。そっちの方がテーブルを囲む顔ぶれより、はるかに優っていましたよ。いつものような神の膝元で、いや、セバスティアン・モレルの膝元で——どっちでも同じことなんですけどね——皆楽しく集いましょうって感じじゃありませんでしたね。しかしあなたの上司も同席していた。夕食のことは彼に訊くといいですよ」

「警視長は自分で見聞したことは分かっています。今はあなたにうかがっているのです」

「言ったでしょう、楽しい食事風景ではなかったって。神学生たちはいやにおとなしくて、セバスティアン神父は冷ややかに礼儀正しくホスト役を務めていた。何人かはエマ・ラヴェンナムから目をそらせないようでしたが、無理もありません。ラファエル・アーバスノットがトロロップの一節を朗読しました。私の知らない小説家ですが、ごく何でもない一節に私には思えましたね。だが大執事はそう思わなかったらしい。手がぶるぶる震えて、食べたものを皿に戻しそうな顔をしていては、食事を楽しんでいるふりをしようとしても、とても無理ですよ。食後は全員がせかせかと教会に行ったので、その後はビデオを見ている最中にクランプトンが顔を見せた以外は、誰にも会いませんでしたね」

「では夜の間に不審なものを見たり、音を聞いたりしなかったのですね」

「その質問はもう図書室でしたじゃありませんか。何か不審なことを見聞きしていたら、すでにそう言っていますよ」

　ダルグリッシュと同じ質問を、今度はピアースがした。

「今回は教会には入っていないのですね。礼拝中も、そうでないときも」

「何回言えばいいんですか。答はノーです。ノー、ノー、ノー」

ダルグリッシュが目を上げて、スタナードの視線をとらえた。「それではあなたの真新しい指紋が『最後の審判』の横の壁と、二番目の仕切り席のシートについていたことをどう説明しますか。座席の下の埃も荒らされていた。あなたの上着から同じ埃が採取される可能性は高いと思いますね。大執事が教会に入ってきた時、あなたはあそこに隠れていたのですか」

ここにきてピアースは本物の恐怖を目にした。いつものように戦意を失わせる光景だった。恥辱感ばかりで、勝利感は少しもなかった。容疑者を不利な立場に追い込むのと、一人の男が怯える動物に変身するのを目の当たりにするのとは同列ではない。スタナードは大きな椅子に座る栄養失調のやせた子供のように、縮んで見えた。両手はポケットに突っ込んだままだったが、今その手を身体に巻きつけようとしている。薄いツイードの生地が伸びて、ピアースは裏地の縫い目が破れる音が聞こえたような気がした。

ダルグリッシュが静かな声で言った。「証拠は疑いの余地がありません。あなたはこの部屋に入ってから嘘をつき続けている。クランプトン大執事を殺していないのなら、本当のことを洗いざらい話す方が賢明ではありませんか」

スタナードは返事をしなかった。両手をポケットから出して、膝の上で握り合わせている。その手の上でうな垂れる姿は祈っているように見えて、場違いだった。考えているように見えたから、ダルグリッシュとピアースは黙って待った。ようやく顔を上げて話し出したスタナードは、極度の恐怖を乗り越えて、反撃に出ることにしたようだった。ピアースはその声に頑固で傲慢な響きを聞き取った。

「私はクランプトンを殺さなかった。あなたたちだって私が殺したと証明できないはずですよ。確かに教会に行かなかったというのは、嘘です。でも当然じゃありませんか。本当のことを言えば、即座に第一容疑者に祭り上げられることは分かりきっていた。あなたたちにとっては好都合この上ないんですからね。警察は聖アンセルムズ神学校の誰かを犯人呼ばわりしたくない。あの司祭たちは神聖にして冒すべからざる存在なんだから、この私はおあつらえ向きというわけだ。でもね、私は犯人じゃありませんよ」

ピアースが言った。「それでは何のために教会に行ったのですか。祈りに行ったと言っても、とても信じられないことは分かっているはずですよ」

　スタナードは答えなかった。説明するしかないと覚悟を決めているのか、それとももっともらしく聞こえる、適切な言葉を探しているのか。彼はダルグリッシュの目を避け、遠くの壁をじっと見つめて口を開いた。声は落ち着いているものの、すねたような自己弁護の響きは隠しようもなかった。

「分かりました。あなたたちに説明を求める権利があり、私に説明の義務があることは認めますよ。犯罪とはまったく関係がなく、クランプトンの死んだこととは関わりのないことなんです。ですから話はここだけのことと、明言してもらえるとありがたいんですが」

　ダルグリッシュが答えた。「それができないことはお分かりでしょう」

「あのね、言ったでしょう、クランプトンが殺されたこととは何の関係もないって。あの人とは昨日初めて会ったばかりです。前に会ったことは一度もない。彼との間に争いごとは何もなく、彼の死を望む理由などなかった、私は暴力が嫌いなんです。平和主義者なんです、単なる政治信念にとどまらずに」

「スタナードさん、私の質問に答えてもらえますか。あなたは教会の中で隠れていた。どうしてですか」

「今言おうとしているんじゃありませんか。あるものを探していたんです。その存在を知るごく限られた人たちの間で、聖アンセルムのパピルスと呼ばれている文書です。十字架に掛けられた政治的不穏分子の死体を移動させるように護衛隊長に指示する、ポンティアス・ピラトのものと思われる署名が入った命令書と言われているものです。それがいかに貴重なものかは、お分かりでしょう。聖アンセルムズ神学校の創立者ミス・アーバスノットが弟からもらったもので、以来、神学校の校長が保管してきた。文書は贋作だという話もあるんですが、誰も見せてもらえないし、科学的調査の対象にもされていないので、本物かどうかは分からない。真の学者にとって当然興味をそそられる文書ですよ」

ピアースが言った。「例えばあなたのような？　あなたが東ローマ帝国成立以前の文書の専門家とは知りませんでした。社会学者じゃなかったのですか」

「社会学者だって、教会史に興味を持ってもおかしくはないでしょう？」

ピアースは続けた。「じゃあ、その文書を見せてもらえそうもないと知って、盗もうと考えた」

スタナードは憎々しげな表情でピアースを見て、皮肉たっぷりに言った。「盗むという言葉の法的な定義は、所有者から持てるものを永久に奪うということのはずですがね。あなたは警察官でしょう。それぐらい当然知っているものと思っていたが」

ダルグリッシュが言った。「スタナードさん、そういう無礼な言い方はあなたの天性なのかもしれないし、あるいは子供っぽい憂さ晴らしをして面白がっているのかもしれませんが、殺人事件の捜査に関わった場合には、薦められない言動ですね。あなたは教会に行った。どうしてパピルスが教会にあると思ったのですか」

「当然の場所に思えたんですよ。図書室の本はすべて調べました。ペリグリン神父がいつもいて、何も気がつかないようなふりをしながら何も見逃さないから、可能なかぎりですけどね。それで他の場所に目を向けるときだと考えたんです。文書は『最後の審判』の後ろに隠してあるのではないかと思いついた。昨日の午後、教会に行きました。この神学校は土曜日の昼食後は、いつも静かなんです」

「教会へはどうやって入りましたか」

「キーを持っていました。イースターが終わって神学生のほとんどが校外に出て、ラムゼー女史も休暇だった時にここに来たことがあるんです。外の事務室においてある教会のキー、チャブ安全錠とエール錠のキーを借りて、ローストフトで合鍵を作らせました。二時間しかかからなかったので、誰も気がつきませんでした。もし見つかっても、南回廊に落ちていたのを見つけたと言うつもりでした。誰かが落とすことだってあるんですから」

「何もかも考えずみだったんですね。そのキーは今どこにありますか」

「今朝、図書室でセバスティアン神父の爆弾宣言を聞いた後、そんなものを持っているのが見つかったら大変だと思った。言えとおっしゃるのなら、言いましょう。捨てました。もっと正確に言いましょうか。指紋を拭きとって、崖縁の草の下に埋めました」

　ピアースが訊いた。「また見つけることができますか」

「多分。ちょっと時間がかかるでしょうね。でも十ヤード程度の誤差はあっても、埋めた場所は分かりますよ」

　ダルグリッシュが言った。「じゃあ見つけてもらいましょうか。ロビンズ部長刑事が同行します」

　ピアースが質問した。「それで聖アンセルムのパピルスを見つけたら、どうするつもりだったのですか」

「コピーするつもりでした。新聞と学術雑誌にパピルスに関する記事を書く。それほどに貴重な文書のあるべき姿、すなわち社会の共有財産にするつもりでした」

「お金のためですか、学者としての名誉のためですか。それともその両方か」

　ピアースを見るスタナードの目つきに、明らかに憎しみが感じられた。「考えていたように本を書けば、当然お金にはなったでしょうね」

「金、名声、学者としての威信、新聞に載る顔写真。人間はそれほどのことがなくても人を殺してきましたよ」

　スタナードが抗議の声を上げる前に、ダルグリッシュが言った。「パピルスを見つけられなかったのですね」

「ええ。『最後の審判』と教会の壁の間に隠されているかもしれないと思って、持って行った長い木のペーパーナイフで取り出そうとしたんです。椅子にのって手を伸ばした時に、教会に誰かが入ってくる音がした。慌てて椅子を元の位置に戻して、隠れました。どこに隠れたかはもうご存じですね」

　ピアースが言った。「二番目の仕切り席でしょう。小学校の生徒のお遊びですね。少しばかり屈辱的じゃありませんか。身体をかがめるだけですんだんじゃないですか。いや、祈っているふりをした方が、それらしかったかもしれない」

「そしてキーを持っていることを告白するんですか。その線はどういうわけか、とても選択肢には思えませんでしたね」スタナードはダルグリッシュの方を向いた。「でも嘘をついていないことは証明できますよ。入ってきたのが誰かは見ませんでしたが、向こうが真中の通路を進んできて、身廊外陣に入った時にはっきり声が聞こえました。モレルと大執事でした。会話のほとんどを再現できるんじゃないかな。私は人の話をよく憶える方で、二人とも声をひそめようとはしませんでしたからね。大執事に恨みのある人物を探しているんなら、近いところを探したらどうですか。大執事はあれこれと校長を脅かして、高価な祭壇の飾りを教会からどこかに移すとも言っていましたね」

ピアースが心底興味があるのかと思わせる口調で言った。「もし二人がたまたま信者席の下をのぞいて、あなたを見つけたら、何と申し開きをするつもりだったんですか。予め何もかも考え抜いていたみたいですからね。何か言い訳を用意していたんじゃありませんか」

スタナードはその質問を、できの悪い生徒から愚かしい差し出口をされたかのように取った。「その質問は馬鹿げている。どうして彼らが信者席を調べますか。たとえ仕切り席の中をのぞいたって、かがんでシートの下まで見るわけがないでしょう。もしそんなことがあれば、そりゃあ、かなりまずい立場に置かれていたでしょうが」

ダルグリッシュが言った。「スタナードさん、あなたは今かなりまずい立場に置かれていますよ。あなたは一度教会を調べて不成功に終わったことを認めた。昨夜遅くにもう一度行かなかったと、どうして言えますか」

「絶対に行ってません。他にどう言えばいいんですか」そして突っかかるような調子で続けた。「それにあなたには、私が昨夜行ったとは証明できないはずだ」

ピアースが言った。「『最後の審判』の後ろを探るために木製のペーパーナイフを持っていったと言いましたね。あなたが使ったのは本当にそれだけですか。昨日の夜、他の人たちが終禱に出ている間に台所に行って、肉切り包丁を持ち出しませんでしたか」

ここにきて、スタナードの平然としたそぶり、見え隠れする喧嘩腰の横柄な態度が消えて、恐怖そのものに変わった。湿っていやに赤い唇の周囲の皮膚が白く変色し、血の気がなくなって緑色がかった灰色に変わった顔の中で、赤い縞の走った頬骨の辺りが目立って見えた。

　彼は椅子を倒しそうな勢いで、身体ごとダルグリッシュの方を向いた。「何ということを、ダルグリッシュ、私は嘘などついていない！　私は台所なんかに行かなかった。人に、動物にでさえナイフを突き刺すことなんてできない。猫の喉を掻き切ることもできないんです。馬鹿げているにもほどがある！　何を言い出すかと思ったら。私は教会には一度しか行っていません、本当だ。それに木のペーパーナイフしか持って行かなかった。そのナイフを見せましょうか。今取ってきます」

　スタナードは椅子から立ちあがりかけ、必死に訴えかける表情で警官二人の硬い顔を見比べた。誰も何も言わなかった。やがて微かな希望にすがったスタナードは、勝ち誇った声で言った。「それだけじゃありません。昨日教会に行かなかったことが証明できる。こっちの時間で十一時半にニューヨークのガールフレンドに電話をかけたんです。熱々の間柄で、ほとんど毎日電話をやり取りしているんです。自分の携帯電話を使いました。向こうの番号を教えましょうか。もし大執事を殺すつもりだったら、彼女と三十分も喋ったりしませんよ」

「そうですね」とピアースが言った。「計画した上での殺人なら、そんなことはしないでしょうね」

　だが、スタナードの怯えた目をじっと見つめるダルグリッシュは、容疑者が一人減ったのはほぼ確実だと思った。スタナードは大執事がどんな殺され方をしたのかまったく知らない。

　スタナードが言った。「明日の朝には大学に戻らなければならない。今夜のうちに発《た》つつもりでした。ピルビームがイプスウィッチまで送ってくれることになっていたんです。私をここに足留めすることはできませんよ。私は何も悪いことをしていないのだから」

　反応がないと知ると、今度は怒りを含んだ、おもねるような口調で続けた。「そうだ、パスポートを持っています。

いつも持ち歩いているんです。運転をしないので、身分証明が必要な時に役に立ちますからね。パスポートを一時預けておいたら、ここから出てもかまわないんじゃありませんか」

ダルグリッシュが答えた。「タラント警部がお預かりして、預り証をお渡しします。これで終わりというわけではありませんが、発つのはご自由です」

「あなたは私のことをセバスティアン・モレルに言うんでしょうね」

「いいえ」とダルグリッシュは言った。「言うのはあなたですよ」

16

ダルグリッシュ、セバスティアン神父、マーティン神父の三人は校長室で顔を合わせた。セバスティアン神父は教会で大執事と交わした会話を、ほとんど言葉の一つ一つまで思い出すことができた。まるで暗記した一節を朗誦するように二人の間で交わされた会話を再現したが、声ににじむ自己嫌悪の響きをダルグリッシュは聞き逃さなかった。その間暖炉の横の椅子に静かに座って、うな垂れたマーティン神父は、告解に耳を傾けているかのようにじっと注意を凝らして聞いていた。

ちょっと沈黙があって、ダルグリッシュが言った。「分かりました、神父。ドクター・スタナードの話と一致します」

セバスティアン神父が言った。「あなたの仕事の領分に踏み込むことになるようでしたら、許していただきたいのですが、昨日の午後にスタナードさんが教会に隠れていたといっても、昨夜遅くに再度行かなかったということにはなりません。彼を捜査の対象からはずされたということでしょうか」

ダルグリッシュは大執事がどんな殺され方をしたか、スタナードが知らなかった事実を話す気はなかった。セバスティアン神父は紛失したキーの持つ意味を忘れたのだろうかと思ったが、校長はこう言った。「合鍵を作ったからには、事務室からキーを持ち出す必要はなかった。しかし疑いを他にそらすためにしたということもありえます」

ダルグリッシュは言った。「ということは、この事件は前もって計画されたもので、その場の衝動で起こされたものではないことになりますね。スタナードさんを捜査の対象からはずしてはいません。今のところ誰もはずしてはいません。しかしスタナードさんには、ここから離れてもかまわないと言いました。神父もあの人が出て行った方がうれしいのではありませんか」

「ええ、ほっとしました。あの人がここに来る理由、初期トラクト運動家の家庭生活の調査研究という理由を、何かの口実ではないかと疑い始めていたところだったのです。ペリグリン神父は特に不審を抱いていました。ですがスタナードさんのお祖父さんは、十九世紀から当校の法律事務を扱ってきた事務所の上級パートナーでした。神学校に尽くした人だったので、その孫の便宜を図らないわけにはいかなかった。われわれは過去にとらわれていると言われた大執事が正しかったのかもしれませんね。スタナードと話しましたけど、気持のいいものではありませんでした。からいばりと詭弁に終始しましたね。強欲と不誠実の言い訳として、珍しくもない歴史研究の神聖さを持ち出しました」

マーティン神父は話し合いの間口を開かなかった。そしてダルグリッシュと一緒に無言で外の事務室を出た。部屋を出たとたん、神父は足を止めて言った。「アンセルムのパピルスを見たいかな」

「ええ、是非見たいですね」

「私が自分の部屋に保管している」

二人はらせん階段を昇って塔に上がった。眺めは素晴らしいとはいえ、部屋自体は居心地よさそうに見えなかった。古ぼけて人に見せられないが、捨てるにはもったいない半端な家具を集めたような印象だった。そういう使い勝手中心の寄せ集めは親しみやすい楽しい雰囲気をかもしだすものだが、ここは気分を沈ませるだけだった。マーティン神父はそんなことに気づいてもいないのだろうと、ダルグリッシュは思った。

北に面した壁に茶革製の額縁に入った小さな宗教画が掛かっていた。ぼんやりしてはっきり分からないが、芸術性がほとんどないことは一目で分かった。色が薄くなっているために、中心の聖母子の姿さえ判然としない。マーティン神父はその額を下ろして、額縁の上部をはずした。絵を引き出すと、その下にガラス板が二枚あり、ガラスの間に分厚いボール紙のような物がはさまっていた。端が破れて、ひびが入り、殴り書きしたような尖った形の黒い文字がびっしり並んでいる。マーティン神父が窓のそばに持っていかなかったので、ダルグリッシュには上部のラテン語の文字以外は判読できなかった。破り取られた右端に丸いマークがつけられているようだ。原料のパピルスが交差して重ね合わされているのがはっきり見て取れた。

マーティン神父が言った。「調査されたのは、たった一回、ミス・アーバスノットが受けとってすぐのことだよ。パピルス自体が古いことは疑いがないらしくて、紀元一世紀のものと見てほぼ間違いないということだ。ミス・アーバスノットの弟のエドウィンにとって、そんなパピルスを手に入れるのは難しいことではなかった。彼は君も知っていると思うが、エジプト学者だった」

「しかし彼はどうしてこれを姉に渡したのでしょうね。この由来が何であれ、奇妙なことをしたものだと思います。姉の信じる宗教の信用を失墜させるために贋作を作ったのなら、どうして秘密にしたのでしょう。また、もしこれが本物と信じるなら、なおさら世に知らしめて当然じゃありませんか」

「われわれがこれを贋作と思ってきた理由の一つがそれだ

よ。本物なら、発見者として名声と威信を得ることができるのに、なぜ手放したのか。姉に処分してほしかったのかもしれない。多分写真を撮っておいたのだろう。姉が処分すれば、貴重なものを意図的に破棄したとして、神学校を非難できる。ミス・アーバスノットの取った処置は賢明だったんじゃないかな。弟の方の動機はちょっと測りかねるね」

「それにピラトがどうしてわざわざ命令を文書にしたのかという疑問もありますよ。しかるべき耳に命令を伝えるのが普通のやり方だったでしょう」

「必ずしもそうとは言えないだろう。私はその点は疑問に思わないね」

「でも真贋をはっきりさせたいのでしたら、今なら可能ですよ。パピルスの年代はキリストの頃に遡るとしても、インキの年代を放射性炭素測定で出せるでしょう。今なら真実が分かりますよ」

マーティン神父は慎重な手つきで絵を額縁に戻した。そして壁に掛け直すと、後ろに下がって、真っ直ぐに掛かっているか見た。「すると、アダム、君は真実が人を傷つけることはないと信じているんだね」

「そうは言いません。でもどんなに歓迎すべからざる真実であろうと、やはり真実を求めなければいけないと思います」

「真実を求めるのは、君の仕事だからね。真実と言っても、もちろん真実すべてを手に入れることは決してできない。そんなことは不可能だ。君は非常に頭がいいが、君のしていることは正義につながらない。正義には、人間の正義と神の正義があるんだよ」

「神父、私はそんなに傲慢ではありません。私は人間の正義、あるいは私にとって可能な限り人間の正義に近いものが得られれば、充分だと思っています。それすら私にどうこうできるものではありません。私の仕事は逮捕することです。有罪無罪は陪審員が決め、判決は判事が下します」

「そしてその結果が正義だと言うのかね」

「必ずというわけではありません。頻繁にでもないかもしれませんね。しかしこの不完全な世の中では、われわれが手に入れられる真実に最も近いものと言えるんじゃないでしょうか」
「私だって真実の重要性は否定しないよ。するわけがない。ただ、真実の追及は危険な場合もあるし、突きとめた真実が危険ということもあると言っているのだよ。君はアンセルムのパピルスを調べさせるべきだ、放射性炭素測定で真贋をはっきりさせるべきだと言ったが、はたしてそれで論争が収まるだろうか。パピルスがいかにもよくできているので、昔の本物を模して作ったものではないかと言う人も出てくるだろう。専門家の意見を信じない者もいるだろう。益もない議論が何年も続くことになる。このパピルスにはいつまでも謎が付きまとうにちがいない。トリノの聖骸布の二の舞になりたくはないね」

　ダルグリッシュは一つ訊きたいことがあったが、無遠慮な質問だったし、その質問をすれば、正直な答が痛みを伴って返ってくると分かっていたから、ためらった。「神父、もしパピルスを調べて、本物であることがほぼ確実になったとしたら、あなたの信仰は影響を受けるでしょうか」

　マーティン神父は微笑して、言った。「アダム、私は生まれてからこの方、キリストの生ける存在を片時も疑ったことがない人間なんだよ。現世の骨に何が起きようと思い煩うわけがなかろう？」

　階下の校長室では、セバスティアン神父がエマを呼び出していた。椅子に腰を下ろしたエマに神父は言った。「なるべく早くケンブリッジに戻りたいでしょう。ダルグリッシュさんにそのことを話したら、かまわないということでした。今のところ連絡先がはっきりしているかぎり、ここから出たい人を引き止める権限は警察にはないらしいのですよ。司祭、あるいは神学生についてももちろん問題はない」

　エマの感じた苛立ちは憤りに変わり、声が思った以上にきつくなった。「神父さまとダルグリッシュさんで、私がどうすべきか話し合われたとおっしゃるのですか！　神父さま、それは神父さまと私で決めることではありませんか」

　セバスティアン神父はちょっとの間うつむいていたが、

やがてエマの目を見た。「すみません、エマ。言葉が充分ではありませんでした。そうではなかったのです。私はあなたがここから離れたいと思っているとばかり思っていました」

「どうして。どうしてそうお思いになったのですか」

「エマ、ここには殺人犯人がいるのですよ。その事実から目をそむけることはできません。私としては、あなたがここにいない方が安心です。聖アンセルムズ神学校にいるわれわれの身に危険があると考える根拠はないのは分かっていますよ。それでもここはあなたにとっても、誰にとっても、楽しい場所、心の休まる場所ではない」

　エマの声が柔らかくなった。「だからと言って私がここから出たいと思っていることにはなりません。神父さまは神学校としてはできるかぎり平常の生活を続けなければいけないとおっしゃいました。ということは、私はここにとどまって、いつものように三回のゼミナールを開けばいいのだと考えました。警察には何の関係もないことだと思います」

「その通りですよ、エマ。私がダルグリッシュと話をしたのは、あなたとこのことを相談しなければならないと思ったからです。その前にここにいる人間がここから出てもいいものか確かめておきたかったのですよ。それがはっきりしなければ、あなたの意向を話し合っても仕方がありませんからね。やり方がまずかったのです、許してください。人間というのは、受けたしつけにいつまでも付きまとわれるものですね。私の場合は、何はともあれ女性と子供を救命ボートに乗せたくなるのです」神父は微笑をもらして言った。「妻によく文句を言われました」

「ピルビームさんの奥さんとカレン・サーティーズはどうなのですか。お二人もここからお出になるのですか」

　セバスティアン神父はくちごもって、悲しそうな微笑を浮かべた。エマは思わず笑わずにいられなかった。「まあ、神父さま、お二人には守ってくれる男性がいるから大丈夫だなんておっしゃるのではないでしょうね！」

「いえ、さらに失礼なことを言うつもりはありません。ミス・サーティーズは犯人が逮捕されるまで、お兄さんのところにいるつもりだと警察に言ったそうです。しばらくここにいることになるのでしょう。私の見るところ、守るのは彼女の方だと思いますがね。ピルビーム夫婦には、奥さんは結婚した息子さんの家に行ったらどうかと勧めたのですが、奥さんに自分のいない間、誰が料理をするのかと怖い顔で言われました」

エマは心穏やかでないことに思い当たった。「きつい言い方をして、申し訳ありませんでした。自分勝手なことを申し上げたのでしょうね。私がここを離れた方が神父さまにとって――皆さんにとってお気持が休まるのなら、もちろん出て行きます。ご厄介になったり、ご心配をかける気はありません。自分の希望を申し上げただけなのです」

「それなら、このままいらしてください。あなたがいらっしゃれば、特にこれから三日の間は私としては心配せざるをえない。ですが、あなたがここにいらっしゃることは、私たちにとって大変な慰めであり、喜ばしいことです。エマ、あなたはこれまでいつもこの学校にとって素晴らしい存在でしたし、今もそうですよ」

二人は再び視線を合わせた。エマはセバスティアン神父の目に浮かぶ喜びと安堵を疑わなかった。それに比べて自分の目にある受け入れにくい感情に気づかれまいとして、彼女は目をそらした。それは憐憫だった。神父はもう若くない。今度のことは痛手にちがいない。これまでそのために働き、愛してきたものを何もかも失うことになるのだろう。

17

スープの後に冷製肉入りの各種サラダと温野菜料理が出される聖アンセルムズ神学校の昼食は、夕食に比べると簡単だった。夕食と同様、ある部分は会話をせずにとる。エマにとって今日はとりわけ沈黙がありがたかったし、他の人たちもそう思ったのではないだろうか。全員が集合した時、今度のような言葉にならず、理解を超える奇怪で恐ろしい悲劇に対する唯一可能な反応は沈黙でしかないように思える。それに聖アンセルムズ神学校では沈黙は常に祝福であり、単なる無言以上の積極的な意味合いがあった。沈黙のおかげで今、食事は短時間ながらも平常の状態を取り戻したかに見えた。だが食事は進まず、スープ皿は半分残したまま押しやられて、ピルビーム夫人も青ざめた顔でロボットのようにぎごちなく動きまわった。

エマは自室であるアンブローズに戻って仕事をするつもりだったが、集中できないことは分かっていた。ふと聖ルカのコティジにジョージ・グレゴリーを訪ねてみようと思いついた。最初はなぜそんなことを思いついたのか、自分でも説明がつかなかった。グレゴリーはエマが神学校に来た時にいつも校内にいるわけではない。だが会えば、なれなれしくならずに気楽に話し合える相手だった。今のエマには聖アンセルムズ神学校にいて、しかもそこに属さない人、言葉一つ言うにも慎重になる必要のない人と話したかった。殺人事件について重苦しい気分にならずに、むしろ面白いと感じる人と話し合えたら、気晴らしになるのではないか。

グレゴリーは在宅だった。聖ルカのコティジのドアは開け放たれ、近づいていくエマの耳にヘンデルの音楽が聞こえてきた。エマもテープを持っているカウンター・テナーのジェイムズ・ボウマンが歌う《オンブラ・マイ・フ》だった。この世のものとは思えない、澄みきった美声が岬に流れ渡った。エマはテープが終わるまで待った。ノッカーを叩こうとして手を上げると、中からどうぞと声がした。本がびっしり並ぶ書斎を通り抜けて、岬を見渡せるガラス張りの増築部分に入った。グレゴリーはコーヒーを飲んでいて、芳醇な香りが部屋中に漂っていた。学校の昼食で食後のコーヒーを待たずに席を立ったエマは、グレゴリーにカップをもう一つ持ってこようかと訊かれて、受けた。グレゴリーは低い籐椅子の横に小卓を置いた。籐椅子の背に寄りかかったエマは来てよかったと、自分でも意外なほどうれしくなった。

特にはっきりした目的があって来たわけではなかったが、彼に言いたいことがあった。エマはコーヒーを注ぐグレゴリーを見つめた。魅力的というより美男子という表現の方がいつもふさわしく思えるその顔は、山羊髭のせいで多少メフィストフェレス的悪人面にも見える。傾斜した高い額からオールバックにされたグレーの髪の毛は、まるでホット・カーラーでウェーブをつけたようにきれいに波打っていた。目は薄い目蓋の下から、世の中を侮り面白がって、あるいは皮肉っぽく観察している。彼は健康に気を遣っていた。毎日ランニングを欠かさないし、冬の最中を除いて水泳をしている。カップを渡されたエマの目に、グレゴリーの手の障害が映った。彼は左手の薬指が半分ないのを隠そうともしない。十代の頃、斧を使っている時に誤って切り落としたのだと言う。彼に初めて会った時にそう説明されたエマは、障害が生まれつきでなく、自分が起こした事故のせいだということを強調したいらしいと感じた。さして不自由とも思えない障害に苛立って、人に説明しないでいられないのが、彼女には意外だった。自尊心の一つの表れなのだろう。

エマは言った。「ご相談したいことがあって——いえ、相談ではありませんね、ご意見をうかがいたいことがあるんです」

「それは光栄なことですが、どうして私に。司祭の誰かの方がふさわしいんじゃありませんか」

「マーティン神父さまにご心配をおかけすることはできませんし、セバスティアン神父さまがどうおっしゃるかは分かっています——分かっているつもりです。意外な返事が返ってくることもありえますけれど」

「しかし道徳的な問題なら、彼らは専門家のはずですよ」

「確かに道徳的な疑問ですけど――少なくとも倫理的な問題でしょうね――はたして専門家の意見が必要なのかどうか。私たちはどの程度警察に協力すべきだとお考えですか、どこまで話すべきか」

「それが質問ですか」

「ええ、そうです」

「具体的に話を進めましょう。あなたはクランプトンを殺した犯人が捕まることを望んでいるんでしょう？　その点は問題ないのですね。殺人も状況次第で許されうるとは思わないわけですね」

「ええ、そうは絶対に思えませんね。人を殺せば、逮捕されるべきです。その後どうすべきかについては、はっきり言いきれませんけれど。たとえ犯人に共感を――同情さえ覚えるようなことがあっても、やはり逮捕されるべきだと思います」

「といっても逮捕にあまり深く関わりたくはない？」

「無実の人を傷つけたくないのです」

「ああ。でも、それは仕方がないですよ。ダルグリッシュだって、どうしようもない。殺人事件の捜査というのは、そういうものです。無実の人を傷つけるものです。無実の人というのは、誰のことですか」

「それはちょっと」

　少し沈黙が流れた後、エマは言った。「どうしてこの問題であなたを煩わせたのか、自分でも分かりません。神学校に属さない人と話したかったのだと思います」

「私があなたにとって重要な存在でないからでしょうね。男性としての私に惹かれているわけでもない。互いに何を言おうと、われわれの関係は変わらないと分かっているから、安心してこうしていられる。変わるべきものは何もないんですから。私のことを知的で、正直で、ものに動じない、信用できる人間だと思っている。そのどれも確かですよ。それに私がクランプトンを殺したとも思っていない。その通り、私ではない。あの人は生前、私に実質的には何の影響も与えなかったが、死んだ今はさらに一段と関係がありません。彼を殺したのは誰かという、ごく当然な好奇心があることは認めますが、そこまでですね。それからどんな死に方をしたかも知りたいですが、あなたは教えてはくれないでしょうね。返答をピシャリと断られるような質問はいたしませんよ。でもそうは言っても私も巻き込まれている。われわれ全員が巻き込まれている。私のところにダルグリッシュからの呼び出しはまだありませんが、彼のリストで下位に数えられているからだとは思いませんね」

「では、呼び出された時にどうおっしゃるおつもりですか」

「質問に正直に答えますよ。嘘はつきません。意見を求められたら、細心の注意を払って答えます。推理をせず、求められない情報を進んで提供するようなことはしません。彼らに代わって警察の仕事をする気は毛頭ない。彼らには給料をたっぷり払ってあるんですからね。それから言ったことに後から付け加えることはできても、いったん口にされた言葉を元に戻すことはできないということを忘れないようにしますね。以上が私の心積もりです。傲慢で知りたがりやの私は、実際にダルグリッシュか、その子分から慇懃無礼な呼び出しを受けたら、自分の忠告に従わないかもしれませんけどね。そんなところで、お役に立ちますか」

「ではこうおっしゃるのですね。嘘はつくな。しかし必要なこと以外は喋るな。質問されるまで待って、訊かれたら、正直に答えろ、と」

「そんなところですか」

　エマは初対面の時から訊きたいと思っていたことを尋ねた。今日その質問をするチャンスがあったというのも、不思議なことだった。「聖アンセルムズ神学校に共感を持っていらっしゃらないのでしょう？　神を信じていらっしゃらないからですか、それとも神学校の人たちも信じていないとお思いだからですか」

「いやあ、彼らはちゃんと信じていますよ。信じていることが見当違いというだけのことです。道徳的な教えのことを言っているのではありませんよ。西欧文明はユダヤ・キリスト教の遺産によって形作られ、われわれはそのことを感謝すべきだと思います。でも彼らの仕える教会は死に瀕している。私は『最後の審判』を見る時に、十五世紀の男女にとってあれがどんな意味を持っていたか、理解しようとしますね。人生が短くて、つらく、苦痛に満ちていたら、天国の希望が必要だし、法律に効力がない時には、地獄の抑止力が必要です。教会は当時の人々に慰めと光、絵と物語、永遠の生命の希望を与えた。二十一世紀には別の代償があります。サッカーもその一つでしょう。サッカーには儀式、色彩、ドラマ、帰属感と何もかも揃っていますよ。高僧もいれば、殉教者までいる。サッカー以外には買い物、美術や音楽、旅行、アルコール、麻薬なんてものもある。われわれは誰しも人生の二大恐怖、すなわち退屈と死は避けられないという事実を寄せつけないために、それぞれ手段を持っている。おまけに今ではインターネットまであるじゃないですか。二つ三つキーを叩くだけで、ポルノが手に入る。児童ポルノがほしければ、あるいは意見の合わないやつを吹き飛ばすために爆弾の作り方を知りたければ、すべて揃っている。その他の情報だって無尽蔵。中にはきわめて正確な情報まで含まれている」

「でもそのすべてが、音楽や詩、美術さえ役に立たなかったら？」

「その場合は科学に戻るでしょうね。楽な最期を迎えられないと分かったら、モルヒネと医者の思いやりにすがりますよ。それとも沖に向かって泳いで、最後に空を見上げてこの世におさらばしますかね」

「どうしてここにいらっしゃるのですか。どうしてここで教えることにしたのですか」

「知的な青年に古代ギリシャ語を教えるのが楽しいからですよ。あなたはどうして大学教師になったんですか」

「知的な若い男女に英文学を教えるのが楽しいからです。といっても、それは半分しか答になっていません。自分は一体どうするつもりなんだろうって、時々考えてしまいます。他人の創作を分析するより、自分で創作をする方がいいのではないかと」

「象牙の塔のジャングルにからめとられましたね。私はその種のことは極力避けてきました。ここは私にぴったりの場所ですよ。フルタイムで働く必要がない程度の蓄えはある。ロンドンで生活していますが——ここの司祭たちが認めそうにない生活ですけど、でもコントラストの刺激が好きでしてね。それに静かな環境、書いたり、考えるための静かな環境が必要です。それがここにはある。人が訪ねてきて煩わされるということもありません。寝室が一室しかないと言って、予防線を張ってあるんですよ。食事はその気になれば、学校でとれる。料理は折り紙つきですからね。ワインもいつも水準に達しているし、時には忘れがたいほど素晴らしい。会話も刺激的なことが多く、退屈させられることはめったにありません。私は一人で散歩をするのが好きで、ここのうら寂しい海岸はうってつけです。寝る場所と食事はただの上に、神学校はそれ以下では人が来ないし、それ以上は出せないというぎりぎりの線で講師の給料を払ってくれる。今度の犯人のおかげでそのすべてがふいになる。実のところ本気で腹が立ってきましたよ」

「犯人がここの人、私たちの知っている人というのが、何と言っても恐ろしいことですね」

「親愛なる警察の言うところの内部の犯行ですか。当然じゃないですか。そうでしょう、エマ、あなたは臆病ではないはずですよ。現実から目をそむけてはいけません。どこの泥棒が真っ暗な嵐の夜に、人里離れた教会に車を走らせますか。献金箱を破って、はした金を盗もうとしても、開いているはずもない教会ですよ。それに容疑者グループと言っても、そう何人もいるわけではない。あなたは含まれませんね。ここの司祭たちが好んで読んでいる探偵小説では、現場に最初に現れた人物が必ず怪しいことになってはいるが、あなたは圏外と思って大丈夫だと思いますよ。残るは昨日の夜校内にいた神学生四人とその他七人ですね。ピルビーム夫婦、サーティーズと妹、ヤーウッド、スタナード、それにこの私。ダルグリッシュも神聖なる司祭たちを本気で疑ってはいないでしょうからね。とはいえ常に頭の隅においているでしょう。特にパスカルのあの言葉〝人間は宗教的信念に基づいている時ほど、徹底的かつ喜び勇んで邪悪を行なうことはない〟を思い出せばね」

エマは司祭については話したくなかった。「ピルビームさん夫婦も当然圏外じゃありませんか」

「確かに人を殺すとは思えないが、そう言ったら、われわれは皆そうですよ。でも腕のいい料理人が終身刑になると思うと悲しくなりますね。じゃあ、ピルビーム夫婦は除きましょう」

　エマは四人の神学生も当然除いていいはずだと言いそうになったが、出かかった言葉を呑み込んだ。相手が何を言うか、それを聞くのが怖かった。彼女は代わりにこう言った。「それからあなたも容疑者ではありませんね。あなたには大執事を憎む理由がありませんものね。それどころか、彼が殺されたことで、聖アンセルムズ神学校閉鎖問題にけりがつくことになったんですから。あなたにとっては起きてほしくないことでしょう？」

「いずれそうなる運命でしたけどね。ここがこんなに長く続いたこと自体、驚きの一語につきますよ。でもあなたのおっしゃる通りだ。私にはクランプトンの死を望む理由がない。自己防衛ならともかくも、人を殺すことは私にはできないが、たとえできたとしても、殺す相手は多分セバスティアン・モレルでしょうね」

「セバスティアン神父さまですか？　どうして」

「古いことですが、恨みがあるんですよ。あの人のおかげでオックスフォードのオールソールズ・カレッジの特待校友になり損なった。今となっては大したことではありませんが、その時はショックでした。いやあ、本当の話、大変なショックでした。私の最新著作を酷評して、盗作だとほのめかすような書き方をしてくれたのです。盗作などではありません。文章やアイデアが信じられないような偶然の一致をしただけのことで、そういうことは起こりうるんです。しかしスキャンダルは痛手でした」

「まあ、ひどいことに」

「いやあ、そういうことってありますよ。あなただって、ご存じでしょう。文章を書く者には悪夢です」

「でもセバスティアン神父さまはどうしてあなたを講師に迎えたんでしょう。忘れたはずはないでしょうに」

「そのことについては一言も言いませんでしたね。忘れたのかもしれない。当時、私にはショッキングなことだったが、彼には大したことではなかったんでしょう。私が講師の口に応募した時に、たとえ思い出したとしても、気にしたとは思えませんね。この聖アンセルムズ神学校に優秀な教師を安く雇えるとなればね」

エマは言葉を返さなかった。彼女のうな垂れた頭を見て、グレゴリーは言った。「もっとコーヒーをどうですか。コーヒーを飲んで、ケンブリッジの最新の噂話を聞かせてください」

18

ダルグリッシュがグレゴリーに電話をして、聖マタイのコティジに来てほしいと告げると、グレゴリーは言った。

「事情聴取はここでお願いできないかと思っていたんですがね。エージェントから電話がかかってくることになっているんです。ここの番号を教えてあるんですよ。私は携帯電話が大嫌いなもので」

日曜日に仕事の電話とは、ダルグリッシュにはありえないことに思えた。彼の疑念を感じたのか、グレゴリーは続けて言った。「彼女とは明日ロンドンの〈アイヴィ〉で会うことになっていたんですが、今の状況ではとても無理のようだ。たとえ無理でなくても、好都合とは言えません。それで連絡をしようとしたんですが、うまくいかなかった。留守番電話に電話がほしいとメッセージを入れておきました。今日か、明日の朝早くに彼女と連絡が取れないかぎり、ロンドンに行かなければならなくなる。その点は異存ないでしょうね」

「今のところ問題はないでしょう。少なくとも捜査の初期段階が終わるまでは、皆さんに聖アンセルムズ神学校にいていただけると、好都合は好都合なのですが」

「逃げる気はありませんから、大丈夫ですよ。むしろ逆です。そう毎日殺人事件の興奮を味わえるわけではありません」

「ラヴェンナムさんはその点に関しては、あなたとは意見を異にされているようですね」

「それはそうでしょう、女性ですから。しかし彼女は遺体を見たんでしたね。視覚による恐怖の衝撃がなければ、殺人事件も現実というよりアガサ・クリスティーの世界で、ぞくぞくするような興奮を与えてくれる。想像した恐怖は、現実よりも強力とされていますが、殺人事件に関しては当てはまらないんじゃないでしょうか。殺された死体をその目で見た人は、見たものを頭から消し去ることができませんよ。それでは、こちらにおいでいただけるんですね。ご面倒ですが、よろしく」

　グレゴリーの言葉はあけすけで無神経だったが、まったく間違っているわけでもない。ダルグリッシュが殺人の破壊的力を初めて経験して、激しいショックと怒り、憐憫に襲われたのは、犯罪捜査課に配属になったばかりの新米刑事として、忘れもしない初めての被害者の死体のそばに膝をついた時だった。エマ・ラヴェンナムはどのようにして耐えているのかと思い、自分に何かできること、すべきことはあるだろうかと考えた。おそらく何もないだろう。何かしようとすれば、干渉、あるいは恩着せがましい態度と取られかねない。彼女が教会で見たものについて気楽に話せる相手と言えば、聖アンセルムズ神学校にはマーティン神父しかいない。神父はエマに慰めと支えを与えるどころか、自分の方が必要だろう。エマは秘密を抱えてここから出ていくこともできるわけだが、彼女は逃げ出すような女性ではない。自分は彼女を知りもしないのに、どうしてそう断言するのか。ダルグリッシュは意を決したようにエマの問題を脇に追いやり、目の前の仕事に集中した。

　グレゴリーの事情聴取を聖ルカのコテイジで行なうことには、何の問題もなかった。神学生の事情聴取をそれぞれの部屋で行なったり、向こうの都合に合わせる気はない。学生たちが出向いてくるのが当然だし、その方が好都合で時間の節約になる。だがグレゴリーは馴染んだ場所にいれば、リラックスするだろうし、リラックスした容疑者はガードを緩めやすいものだ。直接質問をぶつけるよりも、証人の部屋をそれとなく観察した方が、はるかに本人について知ることができる。本や絵、物の配置などは、言葉より多くを物語ることがある。

　ケイトと一緒にグレゴリーの後ろから左手の居間に入ったダルグリッシュは、三軒のコテイジの三者三様を改めて感じた。ピルビーム夫婦のコテイジの明るく家庭的な居心地のよさ、サーティーズの木とテレピン油と家畜飼料の臭いが漂う、整然とした作業室、そしてここは潔癖なほど整頓好きな学者の生活の場だった。このコテイジはグレゴリーの二つの大きな興味対象、古典文学と音楽に合わせて設《しつら》えてあった。表側の部屋は、ピラネージの版画『コンスタンティヌスの門』の掛かった、ヴィクトリア朝時代の装飾入り暖炉の上以外は、全面が床から天井まで書棚になっていた。グレゴリーにとって棚の高さは本のサイズにぴったり合っていなければならないらしく――ダルグリッシュも同じ性癖を持っていた――部屋全体が柔らかに輝く金色と茶色の豪華な革でおおわれているような印象だった。カーテンはなく、木製ブラインドの入った窓の下にパソコンの載った、飾りのないオークの机とオフィス用の椅子が置かれていた。

　三人はドアのない出入口を抜けて増築部分に入った。主にガラスを使ったその部分は、コテイジの幅いっぱいに延びていた。軽快だが快適な籐椅子とソファ、コーヒー・テーブル、奥に本と雑誌がうずたかく重ねられた大き目の丸テーブルが置かれた、グレゴリーの居間だった。ここの本や雑誌もサイズを合わせて（あるように思えた）きちんと整えられていた。ガラスの屋根と壁には夏にはなくてはならない日除けがつけられ、この時期でも南向きの部屋はぽかぽかと暖かかった。外には荒涼とした灌木地帯が広がり、遠くに湖を囲む木々の頂きが見える。東には北海の灰色の巨大な海原があった。

　低い椅子は警察の事情聴取には向かなかったが、他に椅子はなかった。グレゴリーの椅子は南に向いていた。彼はヘッドレストに頭を預けて、長い脚を伸ばし、クラブで寛いでいるかのようにすっかりリラックスしていた。

　ダルグリッシュは個人ファイルを精読してすでに答を知っている質問から開始した。グレゴリーのファイルは神学生のものよりはるかに情報に乏しかった。最初の文書はオックスフォード大学ケブル・カレッジからの手紙で、グレゴリーがどのようなつてで聖アンセルムズ神学校に来たかが、それで明らかになった。書かれた文字をほぼ完全に記憶できるダルグリッシュは、文面を難なく思い出せた。

　ブラッドリーがようやく引退したので（ところで、あなたはいったいどう言って、彼を説き伏せたのですか）、あなたが代わりの人材を探しておられるという噂を聞きました。ジョージ・グレゴリーをその候補としてすでにお考えになりましたか。グレゴリーは今、ギリシャ三大悲劇詩人の一人エウリピデスの翻訳に時間を取られるため、非常勤講師の口を探しています。本職の翻訳が静かに進められる田舎が望ましいということです。彼以上の学者は望めませんし、教師としても優秀です。よくある、潜在能力を完全に出しきっていない学者の一人と言えるでしょうね。扱いやすい男ではありませんが、あなたとは合うのではないかと思うのです。この前の金曜日に彼がここに食事に来た時に話をしました。確約はしませんでしたが、あなたがどういう条件を考えているか訊いてみようと言っておきました。給料は考慮の対象となる条件ですが、主たるものではありません。彼が求めているのは、プライバシーと静かな環境です。

　ダルグリッシュは質問した。「一九九五年に招かれてここに来られたのですね」

「ヘッドハントされたと言っていいでしょうね。神学校は古代ギリシャ語、それにヘブライ語を少し教えられる経験豊かな教師を求め、私の方はできれば住宅施設の整った田舎で非常勤講師の口はないかと探していたのです。オックスフォードに家を持っていますが、現在は貸してあります。店子は責任感があるし、家賃は高い。ご破算にしたくない設定ですね。マーティン神父なら、われわれの出会いを神意の表れと言うでしょうし、セバスティアン神父は物事を自分と神学校に有利になるように差配した自らの力の表れが、さらに一つ増えたのだと言うでしょう。聖アンセルムズ神学校に代わって弁じることはできませんが、どちらも後悔していないと思いますよ」

「クランプトン大執事に初めて会われたのはいつですか」

「三カ月ほど前に彼が理事に任命されて、初めてここに来たときです。正確な日にちは憶えていません。二週間前にまた来て、それから昨日も。二回目に来た時、わざわざ私を探し出して、一体どういう条件で雇われているのかと尋ねましたよ。いい顔を見せていれば、私の宗教的信条について質問しだしそうな雲行きになってきた。最初の問題についてはセバスティアン・モレルに尋ねるように言い、二番目については、たとえばサーティーズのようなもっと与《くみ》しやすい犠牲者を探すように、そっけなくあしらいました」

「で、今回は？」

「昨日の夕食まで顔を合わせませんでしたね。特に楽しいとは言えない夕食でしたが、あなたもいらしたんですよね。私と同じように見聞きした。いや、おそらく私以上に。食後はコーヒーを待たずに、ここに戻ってきました」

「それから夜の間は？」

「このコテイジにいました。本を読んでから、少し校訂の仕事をし、学生のレポート六篇を採点した。その後は音楽です。昨夜はワグナーを聞いて、ベッドに入りました。それからあなたの質問の手間を省いて差し上げると、夜の間コテイジを離れませんでした。誰とも会わず、音も嵐の音以外は何も聞きませんでした」

「大執事が殺されたことを知ったのはいつですか」

「七時十五分頃にラファエル・アーバスノットから電話があって、セバスティアン神父が七時半から図書室で緊急集会を開くので、全員集まってほしいと言われました。詳しい説明はなかったので、殺されたことを聞いたのは、指示通りに集まった時でした」

「聞いてどう思われましたか」

「複雑でしたね。とはいえ聞いたとたん、まずショックを受け、信じられなかった。彼のことをよく知っていたわけではないので、個人的に悲しんだり、悼んだりする理由はありません。図書室のあの寸劇は、なかなかのものだったじゃありませんか。ああいうことを設定させたら、モレルの右に出る者はいませんよ。あれは彼のアイデアだったんでしょう。まるで遺言書が読み上げられるのを待つ欠陥家族のように、全員が立ったり座ったりして。最初に感じたのはショックだと言いました。ショックを受けたのは言うまでもありません。でもショックであって、驚きではなかった。図書室に入ってエマ・ラヴェンナムの顔を見た時に、大変なことがあったなと思いました。モレルが口を開く前から、何を言うか分かっていたような気がします」

「クランプトン大執事が聖アンセルムズ神学校で必ずしも歓迎されていなかったことはご存じでしたか」

「私は神学校内の政治的駆け引きからは距離を置くようにしています。こういう辺ぴなところにある小規模な施設というのは、噂話とほのめかしの温床になりやすい。とはいえ私にも目があり、耳があります。聖アンセルムズ神学校の将来が不安定で、クランプトン大執事がここを遠からず閉鎖させると心に決めていたことは、ここのほとんどの人が知っていると思いますよ」

「閉校はあなたに不都合ですか」

「歓迎はしませんが、ここに来てまもなくして充分ありうると思うようになりましたね。だが、英国国教会の行動のスピードから判断して、少なくともあと十年は大丈夫だろうと踏んでいたのです。コティジを失うのは残念ですね、この増築部分の建築費は自分で持ったことだし。ここは私の仕事にぴったりだから、離れるにしのびない。そりゃあ、離れる必要がない場合だってあるでしょう。教会が建物をどうするつもりか分かりませんが、おいそれと売れるような不動産ではない。このコティジを私が買い取ることも可能かもしれない。そんなことを考えるのはまだ早すぎるし、ここが教会の理事会に属しているのか、教区のものかも知らないのですからね。そういう世界にはとんと疎くて」

　グレゴリーはアーバスノット嬢の遺言の条項を知らないのか、それとも知っているのに知らないふりをしているのか。今のところはそれ以上訊くこともないように思われた。グレゴリーが肱掛椅子から立ち上がりかけた。

だがダルグリッシュは終えていなかった。「ロナルド・トリーヴィスはあなたの生徒だったのですか」

「ええ。私は人文学課程を修めていない神学生全員に古代ギリシャ語とヘブライ語を教えています。トリーヴィスは地理学が専攻でしたから、ここでは三年コースを取っていて、ギリシャ語はゼロから始めたのです。そうでしたね、忘れていました。もともとあなたはここに、あの事件を調べにいらしたんでしたね。今となると重要性が薄らいでしまった感じじゃありませんか。いずれにせよ殺人事件かと噂されたわりには、最初から重みがなかった。自殺の評決の方が論理的だったんですよ」

「遺体を見た時にそう思われたのですか」

「落ち着いて考えられるようになった時に、そういう結論に達しましたね。畳んだ服が根拠です。崖を登ろうとする若者は、あんなふうにまるで儀式のようにマントと法衣を丁寧に畳んだりしません。彼は金曜日の夜に個人教授を受けにここに来ましたが、いつもと変わらないように見えました。つまりとりわけて楽しそうでもなかった。だがあの学生は楽しそうにしていたことなんてなかったのですよ。彼が進めていた翻訳に関係したこと以外に、話をした憶えがありませんね。その後すぐに私はロンドンに出かけて、その夜はクラブに泊まりました。土曜日の午後に車で戻ってきた時に、マンローさんに止められたのです」

　ケイトが質問した。「彼はどんな学生でしたか」

「ロナルド・トリーヴィスですか。鈍感で、勤勉、知的——といっても自分で考えていたほど頭はよくなかったですけどね。心理的に不安定で、若いわりには驚くほど頭が固かった。子供の頃からパパに支配されていたんじゃないでしょうか。それは職業の選択にも表れていますよ。もしパパの活躍分野で自分も成功することができないなら、なるべく期待にそむく選択をしようじゃないかと。ですが彼とは私生活について話し合ったことはありません。私は神学生のことに深入りしないことにしているんです。特にここのような小規模の神学校では、深入りするととんでもない目に遭いかねません。ここにいるのはギリシャ語とヘブライ語を教えるためで、神学生の心理を掘り下げるためではない。私にとってプライバシーとは、人間感情のプレッシャーを受けないということも含まれます。ところでこの事件をいつ公表するおつもりですか——世間に。例によってマスコミが押しかけるんでしょうね」

ダルグリッシュが答えた。「いつまでも伏せておくわけにはいきません。広報課がどの程度間に入れるか、セバスティアン神父と話し合っているところです。公表すべきことがあれば、記者会見を開くことになるでしょう」

「では、今日私がロンドンに出かけることには反対なさらないのですね」

「私にその権限はありません」

グレゴリーはゆっくり立ちあがった。「やはり明日の昼食はキャンセルすることにします。出版業者の怠慢や、新契約の詳細について退屈な話をするよりも、ここにいた方が面白いことがありそうですからね。先方にキャンセルの理由を言わない方がいいんでしょうね」

「今のところはそうしていただけると助かります」

グレゴリーは戸口のほうに歩いて行った。「残念ですねえ。殺人事件の捜査で容疑者にされたのでロンドンに行けないと言えたら、愉快だったのに。では、警視長、これで失礼します。また何かあれば、私がどこにいるかはお分かりでしょう」

19

捜査班はその日を始めた時と同じように、聖マタイのコティジで会議を開いて一日の締めくくりとした。だが今回は居心地のいい方の部屋に集まり、ソファと肱掛椅子に座って、今日最後のコーヒーを飲んでいた。捜査の進捗状況を検討する時間だった。クランプトン夫人にかかった電話の時間と場所が確認された。使用された電話はピルビーム夫人の部屋の外に、投書箱と並んで廊下の壁にかけられている電話機だった。かけられた時間は九時二十八分。これは証拠がさらに一つ加わったということであり、重要な証拠だった。捜査班が最初から睨んでいたように、犯人が聖アンセルムズ神学校内の人間であることが証明された。

ピアースがこの新事実をさらに推し進めた。「もしわれわれの考え方が正しくて、この電話の主がその後クランプトンの携帯電話にかけたとしたら、終禱に出た人は全員シロということになりますね。残るはサーティーズ兄妹、グレゴリー、ヤーウッド警部、ピルビーム夫婦、エマ・ラヴエンナムです。ドクター・ラヴェンナムを重要な容疑者と見なす人は誰もいないでしょう。それからスタナードは考える必要ないですね」

ダルグリッシュが言った。「そうとも言いきれないな。われわれには彼を拘束する権限はないし、クランプトンがどう殺されたか、スタナードが知らないのは確かだ。だからと言って事件に関係ないとは必ずしも言えまい。聖アンセルムズ神学校からは去ったが、念頭に置いておこう」

ピアースが言った。「だが、一つあるんですね。アーバスノットが礼拝の開始時刻ぎりぎりに聖具室に現れたんです。セバスティアン神父から聞き込んだんですが、神父はそれがどんなに大きな意味を持っているか、まるで気づいていませんでした。ロビンズと一緒にチェックしてみました。どっちも十秒でドアから南回廊に走り出て、中庭を横切ることができました。アーバスノットには電話をして、教会に九時半に入る時間がありましたね」

ケイトが言った。「危険なことじゃない？　誰に見られるか分からないのに」

「暗かったんだよ。回廊には薄暗い照明しかついてない。それに見る人間なんていないじゃないか。皆教会にいた。大して危険なことじゃなかったさ」

ロビンズが言った。「教会にいた人間を除外するのは、早すぎるのではないでしょうか。カインに共犯者がいたとしたら、どうでしょう。単独犯を示すものは何もありません。九時二十八分以前に教会に入った者には電話はかけられませんでした。しかしだからといって、中の一人が事件に関わっていないとは言いきれないでしょう」

ピアースが言った。「共謀か。ふーん、ありうるな。ここには被害者を憎んでいた人間が何人もいた。男一人、女一人の犯罪かもしれない。ケイトと一緒にサーティーズから話を聞いた時、二人が何かを隠しているのは見え見えでしたよ。エリックは見るからに怯えていましたね」

興味深い事実を明らかにした容疑者は、カレン・サーティーズ一人だった。彼女は自分も兄も夜の間、聖ヨハネのコティジを離れなかったと主張した。十一時までテレビを見て、その後ベッドに入った。どちらかがもう片方に知られずにコティジを出ることは可能かと、ケイトに尋ねられると、こう答えた。「ずいぶんとあけすけに訊くじゃないの。私たちのどちらかが嵐の夜にここを抜け出して、大執事を殺しに行ったのかと言いたいんでしょ。いいえ、私たちはそんなことはしませんでした。エリックは私に知られずにコティジから出られたんじゃないかと思ってるのなら、答はノーよ。どうしてだか知りたければ教えましょうか。私たちは同じベッドで寝ていたからよ。私は妹と言ったって腹違いですからね。たとえそうじゃなくても、あなたたちは殺人事件を捜査しているんで、近親相姦を調べているんじゃないんだし、どっちにしろ、あなたたちの知ったことじゃないでしょ」

ダルグリッシュが言った。「君たちは二人とも、彼女が本当のことを言っていると思ったのか」

ケイトが答えた。「兄の顔を見れば、疑問の余地はありませんでした。妹は兄にそんなことを喋ると言っていたのかどうか分かりませんが、兄はそれが気に食わなかったようです。それにしても妙じゃありませんか、彼女がわざわざそんなことを言うなんて。嵐がひどくて二人とも眠れなかったので、お互いにアリバイがあると言えば、それでよかったでしょうに。確かに彼女は人を驚かせるのが好きな女性なんでしょうけど、それにしてももし本当に近親相姦なら、人にそんなことを言うなんて」

ピアースが言った。「だが、アリバイを示したくて仕方がなかったってことなんじゃないかな。いずれ法廷で持ち出さなくてはならないのなら、今本当のことを言ってしまおうと、まるで二人で予め相談していたみたいじゃないですか」

北回廊のラファエル・アーバスノットの部屋で小枝が発見されたが、それを除くと鑑識班は特にめぼしいものを見つけなかった。日中ダルグリッシュは、初めから考えていたように小枝が重要な意味を持つことを確認した。彼の推理が正しければ、小枝は決定的な手がかりになるが、自分の疑念を口にするのはまだ早いと判断した。

四人は事情聴取の結果を一つ一つ検討した。神学校内、あるいはコティジに住む者は、ラファエルを除いて全員が十一時半にはベッドに入ったと主張した。風が激しかったために時折眠りを妨げられたものの、夜間に変わったものを見たり、不審な音を聞いた者はいない。セバスティアン神父は協力的とはいえ、冷ややかな態度だった。ダルグリッシュ自身でなく部下に質問される不快感をかろうじて隠して、開口一番クランプトン夫人が来ることになっているので、あまり時間は取れないと言った。短時間で充分だった。校長は十一時まで神学雑誌に寄稿する記事を書き、その後いつものようにウィスキーの寝酒を飲んでから、十一時半には就寝したと述べた。ジョン・ベタートン神父と姉は十時半まで読書をして、その後姉がココアを淹れた。テレビを見たピルビーム夫婦は、嵐に備えてお茶をたっぷり飲んで寝たと言う。

八時になり、ダルグリッシュたちは一日の仕事を終えることにした。鑑識班はとっくにホテルに引き上げていた。

ケイトとピアース、ロビンズが今、おやすみなさいと言って出て行った。明日、ケイトとロビンズは〈アシュコム・ハウス〉に出かけて、マンロー夫人が勤めていた当時のことについて調べる予定だった。ダルグリッシュは機密書類をブリーフケースにしまって鍵をかけ、岬を横切って西の中庭からジェロームに戻った。

　電話が鳴った。ピルビーム夫人からだった。ダルグリッシュ警視長の部屋に夕食を持って行ってあげてはどうかと、セバスティアン神父から言われたのだそうだ。部屋で食事をすれば、サウスウォルドに出かけなくてもすむだろう。スープとサラダ、冷製肉、果物だけだが、それで充分なら、ピルビームに運ばせると言う。車で出かけずにすむと知って喜んだダルグリッシュは、大変ありがたいと礼を言って、申し出を受けた。十分もすると、ピルビームが食事を運んできた。ピルビームは日没後、たとえ中庭を横切るだけの短い距離であろうと、妻に外を歩かせたくないのだろう。今、意外に素早い身のこなしで机を壁際から少し動かして、テーブルを設え、食事を並べている。ピルビームが言った。「盆を外に出しておいてもらえたら、一時間ほどして取りに来ます」

　魔法瓶に野菜とパスタがたっぷり入った、手作りらしいミネストローネ・スープが入っていた。おろしたパルメザン・チーズと、ナプキンに包んだ温かいロール・パン、バターが添えられている。皿の蓋を取ると、サラダとおいしそうなハムが現れた。おそらくセバスティアン神父の配慮だろう、ボルドーの赤が一壜添えられていたが、ワイングラスはなかった。だが一人で飲むのは気が進まないダルグリッシュは、壜を戸棚にしまって、食後に自分でコーヒーを淹れた。盆をドアの外に出すと、数分後に回廊の石を踏むピルビームの重い足音が聞こえた。ダルグリッシュはドアを開けて礼を言い、おやすみと声をかけた。

　肉体的には疲れているのに、神経がぴんと張り詰めた、とても眠れそうにない状態だった。気味が悪いほど静かだ。窓際に行ったダルグリッシュの目に、グレーの空を背景にして本館の煙突と塔、小丸屋根が一塊の黒いシルエットになって映った。落ち葉がほとんど取り払われた北回廊の柱に、警察の青と白のテープがまだ巻き付いている。南回廊のドアの上につけられた明かりを受けて、中庭に敷き詰められた丸石が輝き、フクシャの花が石壁に叩きつけられた赤いペンキのようにいやにけばけばしく、不釣合いに見えた。

　ダルグリッシュは本を開いたが、心は周囲の静けさに共鳴しなかった。一体どういうことだろう。ここには自分のこれまでの人生が裁かれているように感じさせるものがある。彼は妻が死んで以来自分に課してきた、長い孤独な生活を思い返した。自分は愛情のしがらみを避けるために、仕事を口実にしてきたのではないか。テムズ川を見下ろす、きれいに整頓されたフラット、夜帰ると、朝出かけた時のままのフラットに誰も踏み込ませないためばかりでなく、それ以上のプライバシーを守るために。人生を超然と傍観する者には威厳が感じられなくはない。自分のプライバシーは保ちつつ、他人のプライバシーに踏み込む口実がある職業――いや、踏み込むことを義務とする職業は、物書きには有利だ。しかしそこに浅ましいものを感じはしないか。一歩離れてじっと静かにたたずんでみれば、ここの司祭たちが魂と呼ぶ躍動する心が押しつぶされそうな、いや、そんな心を失いそうな気はしないか。ダルグリッシュの脳裏に六行の詩が浮かび、彼はノートのページを半分破りとって書きとめた。

死せる詩人の墓碑銘

さしも賢明な彼もついに葬られ
縦六フィート、幅三フィートの土中に横たわった
そこには差し伸ばされる手も、動く唇もない
彼の愛を執拗に求める声もない
この最後の、素晴らしき自足
なんと、彼はそれを知ることも見ることもない

　一瞬のちダルグリッシュは詩の下に〝詩人マーヴェルに陳謝して〟と走り書きした。彼はこの皮肉っぽく軽い詩のように、いとも簡単に詩が浮かんだ頃のことを思い返した。今は詩作もずっと知的で計算された言葉の選択と配列にな

っている。自分の生活の中で内側から自然に湧き上がるものが、はたしてあるだろうか。

病的な自省になってきたなと、ダルグリッシュは一人ごちた。これから抜け出すには、聖アンセルムズ神学校から離れるしかない。寝る前に一歩きするのが一番だ。彼はジェロームのドアを閉めて、アンブローズの前を通りすぎた。アンブローズはカーテンがぴったり閉じられて、明かりはついていなかった。鉄門を開けたダルグリッシュは迷わず南の、海の方角に歩き出した。

20

神学生の部屋に鍵をつけてはならないと決めたのは、アーバスノット嬢だった。部屋にいつ人が入ってくるか分からないようにしておかなければ、神学生たちが何をすると思ったのだろうか。おそらく性的なことが無意識に頭にあったのだろう。おかげで客用施設にも鍵がついていない。夜間の防犯は、教会横の鍵付きの鉄門だけで充分とされていた。優雅な意匠を凝らした門の中に恐れるものがあるはずはないという前提だった。鍵をつける習慣がないため、神学校には錠やカンヌキの買い置きがなかったし、たとえ日曜日に開いている店があったとしても、終日忙しかったピルビームは、ローストフトに買いに行く時間がなかった。エマはセバスティアン神父から、本館に移った方が安心なのではないかと訊かれた。怖がっていることを知られたくないエマは、今のままで大丈夫だと答えた。セバスティアン神父はそれきり何も言わなかった。終禱から帰ってきたエマは錠が付けられていないのに気がついたが、プライドの高い彼女は校長を探し出して、不安だから本館に移りたいとは言えなかった。

着替えて、ガウンを着たエマは意を決してノート・パソコンの前に座り、仕事に集中しようとした。だが疲れすぎていた。アイデアや言葉がその日一日の出来事と重なって、脈絡なく浮かんでくる。ロビンズが取調室に来てもらいたいと呼びに来たのは、昼近くだった。ダルグリッシュとその左側に座ったミスキン警部が、前夜の出来事について簡単に質問した。エマは風の音で目が覚めて、鐘の音をはっきり聞いたことを話した。どうしてガウンを着て、調べに行ったのか説明できなかった。今考えると、早まった愚かな行動に思える。寝ぼけていたのか、それとも激しい風の中で聞こえた鐘の音が、子供の頃文句なしにすぐさま従わなければならなかった執拗な鐘の音を思い出させたのか。

だが、教会のドアを開けた時にははっきり目を覚ましていたし、柱の間に明々と照らし出された『最後の審判』と二つの人影を見た。一人はうつ伏せに倒れ、もう一人は憐れむように、あるいは絶望に打ちひしがれたように、その上にかぶさっていた。ダルグリッシュは現場の様子について細かく尋ねなかった。当然だ。彼も現場にいたのだから。エマがあのような目に遭ったことについて同情も気遣いも示さなかったが、彼女は遺族ではないから当たり前だった。質問は簡潔で明快だった。エマにはダルグリッシュが思いやりを示しているわけではないと分かっていた。訊きたいことがあれば、それがエマにとってどんなに苦痛であろうと、質問しただろう。ロビンズ部長刑事に案内されて部屋に入り、椅子から立ちあがったダルグリッシュ警視長から座るように言われた時、エマは思った。私の目の前にいるのは『答を求めて——およびその他の詩』を書いた詩人ではない。警官だ。ここでは彼とは同盟者ではありえない。エマには愛する人たち、守りたい人たちがいるが、ダルグリッシュには真実以外に擁護するものはない。そしてついに彼女が恐れていた質問が口にされた。

「あなたが近づかれた時に、マーティン神父は何か言われましたか」

エマはちょっと間を置いてから答えた。「はい、二言三言」

「何と言われたのですか」

エマは答えなかった。嘘をつくつもりはなかったが、あの言葉を今思い出すだけでも裏切り行為に思えた。

沈黙が長くなり、やがてダルグリッシュが言った。「ドクター・ラヴェンナム、あなたは遺体をご覧になりましたね。大執事がどんなことをされたか、その目でご覧になった。大執事は背が高く、力もある男性でした。マーティン神父はそろそろ八十歳で、身体も弱くなっている。あの燭台が凶器ということになれば、あれを振りまわすにはかなりの力が必要です。マーティン神父にあんなことができたとお思いですか」

エマは熱くなって叫んだ。「とんでもありません！　あの方には残酷なことなんてできません。善良で、思いやりのある、優しい方です。あんないい方は他にはいらっしゃいません。そんなことは考えたこともありませんわ。そんなことを考えられる人がいるはずがありません」

ダルグリッシュ警視長は静かな声で言った。「それでは、どうして私がそう考えると思われるのですか」

彼は質問をもう一度繰り返した。エマは彼の目を見た。

「マーティン神父さまは〝ああ、神よ、私たちは一体何ということをしたのでしょうか。何ということを〟とおっしゃいました」

「それはどういう意味だと——後から思い返した時に、思われましたか」

エマはその言葉を後になって考えた。忘れられない言葉だった。あの場のことは何もかも忘れられなかった。彼女は相手をじっと見つめた。

「大執事さまが聖アンセルムズ神学校にいらっしゃらなければ、今も生きておられたのではないかという意味で、神父さまはおっしゃったのだと思います。犯人は大執事さまがここでどんなに嫌われているか知らなければ、殺しはしなかったのではないか。ここで嫌われていることが、その死の一因になったのではないか。神学校も罪を免れないのではないかと」

「そうですね」ダルグリッシュは穏やかな声になって言った。「マーティン神父も、そういう意味で言ったのだと言われました」

　エマは時計を見た。十一時二十分になっていた。仕事は無理と思い、寝室に上がった。ここの部屋は客用施設の端だったから、寝室には窓が二つついている。一つは教会の南壁に面していた。エマはベッドに入る前にカーテンを閉め、鍵のないドアのことは思い出さないように努めた。目を閉じると、網膜に死のイメージが血がどくどくと流れ出るように浮かび上がり、現実は想像によっていよいよ恐ろしさを加えた。流れた血がどろりと溜まっていたのが目蓋の裏に蘇ったが、今はその上に大執事の脳味噌が灰色の吐物のように散っている。にたりと笑う忌まわしくグロテスクな悪魔のイメージが急に動き出し、卑猥なジェスチャーをしきりに繰り返す。恐怖のイメージを消したくて目を開けると、寝室の暗闇が重くのしかかってきた。空気まで死の臭いがする。

　エマはベッドから下りて、灌木地帯に面した窓を押し開けた。清々しい空気がどっと入ってきて、エマは茫漠と広がる静けさと星を散りばめた空を眺め渡した。

　ベッドに戻ったが、眠りは訪れなかった。足が疲れて震えても、恐怖は疲労より強かった。結局起き上がったエマは階下に降りた。暗がりで鍵のないドアを見つめている方が、ドアがそろそろと開くのを想像するよりましだし、居間にいた方が、階段を昇る足音を待って、なす術《すべ》もなく横になっているより、まだいい。ドアのノブの下に椅子をかませようかとも考えたが、そんなみっともない上に効果のない行動に出る気になれなかった。自分に危害を加える者などいないと自分に言い聞かせながら、臆病な自分に嫌気がさした。だが砕かれた骨のイメージがまた脳裏に蘇る。憎しみのあまり逆上した岬の住人が、おそらくは神学校の一員が真鍮の燭台をつかみ、血を求めて何度も殴りつけて大執事の頭蓋骨を砕いたのだ。正気の人間のすることだろうか。聖アンセルムズ神学校にいる者は安全だろうか。

その時、鉄門がきしんで開き、がちゃりと閉まる音が聞こえた。足音がコテイジの前を通りすぎる。自信に溢れた足取りだが、静かだった。こそこそした感じは少しもなかった。エマは胸をどきどきさせながら、ドアをそっと開けて、外を見た。ダルグリッシュ警視長がジェロームのドアを開けているところだった。エマは音を立てたのにちがいない。ダルグリッシュが振り向いて、彼女の方にやってきた。エマはドアを開けた。ダルグリッシュの姿を、人間の姿を見て、たとえようがないほどほっとした。それが顔に出たのが分かった。

ダルグリッシュが言った。「大丈夫ですか」

エマは笑顔を作った。「今のところはあまり。でもそのうち落ち着くでしょう。なかなか寝つけなくて」

「本館に移られたのかと思っていました。セバスティアン神父にそう言われませんでしたか」

「おっしゃってくださいましたけど、ここで大丈夫だと思ったのです」

ダルグリッシュは教会の方を見やった。「この部屋はあなたにはよくありませんね。私の部屋と交換してはいかがですか。ここより落ち着くと思いますよ」

エマは安堵の表情を隠すことができなかった。「でも、ご面倒ではありませんか」

「いいえ、まったく。持ち物は明日動かせばいいでしょう。今のところは寝具だけで充分です。あなたの部屋のマットレスのシーツは、私の部屋のベッドに合わないのじゃないかな。私のところはダブルベッドですから」

「枕と布団だけ取り換えましょうか」

「それがいい」

寝具をジェロームに運ぶと、ダルグリッシュは自分の枕と布団をすでに階下に下ろして、肱掛椅子の上に置いていた。その横にカンバスと革でできた手提げ鞄が置いてある。今夜と明日必要なものをまとめたのだろう。

彼は食器棚の方に行きながら、言った。「神学校は例によってごく健康的な飲み物を用意してくれています。それから冷蔵庫にミルクが半パイント入っていますね。ココアか、オヴァルティンはいかがですか。あるいはワインがよろしければ、ボルドーの赤があります」

「ワインをいただきたいです」

「神学校は客がワインを飲むとは考えていないようでしてね。タンブラーかマグカップしかありません」

「タンブラーで結構です。でも新しい壜の口を切るのでしょう？」

「必要な時に口を切るのが一番ですよ」

　エマはダルグリッシュと一緒にいると、自分でも驚くほど気分が落ち着いた。自分にはこれが、そばに誰かがいることが必要だったのだと思った。二人はワインを一杯飲み終わるまで、長いこと黙っていた。ゆっくり飲んだ。ダルグリッシュは少年時代に神学校に来た時の話をした。司祭たちが西門の向こうのクリケット場で法衣をたくしあげて、彼に向かって投球してくれたこと、魚を買いにローストフトに自転車を走らせたこと、夜、図書室で一人で読書を楽しんだこと。彼はエマに、聖アンセルムズ神学校での彼女の講義内容について尋ねた。講義で取り上げる詩人はどのように選ぶのか、神学生からどんな反応があるか。殺人事件の話は一切出なかった。会話は漫然とならず、義務的に喋っている感じもなかった。エマはダルグリッシュの声を好ましいと思った。自分の心の一部が二人の上に漂い出て、男女の対照的な柔らかな声音に慰められているような感覚を覚えた。

　エマが立ちあがって、おやすみなさいと言うと、ダルグリッシュも同時に立ちあがり、それまで見せなかった堅苦しい調子で言った。「お許しいただければ、私は今晩この椅子で寝ることにします。ミスキン警部がいれば、彼女にここに泊まるように言うのですが、あいにくといないので、私が警部の代役を務めます。お嫌でなければですが」

　エマはダルグリッシュの気遣いが分かった。無理強いしたくないものの、エマが一人になるのをひどく恐れていることを知っているのだ。エマは答えた。「でも、ご迷惑ではありませんか。さぞかし寝苦しいでしょう」

「気持よく眠れますよ。肱掛椅子で寝るのには慣れています」

　ジェロームの寝室は隣とほとんど同じ造りだった。ベッド脇のスタンドがついていて、ダルグリッシュは本を置いたままにしていた。『ベーオウルフ』を読んでいたらしい。もちろん読み直していたのだろう。色あせた古いペンギン・ペーパーバック、デイヴィッド・セシルの『ヴィクトリア朝小説家論』には滑稽なほど若い著者の写真がのっていて、裏表紙に古い通貨単位で価格が入っていた。すると彼も自分と同じように古本屋で本を探すのが好きなのかと、エマは思った。三冊目はジェイン・オースティンの『マンスフィールド・パーク』だった。エマは三冊の本を下に持って行くべきか迷ったが、おやすみと言って別れたあとだから、気が進まなかった。

　ダルグリッシュのシーツで寝るのは奇妙な気分だった。彼に臆病を笑われたのでなければいいが、とエマは思った。彼が階下にいると思うと、たとえようもなく安心だった。暗闇で目をつぶると、踊り狂う死のイメージはもうなく、数分のうちに眠りに落ちた。

　夢も見ずに眠って目を覚ますと、時計は七時を指していた。階下はしんと静まり返っている。降りて行くと、ダルグリッシュはすでに枕と布団を持って出て行った後だった。自分の息をわずかでも残したくないかのように、窓が開け放してある。エマには彼がここで夜を過ごしたことを誰にも言わないと分かっていた。

第三部　過去の声

1

　ルビー・ピルビームは目覚まし時計をかける必要がなかった。この十八年間、夏冬にかかわらず六時に目を覚ましてきた。月曜日の朝も同じように目を覚まして、手を伸ばしてスタンドをつけた。とたんに夫のレグも動き出して、寝具を押しのけ、ゆっくりベッドから下り始めた。彼の温かい体臭が伝わってきて、ルビーはいつものようにほっとした気持にさせられた。彼は眠っていたのだろうか、それともじっと横になって、妻が動き出すのを待っていたのだろうか。どちらも短時間うとうと浅く眠っただけで、三時には起き上がり、台所に下りてお茶を飲みながら朝を待った。やがて疲労がショックと恐怖に勝り、四時には二人ともまたベッドに戻った。その後何度か目を覚ましたものの、とにかく眠ることは眠った。

　日曜日は二人とも一日中忙しかった。次々と絶え間なく仕事があったおかげで、恐ろしい日も見かけはいつもと変わらなかった。前の晩、夫婦は台所のテーブルで額をつき合わせ、聖マルコのコティジのちんまり快適な部屋の壁に耳がびっしりついているかのように、ひそひそ声で事件について語り合った。不審は胸にしまい込み、言葉も途切れがちで、何度も不安げに黙りこむ会話だった。聖アンセルムズ神学校の人間を犯人と想定するのは馬鹿げたことだと口に出すだけでも、犯行を神学校に結びつけようとする裏切り行為に思える。無実として誰かの名前を挙げただけで、校内に住む人間にあんな凶悪なことができると考えているのを認めたことになってしまう。

　だが二人は可能性のある説を二通り考え出した。いずれも充分信じられる筋書きだったから、なおさら心強かった。ベッドに戻る前、夫も妻もその説を頭の中で呪文のように繰り返した。何カ月も前に聖アンセルムズ神学校を訪れて、キーの保管場所と、ラムゼーさんの部屋に鍵がかかっていないことを知った人物が、教会のキーを盗んだのだ。その人物はクランプトン大執事が土曜日にここに来る前に、彼と会う約束をしていた。どうして教会を会う場所に選んだのか。他に適当な場所がなかったからにちがいない。客用施設で人とこっそり会うことは無理だし、岬に人目につかない場所はない。大執事自身がキーを持ち出して、約束の相手が入れるように教会の鍵を開けておいたのかもしれない。やがてその人物が現れて、喧嘩になり、殺意を燃えあがらせる。あるいはその人物は殺そうと計画して、銃あるいは棍棒、ナイフといった凶器を持ってきたとも考えられる。大執事がどんな方法で殺されたのかは明らかにされていないが、夫婦はナイフの光る刃が突き出される光景を密かに想像していた。そして犯人は入って来た時と同じように鉄門をよじ登って逃げる。二つ目の説は、前の説にもましていかにもありそうに思えたから、一段と安心させられるものがあった。教会で用のあった大執事はキーを借りて、教会に行く。教会には祭壇の飾りか銀器を盗もうとして、泥棒が忍び込んでいた。大執事は泥棒と鉢合わせする。あわてた泥棒は大執事に襲いかかった。ルビーと夫はこの説をもっともだとして暗黙の内に受け入れると、その夜は事件のことを二度と口にしなかった。

　ルビーはいつも一人で神学校に出勤する。朝食の時間は七時半のミサ終了後の八時ときまっていた。だがルビーは一日の計画を立ててから仕事にかかることにしていた。自室で朝食をとるセバスティアン神父のために、毎日決まってテーブルに一日最初の食事オレンジジュースとコーヒー、全粒粉パンのトースト二枚に手作りのマーマレードを並べる。八時半に手伝いのバードウェル夫人とステイシー夫人が、バードウェル夫人の古いフォードでレイドンからやってくる。だが今日は二人とも来ない。セバスティアン神父が電話をして、二日後に来るように言ったのだ。神父はどう言って説明したのだろうかとルビーは思ったが、訊いてみようとはしなかった。手伝いが来なければ、自分と夫のレグの仕事が増えることになるが、彼女は手伝いたちが上げるにきまっている恐ろしそうな叫び声や好奇心むきだしの質問、あれこれ憶測するお喋りを聞かずにすむので、うれしかった。考えてみると、殺人事件は被害者を知らない人、疑いを受けていない人には楽しいものかもしれない。エルシー・バードウェルは今度の事件を最大限に楽しむにきまっている。

　いつもならレグはもっと遅くに本館に行くのだが、今朝は一緒に六時半に聖マルコのコテイジを出た。レグは何も言わなかったが、ルビーには夫が一緒に出かける理由が分かった。聖アンセルムズ神学校はもう安全な場所でも、神聖な場所でもなかった。レグは西庭の鉄門に通じる踏み倒された草の道を、強力な懐中電灯で照らした。灌木地帯の上に夜明けの光が淡い霞のようににじんでいたが、ルビーには真っ暗闇を歩いているように思えた。レグが鍵穴を探すために門に懐中電灯の光を当てた。門の向こうでは回廊の薄暗い照明が細い柱を浮かび上がらせて、石敷きの通路に影を投げている。北回廊にはまだテープが張り巡らされて、落ち葉は半分がた取り除かれていた。落ち葉の吹き溜まりからトチノキの幹が黒々と静かに立ちあがっている。

懐中電灯の光が東側の壁のフクシャを撫でた時、赤い花が血の滴のように輝いた。自分の部屋と台所を分ける廊下に入ったルビーは、電灯のスイッチを入れようとして手を伸ばした。だが、真っ暗ではない。廊下の先の地下室に降りるドアが開いていて、光が洩れている。

「レグ、おかしいわよ。地下室のドアが開いてる。早くに起き出した人がいるみたいね。それともあんた、昨日の晩、閉まってるか確かめなかったの？」

「昨日の晩は閉まってたさ。俺が開けたままにしておくと思うか」

　二人は石の階段の上に立った。階段は天井につけられた照明で明々と照らされ、両側にがっちりとした木の手すりがついている。ステップの下に女性が倒れているのが、強い光を受けてはっきり見えた。

　ルビーが鋭い叫び声を上げた。「大変、レグ、あれはベタートンさんじゃないの」

　レグは妻を押しのけた。彼は「ここにいなさい」と言い、ルビーの耳に石を打つ夫の靴の音が響いた。ルビーは数秒迷ったものの、すぐに左側の手すりを両手でつかんで、夫の後ろから降りて行った。そして二人で遺体のそばに膝をついた。

ベタートン嬢は階段のステップの方に頭を向けて、仰向けに倒れていた。額に大きな傷が一つあったが、血と漿液がにじみ出しただけで、すでに乾いていた。ペーズリー織の色あせたウールのガウンを着て、その下は白い木綿のネグリジェだった。頭の片側から量の少ないグレーのお下げが飛び出し、細い先に輪ゴムが巻きつけられていた。階段の上を凝視する目は開いたまま、生命を感じさせなかった。ルビーは囁くように言った。「ああ、とんでもないことに！　こんなことになって、お気の毒に」

彼女は思わず片腕を伸ばして抱いたが、すぐに無駄なことと分かった。髪の毛とガウンから身なりをかまわない老人のすえた臭いがした。ベタートン嬢の他の部分はすべて失われたのに、臭いだけが残ったのだろうか、とルビーは考えた。やりばのない憐れみで喉を詰まらせながら、彼女は腕を引いた。生前のベタートン嬢はルビーに触られるのを望まなかったのだから、亡くなった今、それを強《し》いることもないだろう。

レグが身体を伸ばして、言った。「死んでいる。死んで、冷たくなっている。どうやら首の骨を折ったらしい。もう手の施しようがない。セバスティアン神父さまを呼んだ方がいいな」

セバスティアン神父を起こして、喋るべき言葉を探し、それを口に出すと考えただけで、ルビーはぞっとした。セバスティアン神父に知らせる役目はレグにしてほしかったが、そうなったら自分が一人で遺体のそばに残らなければならない。そっちはさらに恐ろしかった。恐怖が憐憫に取って代わった。地下室の洞穴は奥まで広がり、その巨大な暗闇に何やら恐ろしげなものが潜んでいるような気がする。ルビーは想像力に富んだ女ではなかったが、これまで馴染んだ日課と仕事を良心的にこなす世界、仲間と思いやりに溢れた世界が自分のまわりから消えて行くように思えた。レグが手を伸ばしてスイッチを入れれば、水漆喰の壁とラベルの貼ってある棚が並ぶ地下室は、セバスティアン神父と一緒に夕食用のワインを取りに降りてきた時と同じように、恐ろしくも何ともない見慣れた場所になるのだろう。

だがレグは手を伸ばさなかった。すべてそのままにしておかなければいけない。

身体を支えきれないかと思うほど急に力の抜けた足で階段を昇るルビーには、ステップ一段一段が山に思えた。ホールの照明を全部つけて、少しの間立ち止まり、セバスティアン神父のフラットまで階段二つを昇る気力を呼び集めた。最初はおずおずとノックしたが、結局どんどんと叩いていた。ようやく不意を突くようにドアが開いて、セバスティアン神父が立っていた。ガウン姿のセバスティアン神父を見るのは初めてだった。ショックで一瞬混乱したルビーは知らない人が立っているかと思った。彼女を見て、セバスティアン神父もショックを受けたようだった。手を差し出して彼女を支えると、部屋の中に引き入れた。

「神父さま、ベタートンさんです。レグと一緒に地下室の階段の下で見つけました。亡くなっておられます」

ルビーは自分の声がひどく落ち着いて聞こえたのでびっくりした。セバスティアン神父は何も言わずにドアを閉め、ルビーの腕を支えながら急ぎ足で階段を降りた。地下室の階段の上で足を止めたルビーは、セバスティアン神父がステップを降りてレグに二言三言話しかけてから、遺体のそばにひざまずくのを見守った。

少ししてセバスティアン神父は立ちあがった。レグに話しかける神父の声はいつもと変わらず冷静で、高圧的だった。「こんなことになって、君たち二人にはショックだったでしょう。いつもの仕事を静かにこなすのが何よりだと思います。ダルグリッシュ警視長と私が必要な措置を取ります。仕事と祈りだけが、今のこのつらい時を乗り切らせてくれるはずですよ」

レグは階段を上がって、ルビーのところにきた。二人は黙ったまま一緒に台所に入った。

ルビーが言った。「皆さん、朝食はいつも通りにほしいんでしょうね」

「そりゃあ、そうだよ。空きっ腹で今日一日乗り切れるわけがない。セバスティアン神父さまがおっしゃってただろう。いつもの仕事を静かにこなせって」

ルビーは目に痛ましげな表情を浮かべて、夫を見た。

「あれは事故よね」

「ああ、そうにきまってる。ああいうことが起きることもある。ジョン神父も気の毒に。さぞかしつらいだろう」

だがルビーは首を傾げた。確かにショックだろう。突然肉親に死なれれば誰でもそうだ。しかしベタートン嬢が一緒に暮らしやすい人ではなかったことは否定できないことだった。彼女は白い上っ張りを取って、沈んだ気持で朝食の用意に取りかかった。

セバスティアン神父は校長室に行って、ジェロームのダルグリッシュに電話をした。受話器がすぐ取られたところを見ると、警視長はすでに起きていたようだ。神父は事件を知らせ、五分後には二人は遺体のそばに立っていた。セバスティアン神父は、しゃがんだダルグリッシュが慣れた手つきでベタートン嬢の顔に触ってから立ちあがり、無言でじっと見下ろして考えているのを見守った。

セバスティアン神父は言った。「ジョン神父に知らせなければなりませんね。それは私の仕事です。きっとまだ眠っているでしょうが、朝の祈りのために祈禱室に下りてくる前に伝えなければいけない。これは神父には打撃でしょう。ベタートンさんは扱いやすい女性ではありませんでしたが、神父にとっては唯一の近親者で、とても仲がよかったのですよ」そう言いながらも、セバスティアン神父は動こうとせず、その代わりに質問した。「いったい何があったんでしょうか」

「死後硬直から見て、死後七時間ぐらいのようです。法医学者が来れば、もっと詳しく分かるかもしれません。表面だけ見ても、正確なことはなかなか分からないものなのです。もちろん検死解剖が行なわれます」

「では終禱のあと、おそらく真夜中頃亡くなったことになりますね。それにしてもよほど足音をたてずにホールを横切ったんでしょう。とはいえベタートンさんはいつも静かでした。灰色の影のように動いていました」神父はちょっと切ってから、また続けた。「ここでこんなふうな姿を弟のジョン神父に見せたくありませんね。彼女の部屋に運んではどうでしょう。ベタートンさんは宗教と関わりを持たない人だったのは分かっています。彼女の考え方を尊重しなければなりません。たとえ教会が使えたとしても、あそこにも、祈禱室にも横たわることを望まなかったでしょう」

「神父、法医学者の検死がすむまでは、ここから動かすわけにはいきません。不審死として扱いますから」

「しかし覆うぐらいはかまわないでしょう。シーツを持ってきますよ」

「ええ、覆うのはもちろんかまいません」ダルグリッシュは階段を昇ろうとするセバスティアン神父に声をかけた。「神父、ベタートンさんがここで何をしていたのか、分かりますか」

　振り向いたセバスティアン神父はちょっとためらってから、言った。「ええ、分かります。ベタートンさんはここからワインをしばしば持ち出していたのです。司祭たちは全員知っていますし、神学生あるいは職員たちも察していたかもしれません。一週間に二回、一壜以上は決して持ち出しませんでしたし、上等なワインは選びませんでした。もちろんジョン神父にはできるかぎり当たり障りのない範囲で話をしました。ジョン神父は見つけた壜の代金に見合うものをいつも払ってくれました。急な階段が年配の女性には危険なことはよく分かっていたので、階段の照明を明るくし、ロープの代わりに木の手すりをつけたのです」

「するとここにこそ泥の常習犯がいると知って、窃盗行為が楽にできて首の骨を折らないように、手すりをつけたわけですか」

「理解しがたいですか、警視長」

「いいえ、あなたが何を重要と思われているかを考えれば、理解できます」

　ダルグリッシュはセバスティアン神父が階段を踏みしめて昇って姿を消し、ドアが閉まるのを見つめた。表面を見ただけでも、首の骨が折れていることは明らかだった。ベタートン嬢は革製のぴったりした室内履きをはいていた。右足の底がはがれてまくれている。階段の照明は明るく、電灯のスイッチは一番上のステップから少なくとも二フィートは離れていた。落ちた時に電灯はついていたと思われるので、暗いためにつまずいたとは考えにくい。とはいえ、たとえ一段目で足を滑らせたとしても、階段の上でうつ伏せか仰向けになって倒れているはずではないか。ダルグリッシュは下から三番目のステップに小さな血痕らしきものを見つけた。遺体の位置と格好から推して、空中を飛んで頭を石のステップに打ちつけてから、宙返りをしたように見える。階段に向かってスピードをつけて走らないかぎり、そんなに勢いよく放り出されるとは思えない。そんな状況は到底ありえない。だが押されたとしたら、どうだろう。ダルグリッシュは激しい無力感に襲われた。たとえこれが殺人だとしても、はがれた靴底もあることだし、どう証明できるだろうか。マーガレット・マンローは公式に自然死ということになった。遺体は荼毘《だび》に付されて、遺骨は埋葬ないしは散骨された。今度のこの死はクランプトン大執事殺しの犯人にとって、どのように好都合だったのか。

だが今は専門家に引き継ぐ時だった。マーク・エイリングが第二の現場に呼び出されて、食肉動物のように周りをぐるぐる回りながら死亡時刻の推定を行ない、ノビー・クラーク率いるチームは見つかりそうにない手がかりを求めて、地下室中を這いまわる。もし何か見聞きしたアガサ・ベタートンが、そのことを話すべき相手を誤ったのだとしたら、それが何か突きとめる術《すべ》はもはやない。

彼はセバスティアン神父がシーツを持って戻ってくるまで待ち、シーツを遺体に恭しく掛けてから、神父と一緒に地下室の階段を昇った。セバスティアン神父は電灯のスイッチを切り、伸びあがってドアの上についているカンヌキを差した。

マーク・エイリングは例によってすぐに、そして一段と騒々しくやってきた。ダルグリッシュと一緒にホールに靴音を響かせながら、彼は言った。「クランプトン大執事の検死解剖報告書を持ってくるとよかったのですが、あいにくとまだタイプの途中でした。特に意外な事実はありません。鋭い端を持つ鈍器、すなわち真鍮の燭台を使った頭部への複数の殴打が死因です。第二打で死に至らしめられたと見て、まず間違いないでしょう。それ以外は年金がもらえる年まで充分に長生きできた、健康な中年男性でしたよ」

　法医は地下室の階段を注意しながら降りつつゴム手袋をはめたが、今回はわざわざ検死用の上っ張りに着替えなかった。検死もおざなりではなかったものの、大して時間を取らなかった。

　立ちあがったエイリングは言った。「死後約六時間ですね。死因は頸部の骨折。まあ、そんなことは私を呼ぶまでもなく分かったでしょう。状況は明らかだ。階段から勢いよく落ちて、額を下から三段目のステップで打ち、宙返りを打って仰向けになった。例によって落ちたのか、それとも押されたのかとお訊きになるんでしょうね」

「訊くつもりでした」

「見たかぎりでは、押されたような感じだが、第一印象では充分ではないでしょうね。私も法廷でそうと断定する気はありません。この急な階段が問題だ。まるでおばあさんを殺すために作ったような階段じゃないですか。この勾配を考えれば、下の方のステップに頭を打ちつけるまで、ステップに触れないことも充分ありえますよ。事故も、殺人と少なくとも同程度の可能性があると言わざるをえませんね。しかしどうして不審を抱くのですか。この女性が土曜日の夜に何かを見たとでも？　それにしても彼女はどうして地下室に来たんでしょうね」

　ダルグリッシュは慎重に答えた。「夜中に歩き回る癖があったんですよ」

「ワインを求めてですか」

　ダルグリッシュは答えなかった。法医は鞄を閉じた。

「救急車を手配して、できるだけ早く解剖しましょう。だが新しいことが出てくるとは思えませんね。あなたには事件がついて回っているみたいじゃないですか。コルビー・ブルックバンクが息子の結婚式でニューヨークに行っている間の代理を務めているというのに、いつもの半年間に呼び出される回数を超えていますよ。検死官事務所からクランプトンの死因審問の日にちについて連絡が行きましたか」

「いや、まだありませんね」

「いずれあるでしょう。私のところにはもう言ってよこしましたよ」

エイリングは最後に遺体を見やって、びっくりするほど優しい口調で言った。「痛ましいことだ。でも少なくともあっという間の出来事だったはずですよ。二秒ほどの戦慄の後は、もう何も感じなくなった。ベッドの上で死にたかったでしょうが――でも、それは人間誰しも思うことですよね」

2

ダルグリッシュはケイトに指示した〈アシュコム・ハウス〉での調査を中止する必要はないと考え、ケイトとロビンズは九時には出発していた。寒気が身にしみる朝だった。灰色の大海原に、水で薄めた血のようなピンク色の朝の光が広がっていた。霧雨が降り、空気が口に苦く感じられる。ワイパーがガラスを曇らせてから透明に拭きあげて、ケイトの目の前に色彩の抜け落ちた風景が現れた。遠くの甜菜《てんさい》畑まで青々とした明るさを失っていた。内心時間の無駄ではないかと思う仕事を任されたケイトは、面白くない気持を抑えなければならなかった。ＡＤはめったに第六感を認めないが、ケイトは自分の経験から分かっていた。刑事の強い第六感は大体の場合、言葉や様子、偶然の一致など見かけは重要でない、あるいは捜査の根幹に無関係な現実に根ざしている。それが潜在意識に根づき、小さな不安の芽となって吹き出す。結局は見当違いということで萎れることが多いが、時に決定的な手がかりに結びつくこともあるから、無視するのは愚かなことだった。ケイトとしては、ピアースに現場を任せて離れるのは面白くなかったが、それに対する代償はあった。彼女は今ＡＤのジャガーを運転している。その車自体が好きというばかりでなく、満足感を与えてくれることだった。

それに聖アンセルムズ神学校から短時間離れるのは、けっして嫌ではなかった。今回のように物理的、心理的に居心地の悪い殺人事件の捜査はめったにない。神学校はあまりに男性中心で、外部との関わりが少なく、息苦しささえ感じさせる。司祭も神学生もあくまでも礼儀正しいが、神経に触る丁重さだった。彼らはケイトを警官としてでなく、女性として見ていた。ケイトは男性のそういう目と戦い続けてきて、すでに勝利をおさめたと思っていたのに。それに彼らは何やら謎めいた知識——その前でケイトの権威が微妙に霞む、深遠な権威の源を持っているように思えた。ＡＤとピアースも同じように感じているのだろうか。多分感じてはいないのだろう。彼らは男だし、聖アンセルムズ神学校は表面は穏やかそうに見えても、どこまでも男の世界だ。さらに学問の世界でもある。その点でもＡＤとピアースは居心地が悪いとは思わないだろう。ケイトが以前感じていた社会的劣等感、学歴の劣等感がまた頭をもたげてきた。完全に乗り越えてはいないものの、何とか折り合えるようになったと思っていた。十人足らずの黒い法衣を着た男たちのおかげで昔の劣等感が蘇ったというのは、屈辱的だった。崖の道から西に折れ、海鳴りが次第に薄れていった時、ケイトははっきりと安堵感を覚えた。潮騒は聞きあきたと思った。

一緒に行くなら、ケイトにはピアースの方が望ましかった。ピアースとなら少なくとも同じ立場で事件について話し合い、意見を戦わせることができるし、階級の低い同僚と一緒にいるよりオープンになれる。それに彼女はロビンズ部長刑事のことを苛立たしく思うようになっていた。これまでもロビンズがとても現実に存在する人間とは思えないような気がしていた。ロビンズの目鼻立ちのくっきりした、少年のような顔立ちと、前方をじっと見つめるグレーの目を見やったケイトは、彼はどうして警察を選んだのだろうとまた思った。ロビンズが警察の仕事を天職と考えるなら、ケイトだってそうだ。ケイトは生きがいが感じられて、大卒の学歴がなくても不利にならず、刺激と興奮、変化のある仕事が必要だった。彼女にとって警官になることは、子供の頃のみすぼらしさ、貧しさ、エリソン・フェアウェザー・ビルディングズの小便臭い階段と決別する手段だった。警察に就職して、テムズ川を見渡すフラットを始めとして、未だにそこまで成し遂げたことが信じられないほど多くのものを勝ち得た。その代わりに、時には自分でも驚くほどの忠誠心を抱き、献身してきた。余暇に平信徒として説教師を務めるロビンズにとっては、非英国国教会派の神に仕えることが天職なのかもしれない。ケイトはロビンズの信仰と、セバスティアン神父の信仰は違うのだろうか、もし違うのなら、どのように、どうして違うのだろうかと考えた。だが今は神学論議にふさわしい時ではない。それにそんな論議に何の意味があろうか。ケイトの通った学校では一クラスに十三カ国もの国籍の生徒がいて、ほぼ同数の宗教が信じられていた。ケイトから見れば、一貫性のある哲学を持つ宗教は一つもない。ケイトは自分は神がなくとも生きていけると思った。だが仕事がなければ、生きていけないだろう。

目指すホスピスはノリッジの南東の村にあった。「街中には入りたくないわね。右側のブラマートンの出口を見逃さないように気をつけて」

五分後二人はA一四六号線を降りて、葉の落ちた生垣の間をスピードを落として走っていた。生垣の向こうにはベランダ付きの赤屋根の平屋や同じ造りの家がいくつもの塊を作って、緑の畑の中に郊外の趣をかもしだしている。

ロビンズが静かな声で言った。「二年前に母がホスピスで死にました。よくある癌でした」

「そうだったの。あなたにとって今日の調査はつらいわね」

「いえ、そんなことはありません。ホスピスでは母に本当によくしてくれましたから。われわれにも」

ケイトは路面から視線をそらさずに言った。「でも、やっぱりつらいことを思い出すでしょう」

「つらいのは、ホスピスに入る前に母が苦しんだことですね」また長い沈黙があって、やがてロビンズがまた言った。「ヘンリー・ジェイムズは死を〝あのすぐれしもの〟と言っています」

あーあ、とケイトは思った。最初はADと詩。次にピアースとリチャード・フッカー、そして今度はロビンズとヘンリー・ジェイムズか！　どうして、文学にチャレンジするとはジェフリー・アーチャーを読むことなりと考える部長刑事をあてがってくれないのか。

ケイトは言った。「以前、司書をしている人と付き合ったことがあるんだけど、彼は私にヘンリー・ジェイムズを読ませようとした。私、センテンスの最後に行き着く頃には初めの方を忘れちゃって。自分の力にあまることを企てる作家がいるが、ヘンリー・ジェイムズは企て以上に力がありあまっていたという批評があったじゃないの」

「私は『ねじの回転』しか読んだことがありません。テレビで映画を見た後に読んだんですよ。中に死のことを言ったその言葉が出てきて、頭に残ったんです」

「いい言葉だけど、でも真実を表してはいないわね。死は誕生と同じで、苦痛と混乱を伴い、尊厳とは無縁のものよ。ほとんどがね」多分それでいいのだろう、とケイトは考えた。人間は自分が動物だということを忘れてはならない。神のように振る舞わずに、よき動物として振る舞おうとした方がうまくいくのだろう。

長い間があって、ロビンズが静かに言った。「母は尊厳のある死に方をしたと思います」

それなら、幸運な一人に数えられるんでしょうね、とケイトは思った。

ホスピスは簡単に見つかった。村はずれのどっしりした赤レンガの建物がある敷地内にあった。大きな看板の表示に従って建物の右側のドライヴウェイを進むと、駐車場に出た。その奥の現代的な平屋建ての建物がホスピスだった。建物の前に丸い花壇のある芝生が広がり、植えられたとりどりの常緑樹の灌木とヒースがグリーンと紫色、金色の華やかな色彩を見せていた。

　受付ロビーに入ったとたんに感じたのは、光と花とせわしげな雰囲気だった。受付のデスクにはすでに二人並んでいた。女性が夫を明日ドライブに連れ出す手続きを取り、その後ろで牧師が辛抱強く待っている。赤ん坊をのせた乳母車が通りすぎた。毛のない丸い頭を飾る、真中に大きな蝶結びのついた赤いリボンが笑いを誘う。赤ん坊は無頓着な目でケイトをぽかんと見つめた。母親に連れられてきたらしい女の子が、子犬を抱いて入ってきた。「おばあちゃんに見せに、トリクシーを連れてきたの」と女の子は言い、子犬に耳をなめられて笑った。ピンク色の制服に名札をつけた若い看護婦が、やせ衰えた男性を支えてホールを横切って行った。花や袋を抱えた見舞い客が、陽気に挨拶の言葉をかけて入ってくる。ケイトは敬虔な静けさに包まれているものとばかり思っていたから、こんなふうに人々が行き来して気楽に振る舞う、活気溢れる、機能一点張りの建物とは予想していなかった。

　受付デスクに座る、私服を着たグレーの髪の女性が二人の方を向き、首都警察から警官が二人来るのは日常茶飯事と言わんばかりの表情でケイトの身分証明書を見やった。

「前にお電話下さいましたね。ウェットストン婦長がお待ちしております。部屋はまっすぐ行ったところです」

　ウェットストン婦長は部屋の入口で待っていた。婦長の客はいつも時間ぴったりに来るのか、あるいは彼女は特別鋭い耳の持主で、二人の足音を聞きつけたのだろう。婦長は壁三面がガラス張りの部屋に二人を通した。その部屋は病院の中央に位置して、南北に伸びる二本の廊下が見通せた。東側の窓からは丁寧に刈った芝生と、石の通路に等間隔に置かれた木のベンチ、入念に配された花壇が眺められ、ケイトにはホスピス自体よりずっと画一的な庭に思えた。花壇の固く巻いたバラの蕾が、色あせながらも葉の落ちた灌木の中で彩りを添えている。

　二人に椅子を勧めたウェットストン婦長は机につくと、あまり期待できそうにない新入生を迎える教師のように、励ますような笑顔を二人に向けた。婦長は胸の大きな小柄な女性で、こわそうなグレーの髪を、目の上でおかっぱに切り揃えていた。目は何事もめったに見落とさず、しかも断固たる慈悲の精神で判断する目だ。銀色のバックルのついた薄いブルーの制服の胸に、病院のバッジをつけていた。〈アシュコム・ハウス〉は形式ばらない雰囲気のわりには、昔ながらの婦長の地位とその長所を信じているようだ。

ケイトは言った。「目下、聖アンセルムズ神学校の学生の死亡事件について調査をしています。聖アンセルムズ神学校に勤める前にこちらで働いていたマーガレット・マンローさんという女性が、その学生の遺体を発見しました。マンローさんが青年の死に関わりがあったと思われる節はないのですが、彼女は遺体発見の状況を日記に詳しく書き残しています。事件後の記述に、その悲劇が十二年前に起きたあることを思い出させたとあるのです。その出来事を思い出した時にマンローさんは気になって仕方がなかったようです。私たちとしては、それが何か突きとめたいのです。マンローさんは十二年前にはここで働いていたので、ここに、ここで会った人とか、世話をした患者さんに関係があるのかもしれません。こちらの記録が手がかりにならないかと思って、うかがいました。あるいはマンローさんを知っていたスタッフのどなたかから、お話をうかがえないかと」

ケイトはここに来る車中、言うべき言葉、センテンスを一つ一つ取捨選択して吟味し、どう言うべきか練習した。それはウェットストン婦長に説明すると同時に、自分自身に調査目的を明確にする作業でもあった。彼女は出かける前にＡＤに一体何を探せばいいのか訊きそうになったが、戸惑いや無知、任務に対する気乗りのなさをさらけだしたくなかった。

そんなケイトの心を見透かすように、アダム・ダルグリッシュは言った。「十二年前に何か重大なことがあった。十二年前にはマーガレット・マンローは〈アシュコム・ハウス〉で看護婦をしていた。そして十二年前の一九八八年四月三十日にそのホスピスでクララ・アーバスノットが死んでいる。それらの事実は関係があるかもしれないし、ないかもしれない。これは具体的な捜査というより、魚釣りに行くようなものだな」

「ロナルド・トリーヴィスの死の状況がどうであれ、マンローさんが死んだこととつながりがあるとは思います。ですが、それと大執事殺しがどう関係してくるのか、その点が今も分かりません」

「私もそうだよ、ケイト。だが、ロナルド・トリーヴィスとマーガレット・マンロー、クランプトンの三人の死が関連しているような気がしてならない。直接でなくて、間接的にかもしれない。それにマーガレット・マンローも殺された可能性がある。もしそうだとしたら、彼女が殺されたこととクランプトン殺しは関係していると見て、まず間違いないだろう。聖アンセルムズ神学校に殺人犯が二人いるとは考えられない」

その時は、ある程度納得できる論拠に思えた。練習通りに短い説明を終えた今、ケイトの胸に疑念が戻ってきた。口上を練習しすぎたせいだろうか。その場のインスピレーションに任せた方がよかったのか。疑わしげに見つめるウエットストン婦長の冷静な視線が、疑念をあおった。

婦長が言った。「警部さん、お話を正しく理解したか確かめさせてください。最近心臓発作で亡くなったマーガレット・マンローさんは、日記に十二年前に自分の身に大きな出来事が起きたと書き記していた。あなた方はある捜査に関連して、その出来事が何だったのかお知りになりたい。マンローさんは十二年前にここで働いていたことから考えて、その出来事はこのホスピスに関わりがあるのではないかということですね。ここの記録が役に立つのではないか、あるいはマンローさんを知っていて、十二年前の出来事を覚えている職員がまだここにいるのではないかとお考えになっているのですね」

「可能性として高くないことは分かっています。ですが日記にそういう記述があるので、調べなければならないのです」

「遺体で見つかった若者に関連してですね。殺されたのですか」

「そう思わせる節はありませんか」

「でも、最近聖アンセルムズ神学校で殺人事件がありましたね。田舎ではニュースはすぐ伝わります。クランプトン大執事が殺されたとか。それに関係した調査でしょうか」

「最近の事件と関係づける根拠はありません。私たちが日記に関心を持ったのは、大執事の事件の前からなのです」

「なるほど。そうですね、われわれ誰しも警察に協力する義務がありますし、マンローさんの記録を調べて、お役に立つ情報があれば、本人がまだここにいたと仮定して、反対しないだろうと思われるかぎり、お教えしても何ら問題はないでしょう。記録からお役に立つようなものが見つかるとは思えませんけれどもね。〈アシュコム・ハウス〉では死や大切なものが奪われる悲劇を始めとして大きな出来事は始終起きます」

「私たちが得た情報によりますと、マンローさんがここに勤め始める一カ月前に、クララ・アーバスノットさんという患者が亡くなっています。その人の亡くなった日にちを確認したいのです。二人の女性が出会った可能性があったかどうかも分かると助かります」

「〈アシュコム・ハウス〉の外で会ったのならともかく、まずありえないと思いますね。ですが、日にちは分かりますよ。現在は記録はすべてコンピューターで管理されていますが、十二年前まで遡ってインプットしてありません。職員の記録も就職に関する問い合わせがあった場合のために保存してあります。どちらも本館に保管されています。アーバスノットさんのカルテも残っているかもしれませんが、これはお見せするわけにはいかないと思います。その点は分かっていただけますね」

「マンローさんの勤務記録とアーバスノットさんのカルテの両方を見せていただけると大変助かるのですが」

「それは無理だと思いますね。おっしゃるまでもなく、これが例外的なことだということは分かります。この種の問い合わせを受けたのは初めてです。マンローさんについても、アーバスノットさんについても、おっしゃる理由がどうも納得できかねるところがあります。どうお役に立てるかについては、バートン会長に諮《はか》ってからでないと、何とも」

ケイトがどう答えるか決める前に、ロビンズが言った。

「曖昧とお思いでしょうが、確かにわれわれ自身も求めるものが何かはっきり分からないのです。分かっているのは、十二年前にマンローさんに何か重大なことが起きたということだけです。彼女は仕事以外にあまり関心のなかった人らしいので、〈アシュコム・ハウス〉に関係があるのではないかと思われます。まず二つのファイルを調べて、私たちが調べた日にちが正しいか確かめていただけませんか。もしマンローさんの記録に取りたてて何もなければ、申しわけないですが、婦長さんのお時間を無駄にしてしまったということになります。何かあった場合は、バートンさんに情報を提供していいものか相談していただくということでどうでしょう」

ウェットストン婦長は少しの間ロビンズをじっと見つめた。「もっともなご意見ですね。では記録を手に入れられるか探してみましょう。多少時間がかかると思いますよ」

その時ドアが開いて、看護婦が顔をのぞかせた。「婦長さん、ウィルスンさんが救急車で到着しました。娘さんたちが一緒です」

とたんにウェットストン婦長の顔が楽しいことを目の前にしたかのように、ぱっと明るくなった。高級ホテルに客が到着したかのようだった。

「おや、よかったこと。すぐ行きますよ。すぐにね。お部屋はヘレンだったわね。同じ年頃の患者さんたちと一緒の方がくつろげるでしょうからね」婦長はケイトの方に向き直った。「少しの間手が離せません。出直していらっしゃいますか、それともお待ちになりますか」

ケイトにはこの部屋に実際にいる方が、情報を早く入手できるような気がした。「ご迷惑でなければ、待たせていただきます」だがウェットストン婦長は最後まで聞かずに、部屋から姿を消した。

ケイトは言った。「部長刑事、ありがとう。助かったわ」

彼女は窓際に行って、静かに立ち、廊下を行き来する人たちを眺めた。ロビンズの方を見ると、顔を蒼白にして、じっと耐える表情を浮かべている。目尻が濡れているのを見て、あわてて目をそらせた。私は二年前に比べて、優秀でもなければ、思いやりもない、とケイトは思った。自分はいったいどうしたのだろう。ＡＤと話した時に彼が言った言葉は正しい。人情を含めて必要とされるものを仕事に注ぐことができないなら、警察を辞めた方がいいのだろう。ダルグリッシュのことを考えているうちに、急に彼がこの場にいたらどんなにいいだろうと思った。こういう時ダルグリッシュが文字の魅力に逆らえないのを思い出して、ケイトは微笑を洩らした。何か読まないではいられない彼を見ていると、執念のようなものを感じる。捜査に関係ないかぎり、机に置かれた書類を読むようなぶしつけなことはしないが、窓の一部を塞いでいる大きなコルクの掲示板の前に行って、貼ってある掲示をあれこれ読んだにちがいない。

　ケイトもロビンズもどちらも口を利かず、ウェットストン婦長が席を立った時に一緒に立ちあがったまま、立ち続けた。長くは待たされなかった。十五分近くたったところで、フォルダーを二冊持った婦長が戻って来て、机につき、フォルダーを前に置いた。

「どうぞお座りください」

　ケイトは不面目な成績を知らされて恥をかかなければならない受験生のような気分だった。

　婦長は戻ってくる前にファイルを読んだらしい。「残念ながらお役に立つようなことは何もありませんね。マーガレット・マンローさんは一九八八年六月一日からここで働き始めて、一九九四年四月三十日に辞めています。心臓の病気が悪化して、医師からもっと軽い仕事に替わるように強く勧められたのです。ご存じでしょうが、聖アンセルムズ神学校に移って、主にリネン類の管理と、健康な若者ばかりの小規模な神学校で必要とされる軽度の看護を担当しました。ここの記録には年休申請書とか健康診断書、部外秘の年間報告書以外にはほとんどありません。私はマンローさんが辞めてから半年してここに来ましたので、個人的には知りませんが、想像力は欠いていたものの、良心的で思いやりのある看護婦だったようです。想像力を欠いていることは長所かもしれませんね。感傷的でないことは、言うまでもなく長所です。ここでは感情過多の看護婦は喜ばれません」

「ではアーバスノットさんの方は？」

「クララ・アーバスノットさんは、マンローさんがここに勤める一カ月前に亡くなっていますね。したがってマンローさんがお世話をしたということはありえません。もし二人が会っていたとしても、患者と看護婦としてではありません」

「アーバスノットさんは一人で亡くなったのでしょうか」

「警部さん、ここでは患者さんが一人で亡くなることはありません。身内の方はおられなかったようですが、ご本人の希望でヒューバート・ジョンソン神父が亡くなる前に会っています」

「婦長さん、その神父さんにお会いすることはできないでしょうか」

ウェットストン婦長はそっけなく言った。「それは首都警察の能力をもってしても無理でしょう。神父は当時ここの短期入院の患者さんで、二年後にここで亡くなられました」

「それでは十二年前のマンローさんの生活について記憶のある方はいらっしゃらないということですか」

「シャーリー・レッグという看護婦がここで一番古いメンバーです。職員の入れ替わりは激しくないのですが、特殊な仕事ですから、看護婦も終末看護から時には離れた方がいいという方針なのです。確かめなければ断言できませんが、レッグは十二年前からここにいる唯一の看護婦だと思いますよ。警部さん、正直に申しまして、私には時間がありません。レッグさんと話されることは何ら問題ありません。今、勤務中だと思いますよ」

「お仕事のお邪魔をしているようですが、その方とお会いできると助かります」

ファイル二冊を机の上に置いたまま、婦長はまた姿を消した。ケイトは一瞬、中を見ようかと思ったが、思いとどまった。ウェットストン婦長は嘘をついていない、中に使えそうな情報は何もないと信じたせいもあったし、ガラスの仕切り越しに自分たちの行動が丸見えだったからでもあった。今婦長の反感を買うこともないだろう。捜査に役立つわけがない。

　婦長は五分後にシャープな顔立ちの中年女性を連れて戻ってきて、シャーリー・レッグ夫人だと言って紹介した。レッグ夫人は単刀直入に言った。「マーガレット・マンローのことをお尋ねだと婦長から聞きました。私は彼女のことを知っていましたが、それほどよくというわけでもありません。友達と親しく付き合うのをあまり好まない人だったのです。未亡人で、息子が一人いたのを憶えています。その息子がパブリック・スクールの奨学金をもらったとか。陸軍入隊を強く望んで、軍に授業料を出してもらって大学に進学し、将校になったんじゃなかったでしょうか。そんなふうな話でしたよ。マンローさんが亡くなったなんてねえ。母と息子の二人きりだったので、息子さんには痛手でしょう」

「息子さんはその前に亡くなっていました。北アイルランドで生命を落としたとか」

「それはマンローさんには耐えがたいことだったでしょうね。そんなことがあっては、生きることに執着しなくなっていたでしょう。息子さんは彼女の生命でしたもの。あまりお役に立てなくてすみません。ここにいる間に何か大きなことが起きたとしても、マンローさんは私には話しませんでしたね。ミルドレッド・フォーセットに訊いてみるといいんじゃないかしら」と、彼女は婦長の方を見た。「婦長さん、ミルドレッドを憶えていませんか。婦長さんがここに来られてから少しして退職した人です。彼女はマーガレット・マンローを知っていました。あの二人は確か昔のウェストミンスター病院で一緒に養成教育を受けたんですよ。訊いてみたら、何か分かるかもしれません」

「婦長さん、その方の住所は記録に残っているでしょうか」

　答えたのはシャーリー・レッグだった。「その必要はありませんよ。私がお教えしましょう。彼女とは今もクリスマスカードをやり取りしていますから。それに彼女の住所はちょっと忘れられないような住所なんです。A一四六号線から入ったところのメドグレイヴのはずれにあるコティジなんです。クリッパティ・クロップ・コティジといいます。昔、近くに馬小屋のある農場があったんじゃないでしょうか」

ここでようやく運が向いてきた。ミルドレッド・フォーセットはコーンウォール地方か北東部のどこかのコティジに引っ込んで、引退生活を送っていてもおかしくないのに、クリッパティ・クロップ・コティジは聖アンセルムズ神学校に帰る道路沿いにあった。ケイトはウェットストン婦長とシャーリー・レッグに協力に対する礼を述べて、地元の電話帳を見せてもらいたいと頼んだ。またまた運がよかった。フォーセットの番号は電話帳に載っていた。

受付デスクのカウンターに〝お花基金〟と書かれた木箱が置かれていた。ケイトは五ポンド札を折って、滑り込ませた。これが警察の資金の正当な支出として認められるとは思わなかったし、心の広さを表す行為なのか、それとも運を願う迷信めいた献金なのかも分からなかった。

3

車に戻ってシートベルトを締めたケイトは、クリッパティ・クロップ・コティジに電話をしたが、応答がなかった。

「調査の進展、というか進展のなさを報告した方がいいわね」

会話は短かった。受話器を置いて、ケイトは言った。

「予定通りミルドレッド・フォーセットに会いに行きます。すみ次第、直ちに帰るようにということよ。法医が今しがた帰ったんですって」

「ADはどうしてそんなことになったか言いましたか。事故でしょうか」

「そう断じるにはまだ早すぎるけど、見たところはそんな感じらしいわ。事故じゃないとしても、それをどう証明できるか」

「四人目ですか」

「数えてくれなくても分かるわよ、部長刑事」

ケイトは慎重に運転してドライヴウェイを出たが、道に出るとスピードを上げた。ベタートン嬢の死は最初のショック以上にいろいろな意味で不安をかきたてる。警察がいったん活動を開始したら、指揮をとるのは警察でなければならないと感じるのは、ケイトばかりではない。捜査はうまくいくこともあれば、はかどらないこともあるが、質問し、探り、分析し、評価するのは警察であり、戦略を立て、制御の紐を握るのも警察だ。ところがクランプトンの事件はどこか違う。ケイトの胸の奥に最初の頃から言葉にならない、捕らえがたい不安が横たわっていたが、今まで正面切って考えなかった。支配する力は別のところにあって、ダルグリッシュの知性と経験に対して、同じように知的で、違った経験に裏打ちされた頭脳が働いているように思えてならない。一度失ったら、取り返すことのできない支配権が、すでに自分たちの手からすり抜けてしまったのではないか。ケイトは早く聖アンセルムズ神学校に帰りたくて仕方がなかった。帰るまではあれこれ憶測しても仕方がない。これまでのところ二人がここに出向いて分かったことは、すでに知っていることばかりだった。

「そっけない言い方をしてごめんなさい。状況をもっと知るまでは議論しても仕方がないでしょう。今のところは目の前の仕事に集中するしかないわ」

「これが藪をめくら滅法叩いているようなものでも、少なくとも叩いている藪の方角は間違っていませんよ」

メドグレイヴに近づくと、ケイトはスピードを落としてのろのろと走った。コティジを見落とす方が、のろのろ運転より時間の無駄になる。「左を見て、私は右を見るから。訊いてもいいんだけど、なるべくなら訊きたくないわね。私たちが来たことを宣伝したくないじゃないの」

人に訊くまでもなかった。村に近づいて行くと、少し高くなった道から四十フィートばかり奥まったところに、レンガとタイルのこざっぱりとしたコティジが見えた。門に黒い肉太な文字で〝クリッパティ・クロップ・コティジ〟と丁寧に書かれた白い板がかかっていた。中央がポーチになっていて、その上の石に〝一八九三〟と建てられた年が記されている。一階に同じ造りの出窓が二つ、二階に三つ並んでいた。ペンキは白く輝き、窓ガラスも光を放って、ドアに通じる通路の敷石に雑草は生えていなかった。見た瞬間、手入れのよさと快適さが感じられた。道端に駐車スペースがあったので、二人は通路を進んで、馬蹄型のノッカーを叩いた。応答はなかった。ケイトが言った。「留守かもしれないけど、裏に回ってみたらどうかしら」

朝降っていた霧雨はもう上がり、空気は相変わらず身を切られるように冷たかったが、東の空に青空が糸を流したように微かに現れていた。左側の石の通路を伝って行くと、鍵のない門があり、庭に通じていた。都会で生まれ育ったケイトはガーデニングのことはあまり知らないが、見た瞬間、マニアの手になるものだと分かった。植木や灌木の間隔や入念にデザインされた花壇、奥のきれいに耕された菜園を見れば、フォーセット嬢が素人でないことは分かる。敷地がいくぶん高くなっているため、見通しはいい。さまざまなグリーン、金色、茶色の秋の風景が、東アングリアの広い空の下に遮られることなく広がっていた。

二人が近づくと、鍬を手にして花壇にしゃがんでいた女性が立ちあがって、やってきた。茶色の顔に深いしわが寄り、白いものがほとんど混じらない黒髪をひっつめにして項《うなじ》でとめた、ジプシーを思わせる長身の女性だった。長いウールのスカートの上に真中にポケットのついた粗い麻布のエプロンをかけて、がっちりした靴をはき、園芸用の手袋をはめている。二人を見ても驚いたり、当惑している様子はなかった。

ケイトは自分たちの名前と身分を言い、身分証明書を見せてから、ウェットストン婦長にした話の要点を繰り返した。「ホスピスでは何も分からなかったのですが、シャーリー・レッグさんがフォーセットさんも十二年前にホスピスに勤めていらして、マンローさんを知っておられたと教えてくださいました。こちらの電話番号を調べてかけましたが、どなたもお出にならなかったので」

「庭の端の方にいたんでしょう。友達に携帯電話を持つように言われますが、あれはごめんです。あんな不愉快なものはありません。携帯電話お断りの車両ができるまで、列車の旅はあきらめたぐらいです」

ウェットストン婦長と違って、彼女は質問しなかった。まるで首都警察から警官が二人来るのは、日常茶飯事のようだった。ケイトをじっと見つめてから、フォーセット嬢は言った。「中にお入りになったらどうですか。お役に立てるかどうか調べてみましょう」

二人は床がレンガ敷きの食料貯蔵室に連れて行かれた。窓下に深い石の流しがつき、その向かいの壁に本棚と戸棚が造り付けになっていた。道具置き場と貯蔵室を兼ねた部屋らしい。棚の上に箱入りのりんごが置かれ、玉葱が吊るしてある。紐やバケツ、巻いた園芸用ホースが釘に掛けられ、棚に道具が並んでいるが、どれもきれいだった。フォーセットはエプロンを取って靴をぬぎ、裸足で二人を居間に案内した。

自足した一人暮らしを物語る居間だった。暖炉の前に背の高い肱掛椅子が一脚置かれ、左側のテーブルにはアーム型スタンド、右のテーブルには本が積み重ねてあった。窓の前の丸テーブルには椅子が一脚だけ置かれて、残りの三脚は壁際に押しやられている。背もたれに鋲を打った低い椅子に、クッションのように太った赤茶色の猫が丸くなっていた。三人が入っていくと、猫は頭を上げて、三人を獰猛な目でじっと見つめた。そして憤然とした様子で椅子から降り、食料貯蔵室にのそのそと出ていった。猫の出入口の蓋がかたりと音を立てた。ケイトはあんなに醜い猫は初めてだと思った。

フォーセットは椅子を二脚引き出してから、暖炉の横の窪みに造り付けられた戸棚の前に行った。「はたしてお役に立てるか分かりませんが、私たち二人がホスピスで看護婦をしていた頃にマーガレット・マンローに何か大きなことが起きたとしたら、日記に書いたんじゃないかと思います。子供の頃に父に日記をつけるようにうるさく言われて、その習慣が今も続いているんですよ。寝る前にお祈りをしろと言われるのと同じようなものですね。子供の頃に始めたことは、どんなに嫌であろうと、続けないとやましい気持にさせられます。十二年前とおっしゃいましたね。ということは一九八八年ですか」

フォーセットは暖炉の前の椅子に腰を下ろして、子供の練習帳のようなノートを手に取った。

ケイトは言った。「〈アシュコム・ハウス〉に勤めていらした時に、クララ・アーバスノットさんという女性を看護なさったかどうか憶えておられませんか」

突然クララ・アーバスノットの名前が出てきて、フォーセットが奇妙に思ったかどうかは分からなかった。「アーバスノットさんでしたら、憶えています。入院から五週間後に亡くなるまで、主に私が担当しましたから」

彼女はスカートのポケットから眼鏡ケースを取り出して、日記のページを繰った。目的の週を見つけるまでに多少時間がかかった。ケイトが心配した通り、フォーセットは他の記述に気を取られた。ケイトはわざとゆっくりしているような気がした。一分ほどじっと黙って読んでいたフォーセットが、両手をその部分に押し付けた。再びケイトは知的で鋭い視線がじっと注がれるのを感じた。

「ここにクララ・アーバスノットとマーガレット・マンローの両方のことが書いてあります。私としては困ったことになりました。そのとき秘密を守ると約束したのです。その約束を今破る必要があるとも思えませんし」

ケイトは口を開く前に考えた。そして言った。「そこに書かれていることは、神学生の自殺と思われる死亡事件以外の捜査で重要な手がかりになるかもしれません。是非とも教えていただきたいですし、それもできるかぎり早く知りたいのです。クララ・アーバスノットさんもマーガレット・マンローさんも、どちらももうお亡くなりになりました。お二人とも法の裁きに協力しなければならない時まで秘密を守ってほしいと望んでいらしたでしょうか」

フォーセットは立ち上がって言った。「数分間、庭を散歩してきていただけませんか。窓を叩きますから、そうしたら戻って来てください。一人で考えたいので」

二人は立ったままのフォーセットを残して外に出た。そして並んで庭の端まで歩いて、荒れた畑を眺めた。ケイトはいても立ってもいられなかった。「日記はほんの数フィート向こうにあるというのに。ちょっと中を見るだけでいいのよ。もし話してくれなかったら、どうすればいいのかしら。そりゃあ、事件が法廷に持ち込まれたら、召喚という手がある。でも日記が事件に関連があるかどうか分からないわけでしょ。彼女とマンローがフリントンに行って、桟橋の下でセックスをしたって書いてあるのかもしれない」

ロビンズが言った。「フリントンには桟橋はありません」

「それにアーバスノットは死にかけていたんだったわね。やれやれ、戻りましょうか。窓を叩く音を聞き逃すといけないわ」

窓を叩く音を聞いた二人は、じれったい気持を外に出さないように抑えて、静かに居間に戻った。

フォーセットが言った。「お二人が探していらっしゃる情報は、今捜査中の事件に必要なものだと言われましたね。もし捜査に関係がなければ、私が言うことは記録を取らないと約束してもらえますね」

「フォーセットさん、事件に関係してくるかどうかは、私たちには判断できません。もし関係あれば、もちろん表沙汰になりますし、証拠として使われることもありえます。確かなことは申し上げられません。協力をお願いするだけです」

「正直なお答えですね。あなた方は運がよかったですよ。私の祖父は警察の署長でしたし、私は警察を信用する世代の人間です。残念ながら数は減るばかりですけど。知っていることをお話ししますし、日記に書かれていることがお役に立つのなら、日記をお渡ししましょう」

ケイトはこれ以上何も言う必要はないし、何か言えば逆効果と思い、ただ「ありがとうございます」と言って、待った。

「お二人が庭にいらっしゃる間に考えました。ここにいらしたのは、聖アンセルムズ神学校の学生が亡くなった事件が発端だったとおっしゃいましたね。マーガレット・マンローは遺体を発見した以外に事件に関係があったとは思われないとも。でもそれだけではないのでしょう？　犯罪の疑いがなければ、警部さんと部長刑事さんがいらっしゃるわけがありません。殺人事件の捜査なんでしょう？」

「はい」とケイトは答えた。「その通りです。私たちは聖アンセルムズ神学校のクランプトン大執事殺害事件を捜査しているチームの者です。マンローさんの日記に書かれていることが事件とまったく無関係ということもあるわけですが、警察としては確かめなければなりません。大執事が殺されたことはご存じと思いますが」

「いいえ、知りませんでした。日刊新聞を買うことはめったにありませんし、テレビもありません。殺人事件となったら、話は違います。この日記には一九八八年四月二十七日にマンローさんのことが書いてあります。そのとき彼女も私も秘密を守ると約束したので、それで困っているのです」

「フォーセットさん、その部分を見せていただけませんか」

「ご覧になっても、大してお分かりにならないでしょう。詳しいことはほとんど書いてありませんから。でもここに書いてないことも憶えています。それが警察の捜査に関わりがあるとは思えませんけど、お話しするのが義務でしょう。関わりがなければ、それまでにしてもらえるのですね」

「はい、それはお約束できます」

　フォーセットは背筋をぴんと伸ばして座り、まるでのぞかれるのを防ぐように、両手の掌を開いた日記のページに押しつけた。「一九八八年の四月、私は〈アシュコム・ハウス〉で死期の迫った患者さんの看護をしていました。それはもうご存じでしたね。患者さんの一人から亡くなる前に結婚したいけれど、そういう自分の意思と結婚式を秘密にしておきたいと打ち明けられました。患者さんは私に式に立ち会って、証人として署名してほしいと言うのです。私は承諾しました。そのことについて質問するのは、私のような立場の者がすべきことではありませんから、何も尋ねませんでした。好感を抱いていた患者さん、長く生きられないと分かっている患者さんの希望です。彼女が結婚式に臨む力がまだあることが驚きでした。結婚式は大主教の許可のもとに調えられて、二十七日の正午からノリッジ郊外のクランプストーク・レイシーにある聖オサイズという小さな教会で行なわれました。司祭は患者さんがホスピスで知り合ったヒューバート・ジョンソンという神父さまでした。花婿に会ったのは、田舎をドライブするという名目で患者さんと私を迎えに来た時が初めてでした。もう一人の証人はヒューバート神父さまが探してくださることになっていたのですが、見つからなかったのです。なぜだかは忘れました。ホスピスを出発しようとした時、マーガレット・マンローの姿が目に入りました。彼女は看護婦として就職するために婦長さんの面接を受けて、ちょうど帰るところだったのです。実は私の勧めで応募したのです。彼女なら絶対に秘密を守ってくれることは分かっていました。私たちはロンドンのウェストミンスター病院で一緒に訓練を受けた仲です。もっとも彼女の方がずっと若かったですけれど。私は父に看護婦になることを猛反対されて、父が亡くなってからようやく看護婦の教育を受けられるようになったものですから。結婚式は執り行なわれ、私と患者さんはホスピスに戻りました。患者さんは亡くなるまで以前より幸せそうで、ずっと穏やかな気持になっていたようです。でも患者さんも私も結婚については二度と話しませんでした。ホスピスに勤めていた間、随分いろいろなことがあったので、今度のお尋ねの前に訊かれなかったら、そして日記にも書いてなかったら、とても思い出せなかったでしょう。書かれた言葉を見ると、たとえ名前が書いてなくても、びっくりするほどまざまざと思い出しました。とてもお天気のいい日でした。聖オサイズ教会の墓地が黄色の水仙で埋まって、教会のポーチを出ると、日が明るく輝いていました」

「その患者さんがクララ・アーバスノットさんだったのですか」

　フォーセットはケイトを見た。「ええ、そうです」

「それで花婿は？」

「分かりません。顔も名前も思い出せません。マーガレットが生きていても、思い出せなかったんじゃないかしら」

「でも証人として結婚証明書にサインをしたはずです。当然名前が呼ばれたでしょう」

「そうだったんでしょうね。でも特に記憶に残る理由もなかったんですよ。教会の結婚式では式の間は洗礼名しか使いませんからね」フォーセットはちょっと口をつぐんでから、続けた。「白状します。実は何もかも申し上げてはいません。どれだけお話ししていいものか考える時間がほしかったのです。あなたの質問にお答えする前に、日記を調べる必要はありませんでした。前にその日付の部分を読んでいたのです。十月十二日の木曜日にマーガレット・マンローがローストフトの公衆電話から電話をかけてきて、花嫁の名前を訊きました。教えました。ですが、花婿の名前は教えられませんでした。日記には書いてなかったし、たとえあの時知っていたとしても、とっくに忘れていました」

「花婿のことで何か憶えていらっしゃることはありませんか。年齢とか、容貌、話し方なんか。その人はホスピスにまた来ましたか」

「いいえ、クララが亡くなった時にも。それに私の知るかぎり、火葬場での礼拝にも顔を見せませんでしたね。礼拝はノリッジの法律事務所の取り計らいでした。花婿には二度と会いませんでしたし、連絡もありませんでした。でも一つあります。全員が祭壇の前に立ち、花婿がクララの指に指輪をはめた時に気がついたのですけど、彼の左薬指の先がありませんでした」

　歓声を上げたくなるほどの勝利感と興奮が湧き上がり、ケイトは顔に出たのではないかと心配になった。ロビンズの方を見ずに、声をいつものように抑えて言った。「アーバスノットさんは結婚する理由について何か言いませんでしたか。例えば子供のことが関係しているとは考えられませんか」

「子供ですか。お子さんがいるという話は一度も聞きませんでしたし、記憶するかぎり、カルテに妊娠に関することは何も書いてありませんでした。お子さんがお見舞いに来たことは一度もありませんでしたよ。といっても結婚した相手も来ませんでしたからね」

「ではアーバスノットさんはあなたに何も言わなかったの

ですね」

「結婚するつもりだが、そのことを誰にも知られたくない、そしてそれには私の協力が必要だとだけ。私は頼まれた通りにしました」

「アーバスノットさんが打ち明けたと思われる人は誰かいませんか」

「アーバスノットさんは亡くなる前には、結婚式を執り行なった司祭のヒューバート・ジョンソン神父さまに会うことが多かったですね。神父さまがアーバスノットさんに聖体を授けて、告解を聴かれたのを憶えています。神父さまがアーバスノットさんに会いに来られた時には、邪魔が入らないように気をつけたものです。アーバスノットさんは友達として、あるいは司祭ということで神父さまにすべてを話したにちがいありません。でも神父さま自身、あの時は病気が重く、二年後に亡くなられました」

　もう訊くことはなかった。ケイトとロビンズはフォーセットに協力を感謝して、車に戻った。フォーセット嬢がコティジの窓から見ている。ケイトはコティジが見えなくなるところまで移動して、適当な道端の叢《くさむら》を見つけると、ジャガーを止めた。受話器を取って、彼女はいかにも満足そうに言った。「胸を張って報告できるわね。ついに方向を見定めたじゃないの」

4

ジョン神父が昼食に降りてこなかったので、エマは食後、彼の部屋に上がって行って、ドアをノックした。ジョン神父の顔を見るのが恐ろしかったが、ドアを開けた神父はいつもと変わらなかった。神父は顔を輝かせて、エマを中に入れた。

「神父さま、とんでもないことになって、本当にご愁傷さまです」とエマは言って、出かかる涙をこらえた。自分は慰めの言葉を言いに来たのであって、神父にさらにつらい思いをさせるためではないと、自分に言い聞かせた。だが子供を慰めに来たようなものだった。エマは神父を抱きしめたくなった。神父はエマを暖炉の前の、姉のものだったらしい椅子に連れて行き、自分は向かいに腰をかけた。

「エマ、お願いがあるのですが」

「何でしょう。どんなことでもおっしゃってください」

「姉の衣類のことです。選り分けて、寄付しなければなりません。今そんなことを考えるのは、早すぎるような気がしますが、あなたは今週の末にはここを発《た》たれる。それであなたにお願いできないものかと。ピルビームさんの奥さんが手を貸してくれるとは思うのです。とても親切な方ですが、私としてはあなたにしていただきたいのです。もしご都合がよければ、明日にでも」

「もちろん、いたしましょう。午後のゼミナールが終わったら、かかります」

「姉の持ち物はすべて姉の寝室にあります。宝石類が多少あるはずです。もしあったら、あなたが持っていって、売っていただくわけにいきませんか。お金は服役者を援助する慈善団体に寄付したいのです。そういう団体があると思うのですが」

「ええ、あるはずですよ。探しましょう。でもお手元に置きたいものがあるかもしれません。まずご覧になったらいかがですか」

「いいえ、それはいいんです。ご親切に。でも全部処分したいと思います」

ちょっと沈黙があって、また神父は言った。「今朝警察がここに来て、フラットの中と姉の部屋を調べました。タラント警部と白衣を着た捜索係の人が来たんです。クラークさんとか言ってました」

エマは声を尖らせた。「何のためにここを捜索したんでしょう?」

「何も言いませんでした。長くはいませんでしたし、何もかもきちんとして帰りました。ここを調べていったなんて分からないぐらいでした」また沈黙が来た。そして「タラント警部は私に、昨夜の終禱から今朝六時までの間どこで何をしていたか訊きました」

エマは思わず声を上げた。「でも、そんな耐えがたいこと!」

ジョン神父は悲しそうに微笑した。「いいえ、それほどでもありません。警察はそういう質問をせざるをえないのです。タラント警部は大変気を遣ってくれました。警部は義務を果たしているだけだったんです」

エマは憤然として、世の中の悲しみの多くは単に義務を果たしている人々が作り出しているのではないかと思った。

ジョン神父の静かな声がエマの思いを破った。「法医学者がここに来ました。でも音で気がつかれたでしょう」

「神学校中の人が気づいたでしょう。静かに来たとはとても言えませんものね」

ジョン神父は微笑んだ。「そう、確かにね。あの人も長くはいませんでしたよ。姉の遺骸が運び出される時に立ち会うかと、ダルグリッシュ警視長に訊かれたのですが、ここで一人で静かにしていたいと言いました。運び出されたのはアガサではなかったのです。姉はとっくのとうにいなくなっていました」

とっくのとうにいなくなっていた。いったいどういう意味だろうか、とエマは訝った。その言葉が胸の中で弔鐘のように不吉に響いた。

立ちあがったエマはもう一度神父の手を取って、言った。「では、明日衣類の整理に来た時にまたお目にかかります。

他に私にできることはありませんか」

ジョン神父は礼を言ってから続けた。「もう一つあります。あなたのご親切に甘えすぎているのかもしれないですが、ラファエルを見つけてもらえませんか。姉のことがあってから彼の姿を見ていないのですが、知ったらきっとひどくショックを受けるにちがいない。ラファエルはいつも姉に優しかったし、姉は彼を愛していました」

ラファエルは神学校から百ヤードほど離れた崖の縁に立っていた。エマが近づいて行くと、彼は草の上に腰を下ろした。エマも一緒に座って、手を差し出した。

ラファエルはエマの方を見ずに海を見つめたまま言った。

「あの人は僕を好いてくれたただ一人の人でした」

エマは声を上げた。「それは違うわ、ラファエル。そうじゃないことは分かっているでしょ！」

「僕を、と言っているんですよ。この僕、ラファエルを。慈悲の対象でなく、聖職者候補としてふさわしい学生でもなく、あるいはアーバスノット家の唯一人の末裔としてでもなく。末裔と言っても、僕は私生児ですけどね。そのことは聞いているはずですよ。赤ん坊の時に、両側に取っ手のついた、ふにゃふにゃした藁の籠に入れられて、ここに捨てられたんです。モーセではないですが、湖の葦の中に捨てた方がふさわしかったでしょうにね。でもそれでは誰にも見つけてもらえないと母親は考えたんでしょう。少なくとも神学校に捨てるだけの思いやりは見せたんですよ。神学校としては僕を引き取るしかなかった。だが二十五年間慈善を施して、徳を行なうことができた」

「神父さまたちがそういう感じ方をしていらっしゃらないことは、あなたも分かっているはずよ」

「僕はそう感じるんです。自己中心的で、いかにも自分を哀れんでいるように聞こえるでしょう。僕は自己中心的で、自己憐憫たらたらの男なんです。あなたに言ってもらわなくても、分かっています。以前はあなたと結婚できれば、すべてうまくいくと思っていました」

「ラファエル、それはおかしいわよ。ちゃんと考えれば、おかしいことは分かるはずだわ。結婚は治療じゃないのよ」

「でも、決定的なものでしょう。僕をしっかりつなぎとめてくれるはずだ」

「教会はつなぎとめてくれないの？」

「司祭に任命されれば、つなぎとめてくれるでしょうね。そうなったら、後戻りできない」

　エマは少しの間じっと考えてから、言った。「叙階を受ける義務はないのよ。他の誰でもない、あなた自身が決めることだわ。確信が持てないなら、受けるべきじゃないわね」

「グレゴリーと同じようなことを言いますね。僕が〝天職〟という言葉を持ち出すと、彼はグレアム・グリーンの小説の登場人物みたいなことは言うなと言いますよ。僕たち、戻った方がいいですね」ラファエルはちょっと言葉を切ってから、笑い声を上げた。「ロンドンに行った時には、ある意味では本当に手を焼きましたよ、彼女には。でも他の人と一緒に行きたいとは思ったこともなかったなあ」

　立ちあがったラファエルは神学校に向かってすたすたと歩き出した。エマは追いつこうとしなかった。崖縁をゆっくり歩きながら、彼女はラファエルやジョン神父、聖アンセルムズ神学校の愛する人々のために深く悲しんだ。

　西庭に入る門に来たところで、呼ぶ声がした。振り向くと、灌木地帯を抜けて、カレン・サーティーズが急ぎ足でやってくる。二人はこれまでに週末に来合わせた時に会うことはあっても、時折おはようと挨拶を交わすだけで、話をしたことがなかった。といっても、エマは互いに反感を抱いているとは思わなかった。こんな時に何事だろうと好奇心を抱きながら、カレンが近づくのを待った。カレンは聖ヨハネのコティジにちらりと視線を投げてから、喋りだした。

「大きな声で呼び止めてごめんなさい。ちょっと話がしたかっただけなの。ベタートンのおばあさんが地下室で死んでいるのが見つかったって、一体何のことなのかしら。マーティン神父が今朝来て、そう言ったんだけど、それ以上は教えたがらないものだから」

　自分が知っているわずかなことを隠す理由もないように思えて、エマは答えた。「階段の一番上のステップでつまずいたのだと思います」

「さもなければ、誰かに押されたんじゃないの？　いずれにせよ今度のこれは、エリックと私に罪を着せることはできないわね。彼女が午前零時前に死んだとしたら、だけど。昨日の夜はイプスウィッチに映画を見に行って、夕食を向こうでとったのよ。ここから一、二時間離れたかったものだから。捜査がどんなふうに進んでいるのか、あなたはご存じないでしょうね。大執事の事件のことよ」

「全然分かりません。警察は何も教えてくれません」

「ハンサムな警視長さんも？　そうね、彼は何も言わないでしょう。まったく、あの男、薄気味悪いったらないわねえ！　とにかくさっさとやってほしいわ。私はロンドンに帰りたいんだから。いずれにせよ、今週の終わりまではここでエリックと一緒にいるつもりよ。一つ、あなたに訊きたいことがあるの。あなたには分からないかもしれないし、答えたくないかもしれないけれど、他に訊く人もいないので。あなた、教会には定期的に行くの？　聖体を受けている？」

　思いがけない質問だったので、エマは少しの間、何のことだか分からなかった。カレンは焦れたような口調で言った。「教会で受ける聖餐式のことよ。あなた、受けているの」

「ええ、時々」

「渡されるウエハースのことなんだけど、どういうふうにするの。つまり口を開けたら、中に放り込んでくれるの？　それとも手を出すの？」

　奇妙な会話だったが、エマは答えた。「口を開ける人もいますけれど、英国国教会では掌を重ねて出す方が一般的でしょう」

「そして司祭はあなたがウエハースを食べるのを立って見ているのね」

「祈禱書の礼拝の言葉を唱えていれば、見ていることもあるでしょうが、大体は次の拝領者の方に進みますね。そして少し待つと、同じ司祭か別の司祭が聖杯を持ってきます」エマは尋ねた。「どうしてそんなことを知りたいのですか」

「特に理由はないのよ。不思議に思ったものだから。礼拝に行くことになっても、間違ったやり方をして、笑い者になりたくないって思ったわけ。でもその前に堅信式を受けなければいけないんでしょう？　礼拝を受けさせてもらえないんじゃない？」

「そんなことはないと思いますよ。明日の朝、祈禱室でミサがあります」エマはちょっといたずら気分で続けた。

「お出になりたいのでしたら、セバスティアン神父さまにそうおっしゃったらどうでしょう。神父さまは二、三質問をなさるかもしれません。まず告解をするようにおっしゃるかもしれませんね」

「セバスティアン神父に告解ですって！　あなた、気は確か？　心を入れ替えるのは、ロンドンに帰るのを待ってからにした方がよさそうね。ところであなた、いつまでここにいるつもりなの」

「木曜日に発《た》つ予定ですけど、もう一日なら延ばせると思います。おそらく週末までここにいることになるんじゃないかしら」

「じゃあ、幸運を祈るわ。教えてくださってありがとう」

カレンはくるりと後ろを向き、肩を丸めてそそくさと聖ヨハネのコテイジに戻って行った。

その後ろ姿を見送ったエマは、カレンがそれ以上話そうとしなくてよかったと思った。同年代の同性と殺人事件について話すと思うと、心をそそられる。心はそそられるが、賢明なことではないだろう。カレンは大執事の遺体を発見したときのことを訊いたかもしれないし、答えざるを得ないような質問をしたかもしれない。聖アンセルムズ神学校の他の人たちは皆触れないようにしているが、なぜかカレン・サーティーズとそういう控え目な態度は結びつかなかった。エマは戸惑いながら、歩き出した。カレンが質問しそうなことはいろいろあったというのに、彼女がしたのはエマが予想だにしなかった質問だった。

5

　一時十五分だった。ケイトとロビンズはすでに帰っていた。任務の成果を報告するケイトが勝ち誇って興奮した口調になるまいと抑えているのを、ダルグリッシュは感じた。彼女は何か重要なことをつかんだ時には必ず、とりわけ超然とした、いかにもプロらしい態度を取る。しかし声や目に熱がこもっているのは明らかで、ダルグリッシュはそういうケイトの積極的な姿勢を歓迎した。以前のケイトが戻ってきたのかもしれない。警察活動が単なる仕事でなく、相応の給料と昇進の可能性以上の、幼い頃の貧困の泥沼から這いあがるはしご以上のものだった頃のケイトが。ダルグリッシュはそういうケイトをまた見たいと思っていた。

　ケイトとロビンズはフォーセットに礼と別れの言葉を言うとすぐに、アーバスノットの結婚の事実をダルグリッシュに電話で知らせた。ダルグリッシュは結婚証明書の写しを手に入れてから、直ちに戻るように指示した。地図で調べると、クランプストーク・レイシーとは十四マイルしか離れていない。まず教会に当たってみるのが妥当に思えた。

　だが、運が悪かった。聖オサイズ教会は現在、グループ聖職奉仕の中に組み込まれて、ちょうど専任司祭が不在の期間に当たっていたため、新任司祭が臨時で礼拝を行なっていた。司祭は担当の他の教会に出かけていて、司祭の若い妻は小教区の登録簿がどこにあるのか知らなかった。それどころか登録簿がどういうものなのかもほとんど分からない様子で、夫が帰宅するまで待ってはどうかと言うばかりだった。司祭は夕食までに帰る予定だが、信者に食事に招待されることもある。その場合はその旨を電話してくるだろうが、小教区のことに気を取られて電話を忘れることもあるという。司祭夫人の声に微かに腹立たしげな響きを聞きつけたケイトは、そういうことが珍しくないのだろうと考えた。それならノリッジの登録局に当たった方がよさそうだ。登録局ではついていた。すぐに結婚証明書のコピーを出してもらえた。

一方、ダルグリッシュはノリッジのポール・ペロニットに電話をした。ジョージ・グレゴリーに事情聴取をする前に訊いておかなければならない重要な質問が二つあった。第一の質問はアーバスノット嬢の遺言書の全文。第二の質問は議会制定法の条項と法律が効力を開始した日付に関するものだった。

ケイトとロビンズは昼食がまだだったから、今ピルビーム夫人が差し入れたチーズ・ロールとコーヒーをぱくついている。

ダルグリッシュが言った。「これでマーガレット・マンローが結婚式を思い出した経緯が推測できるな。彼女は日記を書きながら、過去のことを考えていた。そして二つのイメージが結び合わされた。浜辺で左手の手袋を脱いで、ロナルド・トリーヴィスの脈に触ったグレゴリーと、《ソール・ベイ・ウィークリー・ガゼット》に載っていた結婚式の写真のページだ。死と生の融合だ。翌日彼女はフォーセットに、邪魔が入る怖れのあるコティジを避けて、ローストフトの公衆電話を使って電話をした。そして推測していたにちがいない花嫁の名前を確認した。その後彼女はそのことにもっとも関わりのある人物と話した。それに該当する人物は二人だけ、ジョージ・グレゴリーとラファエル・アーバスノットだ。そしてマーガレット・マンローはその人物と話して再確認したのち数時間して、死んだ」

結婚証明書のコピーを畳み直しながら、ダルグリッシュは続けた。「グレゴリーとはここではなく、彼のコティジで話すことにしよう。ケイト、一緒に来てほしい。グレゴリーの車はここにあるから、留守だとしても、遠くには行っていないはずだ」

「でもグレゴリーが結婚していたからといって、大執事殺しの動機にはなりませんよ。二十五年前に結婚していなければいけなかったんです。ラファエル・アーバスノットは相続できません。遺言では英国法で嫡出子でなければならないとしています」

「だが、この結婚によってラファエルはまさにそうなった。英国法で嫡出子になったんだよ」

グレゴリーは帰宅したばかりのようだった。ドアを開けた彼は黒い長袖のジョギング・ウェアを着て、首にタオルをかけていた。髪の毛が濡れ、木綿のウェアが胸と腕に張りついている。

二人を中に入れようとせず、グレゴリーはそのまま動かずに言った。「シャワーを浴びようとしていたところなんです。何か急ぎの用ですか」

しつこいセールスマンを追い返すような、けんもほろろな応対だった。ダルグリッシュはグレゴリーの目に初めて挑むような反感を見た。グレゴリーはそれを隠そうとしなかった。

「今すぐお訊きしたいことがあります。中に入ってよろしいですか」

奥の増築部分の書斎に二人を通しながら、グレゴリーが言った。「警視長、ついに進展を見たといった顔つきをしていますね。やっとこさ、とでも言うのかな。結局泥沼にはまり込んだ、なんてことにならないように祈ろうじゃありませんか」

二人にソファを勧めたグレゴリーは自分は机につき、椅子をぐるりと回して足を伸ばした。そしてタオルで髪を勢いよく拭いた。部屋の反対側にいるダルグリッシュのところまで汗が臭った。

ダルグリッシュはポケットの結婚証明書を出さずに言った。「あなたは一九八八年四月二十七日にノーフォークのクランプストーク・レイシーにある聖オサイズ教会で、クララ・アーバスノットさんと結婚しましたね。なぜそうとおっしゃらなかったのですか。あなたとクララ・アーバスノットさんの結婚が殺人事件の捜査と関係がないとでも思ったのですか」

グレゴリーは二秒ほどじっと黙っていたが、話し出した声は冷静で、不安を感じさせなかった。何日も前から、この時のために心の準備をしていたのだろうかと、ダルグリッシュは考えた。

「われわれの結婚の状況を調べたからには、日付の重要性がお分かりになったでしょう。話さなかったのは、あなたの知ったことではないからですよ。それが第一の理由。第二の理由は妻と約束したからです。息子に打ち明けるまで、われわれが結婚したことを秘密にしておくと。ちなみにラファエルが私の息子です。第三の理由は息子にはまだ話していないし、打ち明けるべき時はまだ先だと判断したからです。しかし嫌でも、そうせざるを得ないことになりそうですね」

ケイトが言った。「聖アンセルムズ神学校の中で知っている人はいるのですか」

グレゴリーは初めてケイトの存在に気がついたかのように、いかにも嘆かわしげに彼女を見た。「誰も知りませんよ。あの人たちにも知らせなければならないことになりますね。聞けば、今までずっとラファエルに黙っていた私を責めるにちがいない。もちろん彼らに何も言わなかったこともね。人間の心理を考えれば、彼らとしては後者の方が許しがたいと思うでしょうよ。このコテイジに住むのも、もうそう長いことではない。ここの仕事は息子を知るために始めたことだし、聖アンセルムズ神学校は閉鎖される運命にあるんですから、もうどうでもいいことですけどね。だが私の人生のこのエピソードを、もっと好ましい形で、自分の都合のいい時に締めくくりたかったですね」

ケイトが質問した。「どうして秘密になさったのですか。ホスピスの職員も知りませんでした。誰にも知らせないのなら、どうしてわざわざ結婚なさったのですか」

「そのことはもう説明したでしょう。ラファエルに話さなければならないが、話すのに適当と私が判断する時まで待つ必要があったからですよ。殺人事件の捜査に巻き込まれて、警察に私生活をほじくり返されるなんて、思ってもみなかった。まだ話す時ではないが、あなた方は今息子に話して悦に入るんでしょうね」

「いいえ」と、ダルグリッシュは言った。「それはあなたの責任で、私たちのすることではありません」

二人の男は顔を見つめ合い、グレゴリーが言った。「あなたには説明を求める権利が、私が知るかぎりの説明を求める権利があるんだろうな。われわれの動機が見かけほど単純でなければ、純粋でもないことは、他の人はともかく、あなたには分かっているはずですよ。クララとは、オックスフォード大学で私が彼女の個人指導教授だった時に知り合いました。クララは十八歳の目を見張るように魅力的な女性で、付き合いたいと言われた時には、私には抵抗できなかった。結果は屈辱的で惨憺たるものでした。彼女が自分の性衝動を取り違えて、意図的に私を実験台にしたと気がつきませんでした。彼女は選ぶ相手を間違ったんですよ。私ももっと感受性と想像力を働かせればよかったんでしょうが、それにしても性行為を独創的アクロバットの実践とはとても思えませんからね。性的な失敗を冷静に受け止めるには、私も若すぎたし、自惚れすぎていました。あれは見事に失敗でした。大体のことには対処できますが、嫌悪感をむき出しにされてはたまりません。私も思いやりがあったとは言えなかった。彼女から妊娠していることを告げられた時には、もう中絶は不可能でした。クララは妊娠などしていないと、自分に言い聞かせていたんでしょう。分別のある女ではありませんでしたから。ラファエルは彼女の容姿は受け継いだが、知性は母親譲りではありません。結婚は問題外だった。その種のしがらみは私にとって恐怖以外のなにものでもありませんし、彼女は私に対する憎しみを隠そうともしなかった。彼女は出産のことは何も知らせてきませんでしたが、後になって男の子が産まれて、聖アンセルムズ神学校に預けたと書いてよこしました。その後クララは女友達と外国に行き、二度と会うことはありませんでした。

　私は彼女と連絡を取りませんでしたが、向こうは私の住所を調べていたらしい。一九八八年四月の初めに、死期が迫っているので、ノリッジ郊外の〈アシュコム・ハウス〉というホスピスに会いに来てほしいという手紙が来ました。結婚してほしいとも書いてありました。理由は息子のためということでしたね。それに彼女は信仰に目覚めたんだと思いますね。家族にとって一番不都合な時に信仰に目覚めるのは、アーバスノット家の伝統なんですよ」

　ケイトがまた訊いた。「それなら、どうして秘密に」

「クララがどうしても秘密にしたいと言った。私が必要な手はずを整え、彼女をドライブに誘うということで、ホスピスに訪ねていきました。クララを主に看護していた看護婦が秘密を知っていて、第一証人になってくれました。第二証人のことで、ちょっと問題があったと思いましたね。でもホスピスに就職の面接に来ていた女性が協力してくれることになった。司祭はクララがホスピスで知り合い、休息のケアとかいうもののために時々来ていた患者仲間でした。その人が大主教の許可を取ってくれたので、結婚公告を出す必要はなかったんです。われわれは決められた誓いの言葉を交わし、終わると私がクララをホスピスまで送りました。クララが私に結婚証明書を持っていてほしいと言ったので、今でも持っています。彼女は三日後に死にました。苦痛もなく死を迎え、結婚したことで死を前にして安らぎを得られたと、看護をしていた女性が書いてよこしました。私は結婚が二人の片方の人生に違いをもたらしてよかったとは思いましたが、私の人生には何ら影響ありませんでしたね。ラファエルには私が適当と判断した時に打ち明けてほしいと、彼女から頼まれました」

　ケイトが言った。「そして十二年後の今も話していらっしゃらないのでしょう。これまでに打ち明けようと思わなかったのですか」

「特に思いませんでしたね。思春期の息子を抱え込む気はありませんでしたし、息子に父親を押し付ける気もなかった。私は彼に何もしてやらなかった。成長にまったく関与しなかったのです。突然名乗り出るのは、浅ましいように思えましたね。まるで息子を観察して、自分の子と認めるに値する子かどうか見定めるのが目的みたいじゃありませんか」

　ダルグリッシュが言った。「あなたのしたことは、それと同じではありませんか」

「そう、それは認めます。ある種の好奇心と言うか、例の遺伝子に執拗に駆りたてられたとでも言いますか、そんなものを感じたのです。何と言っても、子を持つことは不滅を可能にする唯一の方法ですからね。名前を伏せてこっそり調査して、息子が大学を卒業後二年間外国に行き、帰国後司祭になりたいと言い出したことを知りました。大学の専攻は神学ではなかったので、神学校で三年のコースを取らなければならない。六年前に私はここに客として一週間来たことがあります。その後、神学校が古代ギリシャ語の非常勤講師を探していると知って、応募したのです」

　ダルグリッシュが言った。「聖アンセルムズ神学校の閉校がほぼ確実なことは、あなたもご存知でしょう。ロナルド・トリーヴィスのこと、そして大執事が殺されたことで、閉鎖は一段と早まるにちがいない。あなたにクランプトン殺しの動機があることは、お分かりのはずです。あなたとラファエルの両方に。あなたとクララ・アーバスノットの結婚式は一九七六年の嫡出法の発効後に行なわれたので、あなたの息子は嫡出子となった。その法律の第二項に非嫡出子の父と母が結婚し、父がイングランドもしくはウェールズに居住している場合、その非嫡出子は両親の結婚の日より嫡出子とされる、となっています。アグネス・アーバスノットの遺言の全文を確認しました。神学校が閉鎖された場合には、神学校にある彼女が寄贈したものはすべて、女系、男系を問わずに彼女の父方の子孫の間で分割相続される。ただし分割を受ける子孫は英国国教会の教えを守る信者で、英国法に照らして嫡出子でなければならない。ラファエル・アーバスノットはただ一人の相続人です。そのことを知らなかったと言われるのですか」

　グレゴリーは初めて冷笑的な無関心の仮面を脱ぐような気配を見せた。彼は高圧的な口調で言った。「あの子は知りません。それが私を第一容疑者に祭り上げるのに都合のいい動機になることは分かりますよ。だがたとえ創意溢れるあなただって、ラファエルの動機をでっち上げることはできないはずだ」

　殺人の動機は欲ばかりとは言えない。だがダルグリッシュはそっちの線は追わなかった。

　ケイトが言った。「自分が相続人であることをラファエルが知らないというのは、あなたがそう言っているだけではありませんか」

　グレゴリーは立ちあがって、ケイトを上から見下ろした。「じゃあ、ラファエルを呼んでください。今ここで私の口から言いますよ」

　ダルグリッシュが口をはさんだ。「それは賢明な、あるいは思いやりのあるやり方とは言えないんじゃありませんか」

「そんなことはどうでもいい！　ラファエルが殺人罪で告発されるのを見過ごしにできますか。あの子を呼んでください。私が自分で言います。だがその前にシャワーを浴びさせてもらいますよ。汗の臭いをぷんぷんさせて父親の名乗りをするつもりはありません」

　グレゴリーは母屋の中に消えて行き、階段を昇る足音が聞こえてきた。

　ダルグリッシュはケイトに言った。「ノビー・クラークのところに行って、証拠物件用の袋が必要だと言ってくれ。あのジョギング・ウェアを調べたい。それからラファエルに五分後にここに来るように言ってほしい」

「そこまでしなければならないんでしょうか」

「彼のためにしなければならないな。グレゴリーの言う通りだ。ラファエル・アーバスノットが父親のことを知らないとわれわれを納得させるには、われわれの前で名乗るしかない」

　ケイトは数分して証拠物件用の袋を持って戻ってきた。グレゴリーはまだシャワーを浴びている。

「ラファエルに言ってきました。五分したら、ここに来ます」

　二人は黙って待った。ダルグリッシュは整頓された部屋と開いたドアの向こうのオフィスを見回した。壁際のデスクにコンピューターが置かれて、グレーのファイル・キャビネットが並び、本棚には革表紙の本が整然と納められている。不必要なもの、飾りやこれ見よがしなものは一切なかった。知的な興味を持ち、快適で、整然とした暮らしを好む男の書斎だった。これからは整然とはいかなくなるだろうと、ダルグリッシュは苦い思いがした。

　ドアが開く音がして、ラファエルが母屋から増築部分に入ってきた。数秒後にはグレゴリーも戻ってきた。彼はズボンをはいて、紺色のアイロンかけたてのシャツを着ていたが、髪の毛は相変わらず乱れたままだった。「座りましょうか」と彼は言った。

　四人は座った。ラファエルは不思議そうな顔で、グレゴリーからダルグリッシュに視線を移したが、何も言わなかった。

　グレゴリーが息子の方を見やった。「君に話さなくてはならないことがある。今話すのは私の意志ではないが、警察が思った以上に私の私的なことに関心を持つので、いたしかたない。私は君の母親と一九八八年四月二十七日に結婚した。君としては式を挙げるなら、二十五年前にすべきだったと思うかもしれない。こういうことはどうしてもメロドラマ的になるが、ラファエル、私が君の父親だ」

　ラファエルはグレゴリーをじっと見つめた。「そんなことは信じられません。嘘でしょう」

　ショッキングで喜べないニュースに対する、ごく一般的な反応だった。彼はもう一度、声を大きくして言った。「僕は信じません」しかし顔は言葉と裏腹だった。額から頰、首へと波が引くように血の気が引いていくのが、まるで血が逆流したかのようにはっきり見えた。立ちあがった彼はじっと立ったまま、否定の言葉を探し求めるようにダルグリッシュを、そしてケイトを見た。顔の筋肉までたるんで、うっすら出始めたばかりのしわが深くなった。一瞬ダルグリッシュはラファエルの顔に初めて父の面影らしきものを見たが、それとははっきり分かる前に、すぐに消えた。

　グレゴリーが言った。「ラファエル、退屈なことは言わないでくれ。ヘンリー・ウッド夫人のドラマに頼らなくても、この場面を演じられるだろう。私は昔からヴィクトリア朝時代のメロドラマは嫌いなんだ。これこそ、私が冗談の種にしている場面じゃないか。ダルグリッシュ警視長が結婚許可証の写しを持っておられる」

「結婚許可証があっても、あなたが僕の父ということにはなりません」

「君の母親は生涯に一人の男としか性交渉を持たなかった。私がその男だ。君の母宛に書いた手紙で自分の責任を認めている。彼女はなぜか私に愚かな行為の告白を要求した。結婚式の後、彼女は二人の間で交わされた手紙を私のところに送ってきた。それからもちろんＤＮＡを調べるという手もある。今言ったことに疑義が出ることはまずありえない」彼はちょっと間を置いてから、続けた。「君がこのことを不快に思ったのは残念だな」

ラファエルの声は彼とは思えないほど、冷ややかだった。

「それで何があったんですか。きっとお決まりの話なんでしょう。母と寝て、妊娠させ、結婚も子供もごめんだと、逃げの手に出た」

「少し違うな。私たちのどちらも子供を望まなかったし、結婚の可能性はまったくなかった。私の方が年上だったから、責任は大きいだろう。君の母親はまだ十八歳だった。君の信じる宗教は無限の許しに基づいているんじゃなかったのか。それなら彼女を許したらどうなんだ。君はわれわれのどちらかと暮らすより、あの司祭たちと一緒の方が幸せだったさ」

長い沈黙があってから、ラファエルが言った。「聖アンセルムズ神学校の相続人になれたのに」

グレゴリーはダルグリッシュを見た。ダルグリッシュが言った。「私が法律的な細い抜け道を見落としていないかぎり、君は相続人ですよ。弁護士に確認しました。アグネス・アーバスノットは遺言書に、神学校が閉鎖になった場合、彼女が神学校に寄贈したものはすべて、女系、男系にかかわらず、英国国教会の教えを守る教会員という条件を満たす、彼女の父方の嫡出相続人に受け継がれると書いている。〝婚姻によって出生した〟相続人ではなくて、〝英国法に照らして嫡出〟と書いてあるのです。君の両親は一九七六年の嫡出法の発効後に結婚している。したがって君は嫡出子です」

南窓に行ったラファエルは黙って立ち、岬を見渡した。

「いずれそういうことにも慣れるでしょう。慈善ショップの不要衣類のように母に捨てられたことにも慣れました。父の名前を知らないばかりか、父が生きているかどうかも分からないのにも慣れました。同じ年頃の仲間に家庭があるのに、自分は神学校で育てられたことにも慣れました。このことにもいずれ慣れるでしょう。今のところは二度とあなたの顔を見たくない、それしか考えられません」

グレゴリーは息子が震えだしそうな声をすばやく抑えたのにはたして気づいただろうかと、ダルグリッシュは思った。

グレゴリーが言った。「それはもちろん可能だが、今すぐは無理だな。ダルグリッシュ警視長は私にここにいろと言うだろう。このエキサイティングな新情報のおかげで、私には殺人の動機ができたのだからね。そして当然君にもできた」

ラファエルはグレゴリーの方を向いた。「あなたが殺したんですか」

「いや、君か」

「くそっ、こんな馬鹿げたことってあるか！」ラファエルはダルグリッシュの方を見た。「あなたの仕事は殺人事件の捜査だ。人の生活をめちゃめちゃにすることじゃないでしょう」

「残念ながら、その二つは相伴うことが多いのですよ」

ダルグリッシュはケイトの方を見やり、二人はドアに向かった。

グレゴリーが言った。「セバスティアン・モレルに話さなくてはならないでしょう。それは私か、ラファエルに任せていただきたいですね」彼は息子の方を向いた。「君もそれでいいね」

ラファエルは答えた。「僕は何も言いませんよ。僕にはまったく関わりのないことですからね。十分前、僕には父はいなかった。今もいません」

ダルグリッシュはグレゴリーに訊いた。「いつ言うつもりですか。いつまでも延ばすわけにいかないでしょう」

「そう延ばす気はないが、十二年待ったあとでは、一、二週間のことはどうでもいいように思える。私としてはあなた方の捜査がいずれ終わるのなら、それまでは何も言わないでおきたいが、それは現実的とは言いがたい。今週末には話しますよ。時間と場所については、こちらの自由にさせてもらえるんでしょうね」

ラファエルはコテイジを出て行った。海霧で曇った大きな窓ガラスを通して、海に向かって岬を歩いて行く姿が見えた。それを見て、ケイトが言った。「大丈夫でしょうか。誰か一緒に行った方がいいんじゃありませんか」

グレゴリーが言った。「大丈夫ですよ、あの子は。ロナルド・トリーヴィスとは違う。自己憐憫に浸ってはいても、ラファエルは子供の頃から好きなようにさせてもらっている。芯は健康な自尊心でがっちり固められていますよ」
ノビー・クラークがジョギング・ウェアの押収に呼ばれても、グレゴリーはウェアを渡すことに難色を示さず、ウェアがポリ袋に納められて、ラベルが付けられるのを、面白がっているような冷ややかな表情で見守っていた。そしてコティジを出るダルグリッシュとケイト、クラークを賓客に別れを告げるように送り出した。

聖マタイのコティジに向かって歩きながら、ケイトが言った。「あれは確かに動機になります。グレゴリーが第一容疑者だとは思いますけど、でもつじつまが合わないのではありませんか。だってここが閉校になるのは分かりきったことなんですよ。結局はラファエルが相続したんです。何もあわてることはなかったでしょうに」

ダルグリッシュが言った。「だがあわてなければならなかった。ケイト、考えれば分かるはずだ」

ダルグリッシュは説明しなかったし、ケイトも尋ねるような愚かなことはしなかった。

聖マタイのコティジの前まで行くと、ドアが開いて、ピアースが顔をのぞかせた。「今電話をしようとしていたところです。病院から電話がありました。ヤーウッド警部が話のできる状態になったそうです。明日の朝まで待てば、もっと落ち着いているだろうとのことです」

6

病院というのは、建っている場所、建物に関わりなく、どこも同じだと、ダルグリッシュは思った。臭い、ペンキ、外来者を病棟や部課に導く案内標識、廊下を飾る、刺激せずに安心させるために選ばれた当たり障りのない絵画のどれも皆同じだ。花や紙包みを持った見舞い客が、通い慣れた病室に臆せず向かい、さまざまな制服で身を包んだスタッフが、疲れた厳しい表情で足早に行き来するのもどこでも見られる光景だ。ダルグリッシュは刑事になってからというもの、被告や証人の監視保護や、臨終の患者からの供述聴取に当たったり、刑事の頭を占めていることとはまったく別なことで頭がいっぱいな医者や看護婦に質問してきた。これまでに病院をいったい何カ所訪ねただろうか。

病棟に向かいながら、ピアースが言った。「こういう所にはご厄介にならないようにしていますよ。治療法のない細菌に感染させられるし、自分の見舞い客の相手で疲れ果てるか、さもなければ他の患者の見舞い客のおかげで精も根も尽き果ててしまう。まともに眠れないし、食事ときたら、とても食べられたものじゃありません」

ピアースを見たダルグリッシュは、その言葉の裏に恐怖症に近い、強い嫌悪感が隠されているような気がした。

「医者というのは警察と同じようなものだな。誰しも必要になるまでは、その存在なんて考えもしないが、いざ必要になると、奇跡を期待する。私がヤーウッドと話をしている間、少なくとも初めのうちは君は外で待っていてくれ。証人が必要になったら、呼ぶ。穏やかに進めないとまずい相手だ」

例によって聴診器を首にかけた、滑稽なほど若いインターンが、ヤーウッド警部は事情聴取に応じられると許可を出し、脇の小さな病棟に行くように言った。病室の外では制服警官が警護に当たっていた。ダルグリッシュたちが近づくと、警官はさっと立ちあがって、直立不動の姿勢を取った。

ダルグリッシュは言った。「レイン巡査だね。私がヤーウッド警部から話を聞いたら、君にここにいてもらう必要はなくなる。君も解放されてうれしいだろう」

「はい。大変人手不足なもので」

どこもそうさ、とダルグリッシュは思った。

ヤーウッドのベッドは、窓から郊外の整然と並ぶ家並みが見渡せる位置に置かれていた。片足が滑車で吊るされている。ヤーウッドとはローストフトで初めて会った後、聖アンセルムズ神学校では一度短い間顔を合わせただけだった。ダルグリッシュはその時、ヤーウッドの倦《う》み疲れた受容の表情に驚いた。今のヤーウッドは肉体的に縮まり、倦怠感は敗北にまで深まっているように見えた。病院が管理下に置くのは肉体だけではない。病院の狭いベッドに寝かされて、権力を振るえる人間はいない。ヤーウッドは身体の大きさも精神も萎縮して、ダルグリッシュに向けた暗い目には悪運にくじけたことに戸惑い、恥じる表情があった。

握手を交わす時、月並みな質問を避けるわけにいかなかった。

「気分はどうですか」

ヤーウッドは直接答えるのを避けた。「あの時ピルビームとあの若者が見つけてくれなかったら、私は死んでいましたよ。もう何も感じなくなっていただろうし、閉所恐怖症もそれまでだった。妻のシャロンや子供たちにとってはその方がよかったし、私にとってもその方がよかった。何とも意気地のない言い方をして申しわけありません。あそこの溝で意識を失う前、苦痛も不安もなくて、穏やかな気持だったんです。死に方としては悪くなかったですよ。はっきり言って、ダルグリッシュさん、あそこであのまま放っておいてほしかった」

「私はそう思わない。聖アンセルムズ神学校では死人はもうたくさんです」ダルグリッシュは死者がまた一人増えたとは言わなかった。

ヤーウッドは並ぶ屋根をじっと見つめた。「もうあがく必要はなかったでしょうし、こんな敗北感に苛まれることもなかった」

見つけられないと分かっていたが、それでも慰めの言葉を探して、ダルグリッシュは言った。「今どんな状態にあるにせよ、いつまでも続きはしません。何だってそうですよ」

「だがもっと悪くなることだってある。これ以上悪くなるなんて信じがたいが、そうなることだってある」

「もしそうなったら、それはあなたがそうさせたからでしょう」

ちょっと沈黙があって、ヤーウッドがいかにも努力しているような口ぶりで言った。「確かに。ご期待に添えなくてすみません。いったい何があったのですか。クランプトンが殺されたことは知っていますが、それ以外は何も分からないのです。これまでのところ全国紙に詳細が載らないように抑えておられるようだし、地元ラジオもごくわずかな事実しか伝えない。何があったんですか。あなたは死体を発見した後、私のところに来て、いないのに気がつかれたんでしょうね。殺人犯がうろつき、プロとしての協力を期待できる唯一人の男は、容疑者に仲間入りするようなことしかしないのでは、踏んだり蹴ったりですね。妙なんですが、全然興味が持てません。どうでもいいとしか思えないんです。やり過ぎと烙印を押された警官の私がですよ。ところで私が殺したのではありませんよ」

「あなたとは思いませんでした。クランプトンは教会で発見されて、これまで判明した事実から考えて、おびき出されたようです。もしあなたがクランプトンと暴力で決着をつけたければ、隣の部屋に行けばすんだことだ」

「でも、それは神学校の誰にでも言えることでしょう」

「犯人は犯行を聖アンセルムズ神学校に結びつけようとしている。大執事は犯人が目的とする被害者ですが、被害者は一人ではないのですよ。あなたはそういうふうには考えていないでしょう」

答はすぐ返ってこなかった。ヤーウッドは目を閉じて、枕の上で落ち着かなげに頭をうごかしてから、言った。

「ええ、そんなふうには考えません。私はあそこが大好きなんです。だが、私はあそこも台無しにしてしまったんですね」

「聖アンセルムズ神学校はそう簡単に台無しにはなりませんよ。司祭たちとはどういう経緯で知り合ったのですか」

「知り合ったのは三年前です。私は巡査部長で、サフォーク警察に配属になったばかりでした。ペリグリン神父がローストフトの道路で車をバックさせて、トラックにぶつかったのです。怪我人はいませんでしたが、私が神父から事情を聞くことになった。あの人は車を運転するには、上の空になることが多すぎるので、説得して運転をあきらめさせたんです。司祭たちはそれに感謝したようです。それはともかく私があそこに顔を出しても、全然気にしないようでした。あそこの何がいいのか分かりませんが、あそこにいると気分が違います。シャロンが出ていってから、日曜日の朝のミサに通うようになりました。宗教心なんてまるでなくて、何が何だかさっぱり分からないんですけど、そんなことはどうでもいいような気がしましてね。ただあそこにいるのが好きだったんです。司祭たちも親切でした。詮索しないし、話せとも言わない。ただ受け入れてくれました。医者、精神科医、カウンセラー、すべて試しました。聖アンセルムズ神学校はまったく違いましたよ。ええ、私はあそこの人たちの害になるようなことはしません。しかしこの病室の外に巡査がいるんでしょう？　私は馬鹿ではありませんよ。頭が少しどうかしているけれど、馬鹿じゃありません。骨折したのは足で、頭じゃありませんからね」

「あなたの保護のためですよ。あなたが何を目撃したか、どんな証拠を握っているのか分からなかった。あなたを消そうと考える人間がいるかもしれない」

「ちょっと考えられないですね」

「私としては危険を冒したくなかった。土曜日の夜に何があったか思い出せますか」

「ええ、あそこの溝で意識を失うまでは。風をついて歩いた間のことはちょっとぼんやりしていますね。実際よりも短かったように感じられます。しかしそれ以外のことは覚えています。まあ、大体は」

「始めから順にいきましょう。何時に部屋を出ましたか」

「十二時五分すぎ頃でした。嵐の音で目が覚めました。うとうとしていただけで、ぐっすりは寝ていなかったんです。スタンドをつけて、時計を見ました。眠れない夜がどんなものかご存じでしょう。思ったより時間がたっているように、すぐ朝が来るように願いながら、横になっていました。するとやがてパニックが起きた。何とか抑えこもうとしました。冷や汗を流して、恐怖で身体を強張らせてじっとしていました。部屋から出なければだめだ、グレゴリーから、聖アンセルムズ神学校から出なければだめだと思ったんです。どこにいようと、パニックが起きれば同じです。パジャマの上にコートを着て、ソックスをはかずに靴をはいたようです。その部分は思い出せません。風は気になりませんでした。むしろ助けになるじゃないかと。吹雪であろうと、雪が二十フィート積もっていようと、出ていったでしょうよ。まったく、その方がよかったんです」

「どこから校外に出ましたか」

「教会とアンブローズの間の門からです。キーを持っていました。客には全員渡されます。それはあなたもご存じでしたね」

「門には鍵がかかっていた。出た後閉めた記憶がありますか」

「閉めたんじゃないですか。そういうことは無意識にしてしまうので」

「教会の近くで人を見ませんでしたか」

「いいえ。中庭は無人でした」

「では音はどうでしたか。光は見ませんでしたか。たとえば教会のドアが開いているのに気がついたとか」

「風の音以外は何も聞こえませんでしたし、教会に明かりはついていなかったと思います。もしついていたとしても、私は気がつかなかった。ドアも大きく開いていれば気づいたでしょうが、ちょっと開いていたぐらいなら、目にとまらなかったでしょうね。人は見ましたが、教会の近くではなかった。教会のそばに行く前、アンブローズのドアの前を通り過ぎた時ですよ。エリック・サーティーズでした。でも教会からは離れていましたよ。北回廊から本館に入ろうとしていました」

「おかしいとは思わなかった?」

「別に。あのとき感じたことを、どう表現すればいいのか分かりません。猛烈に吹きつける風の中で息をして、取り巻く壁の外に出たのを感じました。たとえサーティーズのことを考えたとしても、何か緊急の用があって呼ばれたのだろうと気にしなかったんでしょう。彼は用務員なんですから」

「嵐の真夜中にですか」

言葉が途絶えた。ダルグリッシュは面白いと思った。ヤーウッドは質問されても、不安そうな様子を見せるどころか気分が高揚して、一時なりとも心の悩みの重圧を忘れるようだった。

ヤーウッドが言った。「サーティーズはとても人を殺す男には見えないじゃないですか。穏やかで、控え目で、役に立つ男ですよ。私の知るかぎり、あの男がクランプトンを憎む理由はありません。いずれにしろ本館に入ろうとしていたんであって、教会に入ろうとしていたんじゃない。誰かに呼ばれたんでなければ、あんなところで何をしていたのか」

「教会のキーを持ち出すつもりだったのかもしれない。キーがどこにあるかは知っていた」

「それはちょっと無謀だとは思いませんか。それにそんなに急ぐ必要はなかったんですよ。彼は月曜日に聖具室でペンキを塗る予定だったんじゃなかったかな。確かピルビームがそう言っていました。サーティーズがキーがほしければ、もっと早くに持ち出せばよかったんです。彼なら本館の中を好きな時に歩き回れたんだから」

「その方が危険は大きい。教会でミサの用意をする神学生が、キーがなくなっているのに気づいたにちがいない」

「そうか、そうですね。でも私にも言えることがサーティーズにも言えますよ。クランプトンと決着をつけたいと思ったら、彼の居場所は分かっていたんですから。オーガスティンのドアが開いているのは、サーティーズも知っていた」

「見たのがサーティーズというのは確かですか。法廷で証言する必要が出てきたら、はっきり断言できますか。真夜中すぎで、あなたはかなり動揺していた」

「サーティーズでしたよ。よく見た顔ですからね。回廊の照明は暗いですが、見間違えるはずがありません。法廷で反対尋問に耐えられるかという意味でしたら、大丈夫です。といっても役に立ちはしませんね。弁護人の最終弁論が聞こえるようだ。暗くてよく見えなかった上に、見たのはほんの一、二秒。証人は猛威をふるう嵐をついて出かけるような、精神的に非常に不安定な状態にあった。それにサーティーズと違って、私にはクランプトンを嫌っていた証拠があります」

ここにきてヤーウッドは疲れを見せ始めた。殺人事件の捜査に突然興味を示したために、体力を消耗したようだ。そろそろ切り上げる時間だったし、新しい情報を仕入れたダルグリッシュはぐずぐずしていたくなかった。だがその前にヤーウッドが他に何か知らないか確かめなければならない。「供述書が必要だが、それは特に急ぐ必要はないでしょう。ところで何が原因でまたパニックが起きたのか分かりますか。土曜日のお茶の後にクランプトンと言い争いをしたことですか」

「知っているんですね。そりゃあ当然、あなたの耳に入りますよね。聖アンセルムズ神学校でクランプトンに会うとは思ってもみなかったし、向こうも同じぐらいショックだったでしょう。口論を始めたのは私じゃない。向こうです。ぬっと突っ立って、昔と同じ非難の言葉を私に浴びせかけた。まるで発作を起こしたように、身体をわなわなと震わせて怒っていた。彼の奥さんの死にまつわることなんです。当時私は部長刑事で、私にとっては初めての殺人事件でした」

「殺人事件？」

「ダルグリッシュさん、クランプトンは妻を殺したんですよ。当時私には確信があったし、今も信じています。確かに私はやりすぎて、捜査を台無しにしてしまった。結局彼は心理的な苦痛を受けたと苦情を言い、私は譴責処分を受けました。おかげで出世に響きましたね。あのまま首都警察にいたら、警部になれたとは思えません。しかし彼が妻を殺して、警察をまんまと出し抜いたことについては、今も当時と少しも変わらずに確信があります」

「何を証拠に」

「奥さんのベッドの横にワインの壜が置いてありました。死因はアスピリンとアルコールの過剰摂取でした。壜がきれいに拭いてあったんです。どうやって奥さんに錠剤を一壜まるまる飲ませたのかは分かりませんが、彼がやったことは絶対確かです。そして彼は嘘をついた。私には嘘だと分かっています。ベッドのそばには行かなかったと言いましたが、とんでもない、もっとあれこれしたんです」

「壜のこと、あるいはベッドのそばに行かなかったというのは嘘だったかもしれない。だからといって殺したことにはならないでしょう。妻が死んでいるのを発見して、パニックに陥ったということも考えられる。人間はストレス下に置かれると、奇妙な行動をとりますからね」

　ヤーウッドは頑固に繰り返した。「彼が殺したんですよ、ダルグリッシュさん。彼の顔、彼の目にははっきり書いてありました。嘘をついたんです。といっても、私がいいチャンスとばかりに、奥さんの仇を討ったということじゃありませんよ」

「仇を討った可能性のある人はいませんか。奥さんには兄弟姉妹や昔の恋人といった、近しい関係の人はいなかったのですか」

「いませんでしたね。両親だけでしたが、両親は特別同情的には見えませんでしたよ。彼女は結局正義から見放され、私も見放された。クランプトンが死んで気の毒とは思いません。でも殺したのは私ではない。あなたが犯人を突き止めなくても、さして気にならないでしょうね」

「だが、われわれは突き止めますよ。あなたも警察官だ。今言った言葉を本当に信じてはいないでしょう。また連絡します。今日私に話したことを口外しないように。その点は当然承知していますね」

「私が？　そう、そうでしょうね。また元のように仕事に復帰するなんて、今となっては信じがたいですよ」

　ヤーウッドはわざと質問を遮るように、顔を向こうに向けた。だがもう一つ訊いておかなければならないことがあった。「大執事に対する疑惑を聖アンセルムズ神学校の誰かに話しましたか」

「誰にも。あそこの人たちが聞きたがるような話ではありません。それにすべてもう過去のことです。あの男にまた会うなんて思ってもみなかった。神学校でも知れ渡ることになるんでしょうね。ラファエル・アーバスノットが喋るかもしれない」

「ラファエル？」

「クランプトンから喧嘩をふっかけられた時、ラファエルが南回廊にいたんです。残らず聞いていましたよ」

7

ダルグリッシュとピアースは病院にダルグリッシュのジャガーで来ていた。シートベルトを締める二人はどちらも口を開かず、ローストフトの東郊外を抜けたところで、ようやくダルグリッシュがヤーウッドから聞いた話をかいつまんで伝えた。

黙って聞いていたピアースがやがて言った。「サーティーズが犯人とはとても思えませんが、もしそうなら、一人でやったことじゃありませんね。妹が一枚かんでいたんですよ。土曜日の夜に聖ヨハネのコテイジで起きたことで、彼女の知らないことはないと思います。しかし兄にしろ、妹にしろ、クランプトンを殺す理由がありますか。確かにクランプトンが、機会があれば聖アンセルムズ神学校を閉鎖させようと躍起になっていたことは知っていたでしょう。

閉校はサーティーズにはありがたくない。この神学校と豚にすっかり満足しているようですからね。だが、クランプトンを殺したって、閉校を止められはしない。それに大執事と個人的なことで喧嘩をしたのなら、どうして教会におびき出して、手の込んだ細工をしたのか。クランプトンが寝ている場所は分かっているし、ドアに鍵がかかっていないことも知っていたはずです」

「それは外来者を含めて神学校の全員に言えることだ。クランプトンを殺した犯人はわれわれに内部の犯行であることを分からせたかった。それは最初から分かっていたことだ。サーティーズにも、妹にも表立った動機はない。動機から言えば、ジョージ・グレゴリーが第一容疑者だな」

　どれも繰り返して言う必要のないことばかりだった。ピアースは黙っていればよかったと悔やんだ。ＡＤが静かにしている時には、目新しい情報や見方がないかぎり口をつぐんでいた方が賢明なことは分かっていることだった。

　聖マタイのコテイジに戻ると、ダルグリッシュはケイトと一緒にサーティーズ兄妹から話を聞くことにした。五分後ロビンズに伴われて、二人が姿を現した。カレン・サーティーズは控え室に通され、ドアがピシャリと閉められた。

　エリック・サーティーズはロビンズが呼びに行った時、豚小屋の掃除をしていたのだろう。取調室に土と動物の強烈だが不快でもない臭いを持ち込んだ。手だけは洗ったらしく、ぎゅっと握り締めたその手を膝の上に並べて座っている。コントロールされてじっと動かない手は、身体の他の部分となぜかちぐはぐに見えて、ダルグリッシュに恐怖で動けなくなった二匹の小動物を思わせた。妹と話し合う時間がなかったのだろう。入ってきたドアの方に投げた彼の視線には、そばにいて支えてくれる妹を求める気持が表れていた。不自然なほどじっと動かずに座るサーティーズは今、目だけをダルグリッシュからケイトに移し、またダルグリッシュに戻して、じっと見つめた。ダルグリッシュは恐怖を見分ける経験を積んでいたし、読み違いはしない。恐怖をあからさまに表面に出すのは、無実の人の場合が多いことを知っていた。犯罪者はいったん巧妙な話を作り上げると、それを話したがり、罪悪感や恐怖を追い払うほどの自信たっぷりな虚勢で事情聴取を乗り切る。

　ダルグリッシュは挨拶ぬきで単刀直入に言った。「部下が日曜日に質問した時、あなたは土曜日の夜には聖ヨハネのコテイジから出なかったと言いましたね。今もう一度尋ねます。土曜日に終禱が終わった後、神学校か教会に行きませんでしたか」

　サーティーズは逃げ道を求めるように窓をちらりと見やってから、再びダルグリッシュの目を見た。声が不自然に高かった。

「いいえ、もちろん行きません。どうして僕が」

「サーティーズさん、あなたが真夜中すぎに北回廊から聖アンセルムズ神学校に入るのを見た人がいるのですよ。あなたに間違いないということです」

「僕じゃありません。他の人ですよ。僕を見るはずがない。だって僕はそんなところにはいなかったんだから。それは嘘です」

　支離滅裂な否定の言葉は本人の耳にも説得力を欠いて聞こえたにちがいない。

　ダルグリッシュは辛抱強く言った。「サーティーズさん、殺人容疑で逮捕されたいのですか」

　サーティーズは目に見えて小さく縮んだように思えた。まるで少年のようだった。長い沈黙があって、やがて彼は言った。「分かりました。確かに神学校に行きました。目が覚めて、教会に光が見えたので、調べに行ったんです」

「その光を見たのは何時ですか」

「今おっしゃったように午前零時ごろです。トイレに起きて、それで見たんです」

　ケイトが初めて口を開いた。

「でもコテイジは皆同じ間取りでしょう。寝室と浴室は裏にありますよ。あなたのコテイジでは北西に向いているはずです。教会が見えるはずないと思いますが」

　サーティーズは唇をなめて言った。「喉が渇いたんです。水を飲みに降りて、居間から光を見たんです。見たと思ったんです。微かな光でした。調べた方がいいんじゃないかと思って」

「妹さんを起こすなり、ピルビームさんか、セバスティアン神父に電話をかけようとは思わなかったのですか。そうする方が自然でしょう」

「あの人たちを起こしたくありませんでした」

ケイトが言った。「嵐の夜に一人で行って、侵入者に立ち向かおうなんて、随分勇気があるんですね。教会に行って、どうするつもりだったのですか」

「分かりません。そこまで深く考えていませんでした」

ダルグリッシュが言った。「今も深く考えていませんね。でも続けてください。教会に行ったといいましたね。何がありました」

「中には入りませんでした。入れなかったんです。キーを持っていなかったので。明かりはまだついていました。本館に行って、ラムゼーさんの部屋からキーを取ってきたんですが、北回廊まで来ると、教会の明かりは消えてました」サーティーズは前よりも自信を持って話し、握った手も明らかにリラックスしていた。

ケイトがダルグリッシュをちらりと見てから、質問役に回った。「それでどうしましたか」

「どうもしません。きっと明かりは僕の見間違いだろうと思ったんです」

「でも行く前には確信があったみたいではありませんか。確信がなければ、嵐の中に出て行くわけがないでしょう。明かりがついていたのに、それがなぜか消えてしまった。教会に入って、調べようとは思わなかったのですか。調べるのが、コティジを出た目的だったのでしょう?」

サーティーズは口の中でもぐもぐと言った。「もう明かりはついていないんだから、その必要はないような気がしました。今言ったように、見間違ったと思ったんです。聖具室のドアを開けようとしましたが、鍵がかかっていました。だから中に誰もいないことは分かりました」

「大執事の遺体が発見された後、三組あるはずの教会のキーが一組なくなっていました。あなたがキーを持ち出した時、キーは何組ありましたか」

「憶えていません。気に止めませんでした。部屋から早く出ることしか考えなかったんです。教会のキーがキー・ボードのどの位置にあるか分かっていたので、一番手近なのを取りました」

「キーは返しましたか」

「いいえ、また本館に戻りたくなかったので」

ダルグリッシュが静かに口をはさんだ。「それでは、サーティーズさん、キーは今どこにありますか」

ケイトにとって、これほど恐怖ですくみ上がった容疑者を見るのも珍しいことだった。初めの頃に見られた希望と自信に溢れた果敢さはすっかり影をひそめ、うな垂れて前にかがみ込んだサーティーズは、全身を震わせた。

ダルグリッシュが言った。「もう一度訊きます。あなたは土曜日の夜に教会の中に入りましたか」

サーティーズはまっすぐに座り直して、ダルグリッシュと視線を合わせさえした。恐怖が安堵に取って代わられようとしているのが、ケイトの目に分かった。本当のことを話すことにしたサーティーズは、嘘をつく苦しみがようやく終わって喜んでいた。これからは警察と味方同士になれる。警察は彼を認め、許し、理解してくれるだろう。ケイトはこれまでに同じような変化を何度見たことか。

サーティーズは言った。「分かりました。教会に入りました。でも僕は誰も殺していません。誓います。殺していません。僕にはそんなことはできません！　あの人には指一本触れなかったと、神にかけて誓います。あそこには一分もいませんでした」

ダルグリッシュが質問した。「何をしに行ったんですか」

「カレンのために、カレンが必要なものを取りに。大執事には関係ありません。僕たち二人の間だけのことで、他人には関係ありません」

ケイトが言った。「サーティーズさん、それでは答にならないことはお分かりでしょう。殺人事件の捜査では他人に関係ないではすまされません。土曜日の夜にどうして教会に入ったのですか」

サーティーズは理解を求めるように、ダルグリッシュを見た。「カレンに聖別されたウエハースがもう一枚いると言われたんです。聖別されていなければだめなんです。一枚手に入れてほしいと言われたんです」

「妹さんはあなたに盗んでくれと頼んだのですか」

「カレンはそういうふうには思っていませんでした」沈黙が来て、やがて彼は先を続けた。「そう、そういうことだと思います。でもカレンの責任ではありません。僕がいけないんです。引き受けることはなかったんです。僕はあんなことはしたくなかった。司祭さまたちは僕にいつもよくしてくださいます。でもカレンには大切なことだったので、結局はオーケーしました。ウエハースは金曜日に必要なので、この週末のうちに取ってこなければなりませんでした。カレンはウエハースがあんなに重要なものとは全然考えていないのです。彼女にとってはただのウエハースです。貴重な物だったら、盗んでほしいとは言わなかったでしょう」

ダルグリッシュは言った。「だが、あれは貴重なものでしょう?」

また沈黙が来た。

ダルグリッシュは言った。「土曜日の夜に何があったのか話してください。しっかり考えて、思い返してください。細かいことまで何もかも」

サーティーズは落ち着きが出てきた。身体を持ち上げんばかりにしゃんとさせて、頬にも赤い斑が現れた。「夜遅くなるのを待ちました。皆が眠るか、自分の部屋に入っただろうと思えるまで待ちました。嵐は助かりました。散歩に出かける人はいないでしょう。午前零時十五分前になって、コティジを出ました」

「何を着ていきましたか」

「こげ茶色のコーデュロイのズボンに厚い革のジャケットです。白っぽい物は着ませんでした。濃い色を着た方が安全だろうと話し合ったんです。でも変装はしませんでした」

「手袋をはめましたか」

「いいえ。二人で——いえ、その必要はないと思いました。僕は厚ぼったい園芸用の手袋と、古い毛糸の手袋しか持っていないのです。ウエハースを取る時や、鍵を開ける時にはどうせ脱がなくちゃなりません。手袋がなくても関係ないと思いました。泥棒が入ったなんて、誰にも分かりっこありません。ウエハースが一枚なくなっても分かりはしません。数え間違えたのだと思うでしょう。そういうふうに思いました。僕が持っているのは鉄門のキーと、北回廊から本館に入るキーだけです。いつも日中は門も、どっちの回廊のドアも開いているので、キーは必要ありません。教会のキーがラムゼーさんの部屋にあることは知っていました。イースターとかお祭りの時に、僕は飾りにする花や草木をプレゼントします。セバスティアン神父さまはバケツに水を張って花を挿し、聖具室に置くようにおっしゃるんです。必ず学生の誰かが教会に飾ってくれます。セバスティアン神父さまは僕にキーを渡すか、さもなければ事務室から借りて、出た後にちゃんと鍵をかけてキーを返すようにおっしゃることも時々あります。教会のキーを借りる時にはサインをすることになっていますが、省略することもあるんです」

「誰も厳しいことを言わないわけですね。それなら信用してくれている人から盗むのは簡単なことでしょう」

ダルグリッシュは自分の声にこもった軽蔑の響きと、ケイトの無言の驚きに気づいた。私情がからみそうになっている、とダルグリッシュは自戒した。

サーティーズはいよいよ自信をつけて言った。「誰かに害を与えようとしたわけじゃありません。そんなことは僕にはできません。たとえウエハースを盗み出したって、神学校の誰にも被害はなかったんです。気がつきもしなかったでしょう。ウエハース一枚のことなんですから。値段にしたら一ペニーもしません」

ダルグリッシュは言った。「では土曜日の夜のことに話を戻しましょう。言い訳や正当化は必要ありません。事実のみに絞って、何もかも話してください」

「さっきも言ったように、十二時十五分前頃にコテイジを出ました。本館は真っ暗で、風がビュービュー唸っていました。明かりが一つついていました。客用施設の部屋の一つでしたけど、カーテンが閉まっていました。持っているキーを使って裏のドアから本館に入り、食器室の前を通って本館の表側に行きました。懐中電灯を持って行ったので、電灯をつける必要はなかったんですけど、聖母子像の下の灯明がついていました。誰かに会ったら、こう言うつもりでした。教会に明かりがついているのが見えたので、調べに行くためにキーを取りに来たんだって。本当らしく聞こえないとは思ったんですけど、人に会うとは思いませんでした。キーを取ると、入ってきた時と同じ道順で外に出て、ドアに鍵をかけました。回廊の明かりを消して、壁に沿って歩きました。聖具室の彫込み錠は何の問題もありませんでした。いつも油を差してあるので、キーは簡単に回りました。ドアをそっと押し開けて、懐中電灯で照らしながら警報装置をオフにしました。

だんだん怖くなくなってきて、気分が楽になってきました。何もかも問題なくすんなりいきました。ウエハースがどこにあるかはもちろん知っています。祭壇の右側の、上に赤い明かりのついた、壁の窪みのような所です。神父さまの誰かが病人のところに持って行ってあげたり、司祭のいない村の教会の聖餐式に持って行けるように、そこに聖別したウエハースがしまってあるんです。ポケットに封筒を入れておいたので、それに入れるつもりでした。でも教会に入るドアを押し開けると、中に人がいたんです。空《から》っぽではありませんでした」

サーティーズはまた黙り込んだ。ダルグリッシュは感想や質問を口にしたくなるのをこらえた。サーティーズはうな垂れて、両手を握り合わせている。急に、努力しなければ思い出せなくなったかのようだった。

「教会の北側の明かり、『最後の審判』の上の明かりがついてました。そこに人が立っていたんです。茶色のマントを着て、フードをかぶっていました」

ケイトが質問しないではいられなくなった。「誰だか分かりましたか」

「いいえ、半分柱の陰になっていたし、照明が暗すぎました。それにフードを目深くかぶっていたので」

「背は高かったですか、低かったですか」

「特別高くもなくて、普通だったと思います。あんまりよく思い出せません。そして僕が見ているうちに、南の扉が開いて、人が入ってきたんです。そっちも誰だか分かりませんでした。姿をろくに見なかったんです。〝どこにいる〟って言う声を聞いただけです。そこで僕はドアを閉めました。何もかもおじゃんになったと思ったんです。ドアに鍵をかけて、コティジに戻るしかありません」

ダルグリッシュは言った。「二人のどちらも誰だか分からなかったというのは確かですか」

「はい、分かりませんでした。どっちの顔も見なかったので。二番目の男の方はろくに見もしませんでした」

「でも男ということは分かったのですね」

「まあ、声を聞いたので」

「誰だったと思いますか」

「声から考えて、大執事さまだったのかもしれません」

「ではかなり大きな声だったでしょう」

サーティーズは顔を赤くした。彼は困ったような顔で言った。「確かに大きかったのかもしれません。あの時はそうは思えませんでした。教会はしんと静まり返っていて、声が響き渡ったので。確かに大執事さまだったとは言えません。その時そんな気がしただけです」

二人の人物が誰だったか、サーティーズにそれ以上確実なことは言えないようだった。ダルグリッシュは教会を出た後どうしたのか質問した。

「警報装置を入れ直してからドアに鍵をかけ、教会の南扉の前を通って中庭を横切りました。扉は開いてなかったと思います。光が洩れていた記憶がありません。でもちゃんと見たわけではなくて、とにかくそこから離れることしか頭になかったので。風に逆らって岬を突っ切り、カレンに何があったか話しました。日曜日の朝にキーを戻すチャンスがあるだろうと思っていたんですが、図書室に呼ばれて、殺人事件が起きたと聞かされた時に、とてもできないと分かりました」

「で、キーはどうしましたか」

サーティーズは惨めそうに言った。「豚小屋の隅に埋めました」

「この事情聴取が終わったら、ロビンズ部長刑事が一緒に行きますから、キーを渡してください」

サーティーズは立ち上がったが、ダルグリッシュが言った。「事情聴取が終わったら、と言ったのですよ。まだ終わってはいません」

　今聞き出した情報はこれまでに得たものの中で一番重要だった。すぐにもそれを手がかりに追いたかったが、その前にサーティーズの話の裏を取らなければならない。

8

　ケイトに呼ばれたカレン・サーティーズは臆する様子もなく部屋に入ってきて、ダルグリッシュに声をかけられる前に異母兄の隣に腰を下ろした。そして黒いショルダーバッグを椅子の背にかけるや、サーティーズの方を向いた。

「エリック、大丈夫？　手荒なことはされなかった？」

「うん、大丈夫だよ。ごめん、カレン。話しちゃったんだ」サーティーズは繰り返した。「ごめん」

「謝ることないわよ。精一杯やったんだから。教会に誰かいたのは、あんたのせいじゃないわ。とにかく努力してくれたんだもの。あんたのしたこと、警察にとってもよかったんじゃないの。感謝して当然じゃないかしら」

　カレンを見たサーティーズの目が輝き、妹が兄の手にちょっと触れると、彼女の威勢のよさが兄に伝わるのが目に見えるようだった。言葉では謝っているものの、サーティーズのカレンを見る目に卑屈な表情はなかった。ダルグリッシュは紛糾の火種の中でももっとも危険なもの、愛情を見て取った。

今、カレンはダルグリッシュに注意を向けて、挑むような視線でじっと見つめている。その目が大きく見開かれ、ダルグリッシュには内心の笑みをこらえているように見えた。

ダルグリッシュは言った。「お兄さんは土曜日の夜に教会に入ったことを認めましたよ」

「日曜日の早朝でしょ。午前零時をすぎていたんだから。それからエリックとは腹違いです——父親は同じだけど、母は違います」

「そうでしたね、前の事情聴取で部下にそう言っていましたね。お兄さんの話は聞きました。今度はあなたの話を聞かせてください」

「エリックの話と同じですよ。もうお分かりでしょうけど、彼は嘘をつくのが下手なんです。不便な時もあるけど、それなりの利点もあります。いいですか、何も騒ぎ立てるほどのことじゃないんですよ。エリックは悪いことはしていません。彼に人殺しはもちろんのこと、人に危害を加えられると考えること自体、馬鹿げています。自分の豚だって殺せないんだから。私はエリックに教会から聖別されたウエハースを取ってきてくれと頼みました。そういうことに疎いなら教えますけど、そのウエハースというのは、小麦粉と水でできた、二ペンス銅貨ぐらいの大きさの白い小さな円盤形のものよ。たとえエリックが一枚くすねることができて捕まっていたとしても、刑事裁判所に送られるとはとても思えないわね。価値がないに等しいんだから」

「それは価値観によるんじゃありませんか。どうしてウエハースがほしかったのですか」

「それとあなたが今している捜査が関係あるとは思えないけど、話してもいいわよ。私はフリーのジャーナリストで、目下黒ミサについて記事を書いているところなんです。ちなみにそういう記事を書いてほしいという依頼があって、調査はもうほとんどすんでいるんです。私が潜入に成功した先の人から、聖別されたウエハースが必要だと言われたので、一枚手に入れると約束したというわけ。聖別されてないウエハースなら、一、二ポンドで一箱まるまる買えるじゃないかなんて言ってもだめですからね。エリックはそう言ったわ。私が今進めているのは本物の調査で、本物が必要なんです。あなたは私の仕事をろくでもないと思うかもしれないけれど、あなたが自分の仕事に真剣に取り組んでいるように、私も真剣に取り組んでいる。聖別されたウエハースを手に入れると約束したんだから、その通りするつもりだった。でなければ、調査は時間の無駄になってしまう」

「それでお兄さんに盗ませることにした」

「だって、たとえ私が懇願したって、セバスティアン神父はくれはしないでしょう？」

「お兄さんは一人で行ったんですか」

「もちろんよ。私がくっついて行って、危険を増すことはないじゃないの。まさかの時にも、エリックは神学校の中にいてもおかしくないけど、私はそうはいきません」

「だが眠らずに待っていた？」

「眠ったとか、眠らなかったとかは問題にならなかったわね。ベッドに入りもしなかったんだから。少なくとも眠るためには」

「そしてお兄さんが戻ってくると、すぐに何があったのか聞いたのですね、翌朝ではなくて」

「エリックは戻ると、すぐ話してくれたわ。私が帰りを待っていましたからね、話してくれました」

「サーティーズさん、これは非常に重要なことです。よく思い返して、聞いたことを正確に、聞いた言葉で思い出してください」

「言葉通りには思い出せそうもないけど、意味するところははっきりしていたわよ。キーは問題なく手に入ったと言ってたわ。懐中電灯の光で聖具室のドアを開けて、それから教会に入るドアを開けた。すると、正面の扉の向かいに掛けてある油絵『最後の審判』――じゃなかったかしら？――の上の明かりが見えた。そしてその近くにマントを着て、フードをかぶった人が立っていた。そして次に正面の扉が開いて、別の人が入ってきた。私、二人が誰だか分かったかと訊いたけど、エリックは分からなかったと答えたわ。マントを着た方はフードをかぶって背中を向けていたし、二番目の男はほんのちょっと見えただけだったって。二番目のが〝どこにいる〟とか、そんなことを言ったらしいわ。エリックの印象では、大執事だったかもしれないって」

「それでもう一人の方が誰だかについては何も言わなかったのですか」

「ええ、でも彼に分かるわけないじゃないですか。だって教会でマントを着ている人を見たって、別におかしいとは思わないでしょ。おかげで私たちの計画はおじゃんになったし、夜のそんな時間に変だとは思うけど、司祭か学生の誰かだろうと当然思うんじゃないですか。私もそうだと思いましたよ。真夜中すぎにあそこで何をしていたかは知りませんけど。結構あの人たちも黒ミサをしていたのかもね、私たちの知ったことじゃないけど。そりゃあ、エリックだって、大執事が殺されると分かっていたら、もっと気をつけて見たでしょうよ、おそらくね。エリック、もしナイフを持った殺人犯と鉢合わせしていたら、あなた、どうしていたと思う？」

　サーティーズはダルグリッシュを見て、答えた。「逃げ出したと思うな。もちろん人に知らせました。客用施設には鍵がかかっていないから、多分ジェロームに駆け込んで、あなたに助けを求めたでしょうね。でもあの時は誰にも見られずにキーを手に入れられて、やすやすと事が運びそうになっていたのに、コテイジに戻って、失敗したと言わなくちゃならないのかと思って、がっかりしただけでした」

　今のところエリック・サーティーズから聞き出せることは、それぐらいのようだった。ダルグリッシュは二人に今話した情報を絶対に口外しないように注意してから、エリックに事情聴取は終わったと告げた。兄妹は公務執行妨害罪に問われる可能性が、少なく見ても充分あった。これからロビンズ部長刑事が同道して、キーを掘りだし、警察が保管する。注意された兄妹は頷いた。エリック・サーティーズは厳粛な誓いをするようにかしこまって、妹の方はいかにも嫌そうに。
サーティーズが立ちあがり、妹も一緒に立ちあがったが、ダルグリッシュが言った。「妹さん、できたら、もう少しいていただきたいのですが。あと二、三うかがいたいことがあります」

兄が出ていき、ドアが閉まると、ダルグリッシュは言った。「お兄さんから最初に話をうかがった時に、あなたがもう一枚ウエハースがいると言ったと聞きました。ということは今度が初めてではなかった。前にもあったのですね。最初の時はどうだったんですか」

カレンはじっと身体を固くしていたが、答える声は落ち着いていた。「エリックの言い間違いでしょう。今度が初めてです」

「そうは思えませんね。もちろんお兄さんを呼び戻して、訊いてもいい。そうしますよ。でもあなたが最初の時のことを説明してくれた方が面倒じゃないと思うのですが」

カレンは弁解口調で言った。「今度の殺人事件には関係のないことですよ。前の学期にあったことなんだから」

「今度の事件に関係あるかどうかは私が判断します。前の時には誰があなたのために盗み出したんですか」

「あの時は盗んだとは言えません。もらったんです」

「ロナルド・トリーヴィスからですか」

「言えと言うんなら、言いますけど、そう、そうです。司祭が一時不在な教会で聖餐式をする時に、礼拝を行なう司祭か手伝いの人が、聖別されたウエハースを持っていくんです。その週はロナルドが当番だったので、彼が一枚私のために取っておいてくれたわけ。何枚もあるウエハースのたった一枚。頼んだと言っても、ほんのわずかなことですよ」

ケイトが突然口をはさんだ。「トリーヴィスにとってほんのわずかなことではないと分かっていたはずですよ。代償は何だったのですか。例によってあの手ですか」

女は顔を赤らめた。恥じたのではない。怒ったのだ。ダルグリッシュは一瞬反感をむきだしにして怒るのではないかと思った。怒って当然だろう。彼は穏やかに言った。

「気に触ったのでしたら、謝ります。言い換えましょう。

トリーヴィスをどう説得したのですか」

瞬間燃えあがったカレンの怒りは通りすぎた。抜け目なさそうに細めた目をダルグリッシュに向けたカレンは、みるみる緊張を解いた。正直に話した方が賢明だし、確かだと気づいたらしい。彼女がそう気づいた瞬間が、ダルグリッシュには分かった。

カレンは言った。「分かったわ、話すわよ。例によってあの手で説得したんです。道徳的な非難をしようと思ってるのなら、やめるのね。何にしろ、あなたの知ったことじゃないんだから」ケイトの方をちらりと見た彼女は、敵意を露わにして続けた。「それに彼女の知ったことでもないわよ。それにこのことが大執事の事件に、どう関係していると言うの。関係あるはずないじゃないの」

ダルグリッシュは言った。「正直に言って、分かりません。関係があるかもしれない。関係がなければ、このことは捜査には使いません。あなたの私生活に対する淫らな好奇心から、ウエハースを盗んだ件について質問しているのではありませんよ」

「あのね、私はロナルドがわりと好きだったのよ。まあ、確かに可哀相だったと言った方が当たっているかもしれないけど。彼はここであんまり人気のある方じゃなかった。パパがお金持ちすぎるし、力もありすぎる。おまけに業種がいけない。軍需産業なんでしょ？　それはともかくロナルドはここに溶け込んでいなかったのよ。エリックの所に泊まりにきた時に、時々彼と会って、崖沿いに湖まで散歩をしたりして、話し合ったわ。あなたが百万年かかっても訊き出せないことを、私に話してくれた。ここの司祭たちだって、告解であろうがなかろうが、到底聞き出せっこないわね。それで私は彼の頼みを聞いてあげたのよ。二十三だというのに、まだ童貞だった。あのね、彼はセックスがしたくてたまらなかった。死ぬほど焦がれていた」

あるいはそのために死んだのかもしれない、とダルグリッシュは思った。話す声は続いた。「彼を誘惑するの、なかなか面白かったわよ。男性は処女を躍起になって誘惑するでしょう。どうしてだかさっぱり分からないわ。疲れるばっかりで、いいことなんて何もないと思うんだけど。でも逆の場合はエキサイティングだわね。エリックにどうやって知られないようにしたのか知りたければ、教えましょうか。コティジでベッドインしないで、崖の上のシダの繁みで寝たのよ。売春婦のところなんかに行かずに、私から手ほどきを受けられて、彼は幸運だったわね。一度売春婦を試したんですって。でも我慢ならなくて、最後までやり通せなかったって」カレンはそこで切ったが、ダルグリッシュが何も言わないので、弁解口調を強めて言った。「ロナルドは司祭になる教育を受けていたんでしょう？　自分がまともに生きてなくて、どうして人の役に立てるっていうの。彼は禁欲生活の徳について喋っていたけど、禁欲もそういう性格の人なら、結構だと思うわよ。ロナルドは私と出会えて、ラッキーだったのよ」

「ウエハースはどうしたんですか」

「ああ、あれはね、まったくついてなかったわ！　とても信じられないでしょうよ。なくしちゃったの。無地の封筒に入れて、他の書類と一緒にブリーフケースに入れておいたんだけど、それっきりなくなっちゃったの。ブリーフケースから書類を引っ張り出した時に、くずかごの中に落ちたのかもしれない。とにかく見つからなかったんです」

「それでもう一枚ほしいと言ったけど、彼は前ほど従順ではなかった」

「そういう言い方もできるでしょうね。きっと休暇の間に考えたのね。あなたは、私は彼に性教育をしたんじゃない、彼の人生をめちゃめちゃにしたんだと思っているんでしょうね」

「一週間して彼は亡くなった」

「あら、私はそのことに関係ありませんよ。私は彼が死ねばいいなんて思いませんでしたからね」

「すると、あれは殺人だったかもしれないと思っているのですか」

この質問にカレンは呆然とした表情でダルグリッシュを見つめ、ダルグリッシュはその目に驚きと恐怖の両方を認めた。

「殺人ですって！　とんでもない、殺人なんかではありませんよ！　いったい誰が彼を殺したいなんて思いますか。

あれは事故死よ。崖を突ついたものだから、砂が落ちてきたんだわ。死因審問がありましたよ。評決の結果を知っているでしょう」

「彼に二枚目の聖別されたウエハースを断られた時、あなたは脅迫しようとしませんでしたか」

「そんなことはしません！」

「あなたは彼に対して、彼はもうあなたの支配下にある、あなたは彼の叙階を受けるチャンスをつぶし、退学処分にされるほどの情報をつかんでいると言ったり、ほのめかしたりしませんでしたか」

「しませんよ！」カレンは激しい剣幕で言った。「そんなことはしません。そんなことをして、何になるっていうの。第一そんなことをしたらエリックの立場を悪くするし、そうでなくたって、あの司祭たちは私の言うことなんて信じないでロナルドの言葉を信じるでしょうよ。私は脅迫できるような立場にはなかったんです」

「トリーヴィスにそれが分かっていたと思いますか」

「彼がどう考えていたか、私に分かるわけないじゃないの。彼は半分頭がおかしかったのよ。私に分かるのはそれだけ。あのね、あなたはクランプトンが殺された事件の捜査をしているはずじゃなかったの。ロナルドが死んだことは殺人事件と関係ないでしょ。どう関係があるっていうの」

「今回の事件との関係についての判断は私に任せてもらいます。ロナルド・トリーヴィスが死ぬ前日に聖ヨハネのコティジに来た時、どんなことがあったのですか」

カレンはむっつりと黙り込んだ。ダルグリッシュは言った。「あなたたち兄妹はすでに殺人事件の重要な情報を隠した。今日話したことを日曜日の朝に話してくれていたら、犯人はすでに逮捕されていたかもしれないのですよ。あなたたち二人がクランプトン大執事殺しに関係がないのなら、私の質問に正直に本当のことを答えた方がいいでしょうね。ロナルド・トリーヴィスが金曜日の夜に聖ヨハネのコティジに来た時、何があったんですか」

「私はその時もうコティジに来ていました。週末を過ごすためにロンドンからこっちに来ていたんです。ロナルドがコティジに来るなんて知りませんでした。それに彼にはあんなふうにコティジの中に入ってくる権利なんてなかったんですよ、絶対に。そりゃあ、確かにいつもドアを開けっ放しにしてはいるけど、コティジはエリックの家なんですからね。彼は二階に上がってきた。ぶちまけて言うと、エリックと私が同じベッドに寝ているのを見たんです。戸口に突っ立って、じっと見つめてました。顔つきが普通じゃなかった。完全におかしかったわ。そしてわけの分からない非難の言葉を吐き始めたんです。何て言ったかはよく思い出せません。滑稽な場面だったのかもしれないけど、実際はちょっと怖かった。異常者にわめき散らされたようなものですもの。いえ、そういう言い方は違うわね。彼は怒鳴ったり、大声を出したわけじゃない。だからなおさら怖かったんだけど。エリックと私は裸だったから、いささか不利な状態にあったわけよ。ロナルドがあの甲高い声で延延と喋っている間、私たち二人はベッドに座って、彼をじっと見つめていた。まったく、あんな気味の悪いことってなかったわ。だって、あなた、彼ったら、私が彼と結婚すると本気で思っていたのよ。この私が聖職者の妻ですって！　あの人、頭がどうかしているみたいだったし、どうかしていたのよ」

　カレンはバーで飲みながら友達に信じられない話を打ち明けるように、不思議そうに言った。

　ダルグリッシュは言った。「あなたに誘惑されたロナルド・トリーヴィスは、あなたに愛されていると思った。あなたに聖別されたウエハースがほしいと言われ、あなたに対してはどんなことであれ断れなかったので、渡した。トリーヴィスには自分のしたことの意味がはっきり分かっていた。ところが愛されてはいなかった、自分は利用されただけだったと知り、翌日自殺した。サーティーズさん、ロナルドが死んだことに責任があるとは思いませんか」

　カレンは熱くなって叫んだ。「いいえ、思いません！　ロナルドに愛しているなんて一言も言いませんでした。もし彼がそう思ったとしても、それは私の責任じゃないわ。それに彼が自殺したなんて信じません。あれは事故死です。陪審員はそう結論を出したし、私はそう信じます」

　ダルグリッシュは穏やかに言った。「私はそう思いませんね。あなたも何がロナルド・トリーヴィスを死に追いやったか、よく分かっているでしょう」

「たとえ分かっていたとしても、だからって、私の責任にはなりませんよ。それにまるで自分の家みたいに、あんなふうにコテイジに入り込んで、二階に上がってくるなんて、どういうつもりだったんだか。あなたはこのことをセバスティアン神父に話して、エリックを神学校から追い出させるんでしょうね」

「いいえ、私はセバスティアン神父に話しませんよ。あなたがた兄妹は自分たちをかなり厳しい状況に追い込みましたね。今話したことは絶対に秘密にしておいた方がいいでしょう、何もかも」

カレンはぶっきらぼうに言った。「分かったわ。喋りませんよ。喋るわけないじゃないの。それにロナルドのことや、大執事のことで私たちがやましく感じなくちゃならない理由はないと思うわ。私たちはクランプトンを殺してはいませんよ。でもあなたはそのチャンスがあれば、私たちの仕業だって考えるにちがいないって、私たち、思ったのよ。あの司祭たちは神聖冒すべからざる存在ですものね。私たちをいじめるのはやめて、司祭たちの動機でも調べてみたらどうなの。エリックが教会に行ったことを黙っていたけど、あれは大したことだとは思わなかった。大執事を殺したのは学生の誰かで、いずれ懺悔《ざんげ》するだろうって。あの人たちはそういうのが好きなんでしょ、懺悔が。私にやましく思わせようとしてもだめよ。私は冷酷な女じゃないし、無神経でもありません。ロナルドのことは気の毒に思うわよ。彼にウエハースを渡せって無理強いしたわけじゃない。ほしいと言って頼んで、結局彼はオーケーしたのよ。それに彼とセックスしたのは、ウエハースを手に入れるためじゃありません。そりゃあ、確かに、それもあったけど、全部じゃないわ。彼と寝たのは、可哀相だったからだし、退屈だったから。それに他の、あなたには分からないだろうし、分かっても認めっこない理由でだと思うわ」

もう言うことはなかった。彼女は恐れていたが、恥じてはいない。ダルグリッシュが何と言おうと、彼女がロナルド・トリーヴィスの死に責任を感じることはないだろう。

ダルグリッシュはトリーヴィスをあの異常な死に追いやった絶望を思った。トリーヴィスはばれるのではないかと常に怯え、自分のしたことの重大さに苦しめられながら聖アンセルムズ神学校に在学し続けるか、それともセバスティアン神父に告白して、父のもとに落伍者として戻るかの、厳しい選択を迫られた。セバスティアン神父は何と言い、どんな処置を取っただろうか。マーティン神父なら慈悲を示しただろうが、セバスティアン神父はどうだろう。だがたとえ慈悲が示されたとしても、トリーヴィスは保護監察の身で在学させてもらうという屈辱に耐えられただろうか。

　ダルグリッシュはようやくカレン・サーティーズを解放した。彼はカレンとその無神経さだけにとどまらない、もっと深く名状しがたいものに向けて、強い憐憫と怒りを感じた。だが、ダルグリッシュに怒りを感じる権利があるだろうか。カレンには彼女なりの倫理がある。聖別されたウエハースを見つけると約束したからには、ごまかすのはいけない。探訪ジャーナリストになったからには、本気で仕事に取り組み、だましてでも良心的に記事を書かなければいけない。二人の論理が出会う接点はないし、出会うはずもなかった。小麦粉と水でできた小さな円盤形のもののために自殺する人間がいるとは、彼女には考えられないことだった。彼女にはセックスは退屈からの解放、手ほどきをする快感、目新しい経験、手軽な快楽の交換程度のものでしかなかった。セックスをそれ以上に真剣に取れば、よくても嫉妬、要求、非難の応酬、混乱に陥るし、悪ければ口を砂で埋めて窒息死することになる。独身暮らしを続けるダルグリッシュ自身、たとえ相手の選択にもっと潔癖で、賢明だとしても、また他人の痛みにもっと敏感だとしても、心のつながりとセックス・ライフを分けてきたのではなかったか。彼はアルレッド卿に何と言おうかと考えた。おそらく事故死よりも死因不明の評決の方が妥当だっただろうが、不正行為はなかったとしか言わないだろう。だが不正行為はあった。

　ダルグリッシュはロナルドの秘密を守るつもりだった。若者は遺書を残さなかった。最後の瞬間、もう遅いとはいえ、彼が心変わりをしなかったとは言えない。もし父親に真実を知られるのが耐えられなくて死んだのなら、今真実を明かすのは、ダルグリッシュがすべきことではない。

彼は長く黙り込んでいたことに気づき、なぜ黙りこくっているのか、横に座るケイトが訝しがっているのを感じた。彼女が苛立ちをじっと抑えているのが分かった。

「よし。ようやく方向が定まったな。紛失したキーが見つかった。ということは、カインは神学校に戻って、使ったキーを返したわけだ。さて、今度は問題の茶色のマントを見つけよう」

ケイトがダルグリッシュの思いを反復するように言った。

「今も存在するといいですけど」

9

ダルグリッシュはピアースとロビンズを取調室に呼んで、新たに判明したことを伝えた。「マントは茶色のも黒いのも全部調べたんだろうね」

答えたのはケイトだった。「はい、調べました。トリーヴィスが亡くなったので、在校生は十九人になり、マントは十九枚になりました。十五人が校外に出ていて、母親の誕生日と結婚記念日のお祝いに帰宅した一人を除いて、全員がマントを持っていきました。したがって調べた時に更衣室にはマントが五枚あるはずで、その通りありました。どれも念を入れて調べましたし、司祭のマントも同様です」

「マントには名前が入っているんだろうか。私が最初に調べた時には、名前をチェックしなかった」

ピアースが答えた。「全部入っています。名前の入った衣類は、あれだけのようですね。サイズ以外はまったく同じだからでしょう。名前の入っていないマントは神学校にはありません」

被害者に襲いかかった犯人がその時にマントを着ていたかどうかは、今のところ不明だ。大執事が教会に着いた時、教会内に第三の人物、エリックの目にとまらなかった人物がいたという可能性も除外できない。だがマントを着た人物がいて、それが犯人だったとほぼ断定できると分かったことから、見たところきれいな五枚のマントを研究所に送って、微かな血痕、毛髪、繊維が付着しているかどうかを科学的に調べなければならない。だが、二十枚目のマントはどうだろうか。ロナルド・トリーヴィスの死後、彼の衣類が家族に返却するためにまとめられた時にマントが見落とされた可能性はないか。

ダルグリッシュはロンドン警視庁でアルレッド卿と話した時のことを思い返した。アルレッド卿の運転手が、もう一人の運転手と一緒にポルシェを取りに行き、衣類の包みも一緒にロンドンに持ち帰った。だがその包みにマントは入っていたのか。ダルグリッシュは記憶をまさぐった。スーツ、靴、それに法衣とは確かに言っていたが、茶色のマントと言っていただろうか。

彼はケイトに言った。「アルレッド卿と話したいので、電話をかけてくれないか。警視庁に来た時に、自宅の住所と電話番号の入った名刺を置いていった。ファイルの中に入っている。今自宅にいるとは思えないが、誰かいるだろう。私が緊急の用件でアルレッド卿と直《じか》に話があると言ってくれたまえ」

簡単にいくとは思っていなかった。アルレッド卿は電話で簡単に連絡が取れる相手ではないし、国内にいない可能性もある。だが運がよかった。自宅で電話を取った男はしぶしぶながらも緊急の電話ということを認めて、メイフェアにあるアルレッド卿のオフィスの電話番号を教えた。オフィスに電話すると、例によって有無を言わせない上流階級の声が応えた。アルレッド卿は会議中だった。ダルグリッシュが呼び出してほしいと言うと、お待ちいただけますか、四十五分以上お待ちいただくことはないでしょうと言う。ダルグリッシュは四十五秒も待てないと答えた。声は言った。「では、そのままでお待ちください」

一分足らずでアルレッド卿が出た。高飛車な太い声に不安の響きはなかったが、苛立ちを抑えているように聞こえた。「ダルグリッシュ警視長ですか。連絡があるものと思っていたが、まさか会議中とは。何か分かったのなら、後ほど聞かせてもらいたいですね。今度の聖アンセルムズ神学校の事件は、息子のことと関係があるんでしょうね」

「今のところそう思われる証拠はありません。事件の捜査が終わり次第、死因審問の評決に関して連絡を差し上げます。それまでは殺人事件が優先されます。ご子息の衣類についてお訊きしたかったのです。衣類はあなたのところに返されたとおっしゃったのを憶えています。衣類の包みが開かれた時に、そこにおられましたか」

「開かれた時にはその場にいなかったが、そのすぐあと見ましたよ。普通はそんなものに関心を持たないのだが、整理をした家政婦が相談があると言ってきた。私は衣類を慈善ショップのオックスファムに持って行けと指示したのだが、スーツが息子のサイズと同じだから、息子にやってもかまわないかと言うんですよ。それに法衣をどうすればいいかとも。オックスファムでは法衣はほしがらないだろうから、神学校に送り返すべきだろうかと言う。向こうはこっちに返してきたんだから、戻されても困るだろうと言ってやった。どうとでも好きなように処分するように言いましたよ。くずかごに捨てたんだと思いますね。それだけですか」

「では、マントは、茶色のマントはどうでしたか」

「マントはなかったですね」

「それは確かですか、アルレッド卿」

「いや、確かではありませんよ。包みを開けたのは私ではない。だがマントがあったのなら、メラーズさんはそう言って、どうしたらいいか訊いただろう。私の記憶では、メラーズさんは包みごと私のところに持ってきた。衣類はまだ茶色の紙に包まれていて、紐も半分巻きついていた。彼女がマントだけ別にしたとは思えない。これは、今しておられる捜査に関係のあることなんでしょうな」

「その通りです。ご協力を感謝します。お宅に電話をすれば、メラーズさんと連絡が取れるでしょうか」

声に苛立ちがにじんだ。「分かりませんね。使用人の行動を監視しているわけじゃない。住み込みだから、連絡が取れるんじゃないですか。それでは、警視長、これで」

ホランド・パークの家に再度電話をすると、また運がよかった。同じ男の声が応えたが、家政婦の部屋に電話を回してくれると言う。

ダルグリッシュがすでにアルレッド卿と話をし、卿の許しを得て電話していると聞いたメラーズ夫人はすぐに信用して、聖アンセルムズ神学校から返されたロナルドさまの衣類の小包を開けて、中に入っていた物のリストを作ったのは自分だとあっさり答えた。茶色のマントはなかった。夫人がスーツがほしいと言うと、アルレッド卿はかまわないと言ってくれた。残りの衣類は他の使用人の手でノッティング・ヒル・ゲイトのオックスファム・ショップに持って行かれた。法衣は処分した。生地がもったいないとは思ったが、あれを着たいと思う人はいないだろうと思ったのだと言う。

自信に溢れた声で知的な受け答えをし、理性的に思えた女性にしては意外にも、夫人は続けてこう言った。「あの法衣は遺骸のそばで見つかったのでしょう？ 私なら、着たいとは思いませんね。何だか不吉な感じがします。ボタンだけでも取っておこうかと思ってはみたんですが――役に立つかもしれませんからね――手を触れたくありませんでした。正直申しまして、くずかご行きになってほっとしました」

夫人に礼を述べて受話器を置いたダルグリッシュは言った。「ではマントはどうしたのか。今どこにあるのか。まず衣類をまとめて包んだ人間から話を聞こう。衣類の包装はジョン・ベタートン神父がしたと、マーティン神父が言っていた」

10

エマは図書室の石造りの大暖炉を前にして、二回目のゼミナールを開いていた。一回目と同様、周囲で薄気味悪いほど静かに進められる捜査活動から少人数の学生の思いをそらせられるとは思わなかった。セバスティアン神父が予定していた教会の再開と再聖別の礼拝を、ダルグリッシュ警視長はまだ許可していない。鑑識班は誰かがロンドンから持ってきたらしい小型ワゴン車で早朝やって来て、まだ捜索を続けている。気味悪げなワゴン車はペリグリン神父の苦情にもかかわらず正面玄関の外に止めてあった。ダルグリッシュ警視長と二人の警部は相変わらず謎めいた捜査を進めていて、聖マタイのコテイジには夜遅くまで明かりがついていた。

学生たちはセバスティアン神父から殺人事件について話すことを禁じられていた。神父の言葉によれば、事件について話し合うことは〝事実に基づくことなく憶測で噂話をすることにより、悪に加担し、苦痛を倍加させる〟行為だった。セバスティアン神父自身、禁止が守られると考えていたとはとても思えないし、エマには禁止したことがはたしてよかったのか、分からなかった。憶測と言っても相手かまわずに延々と喋るわけではなく、時折口をついて出るたぐいの控え目なものだが、禁止されれば、重苦しい不安と緊張に罪悪感を付け加えるばかりだ。むしろ大っぴらに話し合った方がいいのではないか、とエマは思った。ラファエルが言ったように〝校内に警察がいるというのは、ネズミが巣くっているようなものさ。姿は見えず、音も聞こえなくたって、やつらがいるのはちゃんと分かる〟のだ。ベタートン嬢が死んでもほとんど憂苦を増すことにはならなかった。すでに恐怖で麻痺した神経が、前より柔らかな第二打を受けたにすぎない。事故死という見方を受け入れた神学校の人々は、大執事が殺された恐ろしい事件とそれとを切り離して考えようとした。神学生たちがベタートン嬢を見かけることはめったになかったから、彼女の死を心から悼んでいるのはラファエル一人だった。だがそのラファエルも、昨日から一種の平衡感覚のようなものを会得したようだった。自分一人の世界に引きこもるでなく、辛らつな言葉で感情を爆発させるでなく、危ういながらもバランスをとっていた。エマは岬で話して以来、彼と二人きりになっていない。彼女としてはうれしかった。ラファエルは一緒にいて気楽な相手ではなかった。

　三階の奥にゼミナール室があったが、エマは図書室を使うことにした。参考書が手近にあって便利だと自分で自分に理由付けをしたが、それほど理性的でない理由で部屋を選んだことは分かっていた。ゼミナール室は狭くはないのだが、窮屈な雰囲気だった。警察の存在が恐ろしいとはいえ、三階の部屋にこもるよりも、遠ざからずに本館の真中で実際に音を聞いていた方が、その動きを想像するよりも耐えられるように思えた。

　昨夜エマは眠った。ぐっすり眠った。客用施設に安全錠がつけられて、キーがそれぞれに渡された。窓が不安をかきたてる教会の隣でなく、ジェロームで眠れるのがありがたかった。部屋の交換を話題にしたのは、ヘンリー・ブロクサム一人だった。エマは彼がスティーヴンにこう言っているのを耳にした。「ダルグリッシュは教会の隣にいたいものだから、部屋を替わってもらったらしいぜ。何を考えているんだか。犯人が犯行現場に戻るとでも思ってるのかな。窓から夜っぴて監視しているんだろうか」エマにそのことを言う者は一人もいなかった。

　聖アンセルムズ神学校に講義に来ると、時折時間のある司祭が許可を求めた上でゼミナールに参加することがある。発言することはないし、エマも彼らに評定されているような感じはしなかった。今日は神学生四人に、ジョン・ベタートン神父が加わった。図書室の向こう端のデスクでは、ペリグリン神父がいつものようにエマたちの存在に影響される様子もなく、静かに仕事をしている。暖を取るためというより、快適さを増すために暖炉に小さな火が入り、それを囲むようにして全員が低い椅子に座っていた。ピーター・バックハーストだけが背もたれの高い椅子を選んで、背筋を伸ばして静かに座り、まるで点字を読むようにテキストの上に青白い手を置いていた。

今学期エマはジョージ・ハーバートの詩を読み、討論することにしていた。今日は慣れた楽な詩を選ばずに、難解な『クィディティー』にした。ヘンリーが今最後の一節を朗読したところだった。

それは職業でも、美術でも、ニュースでもない
証券取引所でも、賑やかなホールでもない
だが私がそれを使えば、
私は汝と共にあり、最良の手がすべてを取る

沈黙があって、やがてスティーヴン・モービーが質問した。「〝クィディティー〟って、何ですか」

エマは答えた。「物事の本質、エッセンスのことです」

「それから最後の行の〝私は汝と共にあり、最良の手がすべてを取る〟はどういうことでしょう？　ミスプリントみたいに聞こえますけど、そうじゃないんですね」

ラファエルが言った。「僕の持っている本の注に、これはカード・ゲームに関した表現だとありました。勝者がすべてを取る。だからハーバートは詩を書く時には、神の手、勝者の手をわがものにしていると言っているんだと思います」

エマは言った。「ハーバートはゲームに関した語呂合せが好きですね。『教会のポーチ』もそうだったでしょう？　いい手を得るために手持ちのカードを捨てるといったゲームに関係があるのかもしれませんね。ハーバートが自分の詩について語っている、その点を忘れてはいけません。彼は詩を書いている時、神と共にいるので、すべてを手中にする。当時の読者には、彼の頭にどんなカード・ゲームがあったのか分かったのでしょう」

ヘンリーが言った。「僕も知りたいですね。どんなゲームなのか調べてみたらどうでしょう。難しいことじゃないと思いますよ」

ラファエルが反対した。「でもそんなのは意味がないことだよ。僕にとって詩は祭壇と静寂に導いてくれるもので

あって、参考図書やカードに導いてもらいたくはないな」

「確かにそうだな。これはいかにもハーバートらしいと言えませんか。世俗的で、軽薄でいながら、信心深げで。でも、やっぱり知りたいな」

エマは本に目を落としていたので、四人の学生がいっせいに立ち上がった時、図書室に人が入ってきたことしか気づかなかった。戸口にダルグリッシュ警視長が立っていた。ゼミナールを中断させて気にしている様子は見られなかった。エマに謝ったものの、口先の謝罪にしか聞こえなかった。

「すみません。図書室をお使いだとは知りませんでした。ジョン・ベタートン神父にお話があって、ここにおられると聞いたものですから」

ジョン神父はちょっとまごつきながら、低い革の椅子から立とうとしていた。エマは顔が赤らむのが分かったが、赤くなったのは隠しようがなかったから、あえてダルグリッシュの笑みを含まない黒い目を見つめた。彼女は立ちあがらなかった。法衣をまとったボディーガードが無言で侵入者に立ち向かおうとするかのように、四人の神学生が自分の椅子に近寄ったように、彼女には思えた。

ラファエルの皮肉っぽい声が、いやに大きく響いた。

「詩神アポロの歌の後に冥府への案内人マーキュリーの言葉を聞くと、何やら耳障りですね。詩人刑事のご到来とは、おあつらえ向きではありませんか。僕たちは今ジョージ・ハーバートに取り組んでいたところです。ご一緒にどうですか、警視長さん、専門知識をぜひご披露ください」

ダルグリッシュはラファエルを数秒黙って見つめてから、言った。「必要な専門知識なら、ラヴェンナム先生がすべてお持ちですよ。神父、行きましょうか」

ドアが閉まり、四人の神学生は座った。エマにとって今の出来事は話された言葉、交わされた視線以上に重要な意味を持った。警視長はラファエルを嫌っている。ダルグリッシュは仕事に私情を持ち込む男には思えなかった。今も当然そんなことはしないだろう。だが微かに見え隠れした反感は自分の読み違えではないと、エマは心の中で頷いた。だが、そう思って一瞬うれしく感じられたのが、それにもまして奇妙なことだった。

11

ジョン・ベタートン神父は横を歩くダルグリッシュの歩幅に合わせて、従順な子供のように短い足をちょこちょこ動かし、ホールを横切って正面玄関を出た。黒いマントの下で手を組み合わせて、コティジめざして本館の南側を回る神父は、不安を感じているというより当惑しているような様子だった。ダルグリッシュは神父が事情聴取にどう反応するだろうかと考えた。彼の経験では、逮捕歴のある人はその後警察に対して平静な態度を取れなくなる。ベタートン神父にとってたとえようもなくショッキングな経験だったにちがいない裁判と服役の影響が尾を引いて、事情聴取に耐えられないのではないかと心配になった。ケイトから指紋採取に対する嫌悪感をストイックに抑えていた神父の様子を聞かされていた。とはいえ容疑者にされそうな人たちは、自分を識別するものを公式に窃取される指紋採取を喜ばないのが普通だ。それを除けばジョン神父は神学校内の他の人々に比べて、殺人事件にも姉の死にも影響を受けていないように見受けられた。人生は所有するものでなく、耐えるものと考え、その人生を途方に暮れたようにじっと受け入れる表情を常に浮かべて、崩さなかった。

　取調室に入った神父は試練を予想している様子を見せずに、椅子の端に腰をかけた。ダルグリッシュは質問した。

「神父、ロナルド・トリーヴィスの衣類を親元に返却する際に、まとめて包んだのはあなたですか」

　戸惑っていると思われたが、今それに代わって後ろめたそうに顔を赤らめたのがはっきり分かった。「あのう、馬鹿なことをしてしまったんでしょうね、きっと。マントのことをお訊きになりたいのでしょう?」

「マントを送り返されましたか」

「いえ、そうではないのです。送り返さなかったのです。ちょっと説明が難しくて」神父はいよいよ戸惑いの表情を強くして、ケイトの方を見た。「もう一人の方、タラント警部がここにおられるんだったら、言いやすいのですが。その、何とも口にしにくいことなのです」

　いつもならダルグリッシュはそんな要求には応じないのだが、事情が事情だった。「ミスキン警部は警察官として口にしにくいことを聞くのに慣れていますよ。ですが、神父がその方がいいと言われるなら……」

「ええ、その方が、本当に。ぜひお願いします。愚かなことを言っているのは分かっていますが、その方が話しやすいのです」

　ダルグリッシュがケイトに向かって頷き、ケイトは部屋を出た。ピアースは二階でパソコンに向かっていた。

「ベタートン神父が私の女らしく、慎み深い耳にふさわしくないことを話したいんですって。ADがあなたをお呼びよ。トリーヴィスのマントはパパのところに送り返されなかったようだわ。それなら、どうしてそうと前に言ってくれなかったのかしら。ここの人たちって、どうかしているんじゃないの」

「どうもしてないさ。警官のような考え方をしないだけのことだよ」

「私が今までに会った人たちとは、明らかに違う考え方をするわね。昔ながらの悪党が恋しくなるわ」

ピアースは椅子をケイトに譲って、取調室に降りて行った。

ダルグリッシュが訊いた。「では、神父、何があったのか話してください」

「セバスティアン神父からお聞きになったと思いますが、神父から衣類をまとめるように言われました。職員の誰かにやってもらうのは、よくないと神父は——いや、セバスティアン神父ばかりではありませんが、そう思われたのです。亡くなった方の衣類というのは、私的なものですから。いつやっても、つらい仕事です。私はロナルドの部屋に行って、持ち物をまとめました。もちろん多くはありませんでした。学生は持ち物や衣類を必要なものだけに限って、多くを持たないように言われています。持ち物をまとめて、マントを畳んだ時に、気がついたのです……」神父は言いよどんでから、また続けた。「その、内側にしみがあるのに気がついたんです」

「どんなしみでしたか」

「明らかに、あのう、マントの上に寝て、性行為をした跡でした」

ピアースが訊いた。「精液だったんですね」

「はい、その通りです。かなり大きなしみでした。そんなマントを父親のもとに送り返したくありませんでした。ロナルドは送り返してほしいとは思わなかったでしょう。ロナルドが聖アンセルムズ神学校に入るのに、聖職者になることに、アルレッド卿が反対していたことは知っています。皆知っていることです。アルレッド卿がマントを見たら、神学校にとって困ったことになるかもしれません」

「性的なスキャンダルということですか」

「はい、その種のことです。それにロナルドにとって屈辱的なことだったでしょう。はっきりと考えたわけではありませんが、ただマントをそんな状態で返すのはよくないような気がしました」

「どうして洗濯しようとなさらなかったのですか」

「ええ、それは考えました。ただそう簡単にはいかないのです。姉にマントを持っているのを見られて、何をしているのかと訊かれるのではないかと心配でした。それに私は洗濯が得意ではないのです。洗濯をしているところを見られたくありません。私たちの部屋は小さくて、プライバシーはほとんどありません……でした。それで、そのことはひとまずおいておくことにしました。間の抜けたことだとは思います。でもアルレッド卿の運転手に渡す包みを作らなければならなかった。だから後で何とかしようと考えたのです。それに問題がもう一つありました。神学校の人たちに知られたくありませんでした。セバスティアン神父に知られたくなかったのです。実は私は相手が誰か知っていたんです。ロナルドと寝た女性を知っていました」

ピアースが言った。「では女性だったんですか」

「ええ、そうです、女性です。このことは内密にしていただけますね」

ダルグリッシュは言った。「大執事が殺されたことと関係がなければ、われわれ以外の人間が知る必要はないでしょう。でも助け舟を出しましょうか。その相手というのは、カレン・サーティーズではありませんか」

ベタートン神父の顔にほっとした表情が浮かんだ。「その通りです。そう、そうなんです。カレンです。私はバードウォッチングが好きで、双眼鏡で鳥を見ます。シダの繁みで一緒にいるのを見ました。もちろん誰にも言いませんでした。その種のことはセバスティアン神父が見過ごしにできないことなのです。それにエリック・サーティーズのこともあります。彼はいい人で、私たちや豚と一緒に暮らせるここの生活に満足しています。それをめちゃめちゃにするようなことは何も言いたくなかった。私にはそんなに大変なことに思えなかったのです。二人が愛し合っているなら、一緒にいて幸せなら……。でも二人の間がどうだったかは、もちろん私には分かりません。何も知らないのです。でも残酷な行為や、思いあがり、利己主義が始終見過ごしにされることを考えたら、ロナルドがしたことが特にひどいことには思えなかったのです。彼はここで必ずしも幸せではありませんでした。どういうわけか、しっくり馴染めなかったんですね。家でも幸せではなかったのだと思います。だから自分に同情と思いやりを見せてくれる人がほしかったのでしょう。他人の生活というのは謎に満ちていると思いませんか。判断を下してはいけないのです。生きている人に対するのと同じように、死者に対しても同情と理解を示さなければいけないのです。ですからそのことについては祈って、何も言わないことにしました。ただマントの問題だけが残りました」

「神父、そのマントをすぐにも見つけなければなりません。どうしたのですか」

「できるだけきっちり巻いて、自分の洋服ダンスの奥に押し込んでおきました。子供じみて聞こえるでしょうけど、その時はそれが適切なやり方に思えたのです。特に急を要することにも思えませんでした。でも日がたつにつれて、ますますどうしようもなくなってきて。それで土曜日に何とかしなければならないと思ったんです。姉が散歩に出かけたのを見計らって、お湯で濡らしたハンカチに石鹸をつけ、しみをこすって何とかマントをきれいにしたのです。タオルでよく拭いて、ガスの火で乾かしました。そして考えたのです。ロナルドが死んだことを皆が思い出さないように名札を取ってしまえばいいのだと。そして下に持っていって、更衣室のフックにかけました。そうしておけば、神学生の誰かがマントを忘れた時に着ることができます。後でセバスティアン神父にマントは他の衣類と一緒に送り返さなかったことを、理由を説明せずに話して、更衣室に掛けておいたと言うことにしました。神父は私が不注意で包むのを忘れたと思われるでしょう。それが一番いい方法に思えました」

ダルグリッシュは証人を急《せ》きたてると、ろくなことにならないのを経験からよく知っていた。彼はどうにか苛立ちを抑えた。「それで、神父、マントは今どこにあるのですか」

「私が掛けたフックに今も掛かっているんじゃないですか。一番右端のフックに。土曜日の終禱の直前に掛けました。今もあそこにあるんじゃありませんか？　あなた方が更衣室のドアに鍵をかけたので、確認はできませんでしたが。

と言っても確認しようなんて思いもつきませんでした」

「掛けたのは、正確に言っていつのことですか」

「今言ったように終禱の直前です。私が教会に行った時、まだほとんど人が来ていませんでした。終禱に出た人はごく少数でしたね。学生の大多数が出払っていましたから。彼らのマントが並んで掛かっていました。数えたりはしませんでしたよ。ロナルドのをさっき言ったところ、一番端のフックに掛けただけです」

「神父、そのマントを持っている間にご自分で着たことはありますか」

　ベタートン神父の戸惑った目がダルグリッシュの目をのぞき込んだ。「え、いいえ、そんなことはしませんよ。私たちは黒いマントを持っていますから。ロナルドのを着る必要はありません」

「学生たちは普通自分のを着るのですか、それとも共同で使うものなのですか」

「皆自分のを着ますよ。時には混乱することもありますが、昨日の夜はそんなことはありませんでした。神学生は真冬でないかぎり終禱にマントを着て行きません。教会に行くには北回廊をちょっと歩くだけですから。それにロナルドは自分のマントを誰にも貸さなかったと思いますよ。持ち物にはとてもうるさい方でした」

「神父、どうしてそのことをもっと前に話してくださらなかったのですか」

　ジョン神父の困惑したような目がダルグリッシュの目をのぞきこんだ。「あなたがお訊きにならなかったので」

「しかし私たちがマントと衣類の血痕の有無を調べた際に、紛失した衣類についても調べる必要があるのではないかと思いませんでしたか」

　ジョン神父はあっさり答えた。「いいえ。だって、あのマントは紛失してはいなかったでしょう？　他のマントと一緒に更衣室のフックに掛かっていましたよ」ダルグリッシュは待った。ジョン神父の軽い当惑は不安に深まった。視線をダルグリッシュからピアースに移したが、二人の表情は神父の不安を消しはしなかった。「あなた方の捜査の細かいこと、何をしているのだろうかとか、そういうことが何を意味するのかとか、そういうことについては考えもしませんでした。考えたくなかったし、私には関係のないことに思えました。訊かれたことに正直に答えただけです」

申し開きとしては充分だと、ダルグリッシュも認めるしかなかった。ジョン神父がマントを重要と考えるわけがない。警察のやり方に詳しい者、好奇心や関心のある者なら、たとえ特に役立つとは思えなくても、情報を提供しただろう。ジョン神父はそのどれにも当てはまらないし、たとえ話すことを思いついたとしても、ロナルド・トリーヴィスの哀れな秘密を守る方が、神父には重要に思えただろう。

神父はすまなそうに言った。「すみません。私のせいで事が面倒になってしまいましたか。重要なことなのでしょうか」

何と言えば、正直に答えられるだろうかと、ダルグリッシュは考えた。「重要なのは、いつマントを端のフックに掛けたかです。終禱の直前というのは確かですか」

「ええ、それは確かです。九時十五分頃じゃなかったでしょうか。私はいつも終禱には早目に行きます。礼拝が終わった時にセバスティアン神父にそのことを話すつもりだったのですが、神父は急いで戻ってしまわれたので、話す機会がありませんでした。そして翌朝、殺人があったと聞かされた時には、セバスティアン神父を煩わせるには、いかにもささいなことに思えたのです」

「神父、ご協力に感謝します。今話していただいたことは重要なことです。ですが、今の話を口外しないでいただくことの方がもっと重要になります。今ここで話してくださったことを誰にもおっしゃらないでいただけると助かります」

「セバスティアン神父にもですか」

「誰にもです。捜査が終われば、セバスティアン神父にお好きなようにお話しになってかまいません。今のところはロナルド・トリーヴィスのマントが校内のどこかにあるということを、ここの人たちに知られたくないのです」

「どこかではないでしょう？」誠実な目がダルグリッシュの目を見つめた。「今もフックに掛かっているんじゃありませんか」

「今は掛かっていないのですよ、神父。でもわれわれが見つけます」

　ダルグリッシュは神父をそっとドアの方に導いた。司祭は急に混乱して不安がる老人のようになっていた。だがドアの前で力を奮い起こして、言った。

「もちろん今日の話を人に喋るようなことはしません。あなたが喋らないでほしいとおっしゃった。ですから喋りません。私もあなたにロナルド・トリーヴィスとカレンの関係について何もおっしゃらないようにお願いしたいのですが」

「クランプトン大執事の事件と関係があれば、公にせざるを得ません。殺人事件とはそういうものです、神父。人が殺された場合には、秘密にされることはほとんどありません。ですが、公にされるのは、その必要がある場合に限られます」

　ダルグリッシュはマントのことを口外しないように改めて念を押して、神父を解放した。聖アンセルムズ神学校の司祭と神学生を相手にしていると、一つ利点があると、彼は思った。一度約束すれば守ってもらえると考えて、まず間違いない。

12

五分たらず後、聖マタイのコティジに鑑識班を含むチーム全員が集まった。ダルグリッシュは新しい展開を説明した。「というわけで、捜索を開始する。その前に三組のキーについてはっきり確認しておいた方がいいだろう。犯行後、紛失したキーは一組だけだった。夜の間にサーティーズが一組持ち出して、返却しなかった。その一組は豚小屋から回収した。ということは、カインはもう一組のキーを持ち出し、犯行後に戻したにちがいない。もしマントを着ていた人物がカインとすれば、マントは校内外を問わず、どこに隠してあってもおかしくない。簡単に隠せるものではないが、隠そうと思えば岬と海岸全域が隠し場所になるし、時間は真夜中から五時半までたっぷりあった。燃やされた可能性もある。岬には溝がたくさんあり、溝で火を燃やせば、戸外にいる人の目にもとまらないだろう。灯油とマッチがあれば、事はすむ」

ピアースが言った。「私だったら、こうしていたと思いますね。豚に食べさせるんです。あいつらは何でも食べます。特に血がついているものは。その場合襟の後ろについている小さな真鍮の鎖以外はまず残っていないでしょうね」

「それならその鎖を見つけるんだ。君とロビンズは聖ヨハネのコティジから始めてくれ。セバスティアン神父からどこに入ってもいいという許可を得ているので、令状の必要はない。コティジの住人が捜索に応じない場合には、令状を取る必要が出てくるかもしれない。われわれが探しているものが何か絶対に知られないように。神学生たちは今どこにいるか、誰か知らないか」

ケイトが答えた。「二階の講義室だと思います。セバスティアン神父の神学のゼミナールに出ています」

「それなら邪魔をされることもないな。クラークさん、あなたのチームは岬と海岸を担当してください。カインが嵐をついてマントを海に捨てに行ったとは思えないが、岬に隠す場所はいくらでもあります。ケイトと私は本館を探す」

チームは散会し、鑑識班は海の方向に、ピアースとロビンズは聖ヨハネのコテイジに向かった。ダルグリッシュとケイトは鉄門を通って西の中庭に入った。北回廊にもう枯葉はなかった。鑑識班が丹念に調べた結果、ラファエルの部屋の床にまだ青い葉のついた小枝が落ちていた以外に、めぼしい発見はなかった。

ダルグリッシュは更衣室の鍵を開けた。むっとこもった臭いがした。五枚のフードつきのマントが何十年もそこにぶら下がっているように、だらりと哀れな格好でフックに掛かっていた。ダルグリッシュは捜索用の手袋をはめて、マントのフードを一枚一枚引っくり返した。名前が入っていた。モービー、アーバスノット、バックハースト、ブロクサム、マコーリー。二人は洗濯室に移った。二つの高窓の下に合成樹脂の化粧板を張ったテーブルがあり、その下にプラスチックの洗濯物入れが四個置かれていた。左に両側に木製水切り台のついた深い陶製シンクと乾燥機があった。四台の大型洗濯機は右側だった。どの蓋も閉まっている。

ケイトが戸口に立ち、ダルグリッシュが手前の三台の蓋を開けた。四台目にかがみ込んだ彼の身体が強張るのを見て、ケイトはそばに行った。厚いガラスの向こうにぼやけて見えるものが、茶色の毛織物と分かった。マントが見つかった。

洗濯機の上に白い葉書がのっていた。ケイトはそれを取って、黙ってダルグリッシュに渡した。几帳面な黒い文字でこうあった。〝前庭は駐車禁止です。この車を建物の裏に移動させるようにお願いします。ＰＧ〟

ダルグリッシュが言った。「ペリグリン神父だな。彼が洗濯機のスイッチを切ったらしい。中には水が三インチほどしか入っていない」

「血で汚れていますか」と、ケイトが言い、かがんで、のぞき込んだ。

「何とも言えないが、研究所は照合に大した量を必要としないだろう。ピアースと鑑識班に電話をしてくれないか、ケイト。捜索はこれまでだ。この蓋を取り払って、水を抜き取り、マントを研究所に送ってほしい。それから聖アンセルムズ神学校の全員の毛髪サンプルが必要だ。ペリグリン神父に感謝しなくてはいけないな。このサイズの洗濯機で洗われたら、血痕にしろ、繊維、毛髪にしろ、役に立つものがはたして残ったかどうか。ピアースと私が神父から話を聞こう」

「カインは大変な危険を冒したんですね。ここに戻ってきただけでも、正気とは思えないのに、洗濯機を回すなんて。このマントがこれまで私たちの目にとまらなかったのは、まったくの偶然だったんです」

「われわれが見つけるかどうかは気にしなかったんだよ。見つかるのを望んでいたのかもしれない。大事なのは、マントが自分に結びつかないことだけだ」

「でもペリグリン神父が目を覚まして、洗濯機を切る恐れがあることを知っていたはずですよ」

「いや、カインは知らなかった。ここの洗濯機を使ったことがなかったからだ。マンロー夫人の日記を覚えていないか。ジョージ・グレゴリーは洗濯をルビー・ピルビームにしてもらっていた」

　図書室の西の端に置かれた机に向かうペリグリン神父は、本の山の陰に隠れるようにして座っていた。図書室には彼一人だった。

　ダルグリッシュは声をかけた。「神父、事件のあった夜に洗濯機のスイッチを切りませんでしたか」

　頭を上げたペリグリン神父が、入ってきたのが誰か分かるまで数秒かかった。「失礼しました。ダルグリッシュ警視長ですね。何のお話でしょうか」

「土曜日の夜のことです。クランプトン大執事が殺された夜です。あなたが洗濯室に行って、洗濯機のスイッチを切ったかどうかお訊きしているのです」

「私が？」

　ダルグリッシュは葉書を差し出した。「これは神父が書かれたものですね。あなたの頭文字だし、筆跡があなたのものです」

「ええ、確かに私の筆跡です。おや、カードを間違ったようだ」

「洗濯機の上に置くべきカードには何と書いてあるのですか」

「神学生は終禱後に洗濯機を使用してはならないと書いてあります。私は早くに就寝して、眠りが浅いのですよ。洗濯機が古いために、回り始めると音がとてつもなく大きいのです。洗濯機自体というより、水道の方に欠陥があるらしいのだが、原因は問題ではありません。神学生は終禱後は静かにしていなければいけないのです。個人の衣類の洗濯をするのにふさわしい時間ではありません」

「では、神父、洗濯機が回っている音を聞いたのですか。このメモを洗濯機の上に置いたのですね」

「置いたんでしょうね、きっと。しかしその時は半分眠っていたものだから、記憶から抜け落ちたんでしょう」

ピアースが言った。「記憶から抜け落ちるなんてことがありますか、神父。そんなに眠たかったら、カードとペンを見つけて、メモを書くことはとても無理でしょう」

「いや、警部、今説明したでしょう。これは別のカードなんです。すでに書いてあるカードを何枚も用意してあります。ご覧になりたければ、私の部屋にありますよ」

二人は神父の後ろからドアを通って独居房のような部屋に入った。本のびっしり詰まった書棚の上に、カードが五、六枚入ったボール箱がのっていた。ダルグリッシュはカードをぱらぱらと見た。〝この机は私専用です。神学生はこの上に本を置かないでください〟〝本を棚に戻す際、元通りの正しい順序に並べてください〟〝終禱後、洗濯機を使用してはいけません。今後は十時以降に動いている洗濯機はすべて止めます〟〝この掲示板は公的な掲示専用で、神学生の些事の交換の場ではありません〟どれにもＰＧと頭文字が入っていた。

ペリグリン神父は言った。「とても眠たかったようですね。別のカードを取ったんです」

ダルグリッシュは言った。「あなたは夜の間に洗濯機が回りだした音を聞き、止めに行かれた。ミスキン警部から事情聴取を受けた時に、そのことが重要な意味を持つとは思われませんでしたか」

「あの若い女性は建物を人が出入りする音を聞かなかったか、あるいは私自身が外に出なかったかと訊きました。言葉通りに憶えていますよ。質問に答える時には正確に答えなければいけないともおっしゃった。おっしゃる通りにしました。いいえと答えたのです。洗濯機については何も言われませんでした」

「洗濯機の蓋はどれも閉まっていましたが、使用されていない洗濯機の蓋は普通開けておくものです。蓋を閉めたのは、神父、あなたですか」

ペリグリン神父は得々とした表情で答えた。「記憶にないですが、きっとそうでしょう。当然じゃありませんか。蓋はきちんと閉めるものですよ。開けっ放しは嫌いですね。開けておかなければならない理由がないでしょう」

ペリグリン神父の意識は机と仕事の方に向いているようだった。彼は図書室に戻り、二人もその後に従った。神父は質問がすでに終わったかのように再び机に落ち着いた。ダルグリッシュは可能なかぎり迫力を込めて言った。

「神父、あなたは犯人逮捕に協力する気がおありですか」

ペリグリン神父は目の前に立つダルグリッシュの六フィート二インチの長身にまったく動じない様子で、彼の質問を非難と取らず、提案として考えているようだった。「もちろん犯人は逮捕されなければいけませんが、あなたに協力する力が私にあるとはとても思えませんね。私は警察の捜査に関してはまったく経験がありません。セバスティアン神父かジョン神父に頼んだらどうですか。あの二人は探偵小説をよく読んでいるから、そういうことに対する洞察力を持っているんじゃないかな。一度セバスティアン神父が一冊貸してくれました。ハモンド・イネスの作品だったと思います。私には巧妙すぎる感じがしましたね」

ピアースが黙って天を仰ぎ、この話にならない状況に背を向けた。ペリグリン神父は本に視線を落としたが、すぐになにやら思いついた様子でまた目を上げた。

「ちょっと考えたんですけどね。その犯人とやらは人を殺した後に、当然逃げなければならなかった。彼は逃走用の車を西門に用意しておいたんでしょう。そういう言葉を聞いたことがあります。そんな時に衣類の洗濯をするなんて信じられませんよ、警視長。洗濯機は燻製ニシン《キパー》、つまり攪乱戦法ですね」

ピアースがつぶやいた。「燻製ニシン《レッド・ヘリング》のことでしょう」

そしてもう耐えられないと言うように、机から離れた。

ペリグリン神父は言った。「キパーでも、レッド・ヘリングでも、意味は同じですよ。言うまでもなく燻製ニシンは、ここの海岸では長い間主要な蛋白源でした。面白い言葉ですよね。語源は古英語のキペラから変化した中期英語のキプルにあります。その言葉をレッド・ヘリングの代わりに使わないなんて、驚きですよ。捜査がキパーされたと言ったっていいじゃないですか。関係のない、紛らわしい情報で、捜査の成功が危うくなった時なんかにね」神父はちょっと間を置いてから、付け加えた。「私のメモみたいな」

ダルグリッシュは訊いた。「では、部屋を出られた時に何も見ず、物音も聞かれなかったのですね」

「警視長、今説明したでしょう。私は部屋を出た記憶がありません。だが、私のメモという証拠と、洗濯機が止められていたという事実は疑いようがない。もし誰かが私の部屋に入って、カードを取ろうとしたら、私も気づいたでしょうがね。この程度しか協力できなくて、申しわけありません」

ペリグリン神父は再び本に注意を戻し、ダルグリッシュとピアースは部屋を出た。

図書室の外でピアースが言った。「信じられませんよ。あの人は頭がどうかしています。あれで大学院生を教える資格があるんですか！」

「資格どころか、素晴らしい教師と聞いている。私には信じられるね。目を覚ますと、大嫌いな音がしている。彼は半分眠った状態でベッドを出て、いつものメモと思うカードをつかんだ。そしてまたベッドに戻った。信じがたいのは、彼が聖アンセルムズ神学校の人間が犯人だということを一瞬たりとも信じていないことだよ。頭の中でその可能性すら認めていない。ジョン神父と茶色のマントと同じだな。どちらもわれわれの捜査を妨害しようとしているのではない。わざと非協力的な態度を取っているのではない。二人とも警官とは違った考え方をして、われわれの質問が見当はずれに思えるんだろうな。聖アンセルムズ神学校の人間の仕業という可能性すら受け入れようとしない」

「だとすると、二人とも大変なショックを受けることになりますね。セバスティアン神父やマーティン神父はどうなんでしょう」

「二人は遺体を見たじゃないか、ピアース。二人ともどこで、どのように事件が起きたか知っている。問題は二人が誰の仕業か知っているかどうかだな」

13

洗濯室で水の滴るマントがそっと持ち上げられて、ビニール袋に納められた。心なしかピンク色に染まって見える水も、壜に採取されてラベルが貼られた。クラーク・チームの二人の鑑識官が洗濯機の指紋採取を行なった。ダルグリッシュには意味のない作業に思えた。グレゴリーは教会ではめていた手袋を、コティジに戻る前に脱いだとは思えない。だがしなければならない作業だった。弁護人は捜査の確かさに疑問をさしはさむチャンスをうかがうだろう。

ダルグリッシュは言った。「これでグレゴリーが第一容疑者であることが確実になった。もっとも結婚のことが判明した時から、そうであることは分かっていたが。ところで彼はどこにいるんだろう。分かるか」

ケイトが答えた。「今朝ノリッジに出かけました。ピルビームさんの奥さんに午後半ばに戻ると言ったそうです。彼のコティジの掃除は奥さんがしています。今朝コティジに奥さんがいました」

「戻り次第、事情聴取をしよう。今回は警察および刑事証拠法に基づいて記録を取りたい。二つのことが肝心だ。トリーヴィスのマントが神学校にあったことと、洗濯機が止められたことの二点を彼に知られてはならない。ピアース、ジョン神父とペリグリン神父にもう一度念を押してきてくれないか。上手に話すのだぞ。ペリグリン神父にこっちの言いたいことをはっきり分からせるように」

ピアースは出て行った。ケイトが言った。「北回廊側のドアを開けたので、学生は洗濯室を使ってもかまわないと、セバスティアン神父から言ってもらうわけにいきませんか。グレゴリーがマントを取りに来るかどうか見張るのです。私たちが見つけたかどうか調べに来るんじゃありませんか」

「うまい手だな、ケイト。だが、何の証明にもならない。あの男は罠にはまらないだろう。来るとしても、洗濯物を持ってくるだろうな。だが、来るとは思えない。マントが発見されるのは予定の内だった。この事件が内部の犯行であることをわれわれに納得させる、もう一つの証拠になる。犯行の夜に彼がそれを着たと証明できないようにする、それだけが彼の関心事だ。普通ならグレゴリーは安全圏にいた。サーティーズが土曜日の夜に教会に行ったのは、彼にとっては不運だった。サーティーズの証言がなければ、犯人がマントを着ていたという証拠はなかった。洗濯機が止められたのも、運が悪かった。洗濯がすんでいれば、どんな証拠もほとんど洗い流されていたにちがいない」

「グレゴリーは以前トリーヴィスからマントを借りたことがあると言うかもしれません」

「だがそれはありえないことだったんじゃないかな。トリーヴィスは自分の持ち物にうるさかった。彼がマントを人に貸したとは思えない。だが、君の言う通りだ。多分そう説明しようとするだろう」

ピアースが戻ってきた。「ジョン神父はペリグリン神父と一緒に図書室にいました。二人ともこちらの意図を分かってくれたと思います。ですが、グレゴリーが帰ってくるのを待ち構えて、戻ったところで事情聴取を始めた方がいいでしょう」

ケイトが訊いた。「弁護士を要求した場合は？」

ダルグリッシュは答えた。「その場合は、弁護士が来るまで待つしかないな」

だがグレゴリーは弁護士の同席を求めなかった。一時間後、彼は取調室のテーブルに向かって平然とした表情で座った。

彼は言った。「弁護士を雇わなくても、自分の権利は分かっていますし、あなた方がどこまでできるかも知っているつもりです。優秀な弁護士を雇う余裕はないし、私に雇える弁護士は役に立ちません。私の事務弁護士は遺言書を作る分には申し分ないが、今の場合はわれわれ全員にとって足手まといになるだけですよ。私はクランプトンを殺してはいない。暴力に我慢がならないだけでなく、私には彼の死を望む理由がありません」

ダルグリッシュは質問をケイトとピアースに任せることにしていた。二人がグレゴリーの向かいに座り、ダルグリッシュは東に面した窓際に行った。警察の事情聴取を行なう場所としては奇妙な設定だと、彼は思った。正方形のテーブルと背の真っ直ぐな椅子四脚、肱掛椅子二脚があるだけで、がらんとした部屋は初めてここに来たときのままだった。テーブルの上のペンダント・ライトの電球が明るくなったのが、唯一の変化だった。マグ・カップが並び、サンドイッチとコーヒーの匂いが微かに漂う台所と、もっと居心地のいい家具が入り、ピルビーム夫人が水差しに差した花を置いてくれた向かいの居間だけが、ダルグリッシュたちが使用している気配を感じさせる。この殺風景な空間で男三人と女一人が何やら熱心に取り組んでいる今の光景を何気なく見た人がいたら、何と思うだろうか。訊問か、陰謀しかありえないだろう。リズミカルな海鳴りが秘密めかしく、危うい雰囲気を盛り上げていた。

ケイトがテープレコーダーのスイッチを入れて、予備的な手続きに入った。グレゴリーが氏名と住所を言い、三人の警察官が氏名と階級を述べた。

質問を開始したのはピアースだった。「クランプトン大執事は先週土曜日の午前零時頃に殺害されました。あなたはその夜十時以降どこにいましたか」

「それは以前最初に質問を受けた時に、すでにお話ししました。自分のコティジでワグナーを聞いていました。セバスティアン・モレルから図書室に集まるように電話で召集がかかるまで、コティジから出ませんでした」

「その夜、ラファエル・アーバスノットの部屋に誰かが入った形跡があります。入ったのは、あなたですか」

「私のわけがないでしょう。今言ったように、私はコティジを出なかった」

「一九八八年四月二十七日、あなたはクララ・アーバスノットと結婚した。そしてラファエルは自分の息子だとわれわれに言いましたね。あなたは結婚した時に、式を挙げることによってラファエルが嫡出子となり、聖アンセルムズ神学校の相続人になることを知っていましたか」

ちょっと沈黙があった。グレゴリーはわれわれが結婚のことをどうやって突き止めたか知らないのだと、ダルグリッシュは考えた。われわれがどの程度つかんでいるか、分からないのだろう。

やがてグレゴリーが答えた。「その時は知りませんでした。後になって――いつだったかは思い出せないが、一九七六年の法律で息子が嫡出子になったことを知りました」

「結婚したとき、アグネス・アーバスノットの遺言の条項を知っていましたか」

今度はためらいなく答が返ってきた。グレゴリーはそのことを、おそらくロンドンで調査したにちがいない。ダルグリッシュはその点は確信があった。だが自分の名前でしたとは思えない。少なくともそれに関する証拠はそう簡単に警察に見つからないと踏んだのだろう。グレゴリーは言った。「いいえ、知りませんでしたね」

「では奥さんは結婚の前、あるいは後にそのことをあなたに話しませんでしたか」

またちょっとためらい、視線が揺れた。やがてグレゴリーは一か八かに出ることにしたようだ。「いいえ、話してくれませんでした。彼女は息子の経済的な利益よりも、自分の魂の救済に関心があったんですよ。これまでの、いささかナイーヴな質問が私に動機があることを強調するためのものなら、四人の校内に居住する司祭も同様ではありませんか」

ピアースが遮った。「遺言の条項を知らないとおっしゃったんじゃないのですか」

「経済的な利益が動機だとは思わなかった。大執事に対して神学校のほとんど全員が抱いていた反感が動機だと思いましたね。私が息子に相続させるために大執事を殺したと言われるのなら、神学校がいずれ閉鎖される点をお忘れなく。この学校にとって時間が限られていることは、周知のことです」

ケイトが言った。「閉校は避けられなかったかもしれませんが、すぐではなかったでしょう。セバスティアン神父はあと一、二年は閉校を延ばせたでしょうね。息子さんが勉学を終えて、司祭に叙階されるだけの時間的余裕はあったでしょう。それが希望だったのですか」

「息子には別の職業を選んでほしかったですね。だがこのことは親にとっては比較的小さな苛立ちなんでしょう。子供が分別のある選択をすることはまずない。二十五年間ラファエルを無視してきた私が、いまさら彼の人生についてとやかく言うことはできません」

ピアースが言った。「大執事を殺害した犯人が神学生のマントを着ていたことが、今日判明しました。神学校の洗濯室の洗濯機に茶色のマントが入っているのが見つかりましたが、あれを入れたのはあなたですか」

「いや、私ではありませんよ。誰がしたかも知りません」

「それから犯行当夜の九時二十八分に教区事務所からだと偽って、クランプトン夫人に電話をして、大執事の携帯電話の番号を聞き出した人物がいます。おそらく男性だと思われますが、その電話をかけたのはあなたですか」

グレゴリーは微笑を抑えた。「ロンドン警視庁でも特別世評に高い捜査陣にしては、びっくりするほど単純な訊問ですね。いいえ、私はかけなかったし、誰がかけたのかも知りません」

「その時間は司祭と四人の神学生が終禱のために教会に行

く時間でした。その時あなたはどこにいましたか」

「コテイジで論文の採点をしていました。終禱に出なかったのは、私一人ではない。ヤーウッド、スタナード、サーティーズ、ピルビーム、それに三人の女性も大執事の説教の魅力に惑わされませんでしたよ。電話をしたのが男というのは確かなんですか」

ケイトが言った。「聖アンセルムズ神学校の将来を危うくしたのは大執事の事件ばかりではありません。ロナルド・トリーヴィスのことも影響しました。彼は金曜日の夜にあなたと一緒でしたね。そして翌日亡くなった。金曜日にどんなことがありましたか」

グレゴリーはケイトを見つめた。その顔に浮かんだ反感と軽蔑の表情は、まるで唾を吐きかけるようにあからさまで、むきだしだった。ケイトは顔を紅潮させた。彼女は続けて言った。「捨てられ、裏切られたロナルドが、あなたに慰めと励ましを求めた。けれど、あなたは追い返した。そういうことだったんじゃありませんか」

「彼は新約聖書ギリシャ語の授業を受けに来て、私は授業をした。確かに普通より短かったですが、それは彼の希望だった。あなた方はロナルドが聖別されたウエハースを盗んだことを知っておられるようだ。私はセバスティアン神父に告白するように忠告しました。そう忠告するしかなかったし、あなた方だって同じように言ったはずですよ。告白したら退学処分になるだろうかと彼が訊くので、セバスティアン神父の独特な現実認識を考えれば、そういうことになるだろうと答えました。安心させてほしかったようだが、嘘をつかないかぎりそんなことはできない。脅迫者の手に落ちるよりも、退学処分覚悟で告白した方がいい。金持ちの息子だったから、あの女に何年も金をくれてやることはできたのかもしれないが」

「カレン・サーティーズがロナルドを脅迫すると考える理由が何かあるのですか。彼女をどの程度知っているのですか」

「支配欲の強い、不届きな女性だという程度には知っていますよ。あの女に握られたロナルドの秘密は安全ではなかった」

「それで彼は自殺をしたのですね」

「残念ながら。私には予想しえなかったし、防ぐこともできませんでしたね」

ピアースが言った。「その後二人目の死者が出ましたね。マンローさんはあなたがラファエルの父親だということを知っていた。マンローさんはそのことをあなたに直接話しませんでしたか」

また沈黙が来た。グレゴリーは両手をテーブルの上に置いて、それをじっと見つめている。ダルグリッシュには彼の顔が見えなかったが、決断の時を迎えているのが分かった。再び警察はどの程度知っているのか、どの程度確実に知っているのだろうかと自問しているにちがいない。マーガレット・マンローは他の誰かに喋ったのだろうか。あるいは何かに書き残したのか。

沈黙は六秒も続かなかったのだが、もっと長く感じられた。グレゴリーが口を開いた。「ええ、会いに来ました。不審に思ったことがあったので、調べてみたらはっきりしたとか。どういう調査だかは言いませんでした。二つのことが気になったようでしたね。まず私がセバスティアン神父をだまし、偽ってここで働いていること。そしてそれにもまして重要なのが、言うまでもなくラファエルに真実を話すべきだということでした。どっちも彼女には関わりのないことだ。しかし私がラファエルの母親が妊娠した時に彼女と結婚しなかった理由と、その後気を変えて結婚した理由を説明しておいた方がいいだろうと考えました。息子には真実を知ってもあまり負担にならないと見定めがつくまで、打ち明けるのを待つつもりだし、いつ話すかは自分で決めたいと言いました。今学期末までには必ず話そうと――。彼女はそういう条件なら秘密を守ろうと言っていましたよ。あの人に条件の何のと言う権利などまったくないというのに」

ダルグリッシュが言った。「そしてその夜マンローさんは亡くなった」

「心臓発作でね。真実を知ったショックと私と話した心労が死につながったとしたら、気の毒なことをしました。聖アンセルムズ神学校で人が死ぬたびに、いちいち私が責任を負うわけにはいきませんよ。次はアガサ・ベタートンを地下室の階段から突き落としたのは、私だと言うんじゃありませんか」

ケイトが言った。「突き落としたのですか」

今度はグレゴリーも上手に反感を隠した。「あなた方はクランプトン大執事の事件を捜査しているんであって、私を連続殺人犯に仕立てようとしているのだとは思いませんでしたね。はっきり殺人と分かっている事件に話を絞るべきじゃありませんか」

ダルグリッシュが言った。「先週土曜日の夜に神学校にいた全員から毛髪のサンプルをもらうことにしています。あなたも異存ないと思いますが」

「他の容疑者も全員が同じ無礼な扱いを受けるとあれば、異存はありません。全身麻酔が必要というほどのことでもありませんからね」

事情聴取を長引かせても意味がない。事情聴取を終わる手順を踏んで、ケイトがテープレコーダーのスイッチを切った。

グレゴリーが言った。「毛髪がほしいんでしたら、今取りに来てください。仕事をするつもりなので、途中で邪魔されたくない」

そう言って彼は暗闇の中に出ていった。

ダルグリッシュが言った。「今夜のうちにサンプルを集めてくれないか。集まったら、私はロンドンに戻る。マントを調べる時に研究所にいたいので。マントを最優先してもらえれば、二日以内で結果が出るはずだ。君たち二人とロビンズはここに残ってほしい。セバスティアン神父に話して、君たちがこのコテイジに泊まれるようにしてもらおう。予備のベッドがなければ、寝袋かマットレスを使わせてもらえるだろう。グレゴリーを二十四時間態勢で見張ってほしい」

ケイトが言った。「マントから何も採取できなかったら、どうなるでしょう。他の証拠はどれも状況証拠ばかりです。物的証拠がなければ、起訴はできません」

彼女は自明のことを言っただけだったから、ダルグリッシュもピアースも答えなかった。

14

ジョン神父は姉の生前、セバスティアン神父が神学校共同体の統合儀式と見なして、全員の顔が揃うのを期待している夕食以外は、神学校の食事の席に現れることはめったになかった。だが今、火曜日午後のお茶にいささか唐突に顔を見せた。一番新しい事件に関しては全員に対する大げさな召集はなく、司祭と神学生にはセバスティアン神父が個々に静かに伝えた。四人の神学生はすでにジョン神父のもとに悔やみを述べに行った。今は神父のカップにお茶を注ぎ足したり、食堂のテーブルからサンドイッチやスコーン、ケーキを運んで、同情を示そうとしていた。小柄で貧相で穏やかなジョン神父はドアのそばに座り、時々微笑を浮かべて、礼儀正しい態度を崩さなかった。お茶の後エマはベタートン嬢の衣類の整理を始めたらどうだろうかと持ちかけて、一緒にジョン神父の部屋に上がって行った。

衣類をどうまとめるか考えたエマは、ピルビーム夫人から丈夫なポリ袋を二枚もらっておいた。一枚にオックスファムなどの慈善ショップに持っていける物、もう一枚には捨てるしかない衣類を入れるつもりだった。だが二枚の黒い袋は、くずかご行き以外の物を入れるのにふさわしいとはとても言えなかったから、まず予め選り分けておいて、ジョン神父が部屋にいない時に袋に入れて、持ち出すことにした。

エマはガスストーブの青い小さな炎のそばの薄暗がりに座る神父を残して、ベタートン嬢の部屋に行った。天井の中央から下がる、古めかしい埃だらけの笠をかぶったペンダント・ライトだけでは薄暗かったが、真鍮のシングル・ベッドの脇のテーブルに置かれた角度の調節ができるスタンドには、ワット数の大きな電球がついていた。光を部屋の中央に向けると、作業ができる明るさになった。ベッドの右側に背の真っ直ぐな椅子と前面が弓なりに張り出したタンスが置いてある。その他の家具といえば、二つの小さな窓の間に置かれた、渦巻き模様の彫刻の入った、ひどく大きなマホガニー製の洋服ダンスだけだった。扉を開けると、ツイードとラヴェンダー、防虫剤の臭いが混じった、かびくさい臭いが漂い出した。

だが衣類の選り分けと廃棄は、思っていたほど大変な作業ではなかった。人付き合いのなかったベタートン嬢はわずかな衣類しか持たず、この十年間に新調したものがあるとは思えなかった。エマは洋服ダンスにかかっている衣類を取り出した。ところどころすりきれたジャコウネズミのコート、一九四〇年代を最後に袖を通したとは思えない、肩にパッドが入りウエストがきゅっと絞られたツイード・スーツ二着、さまざまなカーディガンとツイードのロング・スカート。上等なベルベットとサテンのイブニング・ドレスは、デザインがいかにも古めかしくて、現代女性が仮装用以外に着るとは思えなかった。タンスにはブラウスと下着、洗濯ずみだが股の部分がしみになったブルマー、長袖シャツ、厚手のストッキングが入っていた。慈善ショップが歓迎しそうな物はほとんどない。

エマはタラント警部たちがこの哀れな遺品をかき回したと思うと、急に強い嫌悪感とベタートン嬢に対する同情を覚えた。何を発見できると思ったのだろうか。手紙か、日記か、それとも告白か。最後の審判の恐ろしさを日曜日が来るたびに説き聞かされた中世の人々は、懺悔をせずに造り主のもとに行くことを恐れて、急死しないように祈った。現代人が最後の瞬間に後悔するのは、乱雑な机ややり残したこと、まずいことが書いてある手紙だろう。

一番下の引き出しに意外な物が入っていた。左ポケットに翼の形をした空軍記章、袖に二本の輪、それに勇功章らしいリボンのついた英国空軍制服の上着が、茶色の紙に丁寧に包んであった。つぶれて、ぼろぼろになった帽子も添えられている。エマはベッドに広げておいたジャコウネズミのコートを押しやって、制服を置き、どうしたものかと考え込んだ。

タンスの一番上の左の引き出しから革の小箱に入った宝石類が見つかった。大した数ではなかった。カメオのブローチと重い金の指輪、長い真珠のネックレスは代々受け継がれたものらしかった。いいものらしい石がいくつかあったが、どの程度の値打ちか分からない。エマは宝石を売ってほしいというジョン神父の希望に沿うには、どうすべきか考えた。そっくりケンブリッジに持ち帰って、宝石商に鑑定させるのが一番だろう。それまで大切に保管しなければいけない。

　小箱の底が二重底になっていた。底を持ち上げると、中に黄色に変色した小封筒が入っていた。開けて傾けると、掌に指輪が転がり出た。中央のルビーを小粒のダイヤが取り囲む金の指輪だった。石は小さかったが、美しくデザインされている。思わず左の薬指にはめてみたエマは、それが婚約指輪なのに気がついた。空軍パイロットからベタートン嬢に贈られた物なら、パイロットは戦死したのだろう。そうでなければ彼女のもとに制服があるはずはない。エマは戦闘機スピットファイアかハリケーンが一機、コントロールを失ってきりもみ降下し、長い炎の跡を残して英仏海峡に突っ込むさまを想像した。それとも彼は爆撃機のパイロットで、敵国の目標地点の上で撃ち落とされ、自分の落とした爆弾で死んだ人々の仲間入りをしたのだろうか。彼とアガサ・ベタートンはすでに契った仲だったのだろうか。

　老人もかつては若く力強く、動物的な美しさを備えて、愛し愛され、笑い、若者特有の底抜けの楽天主義に溢れていたとなかなか信じられないのは、どうしてだろうか。エマは数えるほどしか会ったことのないベタートン嬢を思い出してみた。毛糸の帽子をかぶって崖の道を歩く老嬢は風だけではなく、それ以上に手ごわい敵に立ち向かうように、顎を突き出して大股で歩いていた。階段ですれ違った時には、挨拶代わりにちょっと頷くか、探るような黒い目でじろりと見た。ラファエルは彼女が好きで、進んで一緒に過ごしていた。だがあれは本心からだったのか、それとも義務として親切にしていたのか。それにもしこの指輪が婚約指輪なら、ベタートン嬢はどうしてはめるのをやめたのだろう。その理由は理解できないことではないかもしれない。これはすでに終わった過去、軍服の上着を畳んでタンスに納めた時に一緒にしまった過去の象徴だったのだろう。贈り主の死後も、彼女の死後も残るシンボルを毎朝身につけて、思い出をまといたくはなかったのではないか。手を動かすたびに恋人を失った悲しみを世間に知らせるようなことはしたくなかった。死者は生きている者の思い出の中で生き続けると、安易によく言われる。だが、思い出は愛情のこもった声や抱きしめてくれる強い腕の代わりになるだろうか。生命と愛情、美のはかなさ、そして翼の生えた時の戦車《チャリオット》の車輪に刃がついていることこそ、世界中の詩のほとんどがうたっていることではないか。

　軽いノックの音がして、ドアが開いた。エマが振り向くと、ミスキン警部だった。二人は立ったまま、一瞬見つめ合った。エマは相手の目に冷ややかさを感じた。

　ミスキン警部が言った。「ジョン神父からこちらにいらっしゃるとお聞きしましたので。ダルグリッシュ警視長から皆さんに状況をご説明するようにいいつかりました。警視長はロンドンに戻り、差し当たりタラント警部とロビンズ部長刑事、私がここに残ります。客用施設には安全錠がつけられましたので、夜間は必ず鍵をおかけになってください。終禱以後は私が神学校内に残り、先生をお部屋までお送りします」

　ではダルグリッシュ警視長はさよならも言わずに行ってしまったのか。だが彼がわざわざ別れの挨拶をするわけがなかった。挨拶の言葉をかけるよりはるかに重要なことが彼の頭を占めているのだから。セバスティアン神父にはきちんと挨拶しただろうから、それ以外に必要があるはずもない。

　ミスキン警部の口調は丁重そのものだったから、エマは腹を立てる理由がないことは承知していた。「部屋まで送っていただく必要はありません。そうおっしゃるのは、私たちが危険にさらされているとお考えになっているからですか」

　ちょっと間があってから、ミスキン警部は答えた。「そういうことではありません。この岬にはまだ殺人犯人がいるのですから、逮捕されるまでは全員が用心した方がいいということです」

「では逮捕なさるのですね」

　またちょっと沈黙があり、やがてミスキン警部は言った。

「そのつもりでいます。私たちはそのために、犯人を逮捕するためにここにいるのですから。申しわけありませんが、これ以上は今のところ何も申し上げられません。では後ほど」

警部はドアを閉めて出て行った。ベッドのそばにぽつんと立って、畳んだ帽子と上着、指にはめたままの指輪に視線を落としたエマの目に、涙がこみ上げた。だがその涙がベタートン嬢のための涙か、亡くなった彼女の恋人のためか、あるいは自分のためにちょっぴり流した涙なのかは分からなかった。やがてエマは指輪を封筒に戻して、衣類の整理を続けた。

15

翌朝ダルグリッシュは夜明け前にランベス研究所に向かって車を走らせた。一晩中しとしとと降り続いた雨はすでにやんでいたが、交通信号が変わるたびに赤と黄色、緑の三色がちらちら揺れて、まだ濡れている道にけばけばしい模様を描いた。空気は川の満潮時特有の臭いをはらんでいる。ロンドンが眠るのは午前二時から四時までのわずか二時間らしく、それもうとうとまどろむ程度だ。今首都はゆっくり目覚めて、小さな群れを作った働きバチたちが三々五々姿を現し、町を占拠していく。

サフォーク州の現場で採取された標本は通常ハンティンドン法科学研究所に送られるのだが、そこは現在手一杯だった。ランベスなら、ダルグリッシュが要求した〈最優先〉で処理できると言う。ダルグリッシュは研究所ではよく知られた顔だったから、職員たちから温かく迎えられた。彼を待っていた生物学主任のアンナ・プレスコット博士は、ダルグリッシュが担当した事件で何度も検察側の証拠鑑定を行なった。彼女の科学者としての名声と法廷で鑑定結果を証言する際の自信に満ちた明快な言葉、反対尋問を受けてもきっぱりと言い切る冷静な態度がどれだけ勝訴に貢献したか、ダルグリッシュはよく知っていた。だがすべての法科学者同様、彼女も警察に属する人間ではない。グレゴリーが法廷で裁きを受けることになれば、博士は事実にのみ忠実な独立した鑑定人として証言する。

マントは研究所の乾燥機で乾かされ、今大きな検査台の上に広げられて、四本の蛍光灯に照らされている。グレゴリーのジョギング・ウェアは相互汚染を避けるために、研究所の他の場所で調べられている。ジョギング・ウェアの繊維がマントに移っていれば、マントの表面から粘着テープで採取されて、顕微鏡比較検査を受ける。最初に行なわれるこの予備的な顕微鏡検査で一致する結果が出ると、さらに繊維そのものの化学構造の計器分析などの比較テストが行なわれる。だがかなり時間のかかるその種の検査は先のことだ。血液はすでに分析に回されていて、結果を待つダルグリッシュは不安を感じていなかった。血液がクランプトン大執事のものであることは確信がある。今プレスコット博士と彼が探しているのは、毛髪だった。白衣とマスクで身を固めた二人はマントの上にかがみ込んだ。

ダルグリッシュは人間の鋭い目は驚くほど効率的な探索手段だと思った。二人は数秒で求めるものを見つけた。マントの襟元についている真鍮の鎖に、グレーの毛髪が二本からみついていた。プレスコット博士はそっとほどいた毛髪を小さなガラス皿に置いた。すぐさま低倍率の顕微鏡で調べた博士は、満足げに言った。「両方とも毛根がついています。ＤＮＡ分析の可能性が充分ありますね」

16

二日後の午前七時半、テムズ河畔のダルグリッシュのフラットに研究所から電話が入った。二本の毛髪からＤＮＡが検出されて、それはグレゴリーのものと一致した。ダルグリッシュが予想した結果ではあったが、それでもほっと安堵する思いで知らせを受け取った。マントについていた繊維とジョギング・ウェアの上着の繊維は顕微鏡比較検査で一致と出たが、最終的な検査結果はこれからだった。ダルグリッシュは受話器を置きながら、考えた。待つか、それとも行動に出るか。これ以上逮捕を先に延ばしたくなかった。ＤＮＡの一致は、グレゴリーがロナルド・トリーヴイスのマントを着たことを証明している。繊維の検査結果は疑問の余地のないその結果をさらに確認するにすぎない。聖アンセルムズ神学校にいるケイトとピアースに電話をしてもよかった。二人ともグレゴリーを逮捕する点では何ら能力に問題はない。だがダルグリッシュは自分でその場に居合わせたかったし、そう思う理由も分かっていた。グレゴリーを逮捕して警告の言葉を自ら伝えれば、前回の敗北の苦さがいくぶんなりとも薄らぐのではないか。前回の事件では誰が犯人か分かっていたし、すぐに撤回したとはいえ犯人の告白も聞いた。だが逮捕に持ち込むだけの証拠が手に入らなかった。今回逮捕の現場にいなければ、何かを、自分でもはっきりしない何かをし残した気分がするにちがいない。

予想通りその二日間はいつもよりはるかに忙しかった。たまった仕事をこなし、処理を任されている問題や幹部警官の誰もが心にかけているさまざまな課題に再び取り組んだ。警察は人員不足に悩んでいた。社会の各方面から知的で教育程度が高く、やる気のある男女を緊急に集めなければならない。しかしその需要の高いグループに対して他の分野では、給料、社会的地位、ストレスの点ではるかに好条件を提示している。官僚主義や煩雑なペーパーワークを減らして、刑事活動の効率を高め、賄賂が尻ポケットに十ポンド札をねじ込むことではなく、麻薬取引の巨額利得の一部を手にすることを意味する時代に応じた腐敗対策を立てなければならない。だがこれから短時間とはいえ、聖アンセルムズ神学校に戻る。そこはもう汚れのない善意と平安の場所ではなかったが、仕事をやり遂げなければならないし、会いたい人もいる。エマ・ラヴェンナムはまだいるだろうか、とダルグリッシュは思った。

　ダルグリッシュは詰まったスケジュールや目を通さなければならない書類、午後に予定していた会合を念頭から追い払い、副総監と秘書に伝言を残した。そしてケイトに電話を入れた。聖アンセルムズ神学校は静かだ、異様に静かだと、ケイトは答えた。今もまだ教会の『最後の審判』の下に血まみれの遺体が横たわっているかのように、誰もがひっそりとひたむきに日々の仕事に精を出している。神学校全体が事件の終焉を半ば待ち望み、半ば恐れているように見えた。グレゴリー自身は姿を見せない。彼は前回の事情聴取の際に、ダルグリッシュに求められてパスポートを提出していたので、逃亡の恐れはなかった。だが高飛びは彼の選択肢には含まれていない。海外の逃亡先から強制送還される屈辱は、グレゴリーの計画に入っていなかった。

　寒い日だった。ダルグリッシュはロンドンの空気にその年初めて冬の金属的な臭いをかぎ取った。身を切る寒風がシティを気まぐれに吹き抜け、彼がＡ十二号線に乗る頃には、より安定した突風となって吹き荒れた。道は東海岸の港に向かうトラックが走るだけで、珍しくすいていた。ハンドルに軽く手を置いて前方をじっと見つめるダルグリッシュは、スピードを落とすことなく順調に走った。彼が公正実現の手段として持っているのは、グレーの毛髪二本だけだ。それで充分なはずだった。

　思いは逮捕から裁判に移り、ダルグリッシュは被告側の主張を一つ一つ列挙していた。ＤＮＡに疑問をはさむことはできない。グレゴリーがロナルド・トリーヴィスのマントを着たことは事実だ。だが弁護人はトリーヴィスにギリシャ語の授業をしていたグレゴリーが、寒かったためにマントを借りたのだと主張するのではないか。そしてその時に黒いジョギング・ウェアを着ていたのだと。ありうるとはとても思えないが、陪審員は信じるだろうか。グレゴリーには強い動機がある。しかしラファエルをはじめとする他の容疑者も同様だ。ラファエルの部屋の床に落ちていた小枝は、ラファエルがピーター・バックハーストのところに行くために部屋を出た時、気づかないうちに吹き込んだのかもしれない。おそらく検察はあのことにあまり触れないようにするだろう。神学校の公衆電話からかけられたクランプトン夫人への電話は、弁護側にとって扱いが難しいところだろうが、他の八人にもかけることができたし、ラファエルにも可能だった。それにベタートン嬢犯人説も考えられる。彼女には動機もチャンスもあった。だがあの重い燭台を振り回す力が、はたして彼女にあったか。アガサ・ベタートンが死んだ今、誰にも分からないことだった。グレゴリーにはベタートン嬢殺しの嫌疑はかかっていないし、マーガレット・マンロー殺しの方も同様だ。どちらの場合も彼を逮捕するだけの証拠がない。

三時間半足らずで目的地に着いた。連絡道路の突き当たりに来たダルグリッシュの目の前に、水平線まで白い波頭が続く荒海が広がっていた。彼は車を止めて、ケイトに電話を入れた。グレゴリーは三十分ほど前にコティジを出て、海岸を散歩しているという。

ダルグリッシュは言った。「手錠を持って、海岸の道の突き当たりで待っていてくれたまえ。手錠は必要ないかもしれないが、万一ということがある」

数分すると、車に向かって歩いてくるケイトの姿が見えた。ケイトが車に乗り込む間、どちらも口を利かなかった。ダルグリッシュはバックして、海岸に下りる階段まで戻った。グレゴリーが見えた。足首まで届くツイード・コートの衿を立てて風を防ぐ長身の姿が、崩れかけた防波堤の横に立って、海を見つめている。小石を踏んで進むダルグリッシュとケイトの上着を突風が持って行こうとするので、真っ直ぐ立っていることもままならない。だが風の唸りは怒濤の音で消されて、ほとんど聞こえなかった。次々に押し寄せる波が飛沫を盛大にほとばしらせて砕け散り、防波堤のまわりで沸き立っている。小石の上で泡玉が虹色の石鹸の泡のように転がり踊っていた。

じっとたたずむ姿に向かって、二人は並んで歩いて行った。グレゴリーが振り向いて、近づく二人を見つめた。そして二人が二十ヤード以内に来た時、グレゴリーはゆっくり防波堤の縁に上がって、突端の支柱まで歩いて行った。わずか二フィート四方のそこは、一フィート下は押し寄せる満ち潮だった。

ダルグリッシュはケイトに言った。「飛び込んだら、神学校に電話をして、ボートと救急車が必要だと言ってくれ」

そして同じようにゆっくりとした足取りで防波堤に上がったダルグリッシュは、グレゴリーに向かって進んだ。八フィート以内まで近づくと足を止め、二人の男は向き合った。グレゴリーが大声を出したが、荒れ狂う波の音でダルグリッシュにはかろうじて言葉が聞き取れる程度だった。

「私を逮捕しに来たのなら、さあ、ここにいますよ。だが、もっと近くに来なくてはだめだ。滑稽な警告の言葉とやらをくだくだと言わなくてはいけないんじゃないですか。私にはそれを聞く権利があるはずですよ」

ダルグリッシュは返事を怒鳴り返さなかった。二人は二分間無言で突っ立ったまま、相手を見つめた。ダルグリッシュにはその短い時間に半生分の自己認識を網羅したように思えた。今彼が感じているのは、馴染みのない感情、これまでにない強い怒りだった。大執事の遺体を見下ろした時に感じた怒りは、今のこの圧倒的な感情に比べたら無に等しい。彼はそんな感情が嫌いだし、信用もしていないが、その力だけを受け入れた。グレゴリーと取調室の小さなテーブルをはさんで向き合いたくなかった理由は分かっていた。少し離れることによって、相手の肉体的存在以上のものから距離を置いたのだ。今はもう距離を置くことはできない。

ダルグリッシュにとって仕事が聖戦となることは決してない。哀れな亡骸となった被害者の姿が心に焼き付き、そのイメージがあまりに強烈なために、犯人を逮捕するまで解放されない刑事もいる。時には個人的な犠牲を払い、逮捕まで酒を飲まず、パブにも行かず、休暇まで返上する。

ダルグリッシュも同じように同情と怒りを感じはするものの、個人的に入れ込んだり、敵意を燃やすことはなかった。彼にとって捜査は真実を見つけ出すためにプロとして専念する知的作業だった。だが今感じているのはそれとは違った。幸せな思い出のある場所をグレゴリーが汚したからというだけではない。アダム・ダルグリッシュを幸せにしただけのことで、聖アンセルムズ神学校に人の心を浄化する力があるとは言えまいと、彼は自嘲するように独りごちた。クランプトンの遺体から目を上げた、尊敬するマーティン神父の苦悩にゆがんだ顔が忘れられないからというだけでもない。また柔らかな髪が頰に触れたあの瞬間、はたして現実にあったのかと思うほど、ほんのわずかの時間エマが彼の腕の中で震えたあの瞬間のためというわけでもない。この圧倒的な感情にはもっと単純で、浅ましい別の原因があった。グレゴリーはダルグリッシュが五十ヤード離れた所で眠っている間に、殺人を計画し、実行した。そして今、勝利をわがものにする気でいる。彼は海に泳ぎ出し、愛する海に抱かれて満足しつつ、寒さと疲労による安らかな死を迎えようとしている。それだけではない。ダルグリッシュはグレゴリーが自分の心を読んでいるのは分かっていたし、同じようにダルグリッシュもグレゴリーの心がはっきり読めた。グレゴリーは敵も一緒に連れて行く気だ。グレゴリーが海に飛び込めば、ダルグリッシュも飛び込む。そうせざるをえない。人が海に泳ぎだして自らの命を絶つのを、じっと立って見ていたという思い出を胸に生き続けることはできない。そして彼が自らの生命を危険にさらすのは、同情や人道からではなく、執念とプライドのためだった。

ダルグリッシュは二人のどちらが強いか比較した。体力ではほぼ同等だろうが、泳者としてはグレゴリーの方が強い。酷寒の海ではどちらも長く持たないだろう。だが助けが早ければ、生命を落とすことはない。戻って、ケイトに聖アンセルムズ神学校に電話をして、救命ボートを出すように指示しようか迷ったが、やめた。グレゴリーは崖の道を走る車の音を聞きつけたら、ぐずぐずしないだろう。まだ、わずかとはいえ、気を変える可能性も残されている。

だが、グレゴリーには圧倒的な利点があると、ダルグリッシュは思った。彼は嬉々として死ぬ気だ。

二人はじっと立っていた。そしてまるで夏の一日、太陽がまばゆく照り、海はブルーと銀色にきらめいているかのように、グレゴリーは肩からコートを払い落として、飛び込んだ。

ケイトにとって、二人の男が向き合った二分間は永遠に思えた。彼女は動かない二つの人影に視線を据えたまま、全身の筋肉を強張らせて動かなかった。思わず、だが慎重に少しずつじりじりと前に進んだ。打ち寄せる波が足にかかったが、刺すような冷たさは彼女の意識になかった。自分が強張った顎の間から「こっちに戻って、戻って。彼に勝手に行かせなさい」と、ダルグリッシュの妥協を拒否した背中に届かずにはおかない激しさでつぶやいているのに気づいた。今、二人の男が動きだし、彼女もようやく行動できる。神学校の電話番号を叩き、呼び出し音が鳴った。相手は出ない。ケイトは思わず日頃は決して口にしない言葉で罵っていた。呼び出し音は続いた。やがてセバスティアン神父の落ち着き払った声が応えた。ケイトは声を冷静に抑えようとした。

「神父、ケイト・ミスキンです。今海岸にいます。ダルグリッシュとグレゴリーが海に飛び込みました。ボートと救急車が必要です。至急に」

セバスティアン神父は質問しなかった。「場所が分かるように、そのままそこにいてください。すぐ行きます」

さらに長く待たされたが、ケイトは今度は時間を測った。車の音が聞こえたのは、三分十五秒後だった。高くうねる波をじっと見つめていても、もう二つの頭は見えない。防波堤の端に走ったケイトは、防波堤が波に洗われ、風が激しく吹きつけるのも忘れて、グレゴリーが立っていた場所に立った。すると突然二人が見えた。グレーの頭と黒い頭はほんの二ヤードほど離れていた。だが、滑らかに盛り上がる波と激しく散る飛沫に隠れて、再び見えなくなった。

二人をできるかぎり視野に入れておかなければいけないのだが、ケイトは時々階段に視線を走らせた。車の音が一台以上聞こえたのだが、崖の端に止まったのが見えたのは、ランドローバー一台だけだった。神学校の全員が集まったかのようだった。救助に来た人たちはすばやく、整然と行動した。小屋の扉が開かれて、羽根板で作られた進水台が砂浜のスロープに伸ばされた。その上を膨張式ボートが押し出されて、次に両側に三人ずつが並んで持ち上げた。六人は波打ち際に走った。ケイトはピルビームとヘンリー・ブロクサムが救助に向かうのを見て、ちょっと驚いた。強そうに見えるスティーヴン・モービーでなくて、ヘンリーだったからだ。だがきっとヘンリーの方がボートの経験があるのだろう。激しく砕ける波に逆らってボートを出すのは不可能に思えたが、何秒かすると船外機の音がして、ボートは海に乗りだし、大きな輪を描いて、ケイトの方に戻ってきた。ケイトの目に再び二つの頭がちらりと映った。彼女はその方向を指差した。

今はもう泳いでいる二人もボートも、波頭に乗った一瞬以外は見えない。自分にできることはもうなかったので、ケイトは防波堤を戻って、海岸を走ってくるグループの方に行った。ラファエルが巻いたロープを抱え、ペリグリン神父は救命帯、ピアースとロビンズは巻いたカンバス製の担架を二台肩に担いでいた。ピルビーム夫人とエマも来ていた。ピルビーム夫人は救急箱を持ち、エマはタオルと派手な色の毛布を抱えている。まとまってやってきた小さな集団は海をじっと見つめた。

ボートが戻ってきた。エンジンの音が大きくなり、突然高い波頭の上に姿を現したと思うと、谷に落ちて行った。ラファエルが言った。「二人を助けたんだ。ボートに四人乗っている」

ボートはかなりの勢いで海岸目指して戻ってくるが、この荒海を乗り切れるとはとても思えなかった。やがて最悪の事態が起きた。エンジン音が聞こえなくなり、ピルビームがエンジンの上に必死でかがみ込んでいるのが見えた。動力を失ったボートは子供の玩具のように右に左に投げ出されている。海岸から二十ヤードのところで突然高く持ちあがり、直立したまま二秒ほど制止してから、転覆した。

ロープの端を防波堤の支柱に結び付けたラファエルが、もう片端を自分のウェストに巻きつけて、海に入った。スティーヴン・モービー、ピアース、ロビンズも続いた。ペリグリン神父は法衣を脱ぎ捨てて、この怒濤の海こそ生きる場所であるかのように、押し寄せる波の下に飛び込んだ。ヘンリーとピルビームがロビンズに助けられて、波と闘いながら海岸に向かってやってくる。ペリグリン神父とラファエルはダルグリッシュを助け、スティーヴンとピアースはグレゴリーをつかんでいる。何秒もしないうちに彼らは小石の浜に投げ出されて、駆け寄ったセバスティアン神父とマーティン神父に引っ張り上げられた。続いて浜に上がったピルビームとヘンリーは波に洗われながら、倒れて喘いだ。

　ダルグリッシュだけが意識がなかった。ケイトは倒れている彼のそばに駆け寄った。頭を防波堤に打ちつけたダルグリッシュは、破れたシャツを海水と混じった血で染めていた。喉にまるで流れる血のように真赤な跡がある。グレゴリーの手が絞めた跡だ。ケイトはシャツを引っ張って、傷に押し当てた。ピルビーム夫人の声が言った。「私にやらせてください。ここに包帯がありますから」

　だが主導権を握ったのはモービーだった。「まず水を吐かせましょう」そう言って、彼はダルグリッシュをうつ伏せにさせて、蘇生術を施しだした。少し離れたところでショーツ一枚で座りこんだグレゴリーが頭を抱えて喘ぎ、それをロビンズが見張っている。

　ケイトはピアースに言った。「彼に毛布を着せて、熱い飲み物を飲ませてやって。身体が温まって、あなたのしていることが理解できるようになったら、逮捕して。手錠をかけてね。万一ということがあるから。ああ、それから主要容疑に殺人未遂も加えてもいいんじゃないかしら」

　ケイトはダルグリッシュの方に向き直った。彼は突然水と血を吐き出して、何やらぶつぶつとつぶやいた。その時ケイトは、顔を蒼白にしたエマ・ラヴェンナムがダルグリッシュの頭のそばにひざまずいているのに気がついた。エマは何も言わなかったが、ケイトの視線に気づくと、そこに自分の場所がないことを悟ったかのように立ちあがって、少し離れた。

　救急車が到着する音がしないし、いつ来るのかも分からない。ピアースとモービーがダルグリッシュを担架にのせて車の方に歩き出した。傍らにマーティン神父が付き添っている。毛布にくるまれて震え、魔法瓶を手から手に回していた海に飛び込んだグループも階段に向かって動き出した。突然雲が切れて、淡い日の光が海岸を照らし出した。タオルで濡れた髪の毛を拭き、温まろうと小走りに走る学生たちの若い身体を見たケイトは、夏の海水浴客の集団のような気がして、今にも砂浜で追いかけっこを始めるのではないかと思った。

崖の上に出て、担架がランドローバーの後部にのせられた。ケイトはエマ・ラヴェンナムがそばに立っているのに気づいた。

エマは言った。「ダルグリッシュさんは大丈夫でしょうか」

「ええ、生命に別状はありません。彼はタフですから。頭の傷は出血はひどいですが、深くありません。数日で退院してロンドンに帰りますよ。私たち全員が帰ります」

「私は今夜ケンブリッジに戻ります。ダルグリッシュさんに私がよろしくと言っていたとお伝えいただけますか」

エマは返事を待たずに、回れ右して神学生の小さな集団に合流した。手錠をはめられ、毛布でくるまれたグレゴリーを、ロビンズがアルファ・ロメオに乗せている。ケイトはそばに来たピアースと一緒に、エマの方を見た。

ケイトが言った。「彼女は今夜ケンブリッジに戻るんですって。そりゃあ、そうよね。彼女はあそこの人なんだから」

「じゃあ、君はどこの人なんだい」

ピアースは答えてもらう必要はなかったのだが、ケイトは言った。「あなたとロビンズ、ADと同じよ。私をどこの人間だと思っているの。これが私の仕事ですからね」

第四部　終わりと初め

ダルグリッシュが聖アンセルムズ神学校を最後に訪れたのは、空と海と蘇る大地が協調して穏やかで落ち着いた美しさをかもし出す、四月半ばの完璧な春の日だった。車の屋根を降ろして走ると、顔をなぶる風が幼い頃、若い頃の四月――甘く、郷愁に満ちた四月のエッセンスを運んできた。不安を抱いて出発したのだが、東部郊外を抜けると共に不安も消え去り、今のダルグリッシュの心の空模様は、今日の穏やかさと少しも変わらなかった。

聖アンセルムズ神学校が正式に閉校になり、マーティン神父から心のこもった招待状が送られてきた。〝ここを去る前に、友人の方々とお別れする機会を持つことができたら、これに勝る幸せはありません。エマにも四月の週末に来てもらえるのではないかと期待しています〟。マーティン神父はエマが来ることをダルグリッシュに知らせた。エマにも同じように知らせたのだろうか。知らせを受けたエマは、招待に応じないことにしただろうか。

アイビーのからみついたトネリコがなければ、見落としかねない懐かしい曲がり角に今ようやく来た。二軒並ぶコティジの前庭で水仙が咲き乱れ、その鮮やかな色彩が道端の叢で群れる淡黄色の桜草と見事なコントラストを見せていた。道の両側の生垣に緑の若芽が顔を見せている。きらめくブルーから水平線の紫色まで滑らかな縞模様を描いて広がる海が見えたとたん、ダルグリッシュの心は昂ぶった。頭上高くで、機影はなく音もほとんど聞こえないが、ジェット戦闘機が雲一つない青空に白いリボンを流している。明るい空を映した乳白色がかったブルーの湖は、ひっそりと穏やかそのものだった。さざなみ一つ立たない水面の下で動く銀色の魚のきらめきが目に見えるようだった。大執事が殺された夜の嵐で難破船の残骸がすべて壊れ、今はあの魚のひれのような黒い材木さえ残っていない。小石の浜と波打ち際の間には、足跡一つない砂浜が広がっていた。今日のような朝には、ダルグリッシュは時の消し去る力を示す証拠を懐かしいとは思わなかった。

海岸沿いの道を北に曲がる前に彼は崖の縁に車を寄せて、エンジンを切った。もう一度目を通したい手紙があった。クランプトン大執事殺害の罪でグレゴリーに終身刑が宣告される一週間前に受け取ったものだった。真っ直ぐ立った、几帳面な文字でしっかりと書かれていた。便箋に宛名はなく、封筒にダルグリッシュの名前が書かれているだけだった。

こんな便箋で申しわけありませんが、私が選んだものでないことはお分かりいただけると思います。私が気を変えて有罪の答弁をすることにしたことを、今頃はもうご存じでしょう。理由は、マーティン神父やジョン神父など哀れな愚人たちに検察側の証人として証言台に立つ苦行を強いたくない、あるいは息子やエマ・ラヴェンナムが弁護人の情け容赦ない巧妙な訊問にさらされるのを見たくないからだと言うこともできるでしょう。だが、あなたは私をもっとよくご存知だ。私が気を変えた理由は言うまでもありません。ラファエルが一生疑惑の汚名を着ることのないようにするためです。自分が無罪になるチャンスは充分あると思っていました。私の弁護士の優秀さは弁護料の額にほぼ比例していますし、彼は早い段階で、私は逃げおおせると自信たっぷりに明言しました。もっともそういう言葉は使わないようにはしていました。私はどこから見ても中流階級ですし、いかにも人品卑しからぬ風体をしていますから。

最初から事件が法廷に持ち込まれた場合に無罪になるように計画しました。そうなるものと疑いませんでした。ですが、ラファエルが神学校にいない夜にクランプトンを殺す計画だったのです。あなたもご存じのように、念のため息子の部屋に行って、本当に出かけたか確かめました。もし息子が部屋にいたら、殺人計画を実行していたでしょうか。答えはノーです。あの夜にはしなかったし、おそらく永久にしなかったでしょう。成功に必要な条件が再び偶然にすべて揃うとはとても思えません。ラファエルが病気の友達に親切にしたがためにクランプトンが死ぬことになったのは、面白いことだと思います。これまでにも善から発した悪をよく目にし、耳にしました。この種の神学的難問について話すのなら、私より司祭の息子であるあなたの方がふさわしいでしょう。

われわれのように滅び行く文明の中で生きる者には、三つの選択肢があります。子供が砂の城を打ち寄せる波のすぐそばに作るように、衰退から目をそらせてもいい。また美、学問、芸術、高潔な知性の死を無視して、自らの慰めに安らぎを見出してもいい。私はしばらくこの方法を採ってきました。第三の方法としては、野蛮人どもに仲間入りして、略奪品の分け前を取る。これはごく一般的な選択であり、結局私もそれを選びました。息子の神は息子が選んだものではない。あの子は生まれた時から、あの司祭たちの支配下にありました。私は彼にもっと現代的な神の一つ、金を与えたかった。今息子は金を手にしています。そしてそれを手放すことができない、少なくともすべてを手放すことはできないと思い知るでしょう。彼は一生金持ちでいる。一生司祭でいるかどうかは、いずれ時とともに明らかになるでしょう。

事件に関してあなたの知らないことはないと思います。アルレッド卿への匿名の手紙は言うまでもなく、聖アンセルムズ神学校とセバスティアン・モレルを困らせるためにトラブルを引き起こすのが目的でした。あれがロンドン警視庁きっての敏腕刑事を、聖アンセルムズ神学校に呼び寄せる結果になるとは予想だにしませんでした。しかしあなたの存在は私を思いとどまらせるどころか、便宜的な手段にチャレンジの要素を加えました。大執事を教会におびき出す計画は大成功でした。彼は私が電話で伝えたいたずら書きをすぐにも見たがりました。黒ペンキの缶とブラシは誂えたように聖具室にあり、正直に言って『最後の審判』にいたずら書きをするのは楽しい作業でした。クランプトンに私の筆の冴えを鑑賞する時間がほとんどなかったのは、残念なことです。

私に容疑のかからなかった死亡事件二件について、疑問に思っておられるかもしれない。マーガレット・マンローの口と鼻を塞いだのは、あれは不可欠でした。計画などほとんどいらず、あっさりと、自然死と言ってもいいほどの死に方でした。彼女は残された時間が大してない不幸な女性でしたが、あの時は危険な存在だった。彼女自身にとっては人生が一日短かろうが、一カ月短かろうが、一年短かろうがどうでもいいことだった。私には重大なことでした。私は聖アンセルムズ神学校が閉校になり、殺人事件の騒ぎが収まった後に、ラファエルとの親子関係を明らかにするつもりでした。あなたは私の計画の核心に早くから気づいていた。私はクランプトンを殺したかったし、同時に私に対する決定的な証拠を残すことなく、神学校に疑いがかかるようにしたかった。神学校を早期に、望むらくは息子が司祭に叙階される前に閉校にしたかった、そして息子の相続財産を無傷で残したかったのです。それから告白しますと、セバスティアン神父の司祭としての人生が疑惑と敗北、屈辱のうちに終わるだろうと思うと、たまらなくうれしかったのですよ。彼は私の学者としての将来をまさにそのように断ってくれた。

もう一人の不幸な女性アガサ・ベタートンの痛ましい最期についても、疑問に思っておられるでしょう。しかしあれは単に予期しなかったチャンスを利用したまでのことです。階段の上にいた彼女がクランプトン夫人に電話をかけている私を見たと思ったのなら、それは違います。あの時は見られなかった。当日の夜にキーを返しに戻った時に見られたのです。その時殺すこともできたのですが、そうはしないことにしました。あの女性は頭がおかしいと思われていて、彼女の言葉が私の否定の言葉より重視されるとは思えなかった。ところが彼女が日曜日の夜に私のところにやってきて、秘密は守られるから安心しろと言うのです。言うことが支離滅裂な女性でしたが、クランプトン大執事殺しの犯人は彼女を恐れる必要はないと言っているのは理解できました。そんな危険を冒すわけにいかなかった。あなたはこの二つの事件のどちらも証明できないことを承知しておられるでしょうね。動機が不充分です。この告白を証拠にしようとしても、私は否定するだけです。

　殺人について、暴力一般について驚くべき発見をしました。ダルグリッシュ、あなたはおそらく知っているでしょう。あなたはそういうことに関しては専門家だ。私にとっては興味深く面白いことでした。最初の一撃には意思が必要です。当然ひるむ気持、嫌悪感があり、意思を結集しなければならない。私の思考過程は明白でした。この男には死んでもらわなければならない。この男を殺すには、これがもっとも効率的な方法だ。一打で、多くても二打ですますつもりでした。ところが一打を加えた後、アドレナリンがどっとばかりに分泌された。攻撃性が頭をもたげたのです。殴ろうという明確な意思もなく殴り続けました。たとえあなたがあの時現れたとしても、はたして殴る手を止められたかどうか。原始的な殺戮本能が頭をもたげるのは、暴力を意図した時ではなくて、第一打を加えた時なのです。

　逮捕後、息子に会っていません。私に会いたがらないし、それでいいのだと思います。私はこれまで人の愛情なしに生きてきた。今さらそれに惑溺するのはぶざまなことです。

　そこで手紙は終わっていた。ダルグリッシュは便箋を畳みながら、グレゴリーは十年は続くと思われる刑務所暮らしをどう耐えるのだろうかと考えた。本があれば、おそらく彼はしのげるだろう。だが今、鉄格子のはまった窓から外を見て、この春の日の甘い香りをかぎたいと思っているだろうか。

　彼は車をスタートさせて、まっすぐ神学校に向かった。

日の当たる正面玄関の扉は開け放たれていた。ダルグリッシュは誰もいないホールに入った。聖母像の足元に相変わらず灯明が灯り、香と家具用ワックス、古い本の臭いが交じり合った教会の臭いがかすかに漂っている。だがダルグリッシュには本館がすでにその一部を失い、避けられない最期を静かに待っているように思えた。

　足音は聞こえなかったが、ふと気配を感じて、ダルグリッシュが見上げると、セバスティアン神父が階段の上に立っていた。神父は言った。「おはよう、アダム、上がってきてください」校長にファーストネームで呼ばれたのは初めてだった。

　後について校長室に入ったダルグリッシュは室内が変わったのに気づいた。暖炉の上にバーン-ジョーンズの絵はなく、サイドボードも消えている。セバスティアン神父にも微妙な変化があった。法衣を着ずに、スーツと聖職者の用いるローマン・カラーを着けていた。それにふけて見えた。殺人事件がこたえたのだろう。だが、謹厳で端正な容貌から権威、あるいは自信は少しも失われていないし、むしろ加わったものがある。内に秘めた満足感だ。神父が就任した大学教授の椅子は権威があり、彼が望んでいた地位にちがいない。ダルグリッシュはお祝いを述べた。

　モレルは言った。「ありがとう。大学に復帰するのは間違っているという声もありますが、私自身と大学のためにそうでないことを祈っています」

　二人は礼儀を欠かない程度に三、四分話した。モレルは不安げな様子を見せる男ではないが、目の前に座る相手から一度は殺人事件の容疑者と見なされた不快な経験をまだ念頭からぬぐえないでいるらしい。モレルは指紋採取の侮辱を決して忘れないだろうし、許さないのではないか。今神父は神学校内の変化を話すのを義務と感じたかのように、ダルグリッシュに最新のニュースを伝えていた。

「学生たちは全員無事に他の神学校に編入しました。大執事の事件の時にあなたが会われた四人は、オックスフォードのカデスドンか聖スティーヴンズ・ハウスに入りましたよ」

「ではラファエルは今も司祭を目指して勉強しているので

すか」

「もちろんですよ。やめると思われたのですか」神父はちょっと間を置いてから、続けた。「ラファエルは心が広かったですが、それでもまだ金持ちです」

　モレルは司祭たちのその後のことを手短に話し出したが、ダルグリッシュが思っていたより率直な話しぶりだった。ペリグリン神父は前々から戻りたがっていたローマで図書館の古文書担当に就任した。ジョン神父はスカーボロの女子修道院づき司祭に任命された。未成年者に対する性犯罪者として前歴のある彼は住所変更の届け出義務があるので、修道院は聖アンセルムズ神学校と同じように安全な避難所になるだろう。ダルグリッシュはそれ以上にうってつけの場所はないだろうと思いながら、緩みそうになる頬を引き締めた。マーティン神父はノリッジに家を買い、ピルビーム夫婦が一緒に住んで神父の世話をし、神父の死後はその家を相続する。ラファエルの相続権は確認されたものの、法律的な状況は複雑で、教会を地元のグループ聖職奉仕の中に組み入れるか、あるいは俗用に転用するかを含めて、未決定の問題が数々あった。ファン・デル・ウェイデンの絵はラファエルが祭壇の飾りとして使いたいと望んだため、目下適当な行き先を探しているところだった。現在、絵は銀器と一緒に銀行の金庫におさめられている。ラファエルはピルビーム夫婦とサーティーズにそれぞれのコテイジを贈与することにした。本館は売却されて、瞑想と代替治療のセンター兼宿泊施設となる。セバスティアン神父は口調に適度な不快感をこめてはいるものの、代替治療センターなら、まだましだったと考えていたのではないか。建物が購入者に渡されるまでの短期間、理事会の要請で四人の司祭と職員が住み続ける。

　話は終わったようだ。ダルグリッシュはセバスティアン神父にグレゴリーの手紙を渡した。「これを読む権利が神父にはおありだと思います」

　セバスティアン神父は無言で手紙に目を通した。読み終わると、畳んだ便箋をダルグリッシュに返して、言った。「ありがとう。世界のもっとも偉大な文明の一つに数えられる文明の言語と文学を愛した男が、こんな安っぽい自己弁護に堕すとは驚きというほかありません。殺人犯は例外なく傲慢だと聞きましたが、これはミルトンのサタン級の傲慢さですね。〝邪悪よ、汝、わが善となれ〟と言っているのと同じです。クランプトン大執事は私を批判しましたが、一つ正しかった。ここで働く人をもっと厳正に選ぶべきでした。今夜はここに泊まっていかれますね」

「はい、そうさせていただきます」

「私たち全員にとって喜ばしいことです。ごゆっくりお過ごしください」

セバスティアン神父はダルグリッシュと一緒にいつもの部屋ジェロームには行かずに、ピルビーム夫人を呼んでキーを渡した。ジェロームに行って、必要な物が揃っているか細かく点検するピルビーム夫人は、珍しくよく喋った。まるで部屋を立ち去りがたいかのようだった。

「セバスティアン神父さまからどんなふうに変わったかお聞きになったでしょうねえ。レグも私も代替治療とやらはあまり好かないんですよ。向こうさんは私たちとサーティーズに今のまま仕事を続けてほしいと言ってくれたんです。サーティーズはその気が充分あるらしいですけど、私とレグは新しいことを始めるには年を取りすぎています。これまで神父さまたちと長年一緒だったので、いまさら知らない人たちに慣れるのもねえ。ラファエルさまはコテイジを売ってもかまわないと言ってくださったので、売って、そのお金を老後の蓄えにしようかなって考えているんですよ。多分マーティン神父さまからお聞きになったでしょう。私たち、神父さまと一緒にノリッジに移ることを考えています。神父さまはご自分の書斎と私たち三人がゆっくり住める広さのある、とてもいいお家を見つけられたんです。だって、八十を過ぎた神父さまに、一人暮らしがおできになるとは思えないじゃないですか。それに神父さまにとって世間をちょっと見るのも気分が変わっていいでしょう。私たちにとってもね。ダルグリッシュさま、必要なものは全部揃っておりますか。マーティン神父さまがお待ちかねでしょう。海岸におられます。週末なので、ラファエルさまが戻っておられて、ラヴェンナム先生も来ておられます」

ダルグリッシュはジャガーを神学校の裏に移してから、

湖に向かって歩き出した。遠くに聖ヨハネのコテイジの豚が岬を自由に歩きまわっているのが見える。数もかなり増えたようだ。豚まで以前と違うことを知っているように見える。見ていると、コテイジからバケツを持ったエリック・サーティーズが出てきた。

ダルグリッシュは湖めざして崖の道を歩いて行った。階段の上に立って初めて海岸が端から端まで見渡せた。三つの人影は意識的に距離を置いたかのように、離れ離れだった。北の方のうずたかく積もった小石に座って本を読んでいるエマが見え、ラファエルは近くの防波堤に座って足を水に浸け、海を眺めている。その近くの砂の上でマーティン神父は火をおこしているようだった。

小石を踏むダルグリッシュの靴音を聞いた神父は、大儀そうに身体を起こして、相好を崩した。「アダム、来てもらえてうれしいよ。セバスティアン神父にはもう会ったね」

「はい、教授就任のお祝いを述べてきました」

「あれは神父が前々から望んでいたポストだ。秋に空くことは分かっていたんだよ。でも聖アンセルムズ神学校が閉校にならなければ、あっちに行くことは考えなかっただろうね」

神父はまたかがみ込んで、火おこしを続けた。見ると、砂に浅い穴を掘り、まわりに石で小さな壁をこしらえている。そばにカンバス製のバッグとマッチが置いてあった。ダルグリッシュは腰を下ろして身体をそらし、砂の上に足を伸ばした。

神父が手を休めずに言った。「アダム、幸せかな」

「私は健康に恵まれて、好きな仕事と充分な食べ物、快適な暮らしがあり、必要と思えば贅沢も楽しめますし、詩もあります。世界の人口の四分の三が貧困に苦しんでいることを考えれば、不幸はへそ曲がりな耽溺と言えるんじゃありませんか」

「罪と言っても過言ではないと思うね。いずれにしろ避けなければいけないことだ。称えるべき神を称えることができないなら、少なくとも感謝はできるんじゃないだろうか。だが、それだけで充分だろうか」

「神父、これはお説教ですか」

「いや、法話でもないさ。アダム、結婚したらどうだね。あるいはせめて誰かと生活を共にしたら。君の奥さんが出産の時に亡くなったことは知っている。そのことはいつまでも心に影を作るにちがいない。だがね、私たちは愛情を退けることはできないし、退けたくはない。無神経で、でしゃばったことを言っているのなら、許してもらいたい。でも悲嘆は耽溺と言えないこともない」

「私が一人でいるのは、悲しんでいるからではありません。それほど単純で、自然で、褒められた感情からではないのです。利己主義からですよ。自分のプライバシーを冒されたくない、傷つけられたくない、他の人の幸せに再び責任を負いたくない。それに苦しみは詩作に役に立つとおっしゃってもだめですよ。それはよく分かっています。仕事でいやというほど見ています」彼はちょっと口をつぐんでから、また続けた。「神父、あなたは仲人としては落第ですよ。彼女がノーと言うことはお分かりでしょう。年が離れているし、私は人との関わり合いを避けてばかりいる。あるいは手が血で汚れていると言うかもしれません」

マーティン神父は丸い滑らかな石を選んで、きっちりと並べた。小さな子供のように楽しそうだった。

ダルグリッシュはさらに言った。「それにケンブリッジに誰かお相手がいるんじゃありませんか」

「そりゃあ、ああいう女性だから、多分いるだろうね。ケンブリッジか、それとも他の所に。ということは君は努力しなければならないし、失敗の恐れもある。その点は少なくとも君には目新しい経験じゃないかな。じゃあ、アダム、幸運を祈るよ」

その言葉は話が終わった合図のように聞こえた。ダルグリッシュは立ちあがって、エマの方を見た。すると彼女も立ちあがって、海の方に歩いて行く。二人は五十ヤードしか離れていなかった。ダルグリッシュは待とうと考えた。彼女がこっちに来たら、それがたとえさようならと言うためであっても、少なくとも何かを意味することになる。が、すぐにそういう考えは卑怯で男らしくないと気づいた。自分の方が最初に行動しなければいけない。彼は波打ち際に行った。六行詩が書かれた紙切れがまだ財布に入っていた。それを取り出したダルグリッシュは細かく千切り、次に押し寄せてきた波に落として、砂の上を這う泡の中にゆっくり消えて行くのを眺めた。彼は再びエマの方を向いて歩き出したが、その時には彼女はすでに小石の浜と引いてゆく波の間の乾いた砂を踏んで、ダルグリッシュに向かって歩き出していた。エマはそばにやってきた。二人は肩を並べて黙って海を見つめた。

　彼女が口を開いた時、ダルグリッシュはその言葉に驚いた。「サディーって、どなたですか」

「どうしてそんなことを訊くんですか」

「意識を取り戻された時に、その方が待っていると思っていらしたようでしたから」

　ああ、とダルグリッシュは思った。血を流して砂だらけの半裸で砂利の上に引き上げられ、水と血を吐き散らし、うわごとを言い、さぞかし惨憺たるありさまだったにちがいない。「サディーはとても優しい子でした。詩は情熱だけれど、人生のすべてである必要はないということを私に教えてくれました。十五歳半としては非常に賢明でしたね」

　ダルグリッシュは満足そうな低い笑い声を聞いたような気がしたが、突然吹き出した風にかき消された。彼の年齢でそんな不安定な精神状態になるのは、滑稽なことだった。思春期の若者ではあるまいにと、その侮辱に腹が立つ一方で、自分がそんな荒々しい感情を持てることに意固地な喜びを感じた。今言わなければならない。風にのって鈍く聞こえる自分の声を聞きながら、彼は我ながら陳腐でまずい言葉だと思った。

「もしお嫌でなかったら、ぜひまたお目にかかりたい。お互いにもっと知り合えたらと思います」

　まるで次の予約を決める歯医者じゃないかと、ダルグリッシュは思った。そしてエマの方を向いた彼は彼女の顔を見て、大声で叫び出したくなった。

　エマは生真面目な口調で言った。「ロンドンとケンブリッジの間の電車は今はとても便利になっています。どっちの方からも」

そう言って彼女は手を差し出した。

　マーティン神父は焚き火の準備を終えた。今カンバス製のバッグから新聞紙を出して、穴の中に押し込んでいる。そしてその上にアンセルムのパピルスをのせ、マッチをすった。新聞紙はすぐに燃えだし、炎は獲物に飛びかかるようにパピルスに燃え移った。火は一瞬かっと熱くなり、神父は後ろに退いた。そばに来たラファエルが、黙って見つめている。やがてラファエルは言った。「神父、何を燃やしているのですか」

「ある文書なんだが、すでに一人を罪に引き込み、他の人も引き込みかねない。この世から消える時なんだよ」

沈黙が流れたが、しばらくしてラファエルが言った。

「神父、僕は悪い司祭にはなりませんよ」

　感情をむき出しにすることのないマーティン神父は、ラファエルの肩にちょっと手を置いて、言った。「そりゃあ、そうだよ。君はいい司祭になるんじゃないかな」

二人は火が消え、白い薄煙が海に流れ去るのを黙って見送った。

解説

Ｐ・Ｄ・ジェイムズに比肩出来るミステリ作家はほとんどいない……彼女が、同業の他作家に大きく差をつけているひとつの要因は、その知的素養だ。彼女の言葉の使い方が、それを明らかにしている。彼女は美しく書き、しかも軽いタッチをも失わない……『神学校の死』は、純粋な喜びといえる。

《ザ・スペクテーター》（二〇〇一年二月十七日）

『神学校の死』はページターナーであり、同時にまたシーンやキャラクターをすばらしく明快に描いたすぐれた読み物でもある……さらなる新作をお願いしたい。

《アイリッシュ・タイムズ》（二〇〇一年二月十七日）

Ｐ・Ｄ・ジェイムズはミステリのジャンルを超越した……小説として進化し、もはや単なる殺人ドラマではない。そこには議論があり、洞察があり、描写がある。

《デイリー・テレグラフ》（二〇〇一年二月二十四日）

徹底的に満足でき、魅惑的であり、他に並ぶものが無いほどの小説作品である。

《サンデー・テレグラフ》（二〇〇一年二月二十五日）

Ｐ・Ｄ・ジェイムズこそ、生まれながらのストーリーテラーだ。

《ザ・タイムズ》（二〇〇一年二月二十八日）

アダム・ダルグリッシュの最新登場作は、伝統的な学問と、今日的な道徳の相互作用であり、これまでのジェイムズ作品の特徴をさらに強烈に際立たせている。探偵小説のルールを遵守しながら、彼女はまたしてもその豊富な創造力を解放してみせた。

《オブザーバー》（二〇〇一年三月四日）

「喜び」というものを、超えて見せた傑作。

フランセス・ファイフィールド《サンデー・エクスプレス》（二〇〇一年三月四日）

これらは、二〇〇一年に発表された本書『神学校の死』に寄せられた讃辞のほんの一部だ。このように高く評価されたばかりか、たちまちベストセラー・リストのトップに躍り出てみせるなど、まさにミステリの女王ＰＤの面目躍如たるものがある。

ストーリーはサフォーク州の人里はなれた海岸に建つ、伝統ある全寮制の聖アンセルムズ神学校で展開する。学生の一人が、海岸の崩れやすい砂に埋もれた死体で発見された。なんとも不可解な死に方に、周囲は自殺を疑うが、公式見解は事故死となる。だが、学生の義理の父である大富豪は殺人を示唆する匿名の手紙を受け取ったこともあって、事故死の結論に納得せず、ロンドン警視庁に圧力をかけてくる。再捜査のご指名を受けたのは、聖職者を父に持ち、問題の神学校で休暇を過ごした経験を持つダルグリッシュ警視長だった。少年時代以来久しぶりに神学校を訪れたダルグリッシュだったが、そこにはいろいろとわけありの人々が集まっていた。そして嵐の夜、学校の教会で凄惨な殺人事件が……まるで黄金時代のミステリを思わせる設定で、本格推理の醍醐味をたっぷりと味わえる仕上がりだ。また、円熟の境地を迎えている女王が、英国国教会という題材にどう挑んだか、ぜひとも本文でご確認いただきたい。

ＰＤというと、寡作家のイメージがある。

前作『正義』の発表が一九九七年、本書が二〇〇一年の発表だから、その間約四年。英国女流の一方の雄であるルース・レンデルが、同じ期間にバーバラ・ヴァイン名義もあわせて六冊もの長篇を発表しているのに比べると、たしかに寡作とは言える（むしろレンデルのほうが多作家なのかもしれないが）。

一九二〇年生まれのジェイムズはすでに八十歳を超えている。同時代の英国ミステリを支えてきたコリン・デクスターがモース主任警部シリーズに幕を引き、ＰＤと同年生まれのディック・フランシスの新作が途絶えた今、やはりファンの関心は、はたしてＰＤの次回作があるのかという点に集まるだろう。

ご心配なく。

本書を読了された読者なら、次回作へのつなぎがちゃんと打たれていることには、すでにお気づきであろう。女史が新作を執筆中という情報も入ってきているので、ご期待いただきたい。

（H・K）

HAYAKAWA POCKET MYSTERY BOOKS No. 1719

青《あお》 木《き》 久《ひさ》 恵《え》

1966年早稲田大学文学部英文科卒
英米文学翻訳家

訳書
『原罪』『正義』P・D・ジェイムズ
『楽園の骨』アーロン・エルキンズ
『赤い天幕』アニータ・ディアマント
（以上早川書房刊）他多数

この本の型は，縦18.4センチ，横10.6センチのポケット・ブック判です．

検 印
廃 止

〔神学校《しんがつこう》の死《し》〕

2002年 7 月31日初版発行　2013年 9 月25日 3 版発行

著　者	P・D・ジェイムズ
訳　者	青 木 久 恵
発行者	早 川 浩
印刷所	星野精版印刷株式会社
表紙印刷	大平舎美術印刷
製本所	株式会社川島製本所

発 行 所　株式会社　**早 川 書 房**
東京都千代田区神田多町２ノ２
電話　03-3252-3111（大代表）
振替　00160-3-47799
http://www.hayakawa-online.co.jp

〔乱丁・落丁本は小社制作部宛お送り下さい
送料小社負担にてお取りかえいたします〕

ISBN978-4-15-001719-4 C0297
Printed and bound in Japan

ハヤカワ・ミステリ〈話題作〉

1868 **キャサリン・カーの終わりなき旅**
トマス・H・クック
駒月雅子訳

息子を殺された過去に苦しむ新聞記者は、あるきっかけから、二十年前に起きた女性詩人の失踪事件に興味を抱く。贖罪と再生の物語

1869 **夜に生きる**
デニス・ルヘイン
加賀山卓朗訳

〈アメリカ探偵作家クラブ賞最優秀長篇賞受賞〉禁酒法時代末期のボストンで、裏社会をのし上がっていこうとする若者を描く傑作！

1870 **赤く微笑む春**
ヨハン・テオリン
三角和代訳

長年疎遠だった父を襲った奇妙な放火事件。父の暗い過去をたどりはじめた男性が行きつく先とは？〈エーランド島四部作〉第三弾

1871 **特捜部Q**　―カルテ番号64―
ユッシ・エーズラ・オールスン
吉田薫訳

悪徳医師にすべてを奪われた女は、やがて復讐の鬼と化す！「金の月桂樹」賞を受賞したデンマークの人気警察小説シリーズ第四弾

1872 **ミステリガール**
デイヴィッド・ゴードン
青木千鶴訳

妻に捨てられた小説家志望のサムは探偵助手になるが、謎の美女の素行調査は予想外の方向へ……『二流小説家』著者渾身の第二作！